清代杜集序跋汇录

The Collections of Preface and Postscript to Different Editions of Dufu's Works in Qing Dynasty

孙 微 辑校

人民文学出版社

图书在版编目(CIP)数据

清代杜集序跋汇录/孙微辑校.—北京:人民文学出版社,2017
国家社科基金后期资助项目
ISBN 978-7-02-012352-0

Ⅰ.①清… Ⅱ.①孙… Ⅲ.①杜诗—序跋—作品集—中国—清代 Ⅳ.①I264.9

中国版本图书馆 CIP 数据核字(2017)第 026919 号

责任编辑　李　俊
装帧设计　吴　慧
责任印制　王重艺

出版发行　人民文学出版社
社　　址　北京市朝内大街 166 号
邮政编码　100705
网　　址　http://www.rw-cn.com

印　　刷　北京玺城印务有限公司
经　　销　全国新华书店等

字　　数　500 千字
开　　本　710 毫米×1000 毫米　1/16
印　　张　29.5　插页 2
版　　次　2017 年 6 月北京第 1 版
印　　次　2017 年 6 月第 1 次印刷

书　　号　978-7-02-012352-0
定　　价　88.00 元

如有印装质量问题,请与本社图书销售中心调换。电话:010-65233595

国家社科基金后期资助项目
出版说明

后期资助项目是国家社科基金设立的一类重要项目,旨在鼓励广大社科研究者潜心治学,支持基础研究多出优秀成果。它是经过严格评审,从接近完成的科研成果中遴选立项的。为扩大后期资助项目的影响,更好地推动学术发展,促进成果转化,全国哲学社会科学规划办公室按照"统一设计、统一标识、统一版式、形成系列"的总体要求,组织出版国家社科基金后期资助项目成果。

全国哲学社会科学规划办公室

目　录

序 ································· 韩成武　1
前言 ··· 1
凡例 ··· 1

一　徐树丕《杜诗执鞭录》 ··························· 1
　　徐树丕《跋》 ································ 1
　　姜垓《跋语》 ································ 2
　　翁同龢《跋》 ································ 2
　　翁之缮《跋》 ································ 2
二　钱谦益《钱注杜诗》 ····························· 4
　　季振宜《钱注杜诗序》 ·························· 4
　　钱谦益《草堂诗笺元本序》 ······················· 5
　　钱谦益《注杜诗略例》 ·························· 6
三　钱陆灿批校《杜工部集》 ·························· 9
　　钱陆灿《题识》 ······························· 9
四　钱陆灿批点《杜工部集》 ·························· 9
　　蜗寄盦生《题跋》 ····························· 9
五　王铎批校《杜工部集》 ··························· 10
　　钱陆灿《题记》 ······························ 10
　　神生《题识》 ································ 10
六　钱良择批《杜工部集》 ··························· 11
　　钱良择《题识》 ······························ 11
七　俞犀月、李因笃批校《杜工部集》 ··················· 12
　　端甫《题识》 ································ 12
八　李天生批《杜工部集》 ··························· 13
　　毛琛《题识》 ································ 13
九　何焯校评《杜工部集》 ··························· 13

1

王鸣盛《跋》⋯⋯⋯⋯⋯⋯⋯⋯⋯⋯⋯⋯⋯⋯⋯⋯⋯⋯⋯⋯⋯⋯ 13
一〇　商盘批点《杜工部集》⋯⋯⋯⋯⋯⋯⋯⋯⋯⋯⋯⋯⋯⋯⋯⋯ 14
　　范荪圃《题跋》⋯⋯⋯⋯⋯⋯⋯⋯⋯⋯⋯⋯⋯⋯⋯⋯⋯⋯⋯ 14
一一　陈治批校《杜工部集》⋯⋯⋯⋯⋯⋯⋯⋯⋯⋯⋯⋯⋯⋯⋯⋯ 15
　　陈治《题识》⋯⋯⋯⋯⋯⋯⋯⋯⋯⋯⋯⋯⋯⋯⋯⋯⋯⋯⋯⋯ 15
一二　查初白、邵子湘批校《杜工部集笺注》⋯⋯⋯⋯⋯⋯⋯⋯⋯ 15
　　吴嗣庐《题识》⋯⋯⋯⋯⋯⋯⋯⋯⋯⋯⋯⋯⋯⋯⋯⋯⋯⋯⋯ 15
一三　陆超曾批校《杜工部集》⋯⋯⋯⋯⋯⋯⋯⋯⋯⋯⋯⋯⋯⋯⋯ 16
　　袁廷梼《跋》⋯⋯⋯⋯⋯⋯⋯⋯⋯⋯⋯⋯⋯⋯⋯⋯⋯⋯⋯⋯ 16
　　张福森《题记》⋯⋯⋯⋯⋯⋯⋯⋯⋯⋯⋯⋯⋯⋯⋯⋯⋯⋯⋯ 16
一四　傅增湘跋《杜工部集》⋯⋯⋯⋯⋯⋯⋯⋯⋯⋯⋯⋯⋯⋯⋯⋯ 17
　　傅增湘《跋》⋯⋯⋯⋯⋯⋯⋯⋯⋯⋯⋯⋯⋯⋯⋯⋯⋯⋯⋯⋯ 17
一五　钱谦益《诸名家评本钱牧斋笺注杜诗》⋯⋯⋯⋯⋯⋯⋯⋯⋯ 17
　　袁康《校印虞山钱氏杜工部草堂诗笺序》⋯⋯⋯⋯⋯⋯⋯⋯ 17
　　杨葆光《校印钱笺杜诗集评序》⋯⋯⋯⋯⋯⋯⋯⋯⋯⋯⋯⋯ 18
一六　世界书局排印本《杜诗钱注》⋯⋯⋯⋯⋯⋯⋯⋯⋯⋯⋯⋯⋯ 19
　　韩楚原《重刊钱牧斋笺注杜工部诗弁言》⋯⋯⋯⋯⋯⋯⋯⋯ 19
一七　丁耀亢《杜诗说略》⋯⋯⋯⋯⋯⋯⋯⋯⋯⋯⋯⋯⋯⋯⋯⋯⋯ 21
　　陈僖《杜诗说略序》⋯⋯⋯⋯⋯⋯⋯⋯⋯⋯⋯⋯⋯⋯⋯⋯⋯ 21
一八　贾开宗《秋兴八首偶论》⋯⋯⋯⋯⋯⋯⋯⋯⋯⋯⋯⋯⋯⋯⋯ 22
　　何契《序》⋯⋯⋯⋯⋯⋯⋯⋯⋯⋯⋯⋯⋯⋯⋯⋯⋯⋯⋯⋯⋯ 22
一九　张笃行《杜律注例》⋯⋯⋯⋯⋯⋯⋯⋯⋯⋯⋯⋯⋯⋯⋯⋯⋯ 23
　　张笃行《题词》⋯⋯⋯⋯⋯⋯⋯⋯⋯⋯⋯⋯⋯⋯⋯⋯⋯⋯⋯ 23
　　张道存《跋》⋯⋯⋯⋯⋯⋯⋯⋯⋯⋯⋯⋯⋯⋯⋯⋯⋯⋯⋯⋯ 23
二〇　叶承宗《少陵诗选》⋯⋯⋯⋯⋯⋯⋯⋯⋯⋯⋯⋯⋯⋯⋯⋯⋯ 24
　　叶承宗《少陵诗选序》⋯⋯⋯⋯⋯⋯⋯⋯⋯⋯⋯⋯⋯⋯⋯⋯ 24
二一　朱鹤龄《杜工部诗集辑注》⋯⋯⋯⋯⋯⋯⋯⋯⋯⋯⋯⋯⋯⋯ 25
　　钱谦益《吴江朱氏杜诗辑注序》⋯⋯⋯⋯⋯⋯⋯⋯⋯⋯⋯⋯ 25
　　朱鹤龄《书后》⋯⋯⋯⋯⋯⋯⋯⋯⋯⋯⋯⋯⋯⋯⋯⋯⋯⋯⋯ 26
　　计东《朱氏杜诗辑注序》⋯⋯⋯⋯⋯⋯⋯⋯⋯⋯⋯⋯⋯⋯⋯ 26
　　朱鹤龄《辑注杜工部集序》⋯⋯⋯⋯⋯⋯⋯⋯⋯⋯⋯⋯⋯⋯ 27
　　沈寿民《后序》⋯⋯⋯⋯⋯⋯⋯⋯⋯⋯⋯⋯⋯⋯⋯⋯⋯⋯⋯ 28
二二　王渔洋批点《杜工部诗集辑注》⋯⋯⋯⋯⋯⋯⋯⋯⋯⋯⋯⋯ 30

  沈大成《跋》（罗振常转录） …… 30

二三　蒋金式批《杜工部诗集辑注》 …… 30
  蒋金式《书自评杜诗后十首》 …… 30
  宗舜年《跋》 …… 31

二四　齐召南批点《杜工部诗集辑注》 …… 32
  齐召南《跋》 …… 32

二五　方贞观批点《杜工部诗集辑注》 …… 33
  方贞观《题识》 …… 33

二六　顾大文批点《杜工部诗集辑注》 …… 34
  耸肩吟叟《题识》 …… 34
  顾堃《跋》 …… 34

二七　傅山《傅青主手批杜诗》 …… 35
  翁同龢《题识》 …… 35
  翁同龢《跋》 …… 35

二八　傅山《杜诗摘句》 …… 35
  祁隽藻《跋》 …… 35

二九　戴廷栻《丹枫阁钞杜诗》（又名《杜遇》） …… 36
  戴廷栻《杜遇小叙》 …… 36
  傅山《丹枫阁钞杜诗小叙》 …… 37
  傅山《杜遇馀论》 …… 38

三〇　顾宸《辟疆园杜诗注解》 …… 39
  李赞元《辟疆园杜诗七言律注解序》 …… 39
  严沆《杜诗解序》 …… 40
  李壮《辟疆园杜诗五言律注解序》 …… 41
  毕忠吉《辟疆园杜诗五言律注解序》 …… 42
  李继白《顾修远杜诗注序》 …… 44

三一　陈醇儒《书巢笺注杜工部七言律诗》 …… 45
  王泽溥《序》 …… 45
  许岩光《序》 …… 46
  胡季瀛《书巢杜律序》 …… 46
  陈醇儒《叙》 …… 47
  唐良《序》 …… 48
  陈醇士《跋》 …… 49

三二	游艺《李杜诗法精选》	50
	松本佟《李杜诗法精选序》	50
三三	金圣叹《杜诗解》	51
	金昌《才子书小引》	51
	金昌《叙第四才子书》	52
	金昌《沉吟楼借杜诗附识》	52
	王大错《才子杜诗解叙》	52
三四	金圣叹《贯华堂评选杜诗》	53
	赵时揖《序》	53
	赵时揖《贯华堂评选杜诗总识》	54
三五	马世俊《李杜诗汇注》	56
	马世俊《杜诗序》	56
三六	李长祥、杨大鲲《杜诗编年》	57
	杨大鲲《序》	57
	李长祥《杜诗编年叙》	58
三七	陈式《问斋杜意》	59
	徐秉义《序》	59
	邵以发《序》	60
	张英《杜意序》	61
	方嶟《序》	62
	方孝标《序》	63
	潘江《序》	65
	姚文焱《序》	66
	陈焯《问斋先生注〈杜意〉成，属序于焯，歌以代之》五十四韵	67
	吴子云《序》	68
	陈式《自序》	68
	陈式《读杜漫述》凡四十八则	69
	钱澄之《陈二如杜意序》	82
三八	张羽《杜还七言律》	83
	周亮工《读张葛民先生注杜》	83
	张羽《杜还读约》	84
	张羽《杜还自述》	84
	张羽《杜还自述》其二	85

张羽《杜还自述》其三	……………………	86
张羽《杜还删存》	……………………………	88

三九　卢元昌《杜诗阐》…………………………………… 88
　　鲁超《序》 …………………………………………… 88
　　卢元昌《杜诗阐自序》 ……………………………… 89

四〇　再生翁批点《杜诗阐》……………………………… 90
　　钱佳《题识》 ………………………………………… 90

四一　方功惠跋《杜诗阐》………………………………… 91
　　方功惠《跋》 ………………………………………… 91

四二　阙名《杜诗言志》…………………………………… 91
　　阙名《杜诗言志序》 ………………………………… 91
　　阙名《杜诗言志例言》 ……………………………… 92

四三　申涵光《说杜》……………………………………… 94
　　王崇简《说杜序》 …………………………………… 94
　　张宗柟《附识》 ……………………………………… 95

四四　车万育《怀园集杜诗》……………………………… 95
　　熊赐履《序》 ………………………………………… 95
　　车万育《自序》 ……………………………………… 96

四五　朱瀚、李燧《杜诗七言律解意》…………………… 97
　　朱瀚《序》 …………………………………………… 97
　　李燧《序》 …………………………………………… 98
　　朱瀚《七言律总例》 ………………………………… 98
　　朱瀚《杜诗辨赝》 …………………………………… 100
　　朱瀚《杜诗七言律解意小引》 ……………………… 101

四六　朱世熙《集杜诗》…………………………………… 102
　　黄与坚《朱瑶岑先生集杜序》 ……………………… 102

四七　侯方缓《钞杜诗汇韵》……………………………… 103
　　田兰芳《侯虞服钞杜诗汇韵题词》 ………………… 103

四八　张溍《读书堂杜工部诗集注解》…………………… 104
　　宋荤《序》 …………………………………………… 104
　　张榕端《先大夫批注杜集卷末遗笔》 ……………… 105
　　张榕端《附记》 ……………………………………… 105
　　阎若璩《序》 ………………………………………… 106

张璿《跋》 …………………………………………………………… 107
　　　张篯《序》 …………………………………………………………… 107
四九　吴见思《杜诗论文》 …………………………………………………… 108
　　　龚鼎孳《序》 ………………………………………………………… 108
　　　吴兴祚《序》 ………………………………………………………… 109
　　　董元恺《序》 ………………………………………………………… 109
　　　潘眉《序》 …………………………………………………………… 111
　　　陈玉璂《序》 ………………………………………………………… 111
　　　吴见思《序言》 ……………………………………………………… 112
　　　吴见思《杜诗论文凡例》 …………………………………………… 113
五〇　方拱乾批点《杜诗论文》 ……………………………………………… 122
　　　方育盛《题跋》 ……………………………………………………… 122
　　　方拱乾《手录杜少陵诗序》 ………………………………………… 123
　　　方拱乾《方膏茂批本序》 …………………………………………… 123
　　　方拱乾《方奕箴批本序》 …………………………………………… 124
五一　洪仲《苦竹轩杜诗评律》 ……………………………………………… 125
　　　黄生《苦竹轩杜诗评律叙》 ………………………………………… 125
　　　洪舫《旧题选杜》 …………………………………………………… 125
　　　洪力行《跋》 ………………………………………………………… 126
　　　李一氓《题跋》 ……………………………………………………… 127
　　　何焯《杜诗评律叙》 ………………………………………………… 127
　　　洪力行《后记》 ……………………………………………………… 128
五二　黄生《杜诗说》 ………………………………………………………… 129
　　　黄生《杜诗说序》 …………………………………………………… 129
　　　黄生《杜诗说凡例》 ………………………………………………… 129
　　　黄生《杜诗概说》 …………………………………………………… 130
五三　张彦士《杜诗旁训》 …………………………………………………… 132
　　　张彦士《自序》 ……………………………………………………… 132
五四　沈汉《杜律五言集》 …………………………………………………… 133
　　　沈汉《杜律五言序》 ………………………………………………… 133
　　　沈汉《杜律五言集评》 ……………………………………………… 134
五五　李邺嗣《杜工部诗选》 ………………………………………………… 138
　　　李邺嗣《杜工部诗选序》 …………………………………………… 138

五六	林时对《杜诗选》	139
	林时对《选杜诗小引》	139
五七	刘佑《杜诗录最》	140
	刘佑《杜诗录最自序》	140
五八	王士禄、黄大宗《杜诗分韵》	141
	毛奇龄《杜诗分韵序》	141
	杜濬《杜诗分韵序》	142
五九	张晋《戒庵集杜》	143
	张晋《自序》	143
	张晋《自识》	143
	张晋《琵琶十七变·曲引》	143
六〇	卢震《杜诗说略》	144
	王封溁《序》	144
	管棆《序》	145
	王掞《序》	146
	周纶《杜诗说略序》	147
六一	朱彝尊《朱竹垞先生批杜诗》	148
	陈衍《朱竹垞先生批杜诗注》	148
	陈衍《案语》	148
六二	托名朱彝尊《朱竹垞先生杜诗评本》	149
	托名朱彝尊《朱竹垞先生原跋》	149
	岳良《序》	149
	庄鲁骃《序》	150
六三	张远《杜诗会稡》	151
	王掞《序》	151
	张远《自叙》	151
	张远《杜诗会稡凡例》	152
六四	陈之壎《杜工部七言律诗注》	153
	沈珩《叙》	153
	陈之壎《注杜律凡例》	154
	陈訏《跋》	155
	张宗祥《题识》	156
六五	王余高《退庵集杜诗》	157

毛奇龄《王自牧集杜诗序》……………………………… 157
　　　冒襄《王自牧集杜诗序》甲辰 ………………………… 157
六六　汪枢《爱吟轩注杜工部集》………………………………… 159
　　　董采《评选杜诗序》……………………………………… 159
　　　佚名《爱吟轩注杜工部集跋》…………………………… 159
六七　吴孝章《杜诗集句》……………………………………… 160
　　　李绳远《吴孝章杜诗集句序》…………………………… 160
六八　王维坤《杜诗臆评》……………………………………… 161
　　　邵长蘅《杜诗臆评序》…………………………………… 161
六九　王邻德《睡美楼杜律五言》……………………………… 162
　　　王邻德《睡美楼杜律五言引》…………………………… 162
七〇　吴瞻泰《杜诗提要》……………………………………… 163
　　　汪洪度《序》……………………………………………… 163
　　　吴瞻泰《自序》…………………………………………… 163
　　　吴瞻泰《评杜诗略例》…………………………………… 164
　　　罗挺《后序》……………………………………………… 166
　　　许瀚《杜诗通解提要题记》……………………………… 167
七一　周篆《杜工部诗集集解》………………………………… 167
　　　周篆《杜工部集序》……………………………………… 167
　　　周篆《集解杜工部集凡例》……………………………… 168
　　　周篆《杜诗逸解》………………………………………… 170
　　　惠栋《跋》………………………………………………… 174
七二　毛彰《阆斋和杜诗》……………………………………… 174
　　　仇兆鳌《阆斋和杜诗序》………………………………… 174
　　　靳治荆《阆斋和杜诗序》………………………………… 175
　　　毛彰《阆斋和杜诗自叙》………………………………… 176
七三　仇兆鳌《杜诗详注》……………………………………… 177
　　　仇兆鳌《自序》…………………………………………… 177
　　　仇兆鳌《杜诗凡例》计二十则…………………………… 178
　　　仇兆鳌《进〈杜少陵集详注〉表》……………………… 182
七四　陈訏批点《杜诗详注》…………………………………… 183
　　　张元济《跋》……………………………………………… 183
七五　黎维枞批点《杜诗详注》………………………………… 184

黎维枞《题跋》 ················ 184
七六　李以峙批点《杜诗详注》 ········ 184
　　李以峙《序言》 ················ 184
七七　陈廷敬《杜律诗话》 ·········· 185
　　陈廷敬《自记》 ················ 185
七八　龙科宝《杜诗顾注辑要五言律》 ·· 186
　　王若鳌《刻杜诗顾注辑要序》 ······ 186
　　龙科宝《杜诗顾注辑要自序》 ······ 186
七九　沈善世《集杜诗》 ············ 187
　　顾仲《序》 ···················· 187
　　沈善世《序》 ·················· 188
　　陆奎勋《序》 ·················· 188
　　沈善世《识》 ·················· 188
　　毛奇龄《序》 ·················· 188
　　陈佑《序》 ···················· 189
　　沈善世《识》 ·················· 189
八〇　翁大中《上杭公批杜诗》 ······ 190
　　翁心存《跋》 ·················· 190
八一　陈訏《读杜随笔》 ············ 190
　　吴炯《跋》 ···················· 190
　　陈訏《读杜随笔弁言》 ············ 191
　　张元济《清雍正十年松柏堂刊本〈读杜随笔〉跋》 ·· 192
八二　张潮《集杜梅花诗》 ·········· 192
　　洪嘉植《梅花集杜诗引》 ·········· 192
　　余兰硕《梅花集杜诗题辞》 ········ 193
八三　汪灏《树人堂读杜诗》 ········ 194
　　汪灏《自序》 ·················· 194
　　汪灏《读杜凡例十则》 ············ 194
　　汪灏《树人堂读杜诗目录》 ········ 195
八四　王材任《复村集杜诗》 ········ 196
　　魏象枢《题诗》 ················ 196
　　朱日濬《复村集杜诗序》 ·········· 196
八五　邓铨《北征集杜诗》 ·········· 197

马教思《北征集杜诗序》……………………………………… 197
　　　毛端士《北征集杜诗序》……………………………………… 198
　　　何永绍《北征集杜诗序》……………………………………… 198
　　　金宪孙《集杜诗序》…………………………………………… 199
　　　张文端《北征集杜序》………………………………………… 200
　　　师若琪《序》…………………………………………………… 200
　　　施闰章《序》…………………………………………………… 200
　　　刘深庄《序》…………………………………………………… 200

八六　邓铨《闲居集杜诗》…………………………………………… 200
　　　陈僖《闲居集杜序》…………………………………………… 200

八七　邓铨《都门集杜诗》…………………………………………… 201
　　　方象瑛《邓唐山集杜诗序》…………………………………… 201

八八　邓铨《北山集杜诗》…………………………………………… 202
　　　方中通《北山集杜诗序》……………………………………… 202

八九　邓铨《栲岑集杜诗》…………………………………………… 203
　　　方中通《栲岑集杜诗序》……………………………………… 203

九〇　沈亦田《评选陶杜诗》………………………………………… 204
　　　王晦《武林沈亦田评选陶杜诗序》…………………………… 204

九一　顾施祯《杜工部七言律诗疏解》……………………………… 205
　　　顾施祯《自序》………………………………………………… 205
　　　顾施达《跋》…………………………………………………… 205

九二　杨文言《杜诗钞》……………………………………………… 206
　　　曹萼真《题南兰杜诗钞并引》………………………………… 206

九三　李文炜《杜律通解》…………………………………………… 207
　　　李基和《序》…………………………………………………… 207
　　　曹抡彬《序》…………………………………………………… 208
　　　李文炜《序》…………………………………………………… 208
　　　赵弘训《杜律通解凡例》……………………………………… 209

九四　张世炜《读杜管窥》…………………………………………… 210
　　　周廷谔《雪窗杜注叙》………………………………………… 210
　　　周廷谔《叙二》………………………………………………… 211
　　　张世炜《读杜管窥自序》……………………………………… 211

九五　汪文柏《杜韩诗句集韵》……………………………………… 213

10

汪文柏《叙》 …………………………………………………… 213

九六　赵培元《李杜集句诗》 ………………………………………… 214
　　　王奂曾《赵培元集李杜诗序》 ……………………………… 214

九七　曹五一《集李杜诗》 …………………………………………… 215
　　　张叔珽《曹五一集李杜诗序》 ……………………………… 215

九八　范廷谋《杜诗直解》 …………………………………………… 216
　　　景考祥《弁言》 ……………………………………………… 216
　　　范廷谋《自序》 ……………………………………………… 217
　　　李昌裔《跋》 ………………………………………………… 218
　　　范廷谋《再识》 ……………………………………………… 219
　　　范从律《跋》 ………………………………………………… 219

九九　何焯《义门读书记·杜工部集》 ……………………………… 220
　　　何焯《杜工部集序》 ………………………………………… 220

一〇〇　应时《李杜诗纬》 …………………………………………… 221
　　　应时《李杜诗纬叙》 ………………………………………… 221
　　　丁谷云《李杜诗纬辩疑叙》 ………………………………… 222
　　　丁谷云《李杜诗纬凡例》 …………………………………… 222

一〇一　卢生甫《杜诗说》 …………………………………………… 223
　　　卢生甫《自序》 ……………………………………………… 223

一〇二　屈复《杜工部诗评》 ………………………………………… 226
　　　余重耀《题跋》 ……………………………………………… 226

一〇三　龚缨《读杜志忘》 …………………………………………… 226
　　　朱鸣《序》 …………………………………………………… 226

一〇四　黄之隽《钞杜诗》 …………………………………………… 227
　　　黄之隽《杜诗钞题辞》 ……………………………………… 227

一〇五　李芳华《杜诗选注》 ………………………………………… 228
　　　李文炤《杜诗选注序》 ……………………………………… 228

一〇六　沈德潜《杜诗偶评》 ………………………………………… 229
　　　沈德潜《杜诗偶评序》 ……………………………………… 229
　　　潘承松《杜诗偶评凡例》 …………………………………… 229

一〇七　五色批本《杜诗偶评》 ……………………………………… 231
　　　恽宝惠《题记》 ……………………………………………… 231
　　　恽宝惠《题识》 ……………………………………………… 231

11

恽宝惠《跋》	232
一〇八　佚名批点《杜诗偶评》	233
涂琛《题识》	233
一〇九　陈光绪《杜文贞诗集》	233
陈光绪《叙》	233
陈光绪《用拙居主人注杜凡例》	234
一一〇　吴庄《杜诗读本》	235
吴庄《杜诗读本跋》	235
一一一　吴冯栻《青城说杜》	236
吴冯栻《自序》	236
一一二　查弘道、金集《赵虞选注杜律》	237
金集《刻虞赵二注序》	237
查弘道《重刻赵子常杜五言诗序》	237
一一三　汪后来、吴思九《杜诗矩》	238
吴恒孚《杜诗矩笺注序》	238
一一四　王霖《弇山集杜诗钞》	239
余峄《弇山集杜序》	239
厉鹗《王雨枫集杜诗序》	240
丁鹤《弇山集杜序》	241
胡浚《王弇山集杜诗序》	241
秀水万光泰《集杜题词》	243
会稽胡国楷《集杜题词》	244
一一五　李锴《鬋青山人集杜》	245
李锴《序》	245
一一六　王澍《杜诗五古选录》	245
华湛恩《跋》	245
一一七　毛张健《杜诗谱释》	246
毛张健《自序》	246
一一八　浦起龙《读杜心解》	247
浦起龙《发凡》	247
浦起龙《少陵编年诗目谱序》	252
浦起龙《读杜提纲》	253
一一九　朱方蔼批点《读杜心解》	254

朱琰《题跋》 …………………………………………………… 254
一二〇　李若木手抄《杜工部集》 ……………………………… 255
　　　李若木《手抄杜诗序》 …………………………………… 255
一二一　孔传铎《红萼轩杜诗汇二种》 ………………………… 255
　　　徐恕《题识》 ……………………………………………… 255
　　　佚名《题识》 ……………………………………………… 256
一二二　张汝霖《杜诗金针》 …………………………………… 256
　　　周文杰《序》 ……………………………………………… 256
　　　张汝霖《序》 ……………………………………………… 257
　　　张汝霖《凡例》 …………………………………………… 258
　　　张汝霖《各体总论》 ……………………………………… 258
一二三　夏力恕《杜文贞诗增注》 ……………………………… 259
　　　夏力恕《杜文贞诗自序》 ………………………………… 259
一二四　夏力恕《读杜笔记》 …………………………………… 261
　　　夏力恕《自识》 …………………………………………… 261
一二五　江浩然《杜诗集说》 …………………………………… 261
　　　冯浩《序》 ………………………………………………… 261
　　　江壎《例言》 ……………………………………………… 262
一二六　蒋大成《集杜诗》 ……………………………………… 263
　　　赵青藜《展亭集杜诗序》 ………………………………… 263
一二七　郑方坤《杜诗宣和谱》 ………………………………… 264
　　　郑方坤《自序》 …………………………………………… 264
一二八　纪容舒《杜律详解》 …………………………………… 265
　　　纪昀《题识》 ……………………………………………… 265
一二九　张雝敬《杜诗评点》 …………………………………… 266
　　　张雝敬《识语》 …………………………………………… 266
一三〇　邓献璋《艺兰书屋精选杜诗评注》 …………………… 266
　　　邓献璋《自序》 …………………………………………… 266
　　　邓献璋《艺兰书屋精选杜诗评注凡例》 ………………… 267
一三一　何化南、朱煜合编《杜诗选读》 ……………………… 268
　　　何化南《弁言》 …………………………………………… 268
　　　朱煜《凡例》 ……………………………………………… 268
一三二　杭世骏《杜工部集》 …………………………………… 270

13

叶德辉《跋》 …………………………………………… 270
　　叶启发《跋》 …………………………………………… 271
一三三　孙人龙《杜工部诗选初学读本》 ……………………… 272
　　《御制杜子美诗序》 …………………………………… 272
　　孙人龙《自记》 ………………………………………… 273
　　孙人龙《又记》（卷六目次前） ……………………… 274
一三四　边连宝《杜律启蒙》 …………………………………… 274
　　戈涛《杜律启蒙叙》 …………………………………… 274
　　边连宝《杜律启蒙凡例》计十六则 …………………… 275
一三五　乔亿《杜诗义法》 ……………………………………… 278
　　乔亿《书元稹李杜优劣论后》 ………………………… 278
一三六　齐召南《集杜诗》 ……………………………………… 279
　　齐毓川《案语》 ………………………………………… 279
一三七　申居郧《杜诗指掌》 …………………………………… 280
　　李逢光《杜诗指掌序》 ………………………………… 280
一三八　查岐昌《陶杜诗选》 …………………………………… 281
　　黄丕烈《跋》 …………………………………………… 281
一三九　吴峻《杜律启蒙》 ……………………………………… 282
　　吴峻《自序》 …………………………………………… 282
　　吴峻《跋》 ……………………………………………… 282
一四〇　徐文弼《诗法度针》中集《杜诗》 …………………… 283
　　徐文弼《序》 …………………………………………… 283
一四一　王纵亭《注杜诗》 ……………………………………… 283
　　裘曰修《王纵亭注杜诗序》 …………………………… 283
一四二　张甄陶《杜诗详注集成》 ……………………………… 284
　　张甄陶《自序》 ………………………………………… 284
　　蒋士铨《序》 …………………………………………… 285
一四三　梁同书《旧绣集》 ……………………………………… 286
　　陈鸿宝《序》 …………………………………………… 286
　　舒位《集句室诗品跋梁山舟学士集杜长卷后》 ……… 287
一四四　郑沄《杜工部集》 ……………………………………… 287
　　郑沄《自序》 …………………………………………… 287
　　沈曾植《题杜工部集》 ………………………………… 288

14

沈曾植《书杜诗遗王静安跋》(辛酉) …………………………… 288
一四五　周春《杜诗双声叠韵谱括略》 ……………………………… 288
　　周春《序》 …………………………………………………………… 288
　　周春《小记》 ………………………………………………………… 289
　　周春《自序》 ………………………………………………………… 289
　　钱大昕《杜诗双声叠韵谱序》 ……………………………………… 290
　　卢文弨《杜诗双声叠韵谱序》 ……………………………………… 291
　　秦瀛《杜诗双声叠韵谱括略序》 …………………………………… 292
一四六　许宝善《杜诗注释》 ………………………………………… 293
　　许宝善《自序》 ……………………………………………………… 293
　　钱大昕《杜诗注释序》 ……………………………………………… 293
　　许宝善《凡例》 ……………………………………………………… 294
一四七　张广文《杜诗选粹》 ………………………………………… 295
　　朱琦《杜诗选粹序》 ………………………………………………… 295
一四八　翁方纲辑《渔洋杜诗话》 …………………………………… 296
　　翁方纲《序》 ………………………………………………………… 296
　　翁方纲《跋》 ………………………………………………………… 297
一四九　翁方纲《渔洋评杜摘记》 …………………………………… 297
　　翁方纲《序》 ………………………………………………………… 297
　　翁方纲《跋》 ………………………………………………………… 298
一五〇　翁方纲《杜诗附记》 ………………………………………… 298
　　翁方纲《杜诗附记自序》 …………………………………………… 298
　　梁章钜《跋》 ………………………………………………………… 300
　　夏勤邦《跋》 ………………………………………………………… 300
　　伦明《题识》 ………………………………………………………… 301
　　罗振常《杜诗附记》提要 …………………………………………… 301
一五一　翁方纲《翁批杜诗》 ………………………………………… 302
　　胡义质《题记》 ……………………………………………………… 302
　　陈时利《题识》 ……………………………………………………… 302
　　李在钴《题识》 ……………………………………………………… 302
一五二　刘肇虞《杜工部五言排律诗句解》 ………………………… 303
　　张有泌《序》 ………………………………………………………… 303
　　刘肇虞《自序》 ……………………………………………………… 304

15

一五三	沈寅、朱崑《杜诗直解》	305
	朱筠《杜诗直解序》	305
	沈寅《序》	306
	沈昙《序》	306
	朱崑《序》	307
一五四	孙南星《杜诗约编》	308
	孙南星《自序》	308
一五五	饶春田《卧南斋西行集杜》	308
	林志仁《序》	308
	孟超然《序》	309
	黄守僟《序》	309
	卢遂《序》	310
	朱仕琇《叙》	310
	曹元俊《序》	311
	饶春田《序》	311
	高曰琏《跋》	312
	周牧《序》	312
	饶春田《识》	312
一五六	王鉴《杜律三百首》	314
	王鉴《杜律三百首序》	314
一五七	郁长裕《钞辑杜诗》	315
	郁长裕《钞辑杜诗序》	315
一五八	齐翀《杜诗本义》	315
	齐翀《自序》	315
一五九	周作渊《杜诗约选五律串解》	316
	许亦鲁《杜诗约选五律串解序》	316
	周作渊《自序》	317
	戴名驹《跋》	318
一六〇	杨伦《杜诗镜铨》	319
	毕沅《序》	319
	朱珪《序》	320
	周樽《序》	320
	杨伦《自序》	321

杨伦《杜诗镜铨凡例》 …………………………………… 322
　　　洪颐煊《书杜工部年谱后》 ………………………………… 324
一六一　戚学标《鹤泉集杜》 ……………………………………… 326
　　　蔡之定《序》 ………………………………………………… 326
　　　戚学标《自序》 ……………………………………………… 326
　　　崇士锦《题戚鹤泉明府文稿效集杜句》 …………………… 327
　　　崇士锦《题戚明府集杜卷仍效作》 ………………………… 327
　　　郑大漠《和戚鹤泉明府集杜》 ……………………………… 328
　　　赵希璜《戚鹤泉集杜诗序》 ………………………………… 329
一六二　耿沄《集杜诗》 …………………………………………… 329
　　　汪星源《集杜诗序》 ………………………………………… 329
　　　耿沄《凡例》 ………………………………………………… 330
　　　周崇勋《集杜诗跋》 ………………………………………… 331
一六三　耿沄《集杜词》 …………………………………………… 332
　　　李秉锐《集杜词叙》 ………………………………………… 332
　　　耿沄《集杜词凡例》 ………………………………………… 332
一六四　和宁《杜律精华》 ………………………………………… 333
　　　和宁《自序》 ………………………………………………… 333
一六五　许鸿磐《六观楼杜诗抄》 ………………………………… 334
　　　许鸿磐《杜诗抄小序》 ……………………………………… 334
　　　许鸿磐《识语》 ……………………………………………… 335
一六六　石间居士《藏云山房杜律详解》 ………………………… 335
　　　石间居士《藏云山房杜律详解序》 ………………………… 335
　　　一正主人《杜律详解原题》 ………………………………… 337
一六七　李旸《集杜诗草》 ………………………………………… 338
　　　邓奇逢《禺山集杜遗稿序言》 ……………………………… 338
一六八　刘濬《杜诗集评》 ………………………………………… 339
　　　阮元《序》 …………………………………………………… 339
　　　陈鸿寿《序》 ………………………………………………… 339
　　　刘濬《自序》 ………………………………………………… 340
　　　郭麐《序》 …………………………………………………… 340
　　　钱沃臣《序》 ………………………………………………… 341
　　　巨源《序》 …………………………………………………… 342

17

查初揆《序》 ································· 342
　　刘濬《例言》 ································· 343
一六九　吴广霈批校《杜诗集评》 ··················· 345
　　吴广霈《题跋》 ······························· 345
一七〇　佚名批点《杜子美诗集》 ··················· 345
　　焦循《书杜子美诗集后》 ······················· 345
一七一　李廷扬《注杜诗》 ························· 346
　　舒位《跋沧州李按察手注杜诗后》 ··············· 346
一七二　刘梅岩《集杜诗》 ························· 347
　　谢金銮《拟代梅岩刘生集杜序》 ················· 347
一七三　刘凤诰《存悔斋集杜诗》 ··················· 348
　　夏宝全《存悔斋集杜注跋》 ····················· 348
一七四　余成教《石园集杜》 ······················· 349
　　余成教《自序》 ······························· 349
一七五　刘□《集李杜诗》 ························· 350
　　陈寿祺《刘生集李杜诗序》 ····················· 350
一七六　盛大士《选读杜诗》 ······················· 351
　　盛大士《选读杜诗序》 ························· 351
一七七　黄春驷《李杜韩苏诗选句分韵》 ············· 352
　　林伯桐《李杜韩苏诗选句分韵序》 ··············· 352
一七八　万俊《杜诗说肤》 ························· 353
　　万俊《自序》 ································· 353
　　万俊《凡例》 ································· 353
一七九　陈沆《杜诗选》 ··························· 354
　　陈沆《自序》 ································· 354
一八〇　曹培亨《集杜诗》 ························· 355
　　钱泰吉《跋曹孺岩先生集杜诗册》 ··············· 355
一八一　钱泰吉《杜诗摘句》 ······················· 356
　　钱泰吉《自题》 ······························· 356
一八二　吴璥《杜诗评本》 ························· 356
　　钱仪吉《跋吴宫保评本杜诗》 ··················· 356
一八三　吴梯《读杜诗姑妄》 ······················· 357
　　吴梯《读杜诗姑妄自序》 ······················· 357

18

一八四　张燮承《杜诗百篇》	358
张燮承《自序》	358
贺际盛《识语》	358
一八五　庄咏《杜律浅说》	359
庄咏《杜律浅说序》	359
一八六　史炳《杜诗琐证》	360
史炳《自序》	360
李一氓《清道光本杜诗琐证》	361
一八七　金元恩《碧玉壶纂杜诗钞》	361
朱右曾《碧玉壶纂杜诗钞序》	361
金元恩《自序》纂杜文	362
《题赠》随到随录,不拘爵齿	362
金日瀛《跋》	363
一八八　范辇云《岁寒堂读杜》	365
张澍《序》	365
吴廷飏《序》	365
钱泳《跋》	367
范玉琨《跋》	367
吴棠《识》	368
张澍《范楞阿先生〈岁寒堂读杜诗〉跋》	369
一八九　李黼平《读杜韩笔记》	369
李云俦《跋》	369
一九〇　梁运昌《杜园说杜》	370
梁运昌《杜园说杜》	370
梁运昌《纪读杜诗始末》	370
梁运昌《杜园答问》	371
梁运昌《凡例》	372
梁运昌《题杜工部诗集后十二绝句》	373
陈衍《杜园说杜平议》	375
梁鸿志《跋》	375
一九一　卢坤《杜工部集》(五家评本)	376
卢坤《自序》	376
一九二　俞场原评、张学仁参定《杜诗律》	376

  张学仁《凡例》…… 376
  张学仁《叙》…… 377

一九三　何桂清《使粤吟》…… 379
  张维屏《何根云太仆使粤吟序》…… 379

一九四　许瀚《病手集杜》…… 380
  吴仲怿《许先生病手集杜册书后》…… 380
  傅增湘《许印林先生病手集杜一册》…… 380

一九五　顾淳庆《杜诗注解节钞》…… 381
  吴士鉴《序》…… 381
  诸宗元《杜诗注解节钞跋》…… 381

一九六　鲁一同《鲁通甫读书记》…… 382
  段朝端《序》…… 382
  鲁一同《识》…… 383
  吴涑《跋》…… 383

一九七　徐恕过录鲁一同批点《读杜心解》…… 384
  徐恕《题识》…… 384

一九八　潘树棠《杜律正蒙》…… 385
  章倬标《序》…… 385
  潘树棠《自序》…… 386
  章德藻《跋》…… 386
  潘树棠《例言》…… 387

一九九　席树馨《杜诗培风读本》…… 388
  吴棠《重刻杜诗镜铨序》…… 388
  席树馨《杜诗培风序》…… 388

二〇〇　董文涣《杜诗字评》…… 389
  董文涣《引》…… 389
  长赟《跋》…… 389
  董文涣《凡例》…… 390

二〇一　孙毓汶《迟庵集杜诗》…… 393
  徐彦宽《叙》…… 393

二〇二　徐淇《集李杜诗八十四喜笺序目》…… 393
  徐淇《序》…… 393

二〇三　周天麟《水流云在馆集杜诗存》…… 394

周天麟《自序》 …………………………………………………… 394
　　张之万《序》 ……………………………………………………… 395
　　陈启泰《跋》 ……………………………………………………… 396
二〇四　赵星海《杜解传薪》 …………………………………………… 397
　　方潜《序》 ………………………………………………………… 397
　　赵星海《自序》 …………………………………………………… 398
　　赵星海《后序》 …………………………………………………… 399
二〇五　赵星海《杜解传薪摘抄》 ……………………………………… 399
　　阎敬铭《序》 ……………………………………………………… 399
　　萧培元《序》 ……………………………………………………… 400
　　方朔《序》 ………………………………………………………… 400
　　赵星海《杜解传薪摘抄小引》 …………………………………… 401
二〇六　施鸿保《读杜诗说》 …………………………………………… 402
　　施鸿保《自序》 …………………………………………………… 402
二〇七　凌艺斋《杜注约》 ……………………………………………… 403
　　凌艺斋《凡例》 …………………………………………………… 403
　　凌艺斋《自跋》 …………………………………………………… 404
二〇八　毛文翰《杜诗心会》 …………………………………………… 405
　　郭嵩焘《毛西原杜诗心会序》 …………………………………… 405
二〇九　陈廷焯《杜诗选》 ……………………………………………… 406
　　陈廷焯《自序》 …………………………………………………… 406
二一〇　王以敏《檗坞诗存·鲛拾集》 ………………………………… 407
　　吴庆焘《叙》 ……………………………………………………… 407
　　王以敏《自序》 …………………………………………………… 407
　　《檗坞诗存别集题辞》 …………………………………………… 408
二一一　郑杲《杜诗抄》 ………………………………………………… 410
　　徐世昌《序》 ……………………………………………………… 410
二一二　郭曾炘《读杜札记》 …………………………………………… 411
　　叶恭绰《序》 ……………………………………………………… 411
二一三　虞铭新《杜古四品》 …………………………………………… 412
　　虞铭新《杜古四品序》 …………………………………………… 412
二一四　虞铭新《杜韩五言古诗类纂》 ………………………………… 413
　　虞铭新《杜韩五言古诗类纂序》 ………………………………… 413

21

二一五　蒋瑞藻《续杜工部诗话》 …… 413
　　胡怀琛《续杜工部诗话序》 …… 413
　　蒋瑞藻《记》 …… 414
二一六　王文琦《愿春迟斋杜诗集联》 …… 415
　　王秉悌《愿春迟斋杜诗集联序》 …… 415
　　王文琦《自题·菩萨蛮》集杜诗 …… 415

　　主要参考文献 …… 416
　　后记 …… 424

序

　　清代是杜诗学史上继两宋之后的第二个发展高潮期，涌现出众多的杜诗学文献，据孙微《清代杜诗学文献考》一书统计，其存佚的杜诗学文献共计500馀种，这充分说明清代杜诗学宝库含蕴的丰富性。在蔚为大观的清代杜诗学文献中，有很多稀见之孤本、善本，这些杜诗学文献各具成就和特色，其序跋对于研究杜诗学史的嬗变、杜集版本的流传形式、清代诗学理论的发展史无疑是至关重要的文献材料。每种杜诗学文献的注杜思想、注释特色和倾向以及成书过程、版本递嬗、卷帙分合等，往往都集中体现在其序跋、凡例之中，这些序跋对于深入研究和梳理古典诗学理论的嬗变极为关键。然而这些杜集序跋或因为历史的原因已经散佚难寻，或因极为稀见而不为学界知悉，大都散落于各个文化单位或个人手中，搜寻起来颇为不易。因此清代杜诗学文献中所蕴含的许多真知灼见和精辟的注杜思想，鲜有机会为学界一窥究竟，这无疑是一种莫大的遗憾。此前学界虽曾编有《杜诗丛刊》、《杜诗又丛》等丛刊，但遗逸尚多，远未臻于至善，若俟一部收录全面的杜诗学文献丛刊问世，尚需时日。因此将全部存佚杜诗学文献的序跋先行整理纂辑，都为一集，可以从某种程度上满足学界对这些文献的需求。

　　孙微博士在多年的治学过程中，将经眼之清代杜诗学原始文献之序跋悉行纂录点校，并考证作者生平事迹、校核版本异同，作了大量细致的工作，最终纂成《清代杜集序跋汇录》一书，可谓集腋成裘，兼具众美。书中收录的张羽《杜还七言律》、周篆《杜工部诗集集解》、赵星海《杜解传薪》等数十种文献都是海内孤本，可称吉光片羽，弥足珍贵。这部分材料整理出版后，必将促进学界对杜诗文献学史的深入认识，从而推动杜诗学研究的发展。

　　对杜集序跋进行标点句读，看起来是不值一提的小技，其实蕴含了多种学问，是很吃功夫的。这不仅需要对杜诗学史有相当深入的了解，而且需要各个方面的综合知识，若无深厚的文献学功底和一丝不苟的精神恐难以胜任。孙微博士凭借多年来对众多杜诗版本文献深入细致的研究，积累了较为丰富的古籍整理经验，在校点文献的过程中又采取了颇为审慎的态度,耗费了无数心血,积功十馀年,终于完成本书的纂辑工作,其持之以恒的精神和坚忍不拔的毅力都值得表扬。今闻书稿已杀青,乐观其成,特为序如上云。

韩成武

2016 年 3 月于河北大学

前　言

　　清代是杜诗学史上集大成的时代,涌现出的杜诗学文献不仅数量众多,而且成果显赫,可谓盛况空前。其中大多数杜集均有序跋、弁言、题词、题诗、赠言、例言、凡例等,其数量则多寡不等,少则一篇,多则数篇,因此清代杜集序跋的数量是相当可观的。由于每种杜诗学文献的注杜思想、注释倾向以及成书背景、刊刻过程、版本递嬗、卷帙分合等,往往都集中体现在其序跋、凡例之中,因此杜集序跋对于深入研究杜诗学史的递嬗过程、杜集版本的流传形式,梳理诗学思想和理论的发展源流,无疑是至关重要的文献材料。本书首次将有清一代的杜集序跋予以汇录纂辑,目的是为学界深入认识清代杜诗学的演进过程提供最基础的文献材料,为杜诗学的发展贡献一份绵薄之力。对现存清代杜诗学文献,编者秉持尽量亲见原书的原则,拒绝转引和使用二手资料,力争最大限度地避免仅从前人的书目和著述出发,致使谬误流传、错讹辗转因袭之弊。同时又花费了巨大精力,于浩如烟海的清人别集及其它相关文献中,钩稽纂录出为数不少的散佚清代杜集序跋,将这些文献与存世清代杜集相互补充、相互印证,相信对于加深对清代杜诗学的认识将会起到重要的补充作用。此外,清代杜集序跋的作者多达四百余人,其中大多数序跋作者的生平事迹,此前未有过考证结果,颇难知悉其详。本成果则通过翻检碑传、墓志、年谱、方志、家乘等众多相关文献,对大多数清代杜集序跋撰写者的生平事迹进行了钩稽、梳理和考证,这对清代文人生平的研究或许能够提供一定的参考。

　　总的来看,清代杜集序跋具有极高的文献价值与诗学理论价值,以下分别论之。

一、清代杜集序跋的文献价值

（一）保存了大量稀见文献

　　在蔚为大观的清代杜集中,有许多为稿本、钞本,从未刊刻,流布颇罕,其内容一直不为学界所知,故而具有较高的文献价值。如汪枢《爱吟轩注杜工部集》、周篆《杜工部诗集集解》、吴冯栻《青城说杜》、赵星海《杜解传薪》等,均为海内孤本,因而其序跋无疑也具有很高的文献价值。即使是一些常见、知名的杜诗注本,如钱谦益《钱注杜诗》、朱鹤龄《杜工部诗集辑注》、仇兆鳌《杜诗详注》、吴见思《杜诗论文》等，尚有大量名家批校本存世，诸如钱陆灿、商盘、陈治批点《钱注杜诗》、蒋金式批点《杜工部诗集辑注》、方拱乾批点《杜诗论文》、黎维枞、李以峙批点《杜诗详注》等，这些批校本之序跋，由于多以单本手抄形式流传，往往也是珍稀之文献。此外，许多清代杜集中的序跋、题辞、题诗，并不见于作者之别集，故都属于佚文，其文献价值自不待言。如清初王材任《复村集杜诗》前有魏象枢《题诗》曰："黄冈才子年英妙，一取科名官清要。亥秋比士下三巴，为访浣花觅同调。归来集成少陵诗，令我一读一大叫。杜耶王耶孰辨之，觌面问君只微笑。"此诗就未收于《寒松堂全集》中，故可断为魏象枢佚诗。又如徐树丕《杜诗执鞭录》卷十四收录朱鹤龄《秋日读书寓园成杜诗辨注述怀一百韵》，可知朱鹤龄《杜诗辑注》之书名初作《杜诗辨注》，故此诗对于了解清初"钱、朱注杜公案"以及朱注的成书过程是非常重要的第一手材料。然而此诗并不见于朱鹤龄《愚庵小集》，故一直不为学界所知，幸赖《杜诗执鞭录》的转引方得以保存。此类例子尚多，兹不赘述。

（二）可以考知杜集刊刻时间及作者情况

杜集序跋落款中所署时间，往往是判定其刊刻时间最直接的依据，所以就那些刊刻时间不明的文献而言，某些稀见之序跋就成为帮助我们判断的关键因素。如朱鹤龄《杜工部诗集辑注》，由于牵涉到"钱、朱注杜公案"，其初刻时间备受学界瞩目。朱注的初刻本为康熙间金陵叶永茹万卷楼刻本，卷前的朱鹤龄《识语》、《自序》及二十卷后沈寿民《后序》均未署时间，这给我们确定其刊刻时间带来很大障碍。不过该本后附"杜诗补注"五十余条，其中屡引顾炎武《日知录》之"杜诗注"。而顾炎武《日知录》八卷初刻于康熙十一年（1672），洪业先生《杜诗引得序》便据之推断，朱注成书当在此之后。后来的一些杜诗学书目，遂均定该本为康熙十一年刻。其实洪业先生的推断存有疑问，这是因为他没有考虑到《日知录》本身的成书也是有一个过程的。朱鹤龄与顾炎武过从甚密，他当有机会于《日知录》刊刻前阅读过顾炎武的手稿。顾炎武《初刻〈日知录〉自序》即称："友人多欲抄写，患不能给。"可见其不少友人都曾在《日知录》未刊前抄借此书。因此，不宜以《日知录》的初刻时间来定朱注的刊刻时间，其刊刻时间最多只能用来作为判断朱注刻印时间的一个参照而已。而后来学界发现中国社科院文学所藏本《杜工部诗集辑注》前多出计东《朱氏杜诗辑注序》一篇，落款署曰："康熙九年冬杪同里学人计东序。"在目前国内所见朱鹤龄《杜工部诗集辑注》的版本系统中，卷前有计东序者似仅见此本。因此周采泉先生《杜集书录》便判定朱鹤龄《杜工部诗集辑注》的初刻时间乃是康熙九年(1670)。而这一结论的最终得出,则完全是以稀见杜集序跋为基础的。

除了可以考知文献的成书及刊刻时间,杜集序跋对于判断文献作者的时代及生平事迹也往往有直接帮助。例如北京师范大学图书馆藏有王邻德《睡美楼杜律五言》一书,然而由于对相关文献中对王邻德其人的生平事迹记载甚少,故《杜集叙录》、《杜甫大辞典》等书在著录《睡美楼杜律五言》时都不能确定其成书时间。今据王邻德《睡美楼杜律五言引》可知,王邻德学杜曾得刘雪舫指授,而通过对刘雪舫生平事迹的稽考,则可以确定王邻德为清初人。刘文炤,号雪舫,宛平籍,海州人。崇祯帝之母孝纯皇太后之侄,新乐忠恪侯文炳弟。李自成陷京师,文炳阖家自焚,文炤独奉祖母逃匿,后流落江淮间,寓高邮甓社湖者二十年,著有《揽蕙堂偶存》。其与王邻德之交游,当于寓居高邮之时。

(三)可以辨析文献之真伪

杜集序跋中对文献的成书过程与流传情况往往有最为真切翔实的记录,故而对辨析某些文献之真伪具有至关重要的作用。例如道光十一年(1831)阳湖庄鲁驷刻本《朱竹垞先生杜诗评本》,其中评语是否真为朱彝尊所评颇值得怀疑。这是因为朱彝尊为清初名家,与之同时的李因笃、邵长蘅、吴农祥、王士禛等人之杜诗评本均流传有序,毫无疑义。而《朱竹垞先生杜诗评本》却出现较晚,且此前从未见有书目提及。是书的编刻者岳良、庄鲁驷将其定为朱彝尊所评的依据,就是该本前的《朱竹垞先生原跋》:

> 惟阅是集,为二三前辈丹黄评定,碎无笺注,而批郤导窾,各寄会心。余因附参末见,以冀作诗宗旨,不仅沾沾于证引也。康熙乙巳(1665)夏月,竹垞朱彝尊书于曝书亭侧。

而庄鲁驷《序》曰:

> 丙戌(道光六年,1826)游皖城,偶过书肆,见败帙中有是编,乃秀水朱竹垞先生手批本,购归读之,觉体会入微,别有心得。……取所评之本手录付梓,以公同好。原跋有二三前辈丹黄评定,概谓秀水朱氏评本可也。

可见庄鲁驷未暇对该本的实际评点者一一进行核实,只是由于书前有署名朱彝尊的跋文,便认定为朱彝尊所评。其实朱彝尊跋文中"惟阅是集,为二三前辈丹黄评定,碎无笺注,而批郤导窾,各寄会心。余因附参末见,以冀作诗宗旨,不仅沾沾于证引也"这段话,已经清楚地说明了其批点是附于

"二三前辈"批点之后的。庄鲁骃虽明知如此,却仍糊里糊涂地说"概谓秀水朱氏评本可也",实在是不负责任的胡说。民国间出版的《国学专刊》1926年第2期曾刊载稿本《朱竹垞先生批杜诗》,其内容与庄鲁骃刻本《朱竹垞先生杜诗评本》完全不同,稿本前载有陈衍所撰序曰:

> 《朱竹垞先生批杜诗》,旧藏小瑯嬛馆,未经刻本也,吾乡郑虞臣先生曾手钞副本。仲濂丈,先生侄也,复为杨雪沧舍人重钞一过。杨殁,传闻此本鬻在京师厂肆,沈之封提学见之,以告余,余告稚辛,以三十饼金购还。则卷首黏贴仲濂丈所钞朱字《总评》而已,其卷中朱批,则他人效丈字体也。

稿本后还有陈衍之案语曰:

> 衍案:朱竹垞朱批之本,藏小瑯嬛馆而未刻者,不知其批在何本杜诗上?今乃有刻本朱竹垞先生所评杜诗,首卷标题"朱竹垞先生杜诗评本卷一",其卷二以下,则只题卷几而已,并无"朱竹垞先生"等字,其书眉、诗旁所有已刻评语外,又有朱字未刻评语,多与相垺。朱字是,则已刻者非;已刻者是,则朱字非。然朱字无可疑者也。仲濂丈既钞《总评》,后有跋语略云:"兹批专指作法,间批钱笺。集中于起伏承结,最为用心,想亦先生早岁伏案时咿唔有得,随手钞录,意不主著述也。"又目录后朱批有云:"起伏照应用尖圈,承上起下用密点,词意佳者用圆圈。"今《总评》既未刻,而刻本批语于所谓起伏承结者全未拈出,于所谓起伏照应、承上起下、词意佳者,全未用尖圈、密点、圆圈,则已刻批语,不出于竹垞,惟朱字者为竹垞所批可知。是则已刻者何人所批乎?案竹垞《原跋》有云:"惟阅是集,为二三前辈丹黄评定,批郤导窾,各寄会心,余因附参末见"云云,可知另有杜集为前辈所评者,今已刻者即其书。其竹垞朱批,实未刻,故皆以朱字辗转迻写。书贾射利者不知其详,以前辈评本易其首行标题为"朱竹垞评本",又有割裂迻写朱批,黏卷首以实之者,而岂知转以败露也。

陈衍在序及案语中详细记载了稿本《朱竹垞先生批杜诗》辗转流传的过程,并通过稿本与刻本批点体例之异同,指出庄鲁骃刻本中书商作伪之痕迹,从而最终认定刻本并非朱彝尊所评,其论可谓确凿可信。我们仔细检核《朱竹垞先生杜诗评本》中的所谓"朱彝尊评"后亦可以发现,这些评语多为清初李因笃与邵长蘅之评,并非出自朱彝尊之手。而《国学专刊》刊载之《朱竹垞先生批杜诗》应该才是真正的朱彝尊评语。由此例可以见出,清代杜集序跋对于判定某些杜集之真伪有着不可替代的作用。

(四)可以考知杜诗学文献传播之实况

清初的杜诗学颇为兴盛,而时人在杜集序跋中对其盛况的描述,对我们了解历史实际情况,具有重要的参考价值。如清初方拱乾《手录杜少陵诗序》云:"诸书惟杜注最多,以予所见,且十八九种,闻吴下藏书家至八十馀种,虽未得书见,大略可以意揣。"方氏所云吴下藏书家有八十余种杜诗注本,其中除了少量宋元明之注本之外,大多数应是清初之注本。这无疑为我们了解清初杜诗注本的实际数量,提供了重要参考。又如明代李东阳有《批杜诗》,该本现已散佚,然清代学者尚能见此批本,在杜集序跋中便有提及者。如清初戴廷栻《丹枫阁钞杜诗小叙》云:"余旧游燕,于陈百史架见李空同手批杜诗,草草过之,其后每读杜诗,以不及手录为恨。"马世俊《杜诗序》亦曰:"近见李空同评本,仅得其音节,不谙其神理。"再如清初李因笃《杜律评语》一书是否真曾行世,颇令学界感到困惑。成都杜甫草堂甚至曾将此书列入1959年第二次《征集书目》,书名作《杜诗评》,然迄今未见。而周采泉《杜集书录》引无名氏杜诗批校本《题记》云:"李氏有《杜律评语》,安溪李文贞公(光地)极赏之,欲刊刻而未果,惜流传甚少。"由此《题记》可知,《杜律评语》当时并未刊刻,故极有可能已经散佚。而杜集序跋中提供的这类信息,对于我们判定杜诗文献之传播与存佚,无疑具有重要意义。

(五)可以窥见清代杜诗学界的学术分歧

从杜集序跋的角度切入,往往可以窥见清代杜诗学界的学术分歧,这对我们了解文献成书的学术背景极具参考价值。例如清初陈式《问斋杜意》,前有徐秉义、张英、方孝标诸人之序,然检钱澄之《田间文集》卷十三,亦载有《陈二如杜意序》一篇,当是钱澄之应陈式之请为《问斋杜意》所作之序。那么陈式之书前刊载了诸名家之序,却为何单单未将钱氏之序弁于书前呢?考钱澄之《陈二如杜意序》云:

> 世之誉杜者,徒以其语不忘君,有合于风雅之旨,遂以为有唐诗人来一人而已。吾谓诗本性情,无情不可以为诗。凡感物造端,眷怀君父,一情至之人能之,不独子美为然。……唐之于子美至矣,子美之感恩不忘,其常情,非溢情也。……凡公之崎岖秦陇,往来梓蜀夔峡之间,险阻饥困,皆为保全妻子计也。其去秦而秦乱,去梓而梓乱,去蜀而蜀乱,公皆挈其家超然远引,不及于狼狈,则谓公之智,适足以全躯

保妻子，公固无辞也。且夫银章赤管之华，青琐紫宸之梦，意速行迟，形诸愤叹，公岂忘功名者哉！而专谓其不忘君耶？……子美于君父、朋友、兄弟、妻子之间，一中人之深情者耳，谓为有诗人以来一人，过矣。……今集中有句涩而意尽者，有调苦而韵凑者，……其弊至多。唯是其气力浑沦磅礴，足以笼罩一切，遂使人不敢细议其弊。……吾以公全集按之，声病固所时有，正不妨于有，亦正不必曲为回护也。耳食之徒，略不考核，唯随声附和，何足辨哉！

从序中可见，钱澄之对杜甫思想以及杜诗艺术颇有微词，似乎仍然继承了明代郑善夫、王慎中等人之贬杜倾向，其看法与陈式等人所见差距甚大，故陈式在刊刻《问斋杜意》时，便毅然将钱序摒弃。我们从中似可窥见贬杜论在明清之际地位之黜陟，以及明清两代杜诗学嬗变之微妙消息。同样地，乾隆朝周春《杜诗双声叠韵谱括略》一书，今所见《丛书集成初编》影印《艺海珠尘》本前只有周春之《自序》与《小记》。然李慈铭《越缦堂读书记》著录《周松霭遗书》云："《杜诗双声叠韵谱》八卷，前有王西庄、卢抱经、钱竹汀、秦小岘及武进刘尚书权之序。"可见当时为周春此书作序之名家颇多，今检卢文弨《抱经堂文集》、钱大昕《潜研堂集》、秦瀛《小岘山人文集》，均存为《括略》所作之序，仅王鸣盛、刘权之序未见。而周春刊行《杜诗双声叠韵谱》时，却仅存自序，这是因为周春《括略》一书是从双声叠韵的角度择定杜诗之异文、甚至判定杜诗之真伪，而钱大昕诸人对周春这种偏执一法而绳杜诗的作法颇持异议。然而周春对这些质疑却颇不以为然，遂在刻印时有意将诸名家序全部刊落，仅保留自序，其兀兀不平之气，是见于言外的。因此杜集序跋是促进我们了解清代诗学纷争的重要途径，序跋中的许多学术内容，能够使我们更为直接地了解清代杜诗学的发展过程及其纷繁复杂的学术背景。

另外，在有些清代杜集中，收录于刻本之序跋，同时亦收入序跋作者别集，两者之间在文字上往往存在很大差距。例如张澍为范辇云《岁寒堂读杜》所作《序》，亦见清道光十五年枣华书屋刻本张澍《养素堂文集》卷三十四，题作《跋》。将二者相较后可以发现，其文字差异颇大，《养素堂文集》之《跋》体现出较为明显的修订痕迹，而这些文字异同正可资校勘考证之用。除此之外，清代杜集散佚过半，然而其序跋等内容仍散见于清人别集、笔记、方志等文献中，可以通过努力钩稽，将这部分文献最大程度地辑出，这对于了解散佚清代杜集的大致面貌，无疑也具有重要的文献学意义。

二、清代杜集序跋的诗学理论价值

(一)提出反穿凿的新途径:反复涵咏以直揭本心

黄庭坚在《大雅堂石刻杜诗记》中曰:"彼喜穿凿者,弃其大旨,取其发兴于所遇林泉人物、草木鱼虫,以为物物皆有寄托,如世间商度隐语者,则子美之诗委地矣。"(《豫章黄先生文集》卷十六)这确实道出了宋人解杜时动辄凿深附会之弊。此后历代的有识之士在反对注杜中的穿凿附会时,往往都会以孟子的"知人论世"和"以意逆志"说作为理论武器。然而若不具备较高的文化修养,仅凭低级的"以意逆志",所得多是臆解耳食,仍不能正确理解诗意。而我们在清代杜集序跋中看到,众多学者提出了一种反穿凿的新途径:即通过反复涵咏杜诗以直揭本心。这一研读方法倘能运用得当,确实可以避免主观臆断、穿凿附会之弊。如清初傅山《与戴枫仲》云:"杜诗越看越轻,弄手眼不得。不同他小集,不经多多少少人评论者。若急图成书,恐遗后悔,慎重为是。非颠倒数十百过不可,是以迟迟耳。曾妄以一时见解加之者,数日后又觉失言,往往如此,且从容何如?"也就是说,只有经过多次反复涵咏,认识才能不断深化,也才能真正体悟到杜诗的真髓。因此在傅山看来,读杜也就成为最终获得真解的惟一途径。在他这种认识中,隐含了对历代注家穿凿琐碎之弊的批判,其直揭本心的解杜方法无疑具有革命意义,因此其思想一直被后人继承和发展。如浦起龙《读杜提纲》亦曰:"读杜逐字句寻思了,须通首一气读。若一题几首,再连章一片读。还要判成片工夫,全部一齐读。"乾隆朝的汪灏亦强调"读杜",其《知本堂读杜自序》曰:"不笺且注,而只'读'之者何?杜陵去今九百馀年矣,名贤宿学,注之笺之者,既详且精,灏于数者俱不能,且惧穿凿附会,失作者之心,聊读之云尔。"他还于该书的《凡例》中提出读杜之法:"必全首一气读之,一题数首一气读之,全部一气读之,乃可得作者之本旨。"其后,翁方纲《杜诗附记自序》亦云:"手写杜诗全本而咀咏之,束诸家评注不观,乃渐有所得。"段朝端为鲁一同《鲁通甫读书记》所作序曰:"董遇云:'读书百遍,其义自见。'先生于沈壮横厉之作,则击节高歌;于精深华妙之作,则慢声徐度。迨至兴会充满,口角流沫,实有鬼神来告之乐。塞者以通,晦者以明,关节尽解,则不知手之舞之,足之蹈之。"鲁一同《识》亦曰:"但吟讽百过,自有鬼神来贶耳。浦氏读书何尝不细心,只是畦町太过,如刻舟求剑。庄子曰:'吾以神遇,不以目视。'读杜者不可不知此言。"以上这些杜诗注家都强调要对充满穿凿之论的旧注保持相当高的警惕,并主张通过对杜诗的反复讽诵和体味,来实现对诗意的正确理解,这无疑对于矫正旧注的穿凿与讹误具有重要作用。

(二)"不笺一字"的反穿凿思想

鉴于旧注的穿凿附会,许多明清学者主张完全删去旧注,仅仅保留杜诗原文,是为白文本。这无疑是明清杜诗学中的一种极端倾向。而这种反穿凿思想,在明清杜集序跋中有着非常集中的讨论。例如明末傅振商《杜诗分类》即是一个影响较广泛的白文本,傅氏在《自序》中曰:"每厌注解本属蠡测,妄作射覆,割裂穿凿,种种错出,是少陵以为诠性情之言,而诸家反以为逞臆妄发之也。何异以败蒲藉连城,以鱼目缀火齐乎?因尽削去,使少陵本来面目如旧。庶读者不从注脚盘旋,细为讽译,直寻本旨,从真性情间觅少陵。"清周光燮《跋》云:"去注释而从其类,意固深矣。谚云:'僧闭口,佛缩手',盖默于不知也。"在对杜诗蠡测穿凿到"逞意妄发"的程度时,剔去注释,恢复杜诗的本来面目,当然就成为少陵功臣了。此本对后世影响深远,到清代就有两种重刻本。其中顺治十六年(1659)西陵亮明斋刻本前有高士之《告白》云:"杜工部诗凡笺疏丹黄,多属蠡测,甚至矫诬穿凿,汩没作者本意。兹集恪遵古本,依题分类,不加删选,不尚诠释,绣梓精工,校订详确。庶几工部真色尚存天地间,识者自辨。"梁清标《重刻原序》云:"余既好工部诗,而刻本率割裂错杂不可读。旧直指傅公刻分类集,芟薙注解,犹存本文,划然皎然。"傅振商的白文本因"不尚诠释"、"校订精确"受到广大学者的青睐,他们认为只有这样的净本才能真正揭示出久被蒙蔽的杜诗本意,白文本的影响于此可见一斑。明季卢世㴶刻《杜诗胥钞》是另一个影响较大的白文本,刘荣嗣于该书《知己赠言》中指出:"古今解少陵诗即无虑数十百家,或逆意,或剽词,为执、为诡、为遁,紫房一切芟去,以待学人之参会也。"清初张彦士《杜诗旁训自序》曰:"偶于黄山学署得卢紫房《杜诗胥抄》一书,不发一议,不置一解,而少陵之真面目真精神,犹得洞于行墨之间。予忾然曰:此善读杜者也!以我注杜,何如以杜注杜?以解解之,何如以不解解之?杜之无容注也,予既已知之矣。"这些看法都是对白文本注杜思想的沿袭与承继。然而随着白文本的发展,其流弊也已经逐渐显露出来,即普通读者很难读懂没有任何注释的杜诗白文本,特别是杜诗当中那些和史实联系紧密的篇章。于是人们开始回过头来反思白文本的初衷是什么?这种做法是否过于偏激?以及新的注杜者该采取什么样的补救对策等等问题。清初的著名学者阎若璩和张溍之子张榕瑞关于白文本与传统笺注本的优劣有过一次讨论,阎若璩《读书堂杜诗注解序》云:

> 间谓阎学先生曰:"说《诗》者,历来以《小序》,朱文公始一切抹杀,讽咏其白文,颇得孟子以意逆志法,窃以读杜者何独不可?"阎学先生曰:"世有不得其事,而能通其义乎?"余笑曰:"患无公家灵心慧眼耳,苟有之,神者告之矣。邢子才所谓'思若不能得,则便不劳读书'者。"

二人争论的关键在于白文本与注解本何者更可取。阎氏以为仅咏原文亦可理解杜诗,此论明显承继白文本编选者的主张;而张氏则强调必须要有对作家作品的背景知识为基础才能正确理解,这当然一针见血地揭出白文本的致命弱点。这场争论之后,张溍《读书堂杜诗注解》等注本大量刻印,而白文本则一蹶不振,然其影响却并没有完全消除。乾隆五十年(1785)刻玉勾草堂本郑沄《杜工部集》是另一个白文本的善本,该本以其白文无注、编校精审,得到后世大量翻刻,郑庆笃等《杜集书目提要》就著录了八种之多。郑沄在《序》中云:"笺注概从删削,以少陵一生不为钩章棘句。以意逆志,论世知人,聚讼纷如,盖无取焉。"这样的注杜思想都和以往的白文本编者们一脉相承。此外,乾隆朝孙人龙《杜工部诗选初学读本》亦是白文本,其《自记》云:"余幼读工部诗,窃见向来评注,几数百家,手自纂辑,不啻数四。然引证猥杂,扬抑纷繁。窃谓随其所见,均不如密咏恬吟,熟读深思,而自得其旨趣。"孙人龙指出,直接诵读杜诗白文可使初学者可少走弯路,故选编白文本作为初学杜诗者的读本。虽然此后杜诗白文本变得越来越少,逐渐退出了历史舞台,但是这股反穿凿的思潮永远值得后人深思。清末林栋在其《偶成》之二中曰:"几人学杜得其神,注解千家各竞新。伐石深镌工部集,不笺一字是功臣。"真可谓是对这种反穿凿思想最为恰当的概括。

(三)对"以杜证杜"方法的集中阐述

使用"以杜证杜"和"史诗互证"的解杜方法,可以最大程度地避免主观臆测与牵强附会,是杜诗注释史上最为成功、科学的研究方法。就目前所见文献来看,最早提出"以杜证杜"这一说法的,是明代的杨慎,其《升庵诗话》卷一曰:

> 韩石溪廷廷语余曰:杜子美《登白帝最高楼》诗云:"峡坼云霾龙虎卧,江清日抱鼋鼍游。"此乃登高临深,形容疑似之状耳。云霾坼峡,山木蟠拏,有似龙虎之卧;日抱清江,滩石波荡,有若鼋鼍之游。余因悟旧注之非,其云云气阴黯,龙虎所伏,日光圆抱,鼋鼍出曝,真以为四物

矣。即以杜证杜,如"江光隐映鼋鼍窟,石势参差乌鹊桥",同一句法,同一解也。……岂真有乌鹊、鼋鼍、虬龙、虎豹哉!

明人虽已有此等认识,然却并未在注杜中有意识地大规模使用这种方法。直至清代,杜诗注家们才开始在理论上明确认识到"以杜证杜"方法的优越性,并在注杜实践中较为广泛地使用这种科学的注杜方法。而他们对"以杜证杜"方法的明确认识与系统的理论阐述,都集中地体现在杜集序跋之中。例如清初周亮工为张羽《杜还七言律》所作序曰:

> 若葛民此注,不过因世人不见杜老真面目,直以杜还杜耳。……老杜被学者捋剥殆尽,又被注者摘索无遗,不得不逃之无何有之乡。直遇葛民,始得咏"生还偶然遂"也。勿论自来诗文书画,直当以笔还笔、墨还墨;而注古人者,更当以古人还古人,得一"还"字,杜诗从此无事矣。

周亮工所谓"以笔还笔"、"以墨还墨"、"以杜还杜",都是针对当时注杜之弊而发,其"以杜还杜"之论虽与"以杜证杜"稍有差距,但无疑仍具有导夫先路之理论价值。又方拱乾《手录杜少陵诗序》曰:"此本亦以我注杜诗耳,以杜诗注杜诗耳。若曰集诸家以为本,则不能居矣。"吴兴祚《杜诗论文序》也提出:"不强杜以从我,而举杜以还杜。"方氏"以杜注杜"、吴氏"举杜以还杜",与周亮工"以杜还杜"的意思都非常接近,这都表明清初杜诗学界对"以杜证杜"方法已经有了较为清晰的理论认识。此后赵星海《杜解传薪自序》曰:

> 少陵之诗,少陵之心也;少陵之诗有异,少陵之心无异也。吾不以吾心解杜诗,而以杜诗证吾心焉。于是乎吾心出,于是乎少陵之心亦出;少陵之心出,而少陵之诗解矣。然则非吾解杜诗,乃杜诗自为其解耳。自为解而有不解者乎?自为解而人复有不解者乎?

可以看出,赵星海所谓"杜诗自为其解"之说,也是清初诸人"以杜证杜"说之嗣响,同时表明清代杜诗学界对这一方法的认识基本趋于一致。不过"以杜证杜"方法虽能避免穿凿,若使用不当,则又会产生肤浅庸陋之弊,卢元昌《杜诗阐自序》中已经注意到这个问题:

> 世称少陵诗之难读也,古今注家,奚翅数十。顾有因注得显者,亦有因注反晦者。一晦于训诂之太杂,一晦于讲解之太凿,一晦于援证之太繁。反是者,又为肤浅凡庸之词,曰:"吾以杜注杜也",则太陋。

至于在使用"以杜证杜"方法时如何才能做到既反穿凿附会,又能避免肤浅凡庸,在清人也有过大量讨论,兹不赘言。不管怎样,清代杜集序跋中对"以杜证杜"问题的集中讨论,无疑促进了学界对这一研究方法的理论认识不断得到深入和发展。

(四)提出注杜者际遇应与杜甫的经历相契合

陆放翁曾说:"欲注杜诗,须去少陵地位不大远,乃可下语。"(《跋柳书苏夫人墓志》)在清代的杜集序跋中,注杜者也特别强调这一点。他们认为,在杜诗研究的主体因素中,只有经历坎坷与杜甫相似者,才能更好地理解杜诗,在以意逆志的时候才能更好地诠释杜诗。如邵长蘅《杜诗臆评序》曰:

> 长垣王又愚先生起家进士,令梓潼,遭乱弃官,流离滇黔,阅十馀年而后归。方其自秦入蜀,窥剑阁,下潼江,又以事数往来花溪、锦水,其游迹适与子美合。及弃官以后,系怀君父,眷念乡邦,以至拾橡随狙,饥寒奔走之困,亦略相同。故其评杜也,不撮拾,不凿空,情境偶会,辄随手笺注,久之成帙。

邵长蘅指出,王维坤因为自己颠沛流离的境遇与少陵颇为相似,故而才能体会到杜诗的真谛,其评杜也才能做到"不撮拾,不凿空,情境偶会"。同样地,厉鹗《王雨枫集杜诗序》曰:

> 山阴王君雨枫集杜五律诗,多至三百馀首。雨枫才气豪健,弱冠即举乡试,用经冠其曹。屡上礼部,见摈于有司,马烦车殆,几同少陵残杯冷炙之恨。年逾五十,始以词学被荐,论者谓与少陵献《三大礼赋》试集贤院何异?乃少陵遂因献赋得官,其《赠集贤崔国辅于休烈二学士》也有曰:"谬称三赋在,难述二公恩。"感激知己,不忘衡鉴之重如此!雨枫摅文散藻,有声摩空,不幸斥落,且遘微累,如孟归唐故事。其别举主也,则曰:"谬称三赋在,刻画竟谁传?"其自伤生理也,则曰:"新诗句句好,莫使众人传。"嗟乎!士只为其可传者耳。使少陵即不献赋得官,其诗岂有能没之者哉!而雨枫终有不释然者,诚悼时之已迈,而惜命之多穷也。

厉鹗认为正是由于王雨枫仕途之蹭蹬与杜甫相仿佛,故其集杜诗才能得"少陵之情境"。同样,沈珩《杜律陈注叙》云:"窃惟注杜之难,莫难于得少陵一生真心迹。"而对如何才能得少陵真心迹,他举出陈之壎"竟老诸生"、"著述富矣,又不幸厄于兵燹,残编断简,零落居多"的例证,说明只有和杜甫那样经历了颠沛流离的困厄，才能真正读懂杜诗，也才能真正注好杜诗。黄之隽《杜诗钞题辞》曰：

> 剪鸲鹆之舌而听其语也，冠沐猴之首而观其舞也，居然人也哉！而孰则遂人视之也。是故非其质而冒窃之者，识者笑之。杜子美之为诗也，学成四十之前，而晚出之以见于世。宦薄遭乱，困穷颠踣，天既逼迫其肺肠，幽奥曲折，以与鬼神通，轧而愈出。及夫流离楚蜀，播荡江山之间，又张大其眼耳，灵异诡怪，以动其魂气。两者并而发之为诗，于是乎集成而独有千古。人卧衽、齿肥、拥妻子，不妒其才与命，而空妒其貌与声，噫嘻！酒魄之索求兮，言之鸠兮，行而不失其猴兮。

黄之隽辛辣地讽刺了生活优裕的高官显贵们学杜只能学到一点皮毛，这是因为他们的人生境遇与杜甫相差实在甚远，故而这些人学杜终究只能是沐猴而冠、鸲鹆学舌。又周篆《杜工部集序》曰：

> 予不能知李，而于杜诗尤不能知，惟于其颠倒挫折、困顿流离之作，读之往往如我意所欲出。又尝南自吴越，北过燕赵，经齐鲁郑卫之区，荆楚之域，极于夜郎、滇、僰，复浮彭蠡，泛洞庭，窥九嶷，临溟海，而回迹环三万，岁周二星。凡舟轩车骑，旅邮店亭，尤于其诗之跋涉高深、出入夷险者，相须如行资徒侣。苟有不解，则就担簦问之。窥之既久，时见一班。虽其官拜拾遗，从容朝右，卜居锦水，情事悠然，与予境遇，绝不相谋，之所为亦莫不心知其意。扃镝既开，户牖斯在，解释所及，都为四十卷。纵使言之无当，仅不能为公驱除虮虱而已。苍然大树，固无恙也。

周篆为了更为准确地注解杜诗，已经开始有意识地通过自身的长途游历，刻意与杜甫的一生经历大幅贴近，这样一来，虽时代之悬隔不能改易，但山川地理依旧，漂泊足迹亦相仿，无疑可以大大缩短注释者与杜诗之间的距离。同样，浦起龙《读杜心解·发凡》亦曰：

> 昔人云：不读万卷书，不行万里地，不可与言杜。今且于开元、天宝、至德、乾元、上元、宝应、广德、永泰、大历三十馀年事势，胸中十分烂熟。再于吴、越、齐、赵、东西京、奉先、白水、鄜州、凤翔、秦州、同谷、成都、蜀、绵、梓、阆、夔州、江陵、潭、衡，公所至诸地面，以及安孽之幽、蓟，肃宗之朔方，吐蕃之西域，洎其出没之松、维、邠、灵，藩镇之河北一带地形，胸中亦十分烂熟。则于公诗，亦思过半矣。

应该说周篆、浦起龙等人这种思想直接启迪了当代杜甫研究者,主持《杜甫全集校注》的萧涤非先生为了更好地校注杜诗,曾于1979年至1980年亲自率领校注组的同志们重走杜甫之路。他们先后赴山东、河南、陕西、甘肃、四川、湖南等地,实地考察杜甫的漂泊行迹。由于亲身履踏少陵当年所经之地,校注组诸同志遂对杜诗中的许多篇章有了切实的体会与理解,进而屡有全新发见。此后他们将沿途所见所闻所感,作了形象生动的记述,撰成《访古学诗万里行》一书,由人民文学出版社1982年出版。应该说萧涤非先生"重走杜甫之路"这一构想的提出与实践,无疑是受到了清代注杜者的直接启发。

(五)集杜诗创作初衷之集中阐发

集杜诗的源头,可以追溯到宋代的孔平仲、文天祥、张庆之等人,其中以文天祥《集杜诗》二百首最为著名。文天祥在《集杜诗自序》中说:"凡吾意所欲言者,子美先为代言之。日玩之不置,但觉为吾诗,忘其为子美诗也。乃知子美非能自为诗,诗句自是人性情中语,烦子美道耳。"此论一直为后世集杜者奉为圭臬。元代的集杜诗颇为衰落,仅有黄则行《集杜诗句》一种。明代的集杜诗虽有所恢复和发展,但并不显得特别兴盛,有杨光溥《杜诗集吟》、南师仲《集杜诗》、杨定国《辽警集杜》、金道合《集杜》、李元植《集杜》、万荆《集杜诗》等数种。集杜诗到了清代,得到了空前的发展,并取得了辉煌的成就。有清一代共出现专门集杜之作数十种,其中张晋《集杜》、车万育《怀园集杜诗》、梁同书《旧绣集》、王材任《复村集杜诗》、李锴《廌青山人集杜》、戚学标《鹤泉集杜诗》、王以敏《檗坞诗存集杜》等最为知名。其实集句诗自宋代开始就受到不少訾议,诸如"不免寒酸之气"、"游戏笔墨"、"百衲之衣"等恶评可谓不绝于耳。苏轼《答孔毅父集句见赠》甚至调侃道:"羡君戏集他人诗,指呼市人如小儿。天边鸿鹄不易得,便令作对随家鸡。退之惊笑子美泣,问君久假何时归?世间好事世人共,明月自满千家墀。"是什么观念推动着清代集杜诗的创作达到如此高潮,集杜者的创作初衷及创作理念如何,这一直是最为后人所关注的内容。而在清代杜集序跋中,这些问题被集中阐发,颇具认识价值。如毛奇龄《王自牧集杜诗序》曰:

> 吾所欲言,杜甫已言之矣,特虑其言之单也,从而复之,其已复者,又从而更复之。就其意而得其句,句在意间;就其句而亦得其意,则意并在句外,岂无时与地与人与往来眺望之相符者乎?不必时与地与人

与往来眺望之相符,而以彼媲此,以此俪彼。不知者叹杜陵该博,人所应有,必不有,而不知其纂裁之妙。

既然"吾所欲言,杜甫已言之矣",而后人所历之时、地、人与杜甫又往往相似,故通过集杜一方面可以感受杜陵之该博,与古人相媲美,另一方面则通过"纂裁之妙",可以进一步丰富和发展杜诗所表现之内容与范围,做到以旧瓶装新酒。又如车万育《怀园集杜诗自序》曰:

> 非有天纵睿哲之资,则不能作;非有天地未阐之秘,则不必作。《礼记》曰:"作者之谓圣",讵不信欤?即如诗之一道,今之作者亦夥矣,试问其所作,有加于昔人之作者乎?昔人云:汉魏以下无文章,只有添字换字之法。夫添字换字,已非自家性情,乃相袭之久,而添换者又不知几经添换,以至于今,竟无可添换矣,尚得谓之作乎?不得谓之作,即可以不作,何也?盖诗本乎情,而发乎境。自有天地以来,月露风云,山川名物,境犹是也,而人同此心,心同此理,情亦犹是也。李唐以诗取士,数百年中,穷变探赜,搜括影肖,尚有未尽之情之境乎?历赵宋迄于有明,名人辈出,极乎一身之所阅历,一心之所结构,境对情生,未尝留遗毫发,以待后人之添换。而后之人,言人人殊,取昔人之句,生吞活剥者无论已。即间有另辟径道,自为机轴,成一家言者,然不过如烹饪然,物料备具,截调得宜,亦是佳品,而究之能出昔人之范围也耶?

车万育认为"自有天地以来,月露风云,山川名物,境犹是也,而人同此心,心同此理,情亦犹是也",而后之作者,即使间或有另辟蹊径、自成机轴者,亦不能超出古人之范围。既然如此,则后人之诗,实不必作。车万育此论虽显偏激,但揣其初衷,应是为了矫正当时诗歌创作中的平庸倾向而发。正如熊赐履《怀园集杜诗序》所言:"少陵称古今绝唱,兼众美而总其成,风雅家盖无异辞焉。而或则以为,一篇之中,工拙相半,学者往往得其平慢之习,抑又何也?岂犹所谓《三百篇》之后,不当更作四言者非耶?吾友车子敏州有见于此,尽焚弃素所吟咏不存,意兴所适,则惟取杜句而集之,以见己意。"这里道出了车万育热衷于集杜之初衷:与其学杜而不能至,反添平慢之弊,倒不如集杜诗来得直接。当然集杜也好,自己独立创作也罢,都是为了更好地表达个人情感。张晋《戒庵集杜自识》乃曰:

> 人皆知集诗之难,而不知集诗之妙。集诗之难,难于牵合;而集诗之妙,妙于关生。予故尝曰:作诗非有才不能,集诗非有思不能,夫诗

思之深于诗才也多矣。初以古人求古人,既以古人铸人,直浑融莫间,信有合钟聚酒之意,此不可对浅人道者。团集而成帙,观者尚无哂予之得已而不得已哉!

可见张晋特别强调集杜诗时的个人主体意识,他认为"集诗非有思不能,夫诗思之深于诗才也多矣",因为若无个人之独立构思,集诗时便容易为杜诗原文所囿,也就不能独立表达个人全新的情感,则所谓集杜也就容易成为死样活气之土埂木偶。同样,陆继辂为邓显鹤《集杜诗》所作序亦云:"湘皋集杜诗,如天衣无缝,读之但觉淋漓悲壮,声情激越,不知是杜是邓,若但云'裁缝灭尽针线迹',犹浅之乎论诗矣。"邓奇逢《禹山集杜遗稿序言》亦曰:"夫学诗,患己作不似少陵;集诗,正患少陵不复似己作。"这里仍是强调集杜诗只是抒发个人性情的一种特殊艺术形式,而杜诗成句只是供集诗者"海图波折、旧绣曲移"的原材料,所谓"天衣无缝"、"莫辨楮叶"、"灭尽针线"还都只是集杜的初级阶段,其最终目的乃是为了更好地表达"一己之性情面目",形成自己的新风格,如若不然,集杜也就变成多此一举的文字游戏了。

总之,清代杜集序跋具有极高的文献价值,也蕴含着丰富的诗学理论与思想,值得进行认真地整理与深入地探讨。编者自发愿纂辑杜集序跋以来,通过多年苦心钩稽,共辑得210多种清代杜集中的序跋文献470馀篇,稍称可观。即便如此,所纂录之文献尚未臻完备。这是因为杜集序跋的纂辑是一个颇为艰苦复杂的工作,其困难颇多:首先是文献搜罗极为不易。限于个人精力,难以遍访国内各藏书机构所藏杜集。况且很多图书馆和文化单位对查阅文献设置种种限制,收取高额费用,有的甚至根本不允许查阅。因此对一些稀见文献只能望洋兴叹、失之交臂了。其次,文献版本梳理起来也非常困难。需要纂录的杜集文献中有刻本,有抄本,有的见于别集,有的见于方志,出处不同,文字各异,因此需要花大力气进行校勘订正。第三,有些文献的序跋文字颇为漫漶,甚至难以辨认。为校补这些漫漶讹误之处,需要多方访求别本,互相校补订正,庶成完璧。第四,许多杜集序跋系手写上版,多为行草,且异体、俗体字多,有些字虽经反复努力,仍难以辨识。第五,揣摩古人语气不易,点断之际,颇费斟酌。为了不致于贻误后学,编者在文献辑录整理的过程中采取了极为审慎的态度,力图最大限度地保持文献原貌,以期为学界提供可据之文本。然而限于个人的精力与学识,书中的舛谬疏漏之处仍在所难免,祈请海内方家不吝指正。

凡　例

一、本书所收序跋以清代杜集之清人序跋为主,亦酌情收录近人撰写之清代杜集题跋。

二、本书所收序跋按照杜集原作者之生年次序先后排列,并参酌杜集之刊刻与成书时间。同一种杜集之不同版本或批本则编排在一起,以求做到以书统序。

三、对已散佚之杜集,或杜集刻本中未收,然尚见于清人别集或方志之序跋,则从别集、方志中辑出。辑出的刻本未收之序跋,列于该刻本之后,并注明文献出处,以便查检比较。对杜集刻本与别集均收之序跋,以刻本文字为准;个别文字差异较大者,则并录之,以供参考。对见于多种文献中的散佚杜集序跋,择其善者加以辑录,并在"原文出处"部分对其收录情况加以介绍。

四、杜集序跋之版本出处、文献来源、作者生平简介附于该种文献之后。简介置于前次出现之处,重出时,省略。

五、对稀见之文献,注明收藏单位,以便查访;对较为常见易得之文献,则仅标注版本,不再注收藏单位。

六、本书使用现代汉语规范简化字和标点进行排印,对底本中的异体字、通假字,在不妨碍理解的情况下,一般不予轻改;为了避免歧义,酌用个别繁体字。

七、对原刻中明显的错误之处加以改正,或以加扩注的形式标出。凡遇各本均阙以及漫漶难以辨识之字,则以□代之。

一 徐树丕《杜诗执鞭录》

徐树丕《跋》

《读杜》两笺，其解释杜诗，多发人所未发。于当时朝野大事，披剥豁露，殆无遁情，可谓独见大头胪，直当与诗史相辅而系不朽，非复时人所谓风云月露之区区而已。杜注人皆推重刘须溪，而此乃驳其不学，攻其纰缪，即起须溪于地下，当亦心服。盖须溪之评论实多孟浪，两笺所纠，恨未能尽也。第其人则实高，非虞乡老民所及。按，须溪名会孟，字辰翁，江右庐陵人。于唐人诗、宋苏黄集，及《三子口义》、《世说新语》、《史汉异同》皆有批评。人钦其鉴赏之精，而未知节行之峻绝也。元人张孟浩赠诗云："首阳饿夫甘一死，叩马何曾罪辛巳。渊明头上漉酒巾，义熙已后为全人。"盖宋亡之后，须溪竟不出，当时乃至与之伯夷、陶潜也。同志者一时有闽中之谢皋羽、徽州之胡餘学、慈溪之黄东发、峨眉之家铉翁。时以中国遗人，不屈犬羊，宋朝待士之效深矣。须溪有《元夕词·调寄宝鼎现》云："红装春骑，踏月花影，千旗穿市。望不尽，琼楼歌舞，香尘莲步底。箫声断，约采莲归去，未怕金吾呵醉。任辇路，喧阗且止，听得念奴歌起。　父老犹记宣和事，抱铜仙，清泪如水。还转盼，沙河多丽。滉漾明光连邸第，帘影冻，散红光成绮，月浸葡萄十里。看往来，神仙才子，肯把菱花扑碎？　肠断竹马儿童，空见说，三千乐指。等多时春不归来，到春时欲睡。又说向灯前拥髻，暗滴鲛绡坠。便当日，亲见霓裳，天上人间梦里。"此词题云"丁酉"，实元成宗大德元年，亦渊明书甲子之意也。词意凄切，与《麦秀》歌何殊，以视虞乡老民之潦倒一官，手修降表，希踪长乐者，殆有径庭矣。故予于须溪，不以其纰缪而没其人；于虞乡老民，不以其狼狈而废其书。此予尚论古人，并不薄今人之旨也。戊子（1648）长至后十五日，墙东之人记。

《杜工部年谱》比旧本考订最精，因借友人处抄本，而负约久不至，遂先装订。倏忽两易寒暑，《年谱》始来，并"太白出处"亦附后，以备考订。为几何时，而字画视前更为潦倒，吾衰之叹，不能已也。

己丑（1649）腊月之望，墙东之人记。

姜垓《跋语》

杜工部诗凡千四百有奇,世称《三百篇》之后一人而已。上轶汉魏,下超三唐,与日月争明,江海竞流,古今作者罕能望其涯涘。国朝弘、正间,益发明其义。自兹以往,寥寥其人。盖作者难,论者愈难。吾友徐子诵读之暇,独取杜集手书数十过,服膺不倦。盖工部之诗勿论矣,自其献三大赋,辞河西尉,天宝之乱,身婴板荡,出入贼中,生□转徙。观其灵武拜秩,疏救房琯,于玄、肃父子之间微言规正,忠爱款款,此千古立论之极,不止哭房琯之去留也。卒遭罢斥,流离剑外,负薪采橡,餔糗不饱。晚依严武,挈家就食,伤庙社之丘墟,叹故国之黍离。至今览其篇章,论其世次,其不凄恻流涕,盖甫谋有唐忠正之俦也。又杜注人多推服刘须溪,而虞乡老民笺疏中攻驳纰缪不少贷,徐子深然之。须溪当宋之亡也,终身不事犬羊,徐子叙谓匪虞乡之人所及万一者,而徐子执鞭工部之意盖深,不独以诗也哉!伫石山人姜垓谨识。

翁同龢《跋》

《杜诗执鞭录》五册,长洲徐树丕著,此其手写本也。第五册于《读杜两笺》后有自跋,又有姜如须一跋,皆真迹,装潢题签亦旧物,实可珍异。辛卯除夕,之缮于厂肆得之。按,树丕,字武子,胜国遗老。所著有《中兴续纲目》《识小录》等书,今皆不传。高蹈不仕,宜其尊须溪而薄东涧也。光绪壬辰上元日,后学翁同龢记。册内眉批,不知出何人手。庚子二月望,之缮赴津门,濒行畀之,俾知杜陵忠爱之实,虽困顿而不渝也。松禅。

翁之缮《跋》

细按其眉端行侧硃墨评斠,皆武子手迹也。就中如以前明为本朝,高皇则抬写,称思陵为先帝,称福王为弘光帝,而语意所指,亦类胜国时事,足徵明季遗老口吻。其字体亦与《陈眉公书后》一篇正出一手,当为先生手笔无疑,曾叔祖偶未检及耳。考写岁诗月自戊子,至庚寅而毕。其墨笔校补有记庚子六月者,则评校已在写书后十年,宜书法较昔苍老于前也。辛丑冬月翁之缮附识。时两宫回銮,群奸伏法,颇呈天清地宁之象,较之元、肃父子之因乱攘夺,猜阻终身,此不可同日而语焉。

首页钞补太半,摹致雅静,疑出刘君履芬之手,当与曾识刘君之郡中诸老辨之。

【版本】
南京图书馆藏清稿本《杜诗执鞭录》,索书号:115754。

【作者简介】
徐树丕(1596—1683),字武子,号墙东,长洲(今江苏苏州)人。明季诸生,屡试不利,益博览群籍。善楷书,兼工八分。崇祯二年(1629)前后入复社。国变后,隐居不出。顺治二年(1645)避居龙池山一云寺,自号活埋庵道人(僧苍雪《南来堂诗集》卷一)。九年,纂成《中兴纲目》,周之屿为序,姚宗典为书后(《缘督庐日记钞》丁巳)。又有《识小录》四卷、《埋庵集》、《杜诗执鞭录》十七卷、《纶旅宝鉴》等。《传经堂藏书目》卷四尚著录其有《评点搜玉小集》、《评点国秀集》、《评点中兴间气集》、《评点极玄集》。生平事迹详见徐鼒《小腆纪传》、《识小录跋》。

姜垓(1614—1653),字如须,莱阳(今属山东)人,姜埰弟。崇祯十三年(1640)进士,授行人。兄埰因建言触帝怒,诏下狱,垓奔走营护,得不死。后闻乡邑破,父殉难,一门死者二十馀人。垓请代兄系狱,埰归葬,不许。即日奔丧,奉母走苏州。当垓为行人时,见署中题名碑,崔呈秀、阮大铖与魏大中并列,疏请去二人名。后大铖得志,必欲杀之。垓变姓名,逃至宁波,后流寓天台,号仡石山人。入清不仕,与兄埰隐居吴门虎丘,筑山塘小隐,论文讲学,嘉惠后进,三吴学子翕然从风。年四十,先埰卒,葬竹坞西北,门人私谥为贞文先生。著有《筼筜集》。《国朝耆献类徵》卷四七一有传。

翁同龢(1830—1904),字声甫,一字均斋,号叔平,又号瓶生,晚号松禅老人,江苏常熟人,翁心存幼子。咸丰六年(1856)状元,为同治、光绪两朝帝师,历官刑部侍郎,都察院左都御史,刑部、工部、户部尚书,协办大学士,军机大臣兼总理各国事务衙门大臣。后因得罪顽固派,被开缺回籍。戊戌政变后又被革职,永不叙用,交地方官严加管束。光绪三十年(1904)抑郁而终,宣统元年(1909)诏复原官,民国三年(1914)追谥"文恭"。

翁之缮(1874—1918),又名之善,字兰莒,栟士、兰士,号鬲庵、漫时、公劲,晚号晦翁,江苏常熟人,翁同龢为其曾叔祖。以捐官得道台衔,清末出任直隶侯补道,得局长差使,后弃官归里,以书画收藏自娱。

二　钱谦益《钱注杜诗》

季振宜《钱注杜诗序》

丙午冬，予渡江访虞山剑门诸胜，得识遵王。遵王，钱牧斋先生老孙子也。入其门庭，见几阁壁架间，缥缃粲然，茶碗酒盏，无非墨香。知其为人，读书而外，顾无足好者。一日指杜诗数帙，泣谓予曰：此我牧翁笺注杜诗也。年四五十即随笔记录，极年八十书始成。得疾著床，我朝夕守之，中少间，辄转喉作声曰：杜诗某章某句尚有疑义，口占析之以属我，我执笔登焉。成书而后，又千百条。临属纩，目张，老泪犹湿。我抚而拭之曰："而之志有未终焉者乎？而在而手，而亡我手。我力之不足，而或有人焉，足谋之而何恨！"而然后瞑目受含。牧翁阅世者，于今三年，门生故旧，无有过而问其书者。予读其书，部居州次，都非人间所读本。而笔阵纵横，甲乙牵连，目眩志荒，不可辨别。遵王衮衮诵之，若数一二。盖牧斋先生投老，晨夕棐几，与闻后堂管弦。老门生则冯子定远、陆子敕先。而其家族子孙，虽冠带得得，其与之共读书者，则惟遵王一人。以是牧斋先生所读书，遵王实能读之。凡笺注中未及记录，特标之曰：具出某书某书。往往非人间所有，又独遵王有之。遵王弃日留夜，必探其窟穴，擒之而出，以补笺注之所未具。装合辐辏，眉目井然。譬彼船钉秤星，移换不得。而后牧斋先生之书成，而后杜诗之精神愈出。人但知其能一弓，而不知其成之者三年。人但知其能三赋，而不知其成之者十年。后生轻薄，喜谤先辈，偶得一隅，乃敢奋笔涂抹改窜，参臆逞私。号召于人曰：我注杜诗矣。是犹未能坐而学揖让，未能立而学步趋，岂饮狂药中风者之谓，亦不读书而已矣。嗟乎！牧斋先生仕宦垂五十年，生平精力，购古书百万卷，作楼登而藏之，名曰绛云。一旦弗戒于火，皆为祝融取去。拔剑击阊，文武之道顿尽。而《杜诗笺注》巍然独存于焦头烂额之馀。杜曲浣花，拂水红豆，千载而遥，精气相感，默相呵护，有如是乎？丁未夏，予延遵王渡江，商量雕刻。日长志苦，遵王又矻矻数月，而后托梓人以传焉。噫！斯幸矣。牧翁著述，自少至老，连屋叠床。使非遵王笃信而死守之，其漫漶不可料理。纵免绛云楼之一炬，亦将在白鸡栖床之辰也。谋于予则获，遵王真不负牧翁幽冥之中者哉！

康熙六年仲夏，泰兴季振宜序。

钱谦益《草堂诗笺元本序》

余为《读杜笺》，应卢德水之请也。孟阳曰："何不遂及其全？"于是取伪注之纰缪、旧注之踳驳者，痛加绳削。文句字义，间有诠释。藏诸箧衍，用备遗忘而已。吴江朱长孺，苦学强记，冥搜有年，请为余撺遗决滞，补其未逮，余听然举元本畀之。长孺力任不疑，再三削稿。余定其名曰"朱氏补注"，举陆务观"注诗诚难"之语，以为之序，而并及"天西采玉"、"门求七祖"二条，以道吾所以不敢轻言注杜之意。今年，长孺以定本见眎，亟请锓梓，仍以椎轮，归功于余。余蹴然不敢当，为避席者久之。盖注杜之难，不但如务观所云也。今人注书，动云吾效李善。善注《文选》，如《头陀寺碑》一篇，三藏十二部，如瓶泻水。今人饾饤拾取，曾足当九牛一毛乎？颜之推言："观天下书未遍，不得妄下雌黄。"何况注诗？何况注杜？少陵间代英灵，目空终古。佔毕儒生，眼如针孔，寻撦字句，割剥章段，钻研不出故纸，扭捏皆成死句。旨趣滞胶，文义违反。吕向谓善注未能析理，增改旧文，唐人贬斥，比于虎狗凤鸡，宁可用罔，复蹈斯辙。樊晃《小集》出于亡逸之馀，初无次第，秦中蜀地，约略排缵，有识者聊可见其为事之早晚、才力之壮老。今师鲁訔、黄鹤之故智，钩稽年月，穿穴琐碎，尽改樊、吴之旧而后已。鼹鼠之食牛角也，其啮愈专，其入愈深，其穷而无所出也滋甚，此亦鲁訔辈之善喻也。余既不敢居注杜之名，而又不欲重拂长孺之意。老归空门，拨弃世间文字，何独于此书，护前鞭后，顾视而不舍？然长孺心力专勤，经营惨淡，令其久锢不传，必将有精芒光怪下六丁而干南斗者，则莫如听其流布，而余为冯轼寓目之人，不亦可乎？族孙遵王，谋诸同人曰："草堂笺注元本具在，若《玄元皇帝庙》《洗兵马》《入朝》《诸将》诸笺，凿开鸿蒙，手洗日月，当大书特书，昭揭万世。而今珠沉玉锢，晦昧于行墨之中，惜也。考旧注以正年谱，仿苏注以立诗谱，地里姓氏，订讹斥伪，皆吾夫子独力创始，而今不复知出于谁手，慎也。句字诠释，落落星布，取雅去俗，推腐致新，其存者可咀，其阙者可思。若夫类书谰语，掇拾补缀，吹花已萎，哆饭不甘，虽多亦奚以为？今取笺注元本，孤行于世，以称塞学士大夫之望，其有能补者续者，则听客之所为。道可两行，罗取众目，瑜则相资，颣无相及，庶几不失读杜之初指，而亦吾党小子之所有事也。"余曰："有是哉！平原有言：'离之则双美，合之则两伤'，此千古通人之论也。"因徇遵王之请，而重为之序，以申道余始终不敢注杜之意。虞山蒙叟钱谦益谨书。

钱谦益《注杜诗略例》

吕汲公大防作《杜诗年谱》，以谓次第其出处之岁月，略见其为文之时，得以考其辞力，少而锐，壮而肆，老而严者如此。汲公之意善矣，亦约略言之耳。后之为年谱者，纪年系事，互相排缵。梁权道、黄鹤、鲁訔之徒，用以编次后先，年经月纬，若亲与子美游从，而籍记其笔札者。其无可援据，则穿凿其诗之片言只字，而曲为之说，其亦近于愚矣。今据吴若本，识其大略，某卷为天宝未乱作，某卷为居秦州、居成都、居夔州作。其紊乱失次者，略为诠订。而诸家曲说，一切削去。

子美皆天宝以后之作，而编诗者系某诗某诗于开元，仍《年谱》之讹也。子美与高、李游梁、宋、齐、鲁，在天宝初太白放还之后，而《谱》系于开元二十五年，故诸家因之耳。旧史载高适代崔光远为成都尹，《谱》以为摄也，遂大书于"上元二年"曰："十月，以蜀州刺史高适摄成都。"唐制：节度使阙，以行军司马摄知军府事，未闻以刺史也。元微之《墓志》载嗣子宗武，《谱》以宗文为早世也，遂大书于"大历四年"曰："夏，复回潭州，宗文夭。"按樊晃《小集》，叙子美殁后，宗文尚漂寓江陵也。若此之类，则愚而近于妄也。

杜诗昔号千家注，虽不可尽见，亦略具于诸本中。大抵芜秽舛陋，如出一辙。其彼善于此者三家，赵次公以笺释文句为事，边幅单寠，少所发明，其失也短；蔡梦弼以捃摭子传为博，泛滥踳驳，昧于持择，其失也杂；黄鹤以考订史鉴为功，支离割剥，罔识指要，其失也愚。余于三家，截长补短，略存什一而已。

注家错谬，不可悉数，略举数端，以资隅反。

一曰伪托古人。世所传伪苏注，即宋人《东坡事实》，朱文公云：闽中郑昂伪为之也。宋人注太白诗，即引伪杜注以注李，而类书多误引为故实，如《赠李白》诗"何当拾瑶草"，注载东方朔《与友人书》，元人编《真仙通鉴》、近时人编尺牍书记，并载入矣。洪容斋谓疑误后生者，此也。又注家所引《唐史拾遗》，唐无此书，亦出诸人伪撰。

一曰伪造故事。本无是事，反用杜诗见句，增减为文，而傅以前人之事。如伪苏注"碧山学士"之为张褒；"一钱看囊"之为阮孚；"昏黑上头"之为常琮是也。蜀人师古注尤可恨，"王翰卜邻"，则造杜华母命华与翰卜邻之事；"焦遂五斗"，则造焦遂口吃、醉后雄谭之事。流俗互相引据，疑误弘多。

一曰傅会前史。注家引用前史，真伪杂互，如王羲之未尝守永嘉，而曰"庭列五马"；向秀在朝，本不任职，而曰"继杜预镇荆"。此类如盲人瞽说，不知何所自来，而注家尤传之。

一曰伪撰人名。有本无其名，而伪撰以实之者，如"卫八处士"之为"卫宾"，"惠荀"之为"惠昭、荀珏"，"向卿"之为"向询"是也。有本非其人，妄引以当之者，如"韦使君"之为"韦宙"，"马将军"之为"马璘"，"顾文学"之为"顾况"，"萧丞相"之为"萧华"，"巳公"之为"齐己"是也。至"前年渝州杀刺史"一首，注家妄撰渝、遂刺史及叛贼之名，而单复《读杜愚得》遂系之于谱，尤为可笑。

一曰改窜古书。有引用古文而添改者，如慕容宝樗蒲得卢，添"袒跣大叫"四字；《赭白马赋》用"品艺骁腾"为句；而《蜀都赋》"觞以缥青，一醉累月"，断裂上下文，以就"蜀酒"之句也。有引用古诗而窜易者，如庾信"蒲城桑叶落"改为"蒲城桑落酒"，陆机"佳人眇天末"改为"凉风起天末"是也。此类文义违反，大误后学，然而为之者，亦愚且陋矣。

一曰颠倒事实。有以前事为后事者，如《白丝行》以为刺窦真，"萧京兆"以为哀萧至忠是也。有以后事为前事者，如《悲青坂》而以为邺城之役，雍王节制而以为朱滔、李怀仙之属是也。

一曰强释文义。如"掖垣竹埤梧十寻"，解之曰："垣之竹，埤之梧，长皆十寻"，有是句法乎？如"九重春色醉仙桃"，解之曰："入朝饮酒，其色如春"，有此文理乎？此类皆足以疑误末学，削之不可胜削也。

一曰错乱地理。如注"龙门"，则旁引《禹贡》之"龙门"，不辨其在洛阳也；注"土门"、"杏园"，则概举长安之"土门"、"杏园"，不辨其在河南也；注"马邑"，则概举雁门之马邑，不辨其在成州也。诸家惟黄鹤颇知援据，惜其不晓抉择耳。

宋人解杜诗，一字一句，皆有比托。若伪苏注之解"屋上三重茅"，师古之解"笋根稚子"，尤为可笑者也。黄鲁直解《春日忆李白》诗曰："庾信止于清新，鲍照止于俊逸，二家不能互兼所长。渭北地寒，故树有花少实；江东水乡多蜃气，故云色驳杂。文体亦然，欲与白细论此耳。"《洪驹父诗话》："一老书生注杜诗云：儒冠上服，本乎天者亲上，以譬君子；纨袴下服，本乎地者亲下，以譬小人。"鲁直之论，何以异于此乎？而老书生独以见笑，何哉？

宋人之宗黄鲁直，元人及近时之宗刘辰翁，皆奉为律令，莫敢异议。余尝为之说曰：自宋以来，学杜诗者，莫不善于黄鲁直；评杜诗者，莫不善于刘辰翁。鲁直之学杜也,不知杜之真脉络,所谓"前辈飞腾,馀波绮丽"者,而拟议其横空排奡、奇句硬语,以为得杜衣钵,此所谓旁门小径也;辰翁之评杜也,不识杜之大家数,所谓"铺陈终始,排比声韵"者,而点缀其尖新隽冷、单词只字,以为得杜骨髓,此所谓一知半解也。弘、正之学杜者,生吞活剥,以捃撦为家当,此鲁直之隔日疟也。其黠者又反唇于江西矣。近日之评杜者,钩深抉异,以鬼窟为活计,此辰翁之牙后慧也。其横者并集矢于杜陵矣。余之注杜,实深有慨焉,而未能尽发也,其大意则见于此。

杜集之传于世者,惟吴若本最为近古,他本不及也。题下及行间细字,诸本所谓"公自注"者多在焉,而别注亦错出其间。余稍以意为区别:其类于自者,用朱字,别注则用白字,从《本草》之例。若其字句异同,则一以吴本为主,间用他本参伍焉。

宋人词话以蜀人《将进酒》为少陵作者,蔡梦弼诗注载王维画《子美骑驴醉图》,并子美断句诗。至于郑虔愈瘧之说、文宗斧臂之戏、李观坟土之辨、韩愈摭遗之诗,皆委巷小人流传之语,君子所不道也。"饭颗山头"一诗,虽出于孟棨①《本事》,而以谓"讥其拘束",非通人之谭也,吾亦无取焉。

【版本】
清康熙六年(1667)泰兴季振宜静思堂刻本《钱注杜诗》。

【作者简介】
季振宜(1630—1674),字诜兮,号沧苇,江苏泰兴人。顺治三年中举,四年中进士,历官浙江兰溪知县、户部主事,浙江、湖南道御史等。为清初著名藏书家,编有《季沧苇藏书目》,辑有《全唐诗》稿本。

钱谦益(1582—1664),字受之,号牧斋,晚年自称蒙叟、虞乡老民、东涧遗老、牧斋老人、绛云老人等,世称牧翁、虞山先生。常熟(今属江苏)人。明万历三十八年(1610)探花及第,历任翰林院编修、太子中允、詹事、礼部右侍郎、翰林院侍读学士等职。因遭温体仁诬陷革职后归里,南明福王立,起为礼部尚书。顺治二年(1645)降清,任礼部右侍郎管秘书院事,充修《明史》副总裁。六个月后即南归,不复出仕。晚年与郑成功暗通声气,秘密进行反清复明活动。钱谦益为明末清初的文坛领袖,与吴伟业、龚鼎孳合称

---

① 陈尚君《〈本事诗〉作者孟启家世生平考》(《唐代文学研究》(第十二辑,广西师范大学2006年)指出,《本事诗》作者之名,有"启"、"棨"、"綮"三种说法,现据新出土文献,可以确定"启"字为正。

"江左三大家"。著有《初学集》、《有学集》、《投笔集》等。生平事迹见《清史列传·贰臣传乙》、《清史稿·文苑传一》、金鹤翀《钱牧斋先生年谱》。

三　钱陆灿批校《杜工部集》

钱陆灿《题识》

集中凡题头有"方曰"二字者,桐城方文尔止读杜集语也。尔止博学而识高,以诗文与余相是正,此题头语亦合。年初夏,借渠本,择有理、有意味者,钞于此本之上。其夏,尔止遂殁于芜湖舟中。丧我三益,有如可赎首之痛。仿佛其议论,尚留一二于卷帙,因特识之,俾吾家子孙知所自,勿以本子借人,致损失也。时己酉十月望日,陆灿书。

【版本】

上海图书馆藏钱陆灿批校钱谦益《杜工部集》,清康熙六年季氏静思堂刻本。

【作者简介】

钱陆灿(1612—1698),字尔弢,号湘灵,又号圆沙、铁牛居士,常熟人,为钱谦益族孙。崇祯七年(1634),与江阴吴杰等在常州结大云社。十年,与华时亨、黄家舒在无锡结听社。顺治十四年(1657)应乡试,中举人,以"奏销案"黜革,遂教授常州、扬州、金陵间,从游甚众,被尊为"圆沙先生"。为虞山诗派的重要诗人。著有《调运斋诗集》、《圆砚居士集》、《圆沙集》、《调运斋文集》十二卷等。

四　钱陆灿批点《杜工部集》

蜗寄盦生《题跋》

铁牛老子手阅杜诗,泛滥百家,融贯众说,不著文字,自具性真,既论世而知人,复因文而见道,较《梅村集》批本尤见真谛,详为绎复,倍见起予,允为杜集最上佳本。彼服膺渔洋山人评本者,犹适成为皮相也。

庚申冬日华亭寓斋识,蜗寄盦生。

【版本】

国家图书馆藏钱陆灿批点钱谦益《杜工部集》，清康熙六年（1667）季氏静思堂刻本。

【作者简介】

蜗寄盦生，生平事迹不详。经考，"蜗寄生"为清末"海派"早期画家王礼之别号。王礼（1813—1879），字秉礼、秋言、戴传，号秋道人，江苏吴江人。幼随苏州花鸟画家沈荣学画牡丹，后改作墨笔花卉，之后又参以恽寿平、王武及华喦笔意。初到上海时甚得张熊推许，成为"海派"画家先驱之一，有《王礼花卉册》。

五　王铎批校《杜工部集》

钱陆灿《题记》

庚戌夏月，命二儿临孟津王觉斯先生阅本，大红圈笔。湘灵灿记。

神生《题识》

甲辰仲冬，于黄天章处借得湘灵先生阅杜诗，对校其评点，颇以己意为去取，不尽依钱本也。乙巳春二月二十日，神生识。

凡王孟津评语，今标以"王云"。湘灵先生评语，今标以"湘云"二字。其无"王云"、"湘云"者，则参考诸家之注，而间以己意附与者也。神生又识。

【版本】

复旦大学图书馆藏王觉斯批校《杜工部集》，清康熙间静思堂刻本。

【作者简介】

神生，生平事迹不详。

六　钱良择批《杜工部集》

钱良择《题识》

东涧笺注元本多伤时语，不便梓行，其钞本间有藏之者，朱长孺删之补之，大非东涧之旨，故序中推而远之，不遗馀力，不止微词已也。此本刻于泰兴季氏，又经几手改定，既非东涧旧本，亦非长孺补本，此序（指《草堂诗笺元本序》）出长孺，欲洗其附会之嫌，另为注杜刊行，其不当处尤多，盖欲力与东涧异同也。

东涧不敢注杜，予何人也，而敢论杜乎？不得东涧注之，予固不能论；得东涧注之，又不可以分论，论则未免有异同也。予何人也，而敢与东涧异同乎？不求之东涧，而专求之少陵，是以或不免异同也。丁丑春，借榻吴闻之休休庵中，申子惠吉见予所论义山诗，以为有当，并趣予论杜，因评阅一过。凡管窥蠡测，稍有所见，笔之简端，以就质于申子焉。予论义山诗两阅月始毕，少陵诗未匝月而毕，非详略之悬殊也，力不能举之，气不能吞之，又不欲以意穿凿之，是以阐发者十之一二，阙疑者十之八九，申子毋绳我以义山者论少陵也。岁闰三月望日虞山良择识，丁丑秋惠吉录。

【版本】

上海图书馆藏佚名（实为钱良择）批钱谦益笺注《杜工部集》残卷，清康熙间静思堂刻本。

【作者简介】

钱良择，字玉友，号木庵，江苏常熟人。钱陆灿孙。弱冠游京师，即负诗名，为时所赏。又曾随大吏出使海外、奉朝贵使塞外绝域。晚年归于空门。著有《抚云集》九卷、《唐音审体》二十卷。生平事迹见《国朝耆献类徵》卷四二九。

七　俞犀月、李因笃批校《杜工部集》

端甫《题识》

　　俞犀月评杜诗,流传吴下,藏书家得见者,今已稀矣。先大夫尝于子衡舅氏所抄得之,行间墨笔是也。后宦游宁夏,于翰林程君家,复得见李天生手阅本,较俞评愈希,南方从未有人得睹,真绝无仅有者,亟借以传录,卷中朱笔是也。海盐张君芷斋尝求借抄,于是大江以南,遂有两本。芷斋后纂《初白庵诗评》,因采数条入少陵类中,是以虽博览如沈归愚,亦未之见。评杜诗无虑十百家,或但标其名隽,或但就已所喜,往往一知半解,穿凿支离。要如二家评阅,能独见杜之大者,无有也。盖俞竭数十年精力,而李以平生经术深邃,乃始得之。纵王渔洋执耳诗坛,而其所评杜诗,遽出二家下远甚,不但三十里已也。尝论山谷专力于杜,为江西不祧之祖,犹不能得杜之骨髓,遂误读杜语,致有"月黑虎夔藩"之句。若"舜举十六相,身尊道何高。秦时任商鞅,法令如牛毛"之作,唯东坡知之,指为"此希稷卨辈人语"。又如徐凝《庐山瀑布》,当时虽邀白傅激赏,至东坡便斥为恶诗,何况其他,何况评杜。刘辰翁以下,等之自郐无讥矣。夫注诗之难,牧翁言之,评诗之难,岂不若是哉?必阅者与作者精神胼蠁相通,丹黄下时,要令古人不受冤诬,在九京听然而笑,所谓搔着痒处,掐着痛处,庶几可耳。嘉庆纪元之腊,端甫识于玩索庐。

【版本】
　　国家图书馆普通古籍部藏清康熙六年季振宜静思堂刻本《杜工部集》,编号:S0711。

【作者简介】
　　端甫,生平事迹不详。

八　李天生批《杜工部集》

毛琛《题识》

少陵诗,自宋黄山谷、刘辰翁而后,多有阅本。至国朝吴门钱湘灵、俞犀月、何义门三先生,多发前人所未发,一扫宋明以来云雾,独出手眼,杜诗殆无遗蕴矣。然无如关中李氏本为最善,盖能见其大者,不□□言也。忆自乾隆甲戌秋,得之于崇川李二丈□山,案头凡手□五过,自谓颇得力于此。今以赠□观太守,幸秘藏之,勿轻示人也。嘉庆九年甲子春三月雨□俟盦学人毛琛识于潭州客舍。

【版本】

国家图书馆普通古籍部藏清康熙六年季振宜静思堂刻本《杜工部集》,编号:96502。

【作者简介】

毛琛(1733—1809),字宝之,号俟盦,又号寿君,常熟(今属江苏)人,汲古阁毛子晋后人。监生。少游王应奎之门,诗才俊伟。赵允怀序其诗,谓"老人戛然自异,如清琴宝瑟,苍浑激越"。著有《俟盦剩稿》二卷、《续编》二卷,《扬州诗草》一卷。生平见钱仲联《清诗纪事·乾隆朝卷》、《江苏艺文志·苏州卷》。

九　何焯校评《杜工部集》

王鸣盛《跋》

此书为从来注杜第一善本,亦牧翁生平著述之最佳者。而此又系义门何太史批评,凡欲读杜,得此读之足矣。夫牧翁佳处,尚在徵故实,而于其文法作意,段落间架,麋眼骱脉,略而不道,使人自思。至义门此评,则不得不及之矣。然要不屑用评时文法评之也。近日之评杜者,尽变为穷措大、村夫子面目,开卷令人笑来。杜诗受厄已甚,乃知前辈不可及。西庄王鸣盛跋。

【版本】
山东大学图书馆藏清康熙六年季氏静思堂刻本《杜工部集》。
【原文出处】
王欣夫《蛾术轩箧存善本书录》之《庚辛稿》卷四,上海古籍出版社2002年,第221页。《山东大学图书馆古籍善本书目·集部》著录,齐鲁书社2007年版,第315页。
【作者简介】
王鸣盛(1722—1797),字凤喈,号礼堂,又号西庄,江苏嘉定(今属上海)人。乾隆十九年(1754)进士,授翰林院编修,二十三年擢侍读学士,翌年充福建乡试正考官,擢内阁学士兼礼部侍郎。后左迁光禄寺卿。丁内艰,不复出。鸣盛是乾嘉时期的著名经学家、史学家,著有《十七史商榷》、《尚书后案》、《蛾术编》、《西庄始存稿》、《耕养斋诗文集》等。

一〇　商盘批点《杜工部集》

范荪朩《题跋》

吾邑卢氏裒经楼,后人弗振,藏书散出,余适罢官归里,因从购得此笺,为商质园先生评骘之本,洵物聚所好也。卢氏先世有讳坦者,喜畜古籍,其弄书之处曰"抱经堂",与召弓先生氏同,堂名亦同,以足迹不出里门,故声闻弗之及云。咸丰纪元上春既望,天一阁后人范荪朩荃甫识。

【版本】
湖北图书馆藏商盘批点钱谦益《杜工部集》,《中国善本古籍书目》著录。
【作者简介】
范荪朩,鄞县(今属宁波)人,生平事迹不详。

一一　陈治批校《杜工部集》

陈治《题识》

杜老诗古体,如前、后《出塞》、《新安吏》、《石壕吏》、《哀江头》、《(哀)王孙》、《无家别》、《垂老别》诸篇,的真古乐府,高而温柔敦厚之旨,时露豪端,直堪上继风雅,下追汉魏。其纪行入蜀诸作,可称穷形尽相,虽师承鲍、谢,而雄浑处神似建安,殆非中唐诸人所可企及。近体诗沉郁怨壮,语经百炼而气仍疏宕,其体格之高,皆由识力之精,不愧大家丰度。惟七言绝句,别立一帜,未为上乘。或先生有意矫正流俗,亦未可轻訾。从前仅取查他山《诗评》摘录数语,兹复得汪钝翁、俞犀月、钱圆沙诸人批本,取其尤精核者过录一二,并参以己意焉。岁乾隆五十六夏五下浣语溪陈治识。

【版本】

湖北图书馆藏陈治批校雍正间翻刻钱谦益《杜工部集》,《中国善本古籍书目》著录。

【作者简介】

陈治,字语溪,乾隆时人,生平事迹不详。

一二　查初白、邵子湘批校《杜工部集笺注》

吴嗣庐《题识》

先师初白查公有手批少陵诗,余录其本子,携之行箧。用九世兄见而爱之,请余照本录出,右用朱者是也。其墨笔则毗陵邵子湘先生及他名人之本。夫学诗各随资性所近,第不涉历于杜,即极锻炼,终少斤两,用九可谓知要矣。闻生客大余,亦录一帙付之,他日出而共商之,无转语他氏也。乾隆辛未中秋前十日,樵石吴嗣庐识。

【版本】

南京图书馆藏吴嗣庐临查初白、邵子湘批校《杜工部集笺注》。

【作者简介】

吴嗣庐,号樵石,硖川(今浙江海宁硖石镇)人,早受知于查慎行,为其弟子,吴骞《拜经楼诗话》卷四载有同邑诗人陈微贞《送吴樵石归硖川》。著有《樵石山人集》。

一三 陆超曾批校《杜工部集》

袁廷梼《跋》

此本为吾乡陆西屏先生所校勘,并集诸家评语,实是杜集善本也。康山主人见而爱之,因辍以赠主人,以先世墨迹相报,盖知予好搜罗先隆之故,感铭弗谖。陆氏所校校本,乃宋刊黄鹤集注本也,亦藏我家,于癸亥冬售与曾都转矣。嘉庆甲子十一月,袁廷梼记。

张福森《题记》

明江阴李介《天香阁随笔》载:陕西同官县壁,杜子美曾题诗其上,今止传二句曰:"县古槐根出,官清马骨高。"同官邻白水,定禄山乱至其地者,此虽吉光片羽,要当表出,与世共宝之。卅八四月初八日抄,时年七十三。

【版本】

复旦大学图书馆藏陆超曾批校钱谦益《杜工部集》,清康熙六年季氏静思堂刻本。

【作者简介】

袁廷梼(1764—1810),后改名廷寿,字又恺,号寿阶,又作绶阶,江苏吴县(今苏州)人。监生,五岁而孤,从母受教,好读书,博览强记,尤精于小学,与钱大昕、王鸣盛论经学,考据精当。曾应阮元、曾燠之招,与修《扬州图经》。所居红蕙山房藏书万馀卷,有宋元版本多种。著有《红蕙山房集》、《渔隐录》、《金石书画所见记》、《五砚楼书目》。

张福森,生平事迹不详。

一四　傅增湘跋《杜工部集》

傅增湘《跋》

清写本,十行二十字,异字注本文下,注文在每首诗后,盖钱牧斋杜注写本也。收藏有"柳隐如是"朱白文、"陆沉字冰篁"、"陆僎字树兰"各印。后有陆僎手跋:

右杜工部集,为明人钞本,惜无款识。查高大父《点勘楼书目》:康熙丁亥秋仲,于太仓王氏得明钞《杜工部集》六册,卷端有柳如是图记,即此集也。爰付重装,并志数语于卷末。时道光庚戌三月十三日,吴邑陆僎记于洗马里之东皋草堂。(庚午)

【版本】

未见,据李爽《"钱牧斋杜注写本"考》(《杜甫研究学刊》2013年第1期),此本今藏台北"中央研究院"历史语言研究所傅斯年图书馆善本室。

【文献出处】

傅增湘《藏园群书经眼录》卷十二《集部一》,中华书局1983年版,第1035—1036页。

【作者简介】

陆僎,字树兰,苏州人,陆纯锡曾孙,生平事迹不详。

一五　钱谦益《诸名家评本钱牧斋笺注杜诗》

袁康《校印虞山钱氏杜工部草堂诗笺序》

自来笺诗难,笺杜诗尤难。何则?诗也者,昔之人假以言志者也。顾诗有易言者,有未易言者;有能言者,有莫能言者。于是郁伊其旨,倘恍其辞,往往言在于此,而志在于彼,徐俟读诗者之自喻。孟子车氏有云:"以意逆志,是为得之。"此千古读诗之法,亦千古笺诗之法。而昧者多所拘墟,强为穿凿,作者之志,因笺而晦且八九,故曰笺诗难也。若夫读诗,则尤有进焉者也。盖少陵以自许稷契之身,备历开、宝盛衰之局,虽以献赋见奇于人主,而奸邪炀灶,仅授末僚,曷能仰维国命?迨至德二载,抗逆归顺,拜左拾遗,职居禁近,似可有为矣。旋又因言事外斥,嗣此羁栖幕府,漂泊关河,济变有才,效忠无路,卒至穷饿以老,而每饭不忘君之大节,犹可于诗句间见之,其志讵在三代下乎!不直此也,重以披吟,穷乎万卷,笔自有神,得失喻之寸心,律尤入细。故其古近诸体,如武库之利钝具陈,名山之旷奥兼擅。钟镛本无纤响,琴瑟自协元音。用能薄风骚而笼汉魏,范六代而规四杰,克集诗家之大成。而作笺者才学距杜远甚,譬沿涔蹏以沂溟渤,陟部娄以测华嵩,庸有合耶?故曰笺杜诗尤难也。今考宋元而下,笺注杜集者凡数百辈,近代存者约一二十家,内若伪苏注之类,诞妄疏舛,固为通人所黜;他亦瑜不掩瑕,未为完善。洎乎虞山钱氏《草堂诗笺》本出,始为杜集收廓清芟薙之功,少陵之面目精神焕然豁露。后之朱氏长孺、仇氏沧柱两注,咸导源于此,为世贵重无他。虞山人品虽不足道,然腹笥渊宏,才华雅赡,允推一时宗匠,声名与少陵异代同揆。古云:惟其有之,是以似之。固宜考核精搞,诠释周详,能作草堂功臣也。惟是此书久悬禁例,百有馀年,海内无藏弆。旱等绛云故籍,尽付劫灰,艺林未由购阅,殊深缺憾。兹幸文网荡除,遗编日出,时中书局觅得季氏原刊,初印于茸城右姓,不欲自秘,倩友人缮录,假摄影法,缩成精本,嘉惠多士,并乞校订于余。爰持正其舛误,补其讳缺,俾成全璧。又各卷眉端,辑有诸家评语,大约以国初为断,疑系尔时词客所为。实能抉发诗中款要,不忍削弃,悉行采入,并为审定。又附采别本所有各家,俾相印证。他若妄肆掊击,概从删节,遵仇氏例也。

宣统辛亥立春日宝山袁康竹一氏书,时年七十有二。

杨葆光《校印钱笺杜诗集评序》

《诗》三百篇虽托兴于鸟兽草木,而温柔敦厚之旨未尝或背。诗教既衰,为之者不能尽合古人立言之体。迨唐少陵出,而寻常咏物之细,亦皆有所寄托,非苟焉为风花雪月之词,乃不得志于时。而又身历天宝之乱,俯仰身世,千绪万端,一付之于诗。而忠君爱国之心,时时于吟咏传之,遂有"诗史"之目。唐宋以来注者、说者,不下数百家,或失之疏,或失之凿。然为时愈久,则采集愈多。至国初朱氏鹤龄,而有集大成之概。同时虞山钱氏,即有《笺注》之作,其学浩博,其论明通,虽不免有傅会穿凿之弊,潘氏未尝起而纠之,然其所见,与众迥殊,实多可采之处。惜以鼎革之故,书成而不见于世。洎文网稍驰,其初印本渐得流传。时中书局博采群书,夙以精刻,嘉惠艺林,兹复求得初印原刊,采录诸评语,分注眉端。复得袁君竹一为之订伪考异,付诸石印。此书一出,讲求精本者,自必家置一编。主者问序于予,予窃叹世道陵夷,诗学久废,词章家不复有忠君爱国之意。所愿得是书者,统观事变,远企前贤,就评论之异同,参注家之得失,用以上窥作者制作之精,犹有《三百篇》之遗意在,庶几不负裒辑苦心也夫。

宣统三年春云间八十二叟杨葆光谨撰。

【版本】

清宣统三年(1911)上海时中书局石印本《诸名家评本钱牧斋笺注杜诗》。

【作者简介】

袁康,字竹一,宝山人。清末太学生,幼秉颖异,博闻强识,淹贯经史,尤精小学,以诗古文辞鸣,为苏松太道应宝时所赏,牒送龙门书院肄业。中年后,常闭户著书,曾为上海《万国公报》编译《泰西近事》,世称善本。性本温夷,教授生徒,无疾言遽色,老而益恬,卒年七十五。著有《郑笺引用三家旧说考》、《说文古文考》、《四花雨亭诗文稿》等,并与刘熙载同辑《说文叠韵》。生平事迹见吴成平编《上海名人辞典》。

杨葆光(1830—1912),字古醖,号苏盦,别号红豆词人,江苏娄县人。岁贡生,历任浙江知县,有政声。罢官后优游海上,鬻书画以自给。工书画,曾任豫园书画善会会长。学问淹博,著有《苏盦文录》、《骈体文录》、《诗录》、《词录》。生平事迹见杨逸《海上墨林》卷三《续录》。

一六　世界书局排印本《杜诗钱注》

韩楚原《重刊钱牧斋笺注杜工部诗弁言》

少陵之诗,不惟可以横绝一代,直足以纵横古今,为万世作者宗匠。顾涵义既深,典复奥衍,《闻见后录》谓:"黄鲁直称老杜诗,如灵丹一粒,点铁成金,盖言其善于运用故实也。"惟其剪裁融化诸般故实于词句之中,故学者恒苦难读,历代作家乃竞为笺释,冀发其窔奥,以便读者。无如限于才识及时地,每多管窥蠡测,莫逮高深。昔颜之推有言:"观天下书未遍,不得妄下雌黄。"放翁亦有注诗难之叹。旧注杜诗,无虑百家,伪苏注无论已,即王洙、鲁訔、黄鹤辈,用力之勤,几于杜诗寝馈终身,然千里毫厘之失,仍层见叠出，风行坊间，贻误后学，重可嘅已！牧斋之为学，钻研经史，沈浸载籍，古今学术之升降，文章之流别，皆一一究其源委，击其蒙蔀(《初学集序》瞿式耜语)。其为文也，本之六经，以立其识；参之三史，以练其才；游之八大家，以通其气；极之诸子百家、稗官小说，以穷其用(邹镃序《有学集》语)。其遭逢之时会，又适在九鼎潜移、外族入主之际，其悲伤忠愤之志，盘屈纠缠而无以自遂。其于政事之得失、邪正之消长，不以一身祸福，易其忧国之思。含悲负痛，殷然无以自解。故奋笔于楮端，锋铦芒竖，感慨淋漓，刺人于眉睫之间，而怵人于志气之微(萧士玮序)。是其才学既足以副阐发杜诗之用，而其生活之修养，复与杜同其遭遇，同其忧患。故其所笺注，不特于杜诗运用之故实，证明疏通，毕宣其蕴；而于杜有为而作之隐衷，尤能梳爬剔抉，一一呈诸楮间，使千载下共知少陵当时之隐曲，其为功于杜，为惠于后学为何如！重刊之旨，即在于斯。

注释方面。牧斋于学，既无所不窥，而绛云所藏，又类多宋元孤椠，徵引既富，自可触类会通，有蕴必发。其所引书，多为绛云一炬之后，世所未见之本，如宋人《五线集》、刘绩《霏雪录》及《金壶记》、《玉垒记》等，大都今已有目无书。而考据所及，尤多徵引游记、画录、家乘、墓碑以及他人所不经见、不注意于篇什。故其铨释故实，订正时地之处，精确自无伦比。如于字，则考正《故武卫将军挽歌》中之"冰"为箭筩，《饮中八仙歌》中之"船"直为舟。于词则考正《寄董卿嘉荣》中之"君牙"非人名，《杜威宅守岁》中之"阿戎"为阿咸，《寄彭州高使君》中之"龙钟"即陇种。于人则考正《醉歌行》中之"顾八"非顾况。《送裴二虬作尉》中之"谢公"非灵运，《九日登梓州城》之"兵戈关塞"指徐知道，非朝义。于地则考正《春远》中"细柳"不在渭北石徼，《酬别杜二》中"涡水"当为涪水，《题郑县亭子》中"大路"为陕、华间地名。于事则考正《九日奉寄严大夫》中《通鉴》之误，《上牛头寺》中图经之误，《寄李白二十韵》中鲁訔、黄鹤辈《年谱》之误等。均足以一扫各家支蔓踌驳之旧注，而导正读者之心目。

笺发方面。少陵当安史之乱，乘舆播荡，宗庙累卵，越在草莽，触处兴怀。牧斋生当明社既屋，异族入主，故宫禾黍，荆棘兴悲。其身世既同，而其忠君忧国之思，复千载相侔。于是少陵讽刺当世，感怀时事，以及有为而作诸什，惟牧斋能笺发其微，洞识其隐，诚以时会处地相同，而心曲乃默契于千载下也。如笺《寄岳州贾司马》则发肃宗赏功，独厚于灵武从臣，故常以晋文、子推事讥之。笺《洗兵马》则发肃宗以人主而自擅，猜忌其父臣，而文致其罪，以欺天下。笺《登楼》则发代宗之用程元振、鱼朝恩，托讽于后主之用黄皓。笺《兵车行》则发出兵南诏之苦，以杨国忠当权贵盛，不敢斥言，故不言南诏而言山东，不言关西而言陇右。笺《有感五首》则发（二）[1]讥不能用兵，（三）谏不都东京，（四）失强干弱枝之义，（五）成外重内轻之弊。至笺《秋兴八首》，则于少陵之感时触物，忧思怀君，寓讽谏之兴，超议论之劫，正如乐府八解，而一一为之铨发，八篇内蕴，于焉毕宣。李善之于《文选》，王逸之于《楚辞》，兼之矣。

方今坊间杜诗流行之本，率为王、苏等注本，钱注之本，绝少流传，爰校勘而重锓之，弁数言于简端，以为发凡云尔。民国二十四年五月韩楚原识。

【版本】
民国二十四年（1936）上海世界书局据时中书局石印本排印本。
【作者简介】
韩楚原，世界书局编辑，生平事迹不详。

一七　丁耀亢《杜诗说略》

陈僖《杜诗说略序》

自公安、竟陵之说不行，海内之宗工部，真如金科玉律，下至驵侩屠沽，皆能口诵之。而各家之注杜者，遂各存其见，以标风雅。求其杜诗之所以为杜、之可以至今传者，则阙如也，又安敢望《三百篇》之不亡于今乎？吾友野鹤，伤大雅之沦亡，悼元音之凋弊，借杜说法，为《说略》一书，以我注杜，复以杜注我。于前人所已及者，则畅其说；于前人所未及者，则抒其义。娓娓数万言，觉他人虫鸟之鸣，不堪复听。庶千百世后，读杜诗者晓然知其所以然，而诗道精微之旨，如日星河岳之不没也，野鹤真诗之功臣哉！大凡文之能传，固难于作，更难于知。不遇知者揭作者之源流本末，一一标以示人，纵作者参神入化，亦与春花秋草同其漫灭。汉之建初，仲任著《论衡》。迨及建宁，伯喈始获其篇，纳诸枕中，珍以为秘。唐之贞元，《昌黎集》成，至宋之治平，欧阳永叔始得其集于废书之簏，其文遂至今不朽。使杜诗不遇野鹤，纵诵者说者纷纷满天下，亦何异于《论衡》未纳枕中、《昌黎集》之杂废

---

[1] 原文未标注"（一）"。

书簏乎？苏子由曰：于山则华岳，于水则黄河，于人则欧阳公。今为之增一语曰：于诗则杜少陵，于说诗则丁诸城也。

【原文出处】

陈僖《燕山草堂集》卷二，《四库未收书辑刊》第八辑第17册，北京出版社2000年，第455页。按，丁耀亢《杜诗说略》一书已佚，然其门人卢震亦有《杜诗说略》，其书尚存，故今人沈时蓉等人推断，这两部同名的著作之间可能有传承关系。其详可参沈时蓉、詹杭伦《论卢震的〈杜诗说略〉》，《杜甫研究学刊》2013年第3期。

【作者简介】

陈僖，字霭公，号馀庵、想园，清苑（今属河北）人。拔贡，少受业于孙奇逢弟子高镕，善属文，慷慨有大志，时逢明季丧乱，愤世不可为，绝意仕进，力以诗文自娱。康熙十八年，举博学鸿词。著有《燕山草堂集》。生平事迹见徐世昌《大清畿辅先哲传》卷二十。

一八　贾开宗《秋兴八首偶论》

何絜《序》

古诗三千，孔子删之，存三百篇，约已何更约其要于《驷》篇一言，岂非以读诗者当知其全，尤当知其要哉！卜子夏，深于诗教者也，论"素绚"通其说于《礼》，孔子许其"可与言诗"。非知其全，更知其要者耶？中州贾静子先生，博通经史及天官、地志、律吕诸书，尤深于诗。今读其所著《秋兴偶论》，而知先生之深于诗，大有合于卜氏也。卜氏论"素绚"，偶也；论"素绚"通其说于《礼》，非偶也。故孔子许其"可与言诗"。少陵因秋而兴，而有是八律也，亦偶也。少陵偶而兴焉，先生偶而论焉。夫是偶也，非偶也。少陵生平，递历盛衰，感怆无尽，总予是《秋兴》八律寓之。先生之论是八律也，能以一律论八律，能以八律论一律，又能以八律兼论少陵之全。以少陵之全，合论是八律，是能知其全者也，知其全更知其要者也。且通其说于诸书，凡其所以论是八律者，又能取之经史及天官、地志、律吕诸书，以释其义，而达乎其辞，更斐然而成文章，名为《偶论》，偶耶，非偶耶？读其论，当必有能知之者矣。

康熙己酉孟夏南徐何絜雍南氏撰。

【版本】

清康熙八年（1669）贾洪信刊本《秋兴八首偶论》。

【作者简介】

何絜（1620—1696），字雍南，因家有晴江阁，人称晴江先生，江苏镇江人。一生不应科举，交游甚广，诗文名重一时，与程世英并称为"京口二家"。康熙二十二年（1683），受两江总督于成龙之聘，担任《江南通志》的总纂。著有《晴江阁集》。

一九　张笃行《杜律注例》

张笃行《题词》

杜工部云："晚节渐于诗律细。"又云："诗律群公问。"岂非作律难，注律更难哉！古人云："句向夜深得，心从天外归。"又云："数篇吟可老，一字买堪贫。"此意唯可为知者道。顺治己亥荷月，四艺山人书于韭花堂中。

张道存《跋》

是编予童时即得见之，不解读也。久藏箧中，迄今二十余年，始知先高祖一生精力苦心，具见于此。幸逢盛世，诗学昌明，四方相与力追风雅。则是编也，或不宜私之一家云。乾隆己卯季夏月中浣，元孙道存谨书。

【版本】

清乾隆二十四年（1759）重刊本《杜律注例》。

【作者简介】

张笃行，字谟绅，号石只。一作字石如，误。又号四艺山人，章丘（今属山东）人。汝蕴之孙。顺治二年（1645）举人，三年进士，官河南郏县知县，迁礼部主事，历员外郎，迁福建按察司佥事。工琴，善诗、书、画。著有《九石居遗稿》、《一弦琴谱》。生平见《（康熙）章丘县志·选举志》、《山左诗续抄》、《清画家诗史》、《榆园画志》、《国朝画识》及《明清进士题名碑录》等。

张道存，字于中，号雨村，章丘人。张笃行玄孙，清增广生。工书，篆刻苍古，亦善诗，著有《咏史蠡管》。生平见王功仁主编《山东省科考名录汇编·章丘县·补遗》。

二〇　叶承宗《少陵诗选》

叶承宗《少陵诗选序》

杜少陵冠冕当代，驾轶古今，遂使诗坛月旦，莫赞一词，至推为"姬公制作，不可拟议"。而近世王圣俞氏乃拟以"铁树花开，风骨严秀，空王狮吼，法力沉雄"。是则然矣，若犹未也。然则少陵亦何道而几此？将无库发当阳武绳，膳部家学有渊源欤？许身稷契，媲技杨曹，祈向有正鹄欤？壎篪青莲，桴鼓摩诘，丽泽有沾溉欤？其或州有九，历其七；岳有五，游其三。山川映发其灵襟欤？一饭必念黎元，在险不忘君父，忠爱激勃其元音欤？抑亦登高则吹台来万里之风，履险则衡岳阻经旬之水，其豪襟逸气，有以抒写其天籁欤？义激则房琯可拯，意忤则严武可瞋，其浩气正性，有以披沥其孤韵欤？自非然者，则少陵又何道而几此？乃少陵则固尝自言之矣，曰："读书破万卷，下笔如有神。"盖惟博综群籍，傍览众长，优游而求，餍饫而得，左无不宜，右无不有。是故岱、华、洞庭可以扬其钜丽矣，而铁堂、石龛亦可以歌其险厂；宛马、苍鹰可以写其神骏矣，而萤火、白燕亦可以体其形容；翠管银罂可以诩其恩泽矣，而残杯冷炙亦可以况其酸辛；曲江典衣可以抒其豪爽矣，而羌村秉烛亦可以绘其惊喜；《洗兵》、《出塞》可以发其奋扬矣，而《垂老》、《新婚》亦可以道其戚苦；长安丽质可以赞其锦裀矣，而幽谷佳人亦可以怜其翠袖。良由性耽佳句，语必惊人，文足洽神，句堪愈病，光焰万丈，衣被群英，岂偶然哉！以故唐人选唐，李、杜不与，沿及近代，厥有选家。大抵意主风格者，挹其雄劲而略其俊逸；爱存韵度者，撷其新奇而弃其沉浑。余小子欣赏珍抄，意无畸属，删三之一，都为六卷。嗟夫！作家匪易，尚论良难。一少陵也，或信以为史，或尊以为圣，乃亦有摘其句累，惜其意尽，讥其无韵之言未工，至有直目为吾家莽夫子者。人各有心，吾从所好。予惟知金铸贾岛、丝绣平原，朝夕手一编而已。

【版本】

已佚。

【原文出处】

叶承宗《泺函》卷六，《四库未收书辑刊》第七辑第 21 册，北京出版社 2000 年，第 731—732 页。《乾隆历城县志》卷二十二《艺文考四·集部三》

全文徵引，有数字之异。

【作者简介】

叶承宗（1602—1648），字奕绳，号泺湄啸史，历城（今山东济南）人。少嗜古，能文章，读书虽元旦不废。七上春官不第，益奋力于学问。明天启七年（1627）举进士。崇祯十三年（1640），知县宋祖法属辑县志，县新遭兵燹，文献阙如。承宗汇罗佚闻，取刘敕旧编更正，补缀成十六卷，时以为佳史。入清，登顺治三年（1646）进士，授临川县知县。值岁不稔，发廪赈饥，所活甚众。五年冬，赣镇金声桓叛乱，攻抚州，城破被执，逼授伪官，不屈自尽，年四十七。著有《泺函》十卷、《记珠》。生平见《（乾隆）历城县志·列传七·忠烈》。

二一　朱鹤龄《杜工部诗集辑注》

钱谦益《吴江朱氏杜诗辑注序》

余笺解杜诗，兴起于卢德水，商榷于程孟阳。已而学子何士龙、冯己苍、族子夕公递代雠勘，粗有成编，犹多阙佚，老归空门，不复省视。吴江朱子长孺馆余荒邨，出所撰《辑注》相质，余喜其发凡起例，小异大同，敝麓蠹纸，悉索举际。长孺櫽括诠次，都为一集。书成，谓余宜为序。自昔笺注之陋，莫甚于杜诗。伪注假事，如鬼凭人；剽义窜辞，如虫食木。而又连缀岁月，割剥字句，支离覆逆，交跖旁午，如郑卬、黄鹤之流，向有略例破斥，亦趣举一二而已。今人视宋，学益落，智益粗，影明隙见，熏染于严仪、刘会孟之邪论，其病屡传而滋甚。人各仞其所解以为杜诗，而杜诗之真面目盘回于洄渊漩澓，不能自出。闲尝与长孺论之："勃律天西采玉河，昆坚碧碗最来多"，记事之什也。以《西域记》徵之，象、人、马、宝之主，分一阎浮提为四界，西方宝主之疆域，是两言如分尉堠也。"身许双峰寺，门求七祖禅"，归心之颂也。以《传灯》书核之，能、秀、会、寂之门，争一屈眴衣如敌国，二宗衣钵之源流，是两言如按谱系也。昔人谓不行万里途，不读万卷书，不能读杜诗，吾谓少陵胸次，殆不止如此。今欲以椰子之方寸，针孔之两眸，雕镂穿穴，横钩竖贯，曰杜诗之解在是，不为埳井之蛙所窃笑乎？长孺闻之，放笔而叹，蓬蓬然深有所契也。其刊定是编也，斋心祓身，端思勉择，订一字如数契齿，援一义如徵丹书。宁质毋夸，宁拘无俪，宁食鸡跖，无啖龙脯，宁守兔园之册，无学邯郸之步，斤斤焉取裁于《骚》之逸、《选》之善，罔敢越轶。近代攻杜者，觅解未憨，又从而教责之，章比字栉，俨然师资。长孺蹙额曰："'不知群儿愚，那用故谤伤？'鹤龄虽固陋，忍使百世而下，谓有师心放胆、犯蚍蜉撼树之诮如斯人者乎？"然则长孺之用心，亦良苦矣。昔者，范致能与陆务观注苏诗，务观以为难，枚举数条以告，致能曰："如此则诚难矣。"厥后，吴兴施宿武子注成，务观遂举斯言以为序。余读渭南之言，窃闻注诗之难，谆复以告学者。老而失学，不敢忘也。长孺深知注诗之难者也，因其告成，举此以序之，并以谂于后之君子。虞山蒙叟钱谦益谨书于碧梧红豆之邨居。

（钱谦益印 牧翁蒙叟）

杜注付梓甚佳，但自愧糠秕在前耳。此中刻未必成，即成，不妨两行也。益草后。

朱鹤龄《书后》

愚素好读杜，得蔡梦弼草堂本点校之，会萃群书，参伍众说，名为《辑注》。乙未，馆先生家塾，出以就正，先生见而许可，遂捡所笺吴若本及九家注，命之合抄。益广搜罗，详加考核，朝夕质疑，寸笺指授，丹铅点定，手泽如新，卒业请序，箧藏而已。壬寅，复馆先生家，更录呈求益，先生谓所见颇有不同，不若两行其书。时虞山方刻《杜笺》，愚亦欲以《辑注》问世。书既分行，仍用草堂原本，节采《笺》语，间存异说。谋之同志，咸谓无伤。是冬馆归，将刻样呈览，先生手复云云，见者咸叹先生之曲成后学，始终无异如此。今先生往矣，函丈从容，遂成千古，能无西州之痛？松陵朱鹤龄书。

计东《朱氏杜诗辑注序》

杜诗《千家注》最为纰谬，宋本之善者有二焉：分体则吴若本，今虞山先生所笺者是也；编年则蔡梦弼本，吾邑朱氏长孺所辑注者是也。长孺与先生以杜诗契合，世莫不闻。始而汇钞，既而分出，皆先生所命。乃好事者以说有异同，遂疑为牴牾。夫古人撰述，不求立异，亦不屑苟同。刘向立《穀梁春秋》，子歆乃好《左氏》，是父子不必同也。苏子瞻作《论语说》，子由辨正之，谓之《拾遗》，是兄弟不必同也。吕大临为程正叔门人，其解《论语》不尽用师说，以至欧、苏之解《昊天有成命》，朱、蔡之解《金縢》，皆各持一论，是师弟子不必同也。吕东莱《读诗记》，辨思无邪、正雅、郑、卫、南陔六诗，大与考亭相击排。及吕《记》板行，考亭为作序，古人岂以异说为嫌哉！先生笺杜，搜奇抉奥，海内承风。然《洗兵马》谓深刺肃宗，而或以为辅国离间，乃上元间事，不当逆探其邪。《哀江头》谓专感贵妃，而或以为"清渭剑阁"乃系思旧君，不与《长恨》同旨。"羽衣怀商老"，本为广平而兴思；"之推避赏从"，非因疏斥而含怼。至如严郑公、柏中丞诸事实，又各有考证，何妨两存其说？是非之论，听之天下后世，乃益见先生之大。如必以所见异同之故，遽坐为罪，则是传《春秋》者，左氏之外，不必复有公羊、穀梁；公羊、穀梁之外，不必复有邹、夹、啖、赵；邹、夹、啖、赵之外，不必复有陈氏、胡氏。说《诗》者，止宗卜氏《序》，不当复有齐、鲁、韩、毛四家与郑氏之《笺》、欧阳之《本义》、苏氏之《传》、吕氏之《记》、严氏之《辑》、朱子之《集传》也，而可乎？若曰前辈之书，不应节取，则考亭、仲默所引某子曰、某氏曰者，皆当坐以骂侮前贤之罪。况先生业有剞刻，何取于此书之登载无遗乎？今先生之笺盛行天下，笺本之所未及者，又于《辑注》备之。盖长孺在先生馆斋，三年考索，叩鸣如响者皆具焉。则两集并行，正犹汇江之汉、丽月之星，非相悖而适相成也。使过疑有所牴牾而抑之不出，岂先生之心哉！今长孺穷老著书，如《尚书埤传》、《毛诗通议》、《禹贡长笺》，皆堪并悬日月，非反藉此注为不朽也，奚必诡诡求雷同于一时哉！是为序。康熙九年冬杪同里学人计东序。

朱鹤龄《辑注杜工部集序》

客有谯于余曰："子何易言注杜也？书破万卷，途行万里，乃许读杜。子足不逾丘里，目不出兔园，日取诗史而排纂之，穿穴之，冀以自鸣于世，吾恐觚棱梲刓而揶揄者随其后也！"余曰："是固然已。抑子之所言者学也，子美之诗非徒学也。夫诗以传声，节族成焉；声以命气，底滞通焉；气以发志，思理函焉，体变极焉。故曰'诗言志'。志者，性情之统会也。性情正矣，然后因质以纬思，役才以适分，随感以赴节。虽有时悲愁愤激、怨诽刺讥，仍不戾温厚和平之旨。不然，则靡丽而失之淫，流漓而失之宕，雕镂而失之琐，繁音促节而失之噍杀。缀辞逾工，离本逾远矣。子美之诗，惟得性情之至正而出之，故其发于君父、友朋、家人、妇子之际者，莫不有敦笃伦理、缠绵菀结之意。极之，履荆棘，漂江湖，困顿颠踬，而拳拳忠爱不少衰。自古诗人，变不失贞，穷不陨节，未有如子美者，非徒学为之，其性情为之也。子美没已千年,而其精诚之照古今、殷金石者,时与天地之噫气、山水之清音,噌吰响答于溟涬颍洞、太虚寥廓之间。学者诚能澄心涤虑,正己之性情,以求遇子美之性情,则崆峒仙仗之思、茂陵玉碗之感,与夫杖藜丹壑、倚棹荒江之态,犹可俨然晤其生面而挹之同堂,不必以一二隐语僻事、耳目所不接者为疑也。且子亦知诗有可解、有不可解乎?指事陈情,意含风喻,此可解者也;托物假像,兴会适然,此不可解者也。不可解而强解之,日星动成比拟,草木亦涉瑕疵,譬如图罔象而刻空虚也;可解而不善解之,前后贸时,浅深乖分,欣怃之语,反作诮讥,忠剀之词,几邻怼怨,譬诸玉题珉而乌转舄也。二者之失,注家多有。兼之伪撰假托,疑误后人,瞽说支离,袭沿日久,万丈光焰化作百重云雾矣。今为剪其繁芜,正其谬乱,疏其晦塞,谘诹博闻,网罗秘卷,斯亦古人实事求是之指,学者所当津逮其中也。余虽固陋,何敢多让焉?"客曰:"子言诚辨,然当代巨公有先之者矣,子之书无乃以爝火附太阳?"余曰:"才有区分,见有畛域,以求其是则一也。今夫视日者,登中天之台,则千里廓然;窥之于户牖,所见不过寻丈。光之大小诚有间,然不可谓户牖之光非日也。贤者识其大,不贤识其小,总以求遇子美之性情于句钩字索之外。即说偶异同,亦博考群言,折衷愚臆,岂有所抵牾龃龉于其间哉?"客退,遂撰次其语,以书之卷端。

沈寿民《后序》

杜诗之学,至今日而发明无馀蕴矣。虞山钱宗伯实为首庸,吾友长孺朱子增华加厉,缉诸本之长而芟其芜舛,至鸡林贾人,亦争购其书,呜呼盛矣!乃世传虞山长牍,以说有异同,盛气诋諆。又增删改窜,前后二刻迥别,见者深以为疑。余尝取二本对勘,其中所不合者,惟《收京》、《洗兵马》、《哀江头》数诗。试平心论之,两京克复,上皇还宫,臣子尔时当若何欢忻?乃逆探移仗之举,遽出诽刺之辞,子美胸中不应峭刻若此。商山羽翼,自为广平;剑阁伤心,非关妃子。斯理不易,何嫌立异?况古人著书,初不以附和为贵。苏颍宾,欧阳公门下士也,而其解《周颂》,则极驳时世论之非。蔡九峰传《书》,朱子所命也,而其辨正朔,则明与周七八月、夏五六月相左。当时后世,未闻訾议及之者。盖二公从经籍起见,非有所龃龉而然。故两持之说,各传千古。今之论杜者,亦求其至是而已矣。异己之见,岂所以为罪乎!往方尔止尝语余云:"虞山笺杜诗,盖阁讼之后,中有指斥,特借杜诗发之。长孺则锐意为子美功臣,必按据时事,句栉字比,以明核其得失,可谓老不解事,固宜有弹射之及也。"虽然,长孺为少陵老人而得此弹射,其荣多矣。彼听听者,何以为哉!宣州沈寿民书于金坛僧舍。

【版本】
清康熙九年(1670)金陵叶永茹万卷楼刻本《杜工部诗集辑注》。

【作者简介】
计东(1625-1675),字甫草,号改亭,朱鹤龄内侄,吴江人。弱冠著《筹南五论》,上阁部史可法,可法奇之。顺治十四年举顺天乡试,御试第二,会遭奏销案罣误,郁郁不得志,游历几遍天下。袁景辂《国朝松陵诗徵》卷三云:"吾邑人文,国初最盛,经术推朱愚庵,古文推计改亭,诗赋则擅场虽多,当以吴孝廉为最。"又与顾有孝、吴兆骞、潘耒并称"松陵四君子"。著述极多,今存《改亭集》。

朱鹤龄(1606—1683),字长孺,自号愚庵。吴江松陵(今属江苏)人。明末诸生,入清后绝意仕进,屏居著述,晨夕不辍。与鳌峰李中孚(颙)、馀姚黄太冲(宗羲)、昆山顾宁人(炎武)并称海内"四大布衣"。曾与顾炎武等一起参加明遗民组织的惊隐诗社。著有《愚庵小集》、《尚书埤传》、《禹贡长笺》、《诗经通义》、《春秋集说》、《读左日抄》、《李义山诗集笺注》、《愚庵诗文集》等。生平详见《清史稿·儒林传一》。

沈寿民,字眉生,号耕岩,宣州人。与长洲徐枋(字昭法)、嘉兴巢端明(字鸣盛),并称为"清初三逸民"。博通经史,为复社名士。其性严毅,不苟言笑,而气味温醇,人亲近之如沐春风。崇祯九年(1636),行保举法,巡抚张国维举荐贤良方正,沈寿民应诏赴阙。初入都,即疏劾兵部尚书杨嗣昌夺情误国,复攻总督熊文灿不能制敌之罪。通政张绍先寝不上,沈寿民以书责之,张绍先乃请上裁,杨嗣昌亦惶恐待罪,人论其有魏徵遗风。少詹事黄道周叹曰:"此何等事,在朝者不言而草野言之,吾辈愧死矣。"沈寿民由此名动天下。疏三上未果,沈寿民拂衣而归,筑别业姑山讲学,从游者数百人。崇祯末,与顾杲、吴应箕等共同起草《留都防乱公揭》,声谋报复。福王时,阮大铖揽权,因沈寿民弹劾杨嗣昌疏有"大铖妄陈条画,鼓煽丰芑"语,必欲杀之,沈寿民乃隐名避于金华山。国变后归乡,不复出,年六十九卒,门人私谥贞文。著有《姑山遗集》、《闲道集》等。

二二　王渔洋批点《杜工部诗集辑注》

沈大成《跋》(罗振常转录)

《杜工部诗集》二十卷,清朱鹤龄注。此渔洋山人点定杜诗真本。自少至老,凡三易笔,其别朱墨蓝。旧在德水、田山薑家,秘本(不)示人。卢雅雨先生与其子游,仓皇借得,仅用墨笔录出,渐有圈抹中侧之异,可以意得也。甲戌冬十月,偶客运署,借钞既竟,因记缘起。吾友惠徵君定宇亦深叹赏,以为江东流传本皆不及云。既田学人沈大成跋于芜城旅馆。

【原文出处】

罗振常遗著、周子美编订《善本书所见录》卷四,商务印书馆1958年版,第138页。

【作者简介】

沈大成(1700—1771),字学子,号沃田,华亭(今上海松江)人。康熙时诸生,以诗古文辞知名江左,与惠栋、戴震、王鸣盛等相交。晚年客扬州,为卢见曾幕客。笃志经学,博闻强识,自经史外,旁通天文、地理、六书、乐律、算学等。藏书万卷,校订书籍颇富,著有《学福斋诗文集》。

二三　蒋金式批《杜工部诗集辑注》

蒋金式《书自评杜诗后十首》

南北东西了一生,老来尤觉此身轻。臣精亦既消亡尽,犹向残书费品评。

一身孤寄自萧然,几页残书拟判年。却笑老眸憎认字,下帷终日只长眠。

终日南华与首楞,何年收拾此身心。杜诗犹似难忘熟,展卷长吟不自禁。

也知不学老而衰,却以老衰成不学。掩卷茫然开卷同,何由更得生人乐?

认字徒伤眼底雾,思家难起脚跟云。杜陵一卷羁离泪,把盏沉吟又夜分。

杜诗评注十馀种,尽付还家又八年。此本偶忘收拾去,残书伴我亦前缘。

瘦生谁信诗家苦,容易千花成蜜时。陶铸前贤归大冶,始知奇句出多师。

识得文章本忠孝,方知性命寓风骚。寻源飞上昆仑顶,好俯兼天万丈涛。

变化万形神物聚,精灵一片化工知。芝田艾圃皆长往,谁与同吟杜甫诗?

(按:十首缺一首)

【原文出处】

上海图书馆藏蒋金式《菰米山房诗钞》卷下,清雍正六年蒋维梅羹树校刊本。

宗舜年《跋》

西禾纂《杜诗镜铨·叙例》云:"凡西樵、阮亭兄弟、李子德、邵子湘、蒋弱六、何义门、俞犀月、张惕庵诸家评本,未经刊布者,悉行载入。"此书首题蒋氏评,西禾参定。所录诸家评语,旁午错综,细书弥满,复有损益,则黏纸以继之。先辈读书,用力深至,殆非后生所及。其辑《镜铨》,即以此为底本,而小有删易。《镜铨》所录,此本多有之;此本所录,则《镜铨》不尽也。又观卷首标题,似当时即拟以此本付刊,《镜铨》又后来之更名耳。

君闳四兄锐意搜罗乡先辈遗著,敬以是帙为赠,甲寅(1914)七月十一日舜年记。

【版本】

浙江大学图书馆藏清刊清批本《批注杜诗辑注》。

【作者简介】

蒋金式(1641—1722),字玉度,号弱六,阳湖(今江苏常州)人。康熙二十三年(1684)举人,考授内阁中书,任怀宁教谕,年已六十馀。诸生知其宿学,讲业无虚日。县试初仅数百人,后乃踰倍。工诗古文。辞归后益事著述,无间寒暑。赵申乔与同学,临没,以必得金式文志墓为嘱。著有《翠缕居说骚》、《菰米山房诗集》二卷。生平事迹见张惟骧《清代毗陵名人小传稿》卷二、杨椿《孟邻堂文钞》卷十三。

宗舜年(1865—1933),字子戴,一作子岱,号耿吾,江苏上元(今南京)人。源翰子,光绪十四年(1888)举人,官内阁中书,分发浙江补用知府、署金华知府,后为端方幕僚。民国后,退居常熟、吴县,1933年因胃癌病卒。其藏书处名颐情馆、咫园、野录轩。著有《尔雅注》(稿本)、《耿吾剩稿》四卷(南京图书馆藏民国俞鸿筹钞本)。

二四 齐召南批点《杜工部诗集辑注》

齐召南《跋》

雍正己酉九月,一干诵于曹源书屋。

《虞书》曰:"诗言志。"志有乐有忧,则诗有歌有泣。千古诗人众矣,非其言不工,其志小也,否则其志又大而无当也。若杜工部,庶几所谓以天下之忧为忧、以天下之乐为乐者乎! 其身抑郁穷愁,有所不顾,而惓惓于朝廷之理乱、草野之悲愉,一篇之中,三致意焉。其志固古圣贤之志也,其诗冠绝千古,谁曰不宜? 己酉十一月,一干偶书。

朱子谓杜诗晚年横逆不可当,又谓夔州以后诗便哑了,愚尝以为疑。杜自谓"晚岁颇于诗律细",自评必确。且老而益精,穷而益工,前人又多论及于此。朱子或者一时间未定之说,未可知也。及愚再三熟玩公集,至大历以后诸古诗,以为横逆则不可,以为哑则竟哑矣。于是叹紫阳只字固无浪下,而后人依附雷同,岂不可笑之甚哉! 若其格律,则公自评确矣。庚戌正月,一干诵。

【版本】

上海图书馆藏朱鹤龄辑注《杜工部诗集辑注》,清康熙间叶永茹万卷楼刻本,索书号:819746—56。

【作者简介】

齐召南(1703—1768),字次风,号琼台,晚号息园,天台(今属浙江)人。雍正七年(1729)副贡生,乾隆元年(1736)召试博学鸿词,改庶吉士,授检讨。迁内阁学士兼礼部侍郎,以博学能识为高宗知。十四年夏堕马,乞归养。后因族子牵累,削职放归,旋卒。精舆地之学,著《水道提纲》二十卷行世。天才敏捷,为诗文援笔立就,与同时浙省名家厉鹗、杭世骏鼎足齐名。

著有《宝纶堂文钞》八卷、《宝纶堂诗钞》六卷、《宝纶堂外集》十二卷、《宝纶堂续集》十八卷等。生平事迹见《清史稿·列传九二》、《清史列传·文苑传四》、袁枚《原任礼部侍郎齐公召南墓志铭》、秦瀛《礼部侍郎天台齐公墓表》。

二五　方贞观批点《杜工部诗集辑注》

方贞观《题识》

子美诗在当时,亦未有知之者,至元和间元微之作子美墓志,始赏识赞叹,以为"诗人以来,未有如子美者",遂由唐末历宋、元、明以及今日,家传而户诵之矣。论其思深力大,气古才雄,自应首推。然其病亦不少,有累句,有晦句。出词有卑鄙者,用意有牵凑者,气韵有甜俗者,意象有叫号者。多凑韵,多复韵,使事不无错误,先后屡见雷同,窠臼不除,习气亦固。后人信之太笃,奉之太过,比之太高,求之太深,举其病而忘之。不独忘之,且迁就傅会以讳其病,一字一句守为科条,确然不可易。又各执臆说,聚讼不已,殊可笑也。余性不近杜,所窥甚浅,十馀年来,亦点阅数过,虽有去取,漫无卓见。今岁暮无事,再一点阅,不过就愚性好恶而分别之,非敢与向来诸笺注家见异同也,贞观书。雍正十二年十一月二十夜灯下,尽信书则不如无书。

【版本】

南京图书馆藏方贞观批并跋《杜工部诗集辑注》,清康熙间叶永茹万卷楼刻本。

【作者简介】

方贞观(1679—1746),名世泰,字贞观,一字履安,号南堂,一号洞佛子,安徽桐城人。为方苞、方登峰从兄弟,因受戴名世《南山集》案牵连,方氏一族皆隶旗籍,流放十年,雍正元年(1723)方赦归,客居扬州,以卖字为生。乾隆元年诏举博学鸿词,右副都御使孙嘉淦首举方贞观应诏,以老病为由辞不赴。著有《南堂诗钞》六卷、《辍锻录》一卷。生平事迹见《国朝先正事略》、《国朝书人辑略》。

二六　顾大文批点《杜工部诗集辑注》

耸肩吟叟《题识》

丙戌初冬,移榻书巢,小病新愈,梧旁雨夕,挑灯独坐,适有广陵文富书坊寄函求售,中见顾君堃手批杜集一部,检玩之馀,爰示□□,爰以重价购之。耸肩吟叟识。

顾堃《跋》

呜呼!此先君子手泽也。先君生平酷嗜杜诗,于笺注诸家,博观约取,每称朱氏长孺本为善。既而旁采浦氏《心解》之说,略参己意,录于卷端。堃弱岁侍家塾,亲见先君子口诵手批,孳孳不倦,及今见背,已十有二年,堃以饥驱奔走者亦十一年,所不能卒读父书,今岁归检旧箧,竟残缺失次矣。谨广为搜取,幸而获全,因稍稍修破补败,藏示子孙,俾知手泽所系,并以志堃之罪也。乾隆乙巳(1785)冬长至后四日,男堃谨识。

【版本】
上海图书馆藏顾大文批点朱鹤龄《杜工部诗集辑注》,清康熙间叶永茹万卷楼刻本。

【作者简介】
耸肩吟叟,生平事迹不详。
顾堃(1740—1811),初名陶尊,字尧峻,号思亭,江苏长洲(今苏州)人,直隶宛平籍。乾隆三十八年高宗南巡时钦赐举人,官常州教授。著有《鹤皋草堂集》、《觉非庵笔记》、《思亭文钞》等。生平事迹见蔡之定所撰《墓志铭》。

二七　傅山《傅青主手批杜诗》

翁同龢《题识》

庚寅(1890)夏,得此本于西苑朝房,谛审,知为青主先生评点。纸张洇脆,乃付潢匠褙之。壬辰(1892)秋日,排比旧籍,以畀斌孙。一笏斋中何减霜红龛耶?瓶叟记。

有"常熟翁同龢印信长寿"、"紫芝白龟之室"两印。

翁同龢《跋》

杜诗四十卷,通体点定,傅青主先生笔也。纸断烂,乃裱褙藏之。戊子(疑为戊戌[1898]之误)十二月翁同龢记。

【版本】
上海图书馆藏清顺治七年朱茂时刻胡震亨《李杜诗通》,傅山批点,索书号:793970—75。

二八　傅山《杜诗摘句》

祁隽藻《跋》

《广韵》凡五卷,青主先生分注杜诗句于韵之上下方。每卷皆有名印,并有傅眉印,别纸数条,亦有名印。《霜红龛集·两汉书人姓名韵序》云:编以《洪武正韵》,名下略缀一半句,便参考,示眉抄之,眉曰:是吾家读书一法也。此杜句分韵,亦同比例,殆先生课孙莲苏辈,偶尔摘录者。亦间有校正音义处,如"三锺·炂"字注:平定人谓被火烟枪者曰炂,其炂之同声。"十六蒸·称"字注:杜诗"峡内多云雨"一篇中有"丹沙冷旧秤","秤"即"称"字。"二十三谈·痰"字注:《青箱杂记》:蜀有痰市,间日一集,如痰疟之发也。"五质·莘"字注:《说文》'芉'不作'莘'也。"二十六缉·瓡"字注:《汉武帝功臣侯表》有瓡讘侯扞者,师古曰:瓡读与狐同。《地理志》:"北海郡瓠。"师古曰:即执字。《王子侯表》:"瓠节侯",师古曰:瓠即瓠字,又音孤。一字而三四音矣。"二十七合·䩗字"注:《吕氏春秋》有䩗字,无音,恐即从韦从革少混云云。其馀尚有数条。至"莘"字,康熙间张氏士俊重刻《宋本广韵》已改作"芇",与傅说合。《顾亭林先生年谱》平定张石州穆编叙:康熙六年六月,陈祺公重刻《广韵》于淮上,注:王山史《山志》,李子德当得《广韵》旧本,亭林言之陈祺公,托张力臣锓本,与张氏士俊后来重刻本多不同。潘次耕张本序云:古本"公"字下列人姓名,多至千有馀言,近刻尽删去之。淮上所见,乃内府刊本已经删削者。朱竹垞亦云:明内府版多删节。傅氏所据,正是删本,故"莘"字未经改正。上声第三卷目录上刻李因笃语,当是亭林淮上所刻。亭林游太原,与青主交,或即所赠,惜无叙次岁月可考耳。介休白兰喦礼部,得此本于吾乡人,重装见示。愚意寿毛所抄之《汉书人姓名韵》不传,若仿其例,分韵抄之,便成《杜诗摘句》一书,可存傅氏读书之法,亦可见先辈随手录记,悉有条理,后学所当则效。至手书细字斜行,多至数万言,丹墨烂然,略无残缺,希世之珍,兰君其慎守之。咸丰六年(1856)六月,寿阳后学祁寯藻谨跋于宣武城南之勤学斋。

【版本】

国家图书馆藏傅山批注《广韵》,清康熙六年(1667)陈上年、张绍刻本。

【作者简介】

祁寯藻(1793—1866),字叔颖,一字淳甫,避讳改实甫,号春圃,晚年、号观斋,山西寿阳人。嘉庆十九年(1814)进士,改庶吉士,授翰林院编修,累官至体仁阁大学士、礼部尚书、太子太保,卒谥文端。著有《谷曼谷九亭集》《谷曼谷九后集》等。

二九　戴廷栻《丹枫阁钞杜诗》(又名《杜遇》)

戴廷栻《杜遇小叙》

余旧游燕,于陈百史架见李空同手批杜集,草草过之,其后每读杜诗,以不及手录为恨。因索解于公他先生(傅山),先生拈一章,即一章上口,曰第如此,正自不必索解,若得一解,当失一解,难一番,即易一番。因人作解,不惟空同之解不可得,即复工部,正当奈何?余即退觅善本,日乙而读之,始觉失一解乃得一解,易一番愈难一番。方其难也,若与杜近;以为易也,复与杜远。至于有得,若我信杜;忽复失之,若杜疑我。先生所云神遇,果安在哉？其解犹在乎难易得失之间。复问之先生,先生曰:"第读,正自当解。"余且读且疑,久而始信。以我喻杜,不若以杜喻我,以杜喻杜,不若使我忘我,犹梗概。空同所解诸体固当,至谓五言古少逊汉魏,七言绝不及太白、龙标,斯言也,犹痴黠各半之解也。余谓不必以汉魏之诗论子美之五言古,亦不必以子美之七言绝与太白、龙标论。遂抄集,朝夕怡悦,所遇于杜者凡若干首,谓之《杜遇》。庄生之言曰:"知其解者,旦暮遇之。"昭馀戴生之所遇于杜者如此。若夫其解之知与不,吾犹不敢自信也。

【版本】

戴廷栻丹枫阁刻本,已佚。

【原文出处】

戴廷栻《半可集》,《清代诗文集汇编》第64册,第117—118页。

【作者简介】

戴廷栻(1618—1691),字枫仲,一字维吉,又字补岩,号符公、崙庐子。祖籍代州(今山西代县),明初迁居祁县(今属山西)戴家堡村。廷栻少应童子试,三试皆第一,受知于督学使袁继咸,补博士弟子员。崇祯末,为廖国遴荐举于朝,甲申三月鼎革,遂寝。明亡后隐居于祁县麓台山,不仕清廷,建丹枫阁,交结顾炎武、傅山等,以"反清复明"为目的,一时名满天下,时人将丹枫阁与南方如皋冒辟疆之水绘园并称。康熙十七年(1678),开博学鸿词科。十八年,廷栻被强徵至京师应试,临行赋诗自哀云:"读书甚爱陶弘景,人事殊悲庾子山。"后任闻喜司训,并署曲沃教谕。卒后私谥文毅。著述《补岩集》、《枫林一枝》、《岁寒集》、《杜遇》等,多已散佚,有《半可集》传世。事迹详见张英撰《戴公墓志铭》、傅山《戴先生传》附录。

傅山《丹枫阁钞杜诗小叙》

杜诗隽止此耶？不也,丹枫阁钞止此耳。丹枫阁之隽杜诗止此耶？不也,其始读而钞者止此耳。然则此丹枫阁之读杜诗初地耳,初地实与十地不远,而存此者,存其用功于杜诗也。故牛头见四祖一案,参说甚多,吾独取其不别下注脚者一案,曰:"牛头未见四祖时,何故百鸟衔花？"曰:"未见四祖。"曰:"既见四祖时,百鸟何故不衔花？"曰:"既见四祖。"此钞正百鸟衔花时事,若遂谪以不必百鸟衔花,则亦终无见四祖时。其初难知,百鸟惊飞去矣。

【版本】

戴廷栻丹枫阁刻本,已佚。

【原文出处】

《霜红龛文补遗》卷二。

傅山《杜遇馀论》

既谓之遇,不必贪多。此老每于才名之间,必三致意焉。吾虽遇之,以此未必遇也,庶几遇之凡人家眷者。此以单点点之,但炤有黑圈者,再抄一本来,好略加一二批语。良以此公诗何不可选?若欲见博,自有全集在。

譬如以杜为迦文佛,人想要做杜,断无钞袭杜字句而能为杜者,即如僧学得经文中偈言即可为佛耶?凡所内之领会,外之见闻,机缘之触磕,莫非佛,莫非杜,莫非可以作佛作杜者,靠学问不得,无学问不得,无知见不得,靠知见不得。如《楞严》之狂魔,由于凌率超越,而此中之狂魔,全非超越之病,与不劣易知足魔同耳。法本法无法,法尚应舍,何况非法?非法非非法,如此知,如此见,如此信。解不生法相,一切诗文之妙,与求作佛者界境最相似。

高手画画作写意,人无眼鼻而神情举止生动可爱,写影人从尔庄点刻画,便有几分死人气矣,诗文之妙亦尔若。一七八尺体面大汉,但看其背后岂不伟?然掉过脸来,糊糊模模,眼不成眼,鼻不成鼻,则拙塑匠一泥人耳。微七八尺,即十丈何为?

韩文公五言极力锻炼,诵之易见其义。杜先生五言,全不是锻炼,放手写去,粗朴萧散,极有令人不著意处,而却难尽见其义,然予人神。解不在字句中,此处正是才之所关,文公必不能也。

曾有人谓我曰:君诗不合古法。我曰:我亦不曾作诗,亦不知古法。即使知之,亦不用。呜呼!古是个甚?若如此言,杜老是头一个不知法《三百篇》底。看宋叶氏论《八哀诗》,真令人喷饭。吾尝谓古文古书之不可测处,囫囵教宋儒胡乱闹坏也。然本不可坏,解者至今在,终不随不解者瞎圪塔去。近来觉得毕竟是刘须溪、杨用修、钟伯敬们好些,他原慧,他原慧,董浔阳亦不甚差。

风云雷电,林薄晦冥,惊骇膈臆,莲苏问:文章家有此气象否?余曰:《史记》中寻之,时有之也。至于杜工部五言七言古中,正自多尔。眉曰:五言排律中尤多。余颔之。文记事体,不得全无面目;诗写胸臆间事,得以叱咤斜挈耳。然此亦仅见之工部,他词客皆不能也。七言古,中晚唐如卢仝、马异,亦自命雄奇矣,却如风云晦冥处,其所以然处,不无撑拳努肚之意,而本非天地阴阳之镠辖也。若有老先生见吾此说,又要摘我说诗不得性情之正,吾亦知之,吾亦知之,因论文章中有此一要气势耳,岂非专云诗俱当尔耶!

具只眼人说杜工部不会点景,我说尔错抬举他了,他那会那个来,只不会点景。

我老盲摸揣只觉好,却又不醒得。听著又有说不好底,我又不醒得,奈何奈何!

句有专学老杜者,却未必合;有不学老杜,惬合。此是何故?只是才情气味,在字句模拟之外,而内之所怀,外之所遇,直下拈出者便是。此义不但与外人说不得,即里边之外人,愈说不得。

【原文出处】

《霜红龛全集》卷二十三、《霜红龛集》卷三十。

【作者简介】

傅山(1607—1684),字青主,别号公他、朱衣道人,阳曲(今属山西)人。明清之际思想家,博通经史诸子和佛道之学,兼工诗文、书画、金石,又精医学。著有《荀子评注》、《淮南子评注》、《左锦》、《管子批》、《二十一史批》、《性史》以及医学著作《傅青主女科》和《傅青主男科》等。今存《霜红龛集》四十卷。事迹详见《清史稿·隐逸传二》、《清史列传·文苑传二》、《国朝耆献类徵》卷四七三、《国朝先正事略》卷四六、全祖望《阳曲傅先生事略》(《鲒埼亭集》卷二六)、丁宝铨《傅山年谱》、郭鈜《徵君傅山先生传》、嵇曾筠《明处士傅山传》等。

三〇　顾宸《辟疆园杜诗注解》

李赞元《辟疆园杜诗七言律注解序》

黄山谷有云:子美诗妙处,乃在无意于文。夫无意而意已至,非广之以《国风》、《雅》、《颂》,深之以《离骚》、《九歌》,安能闯然入其门耶?彼喜穿凿者,弃其大旨,取其发兴于所遇林泉、人物、草木、虫鱼,以为物物皆有所托,如世间商度隐语者,则子美之诗委地矣。旨哉,山谷之论乎!故山谷又云：余尝欲随欣然会意处笺以数语，终汩没世俗不暇。则甚矣，注杜之难也！余自幼即喜读杜诗，遇一切注解俱周复循览，然无一当意者。锡山顾子修远顾我于盐署，出其杜注全本示余。余甫读竟其五七言律，不觉颐为之解，意为之消，神魂为之震荡，手足为之舞蹈也。曰自有此诗，未有此注。既有此注，乃益信此诗之无一字无来历，无一句无安顿，无一首无章法、纪律、起伏、变化。其牵连而为八章、五章、三章者，又无一处无离合照应，反覆波澜，神明曲折，真使人拟议欲穷，探索都尽，而修远为之披剥剔抉而出。窃怪读子美之诗者，自唐而五代而宋而元而明，何遂无一人能细阐其意义，详疏其段落，博稽其使事之幽奥，确见其寓兴之深微？至今及千年，得修远而子美之面目始复生，精神始大焕发也。快哉此书！何世人犹未及见，尚梦梦于高氏之《千家》以及黄、蔡、虞、赵之承讹袭陋，遂相与奉为金科玉律而不知所以取裁也？虽山谷所云，亦特其浅浅者，使读此解，有不爽然若失，更从何处会心而复笺数语乎？余因鸠工先以五七言律寿之梨，子美复起，应听然而笑，千古老渔久寂寞于江滨湖畔，满腔忠爱无由倾倒，至当年有"太瘦生"之讥，后世有"村夫子"之诮。今幸遇修远一人为知己，自不觉怀抱顿开，曰如斯人者，乃可与细论文矣。

顺治辛丑清和月李赞元望石氏书于淮阴舟次。

严沆《杜诗解序》

诗有感而后作，作而言其所欲言，其必有取也，以为不文，不可以行远也。故修其词，不温柔敦厚，不足以动人也。故谐其声与调，语有旷世而相袭者。古人之言，适符乎今人之意，故援往以宣情，非如聋者之歌，效人为之，而无以自乐也。三唐名家，并由斯路，而中晚以降，声调浸淫不振矣。自北地、信阳，号称稽古，前后七子，并辔扬镳，于是惟辞章声调之为兢兢"百年万里"、"明月白云"，陈陈相因，未尝言其所欲言，而一惟古人之言是效，宜乎景陵之矫枉而诋诃之也。然过正诒讥，趋于下俚，辞章声调，抑末也。言其所欲言，而径情浅露，或且支离穿凿，而不出于自然。六义之学，且安归哉！后有作者，必审乎命意立言之故，本乎情而范于雅正，规乎初盛，以追汉魏，如射之有鹄也，无歧趋矣。初盛名家林立，而少陵独推夐绝，要以言其所欲言，而独能尽其言之初终本末。直而婉，曲而肆，虑之于心者，无不可以宣之于口，而辞章声调百变，以赴其胸中之委折。或悲或愉，或笑或泣，难状之事，不言之隐，周复回环，旁皇毕肖，为含为吐，为显为微。

使事引缀，间举古人之言，一一皆如豫会今人之意。而先为左券，故笔端万卷，供其驱策，而未始有单词只句涉于蹈袭，而夺其胸中之所欲言。至于沉郁怆凉、高深浑妙，阅者亦必百思而后解，而矧伊作者又何得有径情浅露之嫌！若乃烹炼炉锤，尖新警拔，又皆巧生于熟，要归自然，远非支离穿凿者之所可借以自解也。少陵之诗，之所以为工者如此。千秋以来，宗尚者多，而会悟者少。千家之注，句栉字比，如汉儒之说经，其于错综之理、条次之章，且多不顺，又何足以通微文隐豹刺讥之旨？其或搜求证据，雾会于每饭不忘之意。至谓花木鸟兽、风雨露雷、山林溪谷，无不有所比拟，以强合于当时之事迹，则又怪迂烦琐诞妄，而大失其真。嗟乎久矣！其无定论也。吾友修远慨然为之评注，以意逆志，得其有感而作之故，而曲体其胸中之所欲言，究其辞章之所自来，声调之所由美，而多所革正于前人之纰缪。使少陵复作，当亦目击颔颐，而以为有当于其旨。后人因其书而知少陵之诗之所以工，亦可以得诗之如是则工，不如是则不工，以共趋于六义之正鹄，而不为多歧之所惑，则有裨于来学非浅也。修远沉深好书，每游白下、吴门、虎林五都衢书之肆，及过委巷僻径，有陈敝书而求鬻者，辄蹑屦入门，部翻卷捡。如有所未觏者，解衣质金，立售之而后已。故藏书甚富，披览甚勤，读万卷书，诚可以解少陵之诗。而专精于是注，又非一日之力。予向阅而信其必传，而惜其未能寿之剞劂也。适山左李望石侍御奉使淮扬，见而善之，为之订正，爰鸠工庀材，先梓其七律数卷，以就正于海内。予与望石同籍，曩复同官芸省中。是役也，实乐观厥成，因述是书之有裨于后学者而为之序，并以明修远撰著之意。海内见是书而欲觏其全，将必有踵侍御之后以尽梓其馀者，则来学幸甚矣。

顺治十有八年辛丑秋九月，禹航严沆题于燕邸之淳发堂。

李壮《辟疆园杜诗五言律注解序》

余居古任城南门，东偏有古南池，即杜陵老与许主簿旧游地。今任城诸胜，自太白楼外，遗迹无存，而南池特传，岂非以其诗哉？余读子美游兖诸什，尚历历可按迹而求，岂真遗台古榭不改当时之旧哉？后之人因子美之诗，而或存其名，或纪其实，则亦惟子美之诗足千古而已矣。乃子美之诗传，而无能为按其时、考其地、详其事实，则诗传而作诗之意不传。故历唐以至于今，人人皆知读子美之诗，而读而不解者十恒七八也。或强为作解，子美之意愈晦，则解子美之诗者，徒抑郁其意于千载以上，而子美之古光异响,有时遭狂夫稚子之涂抹,则真恨其多此一解也。余嗜杜诗有年,遇有注杜者辄流览不释手,然读而仍不解,躁闷益甚。疑杜陵之诗真有神焉,未易为后人揣摩,非解杜者咎也。昨岁李子雪岚以顾子修远《注杜七律》一编示余,余读三日而狂舞叫绝,曰:此真杜之功臣哉!此真杜之功臣哉!益复寻绎再四,从来不可解之意义字句,无不了然心澈,怡然神会。觉当年作者"性僻惊人"与"晚节渐细"之句,一一可按时考地而得。噫,何其奇也!时方盛夏,顾子与雪岚避暑虎丘,余亟访于仰苏楼上。即解衣磅礴,取其《五言律注》急读之,读竟一卷,索凉簟卧古树下又读,又竟一卷。毛子文涛携酒盒至,余两手互把酒翻诗,读兴益酣。方淋漓挥汗,觉飒飒凉风袭人,遂与顾子订息壤盟,枣梨剞劂,余悉任焉。顾子欣然莫逆于心,因拉雪岚、文涛偕至余署,复流连竟夕,惟啧啧谈杜陵老不置。今春,刻告成,索序于余,余复何能赞一词哉!虽然,杜陵老,古之伤心人也,遭时暗,君相莫能用,流离陇蜀,一饭未尝忘君,旅困耒阳,牛肉白酒,不饿死而饱死,亦幸矣!五代抢攘,宜不享其俎豆。两宋以来,以诗名世者不下千家,何不闻疏于朝廷,俾得有尊崇优异之典。至纽怜太监,始请以杜甫草堂崇祀,又得追谥文贞,载《虞奎章集》,可信。然《元史》有《纽怜传》,而不载此事,则子美生前怀抱之郁结,没后遭逢之偃蹇,可胜道哉!独区区以诗传,而作诗之意不传,则子美之传,亦仅矣。得顾子解而子美作诗之意传,并子美不能自传之意亦代为之传,九原复起,岂更有不遇之憾哉!余故喜为流布,使海内知少陵有真知己,而修远以余南池一片地、虎丘一席谈,合为古今佳话也。

康熙癸卯初春古任城棘人李壮蠖庵氏题于吴阊李署。

毕忠吉《辟疆园杜诗五言律注解序》

予李毗陵,喜得交顾子修远。修远负一世人伦冰鉴之目,好学深思,于二酉之藏鲜所不窥。其论诗独祭酒拾遗,予亦少负嗜杜癖,苦不得善本,每泛澜诸家所评注,辄白日欲睡。既交修远,因得读其所注《五七言律》,心开目明,如饥十日而获太牢,数年所怀,一朝顿尽。遂急取其《五律注》,代悬国门,与《七律》称双璧焉。刻既成,修远谓予不可无言。予观唐三百年,以二律并称擅场者,独子美一人。供奉长于五而短于七,惟右丞差堪雁行。然王如高帝将兵,不过十万;杜则韩淮阴,多多益善。元、白篇什虽富,颓然自废矣。顾就二体论之,七言律肇自唐人,初唐整丽有馀,流畅不足。开元、天宝间,始称极盛,虽人自名家,无不以蕴藉含蓄、悠扬婉转为宗。子美出,而后变为沉雄悲壮、顿挫激昂,雄视一世。然则杜之有七言律,尽变盛唐诸家之格,所谓龙跃天门、虎卧凤阙者耶？五言律体发端齐梁,自初盛中晚,代有作者。子美则无境不兼,凡吴均、何逊、庾信、徐陵,以至杨、卢、沈、宋、储、孟、高、岑、摩诘、青莲,及后来钱、刘之员畅,元、白之平易,卢仝、马异之浑成,义山、长吉之瑰僻,郊、岛幽微,藉、建显浅,温、刘寓纤新于唱叹,牧、浑寄拗峭于丽密。下逮"力俸分社稷,志屈偃经纶",欧、苏得之为论宗；"江山如有待,花柳更无私",程、朱得之为理窟；"鲁卫弥尊重,陈徐略丧亡",鲁直得之为深沉；"白屋留孤树,青天失万艘",无己得之为瘦劲；"烟花山际重,舟楫浪前轻",圣俞得之为闲澹；"江城孤照日,山谷近含风",去非得之为浑雅。昔贤所述,信而有徵。然则杜之有五言律,尽集六朝唐宋诸公之成,所谓建章宫之千门万户,蓬莱、扶桑之五城十二楼是也。知二体之异,因以辨注二体者之得失。注七言律者,未窥其日破万卷、镕裁错综之武库,而沿袭旧闻,多失之疏漏舛错；注五言律者,不得其下笔有神、抑扬唱叹之深致,而别求异解,多失之穿凿附会。如金锁绿沉,白羽青丝,纷纷聚讼,何关神理,只成蛇足。又咏物之篇,必求比类；述景之作,诘以刺讥。修远痛为刊削,于是小儒陋说,俗学深文,摧陷廓清,旷然一空。援据考证,则视七言加详焉。即如崆峒燕将,南星故园,解似创获。然按以史传岁月毫发不爽,否则下殿屈驾,将同叠床架屋,而新主芳樽,不几幸亡乐祸乎？千年暗室,忽现一灯。南山可移,此判不动。诸所驳证,往往类是。至于灵心员映,慧想特标,有美必搜,一词莫赞。予簿书鞅掌,愧不能与修远朝夕共手太瘦生佳句,赏奇析义。然每过梁溪,问径名园,握手道故外,辄举是编,相为扬扢,以当抚掌。觉尊酒细论,去人不远。此刻之行,不敢自附子云、君山,若夫淮南《鸿宝》,秘在枕中,中郎《论衡》,移于帐内,窃有同嗜焉。谓予与修远倾盖白头之谊,以少陵野老为盟主可也。"文章有神交有道","不薄今人爱古人",予与修远亦何恨哉！

康熙岁次癸卯灯节前一日北海同学弟毕忠吉致中氏撰。

【版本】

清康熙二年(1663)吴门书林刊本《辟疆园杜诗注解》。

【作者简介】

李赞元(1624—1678),初名立,字望石,号公弼,登第后改今名。海阳(今属山东)人。顺治十二年(1655)进士,改庶吉士。十三年,授山东道御史。十四年,巡按湖北。十六年,巡视两淮盐政。康熙八年(1669),授户科给事中。十一年五月,授兵部督捕理事官。十二年,迁右通政,再迁大理寺卿,左副都御史。十三年,迁兵部督捕右侍郎。十七年卒。著有《信心斋疏稿》四卷、《两淮奏议》四卷等。生平见李桓《国朝耆献类徵》、张维屏《国朝诗人徵略初编》。

严沆(1617—1678),字子餐,号灏亭,馀杭(今杭州)人。顺治十二年进士,选庶吉士。先后任兵科、吏科、户科、刑科给事中、太仆寺少卿、佥都御史、宗人府府丞、左副都御史等职,后官至户部侍郎。擅诗文,著有《北行日录》二卷、《皋园诗文集》四卷等。

李壮,号蝼庵,任城(今山东济宁)人。用质子,少英敏,为学使施闰章所赏,中顺治十五年(1658)进士,授苏州府推官。丁忧服阕,改京山知县,以清慎称。生平见《道光济宁直隶州志》卷八《人物志三》。

毕忠吉(1634？—1688？),字致中,号铁岚,益都(今山东青州)金岭镇人。父受基,字心传,县学生。忠吉幼承庭训,数岁受《五经》及古文辞,辄通大义。十四补县学生,顺治十五年(1658)成进士,除常州府推官。擢刑部主事,晋员外郎,充康熙二十年(1681)顺天乡试同考官,明年会试同考官,得人最盛。旋授工部郎中。二十四年(1685)以佥事督学贵州。任满授云南布政司参议,一摄粮储道,再摄盐驿道。卒于永昌道任,年五十五。忠吉长于诗古文辞,著有《滇南记》一卷、《诗稿》一卷,皆未刊行。喜藏书,以慎贻堂名其室,有《慎贻堂书目》一卷。

李继白《顾修远杜诗注序》

顾修远杜诗注成,广陵三日腾然纸贵,携一帙过我,于权署阅毕,作而叹曰:作诗者与注诗者上下千百年,其移人性情、有功风教如此哉！唐自以诗取士,家弦户习,而节制矩矱,无不奉少陵为宗师。志夺苏、李,气吞曹、刘,每一篇出,自然非人之所能为而为之者也。至于流离迁播,悲愤忧郁,情见乎词,无非忠爱,深得《离骚》之遗。纪事编年,可以知其世,不止以诗史称也。操觚笺注者,无论千家,如窥月者,各得一指。其或世本讹舛,训释纰缪,即欧、王、苏、黄辈,犹有遗议,况其他乎？修远以良史才,蒐罗百代文章,坛坫天下,争向往之。至于苦心注杜数十年,稿凡再易,一字必究其意之所出,一事必据其词之所合。诸家不谐者,泚笔削之。博采志林,旁及子史,比事属词,务使少陵复起,适获我心而止。盖自有诗以来,上自汉魏,下薄中晚,不下数千家,至少陵而为诗圣。自有注杜以来,上自樊、晋,下及赵、师,亦不下千家,至修远为大成。百川之大小广狭,分量自见。他如郭象注《庄》，杜预注《左》，郭璞之注《山海》，有一无二。前书可焚，后起者即当束笔，吾于修远亦云。行且与古体诸注同出告世，不劳思索而昭然义见，非人之所能为而为之者，其文与意之著也，上下千百年，其移人性情、有功风教固如是哉！因咨嗟赏叹，而为言以弁之。

【原文出处】

清顺治刻本李继白《望古斋集》卷十，《四库未收书辑刊》第五辑第28册，北京出版社2000年，第698页。

【作者简介】

李继白（1618—？），字荆品，号梦沙，河南临漳人。顺治十二年进士，授山西阳城知县，以卓异著，入为户部主事，迁员外郎。以诗赋自豪，著有《望古斋集》十二卷。

三一　陈醇儒《书巢笺注杜工部七言律诗》

王泽溥《序》

律诗始于唐，而其盛亦莫过于唐。唐初作者盖鲜，中唐以后，李太白、韦应物为诗，亦古多而律少。至杜少陵、王摩诘，则律诗强半于古。迨元和而降，近体盛而古作微矣。其起承转合之法，五七言律独备。唐宋以来，工律者万辈，莫不奉少陵为禘祖，乃当季有"太瘦生"之讥，后世有"村夫子"之诮，甚矣，知杜之难也！黄山谷有云："子美诗妙处，在无意于文。"又云："余尝欲随欣然会意处笺以数语，终汩没世俗不暇。"甚矣，注杜之难也！子美尝对中（应作"玄"）宗自言："臣之作述，沈郁顿挫，随时敏给，杨雄、枚皋差可企及。"故其诗感物触事，忧时眷主之思，有在意言外者。至于浑涵汪洋，雄奇深秀，变化曲折，千汇万状，使人拟议欲穷，探索都尽。高氏之《千家》及黄、蔡、虞、赵，注者不一，而于沉郁顿挫处，殊少快论，则注杜者诚难也。陈子蔚宗，博洽工诗，于杜集妙有超悟，以所注七言律质余，余披览卒业，见其按岁月、纪里居、别壮老、列交游、综治乱，为之细阐其意义，详疏其段落，博稽其使事之幽奥，确指其寓兴之深微，不穿凿己意，不附会众论，将少陵一生忠君爱国、哀穷忧乱、慷慨磊落、绸缪悱恻之心事，缕缕拨出，洞然纸上，俾千百年后，少陵面目复生，精神始焕发。古人可作，亦必拱手推蔚宗为知己。若起承转合，杜自神明于律中，以此为知少陵，则犹浅矣。

时康熙壬寅晋人王泽溥撰。

许岩光《序》

昔有问于荆公者,杜诗何以妙绝今古?公曰:"杜固尝言之矣:'读书破万卷,下笔如有神。'"以是知杜诗直从"读书破万卷"中来,作者难,注者又岂易乎哉?然自弇州辨杜之律为神,歌行为圣;李之七言绝为神,歌行为圣,而律诗次之。于是世之尊杜律者,咸有自来,此伯生之注,读杜者之奉为袷主乎?姑孰陈子蔚宗,读书好古,沉酣杜集有年,间取全诗注之,先以七言律之半豹质余。噫!以读书万卷中来之作,而复增注于诸家之后,吾不能测蔚宗之胸笥矣。夫增注于诸家后,势必期独出手眼而后快。然注古人诗于千百年后,吾曰然,作者亦曰然,如是始得设作者之意;初不如是,而我必强其所说以从我,古人岂受之乎?此独出手眼之说又不尽然者也,蔚宗其谓之何哉?时余方待罪姑孰,命棹解官,适以盛暑,暂借松风于白纻山阿。蔚宗亦时褦襶过访,相对必快说杜诗,牵连及之,辄至移日不至,如匡衡之解颐不止,蔚宗真无碍辩才也。因口读杜公诗,手披蔚宗注,乃不辨其谁之为注,谁之为诗。或诸家曰然,蔚宗不必不曰然;或诸家曰然,蔚宗又正不谓曰然。而几席间遂亦不见为诸家、为蔚宗,而杜公出矣。大抵余与蔚宗每论杜诗,谓看杜者宜先看其题,或题止一二字,至十数字,总无一虚衬字。律之八句,不能于题外添一字,故间附臆说,或发所已发,或补所未发,期于作者之意,求无甚穿凿刺谬而后已。则亦不必曰余、曰蔚宗,但曰此之谓杜而已。夫杜果尽如此之谓哉?予与蔚宗则又皇皇然共谢不敏矣,因亟付剞劂,以质古今之读杜律与注杜律者。

胡季瀛《书巢杜律序》

《易》曰:"师出以律,否臧,凶。"李广号飞将军,莫府省文书籍事,行无部伍,不击刁斗,就善水草,人人自便,未尝遇害。程不识正部曲,击刁斗,士吏治军薄,苦不休息,亦未尝遇害。是时汉边郡李广、程不识皆为名将。鲁长勺之战,曹刿曰:战,勇气。一鼓作气,再而衰,三竭,齐败绩。若然,则《易》之所为律,大块噫气焉也。大块噫气,而气之成,律行于律,以神乎律,不知律之所在斯。诗言志,声依永。古诗三百后,曰歌、曰行、曰引、曰曲、曰谣、曰篇,字无定言,句无定体。《书》云:"律和声。"夫大块噫气,律于和行云。古无律言,徐、庾、阴、何及张正见、江总持流,或数联独调,或全章通稳,虽无律名,音节渐叶,寖具体泊,唐律始备。故唐以前,沈、宋擅场;在唐,则少陵独步□唐。让少陵代注少陵,集家亦千。先是,少陵诗曰:"新诗句句好,应任老夫传。"古人自卖逮信,诚不爽。今郡后学陈子蔚宗,于诸家后,尚以律广之注来质余,余曰:蔚宗注杜律,杜律注蔚宗耶?弇州称杜律为神,神乎其律者,固可以律言乎哉?固不可即以律言乎哉?少陵诗,有深句、雄句、秀句、丽句,有险句、拙句、累句,芜不为少陵伯仲。又云:"笔下有神",其所为神者,诚取一鼓之气以胜之,诗坛中飞将军。少陵律果神,羚羊挂角,无迹可求也。虽然,律有成体,起承转合,律之体。论诗者惟于辞尽意不尽间,披阅而摹拟,摹拟则凿伤巧。钟、谭指失大雅,夫之为钟、谭针砭,则不可不亟论律诗成体,举律成体,全而论之,全而注之,抑何难挽晚而为盛、转盛而为初也耶?陈子笺注,真钟、谭针砭也。大雅复作,其在斯欤?

时康熙元年菊月东海胡季瀛序并书。

陈醇儒《叙》

士生千百年后,而尚论千百年以上立言本末,各出其说以争一当,以为知古人矣,岂不甚难?则古人之书存于未注,而亡于注者,不独杜诗然也。夫注杜之难,介甫、山谷言之详矣。予固何人,敢妄注哉!虽然,古人之才智、学力与所遇之治乱、通塞,邈不相同,而情性、物理未尝或异。以杜之性情物理,而见之诗,以我之性情物理,揆诸杜诗而见之注,是以我注杜者,以杜注杜也。以杜注杜者,犹之以我注我也。以我注杜,则难以杜注杜。以我注我,而以为难者,未之前闻也。而犹有虑者,非注杜之为难,注一杜,而令天下后世之学杜者皆画然有以定其所尚之为难也。辛丑冬,严寒闭户,拥炉读诸家注,怪其传讹袭谬,疑非的本。及再一广探所未传之编,亦绝少快意者。即彼善于此,而于一诗大体精神所在贸然莫辨。因不揣固陋,先取七言律讨论批驳,凡令一诗之前后起承转合,并牵连以及三首、五首、八首,首尾开阖照应之处,一一拈出,成八万余言。及仲夏,双峒许先生避暑白纻山,余担簦问业,出稿折衷,先生曰:"千年以来,老杜知己,非子而谁?"更为点繁揽要,仅存六万有奇言。示之曰:"此书竟成善本,宜广同志。"乃捐赀以付梓人。嗟乎!大雅之不作,久矣。能令杜氏之业百千年以后焕然俱在,而一时学杜之士,确有以定其所尚者,皆先生为之也。少陵之诗曰:"文章千古事,得失寸心知。"双峒先生,知杜者也,余则何知乎?

47

康熙岁次壬寅中秋，姑孰陈醇儒蔚宗氏题于书巢小阁。

唐良《序》

自书契以来，有作者，有解者，世人无不以为作者之难，而吾以为解之难，更甚于作。何以言之？一部《周易》，作之者伏羲，解之者文王、周公、孔子三大圣人。夫三圣之聪明，不必减于伏羲，惟以三圣人而始解一圣人之书，此以见解者之逾难也。至于《学》、《庸》、《论》、《孟》，作之者孔、曾、思、轲，而解之者至不可以数计。夫以三圣人而解一圣人之阴、阳二画，则亦必三圣人、诸大贤而后可以解《学》、《庸》、《论》、《孟》之书。解书之难若是，予不自揣而著说难，亦深悯夫斯道之晦蒙，而妄为诠述。以之骄语世人则可，而质之作者之旨，未知能窥半豹否耳？《诗》居六经之一，解《书》难，解《诗》亦难；解《三百篇》之诗难，解近代之诗亦难。近代自少陵而外，大半皆嘲风弄月之辞，所不必解者。于不必解者置之，于宜解而不能解者，正须刻意疏明，以存《三百篇》之遗意。盖唐以诗取士，而少陵不得一第，在庸庸者处此不能无望，而少陵忧国忧民，自献赋以至罢黜，无时不切。又宵小秉政，贤者去位，则感愤咨嗟，欲明言又不欲明言，而以一韵文出之。予尝谓子美之才，未必大过于高、岑、王、孟，而学问性情，则诸君断无以窥其堂奥。是故世人无不名浮于实，惟是孔北海、王右丞、杜少陵皆以名之故而掩其实。实以名掩，已属皮相。并其所以得名者，尚未之知耶？予友陈子蔚宗，高才博学，为斯文祭酒。近复剡精镂神，注杜诗一部。予一披阅而心眼豁然，固发少陵之所欲发，亦有发少陵之所未发。其发所欲发，以今日之心思，揆当日之情理，如灯取影，如水合乳，我之所以尚友古人者，此也。而发所未发，亦有命意不必如是，而解入自然。古人若告语于觌面，有不得不从我之势，我既友乎古人，而古人亦欲起而友我，是交相友也。交相友而解者已登作者之坛，凡天下之说诗者，何所容其置喙？王元美以骚雅自命，尝言唐人以情入，宋人以理入。不知宋人之弊，惟在直笔敷陈，有类于文，以言乎理。诗文皆当以理为骨，舍理之外，而更有何骚何雅？凡有所著述，而假风流以为玄赏，其贻害于世道不浅。欧阳公一代伟人，犹讥少陵为村夫子，则习气之移人，一至于此。且少陵长篇及五七言近体，一种忧时眷主、深微笃至之理，有汉宋诸儒所不能道者。但其沉鸷顿挫，亦复高华典丽，理未免以辞掩耳。不察其诚，然而概谓以情入，则少陵亦柳耆卿、张孝祥之流亚，而又乌足以为少陵耶？抑吾之解书，蔚宗之解诗，俱直究本原，与俗谛迥异。执是以公海内,虽童孺知其无济,而穷年矻矻,无乃为棘猴木鸢之技乎?唐德宗诏段师授康昆仑琵琶,段师奏曰:昆仑本领既杂,兼带邪声,请不近器乐十数年,忘其本领,然后可授。夫琵琶,于琴瑟为闰位,而本领且不宜杂,况经国大业,可语于浅中薄植者哉?圣道如日中天,而晦蚀于帙括;杜诗原自分明,而穿凿于虞注。自是天下十数年不习帙括,不读虞注,吾两人之书或可以行世。不然者,吾虞其敝帚弃之矣。

古宣同学弟唐良撰。

陈醇士《跋》

自有唐以来,称诗者无虑万辈,独于杜文贞公则群相尸祝之而无异词者,我知之矣,以为博雅淹贯,无一字无来历者也;以为满腔忠爱,一饭不忘君者也;以为穷而后工,流离漂泊,无复有过之者也;以为讽喻得失,所称诗史者也。然文贞以后千百年内,其所为博雅忠爱、流离讽喻,岂无有与文贞等者?而何以独私于文贞?此无他,以文贞之性情、才力,实足以范围古今而不过也。而无如世之学之者,以生吞活剥为能事,以尖新隽冷为当家,以捃摭子史为沉博,以商度隐语为寄托,此固学诗者之流弊所至,亦由解诗者承讹袭谬,有以使之也。余伯氏起而忧之,乃取文贞全诗,沉酣批剥,莫不刻肤见理,务穷大体之所在。于律诗尤为加详,于是会通诸说,独出心裁,自成一注。令天下后世学杜者,展卷如历冰壶,如亲朗鉴,无有纤毫微末犹在可解不可解之间也。噫!伯氏之于文贞,功诚伟矣。嗣得双峒许先生点窜删削,再易其稿,先取七言律授之梓。凡使文贞一生岁月、履历、出处、去就,孰为开元之全盛,天宝之播迁,至德之中兴,广德、大历吐蕃僭祸之纷扰;孰为拾遗、功曹、参谋、工部之受职;孰为长安、凤翔、华州、同谷、成都、梓、阆、忠、渝、云安、西阁、赤甲、瀼西、东屯、荆、岳、衡、潭之居处,为之区分缕晰,岂非文贞知己哉!是注一出,凡诗学之士手各一编,潜心披读,而后知文贞之所为无一字无来历、一饭不忘君及流离漂泊、奉为诗史者,诚在此而不在彼也。而犹以生吞活剥、尖新隽冷、捃摭子史、商度隐语为文贞家法者,吾知免矣。

康熙壬寅中秋前二日受业愚弟醇士汉良谨跋。

【版本】

清康熙元年(1662)金陵两衡堂刻本《书巢笺注杜工部七言律诗》。

【作者简介】

王泽溥,家楹长子,字雨若,一字霖周,洪洞(今属山西)人。明崇祯己卯(1639)举人,任江南太平府推官。癸卯,文武乡试同考官。大计,督抚交荐,旋奉裁致仕。赋性耿介,学问渊博,尤长于诗。著有《看花吟》、《撚髭吟》、《归来草》等集,与邵琳纂修《洪洞县续志》。生平事迹见《洪洞县志》卷十二。

许岩光,字双峒,福建惠安人,顺治十五年(1658)进士,曾任太平府推官。

胡季瀛,字念斋,海宁(今属浙江)人,贡生,顺治十七年至康熙二年(1660—1663)任太平知府。

陈醇儒,字蔚宗,号书巢,姑孰(今安徽当涂)人。当涂县庠生,弱冠有文名,清初著名书画家,工汉隶八分,尤长于山水。曾建育婴堂。康熙十二年(1673),与端肇震、喻尔训等同纂《太平府志》四十卷传世。喜研读杜诗,沉酣多年,曾笺注全部杜诗,然仅有《书巢笺注杜工部七言律诗》四卷行世。

陈醇士,字汉良,陈醇儒之弟。

三二　游艺《李杜诗法精选》

松本佟《李杜诗法精选序》

李青莲、杜少陵以绝特伟杰之才,凌跨百代,古今诗人尽废。尔来龙者大域,以李、杜为正鹄矣。然而青莲有青莲之诗,少陵有少陵之诗,一时而彼此不同调,一人而前后不同体。要之其究精入神以超人者,彼此一揆。故古人以二家为正鹄者,不必字字句句效其腋,取法度于彼,求彩奇于象,各就才性之所长驰骋,此所以得其真也。盖法度不法前轨,则不能精整庄严也。亦绳约乎其法,一意效其腋,则不能气韵清高也。有法由焉,而可致其才也,不可以绳约其才矣。有游子六所著《诗法入门》者,其中有《李杜诗选》一卷,浪华书肆星文堂欲表出行世,就余谋焉,乃披读之。其于近体,莫不备焉。且妙句变体等处,间注于其旁,此大有益于学者。凡泳学海、憩艺林者,取法此书驰骋,则可以致天才之美。

文化乙丑八月,东都松本佟撰。

【版本】

日本大阪星文堂文化三年(1806)刻本《李杜诗法精选》。

三三　金圣叹《杜诗解》

金昌《才子书小引》

  仆往时曾见有"人生奇福是读未见书"之语,心极以为不然,何则？书自《五经》、《语》、《孟》、《左》、《国》、《庄》、《屈》、《史》、《汉》、韩、苏以还,约略亦总尽矣,尚有何未见书又应见？即有之,亦大都剽割如上诸书之肤膜,以自缪于同时小儿之前曰："某亦有书"云尔。即已耳,而奈何谓足当乃公见,见而又屈乃公读,读而乃公又自以为奇福者耶？既而仆入唱经之室,而始爽然惊焉。唱经,仆弟行也,仆昔从之学《易》二十年,不能尽其事,故仆实私以之为师。凡家人伏腊相聚以嬉,犹故弟耳;一至于有所咨请,仆即未尝不坐为起立为右焉。夫唱经室中书,凡涉其手者,实皆世人之所并未得见者也。何必疑如上诸书之外,又别有书焉。即彼如上诸书,人人孰不童而艺之也者？然以云见,则亦可称一交臂之间矣。闲尝窃请唱经,何不刻而行之？哑然应曰:吾贫无财。然则何不与坊之人刻行之？又颦蹙曰:古人之书,是皆古人之至宝也。今在吾手,是即吾之至宝也。吾方且珠椟锦袭香熏之,犹恐或亵,而忍遭瓦砾、荆棘、坑坎便利之？惟命哉！凡如此言,皆其随口谩人。夫唱经,实于世之名利二者,其心乃如薪尽火灭,不复措怀也已。独是吾党则将奈之何欤？且今唱经,年亦已老,脱真不讳,是亦为人生之常。而万一其书亦因一夜散去,则是不见者,终于不得见也。即不然,而唱经身后颇亦有人,为抱不得同时之恨,而终与之发其光焰,因而复得人人见之,此则后之人自快乐,其与今之人固无与也。夫人生世上,不见唱经书,即为不见如上诸书矣,能不痛哉！兹暮春之月夕,仆以试事北发,辱同人饯之水涯,夜深偶语及此,皆慷慨欷歔,若不胜情。仆曰："岂有意乎？"皆举手曰："敬诺。"因随呼笔,识之如右。仆既竟去,殊未知诸子将何以为之所也。

  时顺治己亥春日同学矍斋法记圣瑗书。

金昌《叙第四才子书》

余尝反复杜少陵诗,而知有唐迄今,非少陵不能作,非唱经不能批也。大抵少陵胸中具有百千万亿旋陀罗尼三昧,唱经亦如之。乃其所为批者,非但刳心抉髓,悉妙义之闳深,正复祛伪存真,得天机之剀挚。盖少陵,忠孝士也,非以忠孝之心逆之,茫然不历其藩翰,况于壶奥!犹记我友徐子能有咏杜一律云:"诗史春秋笔,大名垂草堂。二毛反在蜀,一字不忘唐。佛让王维作,才怜李白狂。晚年律更细,独立自苍茫。"此乃字字实录也。唱经在舞象之年便醉心斯集,因有《沉吟楼借杜诗》,庄、屈、龙门而下,列之为第四才子。每于亲友家素所往还酒食游戏者,辄置一部,以便批阅。风晨月夕,醉中醒里,朱墨纵横,不数年所批殆已过半,以为计日可奏成事也,而竟不果,悲夫!临命寄示一绝,有"且喜唐诗略分解,庄骚马杜待何如"句,余感之,欲尽刻遗稿,首以杜诗从事,已刻若干首,公之同好矣。兹泐上归,多方蒐缉,补刻又若干首,而后第四才子之面目略备,读者直作全牛观可乎!

矍斋金昌长文识。

金昌《沉吟楼借杜诗附识》

唱经诗不一格,总之出入四唐,渊涵彼土,而要其大致,实以老杜为归。兹附刻借杜诗数章,岂惟虎贲貌似而已。

矍斋识。

【版本】
上海古籍出版社1984年钟来因整理本《杜诗解》。

【作者简介】
金昌,字长文,号矍斋,又号圣瑗,圣叹族兄兼学友,生平事迹不详。

王大错《才子杜诗解叙》

余束发受诗书,即喜读金圣叹先生所评书,并心仪其为人。然坊肆所盛传者,仅《西厢》、《水浒》及所序《三国》而已。而先生所自推许之"庄、骚、马、杜"四书,转百觅不得。因又疑此四书之目,毋或为后之人所傅会者欤？然《三国》之序及先生其他遗著中,固明明自言之。间读前人笔记,亦有论及先生所分解之杜诗者,是则余之所疑亦陋尔,然二十年来此意耿迄不释。今月之朔,突有友人以旧本书来嘱余鉴别者,卷之端名人钤章十数,皆藏皮家之小印也。纸色黝然,古香流溢,未开卷而余已知为可珍。逮一展页,而余六尺之身顿不禁蹲蹲舞矣,盖即二十年来所百觅不得之《才子杜诗解》也。因竭日夜,力卒读之,觉奋笔直入,以揭千古不传之秘,体少陵忠诚之心,诚生面别开,而令余有得读未见书之快焉！嗣今以往,非徒前疑涣然,并又增余一新见解曰:先生之评才子书也,盖自下而上,先小说,次诗,次乃及古文,至杜诗未卒业而身已被难。故"庄、骚、龙门"三书,我今敢决其未着墨焉！是说于何证之？曰:证诸圣瑗原序中所述先生临命寄示诗之二语而已。其曰"且喜唐诗略分解"者,即杜诗虽从事而尚未卒业之证。然何以复云"庄骚马杜待何如"？则以杜诗既未卒业,即不得谓之完成,即不免有散失遗弃之虞。虽已略略分解,此一番心血恐仍与"庄、骚、龙门"三才子书同成虚愿耳！此所以仍以"庄、骚、马、杜"并举,而终付诸一叹,其心事已历历如见矣。故"庄、骚、龙门",我敢决其未着墨焉。然则此《杜诗解》如干卷,益可宝矣！余既鉴阅竟,因即怂恿友人亟钞印以公诸世,并为述其缘起如此。

岁己未孟冬,吴县王大错识。

【版本】

民国八年(1919)上海震华书局石印本《才子杜诗解》。

【作者简介】

王大错,吴县人,民国初人,曾主编《戏考》等书,生平事迹不详。

三四　金圣叹《贯华堂评选杜诗》

赵时揖《序》

从来解古人书者,才识不相及,则意不能到。意到矣,而不能洋洋洒洒,尽其意之所欲言,则其义终不明,诚未有如贯华先生之意深而言快也。先生为一代才子,而乐取古才子之当其意者解其书。盖先以文家最上之法,迎取古人最初之意,畅晰言之,而其意一无所遁。得是法以读书,而书无所不可读矣。诗之推杜工部也,夫人知之也。然知杜诗之佳,而不知其所以佳,则虽极尊誉之,而杜老似未乐也。解杜诗者日益众,知杜诗者日益寡,自先生解杜,而杜可乐矣,而读杜诗者皆乐矣。先生之解杜,若杜之呼先生而告之也,曰仆之意有若是焉,不然,何意之隐者、曲者、窈渺然其远者,先生皆得亲见而悉数之耶?乃先生意之所及,实有杜老意之所不能及,令人惊喜舞蹈,遂觉杜老原有是意,遂谓先生确是杜老后身。夫先生所解书,无不尽合古人之意,先生又安得有如许后身哉?余读先生之书,未忍遽读其解也。掩卷思之,不能得古人意之所及,乌能望其所未及?及读先生之解,而余之惊喜舞蹈,百倍于人也。向慕评杜之书而不得见,今岁客游吴门,询其故友,从邵悟非(名然)、兰雪(名点)昆季,暨长文(名昌)诸公处搜求遗稿,零星收辑,得若干篇,惧其久而湮也,亟授之梓,天下于是得读第四才子之书矣。先生以屈原《离骚》为第一才子书,庄子《南华》为第二才子书,司马迁《史记》为第三才子书,杜工部诗为第四才子书,施耐庵《水浒》为第五才子书,王实甫《西厢记》为第六才子书,董解元《西厢弹词》为第七才子书,书各有解。《水浒》、《西厢》传诵已久,馀稿世皆未睹,杜诗则待今日而始出者也。虽仅数十首,文章之秘,尽泄于此矣。夫泄文章之秘,岂诚造物所忌耶?先生著书未毕,如蔡中郎。而蔡女文姬赎之南归,授以笔札,则犹传父书。今先生之子名雍,字释弓者,远沉塞漠,普天率土,皆邀仁恩屡宥之后,不知有为矜恤授笔而求书者乎?是所百拜,仰乞于怜才者。先生以狂自累,世或疑其为人,孔子曰:不以人废言。则读先生之书,存先生之言,而宁绳趋矩守,不效先生之为人可也。

西泠赵时揖声伯氏题。

赵时揖《贯华堂评选杜诗总识》

晴园赵时揖拜手

读先生所说诗,横说竖说,奇说正说,无非妙义。灵思颖悟,益人之神智无限也。凡人读书至无深味处,往往轻易放过,先生偏不肯放过,千曲万曲,寻出妙义而后止。慨然以诗文三昧,披心露膈,的的示人。从此作文读书,开辟许多化境,引进后学之功,真当尸祝而礼者矣。

杜诗尽多粗率处,刘会孟所憎,不为过也。乃自先生说之,粗率尽为神奇。夫粗率尚为神奇,而况神奇者乎?得此读书法,不惟不敢轻议古人诗文,能从古人诗文渗漏处奥思幻想,代其补衬,则古人之神奇粗率,无一不足以启人慧悟。彼略见古人渗漏,便麾去不顾者,其愚智奚啻霄壤耶!

先生之评《西厢》《水浒》,自云皆可启悟后学,诚哉不诬矣。然恐子弟之但见稗编艳曲,而不见先生所解之神灵。则上器之利,而中材之害也。若杜诗,则父兄师傅皆当为子弟授一册,令之细细玩索,开发聪明。不特作诗,一切文章,悉可如是会悟。其有恃才眼高,尤宜着意。盖才高后生,素以杜诗累句为粗率,今乃神奇如此,从此心益虚,想益曲,其于读古人书,岂犹肯轻易放过者哉!

先生说诗,或有言其穿凿。天下凡事皆恶其凿,独有诗文一道,则不妨略开混沌者也。吾岂敢溺谀先生,遂谓先生所说,各各天然至理。其为天然至理者,既如晦忽明,疑障尽释。其偶有近于凿者,亦逗人思外之思、想穷之想。后学悟此,读书作文,皆无难事矣。人不悟其妙处,而但于凿处求疵,此其人虽七日凿之,必不能导其一线者。我亦何怪,先生亦必不见怪也。

善读先生书者,即一二首,以一法通万法,以一想引万想,便可尽解少陵之诗,便可尽解从来五车二酉之蕴,先生所云金针度人也。若不能即此悟彼,虽令尽读全本,于其人之神智,宁有少益也哉!然究以不得全本为邑邑。闻先生遗稿,珍藏燕都巨公之家,倘得赐教天下,此少陵快事,先生快事,普天下万世之大快事矣。余友萧山王自牧(讳余高),沉酣杜学,一生唯集杜句最工,慨然欲北往求之。余兄伯升(讳嘉遥),夙有杜癖,亦以此自任。果得如愿,俾少陵精神、先生心血,一时迸出,宝光异气,终现人间。则不私枕秘之伟人,岂非有心所共戴乎?

先生以《水浒》《西厢》为外书,则杜诗与《周易》《离骚》等,其内书也。乃讲《易》至"明夷"而止。即乾、坤两卦,便有十万馀言,其稿金长文(讳昌)藏之。若《离骚》《史记》《孟子》《左传》诸书,闻各有数十首,存松陵总持不二解脱三禅师处。若肯公同好,则吉光片羽,辉灿无穷,是亦足矣,固安得有全本哉!

邵兰雪(讳点)云:先生解杜诗时,自言有人从梦中语云:"诸诗皆可说,唯不可说《古诗十九首》。"先生遂以为戒。后因醉后纵谈"青青河畔草"一章,未几而绝笔矣。明夷辍讲,青草符言,其数已前定也。

先生善画,其真迹吴人士犹有藏者,故论画独得神理,如所评《王宰山水图》及《画马》《画鹘》诸篇,无怪具有异样看法也。

先生饮酒,彻三四昼夜不醉,诙谐曼谑,座客从之,略无厌倦。偶有倦睡者,辄以新言醒之。不事生产,不修巾帻,谈禅讲道,仙仙然有出尘之致,迨以狂自好者。余问邵悟非(讳然):先生之称圣叹何义?曰:先生云,《论语》有两"喟然叹曰",在颜渊则为叹圣,在"与点"则为圣叹,此先生之自为狂也。

读先生所说杜诗,令人跃跃皆欲说杜。许庶庵,其跃跃中之先出者也,其人固奇人,其说亦由先生而悟入者。因为附刻,以为后起之唱。余素企服先生,恨失亲炙,闻先生之墓在松陵之第二保,舟过吴江时,未申拜谒,惟有望空酹酒、遥谢教言而已。

余初辑此书,不以各体为之次序者,以便后有续得,即可附入也。先生一片精灵所寄,万万不可埋藏。其馀逸稿,高贤或肯惠贻,俾镂心镌魄之文,尽传梨枣,则慧业文人,名缘木息,不知何如感激矣。

【版本】

清乾隆二十四年(1759)桐荫书屋刻本《贯华堂评选杜诗》。

【作者简介】

赵时揖,字声伯,号晴园,钱塘(今杭州)人。李渔《尺牍初徵》卷十一收其尺牍七通,中有《与李笠翁索酒》。

三五　马世俊《李杜诗汇注》

马世俊《杜诗序》

马子曰:余寝食于杜诗二十年,窃见评注,无一善本。其弁简端者,文辞概不足观。尝一序于华阳,一序于金陵,皆失稿。世所遵《千家注》,苟简不成书。近见李空同评本,仅得其音节,不谙其神理。王遵岩十驳其九,似近于妄。单阳元《愚得》一书,颇论体格,而其纤妙所存,亦不能究。若他本,有仅评律诗、仅评绝句,鄙陋可哂。余尝论诗至唐人,而体无不备,杜诗又备唐人之体,集中有王、骆之庄赡,有储、刘之深厚,有王、孟之秀远,有韩、孟之镵刻,有温、李之娟娟,有钱、刘之雅淡,观止矣!然犹未知其源本所存也。杜子生当开元全盛,所见宫阙壮丽,景物殷繁,士女嬉游之状,亘古未觏。及天宝之乱,烽火惊窜,城郭榛芜,杜子奔走于荒山危栈、颓云黯日、鼯啼狐突之间,又何悲也!史官所不及载,故老所不能述者,少陵一一发之于诗。读之者有忠孝之思焉,有乱贼之惧焉,有盛衰存亡之感焉,所谓得比、兴、赋之遗者乎?余独惜少陵游吴越之诗不传,而晚年又未及手定其书,或有传其俚字率句而反以为古朴神奇者。余故评注其全诗,而旧注之可存者亦存之。呜呼！继《三百篇》者，《楚辞》也；继《楚辞》者，杜诗也。杜诗之后，不得其传焉。得其传者，可以序杜诗。

【版本】

已佚。

【原文出处】

马世俊《匡庵文集》卷四，《清代诗文集汇编》第28册，上海古籍出版社2011年，第208页。

【作者简介】

马世俊（1609—1666），原字章民，后改字甸臣，溧阳（今属江苏）人。幼年丧母，生活清贫，八岁能诗文而读书屡试第一，远近闻名，少以制举业与同县陈名夏、宋之绳齐名。又与其兄世杰同以文学驰名江左，时称"二马"。明崇祯九年（1636），在故乡与芮长恤、吴颖等结十三子社。曾游历杭州、金陵，后入闽。于顺治十四年（1657）中举，十八年以一甲第一名及第，廷试对策称："王者天下为家，不宜示（满汉）同异。"言论侃侃。授修撰，官至侍讲。性朴素，释褐，策蹇驴，一老苍头携宫袍随后，士林传为佳话。在史馆朝夕一编，宴会送迎，多谢绝。康熙五年（1666）卒于官。著有《理学渊源录》、《匡庵诗集》六卷、《文集》十一卷、《华阳游志》、《马世俊佚稿》等，生平事迹见《大清一统志》卷六三、《江南通志·人物志·文苑二》、《清史列传·文苑传一》顾大申传附。

三六　李长祥、杨大鲲《杜诗编年》

杨大鲲《序》

编年何昉乎？《尚书》首《虞书》，讫《秦誓》；《春秋》载笔于隐公，绝笔于获麟，此诗家编年之体所由昉也。太史公创为本纪、世家、八书、列传，班氏以下因之，竟为定例。司马温公起而贯穿之，以事系时，以人系代，然后上下数千年若数一二，此编年一书所以不朽也。诗非史也，然而美刺以寓褒贬，正变以观升降，世道治而之乱，人心正而之邪，风会使然，适与编年相表里，故曰《诗》亡然后《春秋》作，诗之道大矣哉！乃古今诗人必以杜少陵为称首，近世读杜者尤多，顾末学肤受，猥云读杜，诗之道益晦，则杜之诗益晦。研斋先生来吾毗陵，昌明此道。先生于家严为同门友，予得左右之，以观其评阅诸书,因得其《杜诗编年》旧本,暇涉一过。考官职则自胄曹参军授左拾遗、出为司功、表为参谋之历履无不详;纪道里则自放荡齐赵、间关秦陇、西走巴蜀、南浮荆楚之踪迹,无不著论;出处则自献赋待制、陷贼窜奔、扈从还京、弃官流寓之始终无不悉。若夫开元之全盛,天宝之播迁,至德之中兴,广德、大历吐蕃僭窃之纷扰,少陵以一身进退去就,安危苦乐,与之相为终始,横见侧出,悉在于诗。岂独少陵一生谱系之编年,即以为有唐六十年国运之编年可矣。间有题非纪事、诗鲜徵实、视乎无可专属者,然而吟讽其悲忧唱叹之情词,以想见其含毫布纸、咏怀遣兴之境会,反覆参互,诠次年月,十犹得八九焉。余尝怪元微之去少陵不甚远,其志少陵之墓,不为之核岁月、画疆土、沂壮老、综治乱。得此一书,即少陵一生谱传可废,爰付梓人公诸世之读杜者。孟子曰:"诵其诗,读其书,不知其人,可乎?"是以论其世,此《杜诗编年》所为刻也。至于先生评论,皆少陵意中之所以然,先生从千百世下,一一道之以出,使少陵复生,不能赘一辞,则余不敢更赘一辞也。

古兰杨大鲲陶云氏题于西园草堂。

李长祥《杜诗编年叙》

诚者,天之道也。思诚者,人之道也。思也者,人乎?遂天乎?圣人删《诗》于三百五篇,知神明通辟之所以然,乃约言之曰思。殚学者起达其旨,深其文谓之悟。悟,思也。不思不悟,不悟不思也。是思也,故圣人之约言也,精言也,是神明通辟之所以然也,子美氏起达其旨,得之于诗。自开元十五年至大历五年,上下四十四年,诗凡一千一百八十一首(应作"题"),可谓富有矣。知者以为备美,不知者谓之杂。备美似矣,犹之不知也。盖备美其辞也,子美之诗,每一篇出,读之莫不有其一篇之全体;千百篇出,读之莫不有其千百篇之全体。然总之全体之有所在,而一篇千百篇分应之者也。犹源泉然,为川泽为海,见之川泽与海也,其所以为川泽为海,有由然也。故他人之诗,其美或一有,子美之诗,固无不有,是谓之备美。而备美则其辞也,临川言之矣,曰:其辞所从出,一莫知其穷极。夫从出源泉也,一莫知其所从出,则源泉之不得而窥见者矣。不得而窥见,所以为源泉、为川泽、为海,世固不知也。予读子美诗老矣,近移毗陵,简儿辈所藏书,得予旧阅剡溪单氏本,间弃存原评语。陶云杨氏,好古方深,与予朝夕,书成读之,益信圣人之精言,而知神明通辟之所以然。大约子美之诗,子美之学道也。道在六经,诗其一焉。以道学诗,道小矣;以诗学道,道大矣。世有学道者,而不学诗,所以无诗;世无不学诗者,而多不学道,所以俱无诗。然则子美之诗,人耶?遂天耶?子美亦自言之矣,曰"语不惊人死不休",曰"篇终接混茫",思诚哉诚哉!诚者,天之道也。思诚者,人之道也。古夔李长祥撰。

【版本】

清初梧桐阁刻本《杜诗编年》。

【作者简介】

杨大鲲,字陶云,一字九搏、晓屏,毗陵(今江苏常州)人。明修撰廷鉴子。顺治十四年(1657)举人,十六年(1659)进士,改庶吉士,迁新建丞,擢九江知府,官至山东按察使。晚年亦归居毗陵。好学强记,才气倜荡。其父廷鉴为崇祯癸未(1643)状元,与李长祥同科,故为同门友。李长祥被执出狱后即曾寄居其家,杨大鲲遂与长祥合撰《杜诗编年》十八卷。事迹详《(光绪)武进阳湖县志·列传》、张惟骧《清代毗陵名人小传稿》卷一。

李长祥(1612—1679),字子发,号研斋,晚号石井道士,达州(今属四川)人。明崇祯十六年(1643)进士,选庶吉士。明清交替之际抗清志士。福王立,改监察御史,巡浙江盐政。鲁王监国,加右佥都御史,督师西行。鲁王江上之师溃败后,长祥集残部结寨上虞东山继续抗清,鲁王监国五年(1648)晋兵部尚书,舟山兵败后被清所执。释放后,乃居山阴涧谷中,寻游钱塘,当道不安,置之江宁,总督马阳礼疑之,长祥乃乘间脱身。由吴门渡秦邮,走河北,遍历宣府、大同,复南下百粤,与屈大均处者久之。晚年隐居毗陵(今江苏常州),筑读易堂以终老。著有《易经参伍错综图》(已佚)、《天问阁集》。生平事迹详见《清史稿·遗逸一》、全祖望《前侍郎达州李公研斋行状》、徐鼒《小腆纪传》卷四七、《南疆绎史》,今人周采泉撰有《李长祥年谱》。

三七 陈式《问斋杜意》

徐秉义《序》

杜诗不易读也!诸家之诗,各有所长,其妙易见;独子美之诗,兼诸所有,读者以全力周旋,尝应接不暇。观其身当明皇、肃、代之世,任将用兵,播迁克复,天时人事,无所不纪。虽有得于比兴讽刺之体,而其奇变综博,则有似乎子长、孟坚之书。又其学富,其言远,经史百家,以至佛老舆象,莫不陶冶而出之。有经济,有权略,妙达情变,深穷物理,自谓致尧舜,比稷契,泣鬼神,愁花鸟,良非夸言。读者即其一篇一句,骤为惊喜,鸟鼠饮巢,自谓有得;及览其全编,如浮沧海,难为舟楫,如入邓林,难为斧斤,此杜诗之所以难读也。由宋以来,读杜者有二病:有穿凿之病,有窃取之病。穿凿者必求其所讽为何事,所刺为何人,博考《唐书》及他记载。有不可通者,则牵合附会以成之。此是彼非,互相掊击,使读者如播糠眯目,四方易位。欲尊子美,适所以陋子美。窃取者眩于雄辞,猥为仿效。见搴旗陷阵之勇,亦奋螳螂之臂;见衮衣绣裳之美,亦饰短褐之衣。强学彼貌,徒增己丑。失子美之性情,而并失己之性情。余尝观于《春秋》矣,史有阙文,仲尼亦阙之,世异人远,其或不知,殆非学者所病。吾尝观于昔之学《诗》者矣,三百五篇,变通在人,当时卿大夫赠答赋诗,各道所感,不主故常。譬之诗如水,说诗者如器。水一也,方圆曲折,惟器所受;诗一也,远近浅深,惟人所受。二者治经且然,而况子美之诗乎?吾谓读杜诗不难也,论其时世,迹其遭遇,而得其所以为人;资其气力,观其意匠,而得其所以为言。不执其疑而凿之,不眩其辞而窃之,枕藉讽咏,自然神合,而真子美在吾胸中矣。岁癸亥,余出京师,访姚君经三于桐城。经三以诗雄当世,亟称其师陈问斋善学子美,以所注《问斋杜意》二十卷授余,且请为之序。余受而卒读,盖深有得于子舆氏"以意逆志"之言,心领神悟,扫尽从来荆榛,一以己意探得之,如日之出,无暗不见,如冰之涣,无坚不解。吾尝恶读杜之凿与窃者,欲反求于己,而问斋先得我心之所同然,遂书其所见,以质之经三,不识可为问斋助发否也?

康熙甲子(1684)岁花朝,昆山徐秉义拜撰。

邵以发《序》

古今注书家夥矣,六经而外,惟郭象之于庄周,郦道元之于桑钦,则不以注注书,而以书注意,所谓自成一家言,扬镳而分路者也。夫注书不以注注书则废书,然注书而但以注注书,俾吾意之弗暴焉,则书第孤行而已,亦奚俟吾注以方轨并驾哉!故略观大意,不求甚解,是志有所托,而神与古处者也。如是,则无书非我书,而无书非我注矣。先民之言曰:"诗言志",又曰:"诗以道性情",故书之有诗,又明志之所由,而达性之要道也。《三百篇》后，诸儒相效而说诗。迨唐有杜诗，注者益众，亡虑数十家，大率皆以注注书，而以书注意者尠矣。龙眠陈问斋先生幼习诗，于书无所不窥，而于少陵诗，尤神明以之。其儋簦四方，即所携亦唯少陵诗，如巾箱《五经》焉。游闽，寄芝山之麓，偶欲注书，于是取杜诗一千几百首，句解而篇释之，凡若干卷，撒笔乃以示余。览既竟，抱卷叹曰：嗟乎！真注哉，其郭、郦之流亚欤？是以书注意者矣。夫以书注意者，谓其意有全书，即古人可以无朽也。太史公曰：非好学深思，心知其故，固难为浅见寡闻者道云。陈子瓌奇诚信，志趋邃古，眎尘务如蠛蠓。其寱寐居处，何必不有一少陵？其所欲言，何必不皆少陵所欲言？故其忠孝之性，雄豪之气，悲感之怀，风流顿挫之致，其事多在意中，顾其发明，乃在意外。夫言至意外，犹可以帖括求、以铅椠问哉？张颠观舞剑器，而草书入神；崔延伯入阵，令田僧超为壮士歌，辄破敌。夫书之与剑器远矣，歌声之于战斗益远矣，胜而神，则书皆我书，而书皆我注也，然则浣花叟亦厚幸已哉！陈子曰：否否，我逍遥物表，则余冠且化而为《南华》；予乘河吸川，则吾身亦化而为《水经》。不宁唯是，吾履轩皇，握华勋，即我音容，又化而为六经、浣花云乎哉！方是时，方学士、楼冈先生并在闽，陈子掀髯鼓掌，目眂方，持予尽五升酒乃罢，其任诞高寄如此。

姚江邵以发撰。

张英《杜意序》

古今注杜者不止一家，然皆谓之注，陈子问斋是编，独谓之意。甚矣！学者能明乎注与意之所以分，而后可与读是编也。注者，徵引事实，考究掌故，上自经史，以下逮于稗官杂说，靡不旁搜博取，以备注脚，使作者之一字一句皆有根据，是之谓注。意者，古人作诗之微旨，有时隐见于诗之中，有时侧出于诗之外。古人不能自言其意，而以诗言之；古人之诗，亦不能自言其意，而以说诗者言之。是必积数十年之心思，微气深息，以与古人相遇，时而晤言一室，时而游历名山大川，晦明风雨，寝处食息，无一非古人，而后可言其意也。昔人云：胸中不贮万卷书，不可与读杜诗。此犹以注言也，如以意言，胸中即贮万卷书，遂可以读杜诗乎？尝闻之前辈之言曰：古人终身为文章，必有一生平识见所在，浅深奇正，纵横开阖，总不逾此。不若今人随时补缀，连篇累牍，彼本无一定之见，人亦安能以定见求之？知此而后，可与读《杜意》也。夫少陵之意，又岂易求者哉？少陵生平以王佐自许，所处之时，治日少，乱日多，抱忧天悯人之情，发为沉郁顿挫之音，结辖于中，而触发于外者,此少陵之意也。人苟非抱其才,遇其时,则不能言少陵之意;即抱其才,遇其时矣,或早见知于世,不至于放弃以老,则亦无所沉郁结辖于其中,而亦不能言少陵之意。少陵际天宝末年之乱,奔窜于凤翔,饥疲于秦陇,浮家于瀼西,转徙于白帝,间关落拓,动辄依人,妻子室家,所在暌隔,然赋性伉直,不屑屑苟同于俗,咨嗟荼苦,侘傺无憀,而一寓之于诗者,少陵之意也。人苟安常处顺,伏腊保聚,足迹不至千里,无羁旅离别之苦,或伉直不若公,可以与世俯仰,则亦不能言少陵之意。少陵处君臣朋友间,情致缠绵真挚,好规讽人过失,要不失其温厚之旨。遇一草一物,寥落不偶,必为之摹写其形状,而咏叹惋惜之,此少陵之意也。人苟非具深情厚意于伦类交游之间,视万物漠然寡情者,则亦不能言少陵之意。陈子天才奇迈,学有本源,少卓荦于名场,老退隐于丘壑,负济世之志,曾不获自见于世,其中之结辖沉郁者多矣。少际寇乱,播迁琐尾,长而授经四方,于闽于齐,于豫于燕,羁旅离别之苦,往往有之。孤洁伉直,磊落狷介,不谐于俗,而醇厚真挚,复有过人之性,其与少陵千载相合者如此。且沉酣枕籍于少陵之诗者又四十年,故有时言少陵之意,而无非陈子之意,有时言陈子之意,即无非少陵之意。平素不轻发一言,酒酣耳热之后,人请之论杜诗,则掀髯高吟,目光如电,当筵一少陵也。退而书之于纸千百言,如泉涌风发,则短檠书卷之前又一少陵也。于千馀首之中,拓而为二十万言之多,然后少陵与陈子两无憾也。故曰"杜意"也,区区注杜云尔哉!予在京师时,见此书于姚小山坐上,击节叹绝。今请假还里门,适见是编镌刻告成,乐而为之序,特为言注与意之所以分,以告世之读《杜意》者。

康熙癸亥秋七月,同里年家眷同学弟张英顿首拜撰。

方畿《序》

孟子之论说诗者曰:"以意逆志。"孔子论《诗》三百篇曰:"思无邪。"思也者,意也。又曰:"诗可以兴、观、群、怨。"兴观群怨也者,亦意也。陈子曰:知此可与读少陵诗矣。今夫杜老之诗之弊也,其注者为之乎!鲁訔、黄鹤、蔡梦弼、王洙之徒,勉强摭拾,牵合傅会。宋元间承袭讹舛,取其漫不经意、偶然落笔之诗,尽以为比身稷契、一饭不忘君国。相沿至弘、正,而摹仿其粗疏排纂,以为逼真少陵,曾未免涪翁习气,而作者之意不存焉。陈子曰:人人说少陵,少陵岂在是乎?屏营虑,一心志,服习众神,以相推索,渺乎未有见也。又为之扫绝世务,揣摩时执,身亲境合,而如有遇,久之而复杳然去也。又为之穷上下左右，仿佛声容，刻画须眉，描写神气，汩汩乎其来矣。手舞之，足蹈之，掀髯而如有见，累欷而如有闻，徘徊留之，而不能遽合。合而离，离而合，如是者又阅年。已而拍掌大叫曰：是矣是矣！千百年之少陵在兹矣。大抵诗人之笔，其意常在变动不拘、空虚无用之处。尺寸求之，弗得也，旁见侧出而得之。浅近求之，弗得也，远烟横岭、高山大川而得之。以我之意，上合乎杜老之意，而杜老之意不然；以非杜老之意，俛而就我之意，而杜老之意亦不然。是我意亦是杜老意，非杜老意却未始非杜老意。神而明之，鬼神其通之，抑得其意思所在而已。故远而夔、阆，僻而云安，崎岖而同谷、秦州，怅望而九江、吴会，养拙而羌村、土娄，辛苦而武功、太白，少陵之遇，少陵之意也。吟而草堂、水槛，步而瀼西、东屯，极目而碧鸡坊、百花潭，放舟而荆门、两峡，少陵之意，少陵之诗也。陈子手此一册，雪中而梁园，月下而括苍，三春而京阙，九秋而弘农，经年而七闽、南粤，何非诗？何非意？何非少陵之意，而为陈子之意？何非陈子之意，而为少陵之意耶？予观陈子，少负不羁之才，落落难合，闽中数遇知己而不遇，今虽小试得一官，不过在孟仓曹、郑司户之间。位不称才，俯仰太息，固其所也。每过予，辄击节狂呼，声乌乌出篱壁间。当其音节悲动，感慨怫郁，不自禁，瞠目指头上发，泣下沾襟。予闻之潦倒嗟吁，谓工部千年后，乃复获后身，如太白之为金粟如来、叶法善之书碑为北海魂也已。复念三年奔走，似工部之公安南浦时，其讽无聊坎壈之篇，悱恻悲凉，似无足深怪。方今公卿好士，安知率府功曹之不为拾遗也者？而陈子郁郁，诵少陵不平之鸣，是何为者哉？陈子曰：予解诗人，亦靡靡听之。每当予得意处，或偶赞叹其曼声至于伐髓洞胸、握拳透爪。古人复起，其风神咳唾，如周昉优孟之不可辨，世人似未之知也。司马长卿之为赋也，人主读之，飘飘有凌云气，似游天地之间意。陶靖节之见南山也，曰："此中有真意，欲辨已忘言。"欧阳公之为《记》也，曰："醉翁之意不在酒，在乎山与水之间。"世之学者，有得司马长卿、陶靖节、欧阳永叔之意者乎？可与陈子读少陵诗矣。

还山方畿撰。

方孝标《序》

诗或以为本于乐也，乐叠奏而节其声以为辞，故曰诗本于乐也。或又以为乐本于诗，《书》曰："诗言志，歌永言，声依永，律和声。"盖志者，心之所之也，诗以言之，因其言而永之则为歌，因其永而依之则为声，因其依而和之则为律。是乐本于诗,而诗本于志也。故孔子曰:"思无邪。"孟子曰:"以意逆志,是为得之。"夫孔子之所谓"思",即孟子之所谓"意"。然则"思"者,作诗之则;"意"者,说诗之方也。后世善说诗者,子夏而后,无如申公、辕固生、韩婴。史之称婴也,曰:"推《诗》之意,为内外传。"称固也,曰:"无传疑,疑者则阙不传。"夫既推其意,何有疑？然非有疑、有不疑,又何以为善推其意乎？自是诗屡变矣,汉魏增之为五七言古体,唐人谐之为五七言近体。自近体兴,而《三百篇》亡矣。韩昌黎曰:"李杜文章在,光芒万丈长。"夫以诗为文章,诗岂犹古乎？若夫能以《三百篇》为古体,以古体为近体,撷前人之精华,开后人之意,令前无匿采,而后不敢逾闲,上下数千年,惟杜少陵氏一人而已。少陵之诗,当时亦无知者。自唐末迄宋、元、明,则家传而人诵之矣。于是有编年者,有分体者,有分体又分类者。有疏其事者,有注其义者。有专注近体者,有专注古体者,有注七言律而不及他体者。无虑数十百家,莫不自以为善说少陵之诗。予以为由是道也,未始不可以读少陵之诗,而未可谓得少陵之意,何也？少陵之意,乐而有《国风》之不淫;少陵之意,怨而有《小雅》之不乱。少陵博极群书,而援引罔敢颇僻;少陵志在用世,而无热中善宦之心。乃说之者曰"诗史"也,曰"一饭不忘君"也,于其稍涉隐见者,必强指之,以为某章讥宫庭,某章刺藩镇,某句怨徵车之不至,某句望利禄之不来,殆若郑五之歇后、殷浩之空书,岂少陵哉！予友陈子二如负异才,屡试诸生高第,以明经贡成均,不仕,退而著书。尤爱少陵,居恒呐呐不出口,一言及杜诗,则掀髯擘腼,辨论纵横,闻者莫不勃然兴、肃然敬。笔之成书,凡数万言,分若干卷。其考据之精博,不异介甫之遗逸毕探,傅卿之十门聚阅。而犹以为未足,每一篇必设身体事,求其至安。思之不得,或来鬼神之告。尝自云:读杜如读《易》,日新月异,变动不居。于其咏物感怀,不可不举其大;而伤时切事,亦不必强求其通,可不谓善说少陵者乎？或曰:昔人云:不读万卷书,不行万里路,不可以注杜。盖言其取材弘而举义远也。是书诚精且博,而于国地之远近、官爵之因革、制度风俗之异同,能备已乎？子曰:亦未敢以为备也。二如注杜三十年,犹不敢名其编曰"说诗"。曰"说意",盖以为少陵之所重在意,而不在国地、官爵、制度与风俗也。二如以稷契之才,遭乱困顿,遇亦略与少陵同。故有时以二如说少陵之意,亦有时以少陵说二如之意。苟得其合,则二如之意,即少陵之意。若少陵复起,亦不能违二如之意,又岂在国地、官爵与制度、风俗之备不备乎？要之,二如居心仁厚,律躬端严。盖先有其无邪之思,而后得逆志之意。即以之说《三百篇》无不可,况杜诗乎！二如与予俱桐城人,少受业于先君子,交最久云。

楼冈方孝标撰。

潘江《序》

予与问斋陈子定交,在戊寅、己卯之间,是时予方弱冠,陈子亦才逾入洛之年,两人意气,交相得也。已而秦寇围桐,予夜缒妻孥,取间道趋枞阳,仅而获免。陈子亦窜身江干,附舟以南。一时感遇忧乱,辄于篷窗柁楼间,扣舷诵杜诗,为之疏解其意,实获我心。今距南渡之日四十馀年,而陈子之《杜意》乃出,是陈子以其心神与少陵寝处揣摩者殆四十馀年,而后成《杜意》,然则注书,岂易言哉!既杀青垂竣,陈子谓予曰:子不可无序。序曰:古之善读书,未有如孟子者也。其曰:"尽信书,则不如无书",已具千古只眼,俾天下后世读书者,不死古人章句下。至于尚论古人,则曰:"诵其诗,读其书,不知其人,可乎?是以论其世也。"又曰:"说诗者不以文害辞,不以辞害意,以意逆志,是为得之。"此千古诵诗读书之秘密义也。吾以为注书当如是,注诗亦当如是,注杜诗更当如是,何也?少陵所处之世,治日少,而乱日多。自开元末至大历初,有初游齐赵之时,有窜赴凤翔之时,有弃官之秦、采橡入蜀之时,有浣花依严武之时,有避乱奔梓州之时,有移夔州、下湖南之时。不论其世,诗不可得而注也。少陵所蓄之志,欢愉少,而忧患多。自少壮至衰晚,有激昂豪放之意,有幽忧困郁之意,有凄凉悲愤、不可抑塞之意,有轮囷结轖、故晦其旨而不欲自明之意,有委化任运、知其无可如何而安之之意。不以意逆其志,诗尤不可得而注也。陈子博极群书,皆能神明变化而出之。其为诗,上溯屈宋,下轶曹刘,不必尽似杜也。不必尽似杜,斯之谓善学杜。其注诗,黜诸家之支离,斥俗儒之傅会,不必尽是杜意也。不必尽是杜意,斯之谓善注杜。然吾观陈子四十年来,于千四百馀首之中,日咀月咏,寝食都捐。每遇一作,先审其命题之指归;既按之字句,以研其义;既又考之时势,以处其地;既又合之本传、年谱,以证其讹;既又证之经、史、子、集,以取其据;既又参之舆图、方俗、官爵、制度,以通其故;既又核之鸟兽草木虫鱼,以穷其变。当其冥思默会,辗转中宵,忽而疑窦欲开,鬼神来牖。夫然后纡曲以意之,而其想愈灵;层折次第以意之,而其味愈永。极浅深,兼虚实以意之,而其解愈神也,又宁有弗当乎杜意者哉!谓杜意即陈意,可谓陈子之杜意,即陈子之诗可矣。昔祢正平为黄祖书记,祖执其手谓之曰:"处士能得祖意,如祖腹中所欲言。"此舍我意以从人意者也。陶渊明"好读书,不求甚解,每有意会,便欣然忘食"。此取彼意以快我意者也。陈子为渊明之快我意,不尽为正平之从人意,故能孤行于天壤之间,使杜诗别开生面。读是书者,引而伸之,触类而长之,于注书乎何有?此又陈子教天下后世注书之法,不仅为杜陵一老之功臣也夫。

同学弟潘江拜撰。

姚文焱《序》

《易》曰:"书不尽言,言不尽意。"然则意之所之,虽立言之人,亦有不能尽明其所以然者。又况千百世之后,讽咏遗文,推原至隐,而以谓其意在是,意果在是乎?是以注诗之难,非独如陆务观所云也。虽然,"以意逆志,是为得之"。又曰:"他人有心,予忖度之。"此诗教也,即注诗法也。古今来善说诗者,其神解超,其眼界廓,委其精,萃其灵,以深入古人之隐奥,然后可以有意得之,亦可以无意得之。以我意为彼意可也,以彼意从我意亦可也,此吾所以服膺于《问斋杜意》之一书也。注杜诸家,言人人殊矣。晚得虞山《杜诗笺注》,亦既探剔其纰缪,淘汰其踳驳,芟削其牵合傅会,可谓尽美矣。然第援据浩博、诠释字句已耳。至于索隐钩深,批郤导窾,一诗各为一解,一解自成一章,则不得不推问斋为尽善也。问斋天才横绝,"读书破万卷,下笔如有神"矣。而尤有杜癖,与予订交在四十年前。尔时寇氛充斥,流寓新亭,缟纻盘匜,名彦云会,咸奉为狎主齐盟。余扫径布席,延之家塾,子弟羹湖执经问字,予得共帷灯窗雪,载笔周旋。每一诗文成,未常不扢扬商榷,其意气岂直元龙床上下哉!洎时清归里,比屋而居,日或再三过,过即赏奇析疑。谈及杜诗,不觉掀髯鼓掌,令人解颐,故予之奉教于问斋者深也。问斋许身稷契,群推为卿相可立致,乃时命不犹,困顿锁闱,仅以明经廷对,与予同赴京华,骑驴旅食,备极酸辛。小草得官,又需次选人,垂老不沾一命。虽未至如拾橡负薪、铺糟莫给,而才人坎壈,垂翅青冥,其与少陵亦可谓先后同揆矣。盖问斋前身,应是少陵,故能得少陵于意中,亦或遇少陵于意外。宣尼□琴,如见文王;顾长康之画,传神阿堵。惟其心志专一,妙悟纷来,思之思之,鬼神通之,断不诬也。昔东坡注广成子,其原本老、庄,皆得其精髓。杜牧之《读杜诗》云:"天外凤皇谁得髓,无人解合续弦胶。"问斋此注,乃真能得髓者矣。淮海秦少游之论曰:"子美之诗,积众流之长,适当其时,所谓诗之集大成,如孔子圣之时者也。"今问斋又集注杜之大成,岂仅为少陵之素臣也欤?是书行千百世之后,因问斋以知少陵之意,即从杜诗以知问斋之意，金薤琳琅，同垂不朽，岂复有蚍蜉撼大树者哉！于是尽废诸家之注，而令《杜意》孤行天地之间，岂不诚少陵之厚幸，而尤为读杜诗者之厚幸也夫。

同学弟姚文焱拜撰。

陈焯《问斋先生注〈杜意〉成，属序于焯，歌以代之》五十四韵

吾宗问斋老诗伯，玩诗直窥字句先。尝疑毛郑诬《三百》，又嗤王逸专《骚》诠。高谈恨不逢匡鼎，相与解颐齐拍肩。四始六义求别解，下逮汉魏重钻研。三唐大成归老杜，千家训故尤拘牵。击蒙发覆从杜始，自馀一一穷溯沿。二纪殚精辑《杜意》，杀青反复加丹铅。今当剞劂初问世，雷硠雅序篇相联。片言蹱系属聋瞍，瞍笔安敢侪群贤。婵媛且向问斋道，积疑错互期昭宣。以下详述千家旧注之泥。杜诗实首《龙门寺》，天阙天阒靡定笺。天阙字义出《文选》，插牙树颔徒纷缠。空留玉帐果何术，五云太甲言乎言。关山一点讹一照，百五寒食援何编？蔚蓝色何色，漏天天何天？凤林五城迷纪载，左担武担奚有焉？星经地志饶挂漏，况综人物疏难全。何颙任侠罕幽事，逸兴似取周颙翩。山东李白违籍里，慧远失证庐山篇。西方止观经识否？七祖南北宗风悬。胸藏坟竺浩烟海，诸家几手磨兜坚。王母稚子岂鸟属，海月参作蠃蚌鲜。天棘非颠棘，步檐非步蟾。上番土音不嫌俚，侧生廋语宁伤纤。绿沉管徵王逸少，锦竹咏见梅都官。桤木楷欹声自别，葰草烤炎呼孰安？唐表脂药详旧赐，晋制检较胪新添。芋栗混芋同一食，楸椒媚远应殊观。鸥没鸥波无两是，盘涡盘漩争毫端。縿隐总系芙蓉褥，点玷不妨青琐班。所嗟好事逞膈臆，伪拟古本遥追攀。秃节汉臣稍可喜，倒蚁物理何相关。新炊黄粱辨闻间去声，琐细不足呈骚坛。矧于丽人长短句，妄增罗袜银镫穿。安得宗武持石斧，尽捯镌刻沉深渊。次翁梦弼与黄鹤，一知半解留戋戋。往谓须溪逊鲁直，近许德水宗二泉。要之不得离颇偏，檃括尚赖钱琴川。莹干矗老事渔畋，惜无完注资流传。吴江朱氏腹便便，拟代匠斫劻虞山。始投针芥终舍旃，噫嘻此注良独难。瓣香特为问斋拈，请披靦缕析从前。以下言佩服《杜意》之大旨。问斋大笑忽掀髯，六经吾注脚，万象皆蹄筌。吾惟取意不取字，等身缃帙凭弃捐。馀芳国里未生日，诗王与我同肺肝。勿分天宝与开元，勿论成都迄左绵。拾遗不为遇，野老不为淹。至性复绝超人间，一生悲喜吾洞然。以意逆志犹仿佛，以意合意成浑圆。区区故实何必问，刻舟胶柱非诗禅。聋瞍屏息不能对，归索荟稡抛炉烟，愿守

《杜意》终馀年。

康熙壬戌岁嘉平月涤岑同学宗弟焯具草。

吴子云《序》

注书难,注杜尤难。郭象之注《庄》,郦善长之注《水经》,后人犹有遗议,此注书之难也。陆务观不敢注东坡,元遗山亦恨无人注西昆,此注诗之难也。注诗而至于杜,则尤戛戛乎难之。为训诂之学者,第徵其故实所自出,而不得其用意之指归。于是乎注益多,而杜意益晦。如蔡梦弼、严沧浪、王辰翁、刘会孟之徒,逞其一知半解,句栉字比,皆驱杜入于云雾,没于榛莽,而犹诩诩然自附为知己,岂不悖哉!吾友陈子问斋博洽淹雅,所著诗古文,卓然成一家之言,而杜诗尤其所夙嗜,手摹心追,以日以年,间取而一一抉发其隐。当其冥怀相遇,寝食都捐,忽然有获,怳焉来会。或字句之中不可得,而于字句之外得之;或数年、十数年不可得,而一朝得之;或本题本篇不可得,而于他题他篇得之;或有意测之不可得,而密咏恬吟之中以无意得之;或当日之时之事之情,故迂晦其旨不可得,而以今日之时之事之情,返观侧出而得之。由其涵泳渐渍于杜者深,思敏而识超,理疏而气达,故能以杜意,启我之意,即以我之意,迎杜之意,始以杜之意,还杜之意。如抽千尺之茧,如剥百转之蕉,不知其为少陵、为问斋,直相忘于神解意会,莫能名言之中而已。昔人谓:"不读万卷书,不行万里路,不可与读杜。"问斋则谓:"人胸中不蓄杜万种意,亦不可与注杜。"且问斋固不独善注杜而已,又雅善谈杜。每酒半客酣,任拈一篇,丐其诠解,问斋则掀髯高吟,且吟且解,停顿抗坠,悉中节族。歌如有声,哭如有泪,俾闻之者始而思,既而乐,久而怡然以顺,涣然以释。人人有一杜在其意中,以为问斋殆移我情,惟恐其言之易尽也。即起老杜于今日,坐西川幕中,游浣花溪上,挥麈而谈,亦未必若是之沉著而痛快者。斯岂非杜陵之真知己、词坛之大快事哉!比来乐数晨夕,论文之暇,每一开卷,一击节,不辞捐俸镂行,因以一言冠其简端,为天下后世读杜者告曰:《杜意》出,虽有千百家之注,皆可束之高阁矣。

康熙壬戌仲秋,同里同学吴子云五崖父题。

陈式《自序》

问斋之有《杜意》也,自甲辰始也。予壬寅遭遇今上登极,恩贡入太学,于时年已五十。聊候癸卯闱试放,然后归。归而焚笔冢研,既尽弃从前举子业,亦绝口不言仕进。会汉中郡丞方还山解官旋里,还山癖杜,与予同,两相过从,往往资为谈麈。一日茗集还山宅,令嗣子将、孙受斯及其甥姚窦占嵩少皆在,还山牖予说杜,因举律诗绝句数首以应。还山四顾拍掌曰:"千古一杜诗,即安得陈子尽注杜诗全本,为千古一大快。"是年苦霪雨,六月、七月,经两月不住,而子将、受斯又巧促之以楮墨,遂乘两月闲,注迄一二三三卷,则甲辰事也,《杜意》之成也。乙巳,访吾门姚经三于建宁。及冬,始与言别。别之顷,经三复以两儿郎尧元、绥仲固属予教,且曰:"盍凭荒署一席,谢绝应酬,卒业《杜意》,讵生平大业?仅一二三卷,而忍敷诸?"言出动听,不觉漫应受事。讲授之下,或作或辍,再逾岁书成,则丁未之七月也。由辛丑上距甲辰,十有八年于兹。初经三本无辞于建宁梨枣之地,书成而理刑缺裁。丁巳,姚翼侯膺荐内补,携予箧底副本以行,戊午而小山讣至。盖至潘木厓、姚注若有敛金同人之约,而吴五崖亦随有捐俸独任之举,则是编之所以得刻也。嗟乎!病懒如予,饥困如予,使非还山鼓舞于前,经三怂惠于后,予安能成此二十万言之多!又使有还山、经三,而无五崖之今日,予又安能布此二十万言之多于海内!故应综始终而序之。

康熙二十一年壬戌仲冬上浣,陈式二如甫漫题。

陈式《读杜漫述》凡四十八则

注杜而谓之为意者何?《书》言志,孔子言思,孟子言意。大约诗之为诗,志定而后有意,意定而后运之以思,三者合而后诗成。至曰:"以意逆志,是为得之",则千古以来读诗之第一妙法也。后人读前人之诗,而不逆诗人之志,诗人之志无由出;逆志而不先之以己意,虽逆亦无处取径。故有得之者,必能以之者也。有能以之,即不患其不得之也。予盖自今而后,乃以己之意还为杜之意,几几乎为得矣。得不得幽,惟老杜明,则读老杜之人。

作诗家多者一人百十首,少者或只一二首,后来就诗去取,尚分初、盛、中、晚,何况李、杜多至千百馀首,注者注至千百馀首,而可不论作者之时与作者之地,能得作者之意?予之为是注也,举俗儒俗学之分体、分类,一切屏去,直取宋元以来相传编年为断,是则于以意之外,独得以意之方者矣。

杜诗编年,而系之以注,莫善于长洲许玄祐之《千家注》,注事注意,义取相足,因仍旧本,删繁汰芜,十存三四。至于一事付一人,故实为人所公共,省而不用;一事再见,不再注;"已见前"三字,亦省而不用。

元郝伯常与友论文书:"古人为文法,在文成之后;今人为文法,在文成之前。"此真深有得于古人为文之趣,非通儒不能为此语。姚驾部先生,余髫时执义其门,晚年属予序亦园诗,序中所及,具言诗法。一情之所生,人无言情之作,不有浅深缓急,即此诗法,次第出焉。使如作诗之家,预先于未下笔时设立一法于此,一一强情就法,不且只知有法之苦,而不知有言情之乐乎?善言情者,不如是也。序成,相质有见,皆为传赏。通诗于文,则予于昔贤之论,为适合耳。顾向主言情,而注杜独主言意。主于言意者,情动而意静,情涣而意专,情率而意曲,情暱而意庄,意已兼乎法矣。

方和宪公每言,作诗最重是起结,尤难在先得起句,此从读杜来也。杜一诗必有一诗主意,主意既定,或有时先开后合,亦或有时先合后开,或有时起手留前一半不言,亦或有时收处藏后一半不说。盖得必得之于惨淡经营,原不是一味顺序。予十年前曾见《新刻唐诗七言律》一本,其入选之诗,每卷必分作两段。分作两段者,前四句不结之为结,后四句不起之为起。虽所选不必尽当,亦从读杜来也。无意不成诗,无用意之意,即不能达意,故曰意兼乎法。

古人著一书,必有一书之义。诗虽前后为时不一,而综其生平,亦从来自见。公初献赋之言曰:臣作述虽不足鼓吹六经,先鸣数子,至于沉郁顿挫、随时敏给,杨雄、枚皋之流,或可跂及。沉郁顿挫,公已全乎为怨矣。公稷契自命之才,年四十,自叙文章,即一归沉郁顿挫,毋亦性与怨近,天故穷之,使尽怨之极致乎?文章不怨不奇,屈原、司马迁其明徵也。予于公诗,总主于寻味出"沉郁顿挫"四字。

诗自四言而下,增之为五七言。五七言有古体,有近体,名家故有一人只长一体,公则诸体并妙,不靠诸家之体为体。五七言古,始于汉魏,公全不学汉魏五言古,公自成为五言古,而集中《卫处士》、《羌村》诸作,未尝不为汉魏,《前出塞》直远出汉魏。七言古奔放奇兀,独创用累字累句,便有似不用累字累句,即不极奔放奇兀之势。五七言近体,则公自谓律细是也。近体才学两路难施,细处正是善于用才用学处。穷极微妙,出以谦词,细不只对粗字说。至《秋兴八首》,雄浑巨丽,一归自然,公偶敛排律手段为之,唐人无可措笔。绝句非公所长,古今同声附和。予至谓李供奉、王龙标尽出其下,为用生拗矫辣熟,与七言古同也。然是语一出,闻者必然惊骇走散,使尽心于注,终当贴然。

"《易》奇而法,《诗》正而葩",予于少陵诗,每每叹为奇绝,将无奇诡于正欤？非也。昌黎之言，有得于夫子之言也。子曰："《诗》三百，一言以蔽之，曰思无邪。"王者不禁人诗，即不禁人思。夫子所为，于王者刑赏不到之地，预防之而预约束之，使作诗之人去邪而趋正也。"唐棣之华，翩其反而。岂不尔思，室是远而。"子则曰："未之思也，夫何远之有？"是思能使远为近矣。思至使远为近，天下奇，有奇于使远为近者耶？然则《易》奇而法，《诗》正而葩，犹《易》奇而正，《诗》正而奇云尔。使误认正与奇对，忘葩与法对，何至不为敷浅一辈藉口。

诗文家所造，不无奇平浅深之不同，要亦视乎各人资性之所近。而平者不能使奇，奇者不能使平，浅者不能使深，深者不能使浅，分定也。独少陵兼平奇浅深而有之，至不能举平奇浅深而分之，故人所谓奇者不必平，而有时出之极平者，又未尝不为奇之至，则寓奇于平也。人所谓深者不必浅，而有时出之极浅者，又未尝不为深之至，则藏深于浅也。诗至寓奇于平、藏深于浅，欲不谓为奇，不得矣。奇必牛鬼蛇神，取怪于貌之谓哉！

古今称能文章之士，或曰才人，或曰文人，而才人、文人本无不学之人，顾独于才人、文人见分者，何也？才人胜在气魄，文人胜在心思。胜在气魄者，笼罩万夫，大而不精；胜在心思者，证入三昧，精而不大。人才顾不难哉！流览古今，诚不知限以四韵，独不能限少陵。记问所至，气魄所至，心思所至，若为纵之焉。

杨用修评骘李、杜，拟李于《史记》，拟杜于《汉书》，通诗于文，李、杜可以不愧，然言下则已不免轩李轾杜，岂用修班马优劣之不明耶？予谓李虽奔放，病在粗疏，奔放已不可概《史记》。班固尽于典瞻，典瞻二字，断不可以概少陵。此论虽则不始自用修，天下固有耳边口头习闻习见之论，不得执为定论者，四家是也。班与马并称，班岂敢望马？李与杜并称，李岂能望杜？

世称"李杜"旧矣，近又有称"杜白"者，自学者推白以附杜也。二家异同，杜以不尽意为妙，尽意即不快；白以尽意为妙，不尽意即不快。杜从《三百篇》来，人言白又从杜来，不知白自从李来。至白、李异同，李才胜，出之飞扬；白情胜，出之质实。

乙巳客建宁，左夏子远道寓书勉荞：注杜大旨，则谓注意，止可发明诗人之意，不可过执己见，一执己见，则凿矣。好友相爱之言，奉同琬琰，然夏子第知凿之不可，尚不知予恶凿之深与己同也。生平诵法孔、孟，道莫大于孔子，能发明孔子之道，莫精于孟子。孟子曰："天下之言性也，则故而已矣。"故者，以利为本。乾易知，坤简能，顾必求多于故之外哉！予胸中尝有鉴于朱、陆无极之辩，思与夏子面尽之。及归，夏子已赴玉楼之召，遂至今蓄而未之发也。

《大易》言理，诗主言情，无情不原于理，无理不发而为情。《中庸》，《大易》注脚，其言君子之道，独有取于诗人鸢飞鱼跃二语。鸢飞鱼跃者，两不相知，两不相能之物，推之各知其知，各能其能之并归于道也。人无不明于鸢飞鱼跃之义，可与谈道；必无不明于鸢飞鱼跃之义，可与谈诗。高子小人小弁，孟子斥之曰："固哉高叟。"谓高子不明于鸢飞鱼跃之义，单为说诗者言之也。以词害意，以意害志，其必由此欤？

天地间道理，不离虚寔相生，理气象一而已矣。六书收入四韵，数一万有奇，不恒用十之四五。经史百家，汗牛充栋，以虚运寔，气为之也。《诗》三百篇之在古文中，最为近今，当下虚寔已具，而又有不靠虚字生活。如"不"字义主决绝，不歆反为歆，不那反为那，不时不显反为时显，寓悠扬于促节，气之为用，何虚非寔，亦何寔之非虚乎？此法惟《三百篇》有之，惟公屡用之。

道理之所以日妙者，人心而已。人心一中之所分，公之为人人之心，私之为一人之心。而一人之心，有一事专用之心，有事事分用自信，仍有身处一世，上下千百世之心，视乎人之能用与不能用耳。尝自诗论之汉魏六朝，以及唐一代取士三百年，其间以诗名家者，不可谓不善用其心，而诗中有少陵，则兼综众人之心，复不屑屑于众人已用之心。元微之所以称公诗为集大成之诗也，公赠人曰："文章亦不尽"，文章不尽，人心之妙不尽也。公于诗见道，何注公诗者不本道以注诗？

诗不离"六义"，风、雅、颂为经，赋、比、兴为纬，此法汉魏犹见薪传，唐人知者绝少，即间有知者，如"芦笋穿荷叶，菱花冒雁儿"，本谓甥不难胜舅，然痕迹显然，意味亦已索然。公诗比兴，十首六七。有时即景即物，使人得之意中；亦有时即景即物，使人喻之言外。盖取《三百篇》之法而变化之、而精微之矣。予于公集，遇比还比，遇兴还兴，所不同朱子胪列，恐涉训诂，注杜注经，本非一体。

诗为题作也，孔子存诗三百篇，第拈诗首二字，无题不在诗中；又由笙诗有题无辞，而外惟《颂》酌、桓、赉、般四诗有题，诗未尝不在题中。酌者何？遵养时晦，酌而后行也。桓者何？桓桓为武，上顺天心，代商以有天下也。赉者何？有天下而不私，布文王功德之在人者，使人绎思而不忘也。般者何？十二年一巡狩，般为盘旋，息不可，荒不可也。四题即字便可得义，而朱子所引记称节乐之名，不且名主节乐，而不主诗乎？止因胸中有一汉魏乐府在,犹用不解之为解耳。予不意魏去汉近,乃有沿题不沿事之乐府,流传至今,又有不安固陋、数字备题之乐府。乐府当自有传,非浅学所敢置喙,若第为诗,天下有诗不为题作者哉?有诗因有题,《三百篇》是也。有题以有诗,《酌》、《桓》、《赉》、《般》而下,以及后之作者是也。少陵除自为即事之乐府,至于命题之妙,直创《三百篇》所未有,空中津筏,断绝往来,则成为千古以来杜一人之诗之奇矣。故犹是题成诗前,乃有看题未及终题即是诗,如《同诸公登慈恩寺塔》、《九日诸人集于林》之类。亦犹是诗出题表,乃有读诗如不属,无语非题,如《远游》、《夜》之类。又或意尚含蓄,题自题,以待诗成,如《向夕》及《大历三年九月三十日》之类。兼之气咽终篇,诗自诗,而后题出,如《草阁》、《一室》之类。诸如此类,既已标出本题,疏明各诗注下,而复有不已于拈示之烦者。不拈示则作者之心没,并注者之心亦没。没在注者小,没在作者之千古过大。

《诗》三百篇,自《颂》用郊庙,朝廷及卿士大夫跋涉游览而外,即属赠答之什。孔子存诗,无赠与答,不并存也。公集中良友唱和,高适、岑参辈一向悉附公诗之后。不意遗漏起自钞本,既经镂板,势难更订。非有异同去取之分,然以集出一人,多至千有四百余首,来者素无专稿,安能取缺载者而一二补之?予于公集中已见者业本赠诗为答诗之注,而于未见者亦仍本赠诗为答诗之注,如在现前,盖仿诸记者之记齐、鲁二《论》,无他谬巧也。尝叹记齐、鲁二《论》者姓字不著,叙法简妙,成为圣人之经,如问仁问政,岂必政仁外,寂无一语,而记者只一"问"字概之,为答与问蒙也,斯其浅而易见者也。

《三百篇》无题不有数章,少亦二三章,惟《周颂》间有一章之颂。汉魏之后,作者日多,诗之多寡不定,至有一人一诗以传者,不必多也。少陵诸体毕备,少之一首,无论矣。多之二首,又多数首、十数首,法犹《三百篇》相传之法,有起有讫,有津渡,《遣兴》、《秋兴》诸诗是也。独是集本主于传诗,不主于传意,编辑弊在从省,有如《雨》一首,忽然乱之以《雨》四首,雨非一时之雨。《绝句》一首,忽然乱之以《绝句》十数首,绝句非一时之绝句。《九日》一首,忽然乱之以《九日》五首,九日并非一年之九日。作者之意,有不因编益晦者乎?予于公集,起一卷《张氏隐居》而下,其为旧所应连者连之,既蛛丝马迹之堪寻;于已所见应拆者拆之,复沙路野桥之必辨。展卷自得之趣,颇愿与海内识者共证焉。

古文《尚书》,经也。其得以文称者,起自《左传》,又盛而为龙门之《史记》。古诗三百篇,经也。其以诗称者,起自汉魏,又盛而为唐一代之少陵。

二家体裁不同，章法未尝不一。《史记》网有网之章法，先八书，次本纪，又次世家、列传是也。目有目之章法，一书自为一书，一纪自为一纪。世家、列传，一人自为一人，合数事成为一传。各极错综变化是也。至少陵本主于为诗，而诗之章法，往往争奇于史纪之章法。全集千四百首有奇，多之一题数首，少之止于一首；长之为五七言古诗、排律，短之为五七言律诗、绝句。章法忽断忽连，忽伏忽出，详人所略，略人所详。数十字数十句为一转，一字一句为一转。文章章法之奇创，始龙门，而少陵又创始于五七言之为诗。二公可不谓擅古人之极盛哉！请得一言论定，曰：二公占尽千古。

先予史目少陵者，宋人也。宋人史目少陵，则原本孟子"诗亡然后《春秋》作"之说，而绝不知"诗亡然后《春秋》作"之义。古者，诗史表里，由于天子岁遣采风之使，系是里歌巷谣，采而辑之。政有得失，时有盛衰，俗有贞淫，所在掌故以备，诗非一人之诗。《春秋》作于东迁之后，上自天子，下逮列国，事非一国之事。故谓史以继诗，诗之为史，自夫子删《诗》作《春秋》言也。少陵虽则篇章浩博，身经明皇、肃、代治乱，一一见之于诗，而作者之意，本自伤高才偃蹇，流落异乡，所有耳闻目见，叹兴不平，为诗为之，初不为记事之书为之。谓公用诗作史，非公意也。公而用诗作史，其视以韵语谱《通鉴》者何以异哉？辱公莫甚于此矣。《梦李白》注后一段可以参观。

甚矣！"诗史"二字之不可为据也。一雨晴之不能不以地异也，不胜记也。少陵在蜀，忧旱愁雨而作，解者动引唐史所载长安某年某月雨、某年某月旱，亦曾闻秦蜀连千馀里雨旱耶？不当蜀自蜀、长安自长安耶？一酒价之有贵贱也，于时于地有凶丰彼此早晚异也。宋章圣问唐时酒价，丁谓以公《偪侧行》证之，即令作诗之时斗酒值三百钱，其能定得唐一代如是、唐一代诸州如是耶？问出可笑，而对者之为口给面欺，可斥也。甚矣！"诗史"之不可为据类是也，予故不敢比而同也。

注杜注意，自虞、赵《五七律》而外，则有先朝单复《读杜愚得》。《愚得》其来久远，人亦少见传诵。初闻齐秋浦家有一藏本，兵乱散佚，后访于吾门张如三，得之。其分别赋、比、兴，如朱子于《三百篇》。大约杜诗衍文，一无可采。近来虞山笺注，间一注意，所有不谋而同者二条，已载在本诗注下。所见略同，不讳同，实亦不敢苟同。天下惟同碍道，不止注诗。

诗莫富于少陵，从前简便教后学，莫如虞、赵二家五七律之注。读杜七言律者，无不知为虞伯生集注也。今年偶过学博王我建、丘徽五二公署中，我建出张伯成《七言律演义》一本，实即世所传之虞注。伯生诗人，不必是注不出自伯生手。而天顺间，金溪曾昂则举而归之乡先辈张伯成，序传凿凿，七言律为卷几何，而后世至为之辨，又重为镂板以行。岂亦人精神所寄，无多寡大小，有不容泯灭者耶？《荀子》曰："盗名不如盗货。"《颜氏家训》曰："窃人之财，刑法之所加；窃人之美，鬼神之所责。"谅虞于伯成注，必不屑屑于郭象之为，或起自好事者托虞以重，是非未可遽定。而予为此一事，未尝不追恨郭象，谓至今无有依晋史还子期者，但亦客气中客气。

予是编从不暗袭人片语只字，有即揭以示人，如笺注一二事，已见注。成后于左子厚斋头见所钞《人岕翁集》，于赠人文字中得"日月笼中鸟，乾坤水上萍"之解，与予适合。人岕翁者，予里门穷老布衣姚先生康也。先生诗不甚多，大半载在潘蜀藻《龙眠风雅》。至生平所著古文词，积累不下二三尺许，深情妙舌，得从《楞严》、《南华》，而复行以《史》《汉》八大家之气，另辟作者之坛。使令翁而注杜，不必不更有增胜于予，予是编亦不幸不见正于翁之生前也。翁今殁廿余年矣，有袁中郎、陶石篑二公、山阴徐文长以传，何知翁异日不有文长之遇？予固因二句之偶同及之，以示不敢隐善之意。

世间有一种操持选政之人，至将少陵诗同唐人一例去取，远者难以备悉，近如高廷礼《品汇》奉为"大家"，似乎不辱，要亦惊怖其言之多而止耳。李于鳞不知于杜深浅，所选《唐诗三百篇》自比孔子，未免挂一漏万。目前持世，莫如《诗归》，以杜一人，至分唐人卷轴十有二三，可谓于众中得尊崇之体。及细玩入选之诗，钟、谭谓杜未见去取之有当也。以予读杜之久，心伤湖南困死，天丧斯文之速，不有吴越重游，无可如何。若夫"龙门"以前，半归淹没，尚觉所存之千四百首恨少也。而顾自我去，自我取，且取者千百一，而去者千百九耶？其去妄，其取不必不妄也。

刘孟会不知何许人，评点杜诗，影响撰句，仿佛《世说》，做尽羽扇纶巾之态，其实百无一当。亦见有种俗尚红书，强半山之此老，自今取告同志，火而不传，予宁受过。

杜诗编年注事，既有长洲许氏本，岁久模糊，亦止可就原本翻刻，以俟读者理会。至故实载在纪传，谅无忽生异同。而旧注之所难悉，谅亦无前不悉，而今有悉之者。近刻杂出，仅见虞山笺注"郑瓜州"、《折槛行》，豁然疑释，真正无愧学者。他如恣臆逞博，汗漫支离，失其故处。一郡邑山川，更置辖属，分别某注是、某注非，如与人争地界。一草木之微，物同名异，分别某注是、某注非，如与人争物产。一题上书姓不书名，必举其人以实之，诗中叙事，不必叙时，必举《通鉴》以证之，分别某注是、某注非，如与人争氏族、争日记。考证虽确，何与作者之旨？何与读者之趣？予谓注杜主注事，现有许本，尚劝已诸。

"身轻一鸟过"，欧阳永叔聚诸名士于一堂，尚不能增添一字，至于流传之久，错谬难读，苟非十分见得真确，宁可耐心读去。若必逞私妄改，又托之古本妄改，真少陵公之大罪人矣。近见坊间刻本，其有以己见订正者不下百十字句，聊举开首一二卷，"鼎食为门户，词场继国风"，本谓丈人系出世家，故下一"为"字，忽而改"为"为"分"，"分"从小逍遥公来，特见清楚，何如"为"字，誉人著落。"往来时屡改，川陆日悠哉。"洛去长安，本非一水可通之地，一往一来，有川有陆，忽而改"陆"为"水"，无论川水不成句法，川水只讲水一边，如何兼言川陆之为愈？诸如此类，虽是家多藏书，遍见古本，有不当抉择是非自我耶？予见宋人诗话，"天阙象纬逼"，王荆公以为"天阅"，蔡天启引家世藏本，以为"天阕"，此自当证之韦述《东都记》，改者多事。又周竹坡所载蔡伯世《杜诗正异》，"湖日落船明"，古本是"荡"；"天河宿殿阴"，古本是"没"。竹坡因之，较量工拙，伯世果真有此古本乎？只就伯世，改"落"为"荡"云，必久客之人，方知"荡"字之妙。蔡亦知公诗为送人往广州之诗耶？送人语出悬想，根二句"功曹几月程"，本谓客行程途甚远，难堪最是落日之时，此与身经何涉？"天河宿殿阴"，公一时仰望牛头寺，谓牛头寺之高，天河宿在殿阴之上，不为天河，一言"没"，则便为天河矣。白日望中，公岂忽作夜间语？幸后来不为所惑，是非自有定论。予于是编，虽有出予订正者，"花妥"易为"花委"，"白夜"易为"向夜"。"花妥"、"白夜"，几番细寻，全无出处，妄意"鲁"误为"鱼"、"亥"讹为"豕"。"妥"、"委"、"白"、"向"字形相近，得从仿佛。又十六卷《月圆》诗"未缺空山静，高悬列宿稀"，俗本"未缺当圆"，"未缺"、"高悬"不可作对，"未缺空山静"不必缺，遂空山不静。尝见一切古本，多有疑处从缺，此必缺是，古本"未"字增，从俗本，故应缺仍从缺。凡此亦只从人读去、解不通处，一正之，使令读得去、解得通，予好自作聪明哉！且"花妥"读为"花委"，"白夜"读为"向夜"，不更爽然哉！本道说诗，自是千古不易之论。

公之有年谱也，宋人取公《壮游》诗及所进《赋表》而追谱之。为诗有谱也，就中原已恍惚难据。予亦见坊间刻本，往往胪列年谱如故，其实以己见更谱，谱非旧谱，以己见更诗，诗非旧次。立今指古，相去千有馀年，岂真此身与杜老共过，起居坐卧，信至此极耶？其无是事也。予所读长洲许氏本，何必本无疑误，如编辑详略之异，然有亦第疏明本诗之下，若必于茫然望中自我离析、自我安顿，予即不知安顿何所。

《草堂诗笺》定自蔡梦弼，于公集合外，另列逸诗，其实逸诗即公诗也。

王介甫令鄞，客有授以古之诗二百馀篇，介甫观之，曰："予知非人所能为，为之者必甫也。"是介甫能辨甫诗也，近今自侈，多见一辈，见为梦弼逸，己亦逸之，总由不知诗为甫诗，至以甫诗为人人可能之诗，人有能为甫诗者哉？所逸之诗，不具在哉？公殁后，称能知杜者，自其本朝韩退之、元微之而下，介甫又一知己。

《东坡志林》所载"遗恨失吞吴"之梦，使如"失"字不作如是解，是失诗人翻案之意。其实以注误公者，多于"失"字千百倍，而公能数数争、坡又能一一记耶？《志林》不出自东坡手，一得半解之辈，托言东坡以传，非东坡之真有是梦也。宋元以来，注杜千家，不闻有人梦公。经予注公诗千四百馀首，亦未尝一梦公。至所记壬子都梁署中，梦一老僧茶话，忽及《崔驸马山亭》诗，惝恍莫应，惊寤之下，披衣待明，因而易成今注。不得谓予梦非梦，不得谓易不关梦。然易自我，不易自僧；梦是僧，不梦是杜。杜不为注者来也。杜于注者，不为有故之来，而于坡为无故之来，为一字来哉？诗中有少陵，犹圣贤中之有孔子、孟子。孔、孟以《四书》《六经》教天下后世，一任天下后世有解有不解，而孔、孟不问，则孔、孟之大也，意杜亦若是而已矣。予故因梦志梦，不谬附世所托东坡之梦。东坡之梦，与伪撰苏注适等。就诗论诗，子美诗中圣也。方和宪先生私拟杜于孔，亦因有四配十二哲及庑下诸子之目。嗟乎！六簋六豆，杜至不得与宋儒张南轩一辈合坐闻馨，尚冀非常之典礼耶？朱子尝曰："作诗看李、杜，如士子看本经。本既立，方可看诸家诗。"入宋取士，主司用公诗命题，则又在朱子之论之前。以忠君爱国如子美，所为诗歌发乎情，止乎礼义，是岂不足以羽翼圣道？而当时竟无有颁杜诗于学宫者，何也？先生诚服尊崇之下，不觉为此论，以快胸怀。予亦即欲留此论，以俟后世。

己酉春，偶同方还山诸子为郊外游，独予吟不去口"文章千古事"二语，就中不知谁何，忽发天地有尽之叹，予亦因之抱杞人天坠之忧。忧则忧天地尽时，未定安顿杜诗何处，一时同游者无不笑，笑谓吾儒圣人之徒，有忧应先从大圣人孔子起，使此时有处安顿孔子，又何患无处安顿杜诗？而还山亦相与然之，曰：康节之数、吾子之忧，言出无益，后先同也。还山因天地有尽之说，发于邵子"元会运世"一书，而数又圣人所不言，遂不觉口头波及。夫以忧少陵之忧，至累邵子，过在还山者，不仍过在于予乎？其何能少此一识？

客有见予嗜杜特甚，亦因而学杜誉予、妄人目予也。予自不为妄人，杜不可学也。以前之学杜者，如黄山谷、李空同，犹难逃毛举鸷击于虞山，学杜无有一至者,杜不可学也。然果杜之真不许人学欤?非也。读杜、学杜,领杜之意,不立学之名,有时得其一体,聊听人之知我者,进之其进之,为学杜之难也。得其一体,而已可也。是则不以己不能轻量,人不能也。

同人癖我者,至谓予注之能使诗妙也。注有能妙诗者哉?有妙诗,然后始有妙注,亦有言得诗之妙者,又必得于注之难也。予本不知难也。予注自《崔驸马山亭》而外,其有更端而注者绝少也。

是编久沉箧底,同人至欲手录一本,以防散失。姚集侯先属涵雅、天池、我诚三君,三君皆称能诗,而又好就予谈杜。承命之下,正在拂几涤砚,五崖适有是举,三君相向喜曰:予兄弟得省此劳,五崖先生力也。而感先生者,又独予兄弟三人然耶!斯语固应闻之五崖。

五崖之成乎是刻也,小山属之也,而实则不自小山始也。壬子,五崖摧税临清,封君恂庵先生自任所归,归而拊予背曰:君以《杜意》之不刻为愁乎?无愁也,将来之真能刻《杜意》者,君之友吴五崖也,是五崖之志于刻《杜意》固久也。

予亦不知海内有读是注者否?读是注必依次读诗,一一就诗索解,索之有得、有不得,然后去而读注,庶几得之者。既有异同,可参其不可得者,亦信旨趣归一。与倚注,毋宁倚诗也。倚诗读注,是则读注之法也。

是编成在建宁,钱饮光亦在建宁,饮光尝为予言曰:杜诗之妙,妙在言外。君注之妙,亦妙在言外与?为寡和之歌,恐不如不释之。辨是时,注经过半,损意抑就,于势固难,而饮光之言,予则心志而心感之,感之独何也?使如饮光言出,人尽于言外求言,不必非注之幸也。

集中独载高唐朱厚庵者,厚庵,盱眙令,今秋官郎朱徽荫先生,厚庵其别号也。予自庚戌入盱眙署,《杜意》一书,厚庵尝闻之大司寇姚龙怀口中。自公之暇,终卷为快,每一涉笔,无不可与杜诗并传,厚庵自深于诗之人也。乙卯,绩最内徵,抱歉廉吏捐俸之难,特录全本以去。己未,方邵村历下之游,犹往往得之传诵,则先生之于《杜意》可知矣。

是编论次,多出里门,皆由阅过者手授,不敢没,亦不敢借,而统于五崖者。五崖官京邸,见是编虽晚,今竟主乎剞劂之费,固五崖志也。至于里门外,少及四方之士,老生知交,有似不出闾巷。然回从弱冠出游及壮,从前委无打算注杜之事,而况时移物换,远道书问阻绝,存亡莫定乎?犹记乙酉初夏,溧阳曾于宋君其武宅,交唐君五叙、董君蛟门,气胜一时。丙辰,方位伯溧阳回,携得五叙一械,别来三十年,开视如晤古人,增之感叹。是编成自甲辰,以后老而注杜,情见乎词。虽所至闽、粤、中州署,名士不乏,而赋性褊鄙，不喜近名士，犹之不喜近贵人。中间固有经年共坐卧，稿坚匿不令一见者，故概不借重。今是编出，旧交新识，谅自有知者，其亦不予责也夫。

予自罢举场，后十馀年，不至金陵。乙卯春，偶同朱厚庵入省，一客逾月。里门流寓诸公方绣山楼冈、邵村与三、何辨斋、省斋，一一得遂良晤。诸公素知道予《杜意》成，彼此相为慕说，中间过从杯酒，有泥予说杜者，予亦忻然应之，随所举似，弗固却也。容庵先生自少留心风雅，老而不倦，今八十矣。于时辨斋、省斋二公，有时以所闻席间者，转闻堂上，先生无闻不为拊掌击节，叹兴未有，而二公亦有时向予道之。传之海内，自凑成是编一段佳话。

朋友之助，义在难忘，死丧之悲，涕零有自。里门执友，如王维稷、胡子兑、方若木、姚觐侯、张濬之、吴南苍、孙振公诸子，别予蚤逝，俱在未尝注杜之前。至注始甲辰，及今壬戌，其有起予注杜，不及见注杜之成者，方尔止、左夏子是也。其有见注之成，不及见刻之成者，方还山、邵村、何道岑、姚驾侯小山、吴炎牧、孙啮公是也。迁延忽及廿年，人生谁保无故？就中独挽小山之诗有曰："但得书成先告尔，光芒并作纸钱飞。"丁巳，小山入都候补，自分必完此局，因需次有待，然后转属五崖。当其缄书报予，先讣音至者，才得五日。至今检视箧笥，狂喜不胜之态，依然踊跃行间，是小山望是书之成之独切也。念息壤之长存，是一告其难已。

常熟陈颙士中庆，学问才思，秀出一时，与予聚首中州督学署一年，是编独颙士见过数卷，因言乡先辈钱牧斋先生，精神寄于杜注之至老不忘，以此殁后，首先问世，订正舛讹，廓清依傍，在杜注中最称善本。向者笺注初出，予友杨乐胥曾属予点定一过，一一果如颙士言。而颙士又曰：有笺注，仍不可无《杜意》。二书并行天壤，义取相成，不相悖也。其不以乡先辈钜公批抹老生有如此。

是书编辑，多出儿塪之手，而有不能尽列者。注成于建宁，而函丈之徒，则有姚生尧元、绥仲。刻始于中州，竹林之助则有家从质夫，其言：有杜诗，即不可无《杜意》；不有《杜意》，天地间即不必有杜诗。三人之言，如出一口。予丙午外艰归里，尧元、绥仲皆为省试南来，已又同去。一日鄱阳中流，狂飙大作，天地晦塞，前后舟多覆没，独予舟安然无恙，予亦注杜自若，暮抵泊所，二子归功于予，至谓斯文自任有素。嗟乎！诗才艺文之一，所关斯文几何？作者尚不敢当，而注者敢当哉？有逡巡退避而谢之。

古人注书，有以一人注一书，郦道元《水经》、李善《文选》；有以两人注一书，杜、林《左传》，向、郭《南华》；有以数人注一书，服虔、徐广等之于《史记》,应劭、师古等之于《汉书》;至以一人而注数书,则独朱晦庵之于《周易》、于《毛诗》、于《四书》,于《离骚》。以上注书诸家,莫精于朱子,莫多于朱子,朱子诚千古以来注书之一人矣。予自揣才分庸下,不敢妄意撰著,独所好有注书之癖,前此尝有《〈四书注〉注》、《〈毛诗注〉注》二书,又批点汉魏六朝古诗、三唐诗本。其言注注者,尊朱子,发明朱子,欲人知朱注之善为注,注不自注也。但刻费浩繁,势难卒举,姑于是编后续,取诗本问世以类从,聊足注杜之志云尔。

予生而小慧,强记好问,初落笔为文章,动辄千言。弱冠受知邑侯辜在公夫子,夫子海阳人,崇祯戊辰进士,释褐令桐,以政最召,为给谏。至里中先辈所师事,如左侍御、郡丞二公,驾部姚公宫詹、方公函丈讲授,各极奖掖期许。而予凭壮方新之气,亦自谓旦暮致富贵不难。无何,遭逢世乱,蹭蹬放废以老,老而手一少陵诗,必为笺释至尽,何关作述,藉概生平,只因莫可诉之穷愁,遂有不肯辞之依傍。若复回念已往,过时之悲、知己之愧,其有不环集而交萦者,尚得谓之为人哉!

以上皆注杜时偶有感触,偶有记忆,随意拈毫,遇纸落稿,使令皆在,何止百十馀条。编摩日久,磨灭散乱,探之箧笥,仅得四十八则,稍一诠次,以质木厓,木厓望见,谓多馀,又俟《古唐诗选》及之。

问斋陈式自识于侧怀堂。

【版本】

清康熙二十三年(1684)陈氏侧怀堂刻本《问斋杜意》。按,方孝标序亦见《钝斋文选》卷一,名为《杜诗说意序》,见石钟扬、郭春萍校点本《方孝标文集》,黄山书社2007年,第165—167页。

【作者简介】

徐秉义(1633—1711),字彦和,号果亭,昆山人。与兄徐乾学、弟徐元文皆学优通识,宦至高阶,号称"昆山三徐"。康熙进士,授编修,迁礼部、吏部侍郎。时人评为"文行兼优"。后与刑部侍郎绥色克同赴陕西,审理粮盐道黄明受贿案。拟罪失当,左迁詹事。后擢内阁学士。圣祖南巡,受赐"恭谨老成"匾额。著有《明末忠列纪实》等。生平事迹见许汝霖撰《座主果亭徐公墓志铭》(《德星堂文集》卷四)。

邵以发,字得愚,一作德愚,号颐斋,馀姚人。诗笔清隽,字复遒劲,维扬人得其题笺,称为双绝。性耿介,不屑与俗流伍,与赵恒夫、傅青主友善,著有《钵华庵文集》。生平见阮元《两浙輶轩录》卷九小传。

张英(1637—1708),字敦复,号乐圃,江南桐城(今属安徽)人。康熙六年进士,入翰林,曾任《大清一统志》、《政治典训》总裁,并奉敕编《渊鉴类函》。仕至文华殿大学士,兼礼部尚书,谥文端。著有《笃素堂诗文集》等。生平事迹见《清史列传》卷九、张廷玉《先考敦复府君行述》、方苞《张文端公墓表》、《国朝耆献类徵初编》卷七。

方畿,字奕千,号还青,桐城还山人。顺治五年(1648)恩贡生,授河间府推官,历官汉中同知。晚年归隐龙眠山,自号四松。著有《四松斋集》。生平事迹见《晚晴簃诗汇》卷三十二。

方孝标(1618—1696),本名玄成,别号楼冈,又号钝斋,江南桐城人。顺治六年(1649)进士及第,选庶吉士,后授翰林院编修,累迁内弘文院侍读学士。十二年(1655)被擢为经筵讲官,后因顺治丁酉江南科场案的牵连,与父亲、兄弟数人被流放到黑龙江宁古塔。顺治十八年(1661年)冬获释南归。康熙元年(1662),方孝标由京师归江南,康熙九年入滇,仕吴三桂,为翰林承旨。据在滇、黔时所闻所见明末清初事,而著《滇黔纪闻》。同邑戴名世《南山集》,多采其言。康熙五十年(1711)"《南山集》案"发,祸及孝标。时孝标已死,掘墓锉骨,亲族坐死及流徙者甚众。

潘江,原名大漳,字蜀藻,一字耐翁,别号木崖,桐城人。明末宿儒,为文古朴雅致,兼精书画,有名于时。明亡,隐居桐城龙眠山之河墅,颜其居曰"小隐轩"。康熙十八年荐举博学鸿词,以母年老辞去。其后两次徵召,皆托故不就。隐居乡里,奖掖后学,为方苞、戴名世之师。热衷乡土文献的整理,曾历时三十年采录明清两代五百馀名乡贤先辈诗作六十多种,辑成《龙眠风雅》正续集九十二卷,又与同乡何存斋辑成《龙眠古文》二十四卷、《桐城乡贤录》一卷。另著有《木崖诗文集》、《蜀藻集》等。

姚文焱,字彦昭,号磐青,又号六康、广文,桐城龙眠人。康熙举人,曾官长洲教谕,陕山知县。著有《楚游草》、《超玉轩诗集》。生平事迹见道光《桐城县志》卷十二《人物志·宦迹》。

陈焯,字默公,号越楼,桐城人。七岁能诗文。明崇祯末,以拔贡生入成均。清顺治九年(1652)进士,授兵部主事,以亲老乞归。善草隶,工诗。著有《涤岑诗文前后集》、《湘管斋寓赏编》。辑有《古今赋会》、《宋元诗会》,纂有《安庆府志》、《江南通志》等。

吴子云,字霞蒸,一字朗公,号五崖,桐城人。顺治十二年(1655)进士,历任庐州府教授、国子监助教、户部郎中。后以刑部主事榷税临清,再授佥都御史,督河南学政,增秩以参议用,以清廉著称。年五十,以老母年高,致仕归养,曾主讲嵩阳书院。生平事迹见马其昶《桐城耆旧传》卷六十七。

陈式(1613—?),字二如,号问斋,桐城(今属安徽)人。幼而小慧,强记好学。"潜园十五子"之一。康熙元年(1662)恩贡入太学,次年闱试不第,时年已过五十,遂决意弃舍举子业,亦绝口不言仕进,退而著书,授经乡里,门下多高徒。夙嗜杜诗,日咀月咏,寝食都捐。居恒讷讷不出口,一言及杜诗,则掀髯手臆,辩论纵横,闻者莫不勃然兴,肃然敬。撰有《〈毛诗注〉注》、《〈四书注〉注》、《问斋杜意》二十卷。

钱澄之《陈二如杜意序》

吾尝与陈子论杜诗矣,曰:世之誉杜者,徒以其语不忘君,有合于风雅之旨,遂以为有唐诗人来一人而已。吾谓诗本性情,无情不可以为诗。凡感物造端,眷怀君父,一情至之人能之,不独子美为然。子美以布衣谒帝,面授拾遗,忤旨,出为华州司功,辄弃去,客游。朝廷不之罪,仍补京兆功曹参军,不赴。竟用严武荐,授工部员外。唐之于子美至矣,子美之感恩不忘,其常情,非溢情也。吾犹怪子美在蜀,盛交游,即惓惓宗国,当其时,高适、严武辈岂无能资给以赴阙者?而乃滞身绝域,托兴篇章,以徒致其不忘君国之意。凡公之崎岖秦陇,往来梓蜀夔峡之间,险阻饥困,皆为保全妻子计也。其去秦而秦乱,去梓而梓乱,去蜀而蜀乱,公皆挈其家超然远引,不及于狼狈,则谓公之智,适足以全躯保妻子,公固无辞也。且夫银章赤管之华,青琐紫宸之梦,意速行迟,形诸愤叹,公岂忘功名者哉!而专谓其不忘君耶?徒以老病偃蹇,道路阻塞,卒流离湖湘以死,悲夫!子美于君父、朋友、兄弟、妻子之间,一中人之深情者耳,谓为有诗人以来一人,过矣。陈子憪然意阻,徐曰:子且论其诗。夫子美之诗,则元微之所为"尽得古人之体势,兼皆人之所独专"。然吾以为其奇在气力绝人,而不在乎区区词意之间也。如以辞而已,则今集中有句涩而意尽者,有调苦而韵凑者,有使事错误者,有出词鄙俚者,有失占者,有失韵者,有复韵者,其弊至多。唯是其气力浑沦磅礴,足以笼罩一切,遂使人不敢细议其弊。宋人奉之太过,谓其弊处正佳,从而效之,又为穿凿注解之,以讳其弊,其去诗意逾远。今且守其一字一句为科条,确然为不可易。吾以公全集按之,声病固所时有,正不妨于有,亦正不必曲为回护也。耳食之徒,略不考核,唯随声附和,何足辩哉!是故子美之诗,其气与力不可得而言也。其词之弊,亦有不可解也。读诗者有能得其大意,不求甚解,吾与之论诗矣。于是陈子掀髯喜曰:有是哉?子之论杜也!吾沉酣于公诗者二十年矣,吾之解诗,不唯其词,唯其意。今解成,以《杜意》名,子视之,将毋以为犹吾之意,非公之意耶?夫陈子与子美遇不同耳,乃若其情,则子与杜同一至者也。陈子即自言其意,吾以为犹杜之意,而况意杜之意耶?自诸家杜诗注出,天下之寝失杜意久矣。元其意者无他,奉之太过,求之太深也。今一由陈子之解,合诸吾之论以求之,尽废诸注,则杜之意其犹有存焉者乎!

【版本】

钱澄之《田间文集》卷十三,《续修四库全书·集部·别集类》第1401册,第151—152页。

【作者简介】

钱澄之(1612—1693),原名秉镫,字幼光,号田间,桐城(今属安徽)人。明末诸生,南明唐王时,授漳州府推官。桂王时授礼部仪制司主事。永历三年,考授翰林院庶吉士,知制诰。于吴江起兵抗清,又因避南明党祸,出亡吴、越、闽、粤,削发为僧,改名幻光。后还俗归隐故乡,又改名澄之。著有《田间诗集》二十八卷、《田间文集》三十卷等。

三八　张羽《杜还七言律》

周亮工《读张葛民先生注杜》

葛民注杜,一味求切求实,不事钩深索隐。予每见誉人注者,辄曰:似郭注《庄》。盲人缘此,遂欲与作者对垒。若葛民此注,不过因世人不见杜老真面目,直以杜还杜耳。初,葛民颜此集曰"杜诗读本",予不甚惬,诗家欲更之曰"杜还"。老杜被学者挦剥殆尽,又被注者摘索无遗,不得不逃之无何有之乡。直遇葛民,始得咏"生还偶然遂"也。勿论自来诗文书画,直当以笔还笔、墨还墨;而注古人者,更当以古人还古人,得一"还"字,杜诗从此无事矣。葛民访振公朱使君,与予过云门,予谓振公:安得聚半岁粮,闭葛民于深山老屋中,俾早成此书,使此老"直从巴峡穿巫峡",其褴褛筚路,使我辈早开怀抱,从羌村邻人作墙头观耶!振公为之失笑。

栎下同学周亮工书于真意亭。

张羽《杜还读约》

平昔读书有感动者,请读杜还。
平昔读书有触发者,请读杜还。
真诚者请读杜还。
忠悃者请读杜还。
厚重者请读杜还。
端正者请读杜还。
高迈者请读杜还。
旷达者请读杜还。
静雅者请读杜还。
韵洁者请读杜还。
不读书者,读不得杜还。
读死书者,读不得杜还。
胶固不通者,读不得杜还。
东扯西拽者,读不得杜还。
不近人情者,读不得杜还。
不知世故者,读不得杜还。
世故烂熟者,读不得杜还。
不识道理者,读不得杜还。
诈伪妄诞者,读不得杜还。
胸鄙色吝者,读不得杜还。
不深历练者,读不得杜还。
不曾广游览者,读不得杜还。
响阁主人具稿。

张羽《杜还自述》

新安张羽草于东皋竹屋

今之天下,无不诗之人矣,无不读诗而为诗之人矣。无不读杜诗,百不得杜诗之毫末,而遂以为杜诗复见于今之天下矣。无不读杜诗,百不得杜诗之毫末,而遂以为杜诗号倡于今之天下,是以今之天下无诗人也。今之天下所以无诗人者,是注杜诗之人横拖竖扯,妄牵蔓引,以桎梏之也。羽也困顿穷苦于两浙八闽、洞庭彭蠡、吴楚、燕赵、齐鲁、梁宋、晋魏之郊,痛功名分薄,传经事违,迹逐风尘,牛马奔走天下几三十年。三十年之中,亦无不诗,亦无不读杜诗而为诗。且取杜诗囊之、箧之、枕席之、删之、抹之,今复注之,尚恐百不得杜诗之毫末,而遂以为是诗足以号倡于今之天下人,天下人率群起而揶揄之。羽也惧甚,囊之、箧之、枕席之之间,依稀子美衣冠、子美面目,从容揖巽,径将子美心肝和盘托出,不敢横拖竖扯,妄牵蔓引,以诬子美,以欺今之天下之诗人明眼高怀,自取而揶揄之也。

栎园周先生曰:老杜被学者挦剥殆尽,又被注者摘索无遗,不得不逃之无何有之乡,遇葛民始得咏"生还偶然遂"也。葛民直以杜还杜,遂以"杜还"名之。又曰:得一"还"字,杜诗从此无事矣。以栎园周先生之言,天下之明眼高怀,试一读《杜还》,将谓今之天下,犹有不可诗之人哉!天下之明眼高怀,一读《杜还》,则无有不人人得而杜之矣。未读《杜还》,毋论子美心肝,则子美衣冠面目,皆是暗中摸索。既读《杜还》,又毋论子美衣冠面目,而子美心肝,实可以奉至尊者也。设天下明眼高怀,以瓦砾秕糠让葛民,葛民不敢不俛首唯唯。

张羽《杜还自述》其二

新安葛民张羽稿

读子美诗者,当以家常布帛菽粟而袭理之,袭理家常布帛菽粟,久久浸成富家翁不难也。若以珊瑚、珍珠、玛瑙、琥珀、璧石、丹砂、海错、山珍,摆列炫奇而售之,不惟失却子美本来面目,吾恐摆列炫奇之家,不久当成枵腹之殍矣,悲乎!

如云是布帛菽粟,即认以为珊瑚、珍珠、玛瑙、琥珀、璧石、丹砂、海错、山珍而尊贵之,亦盛事也,何遽至于枵腹殍耶?葛民曰:果是珊瑚、珍珠、玛瑙、琥珀、璧石、丹砂、海错、山珍,摆列炫奇而售之,乃为豪富盛事,如之何枵腹,如之何成殍?若以布帛菽粟,认作珊瑚、珍珠、玛瑙、琥珀、璧石、丹砂、海错、山珍,摆列炫奇而售之,噫,谁得而诬之哉!否则,夫夫也,实未尝得布帛而衣之、菽粟而食之者也。只于渠一人成枵腹殍,深不足怪,犹恐教天下人尽成枵腹,罪莫大焉。

朴茂殷足之家,固多珊瑚、珍珠、玛瑙、琥珀、璧石、丹砂、海错、山珍之宝物,袭之藏之,而偶以出之,不敢以为家常者,何也?以其家常所贵重者,在布帛菽粟者也,此其所以常能为朴茂殷足之家也。嗟彼沿门号泣贫儿,亦曾实实眼见豪门势族罗列珊瑚、珍珠、玛瑙、琥珀、璧石、丹砂矣,只是不曾讨得,亲手摩弄袭理之耳。是以不知其所以为宝,日惟妄自虚空,对彼侪伍,说神捣鬼也。乞得残斟冷炙及布帛菽粟之馀,而复狼藉之,此其所以终成枵腹孱儿也。葛民深愧今之注杜诗者,拾彼残斟冷炙,而狼藉其布帛菽粟,求其不为枵腹,何可得哉?然其满楮珊瑚、珍珠、玛瑙、琥珀、璧石、丹砂、海错、山珍,皆是说神捣鬼也,如之何其可哉!

注杜诗者,不识人情,不知世务,将子美当时一片苦心,满腹牢骚,双目泪枯,两足皮穿,无穷抑郁艰难之衷,埋没于妄自穿凿典故之中,致天下人群然扣铜盘以为日也,噫!是谁之过欤?

当时遭叛逆,遭盗贼,兵戈匝地,烽烟满天,子美以此流离,以此穷困,以此行路难,以此悠悠长傍人。家既遭难,国不得归,以所见所闻,发出胸中无限凄凉寥落、悯时病俗之意。可笑腐烂冬烘先生,作一部书,言故事注释,误尽天下几多聪明俊佳儿郎也。以腐烂冬烘先生,从前堕落阿鼻地狱既久,是以至今尽是说鬼话也。

盲人伸手捧日,不知几时摸得着也。读杜诗、注杜诗者,余甚惧焉。

子美作诗好处,只是个真。子美作诗之意,只是个悲。

张羽《杜还自述》其三

长干踦客张羽订

读杜诗犹有去取乎?曰有。杜多警句,多累句,取其警,去其累。多雄句,多粗句,取其雄,去其粗。多沉句,多肥句,取其沉,去其肥。多周密句,多草率句,取其周密,去其草率。读杜诗者,以此去取,不亦可乎?

人之学力有浅深,故见解有里外;境遇有顺逆,故见解有得失。羽也学力不足,境况不佳,故每每所见解与人殊。殊,独见也。独见奚足以注工部之什?偶然高兴,写一得以训及门耳。

一选一评,一点一抹,羽也自知其妄已深,今复注之,亦如老杜之老更狂也。

老杜艰苦备尝,涉历又广,学博气足,是以诗皆沉雄阔大、庄重悲愤,不可想像模拟。彼未有其学,未知其境,猥云学杜,即学杜适得其所累赘耳,得其所草率耳,再或得其粗、得其俚耳。

学杜者欲得其精,悦其理,养其气,任其意,学其所学,庶几万一。如得其一字一句,亦将栖栖然号于人曰:学杜学杜,不亦吃糟之人捧腹而云醉饱耶?

情理具于天分,意气出于性情,意气情理足,而学以拓充之,学杜者斯过半矣。

人知务学工部之博,不曾涉历其境,博亦不实;务学工部之壮丽慷慨、悲痛愁苦,不曾涉历其境,壮丽慷慨、悲痛愁苦,亦不响亮警切。

忠厚和平,诗道也,亦所以教也。得意人多奢侈,失意人多枯涩,不惟不可以读杜,并不可以读诗。

触景遇事,关我所感,神来气来,直抒我胸中所欲言,发而为诗,不求字句之工,而字句自工,杜诗也。

苏长公曰:"诗忌无为而作。"本无性情,又无所为,强欲附会,窃凑成诗,拘拘于一字一句,而求子美之面目,是骨骼不存,而欲皮毛于木石也。

子美一生得意之中,不得行胸臆,得意而失意也。失意之中,相识满天下,失意仍得意也。旌节旂旄之雄,山川林麓之丽,高谭雅集,开口而笑,子美在焉。故当子美之劳苦,实今贫士之壮游。彼不知天地之大、山川之奇,古今人事物理之无尽者,动辄曰学杜诗,吾不信也。

子美古诗,五言之详密深宛,七言之浩荡光怪,花月无期,风雷不测,蛟腾龙舞,水涌山颓,拔剑欲起,拈花独悲,神集不穷,意到疾书,尽是写其得意之中之失意、失意之中之得意也。人谓子美古今之穷诗人,岂拾人馀粒者比哉!

五七言律诗,原缚人才思,不克驰骋,子美胸中有十斛珍珠之豪富,千里云峦之奇特,故于粗拙处不足以形其伟貌,痴肥处不足以掩其丽容,此所以为盛唐,此所以为盛唐之老杜也。

老杜粗俚草率,不成句者十之三,但句或不佳,亦必性情语,断不肯堆寻饾饤,以遮饰人,则即杜之不佳,杜之高处也。不似今人,故作咬牙嚼舌,以为有学,并不自知非砌即肤,丑也实甚。

杜之遇固穷,杜之衷甚热。

初盛之妙,不只于杜,然谭诗者必以杜,何也?杜之诗,菽粟布帛也,菽粟布帛,富者不敢嫌,贫俭者得之,大足以饫饱耳。

学诗不读杜则浮,读杜不化则呆。浮则不真,呆必不动。不真不动,木偶也,木偶亦云诗也乎哉?故不浮不呆,极真极动,杜之能事毕矣。

87

张羽《杜还删存》

新安葛民张羽订

注而复删之者何？以不必注也，不足注也，且不可注也。不必注，不足注，且不可注，删之得矣，删而复存之者何？俾天下人知子美失位以后，奔走流离，怀乡恋阙之情，慨往伤今之意，与夫叛逆跳梁，小人病国，风俗非旧，盛衰相寻，穷途寥落，望人援引。虽字字句句悲歌以出，常多率意而作，遇穷衷热，瑕疵之不相掩乃尔。

【版本】

南京图书馆藏清刻本《杜还七言律》，索书号：80137。按，周亮工序又见《赖古堂集》卷二十，题作《与某》，上海古籍出版社1979年版，第757—758页，文字与刻本稍异。

【作者简介】

周亮工（1612—1672），字元亮，一字缄斋，号栎园，祥符（今河南开封）人。明崇祯十三年（1640）进士，授山东潍县知县，迁浙江道监察御史。入清后，历官盐法道、兵备道、布政使、左副都御史、户部右侍郎等。后屡次被劾论死，遇赦得释。康熙元年（1662）起为青州海道、江安储粮道。著有《赖古堂全集》。

张羽，字葛民，号响阁主人、长干踦客，新安（今安徽歙县）人。清初布衣，与周亮工友善。

三九　卢元昌《杜诗阐》

鲁超《序》

自古著书难，注书为尤难。学殖不富，则援据不赡，一难也；害辞害志，穿凿武断，二难也；搜剔事类，以博为奇，而不得古人精意之所在，三难也。古今注杜者，无虑数十家，如伪苏注之纰缪，人皆知之，惟赵次公、蔡梦弼、黄鹤三家为稍优，然犹不能无遗议焉，其馀又可知也。注书之最善者，无如李善父子之注《文选》，然善传于事类，而邕精于意义，合之则双美，而离之则各有所偏。甚矣，注书之难也！卢子文子潜心学杜二十馀年，所著《杜阐》一书，穿穴钩摘，直能取古人精意于千百载之上，举前此诸家卮词曲说、牵合傅会之陋，一扫而空之。事类、意义，两者兼尽，可谓至当而无遗议者矣。予观近时人有注《李义山集》者，其用心至为深苦，然予嫌其每章每句必牵合曲证，以为为王茂元、令狐绹事而发，岂古人一生胸臆中，止有此一事，而其平日感物留连、应酬摘属，别无寄托乎？恐犹未免于私心僻见，而未可以为定论也。若卢子之注杜，不遑臆解，不务凿空，语而详，择而精，斯可尚也已矣！旧注丛杂芜秽，几如雺雾之翳白日。得卢子一为湔洗，而古人之精神始出。少陵有知，当莫逆于千载之前，不独令后之观者旷若发蒙已也。

年家社弟鲁超拜题。

卢元昌《杜诗阐自序》

乙巳秋，余遘疟甚，客告曰："世传杜少陵诗'子璋髑髅血糢糊'句，诵之可止疟。"予怪之，继而稽诸集，乃少陵《戏作花卿歌》中句也。遂辍药杵，将全集从头涵咏之。未两卷，予忘乎疟，疟竟止。因知非《花卿歌》中之句之能止疟，而心乎少陵诗，忘乎疟者，之能自已其疟也。□心之为用，一也。志乎此，则忘乎彼者，皆然也。吾生之忧患多矣，非得一业焉，以专攻其中，则世之穷通得丧，身之生老病死，皆得挠乱其胸，将夺其所可乐者。而日形其所苦，顾优于赀者攻商贾，优于遇者攻仕宦，余病未能也。犹忆余丁壮盛，沉溺于鸡林之业者，垂二十年。彼时朝讽夕披，寒不炉，暑不扇，矻矻不少休，虽非为己之学，而乐此不罢，亦足以消磨岁月。即精神志气，得有所寄托，而穷通得丧，生老病死，果不足以介其怀。自被放，辍举子业，鸡林之请谢，自分非场屋中人矣，碌碌于此，奚为者？于乙巳秋病闲，遂从事于少陵诗集云。世称少陵诗之难读也，古今注家，奚翅数十。顾有因注得显者，亦有因注反晦者。一晦于训诂之太杂，一晦于讲解之太凿，一晦于援证之太繁。反是者，又为肤浅凡庸之词，曰："吾以杜注杜也"，则太陋。况长篇而所发明者，只一二言；数首而所发明者，只一二首。其众所晓者，及之众所不晓者，仍置焉。如是者，又太简。予于杂者芟之，使归于一；于凿者核之，使确；于繁者约之，使不多指而乱视；于陋者泽之，使雅；于简者栉比而遍识之，使不罣漏，而又加以镕铸组织之功焉。以意逆志，既又发其言中之意、意中之言，使当年幽衷苦调，曲传纸上。而又旁罗博采，凡注家所未及者，约千有馀条，名之曰《杜诗阐》。盖自乙巳至壬戌，凡十八年矣，何朝夕、何寒暑，不手是编！今日得授梓也，亦曰：吾生之忧患多矣，藉是以忘其所苦,而得其所乐焉云尔。过此以往,则有观堂左氏一编在。

康熙壬戌夏日,卢元昌文子氏题于思美庐。

【版本】

清康熙二十五年(1686)书林刊本《杜诗阐》。

【作者简介】

鲁超,字文远,号谦庵,会稽(今浙江绍兴)人。顺治十七年副贡生,尚可喜入觐,超为书疏,召见,赐翰林院庶吉士,后改中书,出为苏州同知。康熙十五年,擢知松江府,守郡九载,有政声。迁淮扬道副使,官至布政司使。生平见《嘉庆松江府志·名宦传四》。

卢元昌(1616—1693后),字文子,号观堂。华亭(今上海松江)人。明诸生,为几社名士。著有《半林诗集》三卷、《杜诗阐》三十三卷、《左传分国纂略》十六卷、《明纪本末》、《半林词》、《稀馀留稿》、《东柯鼓离草》、《思美庐删存诗》等。生平事迹见《国朝诗人徵略》初编卷五、张慧剑《明清江苏文人年表》。

四〇　再生翁批点《杜诗阐》

钱佳《题识》

向者予学诗于瓣香居士,亟称卢文子《杜诗阐》一编,既而从外从祖再生翁游西泠,见其笈中有是书,受而读之。考据精确,脉络分明,洵善本也。翁又加以丹铅,眉目更觉楚楚,不啻少陵之觌面也。因遍购诸书肆,三年始得之。今岁辛巳,自暮春至仲秋,往来于南湖、西泠之间,篷窗寂坐,目击云山变幻,鱼鸟出没,应接不穷,不觉又作读杜诗之想,重请再生翁原编,仿其圈点,凡一百三十有四日,未卒业。冬,以病杜门,续所未竟,又月馀,始得告竣,病亦随愈。昔人云:杜诗可愈疟,余未敢信,然予两月之病,始殆天之假我以成是书欤?因喜而识之。时康熙四十年十有二月上浣三日呼冻书。

【版本】

中国社会科学院文学研究所藏清钱佳过录再生翁批点卢元昌《杜诗阐》。

【作者简介】

钱佳,字平衡,号临谷,嘉善人。诸生,有《遁溪诗钞》。生平见徐世昌

《晚晴簃诗汇》卷六十三。

四一　方功惠跋《杜诗阐》

方功惠《跋》

（前缺一页）撮拾舛误者，亦复不少。从未有以四书讲章、时文批语之例而注杜者。此本为国初卢元昌注，《提要》列于《附存目》中。每篇不注出处，诠释文义，贯穿一气，间用排偶，或引时事，作为讲章，如《四书味根录》之例，亦创见之格，用心亦良苦矣，毋怪为《提要》所讥。因其雕镂精良，纸墨佳妙，故亦什袭藏之，而撮其大旨，识于此，并录《四库提要》于书首云。

光绪十有八年九月立冬前一日，巴东方功惠柳桥甫识于碧琳琅馆，时年六十有四。

【版本】

方功惠藏《杜诗阐》。

【作者简介】

方功惠（1829—1897？），字庆林，号柳桥，湖南巴陵（今岳阳）人。清末著名藏书家，藏书楼明"碧琳琅馆"，储书十万卷。

四二　阙名《杜诗言志》

阙名《杜诗言志序》

诗之为言"之"也。心之所之谓之志，志之所之而为言。言者心之声也，其所之为诗。故古人之为诗，皆出于心之所不容已。忠臣孝子，劳人思妇，类皆有所感触勃郁于其中，然后发于其声，或托物而起兴，或直陈其胸臆，或旁引而曲喻。此赋、比、兴之流于《三百》，而又温柔敦厚，寄兴深微，使人讽咏而自得，未可为浅人道也。故说诗者必以意逆志。然古人之志，又各有在。苟不知其人之生平若何，与其所遭之时世若何，而漫欲以茫然之心，逆古人未明之志，是亦卒不可得矣。故欲知古人之志，又必须先论古人之世。如工部者，毛诗、屈骚而后，汉魏以还，有唐初盛，作者如林之时，

91

所岿然独尊之一人。千载上下之论诗者,亦莫不知有工部。然工部非有异策奇能,亦不过言其心之所之,为有合于《三百》赋比兴之旨。今工部之诗具在,即工部作诗之志具在,而能即工部之诗,以想见工部作诗之志者谁也?夫工部之志何志耶?观其《赠韦左丞》云:"甫昔少年日,早充观国宾。读书破万卷,下笔如有神","自谓颇挺出,立登要路津。致君尧舜上,再使风俗淳",此其自命不凡,揽辔而欲澄清天下之谓也。其《赴奉先咏怀五百字》云:"杜陵有布衣,老大意转拙。许身一何愚,窃比稷与契","非无江海志,潇洒送日月。生逢尧舜君,不忍便永诀。当今廊庙具,构厦岂云缺?葵藿倾太阳,物性固莫夺",此其忠爱之诚,本乎天性,身居草野,而以魏阙为心之谓也。又云:"顾惟蝼蚁辈,但自求其穴。胡为慕大鲸,辄拟偃溟渤。以兹悟生理,独耻事干谒。兀兀遂至今,忍为尘埃没!"此其众醉独醒,守身守道,不徇俗以干时之谓也。由此二诗观之,则少陵以不世出之才,高守身之节,栖栖汲汲,欲行义以达道,初非如他人脂韦诡遇,以富贵利达为心者也。中正和平,得孔门辙环待用之心法。其品诣如此。而其所遭之时,则少也艰于一第,客游东都,浪迹齐鲁;中丁丧乱,陷贼吞声;既而间道生还,直言见放;播迁秦蜀,妻子穷愁。生平阅历,或得或失,或顺或逆,怨而不怒,思而不伤,依南斗而望京华,卧沧江而忆青琐,流连悱恻,老不忘君,趋走伤心,氤氲满眼,终身以之矣。嗟乎!少陵之抗怀矜尚,即希文之以天下为己任,温公之不事温饱,武侯之淡泊明志,苏子卿之不屈节于北庭羝乳也。其忠爱至性,即屈子之行吟憔悴,贾傅之痛哭长沙,可以贯金石而泣鬼神也。爰是身世相际,风水相遭,自然成声,出于其心之所不容已,而或为寄兴,或为托讽,或为罕譬。余得其志意之所能相逆者数十百首,诠释其次,命之曰《杜诗言志》。

阙名《杜诗言志例言》

古今之言诗者多矣,而推原其始,则必本于尼山,是尼山固言诗之祖也。其言曰:"诗可以兴。""兴"者,感发志意之谓也。端木之"告往知来",西河之"起予",皆曰:"始可与言诗。"是知诗盖难言,而两贤之"可与言"者,以其能通其意于言之外也。夫读诗者,贵能通其意于言之外。而作诗者,何独不然乎?孟子之说诗曰:"以意逆志,是为得之。"故知舍志意以言诗者,皆囿死于古人之言下,而不得夫作诗之旨也。夫《三百》,诗之祖也。孔、孟之言《三百》,言诗之祖也。而后世之言诗者,不知祖述于此,而漫欲置意言于不道,尚何可以言诗乎?故吾之诠释杜诗,惟以得其志意之所存,而他勿论也。

杜诗凡千五百首,而余诠解仅三百馀首者,以其中原多不必著解之诗。盖诗以言志,而其志即于言下可见者,所谓敷陈其事而质言之者也,赋体也。集中如《上韦左相二十韵》、《赠太常张卿》、《哥舒开府》、《鲜于京兆》、《汝阳王琎》等诗,皆二十韵。《宴郑驸马宅》、《刘九法曹石门宴集》、《赠卫八处士》、《示从孙济》、《白水崔少府高斋》等数十百首,皆酬赠宴会,多称誉赞颂之辞,言下了了。又如《三川观水涨》、《发秦州》、《赤谷》、《铁堂峡》、《盐井》、《法镜寺》、《积草岭》、《泥功山》、《木皮岭》、《白沙渡》、《龙门阁》、《石柜阁》等数十百首,皆纪行览胜,多巉岩险峭之句,人人称赏。又如《新安》、《潼关》、《石壕》三"吏",《新婚》、《垂老》、《无家》三"别",《同谷县作歌七首》等诗,数十百首,皆流离颠沛,多悲歌慷慨之音,使人涕下。凡此妙作,只可评赏,不须解释,以人见与己见同也。盖予之所解者,只以意在言外,须以平心逆之而始得者,略为举隅,以俟同志之君子引伸焉。

诸家注释杜诗,其蔽有二:一则专事考核典故,不顾措语之脉络,使读者如逢市舶,山海珍奇,非无异彩,而竟不识其举用何故。一则肤浅循文训诂,不察用意之本原,使阅者如听蒙师讲解之乎也者,非不明了,而究竟莫测其旨趣所存。间有一二陈说寓意者,则又比喻反戾,如《秋雨叹》之以"决明"、"馨香"为比君子。又或捍扯附会,如《汤东灵湫》之以"金虾蟆"为指禄山;而訾之者,遂又谓托喻之不当强解。此皆未会作诗之旨,未明以意逆志之法,遂使少陵千古妙义,昭然于天地之间者,反晦冥于长夜,而不得一灯悬也。

编辑杜诗者不一家,有分体汇萃者,有分类剖析者,要皆不若编年之为当。盖编年然后知其所处之时,所遇之事,因以得其托兴之所由来也。惟编年以黄鹤为考究精当,较梁道权为胜。其托始以《游龙门奉先寺》、《赠李白》二诗,谓在开元廿四、五年之间,为"忤下考功"之时。钱牧斋谓工部诗皆在天宝以后,编于开元者误也。此亦无足深辨。第以其诗自考之,则《奉先寺》是居东都。《赠李白》诗云:"亦有梁宋游",是游梁宋在居东都之后也。他诗未有先于此者,则宜其托始于兹也明矣。而牧斋则必以《上韦左丞》诗是天宝中年在长安所作者,弁于其首,不已谬乎!

牧斋谓编年,乃梁道权、鲁訔、黄鹤诸人穿凿之愚,无可援据。然古人论世,其书具在,固亦彰彰可考。如工部之诗,在东都之前,若《壮游》诗所载,少时游览之处,如吴越、如姑苏、如鉴湖、如天姥,足迹遍于东南者,今姑不具论,以其诗无所存也。而东都以后,则游齐鲁,再至长安,因陷贼,奔行在,北征暂归鄜州,复至凤翔,扈从还京,居省中,出为华州司功,弃而之秦,由陇而蜀,遂住成都,倐而绵,倐而梓,倐而阆,倐而嘉、渝、戎、忠,以至云安;下夔州,出三峡,抵江陵,又至公安、岳阳、潭州,终于衡、耒。此其先后,历历不爽。其始也,抱其直道,希进葵忠,乃上为权奸之所阻抑,下为机巧之所排挤。献赋定官,吞声陷贼,迨至间道归朝,直言见放,金光一出,而前此之勤劳已尽付之流水矣。由是而秦、陇、夔、衡,率皆奔窜流离之境,岂复有进取之图哉?然而一膺荐剡,即复乃心天室。此中耿耿,犹然不忍永诀之一念,固结而不可解。则由其先后之迹,而疏观其出处之由,知其诗之因端而发,见者无非兴观群怨之旨。噫!吾于少陵,无间然矣。

少陵诗,居成都以前者十之三,成都以后十之七。然前多感触,刻意苦吟;后则逐境言怀,浑多漫兴。故吾于漫兴诸诗,多不置解,以其旨趣,言下自见。间亦有寓意深远,如《白凫》、《朱凤》诸诗,亦必有感于时事。惜寡学浅识,不敢妄意陿度,故且阙疑,以俟博闻之君子,益余所弗逮焉。

【版本】

谭佛雏、李坦校点《杜诗言志》,江苏人民出版社1983年版。

四三　申涵光《说杜》

王崇简《说杜序》

闲居习懒,恒以书籍取适。虽释卷茫然,殊自怡悦。夏秋微疾,或以为戒,遂束书不观,然亦忽忽不乐。凫盟自永年寄《说杜》一帙,时秋仲日夕矣。披械亟览,不能辄止,继之以烛,不知疾之去身也。窃以子美生平之自知,与其所不知而人不能知之者,举为拈出,不独删除前人穿凿之注、影响之论,并不依傍苛刻,使一部杜诗爽豁振动,读者心目顿易。昔蔡中郎得《论衡》,秘玩以为谈助,时人疑得异书,搜求帐中,攫之而去。中郎属曰:"惟我尔共之,勿广也。"予尝笑其狭,将劝凫盟公之于人,必有秘为异书者。他日倘遇其人,将问之曰:将无得吾凫盟之《说杜》乎?

【版本】

已佚。

【原文出处】

王崇简《青箱堂文集》卷三,《四库全书存目丛书》集部第 203 册,第 345 页。

【作者简介】

王崇简(1602—1679),字敬哉,一作敬斋,顺天宛平人。崇祯十六年(1643年)进士。甲申之变,流寓南方。顺治三年(1646),授内翰林,国史院庶吉士,充任《明实录》纂修官。历任秘书院侍读、国子监祭酒、弘文院侍读学士、詹事府少詹事、礼部尚书等职。康熙三年(1664)以原官致仕,卒谥文贞。著有《青箱堂集》。生平事迹见《国朝画徵录》、《画传编韵》、《清画家诗史》。

张宗柟《附识》

余插架有聪山《说杜》一帙,中分总说、随说、补说,《自序》云:季弟随叔学诗于京师,家书商榷,苦其难尽,乃随所见,辄笔于册,亦云大略有然,从此推之耳。随叔,盖检讨(申涵盼)字也。

【版本】

张宗柟辑《带经堂诗话》卷十九,人民文学出版社 1963 年版。

【作者简介】

张宗柟(1704—1765),字汝栋,号吟庐,又署含广,晚号花津圃人,海盐人。性喜藏书,尤工文翰。刻有《汇刻渔洋诗话》十卷;辑有《带经堂诗话》三十卷,著有《藕村诗存》一卷、《度香词》一卷、《吟庐小稿》一卷、《词林记事》二十二卷。

四四 车万育《怀园集杜诗》

熊赐履《序》

少陵称古今绝唱,兼众美而总其成,风雅家盖无异辞焉。而或则以为,一篇之中,工拙相半,学者往往得其平慢之习,抑又何也?岂犹所谓《三百篇》之后,不当更作四言者非耶?吾友车子敏州有见于此,尽焚弃素所吟咏不存,意兴所适,则惟取杜句而集之,以见己意,合诸体得如干首,鸣乎!斯亦卓矣。或曰：杜诗，诗史也；集杜诗，史诗也。然则自小楼而后，为此者胡寥寥耶？盖子美生平牢骚悲愤之气，无一不见之于诗，迹其风指，固自有在。而吾敏州亦雅具奇致，又生长湖湘衡岳间，彼夫美人香草、洞庭木叶之概，往往与剑南、草堂相似，宜其夔梓前后诸作，若出自敏州之肺腑，而忘乎其为子美诗也。履善曰：诗句自是人性情中语，特烦子美先道耳，予于敏州益信。

时康熙戊辰孟秋中浣，澴川熊赐履题。

车万育《自序》

甚哉！作者之难言也。非有天纵睿哲之资，则不能作；非有天地未阐之秘，则不必作。《礼记》曰："作者之谓圣"，讵不信欤？即如诗之一道，今之作者亦夥矣，试问其所作，有加于昔人之作者乎？昔人云：汉魏以下无文章，只有添字换字之法。夫添字换字，已非自家性情，乃相袭之久；而添换者又不知几经添换，以至于今，竟无可添换矣，尚得谓之作乎？不得谓之作，即可以不作，何也？盖诗本乎情，而发乎境。自有天地以来，月露风云，山川名物，境犹是也，而人同此心，心同此理，情亦犹是也。李唐以诗取士，数百年中，穷变探赜，搜括影肖，尚有未尽之情之境乎？历赵宋迄于有明，名人辈出，极乎一身之所阅历，一心之所结构，境对情生，未尝留遗毫发，以待后人之添换。而后之人，言人人殊，取昔人之句，生吞活剥者无论已。即间有另辟径道，自为机轴，成一家言者，然不过如烹饪然，物料备具，葳调得宜，亦是佳品，而究之能出昔人之范围也耶？虽作者之圣，古有其语，不可谓今无其人，然而旷世天挺，必非寻常，所得万一也。余十龄即解作诗句，读之□，犹喜诵杜诗，先人以妨举子业，切戒止之。既释褐，见家昆辈时有吟咏，不觉技痒。集十数年，几至千首，同人谬为许可，劝其灾枣。偶一捡阅，兄弟相顾大笑曰：诗之一道，真难言矣。佶倔聱牙，信为脱异，则失之杜撰；步趋绳墨，稍见清新，又失之剿袭。一开口，一举笔，皆昔人所已言者，尚忍言乎诗哉？迩年来，改厌弃此道，绝口不言。然未免有情，而境亦时相触发。与其添换成章，仍蹈窠臼，不若用其全句，写我性情。于是兴之所至，辄集杜句，先后共得各体诗如干首。初以无甚难事，乃拈一题，殚精竭虑为之，有得句而义不相属者，有中相连而首尾不相贯者，有起结合拍而同韵失拈、或出一篇者，竟日不能成一首。难则难矣，而杜撰、剿袭之病，吾知免矣。至其中不无牵合假扭而少忌讳，要皆昔人之诗，于我无与也，人当以

"汉魏以下"之说恕我,可已乎作云乎哉!

康熙己巳春王三月,敏州万育书于怀园之天放阁。

【版本】

国家图书馆藏清康熙二十八年(1689)刻本《怀园集杜诗》。按,熊赐履《经义斋集》卷六有《跋怀园集杜诗后》,即为车万育《怀园集杜诗》所作之序,亦可参看。

【作者简介】

熊赐履(1635—1709),字敬修,孝感(今属湖北)人。顺治十五年进士,选庶吉士,授检讨。典顺天乡试,迁国子监司业,进弘文院侍读。康熙七年,迁秘书院侍读学士。九年,擢国史院学士、翰林院掌院学士。举经筵,以赐履为讲官。十四年,迁内阁学士,寻超授武英殿大学士,兼刑部尚书。十五年,因事免官,侨居江宁。二十七年,复起为礼部尚书。三十八年,任东阁大学士兼吏部尚书,任修撰《圣训》、《平定朔漠方略》、《实录》、《方略》、《明史》总裁官。著有《经义斋集》十八卷、《闲道录》三卷、《学统》五十六卷、《澡修堂集》十六卷等。

车万育(1632—1705),字与三,一说字双亭,号鹤田,又号云崖,邵阳(今属湖南)人。少家贫,与兄万备、万有每燃松读书,皆刻苦过人。康熙二年(1663)乡试中举,三年与兄万备同登进士第,选庶吉士,改户科给事中,转兵科掌印。平生任谏官三十年,正直不苟,敢论朝政得失,声震天下。罢官后,值三藩乱起,奉母侨居金陵,卜筑怀园,颇有林亭之胜。又与曹禾、汪懋麟、曹贞吉、丁炜等名士游。康熙南巡,特召见万育,问以治河方略,不日病逝。所撰《声律启蒙》一书,为清代家喻户晓之启蒙读物,至今仍在流行。尚有《读馀集》、《怀园集》、《萤照堂法书》十卷等。

四五　朱瀚、李燧《杜诗七言律解意》

朱瀚《序》

□□□说诗者以意逆志,作诗、读诗之道尽此矣。荒于志而工于辞,以锦覆井也;详于事而昧于意,以水混乳也。作诗难,读诗尤难。尝喻之,作诗犹鼓琴也。诗,琴音也;□,琴心也,读诗犹审音也。伯牙鼓琴,志在高山,子期曰:"美哉!峨峨乎如高山";志在流水,子期曰:"美哉!洋洋乎如流水。"此作诗、读诗之公案也。余何人哉？而敢注杜。然圣人尝以诗学诏当世，自兴观群怨，以至为忠臣、为孝子，而博其趣于昆虫草木，明乎风雅之宜亲也。杜诗渠出风雅下，谓学诗而不读杜诗可乎？毛注、郑笺、紫阳集传各申所见，谓读杜诗而不分别真赝、探竟源委，可乎？此《杜诗解意》之所由奋笔也。采撷旧闻，与陶庄氏时□□□□□不□□□，非以意逆志，期为少陵□□□□□□□□□□缪缪然争鸣于坛坫之上，余何人哉！

康熙乙卯岁，初秋之吉，上海朱瀚南询氏撰。

李燧《序》

读书论世，不可强为同，亦不可苟为异。得之于心，而衡之以理，忌其人我之见，则同与异咸当焉。况夫诗也者，发乎性情，协乎律吕，意浅而似深，意深而似浅，意在此而似在彼，意在彼而似在此，自非好学深思，心知其故，鲜不随声附和，汩没于旧闻，而同与异咸失其准，此读诗者之难，而读杜诗者之尤为难也。杜诗之注，爰云千家，大抵考订岁年，采撷事实。至于作诗之意，则待后之学人长言咏歌，倘恍神遇，千载以来，盖有知之而不欲与世明言之者。如宋元之山谷、临川、道园诸公，熟窥其法度意趣，而变化出入于浓淡奇正之间，即非纯臻乎杜，而不可谓之非杜也。逮其后，有形模乎杜者，而诗学遂衰，并疑杜之愈难读矣。南询先生好古力行，渊源有自，静悟于大《易》、楞《严》，卓吾、易曰先师，《楞严》妙指而外更有发明，可参了义之经，羽翼先儒之教。其批阅左氏、韩、柳等书，亦皆印合微茫，发挥义蕴，以此心瞋而读杜诗，宜其不与世同，而衷之于杜，则自觉其当然。即或不与世异，而衷之于诸家，则益见其精确。燧也不敏，不能为诗，亦喜读杜诗，近年先生习静于槎溪之东林精舍，密迩敝庐，往往过从，雄辨之馀，不遗葑菲。兼之风雨赋怀，缥缃互简，敢自附于著述之末也欤？亦聊以志讲习之谊云尔。

康熙乙卯岁，初秋之吉，曒槎李燧陶庄氏撰。

朱瀚《七言律总例》

初联

起手二句，含摄颔联。有合二句含摄者，如"洛城一别四千里，胡骑长驱五六年","洛城一别"摄"剑外"、"江边","胡骑长驱"摄"兵戈阻绝","五六年"摄"草木变衰"是也。有各句含摄者,如"寒轻市上山烟碧,日满楼前江雾黄","山市"摄"负盐","江雾"摄"发船"是也。有第二句摄颔联者,如"首夏何须气郁蒸"摄"炎海"、"火云"是也。又有初联含摄颔联、腹联者,其间亦有合摄、各摄之别,如"天时人事日相催,冬至阳生春又来","人事"及"阳生"摄起"添线吹葭","天时"及"春来"摄起"放梅"、"舒柳",是合摄也。如"城上春云覆苑墙,江头晚色静年芳","云"字摄起"著雨"、"牵风","静"字摄起"深驻辇"、"漫焚香",是各摄体。而"林"字仍关"苑"字,"水"字仍关"江"字,"花"字、"荇"字,仍顶"芳"字。林花自落,凤辇不来,水荇自长,龙舟罢幸,故曰"静年芳"。则又绮互之妙,难以言尽者也。有第一句摄次句及颔联、腹联者,如"丞相祠堂何处寻","祠堂"二字,摄起老柏及"映阶"、"隔叶"。"丞相"二字,摄起"三顾"、"两朝"。又如"青蛾皓齿在楼船","楼船"二字,摄起鼓吹进船及"牙樯"、"锦缆","青蛾皓齿"摄起"舞筵"、"歌扇"是也。有第二句承上句摄起颔联、腹联者,如"长夏江村事事幽"承"清江抱村",摄起"春燕"、"江鸥","长夏"及"事事幽",摄起长夏无聊、画纸敲针之幽事是也,馀可例推。

颔联

第三、第四句,合承上联,分承上联,或承第一句,或第二句,已见前说。但就分承中,亦有顺逆之别。如"承家节操"承"终军弃繻","为政风流"承"宓子弹琴"是逆;"锦江春色"承"花近高楼","玉垒浮云"承"万方多难"是顺。又有隔句承,如"风飘律吕"、"月傍关山"承首句"风月"两字是也。而就此两句中,一句承上,一句起下,"律吕相和切"承"巧作断肠声","关山月"起"胡骑"、"武陵"征战之事,又一法也。又如"常怪偏裨终日待,不知旌节隔年回",两句分承上联,"隔年"二字,仍起下"啼莺"、"去鹢",亦其例也。又有用此体映衬者,如"信宿渔人还泛泛,清秋燕子故飞飞"是也,馀可例推。

腹联

腹联承初联,或第一句,或第二句,已见前说。又有竟做题面,务取壮丽者,如"蓝水远从千涧落,玉山高并两峰寒"是也,此法时人多用之。有承颔联而申言之者,如"画图省识春风面"申"一去紫台"句,"环佩空归月下魂"申"独留青冢"句是也。又有颔联意思已尽,而结联地步未来,亦用比体映衬之,如"俱飞蛱蝶"衬"昼引老妻","并蒂芙蓉"衬"晴看稚子"是也。又有一开一合,承上起下者,如"忆昨赐沾门下省,退朝擎出大明宫","赐沾"承上"樱桃","大明宫"起下"金盘玉箸"是也,馀可例推。

结联

　　第七句承上,有正承,有反承,第八句回抱初联,此大概不易之法。试以《秋兴八首》言之,如"寒衣"句,用"九月授衣"事,承"丛菊"句来。而秋气萧森,故砧声不容缓,此回抱初联也。次如"夏月"承上"伏枕","荻花"回抱"江城","不贱"反承"功名薄"、"心事违"。"裘马遨游"回抱"江楼独坐"。"寂寞"二字及"冷"字,反承"第宅"、"衣冠",正承"金鼓震"、"羽书迟"。"故国"二字,回抱"长安"。"沧江"反承"早朝"。"青琐"、"朝班",回抱"蓬莱宫阙"。"歌舞地"承上"芙蓉"、"锦缆"。"秦中"回抱"曲江"。"关塞极天"承"织女"四句。"世道江湖"回抱"茂陵功业"。"彩笔"承上"游赏","吟望"回抱"昆吾"、"紫阁"是也。间有第七句回抱第八句承上者,如"早春重引江湖兴,直道无忧行路难","早春"回抱"此日此时","直道"承上"匣琴流水",此则大同小异。又有初联分柱,以中两联承第二句,不得不以结联回抱首句者,如"莫度清秋吟蟋蟀",不承腹联,径抱"令弟尚为苍水使"句。有结联不承上文,遥接第二句者,如"故园杨柳今摇落,何得愁中却尽生",直从"断肠声"落脉是也。又有第七句结完上文,以末句作馀波者,如"习池未觉风流尽,况复荆州赏更新","习池"回抱"清江"、"故园",下却归美严公也。有申结腹联,不复回抱初联,如"出门转盼已陈迹"结"舟楫眇然","药饵扶我随所之"结"江湖远适",后四句又各自为起讫也,馀可例推。若《拨闷》及《河南河北》,格律奇而又奇,不得以规矩尽之也,五言同此。

朱瀚《杜诗辨赝》

　　少陵全集,所由来久,硁硁然辨之,若者真,若者赝,是不可已乎?虽然,有不得已焉耳。昔昌黎读三代两汉书,必辨其孰正孰伪,其虽正而不至焉者,必务去之,况其伪焉者。是说也,非昌黎之说也,而少陵之说也。少陵有句云:"别裁伪体亲风雅,转益多师是汝师",盖谓伪体在所必汰,风雅在所必亲。则余之区别真赝,非以吾法读杜诗也,以杜诗读杜诗也。抑赝之乱真,尤自有别。其首尾可观,刺谬未甚者,碔砆之似美玉也,存之可也。其篇章句字,卑猥陋劣,无一可观者,钩吻之混黄精也,存之则乌乎可?然则辨之，宁得已哉！虽然，读杜诗韩文者，难焉耳。其不为砥砆之所欺，钩吻之所害者，亦难焉耳。辨之不可已，而又胡庸悉辨之？东坡云："韩文杜诗，往往为俗子所乱"，盖所由来久矣。共得诸体若干首，各附于后，以俟识者考焉。

【版本】

清康熙十四年（1675）苍雪楼刻本《杜诗七言律解意》。

朱瀚《杜诗七言律解意小引》

辛亥上巳日，过友人张南松书室，窥其几上，尽杜诗也。自千家注、赵注、虞注、单注以下，钱宗伯、顾辟疆注咸在焉。偶取《秋兴》、《诸将》等篇读之，名言绝识，横见厌出，应接不暇。自揣千虑之一，与诸家相互发明者亦往往不少，酒酣技痒，因涉笔点定数处，归而续成之，仅三十首，录寄南窗，南窗则益怂恿之。是时，余授经槎溪，门人戴廷辉、吴旦□方从余学为诗，而里中李陶庄氏且以诗鸣于时，不□□□□□与疏通其疑意，研审其真赝，余益鼓勇而勤为之，遍及古今诸体，凡三易稿而成书，盖苦于绠短汲深，书成而予力几惫矣。南松、陶庄嘉其勇，怜其勤，而惜其惫，遂相与怂恿，付之剞劂。先是，南松尝录净本，寄予校雠，字义则问之戴、吴二生，次第点阅，则陶庄是任。噫，予有愧良友多矣！用弁数语，以志今昔，其七言梗概，别见总论云。

康熙乙卯新秋，上海朱瀚南询氏书。

【版本】

山东大学儒学高等研究院藏清抄本《杜诗七言律解意》。

【作者简介】

朱瀚（1620—1701），字霍临，号南询，上海人。诸生，屡试不第，遂致力于古学，博通经史，善诗词。侨居嘉定（今属上海市）之江桥，以经学授徒东林僧社二十馀年，门下多以古学知名。晚从方外游，悟《楞严》妙旨。著有《中庸悬谈》、《周易玩词》、《寒香诗集》五十二卷、《文集》四卷、《庄骚合评》一卷、《韩柳欧苏笺注》四卷、《诗话》二卷。生平事迹详张承先《南翔镇志·流寓传》。

李燧，字先五，号陶庄，嘉定（今属上海市）南翔镇人。与兄焕结社槎溪，同人唱和成帙，梓以行世。前辈张忍庵、陆菊隐称其诗清和妍雅。陆陇其有序，载《三鱼堂集》。著有《陶庄诗草》五卷、《吴山诗草》二卷，与朱瀚合撰《杜诗七言律解意》四卷。生平事迹附见《南翔镇志·李焕传》及《(光绪)嘉定县志·文学传》。

四六　朱世熙《集杜诗》

黄与坚《朱瑶岑先生集杜序》

尝读杜少陵诗云:"为人性僻耽佳句,语不惊人死不休",喟然曰:少陵之用意至矣。少陵所为诗,纵横错互,百千万变,必殚思以出之,即一字一句,皆有精心贯结于其中,故此一诗不能通于彼一诗,少陵之所以为至也。夫少陵诗尚不能自以相移借,而后之人顾欲取其诗离章断句,以自为诗,亦事之难者矣。诗者,古人之馀也。古人之传于后者,其迹也。顾古人之与后人,虽千百年必有其所以同,且同而可信焉,此古江淹之说也。淹曰:"蛾眉讵同貌,而皆动于魄;芳草宁同气,而皆悦于魂。"夫至于钩致魂魄,得其所以同,而古人之所以为诗者在是矣。则欲集杜者,必舍诗而求所以为杜,且舍杜而求所以为我,其庶乎集之难也审矣。宛平朱瑶岑先生负异才,精诗学,而酷嗜于少陵。生平所寝食者惟是,所行吟而坐啸者惟是,二十年浸淫不舍,乃一旦废书而叹曰:我何以诗为哉?亦取其诗以为我诗可尔。其始也,黯淡经营,将迎悦,忽若与杜,其尚格格焉。久之而意匠所至,类有神焉相之,冲口而谈、信手而书,皆杜也。今所集者,累累成帙。读之者以为少陵之句,不知其为瑶岑之诗;以为瑶岑之诗,而又不知其为少陵之句。异矣哉!嗟嗟为诗之道,从于己而已矣。于己无所得,而仅规趋于其末,循校核节以为工,虽臆创而为之,人尽却走而弗顾。若其得于己,即古人之献齿简败墨可以拧撦为己有,使天下之人瞠目咋舌骇其奇,以是知少陵之所谓"人惊"者,其犹彼,不在此。是说也,余尝欲趋举一二,以告世之学杜者,故因瑶岑之属序而详及之。

【原文出处】

黄与坚《愿学斋文集》卷二十八,《清代诗文集汇编》第74册,第269—270页。

【作者简介】

黄与坚(1620—1701),字庭表,号忍庵,江苏太仓人。幼有奇慧,顺治十六年(1659)进士,授推官,以奏销案罢官。康熙十八年(1679),应博学鸿词科,名列二等,授翰林院编修,与修《明史》及《一统志》,典贵州乡试,迁左赞善,后辞官归,著书以终。与周肇、许旭、王撰、王摅、王昊、王揆、王忭、王曜升、顾湄等合称"娄东十子"。著有《愿学斋文集》。

四七　侯方缓《钞杜诗汇韵》

田兰芳《侯虞服钞杜诗汇韵题词》

雪苑侯虞服,光禄勋澹轩公从孙也。以赀雄,矜豪爱客,往往出其所有,罗致耳目之玩,以与宾客相娱赏,终日间充盈于座,无不各得醉饱以去,家人生产业羞问。久乃家日落,所需日益不给,所嗜日益不能聚,而所为客者日益散之别家。虞服默然自处,起视门外,可罗雀也。余旧为虞服所礼,赏花品茶之会颇与焉。其后以失志故,因安馀拙,频致委曲。余亦时时至其别墅,则见松偃壁什,草深径荒,疾呼之,然后自蓬蒿中出,孑然一身,无僮仆之侍也。已而入其室,则案间杂置杜诗,问之则曰:"欲分体分韵而汇写之。"私计曰:此盖虞服寄其悲愤无聊之意耳,不必其成也。未几,虞服竟死,遂以此帙付其弟敷文曰:"余生平称无愧者,止此耳。"余既临其丧,毕事,厥弟出此,披以相示,曰:"此亡兄手迹所寄,余不忍没,幸序其事,且亡兄之旨也。"言已而哭。余固尝见礼于虞服者,不敢辞。因思人当富盛得意时,每每神昏志逸,日从事于繁华宴乐之场,凡所当为,率薄为不急,一旦赍志而没,一事之可称者亦无之。虞服晚以家破交绝、抑郁幽忧之故,敛壮志而寄情于笔墨,以较溘焉长逝、无得而称者,不啻过之。使虞服家早破,客早散,早处于抑郁幽忧之中,则所创必钜,所悔必深,所成必不可量,而惜其所就者止此也。余生于贫贱,既无耳目之玩,复少友朋之亲,白首悠悠,甘于自放。求一事焉,足以消饮食之福,而谢生成之恩,无有也。贫贱忧戚,玉汝于成,果信耶?其不信耶?以视虞服,真堪愧矣。且一子昏弱,两弟无文,所有零编碎简,不知终归何所,以视此册之付托得人,又足慨也。呜呼!人生世间,能自建立,而多贤子弟,盖可少哉!

【版本】

已佚。

【原文出处】

田兰芳《逸德轩文集》上卷,《四库未收书辑刊》第八辑第17册,北京出版社2000年,第22页。又见《清代诗文集汇编》第108册《逸德轩文集》,上海古籍出版社2011年版,第19—20页。

【作者简介】

田兰芳(1627—1701),字梁紫,号篑山,睢州人。中州名儒,被学者推为儒门正宗。讲学于梁、宋各书院,门人众多。死后,门人私谥为"诚愨先生"。一生著作颇丰,有《逸德轩文集》传世。

四八　张溍《读书堂杜工部诗集注解》

宋荦《序》

宋以前注杜诗者,亡虑数百家,今不尽见。见于蔡梦弼《草堂诗笺跋》者,自樊晃以下,仅三十馀家,然亦多淆讹,不仅苏注之伪,如朱子所云也。大抵诸家注杜有二病:曰摭实之病,曰凿空之病。摭实者,谓子美读书万卷,用字皆有据依。捃摭子传稗史,务为泛滥。至无可援证,或伪撰故事以实之。凿空者,谓少陵好诗史,又谓一饭不忘君,每一字一句必有寄托,乃穿凿单辞,傅会时事,而曲为之说。而所为刺深隐询,往往陷少陵于险薄而不自知。摭实者疑误后生,凿空者矫诬前贤,其病则均。故曰注诗难,注杜诗尤难。至于杜诗有评、有批点,自刘辰翁须溪始。顾刘亦无注,元大德间,有高楚芳者,始稡刻须溪评点,又删存诸家注附之,颇称善本,须溪子尚友为之序。余见今千家注本,凡分注句下,或缀篇下,而不著姓氏者,悉属刘评,第刊落圈点耳。须溪评点有意致,犹为近古。而近日虞山钱氏目以一知半解,要非定论。善乎考亭之言曰:"杜诗佳处,有在用事造语之外者,惟虚心讽咏,乃能见之。"知言哉!滏阳张太史上若先生壮岁成进士,读中祕书,淡于仕宦,林居二十馀年,以著述自娱,尤嗜读杜。自言于是书起己丑,迄癸丑,阅二十四寒暑,五易稿而成,盖用心之勤如此。公既殁,公子阁学公奉简命视学江南,将出是书雕板行,以序属余,余受而读之。原注能疏瀹千家之踳驳,弃瑕而存瑜。评点往往独标新隽,间亦俯助以近代诸名人,可谓稡诸家之长而擅其胜者。韩愈氏有言:"用功深者,其收名也远。"则是书之传亡疑。往时须溪评杜有盛名,更元、明三四百年,学者多宗焉。子尚友能继其学,吴澄称其文,谓辰翁奇诡变化,尚友浩瀚演迤,皆能成一家言。今观太史公是书,不啻方驾须溪而上之。而阁学公方以文章经济为时名臣,尤非尚友可跂及,乌呼盛矣!忆太史公出先文康门,有世讲之好,余又与阁学公同官江左,幸得以文字之役挂名末简,与有荣焉,乃不辞而为序。康熙戊寅如月之朔商丘宋荦撰。

张榕端《先大夫批注杜集卷末遗笔》

杜诗不易解,亦不易读,余向未遑及。今夏以长洲许君自昌校刻《千家注》披阅一过,心目爽然,似有所得。觉诸家句圈节取,各以其意窥杜,于杜无与也。杜诗真切深厚,直接《三百篇》,非复风云月露可拟,因笔之。己丑七月十六日灯下书。

甲辰十月十五日辰刻阅完杜诗全部,回忆己丑南城楼居,阅此忽忽十五年。悟地通塞,大有区别,人信不可以不学夫,又不独此一事也。杜氏世系编年,乃癸巳从同馆借辑者,回首长安,阅一纪矣。甲辰十月廿三日记。

戊申十月十五日戌刻,杜诗二十卷重注一过,不独其佳者知之,即其间疑字闷句,亦渐豁然。合修远五七律注、孝辕注及文庄旧注,参以己意,酌裁楮上,解悟较多。因知杜诗情景独真,而学之淹博,又足以运之,正容易索解人不得。第余今年十月十五日较甲辰十月十五,人事之变,精力之衰,已大有间,向后可知。行年四十八而气衰如此,可为三叹。两次阅完,适符月日,亦数也。

余谓《三百篇》后,即当接以杜诗,不独六朝不足贵,即汉魏亦体高而义未粹也。太白豪逸处固胜,至于切中人情物理,则视有天渊之别,未可相拟。《三百篇》兴观群怨、事父事君、鸟兽草木之意,惟杜诗备。

庚戌闰二月二十七日薄暮,照钱牧斋注,又阅杜一匝,疑者解之十九。不特知其用意佳处,即率笔、晦笔,具得其故。时余无名指拘挛未畅,生平别无嗜好,则亦以读书遣闷养疴可耳,附记。

癸丑十一月廿二日亥刻,对方甦庵《评阅杜诗》一过,兼采朱长孺《杜注》,疑难尽豁,此后但玩其妙境可也。时端儿已乡荐,余指疾已愈。

张榕端《附记》

先大人幼承司马公庭训,就傅后耽心坟典,性无他好。己丑捷南宫,壬辰登第,选馆,淡于宦情,里居二十馀年,绝迹户外。晓起即静坐书斋,讨究诗古文辞,手不停披,常历丙夜不寐,如是者寒暑罔间。《左传》、《史记》、

《庄》、《骚》、两《汉》皆批注数过,今各有藏本,谨先校杜诗一种,剞劂问世。其间甲乙评注,悉遵遗笔。许君所辑原注,亦皆经丹墨觑黜,稍节复冗,仍存之以志不忘。海内不乏钜眼,定能知评绎苦心也。呜呼!愧绍箕裘,音容久隔,敬瞻手泽,能无泫然!

时康熙三十六年丁丑季冬朔十日男榕端百拜谨识。

【版本】

清康熙三十七年(1698)张氏读书堂刻本《读书堂杜工部诗集注解》。

【作者简介】

宋荦(1634—1713),字牧仲,号漫堂,又号西陂、绵津山人,商丘(今属河南)人。顺治四年(1647),以大臣子列侍卫。康熙三年(1664),授黄州通判,历官山东按察使、江苏布政使、江西和江苏巡抚,累擢吏部尚书加太子少师。荦博学多识,能诗善画,精赏鉴,喜收藏。曾选有《杜工部诗抄》,为康熙间抄本,今存。其对杜诗的批语亦见卢坤"五家评本"。著有《西陂类稿》、《筠廊偶笔》、《沧浪小志》、《漫堂墨品》、《绵津山人诗稿》、《漫堂说诗》及《江左十五子诗选》等。生平见《清史列传》卷九、《清史稿》卷二七四、汤右曾《光禄大夫太子少师吏部尚书宋公荦墓志铭》、顾栋高《宋漫堂传》及《西陂类稿》卷四七自订《漫堂年谱》。

阎若璩《序》

自有杜诗以来,流传于天壤之间,不知其几千万本,而其本有编年,有编体,又有编类。编年者读之,得以考其辞力之少而锐、壮而肆、老而严焉;编体者读之,得以见其律切而骨骼复存、疏散而纤秾备焉;编类者读之,则上而朝章国典、世变升降,以下至一木一卉、羽毛鳞甲之微,无不毕肖焉。杜以前之诗,莫圣于陈思王,而其体未备。后乎杜,有圣人之目者,仅玉溪生,而其类又不广。故杜为至圣。余独怪注释者,无圣人之才识与其一生之阅历,徒据杜以后数本残书以诠其意义,只见其不知量也。甚至凭虚造事,炫博欺人,若晚宋诸人,为虞山钱氏所嗤点者,不可胜举。盖至《草堂诗笺》注本出,而杜一开生面矣。朱长孺故与钱氏异者,亦能补《笺》所不逮。余犹憾宗武官正字,赴江陵觐叔父观;深不满灵武即位,讥其"小臣用权,尊贵倏忽"。钱、朱两注,皆未之及,岂非注杜之难乎?不意晚获睹太史公上若先生解,而有观止之叹也。先生灵心慧眼,标新抉异,其措辞尤温润静好。读其书,每想见其为人。于旧注不苟同,亦不尽废,斑斑然错落于行间。间谓阁学先生曰:"说《诗》者,历来以《小序》,朱文公始一切抹杀,讽咏其白文,颇得孟子以意逆志法,窃以读杜者何独不可?"阁学先生曰:"世有不得其事,而能通其义乎?"余笑曰:"患无公家灵心慧眼耳,苟有之,神者告之矣。邢子才所谓'思若不能得,则便不劳读书'者。"是先生自颜其堂曰"读书",著述寝处于中者廿馀年。因忆前此卢德水侍御筑杜亭,数年间读杜四十过,极为钱氏称服。亭在山之左,堂在天之中,我知其与西蜀浣花堂鼎峙于天壤间而并永矣,是为序。

太原后学阎若璩顿首拜撰。

张璿《跋》

先太史公所著《读书堂杜诗注解》,凡七易稿而后成,亦已详悉之至矣。乃开雕后,仍有错检,先阁学公又亲笔重加校正,余久知有此本而未得见也。乙丑岁,读礼家居,堂侄镇持以相赠,拟携至安徽重梓,以副先人之意。奈其间点窜稍纷,非亲检以付剞劂,于心终觉歉然。适值荒旱连年,簿书鞅掌,有志未逮。罢官归里,乃得取是编而手录之。其间行式义例,悉遵原本。前后移易处,悉遵改本,开卷了然矣。但无力付梓,谨同重校原本一并收存,以俟将来子孙中或有能重梓以广先泽者付之,则余所厚望也。

道光二年壬午四月玄孙璿谨志。

张镌《序》

先太史公之注杜诗也,殚二十年之心力,集诸家之大成,海内奉为善本。先高祖朴园公视学江南,校订付梓,携板归里,藏之家祠。予告后重加校阅,复多厘正。丹黄之本,先伯星桓公得之族人,官皖省时,将再刊版。因点窜处非手为校录,恐滋鱼鲁之讹,以簿书鞅掌而未果。比解组归,乃日录数篇,与先父共为参正。夏日风薰,秋宵月朗,相与讨论诗法及《唐书》政事得失,往往夜分不倦。时呼镌等侍坐而讲授之,凡数年而录始竟。先伯宦游三十载,两袖清风,里居益空匮,不克谋梨枣之贵,乃授镌等藏之,曰:"异日必竟予志。"道光壬午,先伯捐馆舍。庚岁,余乡地震,家祠倾圮,先父一力重修,于瓦砾中检出旧版,残缺大半,怒然伤之,谋刻是本未成而弃养。镌以砚食,奔走他郡,是本遂藏家弟香谱处。乙未春,镌幸得第,捧檄陕右。香谱需次豫省,于邺下假道相晤,乃索是本,携来关中。迨承乏澄邑,公私纷拏，亦未暇及。己亥乡闱，与分校事，闱中执剞劂之役者甚工。乃与定议，遣善书者一人至澄署，随录随校，然后发刊，盖两阅岁而始克蒇事。回忆廿年前，二老人白发皤然，一庭相对，或援证古今，或追述先业，箴与诸弟环侍拱听，昕夕承欢，忽忽如昨日事。而音尘久隔，于是编中仅留手泽，能无怆然！虽幸刊本告成，籍酬先志，而先世之遗文坠绪，继述莫能。是编而外，著作且数十种，版俱散佚，无由搜罗而补刻之，讵谓足承先志哉？聊述重刻是书之原委，俾世知余家绍述经营于杜诗者，非欲附浣花草堂以俱传，庶几先太史公二年之心力不至废赘湮没云尔。

道光二十一年岁次辛丑，六世孙箴谨序于澄城官署。

【版本】

清道光二十一年（1841）张箴重刻本《读书堂杜工部诗集注解》。

四九　吴见思《杜诗论文》

龚鼎孳《序》

诗之有少陵，犹文之有《六经》也。前乎此者，于此而指归；后乎此者，于此而阐发。文无奇正，必始乎经；诗无平险，必宗乎杜。此少陵之诗与六经之文，并不朽于天地间也。然《六经》注解，以心准理，原无疑异；少陵注解，以理侔物，每有纷歧。无疑异则读之也易，易则解之不难；有分歧则读之也难，难则解之不易。于是读少陵诗，谓无不解，其病犹浅；竟谓可解，其病转深。盖解事实则博综尽之，解文体则神智及之。证形于有形，不若体物于无物，此其故先、后天不同，匪可工拙计也。吾尝与吴子齐贤尊酒论文，见其一目十行，过即成诵，胸藏慧珠，才擅武库，拈毫作赋，俄顷千言，生平著作，实具史材，独于少陵有夙契焉。虞山宗伯笺注，尊重艺林，殆非一日。今吴子互相发明，虞山论其事，吴子论其文，文既剖析无晦，事更可考而知矣。昔少陵气节，因抗疏论房琯不宜罢而贬，齐贤大父复庵先生，因抗疏论江陵夺情，受杖阙下，虽毁誉相去迳庭，其为批鳞敢谏，则合一辙。总诸士君子褒美殚恶，至公无我，千古上下，高视人表，易地皆然。况数十年前，尊人山公刺史，忤触权珰，祸几不测，挂冠高遁延州，谱牒以气节世其家。齐贤闭户著书，不赴铨政，故于一饭不忘君父之馀，扬挖其焦劳幽愤，而不失其和平温厚也。孳受知文端夫子之门，于齐贤称雁行世好。《论文》

一书,非只有功曩哲,抑且领袖后学。意旨渊粹,类而通之,包罗象纬,照耀河岳,继虞山而起者,惟此编而已。厥甥姜子子矞,走京邸问序,并颂伯成吴侯同潘子元白主持风雅,是诚艺林之盛事也,故乐得而称道之云。

康熙壬子年春月,淮南龚鼎孳题。

吴兴祚《序》

千载杜公,邈乎诗圣,古今骚人拟学而卒未能学,屡注而卒未能注,所以者何?杜公忠诚恻怛,格物穷理,为儒者之粹美,特以遭时不偶,守死善道,不免假六义以立言,申忠孝于天下耳。后之人不务出此,是以袭其字句则碎锦空陈,逆其隐怀而穿凿贻笑。致使学邯郸者失其故步,追楚相者仅有衣冠,紫色蛙声,天下为不少矣。昔苏端明欲以欧阳子比孟子,其言曰:"言有大而非夸。"众人疑之,达者信焉,余尝慷慨而服膺其说。人第见杜公当天宝之时,穷愁坎壈,以终其身,筹策不如邺侯,功名不如李、郭,而仅仅托韵以寄其牢骚,辄比之于相如、枚乘、班、蔡之徒,用雕虫篆刻以光耀于后禩,则是非杜公之知己也。夫杜公者,圣贤而豪杰者也。尝试读其《蚕谷行》、《茅屋叹》,非禹稷饥溺之心乎?《留花门》、《洗兵马》,非吉甫、方叔之略乎?《悲青坂》、《达行在》,属国苏武之节也。《喜官军》、《送节度》,丞相出师之义也。《石壕村》、《无家别》,召公、郇伯之仁也;《义鹘行》、《贫交行》,信陵、平原之侠也。早朝而玉藻明堂有其志,北征而吉月朝服有其恭,儒者如此,可不谓有唐一代之完人乎?其他敦节义、重彝伦,声声吐肝膈,言言泣鬼神,虽藉草吟花之馀,偶尔游戏,无不披露。然则杜诗非诗也,盖《五经》之遗文耳。今学杜与注杜者,皆泥乎诗之见,所由失之逾远也。独家齐贤诵其诗,能会心其所为文,即以文章之法,次第疏导之,不强杜以从我,而举杜以还杜,但觉晦者如揭,塞者以开,血脉贯通,而神气盎溢。则不待易其衣冠,改其故步,而千载之活杜公出矣,其真公之知己也欤!余于是叹古人之赖有后人也。一诗耳,善论之,则九原可作,千载犹有生气;不善论之,则其言虽存,将同人与骨而俱朽焉。故曰:"常恨古人不见我也!"

康熙壬子岁季春弟兴祚拜撰。

董元恺《序》

昔人云:"不行万里途,不读万卷书,不可读杜诗。"杜诗岂易读哉?予年二十，上长安举进士不第，旋遭会计，被放家，居构万卷草堂于独孤山之西偏，杂植花木，读书其中，而于草堂先生诗尤吟哦之不置。每一展卷，如见其间关羁旅，负薪拾梠，侘傺无聊之况。因思成都、梓、阆，往复万里，若吴越、齐鲁、梁宋之游，裘马清狂，悲歌痛饮，文人转相效习。至问以献赋待制，陷贼窜奔，扈从还京，弃官流寓之始终，无有能悉之者。乙巳春，驱车入关，探泰华、曲江诸名胜，道经河南巩邑，去邑数百武，榜曰："杜甫故里"，而偃师之西，荒烟蔓草中，杜甫墓在焉。嗟呼！予不能无疑矣。甫本襄阳人，后徙巩县，其田园俱在巩洛。予则谓杜甫居杜陵，属京兆，今之咸宁县也，诗每称杜陵野老，《进封西岳赋表》亦称"臣本杜陵诸生"，即《壮游》一诗有"西归咸阳"、"杜曲耆旧"之句，则巩邑故里，为甫曾祖之令于巩者居之，而甫实未尝居此。若杜甫墓之在耒阳，较偃师最著。予考《寰宇志》、《耒阳县志》，俱载甫墓在县北耒江左，而元稹《墓志》与《旧唐书》所载俱云：其孙嗣业自耒阳归葬偃师，则其卒在耒阳，而墓不在耒阳可知。然即甫之卒，亦大有可疑者。吕汲公《诗谱》谓："是年夏，还襄汉，卒于岳阳。"鲁訔、黄鹤《谱》谓：卒于潭岳之交，秋冬之际。近代钱牧斋《诗笺》，断其卒耒阳，殡于岳阳，谓《明皇杂录》正与史合。予则谓史之年月，亦未尽合。如甫卒于大历五年，而史以为永泰二年是也。《杂录》之误，更不可信。其曰："甫投诗于宰，宰因以酒肉遗甫。"予观《至县呈聂令》之诗序，是令遗酒肉后，而始赠之以诗也，一不可信；又曰："甫憔悴耒阳，颇为令长所厌，致牛炙白酒，甫饮之，遂卒"。予观"以仆阻水，疗饥荒江"数语，是甫竟不知令之饮人以鸩也，二不可信；又曰："一夕而卒"，集中尚有《赠聂耒阳诗》，予观甫之"兴尽本韵"，又宿方田驿，果以饫死，岂能复为长篇、游憩亭沼？此固黄鹤辈亦曾言之矣，其不可信三也。牧斋之言曰：涉旬不食，一饱无时，何足诟病？夫以饥饿之馀，兴在坑赵，犹愤愤于乞师讨罪之举，乃辞未及终，竟以醉饱陨命，天为之乎？亦人为之耳？潦倒西归，读杜之暇，偶著纸笔，吴先生齐贤见而快之曰："可为《杜诗论事》矣。予旧有《杜诗论文》，请以示子。"因尽发其箧中所藏古律长篇，循端竟委，缕析条分，凡一千四百四十馀章。予与潘子元白，综核其同异，成《论文》一书，更将与吴先生搜讨旧闻，网罗故实，续为《杜诗论事》，以救从来纰缪穿凿之病，使天下之读杜诗者，适还杜诗之本然而已。

董元恺舜民氏撰。

潘眉《序》

今人读书,辄藉口不求甚解,而于诗为尤甚,余甚惑之。及观笺释诸家言,又往往强作解事,凿空喜新,非迂则诬,则惑滋甚,而于是有谓诗在可解、不可解之间者,嗟乎!诗固可解耶?而死古人于笔下者,何耶?其不可解耶?又何以使古人栩栩出纸上,奕奕然千载有生气耶?余见今人之学诗矣,无所感而悲忧穷憾矣;无所触迕,而瞋目怒号、斫地骂坐矣;平居无事,或且优闲贵仕,而呻吟疾呼,饥寒奔迫矣。甚则海宇清晏,日星顺序,而忧天闵人,傍偟踞蹐矣。问其故,则曰:"古人有之也。诗莫若唐,唐莫若杜甫,而杜甫之诗,固有所谓如是者也,非是,则诗不如杜,亦不工,是诚何为者?"齐贤先生从而告之曰:子误矣!诗不如是学也,即如杜甫,其生平所遇之境,亦甚不一,而恶乎漫学之!吾见有悄然以悲者矣,觥然以怒者矣,恭然以委顿,而蹙然以愁思者矣,而皆莫不有岁月时事之可按。至于游览阅历,燕会赠答,或以人,或以地,或以事,亦莫不有所感会而后通于诗,而子谓诗可贸贸然为之耶?抑或暇豫无俚,乃搜取某题,纂为某体,遂仿古某人某诗以夸示于吾党,而自谓诗为工者,皆非也。诸家不具论,请以杜诗例诸家,为夫今之人藉藉于学杜也,于是有《杜诗论文》一书。余不敢谓先生之所言,悉如当日作者之意与否,而按此而求之,庶可约略于其故,且其指括综核,则又甚便于学者,因与董子舜民参订而行之,亦曰:是非解诗也,论文云尔。

阳羡潘眉元白撰。

陈玉璂《序》

少陵诗既推重于天下,由是人之注杜者,樊然以起,有编年,有叙体,有分类,有疏有笺有说,有条记训解。宋蔡梦弼作《草堂诗笺》,述引用姓氏,自欧阳永叔、宋子京、王介甫、苏子瞻、陈无己、黄鲁直而外,又得吕祖谦等二十馀家。若元明至今,益不可胜数。少陵之诗几无遁义,予独以为诸家以穿凿附会,为少陵之罪人,往往而有。人之称少陵者,莫不曰"一饭不忘君"也,乃以不忘君之故,凡于登临、赠答、鸟兽、虫鱼、草木之属,支离牵合,如柄凿之不相入;其义稍晦者,又必指曰:若讥宫庭、刺藩镇,几几乎少陵之诗,非此无作。夫诗以发其性情之不容已,时乎君父,时乎不必君父,苟悉以忠君爱国为足尚,则《三百篇》可不录鸟兽、草木、男女、赠答诸诗,岂不可怪也哉!且夫作者既远,非尽意之所能逆。孔子曰:"多闻阙疑",是疑者,圣人所不讳,何独注杜之家,必求无疑义后止,考据失实,辄以诞诡相加,纷纭杂沓,莫可穷诘,识者固已非笑之。嗟乎!少陵之诗,其精气光怪,常薄于天地而渐渍于人心,不因有笺疏注解,加尊于少陵,特以穿凿附会之故,几使作者之旨至于磨灭,少陵虽亡,察其心,必甚恨。今吴先生齐贤为《论文》,不事钩棘,据诗意条贯之,袞袞成文,得解而不解、不解而解之妙。学者了然心目,知少陵之诗本如是坦白,从此扫诸家支离牵合之病,如迷者之得路。然则齐贤于少陵,其遇合之故,岂偶然者哉!郦道元作《水经注》,能自成一家言,非唐宋能文家所及。他如郭象之注《庄》、刘孝标之注《世说》亦多可称,不及道元之孤行于世。齐贤于少陵诗,将毋类是,又岂徒以有功少陵,为足不朽也耶!齐贤又尝作《史记论文》若干卷,将继杜诗问世,谬以予为文,属数言弁首,因不辞而为序。

椒峰陈玉璂撰。

吴见思《序言》

余自束发受书,凡《诗》、《书》古今之言,间或遍览,有所笺释,不敢自信,辄弃去,更有所得,信笔而著之。即杜诗一编,已三易藁矣。今且五十,是解不益进,因翻旧编,命儿子守永录而藏之箧中,虽不敢自称一得,以附于作者之后,而校之钩沉凿空者,稍明白而易简焉,然不敢以尘当代君子之耳目也久矣。康熙辛亥冬,偕董子舜民至宜兴县,而见潘子元白,与之联骑出郭,入深山,过其山园,共坐石上,谈及杜诗,潘子称善,曰:"吾为子成之!"罄橐中金,得二百二十,付之梓人。嗟乎!世道衰薄,人情险巇,即垂发之交,同气之兄弟,或贫贱富贵易位,当困穷之时,缓急一二金,无不面灰项赤,拒之惟恐不峻。潘子虽志气豪侠,尚在经生中,家不晟有馀,一旦于不识面之人,爱其文并爱其人,捐二百十金以成其事,以为名乎?名让而不居,以为惠乎?测画之所不应及潘子。非予一人之知,而天下之士也。况参订同异,潘子与董子与有功焉,余敢不效命。则是编也,非以传余之文,并非以传工部之诗,而以传潘子元白之人也,可以不朽矣!

吴见思题并书。

吴见思《杜诗论文凡例》

总论

千载以后,尚论千载以前,孟夫子所谓以意逆志者也,岂起九原问之,而自以为是哉？私心臆见,无当于大方者多矣。就正有道,幸恕而教之。

杜诗而曰论文,止就其文义稍加衍释,校之钩深凿空者,庶明白易简焉。若事实考订,诸家笺注已备,除公自注者不录。

千家之注,或自成一家,或各宗一说,莫不以人握隋珠,家藏荆玉。然其中舛谬亦多,是者存之,非者去之,未备者补之,共补一万馀事,参古今之讨论,另著《杜诗论事》一编,续出,兹不载。

开元至今,传之千载,岂无讹字阙文？若为附会,便多穿凿矣。故意见未明处,谨为阙疑,以俟君子。

杜诗必应用编年者,玄、肃、代三朝,事实不同,即古、律、绝各体,亦连属不断,上下俱有承接,时代不可改移也。编次即有少差,前人未必无据,悉依旧本。

昔云陶诗杜诗,无著圈点处,盖句句皆好也,故不敢僭加评骘,听读者之自为领会,所谓仁者见仁、智者见智可也。

读诗之法,当先看其题目。唐人作诗,于题目不轻下一字,亦不轻漏一字,而杜诗尤严。次看其格局段落,其中反覆照应,丝毫不乱,而排律更精。终看其句法,前后相合,虚实相生,而诗之能事毕矣。

读诗之法,当先看其年代,大而朝廷政治,小而出处远近,可资考论。次看其时日,春诗景物,不可入夏；秋诗景物,不可入冬。终看其地名,秦州山川,不同于蜀；成都土俗,不同于夔。而诗之考据定矣。

章法

杜诗纵横尽变,必有一定之法以求之,是胶柱之瑟、刻舟之剑也。偶举一二,以概其馀,在学者神而明之矣。

五言律,有通首一气者,如《寄杨员外》一首："寄语杨员外,山寒少茯苓。归来稍暄暖,当为劚青冥。翻动龙蛇窟,封题鸟兽形。兼将老藤杖,扶汝醉初醒。"有上下四句者,如《对雨书怀走邀许主簿》一首："东岳云峰起,溶溶满太虚。震雷翻幕燕,骤雨落河鱼",上四句对雨书怀。"座对贤人酒,门听长者车。相邀愧泥泞,骑马到阶除",下四句邀许主簿。有上一句、下七句者,如《梓州登楼》一首:"天畔登楼眼",止第一句登楼。"随春入故园。战场今始定,移柳更能存。厌蜀交游冷,思吴胜事繁。应须理舟楫,长啸下荆门",七句俱书怀。有上二句、下六句者,如《归来二首》:"客里有所适,归来知路难",二句点归来。"开门野鼠走,散帙壁鱼干。洁杓斟新酝,低头著小盘。凭谁给麴糵,细酌老江干",六句俱归来之事。有上六句、下二句者,如《巳上人茅斋》一首:"上人茅屋下,可以赋新诗。枕簟入林僻,茶瓜留客迟。江莲摇白羽,天棘蔓青丝",六句上人茅斋。"空忝许询辈,难酬支遁词",二句自谦。有上七句、下一句者,如《独立》一首:"空外一鸷鸟,河间双白鸥。飘摇搏击便,容易往来游。草露亦多湿,蛛丝仍未收。天机近人事",七句发议。"独立万端忧",末一句入题。有前后四句、中四句者,如《早花》一首:"西京安稳未?不见一人来",二句言怀。"腊日巴江曲,山花已自开。盈盈当雪杏,艳艳照春梅",四句早花。"直苦风尘暗,谁忧客鬓催",二句又言怀。有二句一段者,如《瀼西寒望》一首:"水色含群动,朝光切太虚",二句景。"年侵频怅望,兴远一萧疏",二句情。"猿挂时相学,鸥行炯自如",二句景。"瞿塘春欲至,定卜瀼西居",二句情。

　　七言律,有八句一气者,如《宾至》一首:"幽栖地僻经过少,老病人扶再拜难。岂有文章惊海内?漫劳车马驻江干。竟日淹留佳客坐,百年粗粝腐儒餐。不嫌野外无供给,乘兴还来看药栏。"有上下四句,如《和贾至人早朝》一首:"五夜漏声催晓箭,九重春色醉仙桃。旌旗日暖龙蛇动,宫殿风微燕雀高",四句早朝。"朝罢香烟携满袖,诗成珠玉在挥毫。欲知世掌丝纶美,池上于今有凤毛",四句贾舍人。有上一句,下七句者,如《秋尽》一首:"秋尽东行且未回",一句秋尽。"茅斋寄在少城隈。篱边老却陶潜菊,江上徒逢袁绍杯。雪岭独看西日落,剑门犹阻北人来。不辞万里长为客,怀抱何时好一开",下七句顶东行写怀。有上二句、下六句者,如《闻官军收河南北》一首:"剑外忽传收蓟北,初闻涕泪满衣裳",二句完题。"却看妻子愁何在,漫卷诗书喜欲狂。白日放歌须纵酒,青春作伴好还乡。即从巴峡穿巫峡,便下襄阳向洛阳",六句喜好之词。有上六句,下二句者,如《宣政殿退朝出左掖》一首:"天门日射黄金榜,春殿晴曛赤羽旂。宫草霏霏承委佩,炉烟细细驻游丝。云近蓬莱常五色,雪残鳷鹊亦多时",六句宣政殿。"侍臣缓步归青琐,退食从容出每迟",二句退朝出左掖。有上七句,下一句者,如《严公仲夏枉驾草堂》一首:"竹里行厨洗玉盘,花边立马簇金鞍。非关使者徵求急,自识将军礼数宽。百年地僻柴门迥,五月江深草阁寒。看弄渔舟移白日",七句中丞枉驾草堂。"老农何有罄交欢",一句自谦。有八句三段者,如《遣闷戏赠路曹长》一首:"江浦雷声喧昨夜,春城雨色动微寒。黄鹂并坐交愁湿,白露群飞太剧干",四句景。"晚节渐于诗律细,谁家数去酒杯宽",二句自述。"唯君最爱清狂客,百遍相过意未阑",二句呈路曹长。馀古诗、排律,段落更多。即绝句亦有层折,不得细述,详见注中。

一题数首,而逐首分咏者,如《李监宅二首》,第一首先言李监,二首方及其宅。《暮春题瀼西新赁草屋五首》,第一首暮春,第二首瀼西,三首茅屋,四首、五首言怀。

下首而分承上首者,如《领妻子山行三首》,第一首"尽室畏途边"总言妻子,二首"飘飘愧老妻",单承妻。三首"稚子入云呼",单承子。下首而反前者,如《忆昔二首》与《杜鹃行》二首。下首而解前首者,如《瞿唐二首》、《述古三首》。上首而生出下首者,如《秋兴》第四首"故国平居有所思"一句,生下四首,皆所思故国平居之事,详见注中。

两首而中间相合者,如《社日二首》,第一首以东方朔结,二首以陈平起。首尾环应者,如《夜二首》,第一首以"白夜月休弦"起,二首以"月细鹊休飞"结。首尾相对者,《黑白鹰二首》,第一首以"云飞玉立"起,二首以"金眸玉爪"结。

通首有句句贴题者,如《刘九法曹郑瑕丘石门宴集》,第一二句石门,三四句集,五句刘、郑,六句宴,七八句收归石门。有一句不贴题者,如题曰《树间》,而实咏柑;如题曰《竖子至》,而实咏柰。

一首中先立一句,下联分承者,如"吹笛秋山风月清",下接一句风:"风飘律吕相和切",一句月:"月傍关山几处明"。如"春日春盘细生菜",下接一句盘:"盘出高门行白玉",一句菜:"菜传纤手送青丝"。如"沱水临中座,岷山赴此堂",山水双起,下一句水,一句山,通篇双对,至末总收。

突然而起者,如咏柰,而曰"查梨才缀碧,梅杏半传黄",与柰无与,而是柰以先熟而可贵。如咏耳聋,而曰:"生年鹖冠子,叹世鹿皮翁",与耳聋无涉,而实耳以老病而始聋也。忽然而住者,如《北征》一篇,结句曰:"煌煌太宗业,树立甚宏达",中兴之机,实在于此。如《赠苏溪》一篇,结句曰:"一请甘饥寒,再请甘养蒙",失身之戒,令人凛然,皆言外之旨也。

一首中有问答者,如《潼关吏》、《田父泥饮》。有通篇述词者,如《新婚别》、《无家别》、《垂老别》。

有律诗而逐句分承者,如"仲夏流多水,清晨向小园",下接"碧溪摇艇阔",承"流多水";"朱果烂枝繁",承"小园"。

绝句而逐句分承者,如"郑虔粉绘随长夜,曹霸丹青已白头",下接"天下何曾有山水",承"郑虔";"人间不解重骅骝",承"曹霸"。

有以文体作诗者,如剑南纪行《龙门阁》、《水会渡》诸诗,湖南纪行《空灵滩》诸诗,用游记体。如《赠王评事》"我之曾老姑"一首,用传体。如《八哀诗》八首,用碑铭墓志体。如《北征》、《壮游》诸诗,用记体。馀用《离骚》、乐府体者,诗之本旨不载。

酬句之体,原与来诗句句相答,故曰酬也。如《酬高适》、《酬严武》、《酬韦迢》,并存原诗,以俟观览。

和诗之体,古人止和其意,即一倡三叹之旨也,如《和贾至人早朝》诸诗可见。外有和韵,则用其原韵。有次韵,则逐字而和之,始于元、白、皮、陆,盛于宋人,而杜集不载。

联句之体,始于柏梁,必意旨局段,如出一手乃佳。杜集止《送宇文石首》一首可以为法。

咏物而反起者,如咏画鹘,先咏真鹘,曰"高堂见生鹘"。咏画松,先咏真松,曰"临轩忽若无丹青"。咏事而借客反收者,如《沙苑行》咏马也,而以中有巨鱼结。《枯楠》咏楠也,而以"种榆水中"结。

以比喻起者,如《赠苏四徯》一首,以道边池、爨下桐比兴。以比喻结者,如《小园散病》一首,以"飞来双白鹤"寓意。

由近及远,随所至而偶吟者,则为《独步寻花》之七章。自春徂夏,积时日而成咏者,则为《漫兴》之九首。

绝句者,截也,于律诗中截取四句,如"才力应难跨数公,只今谁是出群雄。或看翡翠兰苕上,未掣鲸鱼碧海中",此截前四句也。"两个黄鹂鸣翠柳,一行白鹭上青天。窗含西岭千秋雪,门泊东吴万里船",此截中四句也。"朱樱此日垂朱实,郭外谁家负郭田。万里相逢贪握手,高才仰望足离筵",此截后四句也。"锦城丝管日纷纷,半入江风半入云。此曲只应天上有,人间那得几回闻",此截前后四句也。

句法

文章句法,参差随意,易于见工。诗则束于五字、七字中,而各有段落转折,工巧之极,遂成自然,而非纂组雕绘之谓也。亦举一二,以概其馀。

五字句,有五字一句者:"美名人不及,佳句法如何。"有上一字、下四字者:"青惜峰峦过,黄知橘柚来。"有上二字、下三字者:"晚凉看洗马,森木乱鸣蝉。"有上三字、下二字者:"夜郎溪日暖,白帝峡风寒。"有上四字、下一字者:"风连西极动,月过北庭寒。"有一句作三折者:"尘中老尽力,岁晚病伤心","峡云笼树小,湖日落船明"。

七字句,有七字一句者:"岂有文章惊海内,漫劳车马驻江干。"有上一字、下六字者:"松浮欲尽不尽云,江动将崩已崩石。"有上二字、下五字者:"朝罢香烟携满袖,诗成珠玉在挥毫。"有上三字、下四字者:"渔人网集澄潭下,估客舟随返照来。"有上四字、下三字者:"香飘合殿春风转,花覆千官淑景移。"有上五字、下二字者:"五更鼓角声悲壮,三峡星河影动摇。"有一句作三折者:"盘餐市远无兼味,尊酒家贫只旧醅","含风翠壁孤云细,背日丹枫万木稠。"

五言律,有二句一连者:"小子幽园至,轻笼熟柰香。"有四句一连者:"避暑云安县,秋风早下来。暂留鱼复浦,同过楚王台。"七言律,有二句一连者:"花径不曾缘客扫,柴门今始为君开。"有四句一连者:"得归茅屋赴成都,直为文翁再剖符。但使闾阎还揖让,敢论松竹久荒芜。"馀古风、排律,咏物序事,多数十句一连者,详见注中,兹不载。

有下句因上句者,如"野径云俱黑,江船火独明",以云之黑,益见火之明也。有上句因下句者,如"风月自清夜,江山非故园",以故园之不见,悲清夜之空徂也。有下半句因上半句者,如"水净楼阴直",楼阴之直,以水之净也。有上半句因下半句者,如"山昏塞日斜",山之昏,以日之斜也。

倒句,如"翠深开断壁,红远结飞楼",盖翠而深者,乃所开之断壁;红而远者,则所结之飞楼,极为奇秀。若曰"飞楼红远结,断壁翠深开",肤而浅矣。如"绿垂风折笋,红绽雨肥梅",盖绿而垂者,风折之笋;红而绽者,雨肥之梅,体物深细。若曰"绿笋垂风折,红梅绽雨肥",鄙而俗矣。如"红豆啄残鹦鹉粒,碧梧栖老凤凰枝",盖红豆也,乃鹦鹉啄残之粒;碧梧也,乃凤皇栖老之枝,无限感慨。若曰"鹦鹉啄残红豆粒,凤凰栖老碧梧枝",直而率矣,馀可类推。

叠句,如"甚愧丈人厚,甚愧丈人真",两句中徘徊感荷。如"人道我卿绝世无,既称绝世无,天子何不唤取守京都",两句中顿挫感叹。如"得不哀痛尘再蒙,呜呼!得不哀痛尘再蒙",二句中哀伤迫切,击节淋漓,定少一句不得。

翻新之句,如咏广文,而曰"寒毡",贫矣。反曰"坐客无寒毡",寒毡且无,况其他乎!如对月思家,而曰"双照",苦矣。必曰"双照泪痕干",泪痕且不得双,何况乐乎!

反跌之句,如秋砧,为寄衣也,先曰"亦知戍不返",比怀人之感更深。

如《达行在所》,喜生还也,先曰"死去凭谁报",觉痛定之痛更甚。

借用之句,如"辛苦贼中来"也,而曰"所亲惊老瘦",借傍人目中看出,而己不知。如"生还偶然遂"也,而曰"邻人满墙头",借邻家感叹写出,而悲愈甚。

反形之句,极荒凉处,而以富丽语出之,如"野寺残僧少"也,而曰"麝香眠石竹,鹦鹉啄金桃",益见其荒凉。

极贫窘事,而以富贵语出之,如"乔木村墟古"也,而曰"登俎黄柑重,支床锦石圆",益见其贫窘。极悲伤事,而以欢喜语出之,如北征初归,"老夫情怀恶"也,而曰"瘦妻面复光,痴女头自栉。移时施朱铅,狼藉画眉阔",而益见以前只悲伤。

极形容之句者,如扬旗,舞旗也,曰:"团团转飞盖,熠熠迸流星。来缠风飙急,去擘山岳倾。材归俯身尽,妙取略地平。虹蜺就掌握,舒卷随人轻。"剑器行,舞剑也,曰:"燿如羿射九日落,矫如群帝骖龙翔。来如雷霆收震怒,罢如江海凝清光。"至今可以想见。

叠字之句,如"南京久客耕南亩,北望伤神坐北窗","朱樱此日垂朱实,郭外谁家负郭田",戏也。

相类之句,如"乾坤一草堂"、"乾坤一腐儒"。如"帝乡愁绪外,春色泪痕边","弟妹悲歌里,朝廷泪眼中","寇盗任歌外,形骸痛饮中"。

目前之句,极便而思不能到者,如"翡翠鸣衣桁,蜻蜓立钓丝","见轻吹鸟毳,随意数花须"。写景之句,极平而笔不能出者,如"荻岸如秋水,松门似画图","早霞随类影,寒水各依痕"。极奇险之句,而写之详尽者,如"峡坼云霾龙虎睡,清江日抱鼋鼍游","石出倒听枫叶下,橹摇背指菊花开"。极俗鄙之句,而化为神奇者,如"攀桂仰天高,捣药兔长生",举之不胜也。

字法

今人每取一二奇字,争纤斗巧,故有好句而无好章,岂可复导其流哉!然有得之自然,而确不可移者,亦举其一二而已。

有用"仍"字者,"山雨尊仍在",是《重过何氏》也。"秋月仍圆夜",是《十七夜月》也。"蚁浮仍腊味",是《正月三日》也。有用"一"字者,"乾坤一草亭"、"乾坤一腐儒"、"天地一沙鸥",乾坤天地之内,下此"一"字,写其孤也,写其微茫也。有用"似"字者,"炉存火似红",若以为有火也,寒也。"扫除似无帚",不闻其有帚也,静也。有用"抱"字者,"有时浴赤日,光抱空中楼",汤气上腾,内外氤氲也。"上有蔚蓝天,垂光抱琼台",天光下照,四面炳耀也。"江清日抱鼋鼍游",江汉容与,日气暄和也。有用"不肯"字者,"江平不肯流",若流而实不流者,缓之至也。"秋天不肯明",应明而故不明者,望之至也。有用"受"字者,"吹面受和风",受之而喜也。"轻燕受风斜",受之不能也。"修竹不受暑",暑不能入也。

同一咏月夜,"光细弦欲上,影斜轮未安",初间上半夜之月也。"未缺空山静,高悬列宿稀",望日之月也。"旧挹金波爽,"十六夜之月也。"秋月仍圆夜",十七夜之月也。"虾蟆动半轮",望后之月也。"四更山吐月,月残水明楼",将晦下半夜之月也。同一咏蝶也,"戏蝶闲过幔"、"风蝶勤依桨",孤蝶也。"穿花蛱蝶深深见",双蝶也。"野畦连蛱蝶",群飞之蝶也。

用双字者,衬出上下字也,如"野日荒荒白",荒荒,无色也,正写其白。"江流泯泯清",泯泯,无声也,正写其清。如"急急能鸣雁",惟鸣故见其急急。"轻轻不下鸥",不下故见其轻轻也。

点一字而神理俱出者,如"国破山河在","在"字则兴废可悲。"城春草木深","深"字则荟蔚满目矣。如"碧委墙隅草","委"字则不言雨而雨见。"霜倒半池莲","倒"字不言秋而秋深矣。如"燕入非傍舍,鸥归只故池","非"字、"只"字,则校书亡而荒凉甚。"古墙犹竹色,虚阁自松声","犹"字、"自"字,则滕王去而凭吊深矣。

用一字而景物逼肖者,如"两行秦树直","直"字方是秦中之树。"万点蜀山尖","尖"字方是蜀中之山。如"细动迎风燕","细"字写燕,并写大江中之燕。"轻摇逐浪鸥","摇"字写鸥,并写急流中之鸥。

用一字而反衬者,如"山河扶绣户","扶"字借山河而写绣户之高。"乾坤绕汉宫","绕"字借乾坤以写汉宫之大。如"楼光去日远","去"字不写日远,而写楼之峻。"峡影入江深","入"字不写江深,而写峡之高。

用一字而两边双照者,如《王汉州杜绵州泛池》一首,而曰"使君双皂盖","双"字,王、杜二刺史也。如《杨奉先宅会白水崔明府》一首,而曰"凫鹥共差池","共"字、"差池"字,杨、崔二县令也。如《江涨呈窦使君》一首,而曰"同是一浮萍","同"字已与窦使君也。如《岳麓道林寺》一首,而曰"壮丽敌"、"清凉俱"、"莲花交响"、"金牓双回"、"步步雪山草"、"人人沧海珠","敌"字、"俱"字、"交"字、"双"字、"步步"字、"人人"字,二寺也。

用重字,诗家之病也。而《赠韩谏议》一首,如星官之君、北斗羽人、赤松子、南极老人,并麒麟凤皇、芙蓉旌旗、琼浆烟雾,纯用神仙事。《魏将军歌》一首,如星缠、天驷、天河、欃枪、荧惑、钩陈、玄武,纯用天文事。《舍弟观到江陵》第一首,用荆州、峡内、沙头、崤关、寒江、黄牛,八句而用六地名。

前题第二首,如庾信、罗含、蒋诩、邵平,八句而用四人名。反以相犯出奇,而不复见其使事之迹。

用虚字,宋人之蛊毒也。而《萤火》一首,中四句连用忽惊、复乱、却绕、偶经。《花底》一首,后六句连用忽疑、何事、恐是、堪留、深知、莫作,而不见重复为难。

拈一字而纵横出奇者,大家所不屑,而有时作狡狯者,戏也。即东西南北,有两句分用者,"东望西江永,南游北户闻","岷岭南蛮北,徐国东海西","嵯峨白帝城东西,南有龙湫北虎溪"。有两句叠用者,"南京久客耕南亩,北望伤神坐北窗"。有一句总用,而下复分承者,"东西南北更堪论",下接曰"遥拱北辰缠寇盗,欲倾东海洗乾坤。边塞西山最充斥,衣冠南渡多崩奔。"然不足为法。

馀论

得之于天者,才也;取之于古者,学也。卢、王翰墨,不如汉魏风骚,杜公已亲言之,故曰"精熟《文选》理"也。杜诗佳处,多本于汉魏六朝,各有祖述源流,详见《论事》,兹不载。

即就唐人而论,杜公已掩有众长。如"不见李生久,佯狂真可哀。世人皆欲杀,吾意独怜才",则元、白也。"客醉挥金碗,诗成得锦袍","麝香眠石竹,鹦鹉啄金桃",则温、李也。"万壑树声满,千崖秋气高","眼穿当落日,心死著寒灰",则贾岛也。"崩石欹山树,清涟曳水衣","红浸珊瑚短,青悬薜荔长",则钱、刘也。"俱飞蛱蝶元相逐,并蒂荷花本自双",则韩偓、杜牧也。"王郎拔剑斫地歌莫哀,我能拔尔抑塞磊落之奇才。豫章翻风白日动,鲸鱼跋浪沧溟开",太白无此雄放。"太常楼船声嗷嘈,问兵刮寇超下牢。牧出令奔飞百艘,猛蛟突兽纷遁逃"长吉无此奇杰。出其绪馀,已足衣被一代矣。

唐人惟摩诘律诗,可以颉颃老杜,然即其《终南山》一首曰:"太乙近天都,连山到海隅。白云回望合,青霭入看无"四句,诚与老杜无间。接曰:"分野中峰变,阴晴众壑殊",已觉六句俱景。至落句曰:"欲投人处宿,隔水问樵夫",未免粘带,而响亦稍落,承载上六句不起。老杜必推开一步,有雄浑之句以振之矣。

李诗出之易,易故率,率则易仿。杜诗出之难,难故深,深则难工。故李诗多半赝作,杜诗则惟"虢国夫人"一首,见张祜集中者,恰是中唐之笔,馀无可议。

公《进䳌赋表》称"七岁所缀诗笔,约千馀篇",又云:"七龄思即壮,开口咏凤凰",而集中天宝十馀年间,东都、齐鲁,不及三十首,而少年及吴越之诗不传,则天宝以前之诗,散失多矣。杜公成都有浣花草堂,夔州有东屯稻畦茅屋、瀼西果园草堂,旅寓安适,尚多悲叹。至荆南漂泊舟中,宗文复夭,而俱无一言,则湖南以后之诗,散失多矣。

古人作诗,自有寄托。如《送菜》、《送瓜》、《种莴苣》诸作,其旨甚明,而后人因之,每多牵强。如《咏月》之"微升古塞外,已隐暮云端",与肃宗何与?乃后人一中其蛊,首首皆诗史,字字皆忠爱矣。此编就文论文,俱不入。

古今之才,相去万里,即"身轻一鸟过","过"字不全,欧阳公与诸客屡易之不能到,乃后人于已见未明处,下笔轻改,如"风吹苍江树,雨洒石壁来",先风见于树,后雨洒于壁,明如划石。忽改"树"为"去",以对"来"字,不思沧江何以吹去,背理不亦甚乎?昌黎所云蜉蝣之撼柱也。

奇巧险怪,诗人之末事,如龙门号为双阙,则"天阙象纬逼",极为妥便。而王荆公改作"阅"字,与题目上下文何涉?如"遗恨在吞吴",极为明白,必欲改作"失"字,至托之东坡,托之梦寐,以愚后世,何哉?俱从正本。

笺注家旁引曲证,固不可少,然或史有此事,诗非此旨。如《寄韩谏议注》,与李泌何涉?必欲移时就事,便多不合。务博而不能虚,是亦学者一病,故不入。

古人器物制度,与今不同,不可轻为指摘。如唐人屋多用幔,始知"楼雨沾云幔"、"风幔不依楼"。唐人书皆用卷,始知"拥书解满床"、"风床展书卷"句法为工。

以上数则,与潘子元白、董子舜民、家季道贤讨论所及,附识于此,馀见注中,并续载《杜诗论事》。井天牖日,所遗者多;蠡海蚕山,其失也浅。敢云千秋,聊博一粲而已。

康熙壬子三月,吴见思识。

【版本】

清康熙十一年(1672)常州岱渊堂刻本《杜诗论文》。

【作者简介】

龚鼎孳(1615—1673),字孝升,号芝麓,安徽合肥人。明崇祯七年(1634)进士,授湖广蕲水知县,以功擢兵科给事中。入清后,历官吏科右给事中、礼科都给事中、太常寺少卿、吏部右侍郎、户部左侍郎、都察院左都御史、刑部尚书等职,卒谥端毅。工诗,与吴伟业、钱谦益并称为"江左三大家",著有《定山堂集》等。

吴兴祚(1632—1697),字伯成,号留村。原籍山阴(今浙江绍兴),入汉军正红旗。以贡生官江西萍乡知县,历山西大宁知县,迁忻州知州。康熙二年(1663),降补无锡知县,迁行人司行人,仍留任。十五年擢福建按察使,历福建巡抚,以平耿精忠之叛,进兵部尚书。二十一年迁两广总督,除尚之信及其馀孽之祸。二十八年以事降副都统,镇大同右卫。旋谪沙克所坐台,三十六年卒。吴兴祚风致俊爽,喜与文士游,一时名士,多共唱酬。颇能沾溉寒士,故人望归之。其诗吐属清雅,气度萧散,有《留村诗钞》一卷。另撰有《宋元诗声律选》、《史迁句解》、《粤东舆图》等书。生平事迹见《清史稿·列传四七》、鲁曾煜《两广总督吴公兴祚传》。

董元恺(?—1687),字舜民,号子康,江苏武进人。顺治十七年(1660)举人,次年因罹江南"奏销案"被黜,遂漫游四方,登山临水,凭吊古迹,晚年远游归里,足迹常在阳羡山水间。著有《苍梧词》。

陈玉璂,字赓明,号椒峰,江苏武进人。康熙丁未进士,官至中书令。著有《农具记》。

吴见思(1621—1680),字齐贤,武进(今江苏常州)人。出身江南名门世家,入清后,绝弃功名,一生布衣,潜心著述,困窭清贫,故著作多未刊行,致颇多散佚。著有《史记论文》一百三十卷、《杜诗论文》五十六卷、《杜诗论事》。生平事迹见张惟骧《毗陵名人疑年录》卷一、《(光绪)武进阳湖县志》、张慧剑《明清江苏文人年表》。

五〇　方拱乾批点《杜诗论文》

方育盛《题跋》

看老杜诗,要将我身化作老杜,亲当其悲欢离合之境遇,真正是诗成若神助,但区区寻其诗律细,犹浅矣,况字句乎?寻常字句佳,亦不可以言诗。诗之妙,在无字处,老杜诗犹妙在无字处。果能细心体认,通身摄入,恰恰此题当有此诗,此诗当有此起承转合,所谓律也,神也。小子识之。

先大人阅杜诗,凡数绝编矣。品题丹黄,无不精核,若神会少陵然。此则己丑春日批以训小子者,书载行筪,廿馀年矣,拈签时有脱落。今客芝山,公馀之闲,敬照底稿誊录清册,以便时时翻诵云。壬子三月育盛拜书。

方拱乾《手录杜少陵诗序》

生平读杜少陵诗,缮写无虑七八易本,俱散佚不复存。此本所存,惟《千家注》一旧本耳,复丹铅三四回,次儿子亨咸请手录作一定本,以娱老眼。既曰定本,则不可以有选,选之一人之去取,恐不足厌众心。永以传也,则不可以无注,无注虞其曚而隐,能不酌所为注,又虞其流于蔓且诞也。诸书惟杜注最多,以予所见,且十八九种,闻吴下藏书家至八十馀种,虽未得书见,大略可以意揣。夫注者,明所疑而止,若无所疑而曰:"彼如是注,我更一注焉。"以相角矜,则疑将滋甚。少陵诗,诗中六经也。以诗诣言,所谓集大成也。其复绝处,不在于博,而博亦一端。摭事酌句,必有原本。自我用古,不为古用。乃必穿凿钩索,以为少陵胜场,少陵不受矣。近见有以唐史所载,逐年月、逐事、逐人、逐地以傅会少陵诗,略大取小,略神取肤,支离不相背肖,此无他,总起于"诗史"及"一饭不忘君"两语耳。诗与史之截然不可合为一也明矣。史何待诗?诗何必史!史即华,终是史;诗即确,终是诗。董狐岂诗人乎?少陵管、乐自许,流落穷愁,耿耿以当时治乱之故,形之篇章,何必以忠名?即以忠名,亦诗忠也,而强以盱衡痛哭之语,为天威不违颜咫尺,少陵受乎?吾未闻皋夔龙比以登风雅之坛而始重也。善乎!黄山谷之言曰:少陵诗妙在无意而意已至,后之人能自求之,则得之矣。能以余说而求之,则思过半矣。若取其发兴于所遇林泉人物草木鱼虫,以为物之皆有所托,如世间商度隐语者,则少陵诗将委地。此注之所以为少陵功罪也。从来经籍,注以明者什七,以注晦者什三。诗固纯乎性情也,一落训诂,已失其天。孟子曰:"以意逆志,是为得之。"此千古读书法也,况读诗乎?况读少陵诗乎?此本亦以我注杜诗耳,以杜诗注杜诗耳。若曰集诸家以为本,则不能居矣。书始于三月初一日,成于五月廿二日。翻阅商订者,为吴子汉槎,为长儿玄成。

云麓老人书于何陋居,岁在庚子,时年六十有五。

方拱乾《方膏茂批本序》

今之称诗者,心即不服少陵,口不得不服少陵矣,究竟于少陵未窥涯际也。曰少陵与元、白同,曰少陵与王、岑异。夫少陵几曾有同异,几曾拣择众体而自命一体乎?少陵之诗,化工也。如大块之风,随籁来响;如天之雨露,随物数而来华实。今学少陵者,不学其风,但学其响;不学其雨露,但学其华实,少陵诎矣。不以诗求少陵而少陵现,以身化作少陵而少陵之诗现。诗通于性,诗合于神,非予言妄也,然古今止一少陵耳。

大人书膏茂杜诗卷首者,育盛敬录。

方拱乾《方奕箴批本序》

今年为儿子批点杜诗,凡三过,前此不记凡几十过,但觉一过有一过领略不尽处。此见老夫之钝,亦以此见老夫之不徒钝也。自许生平有杜癖,而癖之无可解于人者有四焉:一曰读排律。人以对偶亲切为排,老夫则以其意为排也。有不对偶亦曰排,有对偶亦曰非排。议者曰:得汉魏六朝无失排,试问汉魏六朝曾有律乎?律且无,况排乎?平排且无,况失排乎?老夫之命为排者,非能臆为之也。尝冥坐深思,捎耳弃目,以此身化作少陵,觉其当日之意,排则是,不排则不是。故今日读以排则佳,不排则不佳也。此则与世大矛盾处,即同心者,亦以为疑,老夫则以癖自甘也。一曰取虚处,亦取实处。千古薄少陵者,曰鸿情人、奥郁人,皆以实处觅少陵也,老夫则取其虚。虚者,得神也。神于何寄?即字于鸿情奥郁之中,而所以表其神者,则法也。少陵无一处非法,而法之合乎天然,合乎自然,如泉涌地,行乎其所不得行,止乎其所不得止,是谓神矣。神不可见,法则可寻。人但知少陵之穷天入渊,罗古录今,驱鬼役怪,以为如何开辟,如何创获,不知其用意用绪处,纯乎古人法也。法不在古人,在乎自心。风行□末,何始何终,岂一毫假借凑泊所能凌替乎?此则堪为老诗人道,难为初学道。初学摹虚而略实,几何而不落于竟陵一路耶?一曰破"诗史"之说。少陵非尘视轩冕人,且自负管、葛,抱经济而盱衡治乱,则往往形之歌咏,若曰"一饭未尝忘君",则未能许也。即令一饭不忘君,或自有处,自有时,岂于排须得句时见乎?皋夔龙比几曾登风雅之坛?假今三家村老书佣,经口打油,却一饭不忘君,遂曰"诗圣"乎?是固性情,安可以史辱之耶?史自史,诗自诗,迥是两途,非独论少陵为然。一曰不轻比。比,原诗之一体,少陵未尝不用。如赋物托兴,令人倒跃而不可拘执,斯谓之比之化境也。然有不必比者,有不当比者。乃动曰比肃宗,比张良娣,比贵妃,比安禄山,甚而至于比玉虚观道士,使人喷饭。果尔,则天下之阴险谲薄莫少陵,若尚曰忠厚和平乎?是则老夫四大癖,愿任知罪于天下后世。至若字句之根据原本,诸家之辨释傅会,竟同聚讼。老夫曰:少陵佳处不在此,本不讹,即讹一二句,岂足病乎？善哉！黄山谷之言曰：少陵诗妙在无意而意已至，使后生辈自求之，则思过半矣。若穿凿而失其大旨，逐字逐句如世间商度谜语，则少陵诗扫地矣。然则山谷之论，不亦癖乎？老夫而得与山谷同癖，何能辞？甦庵学诗老人方书于广陵随园之桂树下，时癸卯中秋先三日。

此大人为六弟批本书卷首者，壬子冬仲育盛敬录。

【原文出处】

国家图书馆藏方育盛跋并录方拱乾批注《杜诗论文》五十六卷，残存四十一卷。

【作者简介】

方拱乾（1596—1667），字肃之，号坦庵、甦斋、甦庵，安徽桐城人。明崇祯元年（1628）进士，官翰林，至少詹事。清顺治九年，荐补翰林学士，仍官詹事。以"科场案"受到牵连，与子方孝标、方亨咸俱谪宁古塔，后捐赀赎还。著有《出关集》、《入关集》、《绝域纪略》等。

方育盛，字与三，别号拷舟，方拱乾第三子，顺治甲午举人。著有《其旋堂集》。

五一　洪仲《苦竹轩杜诗评律》

黄生《苦竹轩杜诗评律叙》

《苦竹轩杜诗评律》者，余友洪仲子所评杜诗五七言律也。弁之"苦竹轩"之题，洪之志也。洪子屣弃经生，交余甘载，每见则肴蒸典籍，醴酌图书。虽所嗜不苟同，而黑白淄渑，同于别味，杜诗其一也。余尝与洪子味杜诗，耳食嗤其澹泊，不知是中甘苦，老杜和而斋之，洪子歠而餔之，仆亦尝鼎佐饔窃随其后。盖惟洪知杜，惟仆知洪，舍雍巫不与言味矣。吁！微言绝于圣往，大义蠡于贅徂，末法深斟，狐涎鸩羽，其为我辈反厄者多矣，岂独味杜之殊众口哉！读是编者，亦当以正味味洪子也夫。

康熙己酉季秋黄白山人黄生撰。

洪舫《旧题选杜》

十年求杜，求诸全集不足，又选乎哉？然使亲见仙灵，并亦刍狗，此编胡不可？夫选百氏诗文，论才华骨体；选杜，论性命肝肠。京华丧乱，何与遗弃老翁？乃如鸟叫峡春，蛩嘶夜壁，至竟血干喉断，响怨终留。尤大者，悼痛台崩晋史，铠助花门，遏抑丹心，烧焚谏草，世少屈原弟子，倩两案招魂，遂令黑水青枫，终古悲琴泣玉。若彼才华骨体，众作归工，诸家业已增华，贱子何难踵事？河源探沂，请待乘槎。咄咄此编，亦仅资人问渡。或似长康画叔，则敢言宣圣遇姬文！若其不究郢书，空崇燕说，则余真千古罪人矣。

顺治壬辰夏首，邗上羁人洪舫漫题。

洪力行《跋》

诗体之变古而为律也，盖自唐始。唐有其古诗而无古诗，贻讥识者。至五七律，则无讥焉。律也者，在军为纪，在刑为法，在乐为音。吾窃怪唐人制体太苛，句限以八，声定以四，如身处重围，艰于生动。何如病妇孤儿，征夫荡子，或行吟而坐歌，或食咄而寢嗟，转喉掉吻，直达胸臆之为愉快也？因质之吾师汪子，师曰："否否，不然。子亦知律之盛于开、宝之际乎？其时若李，若王、孟、若高、岑，作者如林，变化奇肆，未尝拘于体裁，而神韵不乏。逮浣花老人，而技斯极矣。其为格也，愈出而愈新；其用意也，神出而鬼没。嬉笑怒骂，根极性情，与古诗不拘于音节者等。而究其自言，第曰：'晚节渐于诗律细'，间常求之一篇之中，有句法，有章法，截乎不可紊，岂非从心所欲而不逾距哉！汝曹伯氏仲子先生，吾少从之游，闻其绪论，深悟浣花老人神骨风采，全在句法、章法之间。苦竹轩评选，深获杜心，兼标格，子归求之，其于律也，思过半矣。"予与兄雨平奉师训万花丛中、竹林深处。佔𠌫之暇，歌诗相娱，反复斯编，始知五花八门，莫测其奇，而实以整以暇也。生龙活虎，莫穷其变，而实有伦有要也。所以节制之师，操符致用；明允之士，按例平刑；伶伦之官，占灰候气，莫不由律。况乎抒写性灵，束《三百篇》、《十九首》之才思于四韵八句之中，不遵斯编以为之法，而将谁法哉？独恨久藏山中，名公钜卿过访而不得者数数矣。今幸原版尚存，予小子虽无知，敢执师言，广为流通，以公同好云。

康熙乙丑暮春洪力行识于屏山草堂。

李一氓《题跋》

右《杜诗评律》六卷,徽州洪仲撰,清康熙刻本。其书其人歙县《艺文志》、《人物志》均不载,殊可怪也。洪叙著年顺治,盖成书当在明季,可为揣断。此书世不多见,想当时即流传有限,致县志亦失之。惟参订之黄生,则为明清间大家。黄氏又名瑚,字起溟,又字扶孟,号白山。所交多并时名士,如王炜、龚贤、屈大均等。江天一抗清兵败,乙酉就义南京,黄首唱集资赈其家,想见其为人。所著《字诂》一卷、《义府》一卷,□镌板行世。《一木堂诗集》十二卷,乾隆间列入禁书。《杜诗说》十二卷,则仇兆鳌多采之以入《杜诗详注》。一九五七年夏游黄山,遇屯溪市上见此书,为成都草堂收得之。李一氓记。

【版本】

清康熙二十四年(1685)洪力行据康熙八年(1669)原刻重印本《苦竹轩杜诗评律》。

【作者简介】

洪仲,一名舫,字方舟,自署邗上羁人,室名苦竹轩。歙县(今属安徽)洪源人。与黄生、屈大均、韩畕友善,常研讨杜诗。著有《苦竹轩诗》、《唐诗二字解》、《苦竹轩杜诗评律》。生平详见《(民国)歙县志·遗逸传》。

洪力行,字待臣,歙县人。洪云行(字雨平)之弟。洪云行于康熙中曾为浙江馀姚县丞。兄弟二人俱受业于汪洪度,读书于黄生白龙潭。

何焯《杜诗评律叙》

律诗之作,发源于永明,而成于唐之景云。由格而律,声病益严。五代丧乱,其传始讹。至宋如阮逸之流,皆云八病未详,此之不审,而附会"师出以律"、"刑家三尺律"之说,岂其然乎?近代则四声而外,并无有知"八病"二字者,所讲仅起承转合,尤为作诗之末务。然苟其发明疏通,确有真得,使初学读之,可识文从字顺之方,要未可谓无功也。洪生待臣,箧中携有族伯方舟先生《杜诗评律》一册,于杜之章法、句法,一一为之缕析其曲折,虽当年排比声韵之微,未易窥寻,而起承转合,则固以备矣。老杜自谓"晚节渐于诗律细",而方翁此书,亦出于晚年,然则世之人,苟非博雅过于阮氏,未易可得而厌薄之也,盍先从此取则焉。

康熙癸酉三月二十七日长洲何焯书于南阳舟次。

洪力行《后记》

此编乃族伯方舟先生昔馆广陵,偕黄白山老人评选以授学徒者也。当时镂板,仅印数部,以赠所知,未广其传。近爱白山老人推衍厥旨,著为《杜诗说》行世。读服氏注者,益思复见郑笺。因质正于屺瞻师,增订完好,以应当世之请。而识其后曰:老杜诗一下笔,皆从破万卷得来,岂可一知半解,率尔注释!然注者千家,如伪苏"屋上三重",师古"笋根稚子",甚至"儒冠纨绔"而曰:本天亲上,本地亲下。凡此舛陋可嗤,反不因浅近,而以傅会穿凿,求之太深。黄山谷云:"子美诗妙处,在无意于文,余尝欲随欣然会意处笺以数语,终汩没于世俗不暇也。"斯意也,我伯父实得之矣。伯父博极群书,而最鄙训诂。兹所选五、七言杜律,不钩深,不撷异,第就本文玩味,疏通其旨趣,指点其章程,眉目分明,首尾联贯,俾读者了然得解于章句之中,自超然会心于章句之外。举数百年来诸家蔀障,一洗而空之。较之白山老人《诗说》尤为切近简当,是铁门关一玉钥匙也。世人欲登老杜之堂,而穷其阃奥,其以是为从入之门哉!

康熙丁丑夏五月族子力行谨书。

【版本】

清康熙三十六年(1697)洪力行据康熙八年(1669)原刻重印本《苦竹轩杜诗评律》。

【作者简介】

何焯(1661—1702),字屺瞻,号义门先生,晚号茶仙,长洲(今江苏苏州)人。康熙四十一年(1702)由直隶巡抚李光地举荐,召入南书房,明年赐举人,试礼部下第,复赐进士,改翰林院庶吉士,仍直南书房,命侍皇八子府,兼武英殿纂修。著有《义门读书记》。生平事迹见《清史稿·文苑传一》、沈彤《翰林院编修何先生焯行状》、方楘如《翰林院编修赠侍读学士义门何先生墓志铭》。

五二　黄生《杜诗说》

黄生《杜诗说序》

古今善说诗者，莫如孟子。孟之言曰："以意逆志，是为得之。"逆之为言迎也。夫古人在百世之上，我在百世之下，虽以志形之于言，而欲从纸上探微索隐，使作者肺肝如揭，不亦难乎！余以为说诗者，譬若出户而迎远客，彼从大道而来，我趋小径以迎之，不得也；彼从中道而来，我出其左右以迎之，不可也。宾主相失，而欲与之班荆而语，周旋揖让于阶庭几席之间，岂可得哉？故必知其所由之道，然后从而迎之，则宾主欢然把臂、欣然促膝矣，此以意逆志之说也。窃怪后之说诗者，不能通知作者之志，其为评论注释，非求之太深，则失之过浅。疏之而反以滞，抉之而反以翳，支离错迕，纷乱胶固，而不中窾会。若是者何哉？作者之志不能意为之逆故也。诗之变，极于唐，而集诗之大成者，称杜公子美。说唐诗者大率蹈前弊，而尤莫甚于杜诗。良由杜公之志非犹夫人之志，加以腹综万卷，笔扫千军，浅智肤闻之士，轻以说诗自任，其不中窾会，岂止文害辞、辞害意而已哉！不慧出入杜诗馀三十年，不敢复为之说。唯以我之意，逆杜之志，窃比于我孟子，兢兢免宾主相失之诮。书成，将请益于海内大雅君子，取其中者，而弹射其不中者，期于杜公之志无憾，而后即安，是固余所深愿也夫！

康熙丙子仲春，白山学人黄生书。

黄生《杜诗说凡例》

一、亡友洪方舟与余三十年性命友朋于杜诗，中间与程公如、曹次山、汪几希参互考订。诸友皆沦亡，不及见余书之成。近词英吴东岩，稍出其秘笥，以五言律示余，惜余选成次到，故摘其评于十二卷，是皆为予他山之助也。

一、是编为洪未斋携副本入京师，京师诸公以为说杜而解人颐者，仅见此本。家研旅携示维扬诸公，亦以为然。家宾在携以入楚，楚中诸公亦以为然。至家叶千携过娄水张洮侯，弁序本书之首，钱十青挂名五卷之末。而张汉度、张梅岩、赵双白、姜万青诸公，皆遥修名刺，以致服膺之意。洪思永携入姑苏，张卓门见之，自云："亦尝留心杜诗，今见此本，一字不敢下注。"足见前辈虚心可敬，不才于是始敢以《杜诗说》问世。

一、余囊无一钱，不能不以剞劂之资，告助于亲友，而始终其事者，有洪末斋。中间出资独多者，有黄仲宾、黄若周、黄采思。其馀参订诸公，出资不等。如集众狐以成一裘，簇千花以为一塔。迨臻□□□，历寒暑者六也。书成，因志诸人，共襄盛典，而余一念不敢自信之心，对诸杜公，幽明可质。以谓公自云："读书破万卷，下笔如有神。"顾以一人之心思目力，自谓能概其全集，则吾岂敢！于是以是编悬诸国门，俾诸人欣赏其中者，而弹射其不中者，是予所望于海内诸君子也乎！

黄生《杜诗概说》

入杜诗，如入一处大山水；读杜律，如读一篇长古文。其用意之深，取境之远，制格之奇，出语之厚，非设身处地，若与公周旋于花溪草阁之间，亲陪其杖屦，熟闻其謦欬，则作者之精神不出，阅者之心孔亦不开。噫，难言之矣！

读唐诗，一读了然，再过亦无异解。惟读杜诗，屡进屡得，足验公造境迥绝诸贤。浅衷肤学，未易遽窥堂奥。前人率笔注杜，多为来者笑端。今兹鄙说，岂敢自矜无漏，第公心神所在，妄意窥见一斑，支离穿穴之病，吾知免矣。

杜公屡上不第，卒以献赋受明皇特达之知，故感慕终身不替。虽前后铺陈时事，无所不备，于其君荒淫失国，惟痛之而不忍讥之，此臣子之礼也。乃说者不得公心，影响傅会，辄云有所讥切，此注杜大头脑差失处。妄笔流传，杜公之目将不瞑于地下矣。

杜公交游虽广，能振其穷而善遇之者，惟严季鹰一人。故公之感知之心，亦死生勿替。说者有谓公入幕后宾主不合，故先武未薨，辞之下峡。又谓武力能荐之于朝，不此之图，乃置之幕下，以官属相临，公于此不能无憾，此等亦出私臆。考公居幕不乐则有之，然甫佩银章，遽辞铃阁，岂近人情？本集故无明据，而辄造是说，不陷公为交道不终之辈，而出于小丈夫鞅鞅者之所为乎？以上二事，实公君臣朋友之际大节所关，此而可肆意妄注，不知置公人品于何地？苟人品之可议，即诗品亦安得独重千古？而评之注之不置，又奚取哉？其他谬说，未易枚举。此系说诗之大指，予故首为揭破，仍详辩于各诗之下。

杜诗所以集大成者,以其上自骚雅,下迄齐梁,无不咀其英华,探其根本。加以五经三史,博综贯穿,如五都之列肆,百货无所不陈;如大将之用兵,所向无不如意。其材之所取者博,而运以微茫窈眇之思;其力之所自负者宏,而寓以沈郁顿挫之旨。以言乎大则含元气,以言乎细则入无伦,以言乎天地之间则备矣。此所以兼前代之制作,而为斯道之范围也与!

高廷礼《品汇》于盛唐列杜为"大家",其馀如太白、王、孟、高、岑、龙标、新乡诸人,则列为"正宗",似乎尊杜,另置一席,而其实不然。盖正宗,犹正统大宗之意。而盛唐之名流,未能成家者,但目为"名家"、为"羽翼",其旨严矣。然则"大家"之目,非以其篇章浩瀚,句调恢奇,实居正变之间,而不敢列之正变,特创斯目以尊异之乎?予谓杜之所以为大家者,以其能集诗流之成也。是故杜诗中兼有诸子,诸子诗中不能兼有杜。而乃外之,使不得居正宗之列,将无文予?而实不予耶?故尝欲选杜集中规调之合乎盛唐诸子者,别为一编,目曰《杜诗正宗》,其旨则本乎廷礼,其义则某窃取之矣。

山谷学杜,得其皮毛,不得其神髓;得其骨干,不得其筋节。其筋节在装造句法,其神髓在经营意匠。盖欲学杜,必先能解杜。杜诗多为宋人误解,宜学之不得门也。如山谷"月黑虎夔藩"、"闻道狸奴将数子"误读数上声之句,皆以见于己诗,自露其丑,则其他误解者,当不可胜计矣。

杜诗莫谬于虞注,莫莽于刘评。如黄鹤、梦弼之类,纰缪虽多,然其名不甚著,人亦未尝称之。惟刘与虞,公然以评注得名,反得附杜公不朽,是可恨也。虞注本元人张伯成伪撰,假虞以行,此则非独杜不幸,并虞亦不幸矣。

杜公本一赋手,故以骚雅为胎骨,以经史为肴馔,以《文选》为藻缋。见之篇什,纵横驰骋,难受束缚,如千里霜蹄,虽按辔康庄,其翩云绝尘之气,自不可御。

"读书破万卷,下笔如有神",公之自道其诗者,即他人不能赞一辞矣。后之注者,读书既不多,又不能阙所不知,往往郢书燕说,甚者乃伪撰故事以实之,杜公之真面目,蔽于妄注者不少。至其为评,不能深悉公之生平,不能综贯公之全集,且不融会一诗之大旨,是故评其细而遗其大,评其一字一句而失其全篇,则公之真精神,汨没于俗评者实多。兹余所评所注,不敢自谓得杜之真,惟存之以俟后世博雅君子采择折衷焉尔。

李、杜齐名,古今不敢轩轾。予谓太白,才由天纵,故能以其高,敌子美之大耳。至论其胎骨,则清新开府,俊逸参军,杜之目李,确不可易,岂与攀屈、宋而驾曹、刘者可同日论哉！

杜公近体分二种：有极意经营者，有不烦绳削者。极意经营，则自破万卷中来；不烦绳削，斯真下笔有神助矣。夔州以前，夔州以后，二种并具。乃山谷、晦翁偏有所主，不知果以何者拟杜之心神也。

近体首主格律，傅之以色泽，运之以风神，斯登上品。乃杜公经史骚赋，盘郁胸中，溢为近体，时觉陶镕有未尽处，其包举唐贤以此，其与唐贤分路扬镳亦以此。披沙拣金，簸糠得米，是在选者之功矣。

忧时恋主，叹老嗟卑，处处不出此意，笔下千变不穷，其身分不可及，其才力更不可及。

【版本】

清康熙三十五年（1696）一木堂刻本《杜诗说》。

【作者简介】

黄生（1622—1696），原名瑄，又名起溟，字扶孟，自以为钟灵秀于黄山白岳，故就己姓而号白山，又号虎耳山人。歙县（今属安徽）潭渡人。明末诸生，入清后，隐居不仕。所交皆当时知名之士，如王炜、龚贤、屈大均等。江天一抗清兵败被杀，黄生率先倡导集资抚恤其家。黄生博学广艺，诗笔雄骏，工于书画，尤精小学，著述颇丰。所著《一木堂诗稿》十二卷、《一木堂文稿》十八卷，乾隆间遭禁毁。又有《唐诗摘钞》四卷、《诗麈》、《三礼会籥》、《三传会籥》、《叶书》、《内稿》、《外稿》等，亦佚而不传。惟其《字诂》一卷、《义府》二卷，赖戴震访求，列入《四库全书》。曾订阅同乡洪仲所著《苦竹轩杜诗评律》，另有《杜诗说》十二卷行世。生平事迹见《清史列传·儒林传下一》、《（光绪）重修安徽通志·人物志·隐逸》、《（民国）续修歙县志·人物志·儒林》。

五三　张彦士《杜诗旁训》

张彦士《自序》

余于少陵诗，寝食其中者将逾五十年，而诸家之笺疏亦颇涉猎，其间彰明较著、深得古人之意者固多，而穿凿附会、湮没前人之志者亦往往有之，甚而铺陈终始，排比声韵，即句作解，因字作注，诗即此诗，而作者言外之意，难言之隐，半死句下，予心伤之久矣。偶于黄山学署得卢紫房《杜诗胥抄》一书,不发一议,不置一解,而少陵之真面目真精神,犹得洞于行墨之间。予怃然曰:此善读杜者也!以我注杜,何如以杜注杜?以解解之,何如以不解解之?杜之无容注也,予既已知之矣。虽然,吾人读书数十年,而不能发明大义,使读者人自得之。所以为古人则善矣,所以自为则未尽也。予又思之,以杜注杜,仍不若以我注杜。以杜注杜,杜之杜也;以我注杜,我之杜也。杜之为诗广矣,备矣!可以包罗万象,可以范围古今。拟之、议之、取之、譬之,无不通也。得其旨,《三百》可蔽于一言;失其义,千言无当于万一。于是取《胥抄》而读之,将百家之笺疏一切芟去,闭目冥心,每于一诗吟咏一过,觉精神意旨隐隐有会,即取而笔之于旁,其有未合者,反复以思,务得言外之意,而至于作者之心,则吾不知其有合焉否耶?

【版本】

已佚。

【原文出处】

光绪《山东通志·艺文志·诗文评类》。

【作者简介】

张彦士,字龙弼,定陶(今属山东)人。顺治十二年(1655)以岁贡为黄县训导。康熙十八年(1679),监司举博学鸿词,未赴,升贵州赤水卫经历。时逾七旬,以疾乞归,闭户著书,优游林下十馀年。彦士肆力经史,家藏书甚富,丹黄所及,重复稠叠,研精覃思,微文奥旨,靡不抉摘。旁及天文、地志、音律、术数之学,虽专门无以过之。卒年八十六,乡人私谥曰文康先生。著有《读史蠭疑》、《孝经注解》、《忠经注解》、《小学汇解》、《杜诗旁训》等,诗集、文稿藏于家。另有《张氏藏书目录》。生平事迹见《(光绪)山东通志·艺文志》。

五四　沈汉《杜律五言集》

沈汉《杜律五言序》

今海内诗家,无不规摹唐人,即无不研揣杜律,余复何庸饶舌,取是帙□□□之。且少陵全集,歌行、古风、排律、近体皆浑涵汪洋,千汇万状,鬼神造化,驱役笔端,操觚者流,头童齿豁,用尽一生,莫能探其阃奥。余独取五言律,而句栉字比,欲以一脔窥全体,亦陋甚矣。虽然,唐世以诗制科,一时才人,慧业竞起。自贞观而后,开元、天宝以迄乾元、大历,雄踞骚坛者,往往不乏。读少陵之歌行、古风,青莲或堪分席;排律、近体,即王、孟诸君子时亦并驱。独是律则牛耳诸家,俎豆不祧。千古以来,诗固宗唐,律必系杜,杜律而外,未闻以律予青莲,以律予王、孟诸君子者。凛凛金科玉条,奉若之罔敢或悖,则律之义难言也。譬瞽师审音,宫徵无夺伦焉;周裨定历,晷刻无差忒焉;元戎授钺,进退无踰闲焉;老吏断狱,平反无失出焉;大匠运斤,绳墨无遗憾焉。律之义难言也。七言律旧有虞注、张注,皆考核甚精,已堪行世。至五言律,虽有赵氏注,芟薙至尽,十不得四焉。每阅是篇,辄以挂漏过多、去取无当为恨。因不揣谫陋,遂手五言全帙并录之,订其鲁豕,别其门目,仿虞伯生编次七言律体。复遍搜古今名人之品骘,详加校雠,有于片言只字发挥领略者,悉汇辑而寿之梓,庶稍补赵氏之阙乎!若夫少陵之沉郁于性,窈眇于情,纵横于理,错综于意,又从"读破万卷"中来也,非余蠡测之所能及矣,请以质海内诵少陵之律者。

顺治辛丑姓宾朔,东海后学沈汉天河父题于卧园之听秋阁。

沈汉《杜律五言集评》

五言律体,极盛于唐。唯工部诸作,气象巍峨,规模宏远。当其神来境诣,错综幻化,不可端倪,千古以还,一人而已。

宏大则"昔闻洞庭水",富丽则"花隐掖垣暮",感慨则"东郡趋庭日",幽野则"风林纤月落",饯送则"冠冕通南极",授赠则"斧钺下青冥",追忆则"洞房环佩冷",吊哭则"他乡复行役"等,皆神化所至,不似人间来者。

作诗不过情景二端,如五言律体,前起后结,中四句二言景,二言情,此通例也。老杜诸篇,虽中联言景不少,大率以情间之。故习杜者,句语或有枯燥之嫌,而体裁绝无靡冗之病,此初学入门第一义,不可不知。若老手大笔,则情景浑融,错综惟意,又不可专泥此论。

李梦阳云:叠景者意必二,阔大者半必细。此最律诗三昧。如杜"诏从三殿去,碑到百蛮开。野馆浓花发,春帆细雨来",前半阔大,后半工细也。"浮云连海岱,平野入青徐。孤嶂秦碑在,荒城鲁殿馀",前景寓目,后景感怀也。唐法律甚严惟杜,变化莫测亦惟杜。

"荒庭垂橘柚,古屋画龙蛇","锡飞常近鹤,杯度不惊鸥",杜用事入化处,然不作用事看,则古庙之荒凉,画壁之飞动,亦更无人可着语,此杜老千古绝技,未易追也。

杜用事门目甚多,姑举人名一类,如"清新庾开府,俊逸鲍参军",正用者也。"聪明过管辂,尺牍倒陈遵",反用者也。"谢氏登山屐,陶公漉酒巾",明用者也。"伏柱闻周史,乘查似汉臣",暗用者也。"举天悲富骆,近代惜卢王",并用者也。"高岑殊缓步,沈鲍得同行",单用者也。"汲黯匡君切,廉颇出将频",分用者也。"共传收庾信,不得比陈琳",串用者也。至"对棋陪谢傅,把剑觅徐君","侍臣双宋玉,战策两穰苴","飘零神女雨,断续楚王风","晋室丹阳尹,公孙白帝城",煅炼精奇,含蓄深远,无出其右。

"飞星过水白,落月动沙虚",吴均、何逊之精思。"春色浮山外,天河宿殿阴",庾信、徐陵之妙境。"山河扶绣户,日月近雕梁"、"碧瓦初寒外,金茎一气旁",高华秀杰,杨、卢下风。"冠冕通南极,文章落上台","诏从三殿去,碑到百蛮开",典重冠裳,沈、宋退舍。"耕凿安时论,衣冠与世同。在家常早起,忧国愿年丰",寓神奇于古澹,储、孟莫能为前。"片云天共远,永夜月同孤。落日心犹壮,秋风病欲苏",含阔大于沉深,高、岑瞠乎其后。"退朝花底散,归院柳边迷","花动朱楼雪,城凝碧树烟",王右丞失其秾丽。"地平江动蜀,天阔树浮秦","日月低秦树,乾坤绕汉宫",李太白逊其豪雄。至"岸花飞送客,樯燕语留人",则钱、刘圆畅之祖。"两行秦树直,万点蜀山尖",则元、白平易之宗。"两边山木合,终日子规啼",卢仝、马异之浑成。"山寒青兕叫,江晚白鸥饥",孟郊、李贺之瑰僻。"冻泉依细石,晴雪落长松",岛、可幽微所从出。"竹斋烧药灶,花屿读书床",藉、建浅显所自来。"雨抛金锁甲,苔卧绿沉枪",义山之组织纤新。"圆荷浮小叶,细麦落轻花",用晦之推敲密切。杜集大成,五言律尤可见者。

"山随平野阔,江入大荒流",太白壮语也,杜"星垂平野阔,月涌大江流"骨力过之。"九衢寒雾敛,万井曙钟多",右丞壮语也,杜"星临万户动,月傍九霄多"精彩过之。"气蒸云梦泽,波撼岳阳城",浩然壮语也,杜"吴楚东南坼,乾坤日夜浮"气象过之。"弓抱关月,旗翻渭北风",嘉州壮语也,杜"北风随爽气,南斗避文星"风神过之。读唐诸家,至杜辄令人自失。

咏物起自六朝,唐人沿袭,虽风华竞爽,而独造未闻。惟杜诸作,自开堂奥,尽削前规。如题月:"关山随地阔,河汉近人流。"雨:"野径云俱黑,江船火独明。"雪:"暗度南楼月,寒深北渚云。"夜:"冲露成涓滴,稀星乍有无。"皆精深奇邃,前无古人,后无来者。然格则瘦劲太过,意则寄寓太深,他鸟兽花木等,多杂议论,尤不易法。

"力侔分社稷,志屈偃经纶",欧、苏得之,而为论宗。"江山如有待,花柳更无私",程、邵得之,而为理窟。"鲁卫弥尊重,徐陈略丧亡",鲁直得之,而为深沉。"白屋留孤树,青天失万艘",无己得之,而为劲瘦。"烟花山际重,舟楫浪前轻",圣俞得之,而为闲澹。"江城孤照日,山谷远含风",去非得之,而为雄浑。凡唐末宋元人,不皆学杜,其体则杜集咸备。元微之谓"自诗人来,未有如子美者",要为不易之论。至轻俊学流,时相诋驳,累亦坐斯,然益足见其大也。

诗富硕则格调易高,清空则体气易弱。至于终篇洗削,尤不易言。惟杜《登梓州城楼》、《上汉中王》、《寄贺兰二》、《收京》、《吾宗》、《征夫》、《可惜》、《有感》、《避地》、《悲秋》等作,通篇一字不粘带景物,而雄峭沉着,句律天然。古今能为澹者,仅见此老,世人率以雄丽掩之,余故特为拈出,第肉少骨多,意深韵浅,故与盛唐稍别,而黄、陈一代尸祝矣。

杜五言律,自开元独步至今,七言则唐宋入室分庭者,往往不乏。然就杜论,七言亦减五言。

唐人赋多而比少,惟杜时时有之。如"寒花隐乱草,宿鸟择深枝","独鹤归何晚,昏鸦已深林"之类。然杜所以胜诸家,殊不在此,后人穿凿附会,动辄笑端。余尝谓千家注杜,类五臣注《选》,皆俚儒荒陋者也。

亥起高古者,苦不多得。盖初盛多用工偶起,中晚卑弱无足观,觉杜陵为胜。"严警当寒夜,前军落大星","不识南塘路,今知第五桥","今夜鄜州月,闺中只独看","带甲满天地,胡为君远行","吾宗老孙子,质朴古人风","韦曲花无赖,家家恼杀人",皆雄深浑朴,意味无穷。然律以盛唐,则气骨有余,风韵少乏。惟"风林纤月落","花隐掖垣暮"绝工,亦盛唐所无也。

唐五言多对起,沈、宋、王、李,冠裳鸿整,初学法门,然未免绳削之拘,要其极至,无出老杜。如"国破山河在,城春草木深","战哭多新鬼,愁吟独老翁","冠冕通南极,文章落上台","死去凭谁报,归来始自怜","城晚通云雾,亭深到芰荷","秋月仍圆夜,江村独老身","四更山吐月,残夜水明楼","江汉思归客,乾坤一腐儒","路出双林外,亭窥万井中","满目悲生事,因人作远游","寺忆曾游处,桥怜再渡时"之类,对偶未尝不精,而纵横变幻,尽越陈规,浓淡浅深,动夺天巧,百代而下,当无复继。

结句之妙者,杜则"明朝有封事,数问夜如何","经过自爱惜,取次莫论兵","亲朋满天地,兵甲少来书","安危大臣在,不必泪长流","万里黄山北,园陵白露中","无由睹雄略,大树日萧萧"。唐人五言律,对结甚少,惟杜最多。"无家问消息,作客信乾坤"之类,即不尽如对起神境,而句格天然,故非馀子所办,材富力雄故耳。

老杜字法之化者,如"吴楚东南坼,乾坤日夜浮","碧知湖外草,红见海东云","坼"、"浮"、"知"、"见"四字,皆盛唐所无也。然读者但见其闳大,而不觉其新奇。又如"孤嶂秦碑在,荒城鲁殿馀","古墙犹竹色,虚阁自松声",四字意极精深,词极易简。前人思虑不及,后学沾溉无穷,真化不可为矣。句法之化者,"无风云出塞,不夜月临关","露从今夜白,月是故乡明","江山有巴蜀,栋宇自齐梁","近泪无干土,低空有断云"之类,错综震荡,不可端倪,而天造地设,尽谢斧凿。篇法之化者,《春望》、《洞房》、《江汉》、《遣兴》等作,意格皆与盛唐大异,日用不知,细味自别。

严羽卿云:"诗有别才,非关书也。诗有别趣,非关理也。"十六字在诗家,即唐虞精一语不过,惟杜难以此拘。其诗错陈万卷无论,至说理如"寂寂春将晚,欣欣物自私"之类,每被儒生家引作话柄,然亦杜能之,后人蹈此,立见败缺,益知严语当服膺。

杜五言律,会情切理,际境穷事,悲婉宏壮,无所不有,便知王、孟诸子,当是具体而微。

凡唐人五言,工在一字,谓之句眼。如"楼雪融城湿,宫云去殿低"、"星临万户动,月傍九霄多",乃眼之在句底者。"卑枝低结子,接叶暗巢莺","低"与"暗"乃眼之在第三字者。"雨抛金锁甲,苔卧绿沉枪","抛"与"卧"乃眼之在第二字者。山谷云:拾遗句中有眼,篇篇有之,推此可见。

诗要炼字,字者,眼也。如老杜诗"飞星过水白,落月动沙虚",炼中间一字。"地坼江帆隐,天清木叶闻",炼末后一字。"红入桃花嫩,青归柳色新",炼第二字。非炼"归"、"入"字,则是儿童诗。又曰"暝色赴春愁",又曰"无因绝来往",非炼"赴"、"觉"字,便是俗诗。

杜律咏诸物,有赞美者,有悲悯者,有痛惜者,有怀思者,有慰藉者,有嗔怪者,有嘲笑者,有赏玩者,有劝戒者,有指点者,有计议者,有用我语诘问者,有代彼语对答者。蠢者灵,细者巨,恒者奇,默者辨。咏物至此,仙佛圣贤、帝王豪杰,具此难著手矣。然生其性情,出其途辙,亦能为善知识开一便门。

东海书樵沈汉天河父谨识。

【版本】

清顺治十八年(1661)沈汉听秋阁刻本《杜律五言集》。

【作者简介】

沈汉,字天河,号书樵,东海(今江苏连云港)人,自名居室曰"听秋阁"。顺治十五年(1658)在北京应会试,中进士。所著有《听秋阁诗集》、《卧园文集》、《杜律五言集》四卷。生平见《(光绪)盐城县志》、张慧剑《明清江苏文人年表》。

五五　李邺嗣《杜工部诗选》

李邺嗣《杜工部诗选序》

余选杜工部诗,万先生允诚手录为四卷,请余序之。余曰:夫杜陵之诗,奚复序哉?然余谓杜公,古今善学问人也。《大易》曰:"君子以虚受人",夫子曰:"乐道人之善",惟公有焉。盖方公之时,海内词人竞起。山东李白,与公并驱而出者也。王中允维、襄阳孟浩然,与公分道而驰者也。高常侍适、岑嘉州参,亦与四家相颜行者也。他若常徵君之灵心、元道州之老气,于诸公间自为一家者也。而杜公俱极相推服,誉之亹亹,若不容口;怀其人皇皇,如不至此。其虚怀乐善,岂古今人所可及!是以唐人之文,盛于中叶。若柳宗元、孟郊、张籍、皇甫湜诸君,俱藉昌黎而起,而唐人之文,终推韩公为第一。唐人之诗,盛于开、天间,即如李白、王维、高、岑诸君,俱藉杜陵而起,而唐人有韵之文,终推杜公为第一。近日竟陵钟惺选唐诗,喜录其不甚有名者,若王季友、孟云卿诗最佳,不知两君蚤经杜公品目,已著名字。然后知此老下笔有神,惟能得诸家之妙而集其成也。至后世名士则不然,观其外骄内忌,诋诃一时文人,俱龌龊不足道,若欲举世束手,而让此一夫独与于文章之事。使以杜公较之,其相去岂可丈尺哉!夫盛唐诗家,惟太白得与杜齐名。太白之诗,其逸才奔放,每有风流浮于句韵之间,此其独绝,若为律诗即疏矣。杜公于太白倾慕尤甚,遂得其纵横以为长句。而太白未能降心,终于法不合。试观两家诗,杜公赠怀李白之作,多至十馀首;而供奉于杜甫,才一二见耳。此太白所以竟屈首此老之下也。然则文章家不能深服人,即太白尚有可议,况彼碌碌者哉!

【版本】
已佚。
【原文出处】
李邺嗣《杲堂文钞》卷一,《清代诗文集汇编》第77册,第575页。
【作者简介】
李邺嗣(1622—1680),本名文胤,以字行,号杲堂,鄞县(今浙江宁波市）人。明诸生。与徐振奇、王玉书、邱子章、林时跃、徐凤垣、高斗权、钱光绣、高宇泰，并称为"南湖九子"。父挏为崇祯九年（1636）进士，礼部仪制司主事，入清家居，为谢之宾告密，死于狱。李邺嗣亦被缚置定海马厩中七十日。事解后遂绝意仕进，寄窜草石，常在僧寮野庙，结忘年之契。尝仿元好问《中州集》之例，以诗为经，以传为纬，集《甬上耆旧诗》，凡四十人，诗三千馀首，搜集残帙，心力俱枯。平生以著书为能事，尝问作文法于黄宗羲。著有《汉语》、《南朝续世说》、《杲堂诗钞》七卷、《文钞》六卷、《文续钞》五卷。生平事迹见《清史列传·文苑传一》、黄宗羲《李杲堂先生墓志铭》。

五六　林时对《杜诗选》

林时对《选杜诗小引》

今人学诗竞宗杜，然杜为律，最为擅场。律者，音律、法律，其格极严极整，有声有韵，而杜抑扬顿挫，极音节之妙。子美亦云："晚节渐于诗律细"，得手全在一"细"字，此其长技也。自五言古，自言"精熟《文选》理"，而《选》体高者，苏、李无论已，子建而下，如太冲、士衡、安仁、康乐、明远、玄晖，俱清绝滔滔，芊绵流丽。而杜长篇至百韵者，曼衍拖沓，全无生动之趣，何于《文选》殊不类乎？惟七言歌行，跌宕夭矫，淋漓悲壮，令读者飘飘欲仙，此于骚坛另辟一格，自是绝唱。若绝句，则自青莲、龙标外，并鲜登峰造极者，今集中采数首，聊备杜之一体，读者详之。茧庵老人漫题。

【版本】
已佚。

【原文出处】
上海图书馆藏清稿本《杜诗选》一卷，索书号：线善800297—308。

【作者简介】
林时对（1623—1713）字殿飔，号茧翁，一号茧庵，又自署明州野史拾遗氏，鄞县（今浙江宁波市）人。明崇祯十三年（1640）进士，时年十八岁，释褐官行人司行人。鲁王监国，召为兵科给事中，累迁都御史、总兵。王之仁请塞东钱湖，力持不可（此即"划江之役"）。马士英、阮大铖在方国安军中，疏请诛之。诸镇积怒，国安纠为东林遗孽，遂归，转徙山海间。国变后，杜门不出，卒年九十一。著有《留补堂集》、《荷锸丛谈》、《纂杜诗略》、《杜诗选》、《诗史》四卷。事迹详见全祖望《明太常寺卿晋秩右副都御史茧庵林公逸事状》及《续甬上耆旧诗》卷二五小传。

五七　刘佑《杜诗录最》

刘佑《杜诗录最自序》

诗之有少陵,犹史之有龙门、扶风,文之有昌黎、柳州诸公也。家传户诵,今古无间。顾班、马有荆川之选,八君子亦有鹿门之钞。两先生评骘精详,去留允当,故传之于今,学者莫不宗之。举其约以考其全,而不苦于汗漫难读者,则两先生之力也。子美先生诗为学者所共读,而自元、白以迄今兹,或尊之曰圣,或称之为史,加以注疏,奉为模范者,无虑数十百家,未尝有取而选之者,有之,则自卢德水先生始。乃《胥钞》一书,或病其落于清逸一格,故于今或传或不传,不得如两先生之传广而且远也。余性嗜诗,而尤癖于杜。读其全集,盖不啻数十反覆矣。究苦其泛滥博涉,不能尽入腹笥,欲摘录其尤,以资朝夕,顾有志未逮,徒勤瘏思。兹以谒选铨曹,滞留毂下,僧房闃寂,应接几绝,乃取其全诗而详阅之,复往数四,然后乃定。录其最者二百二十有六首,析为五卷,手自校录,间作评语。不敢求异于昔贤,亦不敢苟同于前哲,要以期于允当而已矣。夫学有自博而还约,亦有由简以求繁,是编虽不足以尽工部,然精乎此而更进焉,或亦为学之一道也。若将比美荆川、鹿门两先生,则余诚非其伦,亦何敢冀,惟有秘之箧笥,以自服膺于勿失尔已。

【版本】
已佚。
【原文出处】
刘佑《学益堂文稿初编》卷三,《清代诗文集汇编》第136册,第309页。
【作者简介】
刘佑(1629—?),字伯启,鄢陵(今属河南)人。汉藜子,生长世家,书最富,肆力于诗古文辞。顺治十六年(1659)进士,授临洮、庆阳府同知,裁缺改安南知县。赋性明敏,才识练达,潜心学问。诗文稿若干卷,温陵周廷籨序,梓以行世。有《燕游诗稿》、《省侍草》、《磬庵诗草》、《学益堂诗稿》十四卷、《学益堂文稿初编》六卷、《学益堂诗稿初编》十二卷、《杜诗录最》五卷、

《选诗钞》三卷。生平事迹见《(民国)鄢陵县志·人物志·文苑》、《中州先哲传·文苑》。

五八　王士禄、黄大宗《杜诗分韵》

毛奇龄《杜诗分韵序》

　　辑诗家有分时、分体、分类、分韵四则。杜诗本分时者,近有刻分体,名《杜诗通》,而至于分类、分韵,逮今无之。此西樵《分韵》之所为制作也。古文无尽韵者,有之,《易》是也;诗无无尽韵者,有之,《颂》之《桓》与《般》是也。是故汉以前文,间杂韵句,而东方先生作《据地歌》,后汉灵帝中平中,京都谣辞即诗,而反无韵焉。自魏李左校始著《声类》,齐中郎周颙作《四声韵谱》,而其后沈约、陆法言、孙愐辈,各起为韵学,而设诗准于韵。故三唐用韵,较昔尤备,况甫精声律,其为押合,尤为三唐前后所观而模之者乎?西樵,沈、陆之良者也,其书法工擅一时,凡六书四体已极根柢,而韵则起收呼噏,变化通转,辄能析豪系而定幼眇,故与其及门黄大宗者,判甫集而声区之。尝曰:"韵本严也,而甫能以博为严;韵本肆也,而甫能以拘为肆。"旨哉言乎!独予有未辩者。今之为韵,不既分佳与麻耶? 佳无嘉音,而唐刘禹锡《送蕲州李郎中赴任》诗以佳间麻,而公乘亿《赋得秋菊有佳色》则佳倡而麻随之,今少陵《柴门》一章,其为佳、麻者且五组也,是岂佳即同嘉,抑唐韵本佳、麻通欤? 且唐韵真、文与殷分有三韵,而今即并殷于文,夫不并则已尔,并即殷韵当在真而不当在文,是何也? 则以唐人之系殷于真者,李山甫赋《秋》、戴叔伦咏《江干》、陆鲁望《怀润卿博士》诸律皆是也。少陵虽无律,而于《崔氏东山草堂》拗体与《赠王二十四侍御》长律,亦且杂斤之与勤,则是真、文二韵在今与唐韵绝然不同,而第勿视之而不之察也。至若东韵,原与蒸通,故"翘翘车乘"之诗,弓、朋一押,而后乃不然;然而动转为屋,蒸转为职,皆入韵也,今未知东之与蒸在唐韵能通与否? 而集中《别赞上人》诗,以职通屋,《三川观水涨》诗,以屋通职,其他若《南池》,若《客堂》,若《天边行》、《桃竹杖引》,其通屋与职不更仆也。韵之可疑者甚夥,而吾之欲质于是集者,不止此数。而以吾所疑质甫所是,西樵、大宗必有起而剖晰之者,吾敢以细莛撞洪钟哉!

【版本】
已佚。
【原文出处】
毛奇龄《西河合集·序》卷七,文渊阁四库全书本。
【作者简介】
毛奇龄(1623—1716),原名甡,又名初晴,字大可,号秋晴,以郡望西河,学者称西河先生,萧山(今属浙江)人。康熙十八年举博学鸿词,授翰林院检讨、国史馆纂修等职。二十四年(1685)引疾归里,专事著述。有《西河全集》。

杜濬《杜诗分韵序》

自有杜诗以来,流传天地间者,不知几千亿计,学者䌷绎成书,亦非一种。有编年,有分类,有分体,有专刻五言近体及排体,独分韵无有,有之,自黄子大宗始。大宗少年僬才,自其始为诗,即知宗法少陵,不坠旁门曲径。余固已服其天资识力之高,而是书之辑,益足以见其用心之至到。盖杜诗诸美备臻,而其落韵之妙,尤不可以不深味。夫其哑韵能使之响,浮韵能使之沉,粗韵能使之细,板韵能使之活,庸韵能使之新,险韵能使之稳,俗韵能使之雅,游韵能使之坚确,昏暗之韵能使之明白,泛滥之韵能使之有根据。是固有绝异之禀,有极博之学,然后别有炉鞴,非他氏可几者。学者诚能由编年以观其阅历先后、甘苦深浅以及世变升降、关系感切之全局;由分体以观其兼工独到、精微浩渺之极致;由五七近体以观其既醇且肆,亦工亦淡,然工非近人之工,淡非今人之淡之绝诣;而又必好学深思,由黄子所辑是诗,逐韵以尽变,得其推门落臼,各得其所之原委,则其于少陵也,遂升堂入室可也,是黄子之功也。或曰:不忧割裂乎?不知杜诗犹精金然,有钜镒于此,分寸而割之,其所贵未尝少减也,是在学者善观之而已。

【版本】
已佚。
【原文出处】
杜濬《变雅堂文集》卷三,《四库禁毁书丛刊》集部第72册,北京出版社2005年,第334页。参校《变雅堂遗集·变雅堂文集》卷二,《续修四库全书·集部·别集类》第1394册,上海古籍出版社2002年,第22页。

【作者简介】

杜濬(1611—1687),本名绍先,字于皇,号茶村,湖北黄岗人。明崇祯时副贡生,明亡后绝意仕进,以诗酒自娱,有茶癖。流寓南京鸡鸣山四十馀年,家贫至不能举火。因耻居官绅之列,坚决拒绝申请免徵"房号银"。又致书友人孙枝蔚,劝其勿仕清廷,"毋作两截人";钱谦益来访,闭门拒不接见。老而益贫,贫而益狂。身后萧条,竟无以入殓,卒后数年,江宁知府陈鹏年才将其葬于钟山。其诗学杜甫,遒宕清逸中时有气势,五律尤佳,深为吴伟业推许。著有《变雅堂集》。

五九　张晋《戒庵集杜》

张晋《自序》

子美为诗圣,而所以圣者,不在诗也。"一饭不忘君",非所谓"颠沛必于是"乎?子云之赋,荆公之文,非不美也,而人皆斥之。予集杜诗,岂独爱其才而已耶!

张晋《自识》

人皆知集诗之难,而不知集诗之妙。集诗之难,难于牵合;而集诗之妙,妙于关生。予故尝曰:作诗非有才不能,集诗非有思不能。夫诗思之深于诗才也多矣。初以古人求古人,既以古人铸人,直浑融莫间,信有合钟聚酒之意,此不可对浅人道者。团集而成帙,观者尚无哂予之得已而不得已哉!

张晋《琵琶十七变·曲引》

琵琶入中国,其器丝,其声北,其气秋,古人处厄塞,率藉以宣抑郁。王嫱、贺老,今尚可呼之使出也。予遭不造,多所坎坷,尝复杜诗,其中悲切痛挚之言,与予所历无异。取其成语,变而化之,合节配音,谱入琵琶。秋风之下,使昆仑弹之,坐客凄凉,予亦泣数行下。萧瑟善感,若予自鸣其戚婉,不知为少陵老人之诗也,命之为《琵琶十七变》。

【版本】

张晋《张康侯诗草》卷八，兰州大学出版社1989年赵逵夫校点本，第121页。

【作者简介】

张晋（1629—1659），字康侯，号戒庵、黍谷，狄道（今甘肃临洮）人。顺治八年（1651）举人，次年联捷成进士，十三年由刑部观政出宰丹徒（今镇江），有政声。十四年充乡试同考官，因牵连"江南科场案"被押解回京，入狱年馀后被处死，年仅三十一岁。其诗颇学李白，兼及李贺之体。著有《张康侯诗草》十一卷、《史见》、《九经解》、《十三经辨疑》、《医经》一卷等。生平事迹见《（乾隆）狄道州志》。

六〇　卢震《杜诗说略》

王封溁《序》

自古一代名臣，卓卓然可垂法后世者，其尊主庇民之意，奉公忧国之思，往往托诸篇什。所谓言之不足，则长言之，长言之不足，则咏歌嗟叹以明之也。又或比事属辞，赋诗见志，不必在我之所作。而孤情相照，千古同心，亦往往低徊反覆以求其指趣之所在，是亦忠臣孝子之所托也。少陵诗笼罩百家，包涵万象，学者称为诗史，凡出处去就，动息劳佚，悲欢忧乐，忠愤感激，好贤恶恶，一一于诗发之。元稹称其"上薄风雅，下该沈、宋，言夺苏、李，气吞曹、刘，掩颜、谢之孤高，杂徐、庾之流丽，尽得古今之体势，而兼人人之所独专。"其推许少陵甚至，学者咸以为允。然而杜诗正未易读也，昔人谓"不行万里路，不读万卷书，不可以读杜"。今学者所闻所见，不出兔园跬步之间，而乃寻撦割剥，动曰杜诗之解在是，几何而不为识者所吐弃乎？中丞卢亨一先生以弘钜之才，兼渊博之学，英灵间气，笃生伟人。少受知世祖章皇帝，侍从清切，启沃功多。今上龙飞，更屡荷特简。会岁当己酉，湖南巡抚报乏，上重难其人，特命公秉钺而往。先是，湖南凋敝已极，公下车，兴利除害，若慈父母之哺幼子。宽徭役，集流亡，缓催科，拯水旱，恤鳏寡，抑豪强，课农桑，兴学校，其孜孜夙夜不遑宁处。尤在正身率属，激浊扬清，凡有设施建竖，三令五申，期必恪遵而后已，今所刻《抚偏檄草》是也。大事则裁牍上闻，皇上圣德如天，所请率多俞允。盖当出抚之日，面奉恩纶，公遂知无不言，言无不尽，近所刻《抚偏疏草》是也。其尊主庇民之意，奉公忧国之思，表里莹然，终始如一，丰功骏业，长焜耀于湘江楚水之间。其遇固非子美所可几及，然而激昂磊落之气，光明鲠直之言，忠爱恻怛之意，所谓一饭不忘君者，则与少陵一而已矣。且少陵所读之书，公无不读。而湘陵辰沅之地，公所建节，皆少陵踪迹所时到者，于是著《杜诗说略》一卷，文成数万，于杜诗源流本末，历落贯串。而其神情脉络，肌骨腠理，无不心融意解，言下了然。一一正其指归，举其眉目，提纲挈领，而细及于片言只字之工，画界分疆，而总得其磅礴浑沦之妙。世之说杜诗者，未有若是其尽善尽美者也。公原籍景陵，与予有桑梓之好。往日承明著作，又获从公后，以相周旋，令子新安使君方以清操循政，遇知圣主黄山白岳间，不日有《甘棠》《郇雨》之颂。是父是子，肯堂肯构，其所以表章公业者，方且辉煌竹帛，彪炳丹青，岂斤斤此一编而已乎？虽然，是亦公意之所托也。公既示天下以读诗之法，而又使天下微悟其所以作诗之本，则发端忠孝，根柢性情，其有功世道人心大矣，学者其自得之。

赐同进士出身、通奉大夫、经筵讲官、礼部左侍郎兼翰林学士加一级、前吏部右侍郎、内阁学士、日讲起居注官、旧治年家眷侍生王封溁顿首拜撰。

【版本】

清华大学图书馆藏清康熙间刻本《杜诗说略》。

【作者简介】

王封溁（1641？—？），字五书，湖北黄冈人。有文名，顺治十五年进士，选庶吉士，性淡泊，居官廉慎，康熙御书"尊德堂"额赐之，累官至吏部左侍郎。著有《蒙春园诗集》二卷、《文集》一卷。

管椟《序》

古今来称诗者，必曰少陵。诗之有少陵，犹文之有班、马也。於戏！宗少陵者，可谓至矣。当世注杜者，不止数百家，评杜者亦不止数百家，灾及梨枣，卷比牛腰，而杜诗愈亡，学杜者愈易。杜诗非真亡也，亡于注杜者之多也。注杜者其蔽有二：一谓少陵用句用字必有依据，旁及子传稗史，皆为引证；甚至伪撰故事以实之，其蔽也固。一谓少陵生当天宝，流离秦州，寄迹浣花、瀼水之间，栖迟迁徙，单词片语，必附会时事，而曲为之解，其蔽也支。又有一等读杜者，仅窃其生吞活剥之肤词、径情率意之漫笔，而章律置之不问，神髓略之不言，以为杜在是矣，其蔽也肤。吾故曰：杜诗非真亡也，亡于注杜者之多，更亡于学杜者之易也。湖南大中丞景陵卢公著《杜诗说略》二十四则，渊源于《三百篇》、楚骚、汉魏，泛滥于六朝，侵淫于沈、宋、陈、张、杨、王、卢、骆。于杜之神理法脉，能伐毛而洗髓也。杜之面背侧正，能彻始而贯终也。杜之奇正相生，变化不测，能抉奥而穷微、钩深而致远也。读杜者至此，观止矣。虽有他乐，不敢请矣。学杜者有谿径之可寻，虽易不易矣。注杜之家，可以尽焚，而杜之真面目出矣。盖公以董、贾之醇茂，韩、苏之海潮，早出入承明，继节铖南楚，其得君泽民，非少陵所可及。而洞庭衡岳、乔口橘洲，少陵所流连歌咏之地，其山川风物之境同，而忠君爱国之心亦同也。夫温柔敦厚，诗之教也。兴观群怨，事父事君，孔子之诗教也。夫能诗之人，性情未有不正者。性情正则风俗厚，风俗厚则贤士大夫出雅颂之音，可作于上。则是书方且鼓吹休明，黼黻治道，讵徒为学诗者之一助哉！棆生也晚，不得亲承北面，犹幸以诗文私淑，得洒扫方伯公之门。今读是编，信如苏氏所云："于山见终南、嵩华之高，于水见黄河之大且深，于人得见欧阳公，听其议论之宏辩，与其门人贤士大夫游，而后知天下之文章聚乎此也。"棆受而卒业，可谓厚幸也夫。

康熙乙未陬月，门下晚学生毗陵管棆谨序。

王掞《序》

诗家自汉魏以降，独推少陵。尊之者云：诗之有杜，犹文之有六经，其说何欤？盖少陵以忠厚悱恻之心，蕴经纶匡济之学。秦州播迁，浣花侨寓，东屯西阁，虽不遇于时，而忠君爱国之诚，一篇之中，三致意焉。诚为诗学之传灯，上薄骚雅，非大历、长庆所可等量而齐观者也。全集诸家向有笺注，要皆不能阐其微旨。近惟卢中丞《说略》一编，力开窔奥，原原本本，周见洽闻。中丞以景陵望族，蒙世祖章皇帝特拔，壬辰擢史馆。今上眷礼旧臣，特以阁学，出抚偏沅。免荒粮，豁逃丁，疏至再四，俱得报可，吏畏民怀，至今尸祝。长公舜徒，观察三吴，守清才敏，吴人思之。兹以屏藩滇土，惠政清风，适如在吴时。毗陵管青村棆，以姚州牧调师宗，赴京陛见。方伯授是编，俾问序于予，将以付梓。予读一再过，知名父子非徒以政治显，且以诗学传也。今而后世之读杜诗者，得是书以求作者之意，庶几其无迷津之叹也夫。

康熙乙未孟冬朔，娄水王掞序。

【原文出处】

卢震《说安堂集》卷首,《四库未收书辑刊》第五辑第27册,北京出版社2004年,第684—685页。

【作者简介】

管棆,字青村,武进(今属江苏)人。监生,康熙四十九年知姚州。有文学,洁己爱人,兴利除弊,卓有政声。历官江西馀干、贵州普安县令、云南师宗州知州。工诗,先学剑南,后学少陵,有《据梧诗集》十五卷,邵长蘅为之序。另编有《师宗州志》二卷、《姚州志》。生平见光绪《姚州志·循吏》。

王掞(1645—1728),字藻儒,号颛庵、西田主人,太仓(今属江苏)人。康熙九年(1670)进士,官至文渊阁大学士,兼礼部尚书。著有《西田集》。生平事迹见《清史稿·列传七十三》。

周纶《杜诗说略序》

《记》曰:"官先事,士先志。"处局各以区别,如秦越之不相婚媾,微特遭际然也。身有所司,即其心类胶焉,不复能逭。刘道和当内总朝政,外供军旅时而能五官并用,暇即寻览篇章、校坟籍,斯固有天授,非人力可至。陶公官彭泽,裁八十日耳。考其时,在义熙乙巳之秋。昭明太子检括其前后诸篇什,独于是秋无残笺剩句,一行作吏,此事便废,竟尔尔哉!星沙,古卑湿地,大中丞卢公衔命建牙,统辖其旁数郡县,虽奔走监司以下于其庭,顾国家制□复帐下无复操兵者,阴崖丛箐间,辄弄兵为患,带朱佩犊,其烦公日讨而训诲之者,亦数数见。地势固尊,实迁谪之所寄,为我问贾傅宅,渡湘吊三闾大夫,应有悲歌慷慨、泣数行下者。公去官后,景南王公摄我郡司马事,好觞咏,耻俗吏所为,一切不屑。讼庭多暇,出一编示余,且以序请,曰:是我及门卢亨一填抚南楚日所著《杜诗说略》。又叹公性至孝,以母太夫人远托京辇,膝下无一人侍养,又病笃,变起仓猝,不能一战致命,仅仅跳身锋镝中,不为所绐,为抵掌起立。余读公所论著,真沈着痛快,能搜剔工部之神髓,出之行间,以教天下后世。此其说具在,世有知者,当不鄙余言。夫诗穷而后工,杜少陵阅历范阳、邺城、西川、湖南之变,故发抒蕴结,能洞入肺腑,倾倒词场。公之业杜也,公尝开府乎?其寓意远矣。昔徐元直亦以母故,致方寸乱。然徐陷异国,公束身本朝,相去殆径庭哉!

【原文出处】

周纶《不碍云山楼稿》卷十四,《清代诗文集汇编》第157册,第175页。

【作者简介】

周纶,字鹰垂,华亭(今上海松江)人。茂源子,少有隽才,然十赴秋试不第。康熙初以岁贡得候补国子监学正,为王士禛所知而受业门下。汤斌巡抚江南,屡上书言事,然终不遇。著有《不碍云山楼稿》二十四卷、《芝石山堂稿》、《环山堂集》等。

六一　朱彝尊《朱竹垞先生批杜诗》

陈衍《朱竹垞先生批杜诗注》

《朱竹垞先生批杜诗》,旧藏小琅環馆,未经刻本也,吾乡郑虞臣先生曾手钞副本。仲濂丈,先生侄也,复为杨雪沧舍人重钞一过。杨殁,传闻此本鬻在京师厂肆,沈之封提学见之,以告余,余告稚辛,以三十饼金购还。则卷首黏贴仲濂丈所钞朱字《总评》而已,其卷中朱批,则他人效丈字体也。衍注。

陈衍《案语》

衍案:朱竹垞朱批之本,藏小琅環馆而未刻者,不知其批在何本杜诗上?今乃有刻本朱竹垞先生所评杜诗,首卷标题"朱竹垞先生杜诗评本卷一",其卷二以下,则只题卷几而已,并无"朱竹垞先生"等字,其书眉、诗旁所有已刻评语外,又有朱字未刻评语,多与相埒。朱字是,则已刻者非;已刻者是,则朱字非。然朱字无可疑者也。仲濂丈既钞《总评》,后有跋语略云:"兹批专指作法,间批钱笺。集中于起伏承结,最为用心,想亦先生早岁伏案时呫哔有得,随手钞录,意不主著述也。"又目录后朱批有云:"起伏照应用尖圈,承上起下用密点,词意佳者用圆圈。"今《总评》既未刻,而刻本批语于所谓起伏承结者全未拈出,于所谓起伏照应、承上起下、词意佳者,全未用尖圈、密点、圆圈,则已刻批语,不出于竹垞,惟朱字者为竹垞所批可知。是则已刻者何人所批乎?案竹垞《原跋》有云:"惟阅是集,为二三前辈丹黄评定,批郤导窾,各寄会心,余因附参末见"云云,可知另有杜集为前辈所评者,今已刻者即其书。其竹垞朱批,实未刻,故皆以朱字辗转迻写。书贾射利者不知其详,以前辈评本易其首行标题为"朱竹垞评本",又有割裂遂写朱批,黏卷首以实之者,而岂知转以败露也。

【版本】

《朱竹垞先生批杜诗》,《国学专刊》1926年第2期。

【作者简介】

陈衍(1856—1937),字叔伊,号石遗老人,福建侯官(今福州市)人。光绪八年(1882)举人,入台湾巡抚刘铭传幕,后参与戊戌变法。历任学部主事、京师大学堂教习等职。著有《石遗室诗文集》、《石遗室诗话》等。

六二　托名朱彝尊《朱竹垞先生杜诗评本》

托名朱彝尊《朱竹垞先生原跋》

宋景濂为俞默翁《〈杜诗举隅〉序》,以为注杜者无虑数百家,大抵务穿凿者,谓一字皆有所出,泛引经史,巧为附会,楦酿而丛脞;骋奇者称其一饭不忘君,发为言词,无非忠君爱国之意。至于率尔咏怀之作,亦必迁就而为之说。说者虽多,不出于彼,即入于此,遂使子美之诗不白于世。余谓斯言盖切中诸家之病。惟阅是集,为二三前辈丹黄评定,虽无笺注,而批郤导窾,各寄会心。余因附参末见,以冀作诗宗旨,不仅沾沾于证引也。

康熙乙巳(1665)夏月,竹垞朱彝尊书于曝书亭侧。

岳良《序》

曩岁壬午,余观察潼商,识毗陵庄君斯才于关西书院。知其绩学工诗,行箧中携书甚夥。尤爱前辈评跋,遇世所未见之本,必购得之,虽典质不吝,盖性之所好在是也。是编乃秀水朱竹垞太史评本,斯才得之于皖城书肆者,余簿领之暇,斯才每出以相质,谓得杜诗真味。阅之,知其言不谬。夫古人读诗,贵以意逆志,一加评骘,便落筌蹄。切磋何关贫富,素绚何关礼后,而圣门两贤,于言外得之。他如王子击好《晨风》而慈父感悟,裴安祖讲《鹿鸣》而兄弟同食,周盘诵《汝坟》而为亲从征,其触发皆在本诗之外。若沾沾评论,天女散花说成园丁种树,又曷足贵?然是说可为善读诗者道,未可为天下后世之胶柱调瑟、不善读杜诗者言也。太史评本,暗室一灯,斯才梓以公世,其意良厚。余旧读太史《曝书亭集》,觉其诗源出浣花,今观是编,益足徵信。斯才殆将假道于朱而问奇于杜矣。既刻峻,志数语以为跋。

道光十一年(1831)七月既望,长白岳良书于江西藩署。

庄鲁骃《序》

著作难,评骘尤难。钟期之琴,惟伯牙知之;荆山之璞,惟卞和知之。刘舍人谓良书盈箧,妙鉴乃订。旨哉斯言!无妙鉴固未可订良书也。杜老为千古诗宗,自唐以来,笺注评跋者更仆难数,其最著者,如宋郭氏之《集千家注》,黄氏之《补注》,元高氏之《集千家注》,明唐氏之《杜诗攟》,国朝仇氏之《杜诗详注》,虽各有短长,要于是编原跋引《举隅序》所指之二病,胥未涤尽。又大半详于注而略于评,且震其重名,莫敢指摘一语,信口推诩,一唱百和,反不能抉作者之精,发后人之慧,每思觅善本读之,不可得。丙戌游皖城,偶过书肆,见败帙中有是编,乃秀水竹垞先生手批本,购归读之,觉体会入微,别有心得。庄子云:"自细观大者不尽。"朱子云:"《楚辞》不皆是怨君,被后人都说成怨君。"凡评杜而附会时事,虽偶尔涉笔,亦必曲谓其发于忠君爱国之思者蹈之。是编扫空诸弊,尤爱其抉疵摘瑕,不少假借,足为子美功臣,洵如伯牙之于琴,卞和之于璞,能妙鉴良书者也。今来豫章,长夏无事,取所评之本手录付梓,以公同好。原跋有二三前辈丹黄评定,概谓秀水朱氏评本可也。

道光辛卯(1831)季夏,阳湖后学庄鲁骃斯才序。

【版本】

清道光十一年(1831)阳湖庄鲁骃刻本《朱竹垞先生杜诗评本》。按,该本卷前的《朱竹垞先生原跋》乃是抄袭篡改何焯《义门读书记·杜工部集》前之序而成。其详可参朱莉韵、李成晴《〈朱竹垞先生杜诗评本〉辨伪》(《文献》2016年第3期)。细检书中所谓"朱彝尊评",十之七八为李因笃评,十之二三为邵长蘅评,另有少量评语的作者不详。其详可参王新芳、孙微《〈朱竹垞先生杜诗评本〉中朱彝尊与李因笃评语的厘定与区分》(《中国诗学》第十八辑,人民文学出版社2014年版)。

【作者简介】

岳良,字崧亭,瓜尔佳氏,正红旗满洲,大学士桂良弟。原任江西、山西布政使。道光十五年(1835)正月,授乌什办事大臣,十八年十月召回。

庄鲁骃,字斯才,常州武进人,陆继辂表弟。生平见民国《毗陵庄氏族谱》。

六三　张远《杜诗会稡》

王掞《序》

　　史称《杜子美集》六十卷,樊晃序《小集》六卷,而宋学士王原叔编次定本,止得二十卷,盖杜诗之亡逸多矣。原叔《后记》云:"除其重复,定取千四百有五篇,别录二十九篇,未可谓尽,他日有得,尚图益诸",卒未有以益也。然当时咸以原叔本为善,而杜诗遂大行于世。人自编摭,家各讨论,遂有《千家杜诗》之注。其书或传或不传,要皆引据踳驳,诠解纰谬,读者病之。千家之中,赵氏彦材、吴氏季海、蔡氏傅卿最为高出,然亦彼善于此,未有发明也。近代虞山钱宗伯始发凡起例,创为《笺注》,议论斐然,一洗从前注家之陋。其门人松陵朱长孺又有《杜诗辑注》,先后镂板,略有异同,子美之诗于是无遗蕴矣。萧山张迩可,博雅好学之士也,潜心学杜,得其要领。犹以虞山、松陵渗轶尚多,段落未剖,更为采补,条分缕析,名曰《会稡》。书既成,请余序之右方。余谓注书之难,昔人盖常言之矣。以朱氏文公之学、之识,尚不敢注昌黎,仅为《韩文考异》,况其下此者乎!世称杜律、韩碑"无一字无来历",注者、读者所以为难。余意不止于此,宋子京谓:"子美善陈时事,世号'诗史'",则短篇长句,皆有所为而作,苟不得其所以然,虽博引故实,句释字解,与子美作诗之意无与也。新、旧《唐书》彼此牴牾,稗官野乘,语多不经,后人何所折衷,以证子美之诗哉?吾于是叹虞山、松陵之用心苦,而张子之掊撦裒益,足使当日义蕴毕出,为功不细也,故不辞而为之序。

　　康熙岁在乙丑中秋后十日太仓王掞撰。

张远《自叙》

　　磁石引针,阳燧取火,物固有异,而合者,其性近也。立身千载下,取古人咏歌焉,绅绎焉,当日不能名言夙隐,恍若遇诸肝膈间,夫亦嗜之者深,神相告尔。忆发未燥时,先君子尝以少陵诗集相示,曰:"此风雅之宗,光焰万丈,读之可以畅性灵,广闻见,斥浮蔕,而竖风骨。"既卒业,窅而深,典而博,茫无所得,兼以举子业弃去,所不饱蠹腹者仅尔。乙卯秋,风烟四起,键户却扫,除经史词赋外,凡诸子百家、稗官野乘、覆瓿片纸,罔不旁搜弘览,而少陵固已收拾无馀。始信古人所云"无一字无来历",非虚语也。栉比之下,得其概矣,未得其神。研精久之,乃悟其所居何地,所际何时,所历何职,悲愤笑乐,皆有所为而作。沉思涵泳,见有绚烂者,见有平淡者,见有雄壮者,见有超旷者,见有奔放者,见有谨严者,见有沉郁顿挫者。语其格,则有偷春者,有进退者,有辘轳者,有流水者,有间字者,有倒装者,有双承者,有叠句者,有扇对者,有各自为对者,有首尾相应如古文体者。无蜂腰,无鹤膝,无悬脚,无平头,无赘说,无雷同,千变万化,不可纪极。如造物生人,阅古历今,穷山际海,终无一人相似,真奇绝也。遂尔分章别句,总之则陈其大意,析之则抉其字义,当日情绪,跃然纸上。若日月经天,江河行地,无格格不可解。因叹前此注者,或拾其糠秕,或得其片脔,或任意牵合,或伪语假托。九京可作,必当俛首含冤。集中薙夷尽力,寝食出处,动必相随,性之所近,永矢弗谖尔。辛酉冬,同居失火,仅奉先君子遗像及是集以出,人曰:"将此何为?"余应之曰:"得此足矣,外则长物也。"癸亥,京邸归,取次淮右,触石舟裂,载沉载浮,所不浸者数板,投置邻舟,幸免蛟龙之窟。嗟乎!水火屡经而是集依然无恙,岂天假之缘耶?毋亦少陵有神,欲出漆室而见白日也。集成,名曰《会粹》,盖取兼综诸书之义,其原则本《尔雅序》云尔。

康熙戊辰元旦萧山张远迩可氏题于蕉圃。

张远《杜诗会粹凡例》

少陵诗注,不下百家,得朱长孺而备美,然渗轶尚多,止窥半豹,兹更详为采夺,庶不至挂一漏万。

钱虞山《笺注》,以唐史证唐事,当日情绪毕见,然多牵合傅会,取其确切者著于篇。

诗集必尚编年,使人知其居何地,值何时,历何职,其情其事,瞭若指掌。集中悉从《草堂诗会笺》,间有不合,稍为订正。

长篇必分段落,眉目方自清楚,前人从无拈出,兹附大意于各段之下,一览了然,兼悟作法。

杂引书目,必加一匩,如无匩者,即属鄙解。

卷帙繁重,典故不堪复载,阅是集者,原始要终,自有领会。

诗赋相为表里,附赋六篇于卷末,风雅之作,尽于是矣。

诸家训释,不无纰缪,集中多为纠正,然不显暴其名,自矜一得也。

萧山张远迩可氏识。

【版本】

北京大学图书馆藏清康熙二十七年(1688)有文堂刊本《杜诗会稡》。

【作者简介】

张远(1632—?),字迩可,号梅庄,又号云峤,萧山(今属浙江杭州)人。于毛奇龄为同里后进。潦倒诸生三十年,康熙二十一年(1682)五十一岁,方以贡生赴廷试,十二年后始选缙云县教谕。朱彝尊《曝书亭集》有诗《送远之桂林》,即送张远也。其诗格得法于毛奇龄,故风格相似,著有《张迩可集》(含《云峤集》一卷、《蕉园集》一卷、《梅庄诗文集》二卷)以及《杜诗会稡》二十四卷、《昭明文选会笺》、《李太白诗笺》、《诗韵存古》、《北曲司南》、《易经本义发明》、《诗经析疑》等。与侯官张远同时同姓名,同以诗文著称。生平事迹见邓之诚《清诗纪事初编》卷七、钱仲联主编《清诗纪事》康熙朝卷。

六四　陈之壎《杜工部七言律诗注》

沈珩《叙》

表叔陈朴庵先生,笃行积学君子也。属时当时显晦,抱其素殖,竟老诸生。生平正大豪迈,教子姓绳绳有礼法。虽键户不与外事,而孚尹旁达,翕然化于其乡。论者以为叔度气和态平道广,以今准古,盖庶几云。兴寄渊邈,不屑问家人生产。青灯卯库,日从事于丹黄铅椠之间,以故著述甚富。余尝至先生斋头,先生方拥书引酌,抗声决眦,朱墨纵横,谛视之,则二十一史也。余窃讶焉,以为是书洋洋洒洒,卷帙繁夥,詹詹小生所庋阁而曾不敢一窥及者。先生独甲乙评骘,至再至三,对客雒诵,历指其废兴治乱之所以然,若关河之放溜也。先生嗜古,思锐而功深,是可知矣。同时理学名家,剡中黄梨洲晦木、甬东万履安、桐乡张考夫诸先生,皆与先生称莫逆交,时时往来吾邑,至里中辄往于先生家。风雨之夕,苍月之晨,瀹茗焚香,谆谆以道义文章相劘切。即以余之鲁陋,亦幸私淑而与有闻焉,因是益知先生之为人。嗟乎,先生岂仅仅坐书城老者! 既微其光无所用,则用之于著述。著述富矣,又不幸厄于兵燹,残编断简,零落居多。幸有贤子孙从而收拾于煨烬之馀,探索于故旧家篋衍之中、屏壁之上。要之,存什一于千百,不复睹大全矣。入桂林者,掇其一枝;登崑冈者,采其片玉。此余于先生所注杜律留连反复、抚几而三叹者也。窃惟注杜之难,莫难于得少陵一生真心迹。盖其忠君爱国之诚,忧时伤事之切,羁愁感叹,一一发为咏歌,笔墨之光,若隐若见。百世而下,大都凭诸臆测,穿凿傅会,人竞所长,不知庐山面目,孰是得其真者?沿至牧斋、长孺,互为倚附,参之伍之,详慎精当,庶几一洗向来之陋。今先生全书虽未获尽观,即其所注五七律,不落窠臼,不堕穿穴,间有独开生面者。要皆依约义理,准拟情势以立言,当其得意处,直欲与杜陵老人揖让谈笑于几席间,视朱、钱二氏,亦可分衢而扬镳矣。夫人必有所以重于著述者,而著述益重,况著述又深足重乎!先生孝行,固卓卓于时,而敏修、裕功、祗斋诸表弟又能溯厥渊源,雅旨振拔,书带流香,且及文孙辈矣。余既重先生之后人,因是益重先生之为人。古所称三不朽者,胥于是乎!在兹书之,足以信今而垂后也,特吉光片羽者耳,详玩之际,不觉感喜交集,爰缀数语,于其卷端。

康熙癸亥七月既望,同里表侄沈珩拜纂。

陈之壎《注杜律凡例》

诗咏物及和则若先有题,他无题也。古人诗成不得已,而有题皆相诗为之。至或诗外或诗内有意无意署二字,或编集者摘篇首二字,及纽合非一时作,为几首皆不得已也,非题也。今人动如八股之有题,而一一体贴之,误矣。余注或借用题面字,不敢犯此。

诗宾主回环,上下呼应,皆上四句与下四句各自为界。其说分见注中。盖诗意全体贯通,或有下半关合上半处。倘每首必牵缠上半,万非诗理。唯前六句后二句者,五六与上似连而非连,与下似截而非截,最需善会。三四呼应上联,五六呼应下联,其大率也。然在彼此主句而不在客句。间或有主应主、客应客者,或亦有客在上联下句,或下联下句者,更不可不知。如《暮春》诗"洞庭潇湘虚映空"是客句,故次联只承首句言。《即事》诗"虚无只少对潇湘"亦是客句,故颈联只以尾联上句收之是也。此可以类推。

诗意与法相为表里,得意可以合法,持法可以测意,故诗解不合意与法者,虽名公钜手,沿袭千年,必为辨正。如"山腰官阁迥添愁"及"不去非无汉署香","愁"与"香"俱误指。公"万古云霄一羽毛",误作痛惜;"南极一星朝北斗",误指秘书;"疏灯自照孤帆宿",误作公灯公帆。如此之类,不可枚举。

书破万卷,杜字句所由来非一,不敢以管见凿定,况大略已见诸家本。

集中历经诸家校正，讹字尚多，某一作某，除显然谬者不载外，其两可者，或存或正之。至有一字沿讹日久，而大乖诗意者，照古本改正。如"野店山桥散马蹄"误作"送"，"隐几萧条带鹖冠"误作"戴"，"环佩空归月夜魂"误作"夜月"之类是也。

注杜须慎读杜，读无误，庶注免支离舛错。如《秋兴》"丛菊"、"孤舟"一联，本上二字微读，下五字连，而注误作上四字读，致下三字飘飘无着。《夜》诗"疏灯"、"新月"一联，本亦上二字微读，下五字连，而注误作上四字连，致与下联句法雷同之类是也。

杜用方言里谚，如"若为"、"何当"、"不分"、"遮莫"等语，类能详之。至有一字，杜老俗用，而得古世本改雅而反俗者，似多未喻。如"寂寞江天云雾底"、"飞阁卷帘图画底"、"春日莺啼修竹底"、"浣花溪底花饶笑"、"竹底行厨洗玉盘"、"忽惊屋底琴书冷"之类，诸"底"字尽被后本换作"里"，所从来已远，恐与辨终复，杜其如何。幸有一二无恙者，至今可证，如"花底山蜂远趁人"、"饭煮青泥坊底芹"之类，杜貌依然，他元作"里"者勿论。

诗与二史互有异同者，诗可以补史之阙，正史之讹。但子美羁旅僻远，消息传闻，早晚或异，故诗与事有不可以年月证者阙之。

公自注多伪撰，不可尽信，然有裨于杜者，不妨姑信之。编次略以先后，仍依旧本。

集中两《野望》、两《即事》、两《九日》，检目一时莫辨，兹各标篇首二字为别。

唐诸家什大都词藻有馀，而意法精圆、奇浑曲折，千古推少陵独步，故酬和间附来章，以备互证。

陈讦《跋》

讦昔侍先君子侧，闻绪论及□□□□□□世父朴庵公之贤，弱冠工举子业，后高尚弃去，闭户著书，自甘石隐。于诗喜杜工部，能以意逆志，远胜饾饤穿凿。家严犹忆举"不夜月临关"、"步檐倚杖看牛斗"两解，极浅极真，前人未道。其他枚举尚夥，惜余年老意荒，不能悉记矣。

世父评杜，向有全帙，散佚止存近体，祗斋三兄不忍湮没，因令来雔、丹声两侄校正付梓，以垂永久。昔虞道园注杜，亦止近体，恨古人不见今人，后世当有知者。嗟乎！此特世父著述中全豹一斑耳。《诗》云："无念尔祖，聿修厥德。"世父生平品行，岳岳怀方，余年舞勺，犹及见之。古貌古心，至今仿佛，可不敬而仰之哉！侄男讦敬跋。

【版本】

清康熙二十二年（1683）刻本《杜工部七言律诗注》。

【作者简介】

沈珩（1619—1695），字昭子，号耿庵、耿岩、稼村，海宁（今属浙江）人。著有《耿岩文钞》初集、二集及诗集等。生平事迹见《清史列传》卷七十、《国朝耆献类徵》卷一百二十、《碑传集》卷四十四、《国朝先正事略》卷三十九，赵士麟《读书堂彩衣全集》卷十七。

陈訏（1649—1732后），字言扬，号宋斋，又号焕吾，海宁人。康熙间贡生，官淳安教谕。一说官温州教谕。陈訏为陈之壎之侄，黄宗羲门人，又与查慎行同里友善，工诗善文，精理学，并传勾股法。为文峭厉澹宕，诗喜韩愈、苏轼而归于少陵。著有《时用集》正续二编、《宋十五家诗选》十六卷、《勾股引蒙》五卷、《勾股述》二卷、《读杜随笔》二卷等。生平见《国朝耆献类徵》卷二五二、《(民国)海宁州志稿·文苑传》、《晚晴簃诗汇》卷三九。

张宗祥《题识》

《杜工部七言律诗注》五卷，陈之壎评。之壎，字朴庵，海宁人。此书据其侄陈訏跋云："世父评杜向有全帙，散佚止存近体，祗斋三兄不忍湮没，因令来麟、丹声两侄校正付梓。"是已刻行，且近体均全。书首沈珩序亦云："所注五七律，不落窠臼，不堕穿穴"云云，尤可证明。今所存仅七律五卷，知其所佚多矣。且刊本久不可见，此五卷亦出旧钞也。

【版本】

浙江省图书馆藏张宗祥铁如意馆钞本《杜工部七言律诗注》五卷。

【作者简介】

张宗祥（1882—1965），字阆声，号冷僧，又自署铁如意馆主，海宁硖石人。清光绪年间举人。1918年受傅增湘之嘱，兼任京师图书馆主任。1922年任浙江省教育厅长，倡议和主持补抄文澜阁《四库全书》。解放后任浙江图书馆馆长、西泠印社社长、浙江省文史馆副馆长等。著作有《书学源流论》、《清代文学史》、《临池随笔》、《冷僧书画集》等。

六五　王余高《退庵集杜诗》

毛奇龄《王自牧集杜诗序》

向予孤游无所遣也,曾创为翻诗之法,取前人诗一章,磔其字,押起字中之可为韵者,平陂而就之,辐辏相程,已连者勿再连,已偶者勿再偶也。不然则又取前人长律,划句上下,上者吾与应,下者吾与呼也。顾卒未尝为集诗者,以从来善遣心者,多集前人诗,穷偶极俪,阖扇辘轳,各极其妙。不惟不能效也,即效之,必不能与肩并,因屏绝勿为。及读自牧所集诗,则叹从来集诗者逊之远矣。自牧遭逢类杜甫,故喜集杜甫诗。当其目有所接,意有所感,友朋有所况临,山川、道途、园林、楼台有所览观,吾所欲言,杜甫已言之矣。特虑其言之单也,从而复之,其已复者,又从而更复之。就其意而得其句,句在意间;就其句而亦得其意,则意并在句外,岂无时与地与人与往来眺望之相符者乎?不必时与地与人与往来眺望之相符,而以彼媲此,以此俪彼。不知者叹杜陵该博,人所应有,不必不有,而不知其纂裁之妙。譬之匠者,杂楩楠杞梓为器,渥沐砥砻,并不闻求器者之仍归工于山与泽也;红女倚绣床,抽青黄而妃紫绿,串繴而五组之间,或规矩圆方,纻图织字,穷天地之能,极知虑之巧,而犹谓躬桑之妇能经营,茧缫之御以可以嬗誉,则非理也。第自牧虽远游,宜亦不必有所遣,而前人以遣心而为之,今人不必有所遣而更上之。倘他日者,予所创翻诗法幸传人间,则世岂无相勿更上如集诗者,然则予亦何遣矣!

【版本】
已佚。

【原文出处】
毛奇龄《西河合集·序》卷三。

冒襄《王自牧集杜诗序》甲辰

萧山王自牧,夙负异才,好著述,风义稜稜,直逼古人。余久佩其人,且诵其诗,大率轨物于少陵云。乙巳、丙午,余咸以新秋,舣舟邗江,屡晤自牧,复见示游园泛舟诗如干首,盖集杜也。美哉!洋洋乎其正始之遗风乎?

夫少陵以旷代之才，蒐剔古今，牢笼百态，扬风挖雅，触事兴赋，比物陈词，沉郁顿挫，化工肆给，殆百年一人耳。而自牧辄能揽其微旨，会其全神，含英茹华，而集其句。我取古人之心而谋之，若古人先取我心而代谋之。我取古人之心而合治之，若古人先我心而分治之。故少陵之诗，有不尚于时会者，而可以销夏思秋遇也；有不尚于游眺者，而可以名园曲水通也；有不尚于招寻者，而可以胜友嘉会求也。且欢乐之词而可以感慨会，忧患之词而可以休游咏也。读是诗者，谓为少陵之诗可，谓为自牧之诗亦可；谓为少陵先作以待自牧可，谓为自牧继起以追踪少陵亦无不可。彼夫步趋古人，口吟笔写，瑕瑜杂陈，高者刻画为工，皂者揣撦为富，以彼较此，不大径庭哉！顾自牧于此，亦有家学焉。昔其尊公先生凌铄千古，集杜诗成帙，行于世。自牧有少陵之才，而复集少陵之诗，似续先人，其风人中之孝子乎！吾家世业诗，先大夫放弃林泉，惟耽吟咏，有《集陶》、《集杜》。余更有杜癖，自总角至白首，手披目诵，已竟数十过。但不克如自牧之融洽浑沦，范金集翠。与先民伍而所好则同，将天下知自牧与余交者以诗，而所谓"文章有神交有道"者，自牧得以尚友杜陵，余又得以缔欢自牧矣。

广生谨按：自牧名余高，著有《退庵集杜》、《北游集杜》、《退庵诗稿》，毛西河为撰序，略云：自牧喜集杜甫诗，当其目有所接，意有所感，友朋有所况临，山川、道远，有所观览，觉吾所欲言，甫已言之矣。以彼媲此，以此媲彼，不知其翦裁之妙也。

【原文出处】

冒襄《巢民文集》卷二，王德毅主编《丛书集成三编》第53册《文学类·文别集·清》，新文丰出版公司1997年版，第605—606页。

【作者简介】

冒襄（1611—1693），字辟疆，号巢民、朴庵、朴巢，如皋（今属江苏）人。与方以智、陈贞慧、侯方域并称"四公子"。南明弘光朝，与诸名士及东林遗孤结社以抗阮大铖，大铖闻之而兴甲申党狱，陈贞慧被捕几死，襄赖救仅免。入清后遂无意仕进，筑水绘园以招四方名士。康熙中，当道以山林隐逸荐举博学鸿词，不就。卒，私谥潜孝先生。著有《巢民诗集》六卷、《巢民文集》七卷、《影梅庵忆语》一卷等。

六六　汪枢《爱吟轩注杜工部集》

董采《评选杜诗序》

人之读杜,其浅者搴芳摘华以自喜,其深者穿凿附会以夸人,而位置自高者又谓为诗固不求甚解,三者互诮让而均之,谓不循途辄而至于其域,犹航断港绝潢,以求至于渊海,有是理哉?孔子不云乎:"下学而上达。"程子曰:"既是途辄,只是一个途辄。"吾之敢选杜而评之者,其意亦犹是也。癸未夏,携其稿以归。门人与从子炜方有志于杜,而未悉其途辄者,得之狂喜曰:石子惠我实多,我辈苟广石子之惠,惠诸其人,固请题其首,酬金刻之。昔惠明作偈题壁云:"身是婆提树,心如明镜台。时时勤拂拭,勿使惹尘埃。"惠能反其句复题曰:"婆提本非树,明镜亦非台。本来无一物,何处惹尘埃。"后又有僧以鞋底两蹋去之。今设一问于此,以俟吾党二三子,天下后世学士大夫,凡用力是书者,一旦众妙悉澈,怡然涣然,区区论著,当遭鞋底与否?废翁董采撰。

佚名《爱吟轩注杜工部集跋》

清初汪枢辑撰,其对钱谦益自称后学,盖与钱氏同时之晚辈耳。书中于"胡"、"虏"等字多空阙不书,盖清初入关时之忌避也。其注约取众说而衷于己意,亦读杜之善本也。所引废翁董采之评解甚精,今董书亦不见传本矣。

【版本】

成都杜甫草堂博物馆藏清康熙间汪枢爱吟轩稿本《爱吟轩注杜工部集》。

【作者简介】

董采(?—1706),字载臣,又字力民,号废翁,桐乡(今属浙江)人。雨舟长子,吕留良高足。喜游览,工书画,善文辞,精医学,晚年居金陵行医。著有《方论质疑》、《西锦集方论》、《西塘感证》一卷、《始学斋远游草》四卷、《始学斋后远游草》一卷。

六七　吴孝章《杜诗集句》

李绳远《吴孝章杜诗集句序》

　　论诗者自大历、元和以还,迄于宋元明代,家有派别,人有师承,而要必折衷于杜陵,以为不若是,则非其至也。然学者必能入于杜之堂室而后出之,乃可以言诗。若其不能入,与夫入而不知所以出者,皆非也。今人于杜之藩篱且不能至,遽曰:吾已造其堂室,斯亦妄人也已。槜李吴子孝章,少问业于世父仪部鼎陶先生及其从兄准庵水部,原本家学,既有真传,今方策名辟雍,从事于经世之务,顾好为歌诗,一旦抉杜之藩篱而直叩其堂室,其言曰:吾欲为杜诗,莫若先以杜诗为诗。以杜诗为诗而无不合,则吾之为诗,亦杜诗而已矣。由是深入于杜陵之诗,句摘而篇累之,遇题辄赋,赋无不工,其志专一故也。然而集句之道,盖难言矣,试以今体五字论之:集四十字而成篇,犹缕丝而织组也。集八句而成篇,犹裂帛而联缀也。举零断之绮縠锦绣,而分粟以并之文采,从衡、修短、广狭悉合度,尺尺寸寸,随所取而辄应,非其储材之富有、裁制之精密,而求与于斯道,实难矣。今吴子之富有如是,能裁制如是,粹然无复针纫之迹,殆眠食于浣花草堂之奥窔而后得之者。则今之联缀且然,况其凝神仿佛、缕丝而自就其端匹乎!是所谓能入其中而后出者也。朱检讨锡鬯尝集唐人长短句以为其词,一时脍炙,几欲户诵而家弦之。今孝章更集杜句以为其诗,两君系出秀水,而皆卜筑于梅花豀上,其风雅流映,后先相望,洵乎气求声应之足以感发而兴起也。孝章之兄子交树从予游,予因以知孝章,并知孝章所以集杜诗之意,故应其请而为之序云。

【版本】
　　已佚。

【原文出处】
　　李绳远《寻壑外言》卷三,《清代诗文集汇编》第130册,上海古籍出版社2011年版,第606页。

【作者简介】
　　李绳远(1633—1708),字斯年,号寻壑,秀水(今浙江嘉兴)人。由诸生入国学,考授州同知。与弟良年、符皆有名于时,并称"嘉兴三李"。著有

《寻壑外言》五卷、《獭祭录》五十卷、《正字通补正》二十卷等。

六八　王维坤《杜诗臆评》

邵长蘅《杜诗臆评序》

古今注杜诗者亡虑数百家,其弊大约有二:好博者谓杜诗用字必有依据,捃摭子传稗史,务为泛滥;至无可援证,则伪撰故事以实之,其弊也窒塞而难通。钩新者谓杜诗一字一句皆有寄托,乃穿凿其单辞片语,傅会时事而曲为之说,其弊也支离而多妄。盖杜诗之亡久矣!杜诗未尝亡也,其真亡也?故愚以谓必尽焚杜注,然后取杜诗读之,随其人之性情所近,与其才分之偏全、浅深、工拙,而皆可以有得。长垣王又愚先生起家进士,令梓潼,遭乱弃官,流离滇黔,阅十馀年而后归。方其自秦入蜀,窥剑阁,下潼江,又以事数往来花溪、锦水,其游迹适与子美合。及弃官以后,系怀君父,眷念乡邦,以至拾橡随狙,饥寒奔走之困,亦略相同。故其评杜也,不摭实,不凿空,情境偶会,辄随手笺注,久之成帙,自题曰《杜诗臆评》。其于古今注家不知谁如,要之,无二者之弊。余谓注杜如先生,则杜不亡,惜也止于七律也。序之以告世之读杜者。

【版本】

已佚。

【原文出处】

邵长蘅《青门簏稿》卷七,河北大学图书馆特藏部藏本。

【作者简介】

邵长蘅(1637—1704),一名衡,字子湘,别号青门山人,武进(今江苏常州)人。顺治诸生,入太学试,拔第一,授州同,不就。后客宋荦幕最久。著有《青门簏稿》十六卷、《青门旅稿》六卷、《青门剩稿》八卷,总名曰《邵子湘全集》。此外尚有《删补施注苏诗》、《古诗钞》、《古乐府钞》、《明四家诗钞》、《明十家文钞》等。事迹见《清史列传·文苑传二》、《清史稿·文苑传一》冯景传附、陈玉琪《邵山人长蘅传》、宋荦《青门山人墓志铭》、《(光绪)武进阳湖县志·人物传》、李元度《国朝先正事略·文苑传》。

六九　王邻德《睡美楼杜律五言》

王邻德《睡美楼杜律五言引》

余初读少陵集，茫然莫得其解，每阅一篇，即取注释参之，不过著其用事之出处，间有明切，又止据一时之己见而言，且穿凿附会，终莫能白，观之令人闷，又心窃疑焉，因咨之刘子雪舫。雪舫谓余曰："子欲读杜诗乎？千家注未尽无当也，其所以难明者，特未得少陵作诗之旨意耳。吾子欲得读杜之法，能探其旨意之所在，则千篇如一，明若星辰也，又何必泥于注释哉！"余于是屏去诸家注，止取少陵诗反覆讽咏，似略见大意，然未昭晰。既又得汪氏、单氏所注观之，恍若有得，则向之所谓莫得其解而心之所疑者，始释然矣。於戏！少陵之诗，皆□于爱君忧国之诚心耳。善陈时事，度越古今，世号"诗史"。至若父子、夫妇、兄弟、宗姻、朋旧间，虽流离颠沛之顷，尤曲尽其道，自非少陵天资粹美，学问该博，其能若是乎？故元稹氏谓"诗人以来，未有如子美者"，昌黎亦曰："李杜文章在，光焰万丈长"，信哉！乃取少陵五律读之，每篇必先考其出处之岁月、地理、时事，以著诗史之实录。次乃虚心玩味，必究旨意之所在，而于承接转换照应处，又必细加参考。至诸家注释之当者取之，穿凿傅会者彻置不录，如是，虽少陵作诗之旨意未必尽如余言，庶余之读其诗而少有会于心也，抑庶几不负刘子之言也。淮南后学王邻德臣哉氏识于听雨草堂之东轩，岁庚申菊月重九前一日也。

【版本】

北京师范大学图书馆藏清稿本《睡美楼杜律五言》。

【作者简介】

王邻德，字臣哉，别号东桥，高邮人，生平事迹不详。据《睡美楼杜律五言引》，王邻德学杜曾得刘雪舫指授，则其为清初人。刘文炤，号雪舫，宛平籍，海州人。崇祯帝之母孝纯皇太后之侄，新乐忠恪侯文炳弟。李自成陷京师，文炳阖家自焚，文炤独奉祖母逃匿，后流落江淮间，寓高邮甓社湖者二十年，其与王邻德之交游，当于是时。著有《揽蕙堂偶存》。

七〇　吴瞻泰《杜诗提要》

汪洪度《序》

司马子长之文、杜子美之诗,体不同而法同。故文之变化如子长,诗之变化如子美,千古未有俪之者也。韩退之文学子长,而准绳规矩,纯似子长;诗学子美,而诘屈聱牙,亦是子美化身。故千古之善学两公者,无有能出退之右者也。然他家之诗径显而易窥,而杜之诗径隐而难测。譬则珠玉然:他诗辉照乘而采腾霄者也;杜其含于川而韫于石者也,天下之人未知其含之韫之者之在于何所,而必待能者之自悟。或不能焉,唯迹象是求,彼此互相訾议,靡所折中,无怪乎其妄为之轩轾也。而能执子长之文法,以绳子美之诗法,则莫善于《杜诗提要》之一书。盖传注之权舆,而古今之特识也。余少亲炙白山、方舟两公,即知尊杜,因潜心以学者有年,间亦有心得,终如山谷所云:"欲随欣然会意处,笺以数语,卒汩没于世俗而不暇",不意于吾友东岩氏观厥成焉。东岩伎伎凉凉,澹于世好,溪云山雨中,以及舟车行役,于书无所不窥,而独癖嗜杜,于注家无所不究,而独与鄙人之言有相视莫逆者。积数十年,丹铅弗辍,屡经削藁,然后成书十四卷。博采前人笺注,得者仍之,失者正之,不傍人门户,以拾牙慧,而亦无穿凿傅会、刻意求新之失。直若亲见浣花老人口授其谋篇命意、章程纪律、起伏顿挫之法,而为之披剥剔抉,不失累黍。学者诚窥见东岩体会之苦心,则举前人注杜之书皆若可废也。然人亦有言曰:"诗有别才,非关学也。"余谓舍法而论诗,将摘取一字一句以为标新,直刘须溪之续耳,安所得其纵横变化之术,为前古后今之只眼哉?苏子瞻云:"学诗当以子美为师,有规矩法度可学。"夫以子瞻之才高识广、放浪自恣,而犹取法子美,则《提要》一书,其为后学津梁也必矣。礻兼中同学弟汪洪度撰。

吴瞻泰《自序》

子美之诗,驾乎三唐者,其旨本诸《离骚》,而其法同诸《左史》。不得其法之所在,则子美之诗多有不能释者,其旨亦因之而愈晦。三闾之作《骚》也,疾王之不聪,悲一世之温蠖,故离忧郁结,常托于沅兰湘芷之间,以冀君之一悟,流连比兴,有《国风》之遗焉。少陵遭两朝板荡之馀,播迁夔蜀,卒无所见于时,故其诗沉郁顿挫,常自写其慷慨不平之气,以致情于君父。举凡山川跋涉,草木禽鱼,一喜一愕,咸寄于诗。盖先有物焉,蓄于其中,而后肆焉。此作诗之本,所以有"窃攀屈宋宜方驾"之语也。而至其整齐于规矩之中,神明于格律之外,则有合左氏之法者,有合马、班之法者。其诗之提掣起伏、离合断续、奇正主宾、开阖详略、虚实、正反、整乱、波澜顿挫,皆与史法同。而蛛丝马迹,隐隐隆隆,非深思以求之,了不可得。论杜者咸曰"诗史",吾谓杜不独善陈时事,为足当"诗史"之目也,其诗法亦莫非史也。然黄鹤、鲁訔之流不得其法,而但援据史鉴,曲为之说,是欲以瀼西草堂荒村子月,足当刘昫、宋祁新、旧《唐书》也,可乎哉?故余尝选读杜诗,以教子弟焉。非求简也,求其法而已矣。客有难之者曰:法易耳,间师小学之所优,何齿焉?必尽得古今诗人之体势,抉汉魏唐宋之藩篱,以兼通条贯于其间,而后可成一诗家。而顾斤斤于方寸之末以言诗,何浅之乎视诗也。嗟乎!执是说以论诗,如造室者去绳墨之曲直、规矩之方员、寻引之短长,而曰吾能知体要也。室不挠则崩,此不唯不知杜,并不知汉魏唐宋诸贤之诗也。虽然,诗以道性情,而法兼学力。使无离忧郁结、香草美人之寄托,无以成骚赋之祖;无播迁夔蜀、刻不忘君之本怀,无以造乎诗史之宗。是以知子美作诗之本,不可学者也。子美作诗之法,可学者也。吾特抉剔其章法句法字法,使为学者执要以求,以与史法相证,则有从入之门,而亦可渐窥其堂奥,是不为浅也,遂书之以序其笺注之意焉。歙人吴瞻泰识。

吴瞻泰《评杜诗略例》

子瞻谓"学诗当子美为师,有规矩法度,故可学。"黄鲁直则推为诗中之史,罗景纶则推为诗中之经,杨诚斋则推为诗中之圣,王凤洲则推为诗中之神。诸家所论虽不同,而莫不以法为宗焉。古有古体之法,丝绪多而益见其长;律有律体之法,尺度严而益通其变。盖法有从横奇正之不同,而意即离合出没于其中。若左、马之文,不可以绳尺拘者,不得其法而意亦晦。吾愿世之学杜者,即作左、马读可也。

温柔敦厚,诗之教。昔贤亦云:"诗有别裁,非关学也",何拘乎法?然自《三百篇》、楚骚、《十九首》、苏、李、曹、刘,以下讫三唐,不离于法。而论者谓古诗如无缝天衣,必求之针缕襞绩间,愚矣!循是说也,将必以诗在可解不可解之间,甚且以不解为解矣。章法迷昧,线索未清,而一诗入手,即连称曰:佳句佳句! 以此论子美,安知不为蚍蜉撼大树哉! 故此集一以论法为归。

曰高,曰古,曰深,曰远,曰长,曰雄浑,曰飘逸,曰悲壮,曰凄婉,严沧浪之诗品也。然皆在影响疑似之间,不若少陵自道曰沉郁顿挫。其沉郁者,意也;顿挫者,法也。意至而法亦无不密,以意逆志,是为得之。故不加肤词赞美,以取无关痛痒之讥。

断章摘句以言诗,是裂帛而夸纨縠也,不成章矣。刘辰翁评杜,每摘一字一句以为标新,而昧上下文神理,宋潜溪已讥之,且开景陵一派,识者不尚焉。其有一二佳句脍炙人口,而章法未尽工者,不在选列。

"诗史"二字,非徒谓其笔之严正如《春秋》书法也。如《北征》、《留花门》、前后《出塞》、《哀王孙》、《悲陈陶》、《哀江头》、《洗兵马》、《冬狩行》、《收京》、《有感》、《洞房》、《秋兴》、《诸将》等诗,能括全史所不逮,足使唐之君臣闻之不寒而栗,谓非史乎? 而操编年之柄者,必欲年经月纬,以排缵之,强取其人其事以实之,殊觉傅会,此编概不滥收。

笺释典故,前贤搜辑靡遗;敷衍文义,又类训诂习气。此集不敢效颦,其隐晦者笺之,讹误者析之,止求达意而止,弗敢博收以为辨。然学识谫陋,欲知子美之正味,而或不免来异馔之讥。愿海内钜工,急为厘正焉,幸甚。

诗至老杜,千汇万状,而离奇变化,不逾榘矱,固言之有则者也。初以《杜诗则》名书,丙子秋,持以质吾师田山罡先生,先生曰:"子不闻韩子之言曰:'记事者必提其要,纂言者必钩其元。'子之评杜,兼斯二者,而简帙不烦,片言析理,予以'提要'易子书名,更有当焉。"遂从之。自是复覃精研思,考古质今,累易其藁,乃成兹帙。阅者遍取旧本而雠对之,庶谅其苦心之所存。

元人单阳元复《年谱》,较吕汲公大防为详,初欲依单本编年之次,不分古今体,使读者因其时其地其人,略得公之生平前后次序,不至大有参错。然此集乃瞻泰一己所得,简其要以为读本,非工部全书也。故仍分体,以便于读,而各体之序次,则本之于单为多云。

杜诗数十百种,字句舛讹,终少善本。朱子尝欲作《考异》未果。此编与他本不同者,兼综而审处之,大率以单本为良。其以"天阙"为"天阃"等类,则蔡兴宗、杨升庵之徒故为矜奇,不敢取信。

宋元以来,笺注千家,旁搜远绍,积日穷年,咸有采录。而老友黄白山生、汪于鼎洪度、王名友棠、余弟漪堂瞻淇,晨夕析疑。凡所徵引,悉署某贤,不敢窃取。余门人程南岑崟、程翼山御龙、方北山愉、程实夫亶、罗千仞振,及弟青涯瞻澳、录机瞻麓、宾门揆,笃好此书,人各手录,商订不倦。友人罗东万挺,素嗜杜,一见兹编,袖归示其弟需材抡、子立人本仁、友朔本倩,缮录副本,日夕吟诵,遂代授剞氏焉,故书其缘起于此。

罗挺《后序》

注诗难矣,注杜诗尤难。注杜者不第笺释故实,直欲钩元提要,则其难又倍蓰焉。今夫故实可以迹求,然约者失之缺略,博者失之踳驳。至神明于迹象之外,提纲挈领,摄魄追魂,意象昭融,法律森列,如取作者悲歌感慨、纵横跌宕之概,亲授于千载以下;又如取读者流连反覆,冥搜妙会之旨,亲质于千载以前,症结尽开,神解独契,则求之千百注杜家而不能得一二,此吾邑艮斋吴先生《杜诗提要》一编所为不可及也。先生著述甚富,于杜诗研讨尤力,积久成书,大指在示学者即法以通其意,殆于浣花诗叟有微契者。夫作之者,诗成而法立焉;读之者,按法而诗得焉。由其纵横跌宕之致,以领其悲歌感慨之情,则流连反覆,冥搜妙会,真有恨古人不见我之叹。纷纷托为高简与骛为穿凿者,对此均应爽然失矣。先生自订《凡例》,谓选其要者以为读本,不足为工部全书,夫全书故在也。学古人者,务在掇其菁英,即作家生平,注想惬心,亦自有在。昔孔子删诗,仅存三百,又多乎哉?集曰《提要》,不独评注云尔。其所采录,亦在是矣。因乞归以付剞氏,并揭微旨于简末。后学罗挺识。

【版本】

清康熙末年山雨楼刻本《杜诗提要》。

【作者简介】

汪洪度(1646—1721),字于鼎,号息庐,歙县(今属安徽)人,寓江苏扬州。诸生,工诗词古文,擅长书画。与弟洋度号为"新安二汪",著有《馀事集》。

吴瞻泰,字东岩,号艮斋,歙县(今属安徽)人。清顺、康间诸生。少即留心经史,思为世用,入省闱十五终不遇,乃遨游齐鲁、燕冀及江汉、吴楚、闽越诸地。康熙三十五年(1696),授经扬州,后至京师,五十四年(1715)南归,方苞为之撰《送吴东岩序》。与同里黄生、汪洪度友善。所作诗文冲夷简澹,不假修饰,妙合自然。与书无所不窥,而独癖嗜杜,于注家无所不究,积数十年,丹铅弗辍,屡经削稿,然后成《杜诗提要》十四卷。其著述还有

《陶诗汇注》四卷、《循陔堂自订诗集》二十六卷、《紫阳书院志附讲义》五卷等。生平事迹见《国朝诗别裁》小传、方苞《送吴东岩序》(《望溪集》卷七)。

罗挺,歙县(今属安徽)呈坎人,官浙江海宁县丞。

许瀚《杜诗通解提要题记》

《提要》之名,乃山甿先生所定。然则东岩先生亦国初人也。序例皆不纪年月,惟就正山甿先生在丙子秋,亦不知是何丙子也。

书内多引黄白山人语,云是老友。白山,康熙间人,著《字诂》、《义府》二书,四库著录,然则东岩先生果国朝人矣。

【版本】

山东省博物馆藏许瀚手校吴瞻泰《杜诗通解提要》六册。

【作者简介】

许瀚(1797—1867),字印林,一字培西,日照(今属山东)人。道光十五年(1835)举人,主讲济宁渔山书院和沂州琅琊书院。咸丰二年(1852)官滕县训导,未几归里。晚年为吴式芬校订遗书。许瀚是清代道、咸间杰出的文字学家、金石学家和校勘学家,博综经史及金石文字,训诂尤深,其校勘宋、元、明本书,精审不减黄丕烈、顾广圻,龚自珍称其为"北方学者第一"。著有《攀古小庐文》、《攀古小庐文补遗》、《攀古小庐杂著》等。又有稿本《许印林杂文》一卷。生平事迹见杨铎《许印林先生传》(《续碑传集》卷七九)、袁行云《许瀚年谱》(齐鲁书社1983年版)。

七一　周篆《杜工部诗集集解》

周篆《杜工部集序》

予昔游武昌,登黄鹤楼,见有碑岿然刻诗八首,盖欲出其长与崔颢角者之所作也。夫以李白之才,宜不为颢下,然见颢诗,束手而退。彼何人,反能与颢角,且能以多胜之耶?昌黎所谓"蚍蜉撼大树"者,此也。虽然,人惟有才如白,始知诗为一时绝唱。彼无其才,且不知有白,乌知有颢!其欲胜之也,固宜。洛阳纸贵之后,自非陆机,必然舐笔和墨,攘臂而起,欲令《三都》再见矣。昔杨雄拟《易》,王通拟《论语》,《易》与《论语》,尚且见拟,于区区一赋何有！由是言之，庸讵知百世以上，不曾有驾陆机而凌左思者，而今不及见耶？峣然有碑，势必不久，不足病也。少陵之诗，何止绝唱一时，自唐以来，苟非蚍蜉，必无从而撼之者。特患世人不问意义之何在，仅取其文辞事实之近似者，伪解而谬释之，伪重而谬誉之，以为少陵病，反不若悍然不顾，勒碑示胜，其失为易辨也。夫不真知颢诗之所以然，而漫告以《黄鹤楼》之不当复作，不心服已。今注杜者，愈阐愈晦，如"鸡鸣问寝龙楼晓"，本言立代宗为太子，解者以为讥肃宗子道不尽之类；愈析愈离，如"勃律天西采玉河"，本言远人向化，解者以为宝主疆域之类；纷纭改窜，如"洞门对雪常阴阴"，说者改为"对雷"之类；真伪不分，如洞庭湖中不载名氏之石刻，闺壸中夹绣犷之绝句，说者以少陵不疑，《巴西观涨》极有法脉，说者以为无状之类。岂非傅涂泥于大树，招蚍蜉而嗾之憾乎？予不能知李，而于杜诗尤不能知，惟于其颠倒挫折、困顿流离之作，读之往往如我意所欲出。又尝南自吴越，北过燕赵，经齐鲁郑卫之区，荆楚之域，极于夜郎、滇、僰，复浮彭蠡，泛洞庭，窥九嶷，临溟海，而回迹环三万，岁周二星。凡舟轩车骑，旅邮店亭，尤于其诗之跋涉高深、出入夷险者，相须如行资徒侣。苟有不解，则就担簦问之，窥之既久，时见一班。虽其官拜拾遗，从容朝右，卜居锦水，情事悠然，与予境遇，绝不相谋，之所为亦莫不心知其意。肩镵既开，户牖斯在，解释所及，都为四十卷。纵使言之无当，仅不能为公驱除蚍蜉而已。苍然大树，固无恙也。安知得吾说而通之，勒诗黄鹤者，不废然反耶？雕虫篆刻，其谓斯乎？不谓斯乎？

周篆《集解杜工部集凡例》

他人之诗，或可类分，惟杜集，断宜以年为次，盖论其世，可以知其诗也。但其往来道路，诗反可考，如未献赋以前，留滞京师，既出峡以后，栖迟夔府，皆无从测其先后。今将其有迹可循者，系以所作之年；其不可考，但云某年间居某处，以存其大略焉。

诸本所载公自注，其伪者既已刊去，其真者即分注题中或诗内。

题中诗内，虽时有音切、驳正细字，然与公自注自是迥别，不若注解之易浑，故不低一字写，读者宜自得之。

倡和之诗，必彼此俱载，始见古人之用心，但百不存一，为可惜耳。今取其传于世者，悉为附入。倡则居公前，和则居公后，赠答寄酬，悉作此例。俾当时情义，如在目前焉。

倡和之作，固已附见，然其训释，亦不宜缺，今以细字分注其间，令人一见可辨。

长篇歌行，固有段落，律诗近体，何独无之！从其段落而解之，法脉井然。无模糊影响之患，所以注解可俱载于段落之后。若自二首以上，则但将其段落于解内剖明，而总解于逐首之末，欲易辨也。

故实者，天下之公也。议论者，一人之私也。凡注中所引，苟非出自僻书，俱不载其引自何人。若独出己见，阐发诗旨，虽单词只句，必标"某曰"二字，以别于刍荛焉。

古今地名，多不相同，若引唐诗地名以解公诗，则无为贵注矣。今悉从时，俾人易晓。

林风纤月落，或作"风林"，是不欲次句"衣露"作对，而使"暗水"、"春星"与成鼎足势也，此颠倒之谬也。天门冬细叶如楂，而更柔弱，有似蔓，故曰"天棘蔓青丝"，或改作"梦"，则无谓矣，此改窜之谬也。"乘兴杳然迷出处"，此隐处之处也，或音作处所之处，此音韵之谬也。但辨之不胜其辨，故仅于本字之下，注其为非而已矣。其于意无害，可以通用者，则云某作某，或云一作某。

自有此字，即有此字之来历，顾所用何如耳。假如公之诗之"终日困香醪"，此困于酒食之困，引《易》以解之，可也。若"黄河十月冰"，则河水成冰耳，与抑释冰忌之冰，相悬不啻万里。引《诗》以解之，不可也。说者为"字字有来历"所误，虽其决无来历处，亦必广为搜罗以实之，我恐起少陵于今日，应亦茫然不知所谓矣。凡若此类，悉以刊除。

诗中所用故实，虽有显僻之殊，若有注，有不注，不可谓非缺漏也。但显者略之，不使厌观；僻者详之，不使难解。然初见则注耳，再见则云详某卷某诗，以便翻阅，若三见则不复论及。亦有先云见某卷某诗，而后注及者。视公之用法，以为注释先后之次。

旧注之谬，已有人驳正者，则悉载其说，以"某曰"二字别之。若其说虽长，而于诗意不甚关切，则但云某辨甚详。

闲尝与人论公诗，而其说可采者，其人虽无成书，亦为载入。

凡伪书，如《唐史拾遗》之类；伪苏注，如《赠太白》诗"何当拾瑶草"，注载东方朔与友人书之类；伪欧注，如"巳公"为"齐己"之类；伪自注，如《李公见访》注三李时为太子家令之类；伪故实，如杜华母命华与王翰卜邻、焦遂口吃、醉后雄谈之类；伪人名，如卫八处士为卫宾、向卿为向询之类；伪诗，陆机"佳人眇天末"改为"凉风起天末"之类。已经前人指出，兹不复及。

诗中字句,诸本有彼此互异而意义两可者,则存其姓氏,以见其所自,如鹤作某,吴作某之类。如不可从,则但云"作某非"而已。

杜诗真伪,但以法求之,虽暗中摸索,亦能立辨。世所争新添四十馀篇,几无适从。今将其真者标出,其所以为真,编入正集;伪者,明言其所以为伪,载附集末。亦有一望而真伪了然,不俟摸索者,各以类相从,不复为措一词。

周篆《杜诗逸解》

人知杜诗之善,而不知其所以善。相与解杜诗,而卒不得其解。非杜诗之不可解与不可知也,不知法脉,则虽终日聚讼,而卒不得其解。不得其解,则虽极口誉之,而终非其所以善。故法脉为千古诗文要诀,始自风骚,沿于有宋,公尤独擅其长,穷极其变。彼煦煦之见,尽力于典故、名物、声调、字句之间,夫何足以言诗?

言诗者不敢以少陵为不如己,则于其诗也必几矣。夫以少陵之识,少陵之才,少陵之学,苟能窥其藩篱,斯亦幸矣,敢从而短长之乎?从而短长之,卒处于藩篱之外,尚得谓之知诗否?即如所谓炼字炼句者,欲其与此诗有关键也,有精采也,有开阖也,有筋骨也。不求其开阖筋骨之何在,关键精采之何在,而妄言此句雅,此句俚,此字稳,此字险者,皆篱外之见也。试思少陵虽率尔所为,亦当十倍胜我,况其惨淡经营者哉!

所谓法者,非仅仅首尾呼应而已,必前后贯穿,气脉流通,有起伏而无断续,有层次而无颠倒,有逆折而无龃龉,有伸缩而无脱略。自宋以前,莫不皆然。惟近代诗家,或逐调循声,或雕联琢句,法脉一道,不复顾问,遂至断梗飞灰,飘零满纸。余尝读其篇章,似乎律不必拘于八,而绝不必拘于四者,本之则无如之何。

不知诗而言诗,其害甚于不知而为诗。盖不知诗而为诗,止于不公斯已矣,不传斯已矣。若不知诗而言诗,则未有不肆然自以为是者也。彼既自是,人又从而是之,于是前瞽辟后瞽所欲言,后瞽□前瞽所未登,康庄皆成陷井,坦途无异羊肠。俾愚昧之人,相与喜其卑陋;才智之士,亦误用其聪明。故曰不知诗而言诗,其害为尤甚也。

法脉者何?经营于未举笔之先,则如兵家庙算,不俟两军相当,而后谋之者也。会通于既举笔之后,则如兵家之自卒而伍,自伍而队,上而至于裨将,又上而至于大将,无不心相输,意相洽,气相感,命之然而然,不命之然而无不然者也。兵得其术则胜，不得其术则不胜。诗得其术则工，不得其术则不工。予自十五而学诗，窃闻世俗言诗之说，始而信，中而疑，终而为之忧。夫累字成句，累句成篇，藉非字句是工而谁工也，是以始而信也。然求工于字句者，自古及今，何可胜数，卒不古人若也。不古人是若，而惟字句之工，其工为有益乎？抑无益乎？是以中而疑也。举天下之众，数百年之久，卒不得字句之效，将诗道自此而遂亡乎？是以终为之忧也。于是反覆思之，忽得法脉之说，恍然如出字句之上，初亦未敢自信，复得顾君小谢，相与讲求，而疑始决。求之一首，求之百篇，求之诗体，求之全唐之人，莫不具见其然。故不惮出其臆见，为少陵开一生面。其声调、典故之不足为诗重，亦若是已。倘不我信，则字句、声调、典故之学，均无恙也，请于彼乎求之。

诗之患，在于句句求工，言言辞病。句句求工，斯不工矣；言言辞病，斯多病矣。今夫丽人，有美在目者，有美在眉者，有美在唇者，有美在颊者，不必皆绝世姿，然后为国色也。故取其眉不废其目，用其颊不废其唇，倘因如柳而四其眉，如花而三其颊，有不以恶骇天下者乎？故是以一篇之中，一二惊人之语，譬犹丽人之目也，眉也，唇也，颊也，其不皆惊人者，犹不可废之目，不当去之唇也。予尝见一人之诗，无句不唐，无言不盛，自始至终，皆惊人语也。然诵不数过，而欠伸随之。因求其故，则漫无法度，而句句求工，言言辞病者也。呜呼！斯所谓四其眉而三其颊者，夫宜其以恶骇天下也夫。

造化之机，息则复消，消亦复息，虽如环之无端，曾不少间。然方来之息，必至于消而已。过之，消不复成息，何也？息为消之基，消为息之迹故也。故必有神于消息之先者，而后消息之道不匮，使造化者见方来之息，既已为消，遂欲取已过之消，转而为息，则气机于是乎拘且陋矣。诗之为道，何以异？此前人所有之诗，篇章已具，辞义粲然，譬已消之迹也，未经前人之所赋，词未成而义未著，若有篇什，藏于太空之中，以待后之学者。譬将息之机也，法前人之迹以立我之基，固我之基，以化前人之迹，则神于消息之先，而消息之道不匮矣。奈何诗人昧于从事，不知消息之机，而止遂其迹，沾沾然曰：何声为李、杜，何调为高、岑，何句为王、孟，何字为钱、刘，尺步而存趋之，妄以古人自命，何异于执已过之消，欲转而为息耶？呜呼！起少陵于今日，使重赋《秋兴》，如复曰"玉露凋伤"云云，则杜之为杜，亦拘且陋矣。

里之丑妇，既以恶骇天下，遂欲往废西子之嚬，告之曰：吾与若同一嚬也,而有美恶之异者,必人以成败为妍媸也,故吾与若易地皆然。世儒闻之,无不窃笑。迨言及李杜,而其胸臆之间,又往往有易地皆然之见,则何也?昌黎有言:"李杜文章在,光焰万丈长。不知群儿愚,那用故谤伤。蚍蜉撼大树,可谓不自量。"元稹亦云:"诗人以来,未有如子美者。"其相与推重如此,则亦可以返矣。必欲与李、杜争一旦之命,岂不哀哉!譬如晋、楚合纵,以号令天下,而撮尔小国,尚欲倔强其间,以自矜其智力,则其可怜,又非特愚儿蚍蜉已也,吾知丑妇必反为之掩口。

呜呼!吾不知古人何以仅有此专长,而今人无不有其兼长也。夫少陵以毕世之心力,仅成为少陵,太白以毕世之心力,仅成为太白,高、岑、王、孟以毕世之心力,仅成为高、岑、王、孟。今独不然,阅月而过之,则曰:我于此学杜;又阅月而过之,则曰:我于此学李;又过之,则高、岑矣,王、孟矣;又过之,则元、白矣,温、李矣。于是为陶,为谢,为汉魏,为风骚,不俟数岁,莫不具得其全。夫以一人,数岁之功,通千百古人毕世之学,宜古人之载路矣。顾终世不得一遇,何耶?虽然,诗小道也。礼乐、兵农、天人、王霸之学,无不欲以数岁尽会其全,我且奈之何哉?

王屋山人问周子曰:杜诗当以法脉解之,则信然矣。驰骋如太白,亦可以法脉求耶?予曰:何独太白,凡属唐人,未有无法脉之诗,未有舍法脉而能得其解者。姑举一二,以概其馀。如《清平调》三首,首言妃子,次言木芍药,卒言妃子与木芍药。又前二章俱以未得言,卒章以已得言。又首章之"想",次章之"断肠",与卒章之"春风"相呼应。首章之"槛",与卒章之"栏杆"相呼应。首章之"群玉山头"、"瑶台月下",次章之"云雨巫山",与卒章之"沉香亭北"相呼应。若不以是求之,而从世俗所解巫山梦、昭阳祸水云云,则一梦不复醒矣。盖此诗为明皇与妃子赏木芍药而作,故首章追言天子未得妃子之时,见云则想佳人之衣裳,见花则想佳人之容貌,以为必得如是,而始愉快也。平时且然,况当春风拂槛时乎?其想之心,必加切矣,故曰"云想衣裳花想容,春风拂槛露华浓"。云想衣裳花想容矣,如此丽人,世所罕有,庶几仙子,乃或似之,故云"若非群玉山头见,会向瑶台月下逢"。至于芍药,亦正易言"一枝浓艳露凝香,云雨巫山枉断肠"。此方是顺起,言欲得浓艳且香之花,如此木芍药者,犹之望巫山云雨,空自断肠而已。如此异花,世所罕有,庶几佳冶,乃或似之,求之汉宫,其惟可怜之飞燕乎?虽然,未也。以可怜之飞燕,尤必倚藉新妆,始得似之。盖首章以花形丽人,次首以丽人形花,所以说诗之人,目挑心招,愈无从求其意义之所在耳。"名花倾国两相欢,长得君王带笑看。"名花,指木芍药。倾国,指妃子。言今幸矣,花与妃子俱在是矣。天子对之而笑矣,无复有事于想,亦无为复断矣。昔者愁肠枉断,念想为劳,春风拂槛之时,有无限之恨,至是俱为解释矣,故曰"解释春风无限恨,沉香亭北倚阑干"。然此亦是逆结,若顺结,则当云:"沉香亭北倚阑干,解释春风无限恨"也。其结构如此,是以不二不四,而必三耳。或谓太白赋诗时,业已酣醉,且信笔而成,未必如是构思。不知后人虽不酣醉、不信笔,亦必不能如是构思。惟其醉且信笔,而构思如是,所以为太白也。太白有然,其馀可知。山人抚掌称善,且曰:请为君语诸昧法脉者,俱从此置思。

诗自二首以上,莫不有前后起伏,开阖呼应,所谓章法也。若止得寸则寸,得尺则尺,则二首何不增而为三?十首何不减而为九?盖有命意存焉故也。选家不达,任意去取,如《秋兴八首》,历下摘其四,景陵摘其一。《后出塞五首》,景陵删其一,历下删其四之类。抉樊素之口,截小蛮之腰,以为美尽在是,呜呼!残口断腰,岂复有樱桃、杨柳也哉!况为所抉截者,未必小蛮之腰、樊素之口也。

诗家动云风骚,我未究其命意措词何如风骚也。法之一字,茫然不知,尚何风骚之有?譬如《关雎》,始言君子喜得淑女为配,次言未得而忧,终言既得而乐。《葛覃》始言葛盛,次言成布,终言服之归宁,莫不秩言有序。《三百篇》之无浅深前后者,盖亦寡矣。至于楚词,则又段段回旋,章章起伏,并无所谓语言失次、歌哭无端者。惟《天问》一篇,略无条理,而《九章》各自成篇。盖《天问》有得即书,如唐人漫题杂咏之类,不假诠次。《九章》之九,非《九歌》之九。《九歌》盖取阳九之义,作于一时,故其数至于十有一篇。若《九章》则集其所作,共得此数而已。是以《离骚》自"孰非善而可用兮,孰非义而可服"以上,俱是告君之辞,以下是其自处之义。"吉日兮良辰"一语,断乎是《九歌》之始。"长无绝乎终古",断乎是《九歌》之终。其间相生相接,或呼或应,未易悉数。今因已之颠倒狂惑,而诬古人为皆然,虽欲不谓之无知,不可。法之一字,尚且不识,风骚云乎哉?

凡诗莫不有虚神,有实理。解者虚其所实而理窒,实其所虚而神枯。虚者何?如《赠哥舒翰》之"今日麒麟阁,何人第一功"是已。盖"何人"者,问词,犹言谁最居上,以起"开府当朝杰"等句耳,非以第一功为翰颂也。岂"萧何第一元从"第一之谓耶?解发端为比拟,精义索然矣。故曰实其所虚则神枯。实者何?如《赠王倚》之"麟角凤觜世莫识,煎胶续弦奇自见"是已。麟凤,喻王也,颂词也,乍见款语也,非羡其馔之谓,故又云:"尚见王生抱此怀,在于甫也何由羡。"言王生尚抱见奇之怀,而甫则无是心也。香稌未赊,何从知其馈之有无美恶,而突如其誉之乎?"为我力致美肴膳"以下,方是说馈。与此相去,不啻万里。说者以为,美馔愈疾,如胶之续弦,岂已经餍饫,然后致其款语耶?移比拟为发端,脉络紊矣。故曰虚其所实则理窒。若此类者,不惟无当,抑且误人,删之。

惠栋《跋》

本朝注杜者数十家,牧斋(钱谦益)而下,籀书(周篆字)次之,沧柱(仇兆鳌字)以高头说约之法解诗,为最下矣。籀书名篆,由青浦徙吴江,所著有《草亭诗文集》,又尝撰《蜀汉书》八十馀卷。乾隆丁卯,余预修《府志》,采其书入《艺文》云。壬申十月,望前二日,松崖惠栋书。

【版本】

国家图书馆善本部藏清钞本《杜工部诗集集解》,为海内孤本。

【作者简介】

周篆(1642—1705,或谓卒于1706),字籀书,号草亭,松江(今属上海)人,后徙南浔、华亭、吴江,最后侨居丹徒(今江苏镇江)。不乐仕进,一生布衣。私淑顾炎武,曾以文字请益于顾,顾以务本导之,遂博究经史。雅好游历,尝北至燕赵,南到夜郎、滇沔、南粤,遍游名山大川,考察天文、舆地、河渠、盐铁、兵农、礼乐等有用之学。邓之诚在《清诗纪事初编》中称周篆"父子皆客游于外,不慕荣利,苦志危行,必有超乎寻常者,惜记载不详"。著有《杜工部诗集集解》四十卷、《蜀汉书》八十卷、《草亭诗文集》等。生平事迹见周濂、周勉编《草亭先生年谱》一卷(嘉庆刊本)、袁景略《国朝松陵诗徵》、邓之诚《清诗纪事初编》卷一小传。

惠栋(1697—1758),字定宇,号松崖,学者称小红豆先生,江苏吴县人。清代汉学汉学中吴派的代表人物。著有《九经古义》、《易汉学》、《周易述》、《古文尚书考》、《后汉书补注》、《松崖文抄》等。

七二 毛彰《阆斋和杜诗》

仇兆鳌《阆斋和杜诗序》

唐世诗家最盛,李杜独推绝唱,故昌黎有云:"李杜文章在,光芒万丈长。"元微之作《少陵墓志》,则以为"千古一人"。厥后宋儒尤尚推崇杜氏,王介甫选四家诗,则杜居第一,而李第四。是有推为"周公制作"者,有推为孔子大成者,有推为诗之□者,有推为诗中史者,有推为诗中经者。至明人王元美,谓杜七律、歌行入圣,而五律入神。千年论定,后人望□,真如日月悬天,山岳峙地,夐哉邈乎,难与攀跻矣。考宋元以□,学杜者多人,集杜者亦往往有佳制,如苏子瞻《送人赴成都玉局观》,其俨然杜七古矣;张文潜《离黄州》诗,则俨然杜五古矣;孔毅夫、文信国集杜句,则七古、五绝各彬彬成章矣。至吾乡隆、万间,诗才擅名,有勾章沈氏,亦有屠氏。沈呼屠为太白,而屠亦称沈为少陵。今读其遗编,敏捷而潇洒,尚逊李之英矫凌厉。沈长于歌行,风神气魄,亦足颉颃工部。但其自命,犹以为遇李则颜行,遇杜则北面也。启、祯之际,有江东吴青寰者,平生沐浴寝食,惟杜是师。所著五律如《度龙山》《送李鹰》《不寐》《多难》诸篇,几几欲登作者之堂,然亦未敢与之步韵追酬也。于今风流歇绝,将六十余载,而毛子焕文独有杜律之和,亦可谓志高而气锐矣。夫杜公身历山川,情随境触,有感辄发,下笔神来,固非有意于拈某韵以成诗。故其词易措,而句亦易工。今则束之以题,拘之以韵,其视独创之劳,不什伯乎? 而犹欲学其格之高、体之峻洁、姿态之藻丽、气势之沉雄,上与神圣之家,争艺坛一席,直可俯视流辈矣。毛子平时,简练于制举业,雍试铨考皆冠军,而屡踬于棘闱,多借诗以自遣。其所著《编年稿》,参唐宋以成集,久为世所称颂。迩者晚律渐细,波澜老成,而犹不敢自是,逡然就质于余,其竿头更进,又何可意量乎! 吾乡风雅起衰之任,于斯有归矣。

康熙庚辰岁仲冬月,同里年家眷弟仇兆鳌顿首拜撰。

靳治荆《闿斋和杜诗序》

诗以言志,志可强而同乎? 曰不可也。亦有同焉者乎? 曰有之矣,无所于强也。惟无所于强,而性情自相契洽,是故无言不酬,有唱必和者,唐之元、白、皮、陆,宋之欧、梅诸公,往往然也。虽然,同于一时者恒多,同于异代者盖少。自非服膺乎古人甚深,慨慕乎古人甚挚,而其性灵学问,有以兴起于千载以后,殆未可以语此,此闿斋毛子和杜之所由作也。我闻毛子夙工举子业,旁通百家言,乡党皆推为科名中人。惜乎屡踬庠屋,退而为诗古文词,著书以垂于世,则亦何诗不可和,而必于杜焉是主,岂以杜为诗中之圣,备史家之能事,集风人之大成乎? 夫少陵值离乱之朝,处干戈之际,忧时感事,愁苦万端。毛子幸际明盛,身享太平,其境遇甚不同。然一则栖迟微禄,一则失意青云,莫能展其抱负则同;一则受知藩镇,一则见礼幕府,不免依刘作生涯则同。且鸿妻霸子,处啬时多,而抗怀清迥,不失家人妇子之欢则又同。以是数者之都同,则其志之无不同焉。可知惟志同,故言志之言不期同而自无不同,宜乎其乐得而追随之也。尝见毛子有集杜之作,如天衣无缝,出于自然,窃已咤为奇绝。顾以杜为我,又曷若以我为杜之若合一契、略无彼此之间耶?少陵乎?毛子乎?水乳胶漆,犹分二形,兹则几无以别之矣。咄咄怪事,不可以无识。读竟,因书于简端。辽海靳治荆熊封氏。

毛彰《阆斋和杜诗自叙》

  草堂先生为诗中之圣,自有唐迄今,钜手名公,皆尊之为不可及。予何人斯,敢取其诗而和之?顾少时好读先生诗,间学吟咏,有一句二句仿佛,窃自得意,质之宿老,亦谬见许可,且坚之,谓能守此为的,是取法乎上也,其益勉之,因愈手先生诗弗释。及壮游京师,见时尚竞宋元,有学杜诗者,辄视之为迂且腐,又心窃异之。既而思今日之制举业,尚不见视于先正,若诗以各抒所得,无操绳墨于后者,又何必步趋前哲乎?至于以笔代耕,从事应酬,似益可无□。故二十馀年来,依人碌碌,亦遂渐改故步。盖以摹古有撚须之苦,而犹时得信口之乐也。至或夙昔未忘,仍有各□□□□之作。并偶取先生诗而和之,如《秋兴八首》、《与郑广文游何将军山林十五首》、《秦州二十首》韵之类,则□□□□齿不敢出手,反恐见嗤于同人矣。比倦游还里,虽仍寄食幕府,而风雅一途,得从吾好。敝居在西郊之水仙湾,离城二里许,蚤晚操楫,归省老母,恰与先生"时出碧鸡坊"、"无人觉来往"相似。因述乡村园圃久客归来之况、岁时伏腊家人聚首之情,以迄禽鱼花鸟,触目兴怀,□□登临,抚时生感。每拈一题,多不出先生集中所有,遂即以题之合,而依韵以成诗。积而计之,得五七言若干首,并检旧时客中所作,汇而成集。在先生以朝班扈从,至迁转楚蜀,而自写其悲悯之怀;在予以奔走衣食,终湮没海隅,而不禁其沦落之叹。时遇不同,声情各别,和云乎哉?其曰和者,聊以志愿学于不忘尔。时在康熙庚辰长至月,四明阆斋毛彰焕文氏自题于城西之浣心书屋。

【版本】
宁波大学图书馆藏清康熙四十年(1701)刻本。

【作者简介】

毛彰，字焕文，一字阖斋，浙江鄞县人。顺治时太学生，晚年结同里耆英为诗酒社。著有《编年稿》二十卷、《集杜》、《和杜》、《集唐》、《阖斋近稿》等。

靳治荆，字熊封，号雁堂、书樵，别号黄山长，辽东襄平（今辽阳）人，隶大兴汉军镶黄旗。太恒次子，荫补监生，王士禛门人。康熙二十一年（1682）任歙县令，有惠政，负盛名。历官高平守、吉安知府。著有《思旧录》一卷。

七三　仇兆鳌《杜诗详注》

仇兆鳌《自序》

臣观昔之论杜者备矣，其最称知杜者莫如元稹、韩愈。稹之言曰："上薄风骚，下该沈、宋，铺陈终始，排比声韵，词气豪迈而风调清深，属对律切而脱弃凡近。"愈之言曰：屈指诗人，工部全美，笔追清风，心夺造化，"天光晴射洞庭秋，寒玉万顷清光流"。二子之论诗，可谓当矣。然此犹未为深知杜者。论他人诗，可较诸词句之工拙，独至杜诗，不当以词句求之。盖其为诗也，有诗之实焉，有诗之本焉。孟子之论诗曰："颂其诗，读其书，不知其人，可乎？是以论其世也。"诗有关于世运，非作诗之实乎？孔子之论诗曰："温柔敦厚，诗之教也。"又曰："可以兴观群怨，迩事父而远事君。"诗有关于性情伦纪，非作诗之本乎？故宋人之论诗者，称杜为诗史，谓得其诗可以论世知人也。明人之论诗者，推杜为诗圣，谓其立言忠厚，可以垂教万世也。使舍是二者而谈杜，如稹、愈所云，究亦无异于词人矣。甫当开元全盛时，南游吴越，北抵齐赵，浩然有跨八荒、凌九霄之志。既而遭逢天宝，奔走流离，自华州谢官以后，度陇客秦，结草庐于成都、瀼西，扁舟出峡，泛荆渚，过洞庭，涉湘潭。凡登临游历，酬知遣怀之作，有一念不系属朝廷，有一时不痌瘝斯世斯民者乎？读其诗者，一一以此求之，则知悲欢愉戚，纵笔所至，无在非至情激发，可兴可观，可群可怨。岂必辗转附会，而后谓之每饭不忘君哉。若其比物托类，尤非泛然。如宫桃秦树，则悽怆于金粟堆前也；风花松柏，则感伤于邙山路上也。他如杜鹃之怜南内，萤火之刺中官，野莧之讽小人，苦竹之美君子，即一鸟兽草木之微，动皆切于忠孝大义，非他人之争工字句者所可同日语矣。是故注杜者必反覆沉潜,求其归宿所在,又从而句栉字比之,庶几得作者苦心于千百年之上,恍然如身历其世,面接其人,而慨乎有馀悲,悄乎有馀思也。臣于是集,矻矻穷年,挈领提纲,以疏其脉络,复广搜博徵,以讨其典故。汰旧注之檀酿丛脞,辨新说之穿凿支离。夫亦据孔、孟之论诗者以解杜,而非敢凭臆见为揣测也。第思颛蒙固陋,纰漏良多,幸奉盛世作人、文教诞兴之日,从此益广扩见闻,以补斯编之阙略,是又臣区区之愿尔。

时康熙三十二年癸酉岁长至日,翰林院编修臣仇兆鳌谨序。

仇兆鳌《杜诗凡例》计二十则

一、**杜诗会编**。自唐刺史樊晃首编杜少陵诗集,行于江右。至宋,王介甫为鄞令,得未见者二百馀篇。嗣后王原叔取中秘藏本及旧家流传者,定为一千四百五篇。黄伯思校本,则有千四百四十七篇。蔡傅卿《草堂诗笺》,取后来增益者,如卞圜、吴若、员安宇、裴煜辈所收,别为逸诗一卷。今依年次补入,不另置卷末,便省览也。

一、**杜诗刊误**。坊本多字画差讹。蔡兴宗作《正异》,朱文公谓其未尽,如"风吹沧江树","树"当是"去",乃音近而讹。"鼓角满天东","满"当是"漏",乃形似而讹。当时欲作《考异》,未暇及也。近日朱长孺采集宋元诸本,参列各句之下,独称详悉。然犹有遗脱者,如《何氏山林》诗"异花开绝域",当是"来绝域",于"开拆"不犯重。《送裴尉》诗"扁舟吾已就",当是"吾已僦",于"就此"不相重。如《冬深》诗"花叶随天意",当是"惟天意",于"随类"不相重。如《送王侍御》"况复传宗近",当是"宗匠",于"近野"不相重。如《诸葛庙》"巫觋醉蛛丝",当是"缀蛛丝",于上句"穿画壁"方称。《王彭州》诗"东堂早见招",当是"东床",于"河汉"、"夫人"等语相合。如《秋兴》诗"白头今望苦低垂",与"彩笔昔曾干气象"本相工对,刻本误作"吟望"。《呀鹘行》"强神非复皂雕前",与"紧脑雄姿迷所向",字无复出,而刻本误作"迷复"。又如《遣意》诗"宿雁聚圆沙",当是"宿鹭"。《草堂即事》诗"宿鹭起圆沙",当是"宿雁"。鹭雁各有时候,彼此两误也。今或依他注改正,或据臆见参定。至于上下错简、句语颠倒者,如《古柏行》"君臣已与时际会"二句,当在"云来"、"月出"之下。如《姜少府设鲙》"偏劝腹腴愧年少"二句,当在"落砧"、"放箸"之下。如《过吴侍御宅》"仲尼甘旅人"二句,当在"闭口"、"叹息"之下。如《郭代公故宅》"精魄凛如"二句,当在顾步涕落之下。如《梦李白》、《赠苏涣》、《呈聂耒阳》诸诗,各有颠错之句,今皆订正,文义方顺。

一、**杜诗编年**。依年编次,方可见其平生履历,与夫人情之聚散,世事之兴衰。今去杜既远,而史传所载未详,致编年互有同异。幸而散见诗中者,或记时,或记地,或记人,彼此参证,历然可凭。间有浑沦难辩者,姑从旧编,约略相附。若其前后颠错者,如《投简咸华诸子》本属长安,而误入成都。《遣愁》诗、《赠虞司马》本属成都,而误入夔州。如《冬深》、《江汉》、《短歌赠王司直》皆出峡后诗,而误入成都夔州。如《回棹》、《风疾舟中》本大历五年秋作,而误入四年。今皆更定,庶见次第耳。

一、**杜诗分章**。古诗先有诗而后有题,朱子作《集传》,每篇各标诗柄,乃酌《小序》而为之。杜诗先有题而后有诗,即不须再标诗柄矣。唯一题而并列三五首,或多至一二十首者,每首各拈大旨,又有题属托物寓言,亦须提明本意,仿《集传》例也。

一、**杜诗分段**。《诗经》古注,分章分句。朱子《集传》亦踵其例。杜诗古律长篇,每段分界处,自有天然起伏,其前后句数,必多寡匀称,详略相应。分类千家本,则逐句细断,文气不贯。编年千家本则全篇浑列,眉目未清。兹集于长篇既分段落,而结尾则总拈各段句数,以见制格之整严,仿《诗传》某章章几句例也。

一、**内注解意**。欧公说诗,于本文只添一二字,而语意豁然。朱子注诗,得其遗意,兹于圈内小注,先提总纲,次释句义,语不欲繁,意不使略,取醒目也。其有诸家注解,或一条一句,有益诗旨者,必标明某氏,不敢没人之善,攘为己有耳。

一、**外注引古**。李善注《文选》,引证典故,原委灿然,所证之书,以最先者为主,而相参者,则附见于后。今圈外所引经史诗赋,各标所自来,而不复载某氏所引,恐冗长繁琐,致厌观也,其有一事而引用互异者,则彼此两见,否则但注已见某卷耳。

一、**杜诗根据**。集中古风近体,篇帙弘富。昔人谓五古、七律入圣,五律、七古入神。盖其体制之精,上自风骚汉魏,下及六朝四杰,各有渊源脉络也。兹于每体之后,备载名家议论,以见诗法所自来,而作者苦心亦开卷晓然矣。若五七言绝句,用实而不用虚,能重而不能轻,终与太白、少伯分道而驱。

一、**杜诗褒贬**。自元微之作《序铭》,盛称其所作,谓自诗人以来,未有如子美者。故王介甫选四家诗,独以杜居第一。秦少游则推为孔子大成,郑尚明则推为周公制作,黄鲁直则推为诗中之史,罗景纶则推为诗中之经,杨诚斋则推为诗中之圣,王元美则推为诗中之神。诸家无不崇奉师法,宋惟杨大年不服杜,诋为村夫子,亦其所见者浅。至嘉、隆间,突有王慎中、郑继之、郭子章诸人,严驳杜诗,几令身无完肤,真少陵蟊贼也。杨用修则抑扬参半,亦非深知少陵者。兹集取其羽翼杜诗,凡与杜为敌者,概削不存。

一、**杜诗伪注**。分类始于陈浩然,元人遂区为七十门,割裂可厌。又广载伪苏注,古人本无是事,特因杜句而缘饰首尾,假撰事实,前代杨用修,力辩其谬妄。邵国贤、焦弱侯往往误引,凌氏《五车韵瑞》援作实事。张𬀩可又据《韵瑞》以证杜诗,忽增某史某传,辗转附会矣。吴门新刊《庾开府集》亦误采《韵瑞》,皆伪注之流弊也。今悉薙芟,不使留目。

一、**杜诗谬评**。蔡梦弼注本,删去伪注,最为洁净。但参入刘须溪评语,不玩上下文神理,而摘取一字一句,恣意标新,往往涉于纤诡,宋潜溪讥其如醉翁呓语,良不诬也。后来钟、谭论诗,亦踵须溪之流派,全无精实见解,故集中所采甚稀。

一、**历代注杜**。宋元以来,注家不下数百。如分类千家注所列姓氏尚百有五十人。其载入注中者,亦止十数家耳。其所未采者,尚有洪迈之《随笔》、叶梦得之《诗话》、罗大经之《玉露》、王应麟之《困学纪闻》,刘克庄、楼钥之文集。元时全注杜诗者,则有俞浙之《举隅》,七律则有张性之《演义》,五律则有赵汸之《选注》。明初有单复之《读杜愚得》,嘉靖间有邵宝之《集注》,张𫄨之《杜通》、《杜古》及《七律本义》。他若天台谢省之《古律选注》、山东颜廷榘之《七律意笺》、关中王维桢之《杜律颇解》、海宁周甸之《会通杜释》、闽人邵傅之《五律集解》、楚中刘逴之《类选》、华亭唐汝询之《诗解》,各有所长。其最有发明者,莫如王嗣奭之《杜臆》。而王道俊之《博议》、郑侯升之《卮言》、杨德周之《类注》,俱有辩论证据,今备采编中。

一、**近人注杜**。如钱谦益、朱鹤龄两家,互有同异。钱于《唐书》年月、释典道藏,参考精详。朱于经史典故及地里职官,考据分明。其删汰猥杂,皆有廓清之功。但当解不解者,尚属阙如。若卢元昌之《杜阐》,徵引时事,间有前人所未言。张远之《会粹》,搜寻故实,能补旧注所未见。若顾宸之《律注》,穷极苦心,而不无意见穿凿。吴见思之《论文》,依文衍义,而尚少断制剪裁。他如新安黄生之《杜说》、中州张溍之《杜解》、蜀人李长祚之《评注》、上海朱瀚之《七律解意》、泽州陈冢宰之《律笺》、歙县洪仲之《律注》、吴江周篆之《新注》、四明全大镛之《汇解》,各有所长。卢世㴶之《胥钞》、申涵光之《说杜》、顾炎武、计东、陶开虞、潘鸿、慈水姜氏,别有论著,亦足见生际盛时,好古攻诗者之众也。

一、**杜赋注解**。少陵诸赋,廓汉人之堆垛,而气独清新,开宋世之空灵,而词加典茂,亦唐赋中所杰出者。其《三大礼赋》,有东莱、长孺二注。《封西岳》一赋,朱注尚未详尽。兹于四赋,多所补辑。若《雕》、《狗》两赋,则出自新注云。

一、**杜文注释**。古人诗文兼胜者,唐惟韩、柳,宋惟欧公、大苏耳。且以司马子长之才,有文无诗,知兼美之不易矣。少陵诗名独擅,而文笔未见采于宋人,则无韵之文,或非其所长。集中所载墓志,尚带六朝馀风,惟《祭房相国文》,清真恺恻,卓然名篇。其代为表状,皆晓畅时务,而切中机宜。朱氏辑注已明,惟间附评释而已。

一、**诗文附录**。新、旧《唐书》本传,互有详略,要皆事迹所关,固当并载。其诸家序文,具述原委,为历世所珍重。又唐宋以后题咏诗章,及和杜、集杜诸什,皆当附入。而诸家评断见于别集,凡有补诗学者,并采录末卷,犹恐挂漏蒙讥,尚俟博采以广闻见焉耳。

一、**少陵大节**。贺兰进明不救睢阳之围,致一城俱陷。忠如张、许,为贼所害,进明之罪,上通于天矣。后又密谮房琯,甫上疏力救,遂至贬官。其《出金光门》诗云:"近侍归京邑,移官岂至尊。无才日衰老,驻马望千门。"临去而尚惓惓,与孟子"三宿出昼"之意,千载同符。此公生平事君交友立朝大节也。

一、**少陵旷怀**。太白狂而肆,少陵狂而简。其在成都,结庐枕江,与田夫野老相狎荡,便有傲睨一切、侮玩不恭之意。初寓长安,得钱沽酒,时招郑虔,后去夔州,举四十亩果园赠与知交,毫无顾恋。此与谪仙之千金散尽者,同一磊落襟怀。宜其诗品迥出寻常。

一、**少陵谥法**。公负挺出之才,济时之志,拾遗半载,郎官遥受,宦途之偃蹇极矣。迨旷世以还,宋真宗读江上之诗而深加称赏,蜀献王至草堂之地而作文致吊,其风流儒雅,能感发后代之帝王。考元顺帝至正二年,尝追谥文贞,此实褒贤盛事,增韵文坛。公所谓"千秋万岁名,寂寞身后事"者,其亦差不寂寞矣。

一、**少陵逸事**。杜公精灵,千载不没。诵《花卿歌》而痊久痓之人,解《八阵》诗而入眉山之梦。宋时病夫,目不知书者,忽吟子美诗句,见于程叔子之记述。四月十八日游草堂者,从来不逢阴雨,得于蜀父老之传闻。又雍、熙间,彭城刘景真游华清宫,梦明皇与子美谈诗,尤为奇怪。录此以见其气亘江山、神游天壤也。

仇兆鳌《进〈杜少陵集详注〉表》

翰林院编修臣仇兆鳌，奏为恭进《杜诗详注》事。本年孟夏之月，伏蒙皇上传谕，翰林诸臣所著诗古文章，抄录呈进，以备御览。臣伏思俚语芜词，本无文理，不足以仰渎尊严。谨录三载以来所著《杜诗详注》二十五册，须呈进者。臣诚惶诚恐，稽首顿首上言：伏以尼山六籍，风雅垂经内之诗；杜曲千篇，咏歌作诗中之史。上承《三百》遗意，发为万丈光芒。前代词人，于斯为盛；后来作者，未能或先。自国风降为《离骚》，《离骚》降为汉魏，渊源相接，体制日新。晋宋以还，陶、谢之章特古；齐梁而下，阴、何之句斯工。其馀月露风云，但知流连光景，虽有唱酬赠答，奚足陶冶性灵！迄乎三唐，专攻诗学，遡贞观作人之盛，至开、宝右文之时，蔚起人材，挺生李、杜。李豪放而才由天授，杜混茫而性以学成。昔人谓其上薄风骚，下该沈、宋，言夺苏、李，气吞曹、刘，掩颜、谢之孤高，杂徐、庾之流丽，千古以来，一人而已。盖其笃于伦纪，有关君臣父子之经；发乎性情，能合兴观群怨之旨。《前塞》、《后塞》诸曲，痛书锋镝阽危；《三吏》、《三别》数章，惨诉闾阎疾苦。自麻鞋谒帝，而草疏陈言。涕洒青霄，方听军前露布；汗趋铁马，早瞻陵上云飞。筹邺下之师围，阃专貔虎；看安西之兵过，力捣鲸鲵。李泌归山，收京而怀商老；汾阳释甲，赴陇而议筑坛。当剑阁初经，已虑英雄据险；及夔江久客，仍忧节镇争权。平日欲尧舜其君，非虚语也；书生谈军国之事，如指掌焉。以故敦厚温柔，托诸变雅、变风之体；沉郁顿挫，形于曰比、曰兴之中。宋人得其议论峥嵘，别开堂奥；元世沾其风神秀丽，窥见户庭。后之解杜诸家，非不各据心力。意本浅也，而凿之使深；事本近也，而推之使远。引征古典，但沂流而忘源；采撷稗官，犹得此而遗彼。从前注解，不下百家；近日疏笺，亦将十种。或分类，或编年，今昔互有同异；于分章，于解句，纷纭尚少指归。世言不读万卷书，不行万里地，皆不可以读杜，岂知"文章千古事，得失寸心知"，杜已自注其诗乎？臣于退食馀闲，从事少陵诗注。本文先释，依欧氏之解《诗》；故实附详，仿江都之注《选》。只恐面墙等诮，漫然学步贻讥。兹者，恭遇皇帝陛下聪明天纵，学问海涵。诠释《五经》《四书》，允矣开来而继往；发挥《通鉴纲目》，洵哉静圣而动王。典训心传，创垂万年谟烈；古文手辑，网罗历代英华。宸翰勒之岱宗，快觇翔鸾矞凤；诗章光于孔壁，式瞻复旦卿云。幸际昌时，躬逢盛事，徒忝清班之末，未窥中秘诸书。臣少习遗经，粗通章句；壮游艺圃，谬握丹黄。青琐追趋，何有郊坛之三赋;白头尸素,曾无春殿之七言。蒙谕献文,祇惭末学。伏惟少陵诗集,实堪论世知人。可以见杜甫一生爱国忠君之志,可以见唐朝一代育才造士之功,可以见天宝、开元盛而忽衰之故,可以见乾元、大历乱而复治之机。兼四始六义以相参,知古风近体皆为合。愚蒙一得,冒达九重。倘邀清燕之鉴观,以当采风之陈献,庶前修生色,而新简垂光矣。谨以所注诗赋二十四卷,并连谱序传文,缮写完编,装潢成帙。臣无任瞻天仰望、激切屏营之至,谨奉表随进以闻。

康熙三十二年十一月 日,翰林院编修臣仇兆鳌上表。

【版本】

中华书局1979年标点排印本《杜诗详注》。

【作者简介】

仇兆鳌(1638—1717),原名从鱼,字沧柱,晚号知几子、章溪老叟,人称甬上先生,或称仇少宰,鄞县(今浙江宁波市)人。康熙二十四年(1685)中进士,选庶吉士,散馆授编修。然一直未获重用。三十三年冬,乞假还乡为其亡父迁葬。四十三年,仇氏已六十七岁,以呈进所撰《杜诗详注》而受知康熙帝,遂命总裁纂修《方舆程考》,四十四年,升授翰林院检讨。不数年即历经侍讲学士、侍读学士、内阁学士、礼部侍郎、吏部侍郎、翰林学士等职。五十年以疾乞休,五十六年卒于家。所著除《杜诗详注》外,尚有《通鉴论断》、《四书约说》、《纲鉴会纂全编》、《天童寺志》、《参同契集注》、《悟真编集注》等。生平事迹详《国朝耆献类徵》初编卷六二小传、仇氏自编《尚友堂年谱》。

八一　陈讦批点《杜诗详注》

张元济《跋》

陈宋斋先生,名讦,字言扬,为先六世祖寒坪公之本生祖。外祖籍隶海宁,移居海盐,官温州教授。是书评点为先生手笔,卷二十三末叶署戊戌仲冬,卷二第十七叶又署丙午除夕,先后九年,丹黄遍纸,纠摘疵谬,凡百馀条,是于此书,用功至深。邑志称先生诗喜韩、苏而归于少陵,洵不诬也。先生为吾邑寓公,又为吾祖所自出,则是书之在吾家,固当珍如拱璧矣。癸亥仲冬月二十五日,张元济。

同日又得先生所著《读杜随笔》一部，书估语余，两书均自先生后人侨居苏州者售出，并记于此。

【版本】

上海图书馆藏陈讦批点康熙刻本《杜诗详注》。

【作者简介】

张元济（1867—1959），号菊生，浙江海盐人。曾任商务印书馆历任编译所所长、上海文史馆馆长。著名版本目录学家，有《校史随笔》等。

七五　黎维枞批点《杜诗详注》

黎维枞《题跋》

庭训少时读仇氏《详注》，加墨焉，卒业于咸丰癸丑。殆弱冠，研朱再阅，盖在乙卯、丙辰间。戊午，购得浦二田《心解》，圈点一过，历己未、庚申而毕。辛酉讲学，选《详注》复加评点，至是凡落笔五次。并参以朱长孺注本、千家注本、九家注本、张上若注本、杨西园《镜铨》本，并加丹铅，历癸酉、甲戌而肄业毕。计自癸丑至此，历二十二年，凡点阅捌本，共十次。未敢云温故知新，聊以志其岁月云尔。同治十三年甲戌小除，祭诗之夕，黎维枞虚庭识于越华书院花南池馆。

【版本】

上海图书馆藏黎维枞批点康熙刻本《杜诗详注》。

【作者简介】

黎维枞，字虚庭，原籍广东新会，同治间人，南海县廪贡生，候选训导，任学海堂学长，监越华书院十馀年。善骈文，工画，喜仿宋元人青绿山水，榜所居曰莲根馆。

七六　李以峙批点《杜诗详注》

李以峙《序言》

杜集流传，字多互异，近代善本，首推仇注，列其异同，间加辩论，然是正尚少正矣。而义或未尽,吟讽之下,其无间要妙者,不妨并存。若意义有显乖,音节有失谐,诵之每不安于心,推原其故,讹于形声相近者十之七,淆于后人臆改者十之三。不揣谬妄,为之辨证,不敢袭朱子之"正异",而易名曰"订",愚者千虑,岂无一得?倘遇其人,或不视为覆瓿也。道光戊子初夏颛山子序。

【版本】

杭州图书馆藏李以峙批点仇兆鳌《杜诗详注》。

【作者简介】

李以峙,字俊甫,江苏昆山人。李世经之子,道光甲午(1834)举人,著有《古俊斋自怡草》。

七七　陈廷敬《杜律诗话》

陈廷敬《自记》

儿子豫朋,四五岁时诵杜诗,为说其义,辄能了了。予尝见世所传诸家解杜诗,意多不合,故其所说,多用己意。又尝妄谓杜诗说之诚难,而律诗尤难。盖古诗如《哀江头》、《洗兵马》等篇,文义、事实有可难考;律诗则托兴幽微,寓辞单约,说之故尤为难。予既为儿子说杜七言律诗,间录其别于诸家者,以备遗忘,题曰"诗话"。郑康成说《三百篇》,以"笺"为名。"笺"者,标也,识也。示不敢言注,但表识其不明者耳。后世于杜,曰"注"、曰"笺"、曰"笺注",类以解释为义。今曰"诗话",别诸家也,且不敢言"笺注"也。诸家说左者,概略姓氏,但云"或",示非好辩也。

康熙戊辰(三十七年,1688)七月望日,说翁自记。

【版本】

陈廷敬《午亭文编》卷四十九。

【作者简介】

陈廷敬(1640—1712),初名敬,字子端,号悦岩、午亭,泽州(今山西晋城)人。清顺治十五年(1658)进士,选庶吉士,授检讨。康熙十四年(1675)擢内阁学士,兼礼部侍郎。四十二年拜文渊阁大学士,兼吏部尚书。五十一年卒,谥文贞。初著《尊闻堂集》八十卷,晚年手自删订《午亭文编》五十卷。生平事迹见《清史列传·文苑传二》、蔡冠洛《清代七百名人传》。

七八　龙科宝《杜诗顾注辑要五言律》

王若鳌《刻杜诗顾注辑要序》

　　李、杜之外无诗人,非无诗人也。李、杜绝尘而奔,纵有语言妙天下者,皆不觉瞠乎其后也。噫! 诗至李、杜而止矣,而论者乃谓古风、排律,李、杜各不相如,余未暇深辨。但青莲之诗,信笔挥洒,气象豪迈,海阔天空;少陵之诗,敲金戛玉,出入风雅,櫽括元气。昔人云:青莲诗仙,少陵诗圣。夫仙与圣,均之不可学而至者,人情与之言仙则乐,言圣则畏,大抵然也。独顾修远先生作《辟疆园注释》,真杜诗之鼓吹、昏衢之巨烛。余少而私诸帐中,今守吉州,薄书鞅掌,此书束之高阁也。庐陵龙君逸轩忽携禾川从侄囥庵所编《杜诗顾注辑要稿》,属余鉴定,余批阅一过,喜其考核详明,简而能该。然吾闻龙子囥庵,未壮歌《鹿鸣》,垂老为循吏,宰浙之上虞,政简刑清,民歌合暮,而囥庵逸兴辞归,杜门著书,四壁萧然,囊无凤积,以致斯编未刊行世。夫《论》、《孟》之书,争光日月,不有考亭,孰宁章之? 不有阳明、白沙,孰光大之? 少陵之诗,千古独步,顾修远从而字疏句释,诚少陵之考亭;囥庵又为之删繁就简,不又修远之阳明、白沙哉? 余高龙子之清风,又幸学步少陵者得此津梁而易入,恐其遂淹没而不传也,乃捐俸而授诸梓。抑余又有叹焉:吉水罗文恭先生《阐扬性学文要集》,龙君逸轩已校刊行世。今余又刻囥庵是编,理学骚坛,皆属望龙门矣!

　　时康熙辛丑年仲冬月穀旦,太原王若鳌慕溪氏于吉署之绿猗堂。

龙科宝《杜诗顾注辑要自序》

　　乙酉春,余奉部檄谒选,附得吉所漕艘,孟春至季秋,方抵京师,其间百苦交并。检笥中有《辟疆园注释杜诗五七言律》八百馀篇,妙解入神,读不释手,竟忘其苦。得全性命,幸赖此书。熟复之馀,颇知其要,率愚见辑,而简之名曰《辑要》。岂有他哉? 惟将通篇解义,櫽括数行,期于前后贯彻,一览透达而止,非敢从修远先生之后妄增一词。陛见,授上虞令,拟付梓以问同志。初莅任,值秋荒洊起,支应军需,何暇及此。次年入闱分试,荐取七士,稍惬素心。越二载,七十有三,以老告致,案牍无挂误,钱漕无虚空。临行,袖举清风,舟载明月,归去萧然,家徒四壁,以贫病就医于楚。而南岳有一高僧,系予故人,欲从之以终老。及闻郡伯慕溪王夫子养贤及民颂声载道,我独何心而甘自弃于山巅水涯?乃辞衡云,赴螺川谒见。慈颜命人扶入,优礼慰问,格外增容。居数日,备知夫子下车以来,吏行冰上,人在镜中,化民成俗,莫不敬信。庐陵家逸轩叔,又详示我以夫子之经济跟于学问,文章发乎性情,谈理本宋儒,唐诗宗老杜。取兹集写本,代呈睿览,求为鉴定,遂蒙题序梓传。初谓活我命者,少陵、修远二公;若非夫子,则此书何由传?余于二公活命之恩何由报?是不独予得夫子而愿乃遂,即二公亦得夫子而名益彰。虽然,二公之恩,幸藉夫子而报;夫子之恩,又将何所藉以报载?余耄矣,如获杖于朝,尚能言吾郡士民所欲言,以备珥笔之采择焉,是为序。

康熙六十年辛丑孟冬月榖旦,永新吏隐龙科宝咄庵氏谨识,时年八十有五。

【版本】

北京大学图书馆藏清康熙六十年(1721)王若鳌刻本《杜诗顾注辑要五言律》。

【作者简介】

龙科宝(1637—1723),字子重,号囦庵,永新(今属江西)人。康熙八年(1669)举人。工书法,楷仿欧阳。慷慨好义,因捐资致家道中落,弗少悔。晚为上虞县令,多善政,越二年,以老病乞归。杜门著书,家徒四壁,怡然也,卒年八十七。著有《杜诗顾注辑要五言律》、《龙溪草堂初刻》、《二刻》,陈鹏年为之序。生平见《(同治)永新县志·人物志》。

七九 沈善世《集杜诗》

顾仲《序》

集句诗似易而实难,本以成语,不费推敲,似易也;然掇拾碎锦,零星琐屑,合制一袍,稳贴称身,而天吴紫凤,略无颠倒,诚为匠心妙手。一字龃龉,难云合构,反不如出自己作,独茧抽丝之为愈矣。昔人集毛诗、集汉魏、集唐、集杜者多有,往往以此见长。余以为集律难于集古,集杜难于集唐。集古者贯穿成章,止矣;律则限于法,拘于声,严于属对,仍归于贯穿,是以难也。然博采三唐,取材犹易;集杜则专就一家,而诸难毕备,而能不苦局促,不尤著擅场乎?向读为久集杜初刻,已具服膺,兹所续二十五首,及省觐览胜诸作,益叹其机杼不穷,方之前哲,何多让焉!余与尊人耦邨翁结契已二十馀载,往在任城官舍,与耦邨父子共朝夕,知为久工制艺,肆力于先辈大家,夙为英绝领袖。乃其于诗律,复精研贯穿如是,固知才人无所不长也。爰缀数语,以测诗人之甘苦,为久其以为然否?中邨懒樵顾仲题。

沈善世《序》

余雅不能诗,幼读少陵集,窃笃好不忘。间尝荟萃佳句,次第上下平韵,得诗一卷,不知于法何如也。小窗索莫,复踵为之,凡耳目所闻见,心思所感触,可喜可愕之事,一于是焉寄,匪仅觅句成律而已。或有诮予不惮烦者,予谓"赋诗分气象,佳句莫辞频",少陵固已言之。诵其诗,兼师其意,恶知其不可也?善世识。

陆奎勋《序》

曩客京华,见顾编修雄雉斋集杜十律,书便面者再,谓胜柳吴兴之"亭皋木叶下,陇首秋云飞"也。癸巳夏五,鸳湖为久沈子贻示集杜三刻,余薄游邗上,对金山苦无佳句,卷中有云:"路失羊肠险,江从月窟来。郁纡腾秀气,天地划争回。"视张承吉之绝作,直可斥为衙官矣。因叹杜圣于诗,为久圣于集杜,洛诵数过,盥手而供,以百和之。香陆堂弟陆奎勋拜题。

沈善世《识》

家君频年作客,岁壬辰,六十初度,善世省觐任城,出门时集杜一律,留别同学诸子,首拈"东郡趋庭日"句以见意。自此蓬窗客邸,登临酬倡,以杜句实之者,辄用是句发端,共得诗十首云。善世识。

毛奇龄《序》

尝读沈子为久禁体诗,知为我友天易长公,以家庭薰习得之。未几,为久复寄示集杜诗二十七首,机杼结撰,自然工妙,益使人讽诵忘倦。或谓诗有集句,乃不自为之,集自前人之诗,似非诗人本色。然人之心思才力,无所不有,其能集之者,即其能为之者也。春秋时,列国之才,多所赋诗,如郑侨、晋肸辈,传其赠答,何尝自为之?只诵人诗耳。其后庾公南楼,曾称理咏,理咏亦诵人诗也。集诗有诵诗之义,非杜诗而何诵乎?集之而杜诗如己之诗,岂犹近代之为之集之乎?且集之为义亦大矣。古之名将相,身膺重任,驱策群力,惟恐用违其才;及其功建名立,居然一己之能,从来能为之者,何一非能集之者,集诗其小者也。予于为久之能集杜诗,且喜为久之能为杜诗矣,于是乎书。萧山毛奇龄题。

陈佑《序》

薰风入麦,轻翻四月之秋;晚吹迎槐,远接千章之木。帘穿乳燕,差遣听诗;门闭茧蚕,胥回命驾。爰有吴兴才士,家令后昆。寻何妥于摇杨,共陈遵而下酒。出示清词丽句,都自少陵;从看意惬篇终,无非老杜。夫其性耽骚雅,才擅诗歌。乐府词源,雅能澹巧;三唐两宋,屡剧标新。乃拈句于一家,将分光于万丈。君应有谓,仆岂无知。意者哲匠词华,堪补衣裳败裂;文章突奥,足融字句生吞。人惟学步于草堂,我更添毫于诗史。寰区秀句,浑涵富骆卢王;陶冶性灵,腾跃曹刘沈谢。蜂酿花而作蜜,此异闲花;狐集腋以成裘,斯真大腋。肩比拾遗加笃,肠非工部能枯。庶几弄墨晨书,极诗家之得手;燃脂夜读,遍学侣以倾心。仆也猥托联吟,谬称同调。红鹅馆里,共惹炉薰;碧鸭栏边,频邀钵响。属话鲸鱼海畔,如经饭颗山头。词林根柢攸关,前辈馀波孰任。从此襄阳子美,凭君入室升堂;还期大雅典型,引我同工异曲。同学弟陈佑题。

沈善世《识》

诸侯客老,多误儒冠。稷契身闲,长留诗史。晚节从公渐细,词客容我为邻。惟江韵声希,只传一律;且佳咸部绝,未叶片词。上下两平,幸集囊中佳句;缺遗三首,难标柳下新声。嗤点宜加,流传岂敢?秀水沈善世识。

【版本】

《北京市文物局图书资料中心藏古籍珍本丛刊》影印清康熙间沈氏刻本,北京燕山出版社2012年版。

【作者简介】

顾仲,字咸山,又字闲山,号松壑,又号中邨,浙江嘉兴人。清初人,著有《养小录》三卷、《历代画家姓氏韵编》、《松壑诗》等。

沈善世,字为久,浙江秀水人。工于集杜,士林传诵之。

陆奎勋(1663—1738),字聚猴,号坡星,又号陆堂,平湖人。南雄知府陆士楷之子。康熙六十年(1721)进士,授检讨,充《明史》纂修官。病退后主持广西秀峰书院。研究经学,好持异论,近毛奇龄。著有《陆堂易学》、《诗学》、《尚书说》、《戴礼绪言》、《春秋义存录》、《古乐发微》、《陆堂诗文集》。

陈佑,生平事迹不详。

八〇　翁大中《上杭公批杜诗》

翁心存《跋》

此予五世祖上杭府君手批本也,图记二为府君名字,后始改今讳耳。府君生平,诗学少陵,惜存者仅数首,尚可见一斑也。

道光戊申腊八日,心存识。

【文献出处】

清康熙间手抄本,见播宝艺术网图书拍卖图片。

【作者简介】

翁心存(1791—1862),字二铭,号邃庵,江苏常熟人。道光二年(1822)进士,历官编修、江西学政、国子监祭酒,工部、兵部、户部尚书。著有《知止斋诗文集》、《知止斋日记》、《知止斋遗集》。

八一　陈讦《读杜随笔》

吴炯《跋》

宋斋先生《读杜随笔》四卷,集分上下,以秦州前、成都后为序次,参考虞山、甬上、梁溪、《杜臆》诸注,抉摘纰缪,独抒己见,以集其成,命曰《随笔》。知其非一朝一夕之功矣。噫！注诗难，注杜诗尤难。少陵为一代诗史，处有唐兵乱之际，凡朝纲国是，群臣忠佞，以及宫掖边机，四海生民之利害得失，区区忠爱，不能自已，每发为诗歌以见志。然而温厚和平，大含细入，有直书，有寓言，有明规，有隐讽，有回环反覆，以动其感悟。或即一篇，以成结构；或合数首，以分起迄；或首尾交关，彼此互应，以成章法，神明变化，无美不具。若徒赏其气象沉雄，格调高古，而不设身处地，追讨其意旨法脉，纵刻意冥搜，终不免捕风捉影之诮。先生手眼明快，融会贯通，以少陵之心注少陵之诗。病世之支离穿凿也，则以诗解诗，而各还其本位；病世之强解臆断也，则以诗证诗，以剖晰其原委。病世之雷同附和也，则考究经史，援引时事，以确其命意之所在，然后晦者明，讹者正，脉理、段落、关捩、筋节，瞭然在目，而少陵一副忠爱肝肠，如日星河汉，昭然于千百世之下，则先生之为助于少陵，实为功于世之学少陵者。吾知是编一出，人皆得升少陵之堂，入少陵之室，而先生启钥之功，岂浅显哉！雍正壬子季春月，汉阳后学吴炯敬跋于武原之漱墨堂。

陈讦《读杜随笔弁言》

今人解杜诗，但寻出处，不知少陵之意，初不如是。且如《登岳阳楼》诗："昔闻洞庭水，今上岳阳楼。吴楚东南坼，乾坤日夜浮。亲朋无一字，老病有孤舟。戎马关山北，凭轩涕泗流。"此岂可以出处求哉？纵使字字求得出处，去少陵之意益远矣。盖后人原不知杜诗所以绝妙今古者在何处，但以一字亦有出处为工。如《西昆酬唱集》中诗，何曾有一字无出处者？便以为追配少陵，可乎？且今人作诗，未尝无出处，但不妨其为恶诗耳。（陆放翁《老学庵笔记》）

按：此笔记一则可为读杜之法，故置卷首，以当弁言。

虞山钱笺、吴江朱注，考据出处俱备，甫上仇刻《详注》，搜罗尤广。今不赘录，惟有关诗解者、有所驳正者仍录。

公诗既有年谱，其生平所经历，大概可知。编诗若细分某时某地，究未妥确。今分上下集，以成都以后为下集，约依朱长孺本，以为诗之编次。

向读诸家杜注，多意有未安，笔之书眉。近见梁溪浦氏《心解》，每有独得，惜其廓清未尽。因荟蕞平日所笔，间有增订，质之世之读杜诗者。其笔所未及，诗概阙如，以俟续笔。

时大清雍正十年岁次壬子正月穀旦。

【版本】

清雍正十年(1732)松柏堂刻本《读杜随笔》。

【作者简介】

吴炯,字初明,汉阳(今属武汉)人。康熙四十六年(1707)以贡生出任衡阳县学训导,在任十一载,喜接引士子,以功升工部主事,雍正年间曾任金华知府。

张元济《清雍正十年松柏堂刊本〈读杜随笔〉跋》

余七世本生祖妣陈太淑人,为宋斋先生之女。先生由海宁迁居海盐,其宅址所谓松栢堂者,为先大夫所得,即今之虎尾浜新居。是书《弁言》有"御赐松栢堂"木印,是必刻于海盐宅中。卷末有先生后裔两跋,语重心长,惟恐陨坠。今竟散出,归于余处,冥冥中若有呵护之者。故家乔木,遗泽犹存。余得此书,既仰外家世德之长,尤深凿楹而藏之愿已!

【原文出处】

张人凤编《张元济古籍书目序跋汇编》(下册),商务印书馆2003年,第1056页。

八二　张潮《集杜梅花诗》

洪嘉植《梅花集杜诗引》

山来集李白五言诗为律,杜诗五言为乐府,拟古如干首。至是又有梅花集杜五言律诗,数如童工部三体之一。工部集古句咏梅花,兼取唐宋金元,一诗人二三见,词虽工,而山来独以子美一人为尤高也。余观古人梅花诗,最爱杜东阁长句及张曲江《庭梅咏》,有比兴意,以谓绝佳。今读兹集,则又以杜诗千四百篇,若皆为梅花作者。曲江仅四十字,亦无以见少,抑何也?滁州醉翁亭有欧公手植梅花一树,奇古秀出,五六百年犹存。洞庭河渚,花时如云映水,空香万亩,其独立遗世,与群贤争光岩壑,宁有异情殊美也邪?时在庚午冬尽,天雨木介,雪深数尺,积四五十日不解手。山来是集,对酒高吟,如放櫂西溪,杖策于玄墓邓尉山间,月淡烟白,孤鹤唳空,寥兮夐然,神与古之辟世仙人若或遇之于无人之境矣。菲泉弟洪嘉植撰。

余兰硕《梅花集杜诗题辞》

盖闻唐朝风雅,半属少陵;诗品规模,首推工部。裁曲江之杂咏,翰墨淋漓;吟《秋兴》之八章,胸襟潇洒。选刻既经多矣,排纂宁可少耶?兹新安山来先生者,名家后裔,绝世奇才。卜宅红桥,为爱竹西歌吹;题名丹地,惊传海内文章。洵茂先博物之流,京兆画眉之手也。仆且少年,游常浪迹。蒙君倾盖,恨平生相见何迟;得尔纳交,说梦寐神驰最久。赠及锦囊,佳句则似李商隐之风流;惠来团扇,新诗非同杜樊川之薄幸。藕花洲里,买双桨以招予;杨柳堤边,出一编而示我,乃集杜梅花百咏是也。暗香缭绕,林和靖曾隐孤山;诗兴淋漓,何水曹更开东阁。邓尉山中高士,冬雪盈头。寿阳宫里,佳人春风点额,不改岁寒之节操,必经词客之品题。君也不但挥毫,又能集句。累珠玑而错落,全无襞绩之痕迹;冰雪以交加,竟少雕镂之迹。花开十万树,谁知众香国原在诗中;月照几千枝,忽讶广寒宫却生纸上。双环结就,无非栀子同心;一线穿成,总是芙蓉并蒂。缕缕若回文之锦,欲断还连;煌煌如无缝之衣,既新且秀。笑老杜犹供其驱策,使盛唐愈见其英华矣。仆樗栎庸才,蒲柳弱质,长卿善病,平子多愁。聊题数语于乌丝,敢缀片言于白雪。昨夜书来吴苑,我将归三十六陂之间;明朝客去隋堤,君须送二十四桥之上。莆阳湘圃余兰硕具草。

【版本】

成都杜甫草堂博物馆藏清初诒清堂刻本。

【作者简介】

张潮(1650—?),字山来,号心斋、三在道人,别署心斋居士,江都(今属江苏)人,歙县(今属安徽)籍。康熙初岁贡,入赀授翰林院孔目。好学能文,交游甚广,著述丰富。有《联庄》一卷、《联骚》一卷、《饮中八仙令》、《集杜梅花诗》等。张潮工于词,有《花影词》传世。尚著有《幽梦影》、《花鸟春秋》、《补花底拾遗》等。另辑有《虞初新志》二十卷,并编《昭代丛书》一百五十卷、《檀几丛书》五十卷。生平事迹见《(乾隆)歙县志》卷一二、《(民国)歙县志》卷七。

洪嘉植(1645—1712),字去芜、秋士,号菲泉,歙县洪坑人,生于江宁,后居扬州,毕生流寓。康熙贡生,理学、文章负时誉,尝有名公卿上章举荐,辞以亲老不就。著有《易说》十五卷、《春秋解》二十卷、《去芜诗集》四卷、《大荫堂集》。《容肇祖集》中《跋洪去芜本〈朱子年谱〉》一文中有《洪去芜

(嘉植)传》。

余兰硕,字香祖、湘圃,自称邳(今属江苏)人。父余怀,祖籍福建莆田,流寓金陵,遂以为籍。世传家学,以能词称。有《团扇词》一卷。

八三　汪灏《树人堂读杜诗》

汪灏《自序》

知本堂者何？今天子御书赐灏额也。读杜诗而系之知本堂者何？灏之读杜,授自先大人,读于里居,读于山巅水涯,读于舟车旅次,读于直庐禁省,读于扈从沙塞内外之间,而总归之知本堂者,慕君恩爱以名集,匪直杜也。不笺且注,而只"读"之者何？杜陵去今九百馀年矣,名贤宿学,注之笺之者,既详且精,灏于数者俱不能,且惧穿凿附会,失作者之心,聊读之云尔。灏以书生,献赋行在所,蒙召试宫廷,屡试称旨,因得与科名,备史馆,兢兢勤职,业曰读书,以仰答主眷。私衷窃欲于世所共尊众好之书之诗,以次渐读,而读杜为之先。

【版本】
清康熙间汪灏家刻本《知本堂读杜诗》。

汪灏《读杜凡例十则》

一、杜诗字画,悉照《钦定全唐诗》内杜诗,暨宁波仇少宰进呈定本。

一、读法与旧解全不相袭,曰另眼;全诗中偶有数语别解者,曰参榷;解亦犹人,而逐字体会虚神者,曰着意。若前贤卓识名解,良友讲习卓见,凡引入者,必将姓氏注明。

一、诗题下偶用"暗题",非敢蛇足,俱从本诗中涵咏而得。俾高明因之,或可竟探骊珠。

一、曩云杜诗无定解,智者见之谓之智,仁者见之谓之仁。不知圣人作《易》,所以示万古趋吉避凶,是以不可为典要,唯变所适。少陵,诗人尔,何必如大易之变化无方？今人满口雌黄,随时改变,尚且不堪入耳,少陵诗圣,肯游移随人乎？

一、曩云杜诗字法森严,褒贬如《春秋》。全诗中,容或有之。然少陵,诗人尔,意之所至,时之所逼,未免过当。如颂鲜于、颂哥舒,岂《春秋》笔法乎？因杜读杜,自有绝妙处,何必过拘。

一、读杜非可摘一二句读,句中摘出一字二字读。必全首一气读之,一题数首一气读之,全部一气读之,乃可得作者之本旨。今树人读杜,颇用此法。

一、读杜全首一气读之,全部一气读之,读之有所得,然后一句读,或一字二字读,树人读杜,颇用此法。

一、树人读杜,有读上一首、下一首,得杜之本旨者。如《法镜寺》诗,暗题曰:短歌之类。有从上一首得下二首之本旨者。如读"剑外忽传收蓟北"一首,而得《登梓州城楼二首》之解。有从诗中间一语,而悟全诗者。如《白沙渡》诗"日暮中流半"一句。有从首尾二语而悟全诗者。如《夜二首》,一首以"向夜月休弦"起,二首以"月细鹊休飞"作结。读法不能殚述,姑举以概大略。

一、读杜必须编年,孟夫子"知人论世"遗训也。是书悉照旧编（指仇注）,而中间或有不合,则稍移易之。

一、杜诗别本增入,悉照□□另列,于正集之后存其本诗。

汪灏《树人堂读杜诗目录》

他诗列目,仅备数耳。若杜公诗,定须设身处地,知人论世,方得其真面目。全诗中,历唐明皇之开元、天宝,肃宗之至德、乾元、上元,代宗之宝应、广德、永泰,讫大历,凡数十载。公自布衣而率府,而拾遗,而司功,讫于检校员外。游齐赵,东西都,陷贼中,奔行在,而华州、秦州、同谷,入蜀出蜀,终于潭、衡。显晦异遇,迁徙异居,率皆互相表里。用是合年谱于诗目中,庶读者瞭然,易于贯彻。

【版本】
清道光十二年(1832)银城麦浪园刻本《树人堂读杜诗》。

【作者简介】
汪灏,字紫沧,休宁（今属安徽）人。康熙四十一年(1702)献赋召入内廷。次年赐进士,授翰林院编修,总武英殿纂修事,与诗人查慎行同为随从词臣。曾以侍读督山西学政,素以清节著闻。后因累于戴名世《南山集》案被镌秩,以纂书有功得免死,事见全祖望《江浙两大狱记》。著有《知本堂集》、《随銮纪恩》、《知本堂读杜诗》(道光重刻本名《树人堂读杜诗》)二十五卷等。生平见《(光绪)徽州府志·文苑传》。

八四　王材任《复村集杜诗》

魏象枢《题诗》

黄冈才子年英妙,一取科名官清要。亥秋比士下三巴,为访浣花觅同调。归来集成少陵诗,令我一读一大叫。杜耶王耶孰辨之,觌面问君只微笑。

蔚州魏象枢。

朱日濬《复村集杜诗序》

蜀地古称多材,盖其山川之气,如玉京大蓬,插天连云,百花潭水,濯锦分笺。故苌弘、云卿辈,皆隐显殊绝。而杜子美以盛唐一代才人,结庐浣溪之上,故集中所著,蜀诗为多。盖人地相期,忠爱菀积于中,奇遇薄射于外。故忧苦沉湛、憔悴行吟之感,往往若瞿塘滟滪之险,惊湍喷激而出,不能自已也。子重王子,入为吏部,出典蜀试,以鹤禁冰鉴之司,任皇华四牡之选。抒其宿抱,与蜀士遇,将见倡风应雅,属词赋事,鹰扬其体,凤观虎视,出其天章神藻,以润为国华,亦何不可？固独取子美愁苦憔悴之咏而集之,何耶？盖子重一出一入,皆为国家作人之用。其入蜀也,不独公门桃李,尽入夹袋；即千载以上,莫不追其既往,溯其流风。盖求才之志,引而为怜才之思,所谓骏骨不遗而千里可徐至者,非即此与？故曰："骁骁征夫,每怀靡及",见古人之不敢以皇华为乐,而以原隰为忧也。子重以天部侍从之臣,志与时并极人生之至愿,乃于出使,而不忘羁旅孤臣之子美,所谓安石既与人同乐,自不得不与人同忧。其忠君爱国之思,必有以著见于异日者,而非徒以诗也。友人朱日濬书。

【版本】
国家图书馆藏清初刻本《复村集杜诗》。

【作者简介】
魏象枢(1617—1687),字环极,号庸斋,又号寒送,蔚州(今河北蔚县)人。顺治三年进士,累官至都察院左都御史、刑部尚书,卒谥敏果。著有

《寒松堂集》、《寒松堂诗集》。

朱日濬，字静源，号菊庐，湖北黄冈人。顺治十一年岁贡生，训导均州。著名经学家，著有《朱氏训蒙易门》、《朱氏训蒙书门》、《朱氏训蒙诗门》、《朱氏训蒙礼记门》、《黄州文献集》五十四卷等。

八五　邓铨《北征集杜诗》

马教思《北征集杜诗序》

予与小颠称世交，垂髫复共笔砚，鸡鸣风雨，连床讲习者多年。其撰著甚富，授梓者久矣。忽罢举，往来吴越江楚间。并囊时所推敲警句，绝口弗道，惟沉酣于少陵诗，乃集其五七言各体成帙，业已剞劂寿世。顷谒选入京华，值余叨厕南宫，同寓者累月，视垂髫之风雨连床无异也。小颠虽幸余之得售，然窃恨其晚，兼悼己之抱利器而未伸，更集杜百有念首，曰《北征集》，以泄胸怀之垒块。一日持示余云：将付梨枣，子其为我序之。余曰：嘻！子胡不为其易，而为其难；不为其难，而为其尤难者乎？小颠询其故，余曰：今之所谓难能者，莫若作制艺及诗也，而不知兹二者似难而实易。盖制艺者，功名之刍狗耳。士方其未遇，纵下帷揣摩，不过网罗呫哔，勦袭为长，一旦藉以博青紫，辄弃如遗矣。间有陈言务扫，起夕秀于未振者。至作诗以见志，果其语必惊人，如三唐诸大家，宁不卓越千古？然今之作诗者，亦仅谐声协调而已，甚且生剥义山者比比而是，况以己之诗，写己之志。骈对倘有不合，尚可委曲迁就，任所欲为。若夫以后人之志，借发挥于前人之诗，竟以前人之诗，酷肖乎后人之志，骈对极工，非可迁就，固已难矣。而又专集一人之诗，凡属词比事，所取精者，不容雷同，兴之所托，随扣随应，岂非难之尤难者乎！以子负旷代才，自不屑效今之作制艺及诗者，舍难而趋易。独是不集众诗以为诗，而专集杜以为诗，是人不敢为其难，而子偏为其尤难者。即诗之一端，足卜他日之理烦治剧而有馀矣。小颠闻予说，虽避席谢不敏，予固说予说之默契也。因其称北堂太夫人觞，急束归装，予拨冗饯以酒，酒半，遂操觚而为之序。

康熙己未夏日同里同学弟马教思拜题于燕台公署。

毛端士《北征集杜诗序》

余尝为人代作诗古文辞，辄厌怠烦苦，有终日不成一字者，即勉强为之，亦不工，何也？不能以我之性情，为他人之性情故也。又尝应制举业，房行闱牍，堆案充栋，亦不乐袭其一语，是不能以人之性情为性情也。至若余之为诗，虽日事吟咏，而求于古人诗中，背诵其一二首，则又不能、亦不复强识，古文辞亦然。窃以时势地位、兴会标举，人各不同，刻鹄类鹜，犹近于迹，况取前人已成之句，写我今日之性情耶？桐城邓君田功，才士也。以明经谒选来都，所著诗歌若干卷，诸体擅美。律诗多取材于中晚，而气尤胜之。有《集杜诗》四卷，邸中又集绝句一卷。倡酬赠答，感怀纪事，某人某地某姓氏，与少陵不谋而合，无纤毫牵合之病。余读之再四，但知为田功之诗，不知为工部之诗，是工部之性情即田功之性情也。余向之所见，殆拘拘耳。若田功者，何不可哉！田功为人，尚意气，重然诺，落落有古君子风，又非诗文可得而概之者。

毗陵小弟毛端士拜手题。

何永绍《北征集杜诗序》

尝论诗之道，可通于禅，而集诗尤近之，何也？禅之理曰妙慧，禅之机曰圆通，不离语言文字之中，亦不堕语言文字之障，未尝无思为拟议之迹，而有神明变化之才。盖人心之用无方，愈出则愈神，愈用则愈变。当其化也，可以齐人于我，亦可以俪彼为此，可以殊途而同归，亦可以百虑而一致，故曰集诗之法近于禅为不诬也。至于集杜，则少陵一生所历山川云物、陇塞风烟，非我目前之景也；所为题咏赠答、登临游宴、赋怀纪事，非我偶寄之情也。以昔时抒情绘景之陈言，为今日感物造端之新绪，剪而裁之，织而制之，约之于数语之中，则甚难；约之于数语之中，而以比于昌龄酒肆之篇、供奉清乐之调，则尤难。邓子小颠，擅经济才，以其圆通，行其妙慧，神明变化于诗，如僚之弄凡，如公孙之舞剑，指画处又如李靖六花、武侯八阵出没，风云龙鸟，无不为我驱使然者。其所集杜诗凡六种：有《南州集杜》、有《吴越集杜》、有《江楚集杜》、有《北山集杜》、有《栲岑集杜》，今《北征》其一也。其所集杜诗之体凡六种：有五言古、有七言古、有五言律、有七言律、有五言排律、有七言绝句，今《北征》其一也。夫人心之灵，亦甚矣！集唐而外，律陶焉、律选焉、摘锦焉,无所不极其化裁通变之能,则亦无所不极其天工人巧之幻。予于小颠《北征》之集,独不能不咏歌而亟赏之者。盖工部诗,千四百馀篇,诸体皆极沉雄苍郁,高氏品为大家。独其七言绝句二百馀首,句滞而格板,字重而趣短,当时诗人如王龙标、李青莲、王之涣、高适之徒,乐府传为佳话,以论子美七绝,则当处下座。乃小颠涵泳于全集中,纵横而陈之,或借其律以命意,或资其古以敷情,不必尽出于子美之七绝,而远胜于子美自为之七绝。变滞为灵,化板为活,易重而轻,去短而隽。剪彩之花,无异于花也;聚腋之裘,更珍于腋也。如取老杜生平所历山川云物、陇塞风烟,而一寓之于《北征》也;如偕老杜生平之题咏赠答、登临游宴、赋怀纪事,而一写之于《北征》也。非胸具妙慧,能圆通变化于杜,若此左宜而右有乎?吾意子美在开元天宝间,方且喜得知己千载下,风雅相资,谓跻我于昌龄酒肆之篇、供奉清平之调者,小颠之起予无尽也,必胡卢而笑,皇然而谢,以为弗及也已。

青山存斋同学弟何永绍令远氏拜题。

【版本】

南京图书馆藏邓铨《北征集杜诗》,索书号:87946。

【作者简介】

马教思,字临公、严冲,号檀石,又号橐斋,安徽桐城人。康熙十八年进士,改庶吉士,授编修,卒后私谥文懿。工诗文,精于勾股九章算法,并通音韵、历史学。著有《古学类解》、《群书集粹》、《橐斋杂俎》、《等韵集要》、《左传纪事本末》、《皖桐幽贞录》等。

毛端士,字行九,江苏武进人。生平事迹不详。方象瑛《健松斋集》卷三有《毛行九诗序》。

何永绍,字令远,号存斋,安徽枞阳人。康熙间廪膳生,著有《宝树堂集》,时贤姚康伯、方畿等,俱赞其德才兼茂。

金宪孙《集杜诗序》

栲岑家学渊源,掉鞅词坛者三十馀年,而诗必以少陵为宝法,所著《强恕堂诗选》、《北山诗馀》诸刻,艺林宝之。

张文端《北征集杜序》

小巅于少陵诗，深嗜而笃好之，尝举少陵古今体诗千四百馀首，皆能覆诵。凡登临、赠答、感物、写怀之作，皆集杜句而成，声律对仗，累累如贯珠。读者几忘其为少陵之诗，只见其为小巅诗也。

师若琪《序》

栲岑令唐山，未数月辄遭罢去，而精神意致旷然浩然，无几微见于颜面，宜其笔墨所到，风驰雨骤，无纤毫俗气累其纸素也。

施闰章《序》

巅崖先生以集唐名，多至数十首；而田功以集杜名，多至数百首，不更为其难耶？

刘深庄《序》

小巅自唐山解组归，出其所撰集杜数十种，于杜诗千四百首中，左之右之，离之合之，若裁五色之云，成天孙之锦。

【原文出处】
据徐璈《桐旧集》卷三十引。

八六　邓铚《闲居集杜诗》

陈僖《闲居集杜序》

前明怀宗时，逆珰伏诛之后，士君子以名节文章相尚，地之有人，如隆中之有卧龙、襄阳之有凤雏者。当年江北人物，首推桐城，而桐城人物，以方氏为最，如尔止、密之，声震天下。同时有负伏鸾隐鹄之望者，则邓徵君巅厓先生，今唐山大尹邓君田功之尊人也。三十年来，旧人逸事，沤散尘飞。丙辰,晤方子与三,悲旧伤往,数为余称田功才不可一世,而其集杜也,如工部复生而为此新诗者,心切慕之。今年秋,始得交其人,见所为《闲居集杜》之诗。尝读《拾遗录》,周成王时,因祇国献一女工,奇巧善织,以五色丝内口中,引而结之,则成文锦。田功之集杜也,又奚以异哉!真天下之奇观,其得于闲者多矣。窃思自仕籍而外,皆闲人也;民社而外,皆闲事也。世不皆仕籍之人,不尽民社之事,卒碌碌无暇,而闲岂易易欤?太白《敬亭山》诗曰:"众鸟高飞尽,孤云独去闲。"闲也,古人处轩冕,如游青山,如卧白云,亦闲也。世人惟忙,故事事涉俗,不堪自对。果其闲也,则神清气静,凡所施设,自多不朽。然则田功之闲,宁俟挂冠解绶而始然耶?予亦闲人也,以闲遇闲,兼序其闲居所集之诗,则自此仰高天之空旷,俯大地之寥廓,任变态于风云,观扰扰于万物,则我两人自为领略,而非不闲者所得知矣。

【原文出处】

陈僖《燕山草堂集》卷二,《四库未收书辑刊》第八辑第17册,北京出版社2000年版,第458—459页。

【作者简介】

陈僖,字霭公,号馀庵、想园,清苑(今属河北保定)人。拔贡,康熙十八年,举博学鸿词。著有《燕山草堂集》。

八七　邓铚《都门集杜诗》

方象瑛《邓唐山集杜诗序》

往见桐城邓君集杜诗,叹为天工人巧俱绝。今年谒选唐山令,出所为《都门集杜诗》索序,属词比事,愈出愈精,不知其为杜为邓君也。夫古今人相去远矣,其性情言语,不可强而同也。取千百年以前之人之性情言语,必欲使出于一人一时一事,岂有合哉?且夫少陵当日流离迁播齐鲁、秦蜀、荆楚之间,所为得之于心而矢之于口者,千四百五篇中,前后既非一致,即起少陵更为之,境易情移,亦岂能悉获其故?乃君之工如此,觉少陵偶然吟咏,皆若预为今日而设者,自非千四百五篇贯串于中,固未易易也。虽然,君今既作令矣,干言僻壤、簿书期会,足烦令君者,谅亦有限。从此集古今诗人之成,性情言语,当必无所不合,然吾所望于君,不以此也。少陵生平忠爱,至以稷契自比,终老不遇,姑寄其意于偶然吟咏之间,《彭衙》、《石壕》、《新婚》、《垂老》诸篇,恻然诗人遗意焉。使其得一命而用之,必且有以自见。今君绾符百里,即事简民贫,然劳来教养,未尝不可以治天下之道治也。少陵不遇而托之于言,君即其言而见之于事,观风问俗,其为集杜也大矣,于其行,书此告之。

【原文出处】

方象瑛《健松斋集》卷二,《清代诗文集汇编》第128册,上海古籍出版社2011年版,第55页。

【作者简介】

方象瑛(1632—?),字渭仁,号霞庄,浙江遂安四隅人。方逢年之孙,康熙六年举进士,授内阁中书,曾任顺天乡试同考官。康熙十八年举博学鸿词科,授翰林院编修,与修《明史》。官至侍讲,因病告归。著有《健松斋集》二十四卷、《封长白山记》一卷、《松窗笔乘》三十卷等。

八八　邓铨《北山集杜诗》

方中通《北山集杜诗序》

先文忠公尝以中边论诗,盖谓中者,意也;边者,辞也。二者不可偏废也。工于意,每忽于辞,往往直率,鄙俚不择,为之解曰:神气之为美也,贵服饰乎?诚如是,将毛嫱、西子而裸焉,亦足观矣。专尚辞,至趋藻艳,又或使事离奇,不务意之切当。本浮响曰宏亮,本浅薄曰深厚,本悭伫曰博雅,是何异嫫姆、庞廉而披珠玉锦绣也?是故中边兼到,而后可以语诗。夫中有一,意味是也。边有三:格律、声调、字句,皆辞之所属也。通乎四者,而后可以语中边。意味宜长毋短,格律宜流毋滞,声调宜高毋卑,字句宜雅毋俗。此以言乎作者之诗也,苟移以论集句则难,移以论集杜愈益难。取彼有定之意,行我无方之辞;取彼有尽之辞,行我无穷之意。离其所合,合其所离,非甚神巧,孰堪能乎?余闽还,养疴南亩,屏尘俗,远见闻,所不谈者,不仅诗也。梈岑忽尔徒步过访,偕余子婿辈文江、瑑、珠至,至不暇一语,遍游以观,讶其寒暑异处,堂寝划然,厨寮仆室毕备。不谓茅屋三间,外朴而中文,委曲而便宜若是,因大呼曰:"惟兹南亩,差可与吾集杜媲美。"余讯安在,则出一帙,曰《北山集杜诗》,盖《南州》、《北征》、《江楚》、《吴越集杜》

诸集后之别一集也。余曰："北山甚佳,况集杜乎！南亩无从与君较胜负,或亦善观中边耳。"于是尽发四牖,日影落池,水光反射,向明环几而读北山之集。琫曰："对仗之工,至如此乎？"文江曰："切而不泛,贯而不隔,天然极矣。"读竟,珠复叹曰："成集不重句,成首不重章,何苦心乃尔！"栲岑笑而点额者久之。余然后谓曰："诸评论信然,余尤得其微焉。少陵为有唐大家,沈郁顿挫,苍老古劲,无敢议者。顾于放笔不禁处,意味间亦有短,格律声调字句,间亦有滞有卑有俗。栲岑不惟用其长以为长、流以为流、高以为高、雅以为雅,且使短者化而为长,滞者化而为流,卑者化而为高,俗者化而为雅,将谓少陵之边乎？边固若是乎？其随中而迁也,将谓栲岑之中乎？中未始不假边而寓,逐边而生也。少陵不得而主之,栲岑不得而主之,中若边不得而主之,是故兼乎中边而后不落中边也,当与先公不落有无之旨相参矣。"言未已,栲岑跃而起,拍余背曰："非君不逮此,为我序之。"遂书以应。

【原文出处】

方中通《陪集·陪古》卷一,《清代诗文集汇编》第133册,上海古籍出版社2011年版,第15—16页。

八九　邓铚《栲岑集杜诗》

方中通《栲岑集杜诗序》

有成物焉,取而变化之,彼不加损,而此日以益者,何物乎？取《论》、《孟》、《史》、《汉》、《南华》、《离骚》诸书以成文,取摩诘、道子、云林、大痴诸法以成画,取右军、司徒、鲁公、中郎诸帖以成书法,然乎否耶？此特取其神耳,非取其形也。取砥厄于周,取结禄于宋,取悬黎于梁,取和璞于楚,然乎否耶？此已取其形矣,又非取其神也。夫徒取其神,不可谓之取；徒取其形,愈不可谓之取。必也,取其神而形与之俱,取其形而神与之共乎？然则取火于阳燧,取露于方诸,然后谓之取乎？是又非也。天下莫不知火之出于阳燧,露之出于方诸也。取之而火适为火而止,露适为露而止,孰能使其神形变化不测也？吾乃今而知取其形即变化乎其形,取其神即变化乎其神,随取随变,愈取愈化,其惟集杜乎？其惟诸体毕备之集杜乎？夫杜,千四百五篇耳。集之为绝,集之为律,集之为歌行,莫之有穷焉者,神形之变化也。故弈不必求加于三百六十一著，而不穷于弈秋之手；药不必求加于千五百十八种，而不穷于扁鹊之方。盖其所以变化者，巧也。是故钓至于詹何、娟嬛而极，射至于羿、逢蒙子而极，琴至于瓠巴、伯牙而极。苟凡一技一能，具公输、王尔之巧者，莫不造其极焉，况诗文尤为用巧之极者乎？则夫集杜，始于李忠定、文信国，而极于邓子栲岑诸体毕备之集。吾固知栲岑之具公输、王尔之巧也。虽然，变化其神形，讵止集杜云尔乎？吾故既为中边之说以序《北山集杜》，复为变化之说以序《栲岑集杜》。

【原文出处】

方中通《陪集·陪古》卷一，《清代诗文集汇编》第133册，上海古籍出版社2011年版，第17页。

【作者简介】

方中通（1634—1698），字位白，晚号陪翁，安徽桐城人。方以智次子。著有《数度衍》、《音切衍》、《篆隶辩丛》、《心学宗续编》、《陪集》等。

九〇　沈亦田《评选陶杜诗》

王晦《武林沈亦田评选陶杜诗序》

吾友沈子亦田，南国名流，西泠才子。客游洛下，争传两赋声华；家住湖滨，时挹六桥烟雨。沈休文之氏族，绰有宗风；钱武肃之山川，实钟灵气。以故髫年英爽，每爱乘羊；绮岁淹通，便工绣虎。悬金市骏，价高郭隗之台；鼓箧横经，字辨宣王之石。赋新篇于驴背，满目青山；怀旧侣于鸡坛，关情黄鸟。崎岖蒲坂，曾寻姑射之踪；烟月邗沟，一觉樊川之梦。然而郗生入幕，惯作严宾；王粲依人，自来词客。诋诃严谢，独标元亮之诗；奴婢曹刘，酷嗜少陵之句。因加铅椠，辄事丹黄。追大雅于千秋，几经世阅人、人阅世；了微文于片语，未知庄注郭、郭注庄。昭明终是小儿，虞集亦非定论。汇成片帙，采英华于种菊篱东；合作一编，评月旦于浣花溪上。仆惭固陋，君许追陪。倾盖论交，窃喜携持乎冰雪；临池濡墨，何堪点染夫烟云。今时倘许借钞，为呼阿买；他日或来相访，弗拒吴侬。

【原文出处】

王晦《御赐齐年堂文集》卷二，《四库未收书辑刊》第八辑第25册，北京出版社2000年版，第162页。

【作者简介】

王晦(1646—1719),字服尹、树百,号补亭,嘉定(今属上海)人。康熙三十五年(1696)举人,康熙五十一年(1712)进士,授翰林院庶吉士。著有《御赐齐年堂文集》四卷。

九一　顾施祯《杜工部七言律诗疏解》

顾施祯《自序》

余发未燥,先大人卫澜公即以盛唐诗课不肖,性好杜公集,大人曰:"尔好,当遂尔好,尔其尚学之。"跪受命,诵绎不敢辍。继得《七言律虞注》,玩味者一春秋。昔人黜其赝,然解有驳而不纯者,有确而不可易者,一一标识简端。同里赵青雷、黄笠庵曰:"先生之意,将公诸天下乎?"余谨谢不敏。二子曰:"意既不我私,当使樵夫、牧竖共晓。吾辈敷畅其意,作俗语分为四目,缀成篇帙。"余不胜惶汗,茌苒年华二十,苦心积虑,正欲汇诸名家诠注,为杜公全集作一疏解,去驳而归纯。犹希浣花溪翁鉴余为功臣、非罪人,是素志也。来京师独携七言本,琴川严恬若复同赵、黄二子,意欲付剞劂,以公天下,余又谢不敏,其如谢而不能却乎!嗟嗟余受命于先大人,幼而老矣,羲和望舒之御几旋转矣,终未敢信以为然,以俟当世之教我者。

时康熙二十有五年二月,吴江顾施正适园题于心耕堂。

顾施达《跋》

余自幼学以来,即习阅先王父适园公著述甚夥,然龆龀嬉游,不能察也。及长,稍知文义,遍搜先王父手泽,有《昭明文选》、《古文兹程》、《少陵诗集》诸书,疏解班班可考。兼有《盛朝诗文》,分类成帙,不禁喟然而叹曰:"此先王父一生苦志之所在也!"但书籍犹存,而枣梨安在?质之庭趋,备述始末。知先王父殁于京邸,而仓皇扶榇,不及尽挟以归也。对此遗编,反覆流连,时切所镌刻之存亡何如耳!壬子岁,游王父故地,俯仰胜区,风景依依,因想当日之名流聚首,与王父相往来者,已渺不可即矣。及博访诸书,止有杜少陵一集宛然在焉。问其行,曰风行如邮传也;问其板,则已几换梓人矣。寄旅数月,既慨群书之杳渺,犹幸此书之不泯也。归而呈诸家严，一见宛如膝下，悲喜交集，因谓天下同此心，即天下同此好，隘而而不广，何以慰先灵地下也！爰是订其舛讹，正其字画，付诸剞劂，以公海内。虽先王父一生苦志不仅于斯，亦可于斯窥见一斑也，用敢缀数行于后云。

雍正十一年岁在癸丑仲夏之吉，嫡孙顾施达谨跋。

【版本】

清雍正十一年（1733）吴江顾氏心耕堂重刻本《杜工部七言律诗疏解》。

【作者简介】

顾施祯，字适园，吴江（今属江苏）人。顾有孝（1619—1689）从子。康熙时人，殁于北京。馀不详。著有《杜工部七言律诗疏解》二卷，纂《昭明文选六臣汇注疏解》十九卷。

顾施达，顾施祯之孙，生平不详。

九二　杨文言《杜诗钞》

曹萼真《题南兰杜诗钞并引》

余操作贫苦，未暇事翰墨。属南兰间关忧患，途梗数千里，邮筒都绝者三年。形影相吊，无以自托。小儿女啁啾膝前，日课数字。用虞伯生注杜子美七言近体诗，简而易晓；抑以子美遭世乱，飘零楚蜀，其辞多幽思愁苦之声。孤帏寒夜，篝灯读之，感人尤深焉。私以意略去取，别录为一帙。南兰归，殊讶其不谬。乃复南走闽瓯，北之燕赵，十馀年来，曾无宁晷，以为携之行箧甚便。而余方借为寒闺之伴，弗肯与，因请而手钞，许之。顷归自玉山，宛然成帙，又别选五言诗足之。余深喜其业之勤，而欲其长毋忘此，以庶几有成也，为书其后。

花下斑骓拂柳丝，隐囊书籤到门迟。月斜拥髻才相问，便唤银灯看杜诗。

【版本】

已佚。

【原文出处】

曹萼真《络纬吟》，见国家图书馆藏《大亭山馆丛书·毗陵杨氏诗存附编》，清光绪六年（1880）三月刻本，书号39812:3。邓之诚《清诗纪事初编》卷八（上海古籍出版社1984年版，第438—439页）亦转引，有数字之讹。

【作者简介】

曹苹真,字绿华,江阴人,杨文言之妻,有文名,著有《络纬吟》一卷。杨文言(1651—1711),字道声,号南兰,武进人,瑀子,与兄昌言皆以善文名。康熙十二年(1673),为耿精忠聘为上客。三藩之乱平定后,杨文言因牵累羁押京师,事平得出。后变易姓名,为幕宾于四方,徐乾学、李光地、余国柱争礼聘之。终隐于家。著有《南兰纪事诗》十五卷、《楚江词》一卷、《周易浅述图》、《图卦阐义》、《易俟》、《书象图说》、《书象本要》、《据奇发微》等。

九三　李文炜《杜律通解》

李基和《序》

杜少陵古称诗圣,而其诗亦为诗史,由其以忠君爱国之心,发为幽愤悲壮之气;以穷愁困苦之境,出为沉雄顿挫之词。故与青莲为知己,而并重于盛唐。盖青莲之清新俊逸,诗号无敌,惟诗圣知之也。然少陵诗有意到而词不到者,有意接而词不接者。苟非有后人焉解其旨于意中,通其意于言外,则少陵之深□淑言,不几埋没千载下乎！是少陵之赖有后人,非浅鲜也。乃自唐宋元明以来,名家之评选而索解者代不乏人,皆不过标其大旨,详其事实,□其妙句已耳。或近于简略,或流于穿凿,谁则能提其章法,析其句法,明其转接起结,通身贯彻,俾少陵之深意微言千载如见乎？乃求其人于今日,竟不数数见。兹幸得之于慈水李雪岩焉。雪岩为甬东名士,苕上寓公,读破万卷,历遍六州。于诸子百家、名山大川,无不心会而目穷之。举当世之名公钜卿,无不以借交为光宠,而雪岩之声,称藉藉一时。予于辛巳岁读礼燕台,亲家赵恕庵亦守制涿鹿,时雪岩下帷其家,恕庵为予道其品行文章不衰,予心窃慕之,相与往来,于诗坛酒垒间相得也。已而相乐,每同论古谈今,私幸得一良友焉。后数年,予受命抚豫章,被逮还京。恕庵领郡筠州,仍延雪岩课诸子。其仲君、伊言爱读少陵五、七律,索解不得,雪岩为之纂辑前人评论,删繁补略,合成解说。于少陵之章法句法、转接起结处,悉笺注以备诵习。有时补其意于言中,有时推其意于言外。将言之不到者,解其言以通其意;言之不接者,通其意以解其言。而少陵意中之言、言外之意,无不条分缕析之。是则雪岩之知少陵独深,而为千古之知己者,不更甚于少陵之知青莲独深,而为同时之知己乎！迨壬辰春,书成,雪岩邮寄,请序于予。予谛观之,喜其能发前人所未发,明前人所欲明,而开后学无数法门也,岂徒为少陵知己云乎哉!爰约略而为之序。京江年家弟李基和梅崖氏书于燕台之来青堂。

曹抡彬《序》

盛世以文教化成天下,通经制义而外,以词赋淹洽著教者,地不乏人。四明李子雪岩,博学多识,尤长于风雅。往余友新昌令唐子帝书雅与雪岩善,为余称道不置。且言其耽嗜碧湖苍弁之胜,尝作吴兴寓公,其高致不凡数,此余心焉慕之。及甲辰三月,余奉命出守苕雪间,希颜苏盛轨,亟揽彼都博雅之士,以其文固陋,而雪岩久不一至,又叹高人之迹不易及簿书丛杂之庭也。迨晤归安司教骆君,交厚雪岩,复具道其生平,并携其所著《杜律通解》一编,代乞余言,以弁其首。余展阅之,一字一句无不诠谛精确,各开生面。□微旨于言中,得深情于语外。少陵所云:"老去渐于诗律细"者,惟雪岩能得之,而能言之。斯少陵之知己,实诗学之津梁,益信余友向所称道为不虚也,遂援笔以书此。

时雍正乙巳初夏,翰林院检讨特简知浙江湖州府事古黔黄平曹抡彬炳庵甫书。

李文炜《序》

少陵传世诗,从前注者,不下百家。近更有虞山笺注,颇称精确。末学如予,何敢复赘一词。兹于己丑岁授徒江右之筠州府署,及门赵伊言喜颂杜律,索解不得,求之各家评注,一篇之中,往往仅解大意,或止得句解,其通篇脉络,究难领会。因不揣固陋,就每篇总辑各解,著诸篇末,使诵者一目瞭然。管窥蠡测,知无裨于大雅,亦聊以示后生初学,原不敢出而问世也。值庚子季春,伊言以候选郡守自西宁至清江,招予同赴广平郡。及深秋灯下,谈及《杜律通解》,详明透快,足为后学津梁,捐赀劝予授梓,予尚未敢信。是年小春,予归菰城,请正于臧受澄先生,亦复谬加称赏,竭力怂恿。予勉承其请,漫付剞劂,然究非予之意也。岁在辛丑,慈水李文炜雪岩氏书于蘋洲草堂。

赵弘训《杜律通解凡例》

一、作诗自有大旨,若不提出,则不知是诗为何而作,故吾师于开手先为提明,使初学知其意旨所在,庶不至歧趋失步。

一、每诗通篇原无界域可分,然其起联转结,或对或散,吾师必照诗格分解,使学者知其段落头绪。

一、诗中篇法,或单起,或对起,或套装起;或顺承,或分承,或倒转承;或单结,或对结,或倒煞结,种种不一。吾师特遵黄白山一一注明,以便学者谋篇立法。

一、诗中句法,或单眼,或双眼,或虚实眼;或折腰句,或流水句,或分装横插句;或三叠联,或交互联,或背面层折联;或藏头语,或歇后语,或倒叙缩脉语,其体各异。吾师从黄白山悉为指出,俾学者知所取材。

一、说诗必于起承转合,一气贯通,故于其间有难于接落者。吾师或用补缀,或用侧串,或用映带,俾通首无断续之痕,令学者知其章句血脉,原自一线穿去,不费搜寻。

一、集古今评语,吾师取其大合诗情诗理、简捷切要者登之,其他穿凿支蔓评解,概不收辑。

一、辑诗中典故,必广收博考,凡于天地、人物、制度,逐一详注。其人间习见者,吾师俱不赘入。

一、少陵律,不啻千馀首,如日星丽天,原不能有所去取。因予所诵者,才及二百首,时吾师年近七十,精力不继,故仅辑此二百章,为之创始。通部解释,以俟大雅君子云。

一、诗之体格,有正有变。其变体,平仄不顺,自成古构。若不善学者效之,多至佶倔聱牙,不成声调。故吾师于变体另辑六章,以备一格。

一、解中钩画,各分界限。凡题旨、起联、收联,俱用左钩。中联出句用左画,对句用左钩。过接转落处俱用右短画。使读者读去,不致混淆。门人赵弘训识。

【版本】

清雍正三年(1725)湖郡潘尚文刻本《杜律通解》。

【作者简介】

李基和,字协万,号梅崖,汉军镶红旗人。康熙十二年进士,改庶吉士,授知县,官至江西巡抚。罢官后寓居僧寺,生活清苦,有《梅崖山房诗》。生平见《国朝耆献类徵》卷一六一。

曹抡彬,字炳安,一字文明,黄平(今属贵州)人。康熙四十八年(1709)进士,散馆授检讨,官至浙江湖州知府。曾修浙江《处州府志》、四川《雅州府志》及贵州《黄平州志》。

李文炜(1653？—1725后)字雪岩,慈水(今浙江慈溪)人。顺、康间幕僚。李为甬东名士,博学多识,尤长于风雅,毕生未宦,或坐馆于帷幕,或隐居于湖山。尝作吴兴寓公,康熙四十年(1701),客馆于涿鹿知府赵恕庵家。四十八年,赵恕庵领郡筠州,仍延其课诸子。五十一年,纂辑前人评论,删繁补略,合成解说,撰成《杜律通解》四卷。生平见《国朝书画家笔录》卷四。

赵弘训,字伊言,李文炜门人,生平事迹不详。

九四　张世炜《读杜管窥》

周廷谔《雪窗杜注叙》

杜诗注,在宋有千家,大抵踳驳芜秽,得失相半。今可见者,仅蔡梦弼、吴若二书而已。他若黄鹤、鲁訔、王洙、赵次公、薛梦符、吕祖谦、杜修可之徒,其说时时散见者,则略具于诸本中焉。近世虞山钱氏虑旧注之讹也,因吴若本而芟订之,名曰《笺注》。吴江朱氏因蔡梦弼本而厘校之,名曰《辑注》。二书并出,始则合之而互见,继则离之而两伤。钱极诋朱,有助朱者亦从而排解之,而两家之聚讼以起。予尝取其书而读之,钱氏意在创解发明作者之意,不落窠臼,然而吞剥支离,辟诸商君之治秦,决裂坏乱而不可救,其失也诬。朱氏志在训诂,缀古人之残缺,不事瑰奇。然而饾饤拾取,辟诸宋襄之称伯,扶疮捄痍而不克振,其失也固。均之,非杜氏功臣也,其优劣亦略相等。且吾纵观上下古今,而不胜世道升降之感焉。上古用漆书,中古用石墨书。石墨者,石涅也。所形摹者科斗,所手披者韦编,故其言简,其旨易晓也。自后代俗书兴,而易之以纸,用之以烟墨,浸之以镂刻,遂家自为书,人自为解,而一趋于繁缛。其在今日,虽六经、子史,昭然揭如日月者,且骎骎乎有重阴薄蚀之虞,况杜诗注乎哉！钱氏、朱氏之呶呶不休也,隐若积四十年之疑狱而未有决,非得明允者片言以折之,恐两家未肯心服于地下也。吾友雪窗张氏笃于嗜杜,取钱、朱两家书而雠正之。或钱是而朱非,则以钱为断;或朱伸而钱绌,则以朱为归;或两家互争其长,则平心以解之；互有其短，则博求以正之。去其诬，开其固，不翅两造具备，而为之质其成矣，两家其亦首肯矣乎？昔人过易水，见蚌方出曝，而鹬啄其肉，蚌合而箝其喙。鹬曰："今日不雨，明日不雨，即有死蚌。"蚌亦谓鹬曰："今日不出，明日不出，即有死鹬。"两者不肯相舍，渔者得而并擒也。今张氏之于钱、朱两家也，何以异此？予故因论两家之注杜，因慨古今世道之异，而并及是说，以为张氏说诗解颐，不亦可乎？彊圉大渊之岁修皋月夏至日，同学弟周廷谔谨叙。

周廷谔《叙二》

明蜀人杨慎曰：杜诗不可以意解，而不可以辞解，必不得已而解之，可以一句一首解，而不可以全帙解之。全帙解，必有牵强不通，反为作者之累者。旨哉！杨慎之言也。吾意千古之善解诗者，莫如孔、孟二子。孔子曰："《诗》三百，一言以蔽之，曰思无邪。"孟子曰："说诗者不以文害辞，不以辞害志，以意逆志，是为得之。"由此观之，说诗不在多言也。人惟强为之解，则其言多，言多而作者之意反为解者所掩。我惟不求甚解，则其言少，而解者之意，遥与作者相逆。杜诗，《三百》之遗也。其文繁，其辞赡，其意微，其旨奥。其忠君爱国之思，一篇之中，三致意焉。然皆隐然自见于言外，而世之解者误也。世传伪苏注，非子瞻笔。虞伯生七言律注，乃张伯成为之，后人驾名伯生。之二书既出伪托驾名者之手，其为纰缪也无足怪。独钱氏、朱氏之注杜也，少而嗜之，壮而专精以释之，晚而各雕版行世，别垒分门，党仝伐异，自谓足以信当时、传后世，而犹落落纰缪若此，於戏！是谁之咎与？张氏忧之，从而去其非、存其是，息两家之喙，发独得之见，作为笺注，《正义》以附《春秋》，《左传》杜、林合注之例。犹以卷帙之繁，未皇卒业，择其尤者百条，题曰"读杜管窥"，属叙于友人。不佞廷谔不□□□，读而叙之矣，而犹惓惓乎详告者，亦以杜非易注，注非易雠。自今以往，勒成全书，务遵孔、孟说诗之旨，一空从前之解，毋漫漶支离，至为蜀人所嗤也。浮玉山人周廷谔谨再叙。

张世炜《读杜管窥自序》

雪窗逸史曰：少陵云："读书破万卷，下笔如有神"，又云："文章千古事，得失寸心知"，此少陵自言其学之所至也。而黄鲁直云："不读书十年，不行地千里，不可看杜诗"，"杜诗无一字无来处"。夫以少陵之学之识如此，所以惊风雨、泣鬼神而光焰万丈也。后世无少陵之学之识，而欲以一知半解以注杜诗，诚难言矣。因考宋之注杜者，自蔡兴宗、吴若、赵次公、蔡梦弼、黄鹤而下，互有发明，皆不失为子美之功臣。而妄庸者妄撰故实，谬引曲证，则杜诗因注而益晦矣。近世虞山钱氏因旧注之荒谬也，于是因吴若本，取旧注之纰缪踳驳者，大加绳削而笺释之，自谓《玄元皇帝庙》、《洗兵马》、《入朝》、《诸将》诸笺，有"凿开鸿濛，手洗日月"之功。而同时吾邑朱长孺氏，亦因蔡梦弼本而为《辑注》。盖长孺尝馆于虞山，得窥绛云藏书之富，实相资以成者也。书成之日，虞山序而授梓，谓不妨两行其书。未几，虞山与吾邑潘力田长笺，痛加诃诋。意谓长孺《辑注》，虞山既诺而序之矣，何得复有长笺之诋？文人争名，不应反覆如是。沈寿民云："世传虞山长笺，以说有异同，盛气诋諆，又增删改窜，前后二刻迥别，见者深以为疑。"余尝取二本对勘，其中所不合者，惟《收京》、《洗兵马》、《哀江头》数诗。试平心以论之，两京克复，上皇还宫，臣子尔时，当若何欢忭，乃逆探移杖之举，遽出诽刺之辞，子美胸中，不应峭刻若此。商山羽翼，自为广平；剑阁关心，非关妃子。斯理不易，何嫌立异。其言似矣，然未知其详也。盖虞山之笺畅而肆，其失之也戾。长孺之注赡而密，其失之也拘。虞山于玄、肃父子之间，深文曲说，若罗织其罪案者，失少陵忠厚之旨。长孺考据论辨，固有功于虞山，而为少陵之荩臣也，而于异同之间，微言隐刺，是谓入吾室、操吾戈而伐吾者也。盖长孺初以刻样呈虞山，而未知其立异如此也，故忻然而为之序。及后览其全书，不觉艴然色变，故盛气而诋之于长笺也。二刻固后来者居上，但互有得失，未可称定本也。迩年以来，老病无憀，汇录两家之书，仿《春秋》、《左传》杜、林合注之例，名曰"杜诗笺注正义"。平两家之偏，息异同之论，附以一得之愚，求少陵之心于千载之上，非敢谓二先生之功臣。盖当局则难为功，而傍观则易为力也。粗有成稿，不虞痼疾日深，未能缮写，兼之贫难付梓，于是偶取百一，名曰"读杜管窥"，存诸箧笥，以俟天下后世注杜诗者，必有以折衷之，不以鄙言为河汉也。丁亥人日书于唐湖老屋。

【版本】

南京图书馆藏清康熙刻本《读杜管窥》，索书号119180。按，周廷谔《雪窗杜注叙》、张世炜《读杜管窥自序》亦见黄兆柽《平望续志》卷十，《中国地方志集成·乡镇志专辑13》，上海书店1992年版，第320—322页。又见吴江市档案局编《平望志三种》，广陵书社2011年版，第459—463页。

【作者简介】

周廷谔,字美斯,字笠川,号浮玉山人,吴江(今属江苏)人。周欻弟。热心乡邦文献,辑有《吴江诗萃》三十卷,补辑《吴江文萃》二十四卷。著有《浮玉山人集》、《笠泽诗钞·莼香词》、《林屋纪游》、《笠川自撰年谱》。

张世炜(1653—1724),字焕文,号雪窗,室名秀野山房,吴江人。一生未仕,家酷贫,以医为业。晚年肆力于学,著述甚富。有《读杜管窥》、《历朝诗选》、《唐人真赏集》、《松陵诗约》、《辑注读素问钞》、《雪窗文钞》,稿本藏于家。生平事迹见周廷谔撰《唐湖徵士张雪窗先生行状》(见《秀野山房附集》)。

九五　汪文柏《杜韩诗句集韵》

汪文柏《叙》

《杜韩集韵》者,闲窗无事,取少陵、昌黎诗句,编入四声,备巾箱展玩者也。余少而学吟,浏览唐百家诗集,断以两家为指归。盖其格律天纵,不主故常,诸家卒莫出其范围。故杜紫微句云:"杜诗韩笔愁来读,似倩麻姑痒处搔。"可见其嗜好同而评论切矣。以余观之,犹用兵然。有如堂堂之阵,正正之旗,行师所贵也。乃有出奇制胜,不必泥古兵法者,非以奇胜乎?奇正相生,如环无端。由斯以观少陵诗,似正而实奇;昌黎诗,似奇而实正,此两家章法之不可及也。客有闻而疑者,曰:"子于杜、韩,其章法洵有得矣,今分编为韵,如骈锦散珠,得无供枵腹者掇拾之具欤?"余应之曰:"否,否。客之所言,乃余吐弃久矣。故生平作诗,从不捡俗下纂本,且以之告友朋,藉此作诗,则己之性灵反锢,岂复得为诗欤?今余所辑,举近以知远,必先自用韵始。盖韵不安则为一句之疵,句疵而章法亦为累矣。句法之要,奈何不观游山水者乎?群峰巉嵘,峭壁摩天,乍游者不知此中之有奇也。先与之探孤峰之秀拔,观断壑之谽谺,回环往复,久而入胜,始恍然悟兹山之面目矣。汪洋浩瀚,混混无涯,江河之性也。先与之观洲渚之萦回,察波澜之往复,水之全体不可望洋而得乎?此句法之当讲也。然句必选声,则押韵为要。押韵奈何务祛庸俗,以即高明而已,有如同此四声也。古人用之,若不经意,而用奇用正,光景常新,久之愈觉可爱。今虽撚髭苦吟,乍读之似觉可喜,须臾便同嚼蜡,其故何哉?古人胸藏二酉,笔挽万牛,故其落韵沈著，纵意所如，绝无牵合，以今较之，大有径庭矣。譬如羿之弓，犹夫人也，惟羿弯之，可以百中；旷之琴，犹夫人也，自旷操之，可以入神。要而论之，韵犹规矩也，贵巧以运之。巧从何生？贵读书博学以几之。故吾辑杜、韩韵以为鹄，世有解人，从此悟入，句法、章法，渐可得矣。余岂自谓知诗，亦就杜、韩以论杜、韩，如此又敢爱古人而薄今人哉！如客所言，则与《韵藻》、《韵府》、《韵瑞》等书同类而观，不几失辑书者之本意乎？"客曰："然恐世之读是书者，未能尽达此意，请书之以为序。"

时康熙三十五年丙子花朝日，练江汪文柏书于梧桐谿之古香楼。

【版本】

清康熙四十六年（1707）洞庭麟庆堂刻本《杜韩诗句集韵》。

【作者简介】

汪文柏（1653后—？），字季青，号柯庭，一作柯廷，又号筼溪。桐乡（今属浙江）人，休宁（今属安徽）籍。《四库全书总目》则谓嘉兴（今属浙江）人。善画墨兰，尤工诗。监生，康熙中官北城兵马司指挥使。与兄汪文桂、汪森号"汪氏三子"。汪氏之先，富于藏书刻书，文柏多所通习，为学有本。筑有古香楼，收藏书法名画，暇辄焚香啜茗，摩挲不厌。又筑摘藻堂别业，读书其中。著有《柯庭馀习》、《柯庭文数》、《柯庭乐府》、《古香楼吟稿》、《古香斋书画题跋》等，辑有《汪柯庭汇刻宾朋诗》。生平事迹散见《全清词抄》卷六、《清诗纪事》康熙朝卷、《（光绪）桐乡县志·艺文志》。

九六　赵培元《李杜集句诗》

王夑曾《赵培元集李杜诗序》

向闻谈诗者，以七言倍难于五言，予非诗人，茫然不解也。近见赵子培元所为《李杜集句诗》，乃亦止集其五言而不及七言，岂集句者亦难耶？赵子自为诗，五言七言俱有佳者，予不敢问，独见所集句止五言也。使茫然不解者，亦从而怪之，岂其七言更无佳句可集耶？予向者促人归里，有"汾山桃柳如相待，花叶参差半未开"之句；又游汾西，有"多情最是迎人鸟，青壁十寻叫树梢"之句。其可否言诗？都不敢以质诗人。但见赵子集句诗如此，予将俟春日寒却，抱李、杜全集而走问之。

先生此文，乃先教授府君居襄垣署所作《耐寒斋杂诗序》也。府君即世后,典久合《竹窗诗草》、《小堂集杜》诸刻问世。今校雠及此,感先型俱邈,不觉泫然泪下,因敬跋数语,以深铭佩,孙婿熟典敬识。

【文献出处】

王奂曾《旭华堂文集》卷四,《清代诗文集汇编》第 181 册,第 166 页。

【作者简介】

王奂曾(1651—1735),字元亮,号诚轩,一作诚斋,别字思显,山西太平(今襄汾)人。康熙十五年(1676)进士,官至湖广道监察御史。著有《旭华堂诗集》、《旭华堂文集》。

九七　曹五一《集李杜诗》

张叔珽《曹五一集李杜诗序》

五一曹先生以抑塞磊落之才寄情多艺,其书法遒逸,画笔又潇洒可喜。尝维舟汉上,与予剧谈永日,凡古今子史诸藏书,皆应口如泻。而生平究心者,尤莫如诗。凡其四方游览交游赠答之章,敏捷一如凤构。以故名公钜卿,多愿折节;而词客骚人,群推祭酒焉。一日检行笥中,以《集李集杜》一编问序于予。予把玩逾晨昏,见其不事缕绘,而天巧相成,辄咋舌久之。今世论诗家,每谓人各一情,情各一言,其必不能以彼之言,写我之情,理在固然。然予观专家恣意之流,往往菲薄前人,致或聱牙佶屈之难读,牛鬼蛇神之殊貌,尚安冀其机杼所辏,与天为徒,虽错出古君子之成言而蔑有遗议哉!五一鈗情风雅,非以费词,乃以言情。夫情则亦何畛域之有?杜与李无异情,后人与李、杜又无异情,而后人与李、杜之情亦可无异言,是则五一集句之所以擅场也。且予闻之,心如大炉,金锡何择?良工鼓铸,则鼎彝成百。怪备五一寝食李、杜者若而年,其灵窍所具,已有鼓铸前人之器。故发为声歌,时而李,时而杜,居然李、杜之无殊致。世人不能寝食李、杜,自不能集李、杜;不能集李、杜,自不能识五一集李、杜之妙。若五一者,其真集句之擅场也已。古云李、杜文章,光芒万丈,予谓集李、杜者,亦惟移此以相赠耳,而又岂必别为揄扬耶?五一不弃予言,请次诸公而收以为序。

【文献出处】

张叔珽《郯啸文集》卷下,《清代诗文集汇编》第 183 册,第 462—463 页。

【作者简介】

张叔珽(1666—1734),字方客,号鹄岩,别号樗翁,汉阳县丰乐里人。由明经任江南徽州同知,依例提拔为知府,称病辞官还乡。著有《郄啸文集》、《郄啸诗集》。

九八　范廷谋《杜诗直解》

景考祥《弁言》

唐之以诗名家者众矣,自杜少陵出,集诗学之大成。由盛唐以讫中晚,言诗者必折衷焉,何哉?温厚和平,诗之教也。少陵之诗,哀而不伤,□□□怒,处流离患难之日,极忠君爱国之心,缠绵悱恻,感发性情,宜其登《三百篇》之堂,而夺骚经之席。故学诗而不知杜,虽穷年苦索,犹释家之旁门耳。杜之当遵若此,因而注杜者又众矣。其不善者,割裂牵合附会,不乏与论。即贤如牧斋,识高而学博,择精而语详,发明最善。而揆诸作者之本旨,尚未悉洽。无他,其本原之地不甚相符合也。四明范省庵先生,与余共事于闽之东宁。继而羁迹三山,时相晤对。乃出其注杜近体示余,余初亦谓其犹夫人之注杜也,读之旬日,见其于章法、句法、字法详悉指明,其引证故事,不徒采掇摭拾,必与题之本义确不可移易,使少陵当日如何命意,如何布置,如何结构,一一洞如观火。至他人含糊略过者,先生则旁搜博辨,尽为发挥。俾后生浅学,莫不了了于心。吾知是集出,而诸家之注尽可废矣,先生其少陵之功臣乎!而余之尤服膺乎先生者,盖知其为至情至性人也。先生为戊辰名元笔山先生之侄,家学渊源,其来有自,文章经济,卓绝一时,其工于诗,特绪馀也。先生历官,由闽峤而滇南而湖湘,几四十年矣。一惟矢心清白,以期不负家学,上报国恩。适西土未平,军储孔亟,同谱芝岩公商之先生,先生欣然曰:"此臣子效力时也。"因刊名奏请,率子侄亲党,督粮万斛,触暑而往,冲寒而归。历黑山,过瀚海,奔走沙漠者九阅月,行立坐卧于冰雪中者七十馀昼夜。且慨然曰:"老臣无能,借此以报圣主豢养之深恩耳。"著有《纪行诗》百馀首,其首章曰:"疏拙伤迟暮,勤劳答圣明。"已定立言之大旨。末章曰:"马革裹尸还,留名在竹帛。人生得死所,即死亦愉悦。"中间随地抒怀,或比或赋,无非忧国奉公之忱,惓惓于中而不能释。嗣是,奉命守东宁,远渡重洋,殚心尽职。计其宦迹所经,陆行则天南地北,水涉则飓风鲸波,艰瘁备尝。公忠一辙,以视少陵当日间关困苦、忠君爱国之心,千载上下,默相印证,此先生之所以枕藉乎杜而不忘、沉酣于杜而不去也。其所诠解,又岂寻常之注杜者所能仿佛其万一耶？先生其少陵之知己乎！世之学诗者,必折衷于杜,学杜者必折衷于先生矣。余不揣荒谬,直据己见,援笔而为之序。时在雍正戊申秋九月上浣,巡台使者中州景考祥履斋氏撰并书。

范廷谋《自序》

尝读《诗》三百篇,风雅正变,大要期人之修身立德。而兴观群怨,启发性情,裨益于后人,更非浅鲜。自《三百篇》开诗教之统,后之作者,非失于怨愤,则失于佻薄;非失于组织,则失于纤巧。其于舒写性情,温厚和平之意,荡然无复存者。其间得风雅之正,莫如唐之杜工部。工部当唐室中衰,禄山背叛,间关万里,奔赴行在,拜肃宗于灵武,其孤忠自矢,岂三唐诸诗人所能仿佛！即今读其诗,虽单词只句,无非忠君忧国之心,溢于言表,千载而下,犹令人感发而兴起。且格律之严,极于毫发;气局之大,涵盖古今。诸凡起伏关照,主宾虚实,离奇变化,不可端倪。要皆神明于法律之外,仍不离于规矩之中。故自有近体以来,诗之可传者,不一其人。惟工部尽得古人之体势,而兼昔人之所独得。学诗者苟不奉为鼻祖,虽竭毕生之心力,未有不流入小家数者。然非读书千万卷,阅历数十年,正未易言也。牧斋先生有句云:"兔走深山神鹘见,珠藏海底老龙知。儿曹莫漫闲吟咏,五十方能读杜诗。"予于丁亥岁自闽迁滇,抱病万里外,凄凉寂寞中,枕籍杜诗,把握不倦,殚心苦思,以揣摩形似,尚未得其藩篱,讵敢言升堂入室乎！但生平所好在是,而于五七言近体尤所酷嗜,遂手录一编,遍稽典籍及诸家旧注,必符合诗旨者方注于下。每首则追溯作诗之意,复就其章法、句法、字法,一一抉剔无遗,加以评论。总不肯使难解者囫囵略过,置之不论不议之列。若一题至五首、八首、十首,则提出全诗纲领,并前后照应,脉络贯通,再加总评于后。务期意法兼到,不背作者本旨。使后人执要以求,或可得其从入之门也。杜诗首首皆有意法,无可区别,近见选家遇有多首者,截前割后,任意采择,殊失浣花老人经营布置之苦心矣。惟《秦州二十首》原系杂诗,无关章法,仅采其十分之六。其有竟未入选者,自愧识学未到,不能得其奥义,聊用阙疑,非敢妄为去取,获咎古人。噫！世之注杜者,人不一家,家不一说,大抵撦拾古典,牵强附会,殊不知诗人心灵手敏,兴会所至,出口成章，自然合古。若云句栉字比，则非杜诗之本旨也。予是编敢云独有所得乎？特以己之至情至性，体贴于上下千百年间，以期得当于万一耳。《诗》不云乎："他人有心，予忖度之。"此之谓也，是为序。

时在雍正戊申岁孟冬月，四明七十老人范廷谋省庵氏书于三山之漪绿草堂。

李昌裔《跋》

省庵范老先生，高平世胄，文正家风。先天下而忧，克绳祖武；展平生之学，能致臣身。历官闽楚之疆，棠阴几遍；秉节淮扬之地，莲幕相依。手出一编，目分五卷，顾贱子而言曰："是少陵之近体，实正始之遗音。寝食与俱，嗜有简文之癖；讴吟不辍，好同白傅之魔。顾笺释虽多，指归鲜合。强加剖析，毋乃窥管为天，莫辨毫芒？奚啻看花于雾？姑舍是也，愿有进焉。夫振裘者必挈领，溯河者务穷源。彼良工独苦其心，而解人如盲于目。个中消息，那得真传？此外搜罗，都成皮相。若仅寻章摘句，将学人之注解徒劳；而惟抉趣探微，于作者之心思始出。爰勤采撷，日费沉吟。年谱可凭事，与诗而相证；文辞不害意，逆志以俱来。存信析疑，独破雷同之见；引经据典，勿仍风影之谈。千万里水驿山程，携将行笈；七十岁头童齿豁，点检晴窗。务使诗派源流，寻向浣花溪畔；尤羡草堂结构，要归野老篱前。幸得告成，为予较订。"贱子唯唯，窃愧荒疏，前哲云云，顿开聋瞆。起结见回环之法，神情得吞吐之馀。功在先贤，实一辞之莫赞；裨于后进，俟百世而可知。略缀芜词，拾杜陵之牙慧；爰敷末简，向大雅而面觑。盖尝有感近，今几多好古。读书而难字辄过，营心则弱岁已疲。诗卷长留，此道弃之如土；风流今在，借问爱者为谁？而况早入鹓行，自知鹤发。年华纷已矣，于我何求；佳句法如何，干卿甚事？先生则风云际会，冰雪聪明。退食从容，常把诗以过日；晚来幽独，更樽酒以论文。意匠经营，波澜独老；性灵陶冶，贯穿无遗。真觉万卷有神，可云尚友；岂曰百年自苦，未见知音。尤费清心，更开生面。春花无赖，正因韦曲恼人；秋树凋伤，总为故园系念。绣柱自难围鹄，乔木其真假花。翡翠麒麟，即今悼古；碧梧香稻，借景生情。缘古迹而咏怀，命题有意；值水势以短述，漫兴何常。要使字字贯通，亦复篇篇联络。盖壮至老而不倦，洵仕与学之兼优者乎！夫道白马之论，难索谢安；读黄绢之辞，犹迟魏武。乐天之问老妪，可录无多；郭象之注蒙庄，流传莫喻。则不若屠牛坦之众理，顿自无忧；而君王后之连环，破之为快。名曰《直解》，良非诬也。

同里后学李昌裔顿首拜跋。

范廷谋《再识》

杜诗沉郁顿挫,沉郁者其意,顿挫者其法,不得其意,则法亦无从得。余枕籍杜诗三十馀年,甲辰,需次归京师,挈男城、侄坊、从律、从徹,互相订释,各出新奇,多所启发。仓卒成帙,其间不无影响疑似之处。丁未,羁迹三山,取公年谱雠对之,爽然若失。于是苦心焦思,无间晨夕,以意逆志,恍与浣花老人晤对几席间,不觉融会贯通于心胸,向之所谓新奇,均属隔膜矣。脱稿后,名其编曰"醒疑",遂质之千波汪先生,先生曰:古今注杜,犹如聚讼,未有若斯编之意法兼得、确切简易者,洵足为学诗津梁,当以"直解"名编而问于世。因付之剞劂氏,大方君子勿以训诂见诮则幸矣。廷谋再识。

范从律《跋》

吾甬夙推文献,先大父向集里中宿儒为讲经之会,各挈子弟相从。我叔父复与先子同游于怡庭陈太史之门,因得接见前辈风流,备闻绪论,学问文章,具有原本。而居平尤酷嗜杜诗。自筮仕闽省,量移滇南,行笈相携,排纂笺注,未尝一日释手。甲辰,律计偕北上,适我叔父自楚内擢,需次京邸。律随侍双香书屋中,出此书,命校雠,业已裒然成帙。乃宣辙洤经,更番删订,越今驻节维扬之三载,始获论定,以付剞劂,盖积三十馀年之苦心。公退之暇日,有孳孳精勤笃好,至老不衰,神王养完,信足为大年之徵。而我叔父生平师友渊源,于此亦可略见一班矣。犹子从律谨识。

【版本】

清雍正六年(1728)范氏稼石堂刻本《杜诗直解》。

【作者简介】

景考祥(1698－1778),字履斋,江苏江都人,原籍河南汲县。康熙五十二年(1713)进士,历任翰林院编修、国史馆纂修官、文颖馆提调官,提督陕甘全省学政。雍正二年(1724),任巡台御史。五年,任日讲起居住官、翰林院侍讲,转任福建盐运使,兼署福建等处提刑按察使等,著有《台湾纪略》、《楚游草》、《遽村学韵偶存》。

李昌裔,号厉山,鄞县(今属宁波)人。著有《灵峰山志》三卷、《耕读堂姓氏联语》二卷。

范廷谋（1659—1728后），字周路，号省庵，四明（今浙江宁波）人。一生游宦，历官闽、滇、鄂、湘等地，雍正三年（1725），任台湾知府。生平事迹详《（民国）鄞县通志·仕绩传》。

范从律（1685—？），字希声，号西屏，鄞县（今属宁波）人。廷锷子。雍正十一年（1733）进士，改庶吉士，充南薰殿朱批上谕校阅官，外任山东商河知县，后以病告归。居家恶衣菲食，日以诗文自娱，年七十馀卒。工书法，楷书官阁体，规正秀雅，行书奔流粹逸，篆书工整遒劲。著有《茧屋诗草》六卷、《茧屋文存》二卷。

九九　何焯《义门读书记·杜工部集》

何焯《杜工部集序》

宋景濂为俞默翁《杜诗举隅序》，以为注杜者无虑数百家，大抵务穿凿者，谓一字皆有所出，泛引经史，巧为附会，揎酿而丛脞；骋新奇者，称其一饭不忘君，发为言词，无非忠君爱国之意，至于率尔咏怀之作，亦必迁就而为之说。说者虽多，不出于彼，则入于此，遂使子美之诗，不白于世。余谓此言，盖切中诸家之病。而明人注杜，则又多曲为迁就，以自发其怨怼君父之私，其为害盖又有甚焉者矣。景濂讥刘辰翁于杜诗轻加批抹，如醉翁瘖语，终不能了了，其视二者相去不远。元人皆崇信辰翁，莫有斥其非者，此实自景濂发之。而注杜者从未有一言及之，何耶？默翁名浙，字季渊，宋开庆己未进士。盖因生不逢辰，有所托而为之者。序言其各析章句，于体段之分明，脉络之联属，三致意焉。亦必有可观，惜余不及见也。

【版本】

何焯《义门读书记》卷五十一，光绪六年（1880）苕溪吴氏重修本。

【作者简介】

何焯（1661—1702），字屺瞻，号义门先生，晚号茶仙，长洲（今江苏苏州）人。康熙四十一年（1702）由直隶巡抚李光地举荐，召入南书房，明年赐举人，试礼部下第，复赐进士，改翰林院庶吉士，仍直南书房，命侍皇八子府，兼武英殿纂修。博学强识，通经史百家之学，又长于考订。其所居名赍砚斋，藏书数万卷，遇宋元旧椠，必手加雠校，参稽互证，名重吴中。有《义门读书记》。生平事迹见《清史稿·文苑传一》、沈彤《翰林院编修何先生焯行状》、方楘如《翰林院编修赠侍读学士义门何先生墓志铭》。

一〇〇　应时《李杜诗纬》

应时《李杜诗纬叙》

　　法孔子遗意,既取汉唐间诗集,删而定为正变风雅。苟学士大夫欲自治性情,以兴起风教,或亦有取于斯哉。然由汉迄唐,历千馀岁,作者恒得其性之所近。即或有好学深思、心知劝惩之故者,而志疏才尽,仍且与世为推移。君子读古唐诗,未尝不废书而叹也。昔者十五国风,杂采里巷歌谣,如结光之裘,积片羽而为之,惟《豳风》多周公之辞。夫周公,圣人也。圣人,性情之至者也。诗以道性情,是必圣人之言为归矣。故孔子删定风诗,终之以《豳风》。秦汉而下,圣人不生,则圣人之言不立,不得已而思其次。楚屈平著《离骚》,诚哀怨之宗,其辞祖《易》而艰,遂成一家言。苏、李及曹子建乐府、古诗源自《国风》,彬彬质有其文,然于先王化民成俗之意,皆未悉合,而又非治乱得失所关,君子有遗憾焉。晋处士陶潜诗如其人,后世隐逸者宗之。他如三谢、鲍、庾之徒,可谓尽神于声变,而有乖惩劝者实多。唐人渐革陈、隋之靡,因变而分定体裁,人各有所长,顾皆结光之片羽也。独李白、杜甫奋乎千百年以后,探极骚雅风人之旨趣,感发事故而吟咏性情,其于圣人之言,则具体而微矣。呜呼! 圣人不生,圣人之言不立,故不得已而思其次也。然李诗体本风骚,辞集三谢、鲍、庾之长,而每伤于诞。杜诗体本风雅,辞取汉魏六代之粹,而每伤于晦。况又时好愤激之失中耶! 子曰:斐然成章,不知所以裁之。世岂复有孔子哉? 然先型犹在矣。子曰:"文质彬彬,然后君子。"余于李杜诗,盖有取尔也,故删李诗分列四卷,而定以正变风;删杜诗分列七卷,而定以正变风雅。《诗》云:"思无邪",固劝惩之道也。第诵其诗,不知其人,可乎? 后之君子读是集者,论其世可矣。

　　康熙戊午岁孟秋朔日己亥慈溪应时泗源氏叙。

丁谷云《李杜诗纬辩疑叙》

太史公曰:《诗》三百篇,大抵圣贤发愤之所为作也,是故屈原放逐著《离骚》云。汉以来贤士大夫,有不得遇,恒托诸咏歌以见志,而唐李白、杜甫为尤焉。故夫二人诗,《三百篇》及楚骚而后不能有二,然于古人之范围,亦各有相因而至者。由是遡其原委,以深体夫二人,实有独造之心思,而善为通变。凡因事设理,为情造文,何使人有可悲而可喜,或可悟而可思也。乃读者不察,每以己见,横为取舍,俾作者以辞遣意,因变之大法湮没而勿彰。复有寒积俭之徒,惊博涉而谬尊之,不能有所折衷,可胜悼哉!呜呼!不去其疵,焉知其美?古人一日之志虑,不无敬怠,则所为辞,亦有利钝于其间。是非先生力学有年,心得旨趣所归,恶能删而定之?昔孔子删《诗》,或删其章,或删其句,岂有他道哉,揆诸情与理而已。倘删所当存,曷取信于天下后世?子曰:"疑思问",又曰:"明辨之"。云不惮反覆,始有以见其得事理之当然,极人情之必至。于是述所闻以附于后。至考夫厘定正变,有非复古、唐二集之进退是非者。所谓宽以视庸众人,而严以责君子。虽深悲其遇,终凛乎圣人劝惩之至意,以垂训戒,盖将正人性情渐引之大道也。夫庚发先圣之道,振起世风而又去拘迂之见,使大雅有所宗,岂不以其人哉!

康熙戊午孟秋既望,门人归安丁谷云龙友氏拜撰。

丁谷云《李杜诗纬凡例》

一、《诗纬》之书,先生继《三百篇》而删定者,所以辅圣人之经,扬雅化,正世风也。分古、唐、李杜三集,将藏诸名山,俟有大力者负之而趋。谷云心切救敝,亟劝寿诸梓,因乏剞劂资,先出兹集。其古、唐二集,将嗣出也。

一、风雅名义,与圣人所定者稍异。统论已入古集中,其绪论原委,则散入于诸定体之下。

一、圣人不分正变,暗次先后,以昭训戒。今兹《诗纬》,则严以考定,何也?因世风日下,如朝廷律设大法,尚多作奸犯科,乃欲高言刑措乎!

一、所定风雅之正变,专意主持风教,而每章下细批总评,只论作诗之法,所谓道并行而不悖矣。

一、篇分殿最,有三法:曰意、曰章、曰辞。三者俱美,上也;意、章兼美者为上次,辞章美者为中也,辞意美者为中次。三者一居其至,亦在集焉。凡五等,意致美者,题首加上圈。章法佳者,题首加中圈。辞气美者,题首加下圈。以辞累章、以章累辞、以辞章累意者,俱删之。

一、篇中段落,皆有分界,井然不淆,然后可考其转接呼应之法。

一、钟、谭圈点,剔镂字目,并尖巧之句,遂使学者务极雕斫,大雅云亡。兹集圈点,确尊雅道,似宽实严。有取辞、取意、取气之法,更或取转折神速,或取呼应紧峭。凡精警者加密圈,精彩者加密点,稳顺而秀者加读圈,平淡而雅者为读点。

一、细批总评,兼采先正,存其是而已。人之有技,若己有之,集人之长,可以见志。

一、李、杜诗注,解者汗牛充栋,先生不集而为说者,恐人逐解说诗,不能讽咏以得古人神趣也。

【版本】

南京图书馆藏清康熙十七年(1678)刻本《李杜诗纬》,索书号:800724。

【作者简介】

应时,字泗源,慈溪(今属浙江)人。生平事迹不详,著有《李杜诗纬》十一卷、《古诗纬》、《唐诗纬》。《(光绪)慈溪县志》无传,仅在《艺文三·国朝一》中对其著述有简要介绍,列名于沈谦之后。据其《李杜诗纬叙》署"康熙戊午岁(十七年,1678)孟秋",则其为康熙间人。

丁谷云,字龙友,归安(今浙江湖州)人。应时门人,生平事迹不详。

一〇一　卢生甫《杜诗说》

卢生甫《自序》

世传陶靖节读书不求甚解,以为美谈。陶公天资清粹,流览所过,已得其妙。而又性情高简,故不屑屑于字句之间。若后人则博学详说、慎思明辨,即甚解,犹恐其不解也,而可以不求乎?伊川程子言:"读诗之法,须点掇地念过去,古人之意,即已跃然言下。"然诗有如此而可以得者,亦有如此而未必得者。且程子之意,自为膠固支离者言,岂真以此概古今之诗,而即执此以教天下后世之说诗乎!余自幼喜读杜诗,分类钞集,时时吟咏,恍若与己之真性有触，若求其解，则在可解不可解之间。癸未春，卧疾京师，既少间，无可怡悦，取杜诗五言律，日论说一两篇，久之成帙，辄自悔向之不解不求也。欲遂论次七律，方沉埋帖括，未暇肆力。后九年辛卯，待选入京，复游于塞上，行箧中携有德清夫子进呈《唐人诗选》，于少陵《诸将》、《秋兴》诸什，亹亹千言，论辨不置。又取钱牧斋《初学集》及陈泽州《午亭集》参观，所说诸篇，则意见各出，彼此龃龉。因思此是则彼非，彼是则此非，又安知彼与此之各见其一，不皆有未至乎？且数公于此诸篇，说之不厌其详，辩之必致其极，即求甚解，犹与不甚解者同，是杜诗之最难者在此。破敌者，必攻其坚，欲续前此，论次五言之后，请自兹始。乃考之唐史，参之年谱，又细观诗中之脉络，沉潜反覆，然后了然于诸说之是非。少陵真面目，有千余年来至今未见者，余岂敢谓旷解神会、有异于昔人哉！惟一字不安，不肯弃置，必不敢稍有牵强支离，以苟存其说，不惮废寝食以求之。及乎思路绝而风云通，则必底于平康正直之途，始信此乃为少陵之诗，千载以上，如相面语，及观他什，遂迎刃而解。三阅月，七律已竣，再取前十年所阅五律观之，则面赤发汗，不可复存。乃再加参订，得仇少宰进呈《详注》，其引述颇多。又参前此诸家评说，取其精、去其疵，而酌之以己意，必不舍一字，不蓄一疑，不失其固有，不益以本无，以篇倍七言，至年余始毕。乃遂从事排律，其提挈段落，仇氏颇已分析，然犹有未善者。公自秦州以后，客居岑寂，寄慨深长，八句不足以展其灏瀚之才，古体又无以见其锻炼之妙，故常为十韵、百韵之篇。其法如大将之统偏裨，偏裨之统卒伍，步步为营，节节变换。元微之谓太白"未能窥其堂奥"，又自云"晚岁渐于诗律细"，皆指此也。甲午后，始读七古，则龙象之力，天日之表，摇五岳于毫端，掣鲸鱼于碧海，其起伏呼吸、出入变化、神往神来，皆有不知然而然之妙。吴论杜诗纵横尽变，必有一定之法以求之，是胶柱之瑟、刻舟之剑也。然笔之所至，则法自随之，盖从心所欲而不踰耳。五古最在后，以其多也。诠订未一卷，需次已及，遂筮仕定陶。初至时，军需购马，日无宁晷。岁余，簿书稍清，略有余暇，即毕力于斯，三年犹未及半。已亥，以计吏入京，调任海南，遂自济至吴，由吴入粤，冬春皆在舟航间，篷窗潇洒，江山相对，如有所助，遂晨夕不间。其初年仿于六朝，源于汉魏，迨后精神发越，慷慨激昂，淋漓尽致，则汉魏不足以拘之矣。陆时雍极叹赏之，而又深惜之，谓其"降为唐音"。李于麟亦谓"唐无古诗而有其古诗"，岂知诗以言志，不如此不足以泻其胸中之幽愤，而时有不同，原泉混混，其终不倒流屈注而为江海乎！道途之作，平平写去，情景已极，有呕心刻骨所不能到者，宜其推为绝构。至夔州以后，则朱子致讥,后人皆不喜读。细求之,错简讹字甚多,且有俗笔篡入者,虽诸体皆有,而五古后半为甚。盖成都以前之诗,皆通都大邑所流传,峡中地少文人,公又暮年潦倒,出峡后益甚,故诗云:"作诗呻吟内,墨淡字欹轻。"又曰:"我病书不成,成字读亦误。"夔州诗云:"小儿学问只《论语》",又云:"钞诗听小胥",当时传写,已失其真,数世之后,无人辨定。读杜诗者,已用力于前,犹苦不足,至此心尽气竭,遂从而置之,几使少陵蒙垢千载,余甚痛焉。乃反覆寻求,完璧者少,谬误者十之七,尽为抉摘釐正之,使条理灿然,始与前此无二。《八哀诗》、《课伐木》、《树鸡栅》等篇,皆黄钟大吕之音,几为所累,又何论其他哉!既抵临,犹未得竟,后奉调入闱,往返在道者,又几两月,并五、七绝乃得卒业。五绝为五律之馀波,七绝半古诗之截句,有上继阴、何,下开宋元者,而其伯仲青莲、右丞之什,亦不乏焉。自是以后,画诺既毕,则展卷细勘,有改易至三四者。迨两年馀,终未能慊惠。学宪仲孺谓:"杜诗在天地间,几与古经传等,欲酌定者,未可遽更,当仍存旧文,而另注于其下,以见传疑之意,且不失后生敬慎之心。"余谨受教,惜以试事匆遽,未尽商榷。海宁沈补庵先辈亦官琼郡,有所见闻,索观余所说,尽心请政。补庵于纷扰之馀,每举一篇,则凝神静气,读不妄下。其眼明,其心平,其虑清,一有往复,余即心折,辄为更定。自中年以后,良师益友如补庵者,岂可易得!以示他人,疾读一过,见其斐亹,遂从而可之。余何有邪?盖此非余说也,乃杜诗也。非余所撰也,乃述诗之志也。孟子曰:"故说诗者不以文害辞,不以辞害志,以意逆志,是为得之。"此千古说诗者之大法也,余岂敢遂以为然哉!忆其始事,以至于成,与之虚而委蛇者,已二十年于兹。而又得良友以正之,非必求甚解,亦庶几逆少陵之志而已。因诠次卷帙,颜曰"杜诗说",以俟他日付梓。生平心力,不忍湮没,且此理无穷,公之天下,后世又宁无起而益余者乎?余之望也,是为序。

清康熙壬寅冬日书于临高署中之芝阁。

【版本】

已佚。《平湖经籍志》注:"同邑孙氏雪映庐藏稿本未刊。"

【原文出处】

陆惟鎏《平湖经籍志》卷三,民国二十六年至三十年(1937—1941)陆惟鎏求是斋刻本,收入贾贵荣、杜泽逊辑《地方经籍志汇编》,北京图书馆出版社2008年,第656页。

【作者简介】

卢生甫,字仲山,平湖(今属浙江)人。四岁丧母,即解承志。康熙四十五年（1706）进士，授山东定陶知县。寻擢知州。五十九年摄广东临高县，戢奸剔弊，海岛风教为之肃清。再举卓异，内升刑部郎中，进解律例，称旨，出知贵州遵义府，有惠政。时值清丈，躬自履勘。岁馀以劳卒，年六十七。生平端谨清慎，家无储蓄，萧然若处士。著有《孝经注》、《左传八评》、《汉书评林》、《读律著疑》、《东湖乘》等。生平事迹见《（光绪）平湖县志·列传二》。

一〇二　屈复《杜工部诗评》

余重耀《题跋》

戊午（1918）五月，得抄评杜诗于豫章，为屈悔翁评本，向未见锓版，可珍也。惜原书破损，雨窗多暇，遂过录屈评于此帙，以便披览。诸暨余重耀铁山甫识。

【原文出处】

浙江省图书馆藏民国余重耀跋并录屈复批点《钱注杜诗》二十卷，清宣统三年时中书局石印本。

【作者简介】

余重耀，字元绍，号铁山，诸暨（今属浙江）人。光绪举人。入民国后，历任各大学教授，并纂修方志多种。著有《遹庐诗文稿》等，另存抄本《杜诗读本》二卷。

一〇三　龚缨《读杜志忘》

朱鸣《序》

是书折衷诸家，有因有创，有删有订。要以神气贯通，情景不隔，俨揖杜陵老人晤言一室，而快吐其胸臆之所注者然。盖先生心细如发，眼明于镜，故能印合千古，显微阐幽，不翅暗室一灯，直觉从前笺释，俱可尽废。

【版本】

已佚。

【原文出处】

徐世昌《大清畿辅书徵》卷三十三。

一〇四　黄之隽《钞杜诗》

黄之隽《杜诗钞题辞》

剪鸜鹆之舌而听其语也，冠沐猴之首而观其舞也，居然人也哉！而孰则遂人视之也。是故非其质而冒窃之者，识者笑之。杜子美之为诗也，学成四十之前，而晚出之以见于世。宦薄遭乱，困穷颠踬，天既逼迫其肺肠，幽奥曲折，以与鬼神通，轧而愈出。及夫流离楚蜀，播荡江山之间，又张大其眼耳，灵异诡怪，以动其魂气。两者并而发之为诗，于是乎集成而独有千古。人卧衽、齿肥、拥妻子，不杜其才与命，而空杜其貌与声，噫嘻！酒魄之索求兮，言之鸠兮，行而不失其猴兮。岁壬申夏，予钞杜诗，帙成矣，有见于杜之天，念学杜者之非，不居然杜哉，而孰则遂杜视之也。

【版本】

已佚。

【原文出处】

黄之隽《唐堂集》卷二十三，《四库全书存目丛书》集部第271册，齐鲁书社1997年，第443页。

【作者简介】

黄之隽（1668—1748），初名兆森，字若木、石牧，号唐堂，晚号石翁、老牧。华亭（今上海松江）人，原籍安徽休宁。康熙四十九年（1710），以同里范缵荐，到北京馆浙江陈元龙（乾斋）家。次年，随陈元龙幕游桂林。五十七年，自桂林还里，构唐堂，继而又以陈元龙召，至北京。康熙六十年进士，改翰林院庶吉士。雍正元年（1723），授编修，充日讲起居注官，奉命提督福建学政，旋迁中允。乾隆元年（1736），荐举博学鸿词，不就，罢归。著有《唐堂集》五十卷、《补遗》二卷、《续集》八卷、《冬录》一卷、《唐堂词》二卷、《补遗》一卷，又有《香屑集》十八卷、《左氏二传参同》十五卷、《唐堂外集》。生平事迹见《清史列传·文苑传二》、《国朝耆献类徵》卷一二五、《国朝诗人徵略》卷二二等。

一〇五　李芳华《杜诗选注》

李文炤《杜诗选注序》

　　诗歌之作，所以道性情之真，自《三百篇》后，惟屈骚杜韵，独压千古。岂仅以才力之过人也哉？亦其性情足以永之耳。然作者既往，识者实艰。《楚辞》惟晦翁之注，推见至隐。然《九歌》、二《招》，后世尚有遗议，又况诸家之龌龊者乎！若杜集，则百喙争鸣，任情臆度，甚至以其浅狭之衷，挽古人而从之。使其忠孝之至情，反为怨怼之横议；远大之谋猷，反为讥讪之邪说。是则非以解之，实以诬之耳！吾弟实庵，有感于此，因会萃诸家之说，而断以己意，为注一编。且又古风、近律，分为二袠，腴词绮语，悉从删削。惟有关于人伦物理、国政民风者，则取之，不啻如陶渊明之自选其诗焉。至其疏释之所及，则考事核而详，辨疑精而当，真有合乎己溺己饥之隐衷，而杜诗之真面目始出矣。嗟夫！古今三不朽之业，皆恃浩然之气以充之。彼子美同时以诗鸣者，岂曰乏人？然天子仅感怆于凝碧池头之管弦，神仙亦屈服于楼船水军之威武，岂若麻鞋见主、青蒲极谏者之忠赤也哉！世儒多以其尊《文选》、轻《论语》为昧于经术，倚双峰、求七祖为惑于异端。当道废学绝之世，而以是责之，亦近于苛矣。实庵所以并其诗而没之，盖所以曲全之也。吾告天下之同志者，苟能取汉、魏、晋、唐、宋、明之诗，而皆仿其例以采择而发明之，则穷理之学出其中，论世之学出其中，孰谓删后之果无诗哉！

【版本】

已佚。

【原文出处】

李文炤《恒斋文集》卷一，《清代诗文集汇编》第227册，第423—424页。

【作者简介】

李文炤（1672—1735），字元朗，号恒斋，湖南善化（今长沙）人。康熙五十二年（1713）举人。授谷城教谕，未赴任。从此潜心程朱之学，康熙五十六年任岳麓书院山长，与同邑熊超、宁乡张鸣珂、邵阳车无咎、王元复等友善，相与切磋问难，湖湘理学兴盛一时，卒祀乡贤祠。著述宏富，有《学庸讲义》、《周礼集传》、《家礼拾遗》、《春秋集传》、《恒斋文集》、《道德经释》等。

一〇六　沈德潜《杜诗偶评》

沈德潜《杜诗偶评序》

　　杜诗无可选，亦不藉评，取杜诗而选之、而评之，凡以考一己所得之浅深，而亦为学诗者道以从入之方也。窃见往时读杜诸家，贪多者矜奥博，事必泛引，语必捃摭，甚或伪造典故，以实其说；而一二钩奇喜新之士，意主穿凿，辞务支离，即寻常景物，亦必牵涉讽刺、附会忠孝，而诗人之天趣亡焉。又其甚者，强题就法，刻舟求剑，一绳以后代制义之律，而少陵之穷三才、母万象者，遂变为兔园村夫子矣。嗟夫！学诗者，前望古人，方无所凭藉，忽得诸家之说以横踞于其中，不有日读杜诗而去杜日远者耶？黄鲁直云："予于杜诗，欲随欣然会意处笺以数语。"元裕之云："读杜诗当如九方皋相马，得天机于灭没存亡之间。"此真得杜之神解者也。予少喜杜诗，而未能即通其义，尝虚心顺理，密咏恬吟以求之，不遑泛滥，不蹈凿空，尤不敢束缚驰骤。惟于情境偶会傍通证入处，随手笺释，日月既久，渐次贯穿。即未必果有得于鲁直、裕之语，如与少陵揖让晤言于千载之上，然舛陋躏驳之弊，差解免焉。以此自检，前之所窒，后或渐通，而吾党之士之问途者，或不至航断港绝潢，以望至于大海也矣。全集一千四百馀篇，今录三百馀篇，皆聚精会神、可续风雅者。学者深潜而熟复之，以次遍览全集，虽颓然自放之作，皆成大家。知杜诗本无可选，并不藉评，则此本为得鱼得兔之筌蹄可也。同邑潘子森千，予忘年友也，素嗜杜，与予同癖，任剞劂之资，并为发凡起例，不欲使此本之湮没也，因牵连及之。若夫"诗史"之称、"诗圣"之目、"一饭不忘君心"事，前人论之已详，不复称述云。

　　乾隆丁卯秋八月长洲沈德潜题于京师之澄怀园。

潘承松《杜诗偶评凡例》

　　杜诗包含广大，随人自领。李九我取"一径野花落，孤村春水生"及"渚蒲随地有，村径逐门成"等语，以王、孟律杜；陈绎曾取"子规夜啼山竹裂，王母昼下云旗翻"等语,以李长吉律杜。近日诗家专称"重碧拈春酒,轻红擘荔支"、"竞将明媚色,偷眼艳阳天"、"楚江巫峡半云雨,清簟疏帘看弈棋"等语,又引入温飞卿一路去也。归愚先生不专一体,取其与风雅骚人相表里者,独得少陵性情面目。

读杜诗者,取其格之高、辞之典、气之昌、铺陈排比之伦叙,而作诗之旨莫窥,犹未尝读也。欲知人论世,当于许身稷契,致君尧舜,念松柏于邙山,哭故交于旅榇,与夫怅弟妹之流离,怀妻孥之阻绝,一切兴观群怨、事父事君之处求之,先生所选所评,总之不失此意。

夔州以后诗,黄鲁直盛称,朱子比之扫残毫颖,谓众人见鲁直说好也说好,直是矮人看场。盖其生硬颓秃处,不碍其为大家。然不善学者,专于此中求杜,恐夫杜诗之真也。选中五言古体,夔州以后,所收从略。

七言近体,夔州后尤工,如《秋兴》、《诸将》、《咏怀古迹》等篇,所云"老去渐于诗律细"也,此又不可一例。

五言长律,起于六韵,后渐次恢扩,至少陵而滔滔百韵矣。然句意不无重复,兼有重韵,虽少陵之才大如海,不能成连城璧也。选中所收,皆二十韵以下者。

绝句以龙标、供奉为绝调。少陵以古体行之,倔强直戆,不受束缚,固是独出一头,然含意未申之旨,渐以失矣。先生特取远神远韵数章。

诗贵不著圈点,不加评释,然学诗者得之,正如疏通骨节,洗刷眉目,可从此悟入也。本中圈点,专取其精神团结处,评释专标其段落分明、用意微远及与史书印证处,若句栉字比,有钱蒙叟、朱愚庵、张迩可、仇沧柱诸公本在。

杜诗辞句,多两见者,全集每并存于注,一作某字,一作某字,兹从各本参考,择其善者从之,不必歧学者心目也。

字有一字几音者,恐混,读者多习焉不觉,兹随四声圈出,使读者一览了然。

字有向来误书及混书者,如"烂漫"之误"烂熳",案"烂漫",见王文考《鲁灵光殿赋》。"熳"字遍考《说文·玉篇》等书,无此字也。"剿绝"之"剿"从"刀","勦说"之"勦"同"钞",从"力",近人不复辨别矣。类此者甚多,已经一一校正。

去取评点,皆先生斟酌,兹特就平日与闻议论处申言之,惟校定字音及订正向时谬讹之字,承松于此少相助焉。

长洲潘承松森千氏识。

【版本】

清乾隆十二年(1747)潘承松赋闲草堂初刻本《杜诗偶评》。

【作者简介】

沈德潜(1673—1769),字确士,号归愚,长洲(今江苏苏州)人。乾隆元年(1736)举博学宏词,试未入选。四年始成进士,时已六十七岁,乾隆皇帝以"江南老名士"称之,授编修,迁内阁学士,擢礼部侍郎,后以老告归。乾隆皇帝南巡,加尚书衔。还乡后,曾在苏州紫阳书院主讲,以诗文启迪后世,颇获声誉。三十四年卒,谥文悫,赠太子太师。四十三年,因受文字狱牵连,被剖棺戮尸。著有《杜诗偶评》四卷、《竹啸轩诗钞》、《归愚诗文钞》、《古诗源》、《西湖志纂》、《说诗晬语》等。生平事迹见《清史稿·列传九二》、钱陈群《赠太子太师大宗伯沈文悫公德潜神道碑》以及《自订年谱》。

潘承松,字森千,长洲人,室号赋闲草堂。

一○七　五色批本《杜诗偶评》

恽宝惠《题记》

共和壬申,予既离官海,悠然物外,端居多暇,遂取《杜诗偶评》过录数家评点,间附己意,未尝示人。乃物聚所好,所见之本渐多,眉端行间,丹黄殆遍。去岁钱冲父世丈过予,得睹是本,叹为致力弥勤,不意恆饤之学,乃见赏于大雅。携去照录,一字不遗。冲丈长予十龄,老而嗜学若此,首尾罔懈,尤徵精力弥满。丈家世清华,早岁蜚声郎署,晚乃旅食旧京,儒冠误身,与少陵得毋同喟!惟予学愧谫陋,此过录评本更不足观,而丈以敝帚为珍,益滋惭汗耳。辛巳初冬,讷叟恽宝惠题记于钱丈迻录之本,时雪窗初霁,真所谓冷淡生涯也。

恽宝惠《题识》

此余三十年前在厂肆买得本也。以其简约易读,少陵佳什亦什九在是,舟车讽诵,爱不去手。嗣得贵池刘氏景宋本《编年诗史》,于题注颇多发明,今春多暇,遂录眉方,以备参考。又以朱笔过录湘乡曾氏《诗钞》本评点,蓝笔过录桐城吴氏评点。曾氏所谓钱笺或注者,钱牧斋谦益也。吴氏所谓张云者,张廉卿裕钊也。先君子于杜律用功最深,常告不肖以方虚谷《瀛奎律髓》本,纪氏批点,极得诗法,遂以蓝彩笔过录,所谓纪曰者,纪晓岚昀也……上元梅氏伯言选录杜诗五七古,皆至精之作,遂亦以彩笔过录圈点。又五言排律,唐贤首推少陵,此编所选,悉其菁华。偶见《唐宋诗醇》本各家评语,可供摘抄,爰更以采笔过录评点……予所录评释,间有鄙见,所未安者,辄加按语,嗣有新解,再当补书。壬申初秋宛平恽宝惠识,时年四十有八。

又按,梅氏七古圈点,悉照惜抱先生原墨。乙亥夏注。

丙子秋,又得《圣叹外书》,于其题下批语,再为照录。

恽宝惠《跋》

按,归愚先生于杜诗用功最深,其《唐诗别裁集》初辑于康熙丁酉,重订于乾隆癸未,相去四十馀年,凡所评注,已可视为晚年定论。此集《偶评》,则成书于乾隆丁卯,尚在《别裁》重订以前。学问本无止境,深研盖有会心,少陵亦谓"老去渐于诗律细"也。今检《别裁》评注,有为斯集所未及者,自以从后说为是,爰为补录,或免遗漏之讥云尔。公孚又识。辛巳九月初三日酉初录毕。

【版本】

复旦大学图书馆藏清怀德堂覆刻乾隆十二年(1747)潘承松刊本《杜诗偶评》。

【作者简介】

恽宝惠(1885—1979),字恭(公)孚,直隶大兴人,祖籍常州。恽毓鼎长子,光绪十五年(1889)进士,清末授陆军部主事,官至禁卫军秘书处长。北洋政府时任国务院秘书长,民国时任蒙藏院副总裁,伪满政府时曾任内务府部长,后任职于北京故宫博物院。解放后任全国政协文史馆员、东北文史研究所研究员、人民大学清史研究所特约研究员。著有《清末宫廷贵族之生活》、《筼心馆札记》等。

一〇八　佚名批点《杜诗偶评》

涂琛《题识》

陈眉公诗云："兔脱如飞神鹘见,珠藏海底老龙知。少年莫漫轻吟咏,五十方能读杜诗。"以徵君之才学,犹自尔无人,顾轻议之□□。张船山太史每教人作诗,辄曰:"且去读杜诗。"杜诗选本多矣,此最赅备,涂琛谨识。

【版本】
复旦大学图书馆藏清佚名批点《杜诗偶评》,清乾隆十二年(1747)赋闲草堂潘刻本。

【作者简介】
涂琛,生平事迹不详。

一〇九　陈光绪《杜文贞诗集》

陈光绪《叙》

诗莫盛于唐,唐莫粹于杜。从来知杜者不一家,元微之谓:诗人以来,未有如子美,即李白尚不能窥其藩翰。韩退之谓:屈指诗人,工部全美。嗣后王介甫选四家,独取冠篇。秦少游则推为孔子大成,郑尚明则推为周公制作。他若黄鲁直、王元美等又有诗中史、诗中经、诗中圣、诗中神之论。是杜之陵古轹今,超前绝后,业有定评,岂容予赘？第以选家注杜,不事精详,又无分类,致使五言与七言错杂,古体与今体参差,亦选家一大憾事也。予方攻举子业,然生平最喜吟咏,而心契于杜,雒诵论文之暇,取素所读者八百九十九首,不惜心力,分类选注,诸体无复相混,眉目为之一清。其所注者,务求详悉,尤所精当。积日成月,积月成岁,至今秋而缮写始就。时方重阳采黄菊之新英,酌荣萸之美醴,潦倒东篱,飞觞引满,陶然自得。适友人在座,披览是集,不禁谬相奖赏,拍案叫绝,予因捧腹大噱。自分不能有功少陵,亦以晨夕点勘,寔获我心,聊藏箧衍,用自揣摩,并示儿曹已耳。若云传世,则吾岂敢！是为序。

雍正二年阏逢阉茂月重九日,存道子陈光绪尔宾题于用拙居书舍。

陈光绪《用拙居主人注杜凡例》

杜文贞公品高诗亦高,全集旧载一千四百五十七首,触目琳琅,难为去取,兹本所登,只取惬心者录之而已。

少陵诗选,诸体错综,不便初学,惟有明广平太守张潜选本,五七言、古今体各有分类,兹特按其所分,编以目录,间有错者,必为订正。仍于本首之末,直书其误,以明不敢传讹。

仇氏《详注》,颇为洞彻,此集抄入甚夥。然少陵诗,旨微义奥,尚有注不尽注者。他选如朱鹤龄《注》、徐而庵《说》、《删定唐诗解》、《书巢杜律注》、《山满楼笺注唐七律》、《杜诗会粹》、卢元昌《杜阐》、吴见思《论文》,皆有妙解,多为采补。

段落分明,莫如仇注。其一二未妥处,悉参他本,谬为更定。

杜诗长编,有难顺解处。予采诸刻,择其妥者,一一抄入。

诗语一览了然者,不用细疏;其未明者,句解字释,宁详无略,阐之又阐,不嫌重叠焉。

凡采《详注》、《杜阐》等,各标以名,或节录片语,及数说集成,则书杂采。内有参己意者,必标出拙居主人名目,以示不混。

句解以妥适为主,所引《详注》及《杜阐》等不无增删,苟有斟酌,必加一"参"字,如参《详注》、参《杜阐》之类。

说悖乎理,一概不录,即录亦必书"不必从"三字,以断其非。或义有可通,则并载之。予意所右,于"存参"二字加一圈;予意所左,于"存参"二字加一点。不择之中,寓有释之之意。

诗中典故,虽经重用,亦必逐首注释,不书见上某帙,以烦翻阅。惟习见烂熟及前再三注者,不妨省文。

是集之选,有三等:熟读者,题上用圈,读者用点,存读者不用圈点,示有别也。

每见诸家选杜,诗必依年编次,彼此互异,聚讼纷纭,莫定是否。兹集随意抄录,不循故步。

公善于诗,兼长于赋。阅《三大礼》、《封西岳》及《天狗》、《鵰赋》,篇篇可诵。参少游所云"无韵之文不可读"者,不过如《伐木》诗序之类,非概言也。

右计一十三则。

【版本】

成都杜甫草堂博物馆藏清雍正二年(1724)手抄本《杜文贞诗集》。

【作者简介】

陈光绪,字尔宾,号存道子、用拙居主人。《福建通志·职官八》称其为福建光泽人,举人,曾任古田县教谕。《福建通志·选举九》又载其为福建邵武府人,康熙五十九年(1720)举人。光泽为邵武府属县,故实为同一人。著有《杜文贞诗集》十五卷。

一一〇　吴庄《杜诗读本》

吴庄《杜诗读本跋》

余年十九,犹未学诗。康熙戊寅春,与金子超陈、李子襄七、蔡子魏公,集于张氏之孝友堂。客有传女郎梅花诗者,诸子劈笺争和,余从壁上观,心艳之,而愧不能,因激发于超陈、魏公之言而强学焉。时与节庵季父读剑南诗,间以所作因魏公而就正于其尊人茾山先生。先生云:"汝宋矣,如薄何?宜亟问律于浣花。"归而取少陵古诗读之,殊不领其旨趣,旋弃去。久之,见先生而语其故,先生云:"强读之,强解之,当自有得,浅尝无益也。"于是遂以杜诗为日课,每夕手抄二三首读之。始求其意旨,继寻其段落,辨其比兴赋,识其波澜;再研其用笔运古、炼句炼字之法,漫加钩画圈点,亦未知其是与非也。辛卯秋,贻白汪师偶论顾先辈,或曰:寇至四作,陶先辈天下有道四作,拈取题中一字,即可成一篇议论,恍然有会。于《石壕吏》、《新安吏》、《垂老别》、《新婚别》等篇,一样道理。由此类推,《北征》、《咏怀》、《八哀》、《七歌》诸什,与《史记》、唐宋八大家之文,起伏照应、断续疏密之法,俯仰揖让之态,无不尽合。因以一得之见,合古诗、近体,选三百八十馀首,妄加批评,藏之筐箧,每以自随,乃竟为友人攫去,心常怏怏。嗣以家累,奔走于衣食,更无馀暇,再为抄录。适锦里先生惠真西山《文章正宗》一部,内有古诗歌四卷,而少陵为多。因更增选五十馀篇,复加评阅,并泛滥于诸家。非敢曰论诗也,特以数年来心力所存,不忍等之烟消云灭耳。所惜者,读杜之说,始受教于茾山先生,继发覆于锦里先生,今两先生皆赴召玉楼,而余之一知半解,不得亲质其是非,以信今而传后,抚卷能无慨乎!追忆囊畴学诗之所自,与得力之所由固,悉加以勉强之功,而非偶然者也。此中甘苦,正如饮水,冷暖自知耳。后之手是册者,慎勿竟以残书目之。壬辰冬日,书于依绿园之斗室。

【版本】

已佚。

【原文出处】

吴庄《豹留集》,《四库未收书辑刊》第八辑第28册,北京出版社2000年,第629—630页。

【作者简介】

吴庄(1679—1750),原名定璋,字友篁,号半园,东山吴巷(今属苏州)人。著有《七十二峰足徵集》一〇四卷、《半园诗文稿》九卷、《二十五弦集》、《洗心集》、《端居草》、《聊寄集》、《太湖剩言》、《外园外集》、《太湖诗话》、《豹留集》、《问津集》、《停波草》、《随离草》等。

一一一　吴冯栻《青城说杜》

吴冯栻《自序》

说者何?取其详也。杜陵为诗家鼻祖,有目皆能知其妙,何用说为?然吾见人所自以为知者,皆知其所知,非吾所谓知也。夫李、杜齐名旧矣,但李由天分,杜尽人工,亦犹元晦之于子静。故公有句云:"晚岁渐于诗律细",此其自评确语。惟细则沉,沉则静,静则深,深则坚,坚则老,老则精,精则微,微则远,远则不可方物,窅渺离奇,浑灏流□□□□□所□□且□八叶疏辣□□□□□□□□□□□□□□过如置身子美之旁,而□□□□吮□□镵酷刻之状,摆脱振荡,俯仰自如之致,则意与俱迟久之,然亦止可自怡悦而已,未敢以示人,亦不欲以示人也。吾知吾之所知,而又恐久或自忘其所知,故笔之于编,且不厌其详,如此,若世人而谓我能知杜者,则我亦终于不知而已矣。

【版本】

中国社科院文学所藏清康熙间宝荆堂刻本之抄本《青城说杜》。

【作者简介】

吴冯栻,号青城,晋陵薛墅巷(今江苏常州)人。康熙五十年(1711)举人,六十年进士,榜名吴栻,授检讨。六十一年正月,康熙帝在畅春园举行"千叟宴",吴冯栻受邀与宴,并即席赋《千叟宴》诗。著有《青城诗钞》四卷、《青城说杜》。生平事迹见金武祥《粟香三笔》卷二。

一一二　查弘道、金集《赵虞选注杜律》

金集《刻虞赵二注序》

　　元诗称虞道园、杨仲华、范德机、揭傒斯四君子,而道园为最,如"凤咮浮烟金错落,鹅群随水白琶琶"之句,深得玉溪生遗意,玉溪盖学杜者也。仲华尝谓虞公不能作诗,虞遂励志风雅,于少陵篇什,尤精研其义,所选注《七言杜律》,海内珍为拱璧。后作诗示杨,杨不觉折服。虞公自负己诗如汉廷老吏,于杨则曰百战健儿,于范则曰唐临晋帖,于揭则曰三日新妇,时论以为然。往年得吴汇庵所镌《虞注杜律》,爱其简洁,取原本评定,因其分类;次得亦山查子之《赵注五律》,是为完璧。赵讳汸,字子常,号东山,为明初大儒,太祖常过其家。尝阅庐陵序中误刻赵子常为赵子昂,刻者未识东山故也。丁酉冬,亦山过罗溪,与余论杜,有针芥之合,因各出手批赵、虞《选注》,相为较雠。历岁既久,敢质同好,是所望于世之诵法少陵者,恕其疏略焉。后学金集凤坡识。

查弘道《重刻赵子常杜五言诗序》

　　杜五言律,吾邑赵东山先生之所选注也。先生励志求道,不事闻达,杜门著述。初授《六经疑义》于九江黄楚望先生,又得先天易理于夏大之、黄文献二公,最后谒虞道园先生于临川,具辨朱、陆二子异同之旨,道园大为赞叹。当明太祖初起,尝统兵过其家。及高皇帝即位,屡被徵辟,皆以疾辞。洪武二年,召修《元史》,乃如京师,事竣,辞不受职,偕浙东陈基二人放归田里,几与严陵钓叟并峙。所著有《春秋属辞》、《春秋集传》十五卷、《左氏传补注》十卷、《师说》三卷、《序卦图说》、《乾坤屯三卦别解》行于世。为诗虽祖彭泽、襄阳,而原归于少陵。先生以道自任,诗文特其馀事。所选注《五言杜律》,家乘不载,仅一见于鲍志定本序文。盖先生尝有《送鲍翰林尚纲官陕右序》,相知最深。先生殁,鲍公得其《选注》,镌于藏书楼,久而坊间舛错漫漶,无善本。壬辰秋,余自粤西苍梧归,下榻于罗溪书屋,暇与金子凤坡取赵注五言暨道园先生所注七言诗,订其残阙,正其亥豕,间各出己意增补,共成六卷,爰付剞劂,以就正于海内大雅君子,俾有所择焉。同里后学查弘道书云编。

【版本】

清嘉庆十四年(1809)澄江水心堂刻本《赵虞选注杜律》。

【作者简介】

查弘道,字书云,号亦山,休宁(今属安徽)人。康熙时邑庠岁贡,著有《东山诗钞》,与金集补《赵虞选注杜律》六卷。

金集,字凤坡,号梧冈,桐乡(今属浙江)人。康熙时人,不详仕履,与查弘道补《赵虞选注杜律》六卷。另著有《梧冈馀稿》,分为《初学吟》、《川上吟》、《练江吟》、《海东吟》四集。生平事迹见《(光绪)桐乡县志·艺文志》。另据汪启淑《撷芳集》卷三十六:"汪嘉淑,字德容,安徽休宁县人,适桐乡明经金集,著有《剪灯吟》。"《国朝炼音初集小传》:"汪嘉淑,字德容,海阳名家女,适桐乡金明经集,从夫侨寓罗溪,著有《剪灯吟》。"则金集曾为明经,即贡生。

一一三　汪后来、吴思九《杜诗矩》

吴恒孚《杜诗矩笺注序》

诗之可以垂范后学者,首推杜少陵。盖其情趣深厚,格律森严,特匪浅学所能窥其妙。余与友人鹿冈汪君素有杜癖,残膏胜馥,沾丐良多。今欲公其好,广其传,爰扫闲轩,将杜诗互相考订,逐字讨出来历,每篇标出指归,笺释注解,双管并下,阅者了然,洵后学之津梁也夫。南海吴思九握文甫撰。

【版本】

广东省图书馆藏清刊本《杜诗矩》四卷。

【作者简介】

吴恒孚(1715—1786),字握文,号思九、玉堂,广东南海人。贡生,议叙通判。以其孙吴荣光赠通议大夫、浙江按察使、通奉大夫、福建布政使。工诗,因宅院掘得宝玉,特建拜璧堂贮玉,并吟咏其中,又以玉堂为号。著有

《拜壑堂诗钞》五卷、《玉耕堂诗稿》。

一一四　王霖《弇山集杜诗钞》

余峥《弇山集杜序》

　　先生既富于诗,计前后游处所作,不下数十种矣。闲又裒其集杜诸咏,得诗若干篇。此盖先生偶为之,乃积而渐多若是。其体集也,其旨则不异于作也。余向尝论书,观萧梁、李唐人所集晋右军书,若《千文》《圣教》等,采掇联缀,非不工巧,而终伤其气。古人笔完字结,固不失铢分,而意之所行,行间自成章法,渴泽疾徐,初无定见,然变化不诡,连属有度,故终卷之中,虽纷披错综,工拙不侔,而志趣洒然,皆可绎其绪馀、发人神智也。集书则不复有此矣。以此例之,集句亦然。屈古以就今则失古,饰今以就古则失今。是以集句偶有之,不为古今人所贵。乃兹读先生集杜,则不当复以集句观也。其寄托酬赠,随境即事,率以己意行之,而即有成言赴之,离合只偶之间,殚奇极变,而端委自然,忘其所出。谓先生取之浣花可也,谓浣花取之先生亦可也。譬之树艺梅杏桃棣,本皆美质,经移接而生意愈繁,岂有如向所谓巧而伤气者乎?是宜传也。自昔集唐,惟王半山称佳妙。专集少陵者,文衡山号为深稳,可备诗家一体。盖半山得之退休馀暇以研其精,而衡山之蕴藉亦足以尽其长也。先生泊于世味,荣利不入于心,多事外远致,故于诗不求工而自工。其于古也,亦食焉而自化。忆在山阴时,方岁底大雪灭径,余偶从林下望见有自山后踰岭披雾穿霭跋蹋而来,久之,渐闻吟啸声,则先生也。乃相与大笑,既而其弟清晖亦至,烧烛达曙,迭有唱和。其晨夕风雨,率如此。今几年耳,则发种种而尘冥冥,先生犹昔也,而余茫如矣。于其南还也,序所集以见意。乾隆丁巳首夏,同学小弟余峥书于金台旅舍。

【原文出处】

王霖《弇山诗钞》卷末之上,《清代诗文集汇编》第245册,第303页。

【作者简介】

余峥,字元平,号高妙,浙江山阴(今绍兴)人。乾隆丙辰举博学鸿词。著有《清风草堂诗集》六卷。

厉鹗《王雨枫集杜诗序》

东坡谓学杜者谁得其皮骨,集杜而无精神,弊亦如之。集杜古句,驱使贯穿,犹可以奔放致力。至五律则对属欲精,章程欲变,又须有灏气流衍其中,必具少陵之诗律与少陵之情境而后为之,乃如自运。俗士思以百家衣体挦撦少陵而有之,读赵东山评注有不汗下者乎？山阴王君雨枫集杜五律诗,多至三百馀首。雨枫才气豪健,弱冠即举乡试,用经冠其曹。屡上礼部,见摈于有司,马烦车殆,几同少陵残杯冷炙之恨。年逾五十,始以词学被荐,论者谓与少陵献《三大礼赋》试集贤院何异？乃少陵遂因献赋得官,其《赠集贤崔国辅于休烈二学士》也有曰："谬称三赋在,难述二公恩。"感激知己,不忘衡鉴之重如此！雨枫摅文散藻,有声摩空,不幸斥落,且遘微累,如孟归唐故事。其别举主也,则曰："谬称三赋在,刻画竟谁传？"其自伤生理也,则曰："新诗句句好,莫使众人传。"嗟乎！士只为其可传者耳。使少陵即不献赋得官,其诗岂有能没之者哉！而雨枫终有不释然者,诚悼时之已迈,而惜命之多穷也。少陵流转饥困,在救房琯被谪以后,虽暂称遭遇,终归不偶。雨枫生盛际,沦弃而归,有秦望、会稽之山可游眺,有镜中之田可耕,优游闾巷,歌咏太平,其乐固未可量,然则人生之幸不幸亦复何常,而《集杜》一编讵足以尽雨枫耶？若其对属之精、章程之变,即有如少陵之"晚节渐于诗律细"者,识者具见之,不复多赘云。乾隆戊午中秋前二日,钱唐同学弟厉鹗。

【原文出处】

王霖《弇山诗钞》卷末之上,《清代诗文集汇编》第 245 册,第 303—304 页。又见厉鹗《樊榭山房文集》卷二,《四部备要》第 87 册,中华书局 1989 年版,第 224—225 页。

【作者简介】

厉鹗(1692—1752),字太鸿,又字雄飞,号樊榭、南湖花隐,浙江钱塘(今杭州)人。康熙五十九年(1720)中举,其后十年,两赴京闱不第。乾隆元年(1736)被荐博学鸿词试,又报罢。设馆授徒以养母,一生穷厄,以诗词主盟坛坫,为清代浙派词人的代表人物,著有《樊榭山房集》。

丁鹤《弇山集杜序》

《诗》三百篇,圣人汇十五国之风而删正之。自《关雎》以至《殷武》,其间朝庙之乐章、里巷之歌谣,靡不厘然毕举。虽正变不同,而音响节奏,如出一手,不啻圣人之集之也。迨一变而骚,再变而河梁、邺下,三变而西昆、香奁,体裁别而风雅渐微矣。自少陵出,而光焰万丈,凌跨百代,集《诗》之大成,其于四始六义、颂扬风刺,无不备焉。使圣人作而采诗,则少陵升堂入室矣。故凡学诗者,无不以少陵为俎豆,然而得皮得骨者寥寥无几,矧得其髓者乎!吾友弇山先生工吟咏,自幼寝食于少陵,苦心孤诣,句必惊人,偶于馀暇集杜律五言一编,多至三百有奇是作序时之数,旧识,合于圣人删诗之数,音响节奏,一如少陵所自出,不须机杼,而自成无缝天衣。是不惟得皮得骨,而并得其髓也。曩者卜居柳桥之东,余时时过从,聆其吟声,仿佛万里桥西、百花潭北也。今者一官需次,偶寓都亭,复同樽酒,出诗示余,而属余为序。余取而卒读之,语言性情宛然与少陵无二,觉浣花瓣香,真在于君矣。昔君家谑庵以陶诗作律,而曰:"律者,陶公之所攒眉也,若见此律,则当眉开十丈,笑谓是子也善盗。"少陵自谓"晚节渐于诗律细",则其用心也独至,而快意也良多。使见是编,亦必色飞眉舞,叹息绝倒,谓"子何善盗之甚也!"谑庵《律陶》流传海内,脍炙人口;先生《集杜》,敲金戛石,韵谐宫徵,可弦可歌,当并传不朽矣。乾隆己未中秋前三日,同学弟丁鹤拜撰。

【原文出处】

王霖《弇山诗钞》卷末之上,《清代诗文集汇编》第245册,第304页。

【作者简介】

丁鹤,字素生,湖南湘潭人。著有《安园诗集》五卷、《竹林草堂诗》四卷、《卧绿荫室诗钞》二卷、《二西书屋诗存》一卷、《浣花堂集》、《素森后集》一卷、《素森诗稿》等。

胡浚《王弇山集杜诗序》

泥阳石碣传长虞,奥缀七经;阙下朱门石曼卿,畅裁四韵。云帆枫树,巧妃水国莲花;司马青衫,妙匹梨园白发。结邻劲敌,续铜仙辞汉之歌;博望孤征,趁木客迁家之咏。梅花源里,雪皑三唐;杨柳词中,水泓九辨。莫不点苏窜李,创百衲以名家;攘谢挐陶,杂五纹而号俎。至若法崇取上,独采羌村;语必惊人,惟耽夔府。则泪洳土室,文山述变事于黄冠;晚色空墙,嘉州怀故人于白马。阴房青火,险敌缒山;茅屋苍苔,幻喻叱石。然而纳瓢未满,濡壁无多。逊秘府之千篇,乏郑抄之廿卷。则寸丝制锦,宁夸朱绿成玑?独臂蒙轮,讵胜风云寄握?乃有南邻老友,西阁鸿才,役赤岬以呼丁,抽白盐而作雪。草堂石烂,十门聚何代之成笺?砥室花深,三峡集斯人之古句。鹿潭伐药,喻借海棕;鳗井看云,灵驱石笋。金桃野寺,或仍绕阁寻僧;翠竹江村,不定秋航送客。嗒焉自丧,兀痒背其重爬;率尔皆圆,绰私心其先写。乃至醉拈鹦鹉,丽赋蓬莱。邮亭寄落月之思,仙谷状阴崖之景。游丝吹雪,鸟爪皆珠;点漆调水,鱼鳞俱玉。壁剪淞而取水,依稀快截银河;褐坼海而移图,仿佛豪翻紫凤。譬若玳筵舞剑,尽通草圣之奇;亦如粟尺裁罗,端灭针神之迹。淋漓樊本,颠倒蜀碑。兴来渐及等身,看去何妨积案。允生烟雾,洵叶笙竽。半山未足蹑其骶,漫叟乌能悉其奥!且夫赤霄雄浑,原总大成;白帝苍茫,统包众体。柿巾黄米,灵标康水璇星;花戍蓝田,核抵开元金匮。是以荆公授枣,辨洗马以矜才;山谷题花,效缚鸡而取胜。宛丘学步,仅仿玉华;樊甲寻源,已标铁网。况乃高柟绣竹,直供镶鼓之渔畋;金碗珠帘,杂化龙宾之风雨。君诚既圣,竭独步于江南;仆且从王,羌服膺于舍北矣。嗟乎!多宝之楼扉自怪,禁七肘以测璃璟;百花之酝酿方馨,剠千渠而浮龟雁。忆昔樽开九九,径斫三三。绿杨摹灵汜之杠,紫笋垺雄飞之鸟。君则桥东讯竹,幽居亦访野人;江上恼花,狂饮曾携酒伴。石栏点笔,字纤桤林;银甲弹筝,宫移荳坡。遂使山花山鸟,几侔韦曲之高庄;此夜此时,俨入杜陵之信使。晶晶雪壁,滟滟云垒。触手成青,随毫缀白。方讶环来郑市,龙蟠定许无双;兼疑铸出云门,牛迹惟容得一。讵意蜀山万点,俱逞龟工;越縠千红,任教神运。是则芝松狡狯,神超雷雨之乘阴;刻烛沉酣,力过鲸鲵之掣海者也。总之勇非贲育,则规目苦其无庸;美异嫱姬,斯工辇惧其罔效。相诸怪怪,必有同然;溯厥多多,岂由强袭。彼夫周行寰宇,博极邱坟。笃忠爱于九重,寄沉思于八表。以故骑歌天育,悍敌雄师;蒪写秋畦,逸同隐士。碧梧红稻,炫金翠而非浓;白鸟苍鹰,貌纤微而不琐。君则奥穷二酉,品拟三君。谈经操汾水之龙脣,刻信驾山阳之鸡黍。秘窥苍水银编玉字之书,微注玄天麝墨榴砂之砚。更复弄颒南浦,酷似成都;获稻东屯,差如瀼上。洞寻灵宝,铁索爽而经攀;牍载公车,泥功淖而屡度。金銮献颂,亲叨玉箸于宫樱;宣室求贤,复纪口脂于埤竹。取怀全似,须事奚讹。断章既可以赠君,𦦨绪何嫌于作我。独是西川往事,正值流离;天宝当年,恰逢丧乱。曲江细柳,频烦野老吞声;旧屋松回,更苦娇儿垢面。白头拾橡,只痛飘零;病肺悬鹑,剩馀愤郁。而君则颂摹朱露,对拟白麟。观朝而历纪厢桐,退野而耕喧候鸟。十二街之槐巷,凭从翠幌吟诗;三十町之黍田,遮莫葛巾酿酒。潮沟博士,宁藉人依;河渚先生,无劳薪负。此则梦占江锦,葱肆之焰无生;思逼玄针,瓜州之梦不作。境歧忧乐,遇异菀枯。宜彼轻枯槁于陶潜,而此掩清新于庾信也。十联遥寄,三种微哦。涧中之潜鳜知听,簧畔之寒花欲笑。非愧韩子,欣占万丈灵芒;愿续欧公,更结千家小注。辋川本色,自托清微;玉垒馀波,偏微流丽。始识偃师妙术,粉糅藏至变而靡穷;蠡母巧思,凹凸阇微形而悉肖。兰亭若再,应添布袜邪溪;蕢臼堪谜,定属江沙禹庙。藏头歇后,具足老成;对白抽黄,匪嫌洗拆。将此日戏为新句,业并君子万里桥西;倘异时重过平台,请和子以百花潭北。乾隆戊午元夕前三日,竹岩同学弟胡浚拜题于绿萝山庄。

【原文出处】

王霖《夰山诗钞》卷末之上,《清代诗文集汇编》第 245 册,第 304—306 页。又见胡浚《绿萝山庄文集》卷二,《清代诗文集汇编》第 242 册,第 35—39 页。

【作者简介】

胡浚,字希张,号竹岩,浙江会稽(今绍兴)人。康熙五十九年(1720)举人,乾隆时,举博学鸿词,官河南洧川知县,以事落职。精诗古文,尤工骈体。著有《绿萝山房文集》二十四卷、《绿萝山房诗集》三十三卷。

秀水万光泰《集杜题词》

故人同住城东路,曲巷横闻处处斜。示我清琴名百衲,饶他伪注沸千家。开编镇觉形神似,论古谁知道里赊。从此高歌堪永夜,不关清梦落江花。

移宫换羽几经年,输写翻如万斛源。酿雪作花宁有迹,抽刀断水本无痕。闲来费日非游戏,老去工诗在讨论。迢递耒阳祠畔土,也应呼起未招魂。

杜老当年生计迂,半生戎马半樵渔。班扬名誉流传早,稷契心期会合疏。短褐长镵随雪夜,湘娥山鬼笑舟居。谁知千载知音在,尽作和声满太虚。

青鞋布袜越东西,天姥峰边有马蹄。已向亲交寻禹穴,更从泥淬忆邪溪。卜居喜近名贤迹,得句还追旧日题。前辈灵光留一殿,莫辞全体示阶梯。

会稽胡国楷《集杜题词》

十年不见右将军,把臂离怀怼百分。镜揽晨窗惊鬓雪,剑留夜匣吼龙文。对床可喜来同叔(令弟清晖),问字翻怜得子云(高弟伟杰)。庾信波澜今更老,瀛壶终指列仙群。

瘴墨蛮云断去鸿,良朋踪迹叹西东。汾阴有赋虚推毂,勾漏无丹岂疗穷。蜡屐几沾寒食雨,布帆长趁楝花风。不堪往事重追省,白发萧萧二老同。

翦水驱山别样奇,化工亭毒杜陵诗。长鲸跋海千寻浪,老凤栖梧百尺枝。安石碎金镕大冶,江淹锦段络冰丝。裁缝针线都无迹,翠袖寒天绝代姿。

流水高山自伯牙,竹头木屑借陶家。六丁神力搜雷雨,百和清香袅辟邪。蜜到熟时宁见蕊,米经掷后只名砂。肝脾元气随舒卷,一字何曾涉浣花。

【原文出处】

王霖《弇山诗钞》卷末之上,《清代诗文集汇编》第 245 册,第 306—307 页。

【作者简介】

万光泰(1712—1755),字循初,一字柘坡,浙江秀水(今嘉兴)人。乾隆元年(1736),举博学鸿词,是年举于乡。著有《柘坡居士集》、《遂初堂类音辨》一卷、《汉音存正》二卷、《转注绪言》二卷。生平事迹见《清史稿·文苑传二》、《清史列传》卷七十二、全祖望《万君光泰墓志铭》(《鲒埼亭集》卷二十)等。

胡国楷(1687—?),字镜舫,浙江山阴(今绍兴)人。康熙六十年进士,授广东高明知县,后官礼部郎中。乾隆十三年出守中州,后有回部之命,年七十告归卒。据乾隆《绍兴府志》卷五十四,著有《珠船二楼集》、《尊德堂集》、《镜舫诗集》、《浮家泛宅集》、《春曹存稿》、《归田集》。生平事迹略见《清代官员履历档案全编》卷十二。

一一五　李锴《鬋青山人集杜》

李锴《序》

箕山尚矣，蒇继遐风；沔水悠悠，微循末路。假天籁于万窍，托倦翼于一枝。用不悔以括囊，务守中而塞兑。然而翳然林木，时有会心；沃若岩花，间容饶舌。爰缀浣花老翁之语，略写无终处士之区。以无名名，是不作作。嗟乎！瓢方更弃，矧有于它。锥也都无，又何妨此。

【版本】
国家图书馆藏清乾隆间石观保刻本《鬋青山人集杜》。

【作者简介】
李锴（1686—1755），字眉山，一字铁君，号蝶巢，又号鬋青、焦明子、后髯生、樵明子、幽求子、豸青仙人等。辽东铁岭（今属辽宁）人，自署襄平（今辽宁辽阳）人。汉军正黄旗籍。家世贵盛，一门高官。康熙四十一年（1702），议绝漠屯极边，锴自请兴屯黑河，逾年归。再使南河，赐七品冠带。尽以先世产业让于两兄，移家潞河，潜心经史凡六七年。尝游盘山，乐其风土，乃筑室盘山鬋青峰下，耽于吟咏，罕入城市。乾隆元年（1736），举孝廉方正，亲诣有司力辞。荐试博学鸿词，报罢。十五年，诏举经学，众大臣荐之，以老病辞。著有《原易》三卷、《春秋通义》十八卷、《尚史》一○七卷、《睫巢集》六卷、《后集》三卷、《含中集》五卷、《李铁君先生文钞》二卷、《焦明诗文删》等。生平事迹见《清史稿·文苑传二》、《清史列传·文苑传二》、陈梓《李眉山生圹志》、陈景元《李眉山先生传》、方苞《二山人传》。

一一六　王澍《杜诗五古选录》

华湛恩《跋》

《杜诗五古》，邑先贤王良常先生手笔也。书法精良，诚堪称不愧出名家手也。先生精鉴赏，尤通金石，著有虚舟、竹云《题跋》、《淳化阁帖考正》、《禹贡图》等书，盖先生不独贯通金石，又谙经术也。

鹅湖华湛恩记。

【版本】

清康熙间手稿本《杜诗五古选录》，1974年台湾大通书局《杜诗丛刊》影印本。

【作者简介】

华湛恩（1788—1853），字孟超，号紫屏，金匮（今江苏无锡）人。贡生，官安徽太湖县教谕、兵马司副指挥。家藏书数百卷，熟于邑中掌故。候挑京师，应顺天乡试不售，遂绝意仕进。归乡杜门不出，于邑中公益事，则无不身任之。生平事迹见华翼纶《堂伯紫屏公行略》（《华氏山桂公支宗谱》卷首）。

一一七　毛张健《杜诗谱释》

毛张健《自序》

古人为一艺，必有一艺之法，而其法难行于久远，则必有所托以传。故自书画以及乎杂技，莫不为谱，盖欲使人循其则，而晓然于精意之所在也。文章非曲艺可比，既无一成之范，足以示人，学者又多为习俗所蒙，不能挺然自出其耳目，故言法为独难。意亦若古之为谱者，灿然示之以其方，庶乎得所执守，而不至有散漫放失之病，然其说几于创矣。夫七律始于唐人，而其难倍于诸体，故余前者《肤诠》一书，已极论法之不可守，而于杜则更为之谱以章之，亦如书画杂技然，可不烦言而得其妙矣。夫大匠之规矩，所守不过尺寸，然扩之为什伯寻丈，至于不可纪极之数，而莫能穷其用者，由其操者约而施者广也。近体如是，推之长篇，以及古今文辞，有外此法者乎？人之心思，乐于偏用。若耽书画者，即一波磔皴染，心殚岁月之功以效之，而其尤玩物丧志，如琴棋类者，按谱摸索，即终朝不能毕局，而竟日不能成调，穷年矻矻，至老死不少休。独诗文比杂艺为甚优，而取途为较易，则以苟且之心视之，反不若为杂艺者之专且勤，斯亦惑矣！夫天地之气化，其默运不息者，不可见也，惟其散为升降流峙之形，故人可以举目而得之。然则日星河岳者，此宇宙之大谱也。察玑衡，辨水土者，此千古明于谱之人也。高者为之道，卑者为之艺，艺必出乎道，故名物象数之赜，莫不本天地之化机。即以诗言之，亦具有升降流峙之理焉。学者苟有则可循，其勿以习俗之见汩之,以苟且之心失之,亦如为书画杂技者之研思笃好,殚岁月以既其业而后可也。

庚寅初春,毛张健识。

【版本】

清康熙四十九年(1710)刻本《杜诗谱释》。

【作者简介】

毛张健,字今培,号鹤汀,太仓(今属江苏)人。康熙贡生,官安徽祁门县训导。著有《卧茨集》三卷、《杜诗谱释》二卷、《鹤汀集》、《唐体肤诠》、《唐体馀编》等。

一一八　浦起龙《读杜心解》

浦起龙《发凡》

西河不云乎:在心为志,发言为诗,声成文谓之音。是故诗之兴也,心声之;其传也,心宅之。作诗、读诗、解诗,胥是物焉。千载遇之,旦暮也;毫厘失之,千里也。夫锋丽于刃,却刃求锋而寻诸欧冶,则近而远之也;月入于棁,倚棁求月而问诸方空,则远而近之也。吾读杜十年,索杜于杜,弗得;索杜于百氏诠释之杜,愈益弗得。既乃摄吾之心,印杜之心,吾之心闷闷然而往,杜之心活活然而来,邂逅于无何有之乡,而吾之解出焉。合乎百氏之言十三,离乎百氏之言十七。合乎合,不合乎不合,有数存焉于其间。吾还杜以诗,吾还杜之诗以心,吾敢谓信心之非师心与？第悬吾解焉,请自今与天下万世之心乎杜者洁齐相见。命曰《读杜心解》,别为《发凡》以系之。

诗运之杜子,世运之管子也。具有周公制作手段,而气或近于霸。诗家之子美,文家之子长也。别出《春秋》纪载体材,而义乃合乎《风》。

太史公之言曰:"《小雅》怨诽而不乱。"《杜集》千四百有馀篇,大抵皆怨诗也,变雅也,故其文为《史记》之继别,而其志则《离骚》之外篇,须识取不乱处乃得。

注与解体各不同:注者其事辞,解者其神吻也。神吻由事辞而出,事辞以神吻为准。故体宜勿混,而用贵相顾。

《骚》、汉、邺中、江左诸诗,代各有注。李善、五臣注《选》,解行于注之中。降自唐初以后,诗注本渐少,大都所谓流连景光、陶写性灵之什,不注可也。惟少陵、义山两家诗，非注弗显，注本亦独多。然义山诗可注不可解，少陵诗不可无注，并不可无解。

凡注之例三：曰古事，曰古语，曰时事。古事、古语，自鲁訔、王洙、师氏、梦弼之徒，援据亦略备矣。其谬者，牧斋、长孺驳正特多。近时仇本搜罗更富，集中节采，大率本此三书。间有参易论著，十得二三耳。至时事则例等于注，而义通于解。所引用诸书，如新、旧二《史》、《通鉴》、《会要》、《国史补》、《明皇杂录》、《禄山事迹》之类，出入比附，先后主奴。自钱、朱以后，诸家依傍黄鹤旧本，互相违反，其谬又与宋人等。兹焉或仍或改，务使本文主意与当年故实，若符节之合、水乳之投。此中颇费苦心，异同殆参半焉。

虞山持论，见于《鼓吹》者，尝言郝本专取注事，犹得注家之遗，颇以廖解为多事。而其笺杜，则解义间缀篇末。至朱氏本亦错见于节间，是仍不废解说矣。此外则有若《演义》、《本义》、《博议》、《愚得》、《会稡》、《胥钞》、《说诗》、《论文》、《集注》、《详注》、《杜通》、《杜臆》、《杜阐》、《杜解》、《杜释》、《律注》、《律笺》、《律解》等书，又青门邵氏、旅农俞氏诸评本，及唐氏《唐诗解》、顾氏《日知录》、沈氏《别裁集》所论载，不下数十种；句纠字绎，解乃繁然竞起焉。虽然，杜未有解，杜自不亡；杜未有解，解犹可不作。吾尝谓杜之祸，一烈于宋人之注，再烈于近世之解。《心解》之所为，不得已于作也。

老杜天姿惇厚，伦理最笃。诗凡涉君臣、父子、兄弟、夫妇、朋友之间，都从一副血诚流出，而语及君臣者尤多。虞山轻薄人，每及明皇晚节、肃宗内蔽、广平居储诸事迹，率以私智结习，揣量周内，因之编次失伦，指斥过当。继有作者，或附之以扬其波，或纠之而不足关其口。使蔼然忠厚之本心，千年负疚，得罪此老不少。愚不惜刓精尽气，疏通证明者，于此益力。

昔人云：不读万卷书，不行万里地，不可与言杜。今且于开元、天宝、至德、乾元、上元、宝应、广德、永泰、大历三十余年事势，胸中十分烂熟。再于吴、越、齐、赵、东西京、奉先、白水、鄜州、凤翔、秦州、同谷、成都、蜀、绵、梓、阆、夔州、江陵、潭、衡，公所至诸地面，以及安孽之幽、蓟，肃宗之朔方，吐蕃之西域，洎其出没之松、维、邠、灵，藩镇之河北一带地形，胸中亦十分烂熟。则于公诗，亦思过半矣。

诗中关合地志处，不可悉数，间又涉天官家言。注家承讹于地志，十有三四；至举《天官》等书，则不谬者十无一二矣。今地界则取衷于《唐书》，而证之舆图、统志以求其合，天文则取衷于《晋书》。盖《晋·天文志》于诸史最详，其星象名号，与世传《观象清类》所云，并皆吻合。历历白榆，举目瞭然也。惟《伤春》诗之"执法"则指势星而言，《晋·志》以后无此名，参之石氏《星经》始定。

当时乱端不一，其大头脑，前曰安、史，后曰吐蕃，曰藩镇。他如蜀之徐知道、段子璋、崔旰，湖南之臧玠辈，又错起其间。注家遇说乱处，往往东西混淆，甲乙回迕。此亦大费考核。又其时稔乱不已，宦竖典兵。重帅权，轻守令，贵武夫，贱儒术，劳遣戍，困徵徭，三致意焉。最足考镜世变，亦特为捡出。

解之为道，先篇义，次节义，次语义。语失而节紊，节紊而篇晦；紊斯舛，晦斯畔矣。而说者每喜摘一句两句，甚或一两字，别出新论。不顾篇幅宗主如何归宿，上下文势如何连缀。此最害事，凡是必痛削之。

孔氏序《春秋正义》曰："经注易者，必具饰以文辞；理致难者，乃不入其根节。"诚哉，古今义疏之通病也。杜自入蜀以后，艰奥弥繁。不揆梼昧，妄意钩索。偏遇艰处奥处，不肯一字放过，不敢一言牵率。盖每读一诗，必疏观前后数册，而创通其大致。非镌搜之难，而穿穴之难，读书往往如此。

凡见解之大反乎旧说者，间举一二相质辩，皆最有关系处也。其大概则直据臆见书之，实则苟同者绝少。然虽不举旧说，而拙解独见处，必一一疏言其故。若曰意在矜伐，性好非毁，蠹生于木，而还食其木。律诸刘炫之攻武库，则予滋戚已。

旧说合者，采摭略尽。更有几处，经友人酌定，及弟手订改，俱不敢掩为己功。其诗词明了，初学悉能通晓，则不赘一语。

注列句下，解附篇末，体例庶乎不紊。引古必载某书，遵往例也。然多节文，省方幅也。再见则更节，熟事则全省。他如注本有句解可采，亦列句下。其篇后总解，则低一格分书。

编杜者，编年为上，古近分体次之，分门为类者乃最劣。盖杜诗非循年贯串，以地系年，以事系地，其解不的也。余此本则寓编年于分体之中。

忽古，忽近，忽五言，忽七言，初学观诗每苦之。今统分六卷：一，五古；二，七古；三，五律；四，七律；五，排律；六，绝句。而每卷篇数不均，则窃取《诗传》之例，各就卷内析之，使楮叶停匀。其七排、五绝，篇数最少，则一附卷五之末，一附卷六之前。

集既离为六体，而各体缵年，大非草草。盖旧本以编非其时，而诗失其旨者，动以百数也。道在准居处，酌时事，证朋游，得者八九矣。其无甚关系、无从印合者，略依旧次，不敢妄有牵附焉。钱氏讥铨次之劳，比之鼹鼠食角。余则谓汗漫之见,特如矮人观场,正未可以相笑。

古人遗集,不得以年月限者,其故有三:生逢治朝,无变故可稽,一也;居有定处,无征途显迹,二也;语在当身,与庶务罕涉,三也。杜皆反是。变故、征途、庶务交关而互勘,而年月昭昭矣。惟天宝以前,事端未起,则不得泥。诗亦寥寥。

《少陵年谱》辑自汲公,权道、鲁、黄诸家,功不可泯。行本小有异同,例载卷首。今则各依年分,重加订定,析置逐卷之前,以便观省。

诗虽编年,体各分见。则有同时各体诗,须彼此参看者,即互注云:有某篇见卷几之几。又恐不能悉备,特于卷首另列《编年诗目谱》一册,仍序时不序体,使身事世事,先后犁然。

秦淮海论子美之长,格穷苏、李之高妙,气埒曹、刘之豪逸,趣包陶、阮之冲澹,姿兼鲍、谢之峻洁,态备徐、庾之藻丽,拟诸孔子集清任和之大成,信乎其为知言矣。愚又谓子美往体诗不作古乐府及拟古篇,最其超轶群子处。譬则骨董器物,肖古便是赝古,惟命世豪杰,卓然独成,乃所以为集大成。

篇法变化,至杜律而极。后人执成法以绳杜,如欲惩中四排比之患,而为前解后解之说者,又欲矫两截判隔之失,而为七转八收之说者,概乎未有当也。夫杜一片神行而已,乌乎执!

法之变既不容以一律绳之,乃其连章诗又通各首为大片段,却极整齐,极完密。少陵此体,千古独严,要其融贯处在神理,在纪法,不在字句也。前人尝论及之。但标举几字为串插钩带,实无当于位置浑成之妙,故不免来世口实。

千言、数百言长律,自杜而开,古今圣手无两。每见名家评杜,至此尤无把鼻。其与闻绪论,确有禀承者,大率本元氏"铺陈排比"之言为之主张。不知铺陈排比但可概长庆诸公钜篇,若杜排之忽远忽近、虚之实之、逆来顺往、奇正出没,种种家法,未许寻行数墨者一猎藩篱也。唯断句诗,让龙标、太白独步,杜体自是旁宗。然多叠章而下,须通长打片看去,才显真面目。

自昔以攻杜为快者,在宋惟杨大年,在明则有王遵岩慎中、郑善夫继之、郭相奎子章、杨用修慎、谭友夏元春。之数人者,吾不责之而哀之。即看翡翠,谁擎鲸鱼?可笑蚍蜉,争撼大树。南华老人云:"朝菌不知晦朔,蟪蛄不知春秋。"唯不知,故不嘿也。

题下篇中,时载原注,公自注也。昔人以谓王原叔、王彦辅诸家附益。今细释之,伪者文必平顺,其枯涩者断属的笔,悉照原文登录。坊本多任意削去,或混列注中,俱非体。

今本于古体诗多将原句颠倒,看来颠倒处反觉文法减致,兹悉订正。又集中有一二长题,诸本亦轻为改窜,愚不敢从。

宋、元诸刻,传写字样,互有不同。旧本刻某一作某,最称得体,并两存之。其决定讹易者,则汰去。

蔡傅卿《草堂笺》别为《逸诗》一卷,盖以载后来增益诸诗,若卞圜、吴若、员安宇、裴煜辈所收是也。钱、朱因之,仇则编入正集,今从仇例。但仇本太无分辨,今于题下明注"集外"二字,庶不尽失其旧。

书有圈点钩勒,始自前明中叶选刻时文陋习。然行间字里,触眼特为爽豁,故仿而用之。但钩勒只可施之长古、长排,彼八句亦截者,非法也。又如转韵古风,自宜依韵分截,节族天然,否则使读者缩脚停声,拦腰换调,多少不自在。

杜集中有同人酬唱诗,旧本附载,悉如本集大书之例,颇似不辨主客。兹则低一格分书,载本篇诗解后。

集后有赋、赞、表、状、策问、记、述、说、文、碑志一卷,凡三十馀篇,或且不能悉举其名矣。今按,诸篇于集中诗多有关会者,亦用附载酬唱诗例,分录诗篇之后,各以类从。学者或反因参考诗义,逐一留览,似为两得。此皆别立义例,世或不病余妄。

世既崇尚韩、柳八家,于三唐人古调、别调之文,不弹久矣。杜赋直追汉、魏,其杂文拙趣横生,最古最别。然而人非屈到,强与荐芰,摇手去之矣。故虽意有独赏,概不诠释论列。

唐、宋、元、明以来,序记、题咏及诗话,积册盈寸,不复赘录。只录《旧书》、《新书》本传两篇,并元微之撰《工部墓系铭》一篇,列诸卷端。

去者其远矣,后世谁相知定文?蒙也有猜焉。小儿喜强作解事,敢云往哲功臣,只益名流罪我。揭来公案,罕袭旧窠;勉就开雕,偏呈生面。文章有神交有道,谁得其皮与其骨?茫茫千载,眇眇予怀,吾恶乎使正之?世岂无惠教者!

事始辛丑夏五,期而藁削,又八月而藁一易,又十一月藁再易。寒暑晦明,居游动息,必于是焉,勿敢废也。龙也十蹶蹄霜,双凋鬓雪,摒挡时文,分张儿辈。乃者杜家骥子,行居再索,身共我长,夭同潘瘵,每一念及,辄复潸然。仲儿敬舆,字又陆,颜悦学,能文。今春病殁,年二十二。闭户累岁,终无送穷之方;断手兹晨,转益敛愁之具。虞卿著书,不其然乎!

皇帝雍正二年,岁在阏逢执徐,阳月哉生明,无锡前硎后学浦起龙二田氏宁我斋谨书。

浦起龙《少陵编年诗目谱序》

往近体裁，卷分各种，既不病其夺伦；迁流人事，义取互相，或颇嫌乎离立。将以还诗史之面目，厥惟寓年谱于篇题，若网在纲，其比如栉。为便读计，则古、律、绝六集，居然案部就班；为尚论资，则玄、肃、代三朝，从此发凡起例。作《少陵编年诗目谱》。

订《少陵编年诗目谱》成，客有谂于余曰："昔先正之绪言，子亦有闻乎？'年经月纬，若亲与子美游从而籍记其笔札者，近于愚矣'，牧斋氏之说也；'某诗必系某年，则拘固可笑'，长孺氏之说也。吾子毕力于杜，颇指抉诸书之纰缪，而躬蹈两家之诋诃，不亦与于愚且固之甚者乎？"余应之曰："有是哉！虽然，子舆氏盖尝言之：'颂其诗，读其书，不知其人，可乎？'是以论其世也。少陵之诗，一人之性情而三朝之事会寄焉者也。新、旧《书》本传，择焉不精，语焉不详。赖其自壮而老，发奋论事，一摅斥于诗。所言类皆搤腕时艰，动心形要。其诸留题、赠处之作，亦必根极于掌故而论著其土风。是使读者指事以丽辞，察辞以辩志，得有所据以要其会而不忒，则少陵为诗，不啻少陵自为谱矣。昔者汲公、鲁、黄诸君子，勾稽贯穿，作为《年谱》，功亦不细，特其间舛鳌横陈，有待来者之是正尔。乃议者但袭宋儒论《小序》之馀旨，交口相诮让。彼舛鳌之不问而愚固是惩，讵知缵年不的则徵事错，事错则义不可解，义不可解则作者之志与其辞俱隐而诗坏。有生而不识日者，方且奋然援笔而直之，揆厥所由，谁执其咎？其亦有无关事会，强附而或未尽允。然齐、宋、东西京之诗之不为秦、成，秦、成之不为蜀与夔，蜀与夔之不为荆、湖，恚然也。于此等处，略准旧编，类相从，年相比，如是焉又奚取讥之有！且夫引绳墨，切事情，明是非，用之名法则太礉，不用之文章则太疏。少陵之诗，一人之性情而三朝之事会寄焉者也。其地其时，全局可覆顾。以儱侗为圆融，为通脱，游光掠影，于少陵未有处也。然且楷楷焉笺之而注之，其不比于诡亿射意也几何矣！夫游光掠影，海如是止尔，而又不惮烦，而每卷卷首标某时某地作，后之人据为定本，傅以曲说，如前、后《出塞》之害于其志，《留花门》、《伤春》、《有感》之害于其辞，若斯之类，指不胜屈。始于模棱，卒于扣钥，拍肩求道，夫谁使正之哉？若乃行世诸刻，谱自谱，诗自诗，是谓见谱不见诗。离固双美，合非两伤，孰便孰不便，将无同？吁！余则为劳人，蕲免于愚且固焉，庸可得乎？"客闻之，轩渠以去。

浦起龙《读杜提纲》

杜集不应称草堂,草堂特流寓之一,该不得此老一生。

读杜逐字句寻思了,须通首一气读。若一题几首,再连章一片读。还要判成片工夫,全部一齐读。全部诗竟是一索子贯。

读杜须耐拙句、率句、狠句、质实句、生硬句、粗糙句。

天宝间诗,大抵喜功名、愤遇蹇、忧乱萌三项居多。

玄、肃之际多微辞。读者要屏去逆料意见、腹诽意见、追咎意见。老杜爱君,事前则出以忧危,遇事则出以规讽,事后则出以哀伤。这里蹉一针,厚薄天渊。

客秦州,作客之始。当日背乡西去,为东都被兵、家毁人散之故。河北一日未荡,东都一日不宁。晓此,后半部诗了了。《本传》、《旧谱》并说是"关辅饥",没交涉。

蜀中诗只"剑外官人冷"一句盖却。设不遇严武,蚤已东下。夔州诗口口只想出峡,荆州、湖南诗口口只想北还。

说杜者动云每饭不忘君,固是。然只恁地说,篇法都坏。试思一首诗本是贴身话,无端在中腰夹插国事,或结尾拖带朝局,没头没脑,成甚结构?杜老即不然。譬如《恨别》诗"闻道河阳近乘胜,司徒急为破幽燕",是望其扫除祸本,为还乡作计。出峡诗"朝士兼戎服,君王按湛卢"、"五云高太甲,六月旷搏扶",是言国乱尚武,耻与甲卒同列,因而且向东南。以此推之,慨世还是慨身。太史公《屈平传》谓其"系心君国,不忘欲反,冀君之一寤,俗之一改也。然终无可奈何,故不可以反"数语,正踏着杜氏鼻孔。益信从前客秦州之始为寇乱,不为关辅饥,原委的然。

代宗朝诗,有与国史不相似者。史不言河北多事,子美日日忧之;史不言朝廷轻儒,诗中每每见之。可见史家只载得一时事迹,诗家直显出一时气运。诗之妙,正在史笔不到处。若拈了死句,苦求证佐,再无不错。

杜诗合把做古书读。小年子弟,拣取百篇,令熟复,性情自然诚恳,气志自然敦厚,胸襟自然阔绰,精神自然鼓舞。读杜不颛是学作诗。

【版本】

清雍正二年至三年(1724—1725)浦氏宁我斋刻本《读杜心解》,中华书局1961年标点铅印本。

【作者简介】

浦起龙(1679—1761后),字二田,一字起潜,号孩禅,自署东山外史,晚号三山伛父(叟),学者称山伛先生,颜其居曰"宁我斋",无锡(今属江苏)人。康熙三十七年(1698)中秀才,翌年乡试落第。此后屡试不中,困顿场屋三十馀年,靠在乡坐馆为生。于雍正七年中举,次年中进士,三年后授扬州府学教授,但因父病故未能赴任。十二年,应邀赴云南昆明担任五华书院山长(即院长)。乾隆二年(1737)回到家乡无锡,四年出任苏州府学教授,主紫阳书院。清代著名学者王昶、钱大昕,经史学家王鸣盛为诸生时均受业其门下。著有《读杜心解》二十四卷、《史通通释》二十卷、《三山老人不是集》一卷、《酿蜜集》四卷、《古文眉诠》七十九卷。生平见《国朝耆献类徵》卷二五三、《清诗纪事》雍正朝卷。

一一九　朱方蔼批点《读杜心解》

朱琰《题跋》

余与春桥以论诗契合有年矣,兹自武林还,信宿草堂,剧谈骚雅,出其近批杜诗见示,指事类情,颇得作者心印,殊觉《心解》之后,又逢《心解》矣。爰识数语,以证其迩日之精进云。癸巳秋九月三日,古盐朱琰拜跋。

【版本】

复旦大学图书馆藏朱方蔼批点《读杜心解》。

【作者简介】

朱琰,字桐川,别号笠亭,又号樊桐山人,海盐人。乾隆三十一年(1766)进士,是年至三十四年为江西巡抚幕僚,后授直隶阜平知县。为政廉慎,捐俸重建学宫。工诗擅文,为"嘉禾七子"之一,还擅画山水,精鉴赏。著有《金华诗录》、《明人诗钞》、《唐诗律笺》、《笠亭诗钞》、《金粟山人遗事》、《陶说》等。

一二〇　李若木手抄《杜工部集》

李若木《手抄杜诗序》

　　余尝欲驱峨眉、洞庭于一隅,山高九万,仅水宽八百里,朝而登,夕而泛焉,而地利不可强也。又欲开春兰、秋菊于一时,而天时不可移也。更思以古人石破天惊之文章,不求于梨枣之间,得晋唐名家珠圆铁劲之(下阙)

【原文出处】
吴希贤《历代珍稀版本经眼图录》,中国书店2003年,第422页。

【作者简介】
　　夏荃《退庵笔记》卷二"论绘事"条曰:"李若木(善树)工山水小景,余曾得一便面,若木笔,秀洁明净,绝无点尘,真逸品也。"此李若木,名善树,泰州人。民国《续纂泰州志》卷二十七《人物艺术》曰:"李善树,字若水,亦号夜识山人,善草隶,尤工山水,秀洁明净,时称逸品。"称其字"若水",应系"若木"之误。陶煊、张璨《国朝诗的》卷七有潘尚仁《李若木招同诸友夜识轩赏牡丹即席分赋得来字》诗。《历代珍稀版本经眼图录》著录之李若木《杜诗手钞杜诗》版心下有"夜识轩"三字,这与《图朝诗的》所记正相吻合。"夜识轩"应为李若木室名,出自杜诗《题张氏隐居二首》其一"不贪夜识金银气"。

一二一　孔传铎《红萼轩杜诗汇二种》

徐恕《题识》

　　书友于瑞臣自济南得此写本以见畁,余先一日得孔传铎(字振路,号牖民)《红萼词》二卷,中有《自题红萼轩菩萨蛮》一阕,卷尾校字列名者为其男继濩、继溥二人,此选必出其手,因以十金致之,时辛酉孟月也。忽忽已一纪,而瑞臣殁已三年矣,抚卷怃然,壬申莫春之初,弜诊漫识。

佚名《题识》

武陵赵慎畛《榆巢杂识》卷下，衍圣公孔传铎于雍正时刻《圣迹图像》，疏乞御制叙文弁简以藏。

【版本】
国家图书馆藏缩微胶片，据湖北省图书馆藏清抄本制作。

【作者简介】
徐恕（1890—1959），字行可，号强恕，一作弜恕，湖北武昌人。1907年曾留学日本，家境富饶，无意仕进，喜藏书，毕生精力尽瘁于此，藏书室名箕志斋。尝馆南浔刘承干嘉业堂，得尽读其所藏。其藏书于1956、1959年分两次全部捐献给湖北省图书馆。伦明《辛亥以来藏书纪事诗》云："家有馀财志不纷，宋雕元刊漫云云。自树一帜黄汪外，天下英雄独使君。武昌徐行可所储，皆士用书，大多稿本、精校本。南北诸书店，每得一善本，争致之君。暇则出游，志不在山水名胜，而在访书。闻某家有一未见书，必辗转传录，得其副而后已。一切仕宦声利，悉皆不顾，日汲汲于故纸。版不问宋元，人不问古今，一扫向来藏书家痼习，与余所抱之旨，殆不谋而相合也。"

一二二　张汝霖《杜诗金针》

周文杰《序》

非特诗也，世间诸凡有事，宰以法象，则理明而气运，才大而心细。盖为情为景，目中象也；绘情绘景，实腕底法耳。学者会其意而通之，应不与优孟之衣冠，类洪荒以前。自扶徕网罟之歌咏起，而诗肇其端。世际陶唐，康衢有童谣，老人为《击壤》，以及华封祝语，风也，而骎骎乎入颂体矣。独虞廷《南风》一诗，与《景星》、《卿云》诸雅奏，赓歌飏拜，只词千古。汉祖以歌大风者，效颦于秦讴之后，心之不纯，安在其辞其气之不嚣然而莫靖哉！迨有夏以《五子》继九歌，殷止以十二篇之颂，正考父得于周时太师，孔子删后，独以《商颂》五篇媲美《清庙》，则四始六义之法备，舍周谁归！窃憾议者饶舌，如纬书有五际之说，一际为《大明》在亥，二际为《鹿鸣》在辰，三际为《天保》在卯，四际为《采芑》在午，五为《祈父》在酉，全无当于理，遑论法乎？夫王何以为风，鲁何以为颂？武公卫侯，而《抑》、《武》等篇，何以独编诸雅？苟以理推，法斯应耳。甚至笙歌无词，而束皙补之，以侧于《鹿鸣》、《四牡》之间。建安无行，而王通续之，以比于《关雎》《麟趾》之音，谁其信之？故鲁、齐、韩、毛，衷之以法，则理有可凭。所以次年谱则从天，指居处则因地，著行谊必实之以人，然后以意逆志，庶不以辞而害意也。即以时论，二《南》为文王诗，时无召伯，"蔽芾甘棠"胡系以召伯所芟？时无齐侯，"何彼襛矣"胡系以齐侯之子？聚讼之门户一开，而多口增矣。诗之于唐，非突过乎汉晋也。为时以诗赋选士，不容不操法相绳，定持衡于玉尺。而作法之圆密，杜为最。苟不解析详明，则分门别户，早与制艺之八股殊途异辙，又何能一道而同风？方今圣天子褒尚经籍，栢梁诸体，鼓吹休明，居然虞廷之载赓。析义类，订亥鱼，声为律，而言可法，一字一师，诚无庸猥云则古。但好古敏求，昔圣不废，每叹饮食，尽人而知味，殊鲜能也。余游姑苏而过东鲁，道经古刹，访张二尹建卿，晤其兄达夫，余同砚友也。盘桓官舍，酬咏间见锦心绣口，不烦思讨，惊其才，益钦其法。因质以揣摩之熟，收力何氏？爰出若箧，名曰"杜诗金针"。乃知张子客宦河东，垂二十年，于山臻秦嵩之高，于水契江河之深，于人交当世名公卿学士之广，综千百载词林所发越，贯以一家言，而不遗其蕴。在张子自命不凡，固不屑举以问世。余独爱此书，潜心理法，有关诗教者不小。读之再四，窃愿以盛世词坛共质之，庶得尽夫是编中综其时之前后，考其地之险夷，辨其身之穷达，定言志于归宿。且为详其字句之来历，尽其情景之位次，俾杜老首肯九泉，知突兀处早具全神，结束停涵，无穷蕴藉，草蛇灰线，不走一丝。则补衮才高，自可成天衣之无缝；而金针度后，又何事殷巧于双星也夫！

时乾隆九年季秋月，杭川周文杰晓窗题于澄怀堂。

张汝霖《序》

余年弱冠，先君子以杜诗授之曰：学者不可不服膺于少陵也。披而诵之，犹徘徊于巨室峻墙之外，莫得觇其轩庑堂寝之观也。方向往举业，因藏诸笥筐中十有馀年。所志不售，遂浪迹于齐鲁、梁宋间，月店霜桥，飘蓬无绪，辄思吟咏，始读少陵诗。阅二集：一为武进吴先生《论文》，虽循端竟委，条分缕析，未免有依文衍义，尚少断制剪裁。一为四明仇先生《详注》，先挈领提纲，以疏其脉络；复广搜博徵，以讨其典故。盖少陵之诗，首主法度，有照应，有开阖，有关键，有顿挫，然后傅之以色泽，无一字无来历，世言杜诗可通为文，此先君子之所以教不肖也。仇注解无剩义，力辩诸家错谬，使读者知所指归，直与杜诗冠古而绝今矣。旧本篇帙繁多，初学之士读之，为功自尔纡钝，不能敏获。丁巳岁，余客济上，寓云溪马二弟芸香楼，相与晨夕玩索，将歌行、古体、近体不依年编次，细为分集，汇成七卷，以为诗法入门便览，名为《杜诗金针》，使开卷流览，瞭如指掌。或者曰：当搜三唐诸名家体制，方成程式，何以一家为也？余曰：不然。法莫备于杜诗，苏子瞻有云：学诗当以子美为师，有规矩法度，故可学。又陶开虞有云：读诗不读杜，学诗不学杜，是恋三家邨而厌两京，拜一拳石而忘五岳也。二公之说，可以为定论焉。

闽永定梅邨张汝霖识。

张汝霖《凡例》

一、少陵诗集，俱照年谱编次，所以所以明其平生履历，与夫人情世故、世事兴衰，令读者既识此诗由来，便知作者心事。今特标章法，分类成卷，不无前后错综，然于各诗章旨之下，或时或地，仍依旧本注明，亦可以想见当年砥节固穷、忠义自许之概矣。

一、诗有六艺，即风、雅、颂、赋、比、兴是也。按《杜臆》有云：诗人尚风，其弊也，烟云花草，凑砌成篇，核其归存，恍无定处。杜诗宗雅颂，比兴少而赋多；即用比兴，意有所主，总归于赋。故情景不一，而变化无穷。是编近体，俱照诗经注明于本章之下，歌行古体排律，篇长句繁，即一段中，兴而复兴、比而复比者，往往有然，是以歌行古体排律暨未有注，但分段落而已。

一、少陵笔力变化，极于近体，所以准绳最密，章法不一。旧本函帙纷纭，初习之士，难以披阅。今将诸法区别抄录，各汇一册，学者开卷晓然。然其中兴言在此、寓意在彼者，如《鹦鹉》、《孤雁》八章等诗，宜合一处，读之方见命意之精。但是编以章法为主，亦只得照章法分列用此标明，学者自能体会也。

张汝霖《各体总论》

诗有六艺，《三百篇》为诗法之祖，嗣后作者继起，文以代新，而诸体各出，莫不有法存焉。徐桢卿曰：刺美风化，缓而不迫，谓之风。采摭事物，摛华布体，谓之赋。推明政治，庄语得失，谓之雅。形容盛德，扬厉休功，谓之颂。然幽忧愤悱，寓之比兴，谓之骚。感触事物，托于文章，谓之辞。程事较功,考实定名,谓之铭。援古刺今,箴戒得失,谓之箴。猗迁抑扬,永言谓之歌。非鼓非钟,徒歌谓之谣。步骤驰骋,斐然成章,谓之行。品秩先后,叙而推之,谓之引。声音杂比,高下短长,谓之曲。吁嗟慨叹,悲忧深思,谓之吟。吟咏性情,总而言志,谓之诗。苏、李而上,高简古澹,谓之古。沈、宋而下,法律精切,谓之律。此诗之众体也。今按,各体中皆有法度,长篇则有段落匀称之法,连章则有次第分明之法,首尾有照应之法,全局有开阖之法,逐层有承顶之法。且章有章法,句有句法,字有字法,谨严于法而又能神明变化于法,方称宗工巨匠。

前论诸体,分辨明晰,较若列眉。自汉以来,兼长者代不乏人,此皆绝世天才,胸贮万卷,故能根茂实遂,膏沃光晔。苟其质贾磨砻,于歌行、古诗、律诗随习一二,亦足以彰风雅。欲善所长,则规矩法度,与制体由来,不可不知也。

苏子瞻论诗之法有五:曰体制,曰格力,曰气象,曰兴趣,曰音节。诗之品有九:曰高,曰古,曰深,曰远,曰长,曰雄浑,曰飘逸,曰悲壮,曰凄婉。其用工有三:曰起结,曰句法,曰字眼。其大概有二:曰优游不迫,曰沉着痛快。诗之极致有一:曰入神。诗而入神,至矣尽矣,蔑以加矣。惟李、杜得之,他人得之盖寡也。

【版本】

成都杜甫草堂博物馆藏清乾隆九年(1744)张氏写本《杜诗金针》。

【作者简介】

周文杰,字绍观,号晓窗,杭州人,曾为张为仪《读杜随笔》作序。

张汝霖,字达夫,号梅邨,永定(今属福建)人。约为雍正、乾隆时人。周文杰《杜诗金针序》称其"客宦河东垂二十年"。张氏自称其举业失利后,"遂浪迹于齐鲁、梁宋间"。乾隆二年(1737),客居济南马云溪之芸香楼,撰成《杜诗金针》七卷。

一二三 夏力恕《杜文贞诗增注》

夏力恕《杜文贞诗自序》

余读少陵诗,根柢出入老、佛,而孔、孟次之;语言俯豆《文选》,而六经次之。惓怀君国,系念兴衰,如痛瘵之切肌骨,有唐诗家,罕与匹俦。而行藏出处，前后俨若两人，则乾元初年分途之所自也。方天宝间，锐于仕进，即李、杨亦望其汲引。安史乱作，麻鞋露肘，窜走凤翔，岂不谓中兴之主哉？元宗反斾，肃宗晏然处之，猜嫌渐著。夫然后杜陵野老，追忆灵武不端其始，拾遗莫保其终，虽怀去志，犹冀随事讽谏，以周洽于两宫。迨戊戌六月，出为华州司功，而行藏乃决。初，房琯奉上皇册命至，旋罢其相使。公于是时谏，不听则辞。又或因墨制之归而逸，其几更早。然肃宗情怀，惟邺侯能预卜之，一审于事先，一断于事定，亦较然矣。知有邺侯，而不知有公，独非三百年恨事哉？余读诗至"人生七十"之句，重有感焉。盖南内之后，曲江诸咏，悼明皇踘促，难乐馀生，公之宦兴已淡。南内劫迁，困迫抑郁，于是尺五高天，有不容与良娣、辅国等共戴者，遂无复北还之志矣。诗词散见，可互考也。乾元以来，心事时时流露，只如《曲江对酒》《对雨》《收京》《洗兵马》《病柏》《病橘》《忆昔》次篇，游于骊山，并《送覃二判官》诸作，尤深切著明。若谓拳拳于肃宗，终始无间，则就拾遗而舍司功，直计官资之崇卑，热中不免，拳拳者焉在乎？又按：公《祭房琯文》云："太子即位，揖让仓卒。小臣用权，尊贵倏忽。"岂犹持社稷中兴旧说耶？代宗既立，召补京兆功曹，翻就西川之辟，亦思代宗子职无惭，老臣可出，特不忍于城南清切、再触当年怨憾耳。忠爱深情，曲折于君父间，而奔赴万里，言不敢默，不能滟澌江湖，沉吟中夜，论世者宁莫知之。嗟乎！出处俨若乎两人也，殆为此与？注杜千家，未易枚举，得后起诸钜公，所谓无一字无来历，搜罗向尽矣。密于徵事则疏于命意，其忧国忧民而转去转远。卒老衡湘者，尚未究夫所以。其间及于道德性命也，几不辨老、释糟粕，有言杂而肆，遽难解说之篇，随人置喙而无复深维。侍养授经暇日，乃先探源头，次求法度，次观飞腾离合之变化。至妍媸霄壤、有馀不足之所在，亦稍稍论说，惧掩其真。草土残生，衰病淹缠，每寓目辄有增损，庶几读诗徵事之馀，用资取证焉。若夫怀经世之具，窥致乱之由，以迁、贾笔法，变魏晋风规，端拱翔步，千人俱废，味外响馀，何尝不温柔敦厚久于中者！昌黎为得其骨，香山为得其趣，在宋放翁得其神情，东坡得其气势，然则后之人之学之也，奚由径自入门乎？乐府济以太白，五古藉韦、孟，五律藉右丞，七言古近体专择精醇者成诵。境地因乎时，舒惨本于性，去取衷诸道，沃六经四子根基，采百氏之华而罔袭其形，结千秋之实而各还其类，虽使少陵复生，亦安有尽藏也哉！时乾隆十四年己巳岁除日，灃农夏力恕观川氏谨序于寿域会之古泉精舍。

【版本】

清乾隆十四年（1749）古泉精舍刻本《杜文贞诗增注》。

【作者简介】

夏力恕,字观川,晚号溰农,自称菜根老人,孝感(今属湖北)人。世代以文章传家,且闻名遐迩。力恕少年聪慧,无书不读,尤长于诗。康熙六十年(1721)进士,改庶吉士,授编修。雍正元年(1723)任顺天乡试同考官,次年任陕西正考官。旋即告请归里,奉养双亲,为人至孝。受聘于湖北督抚,主修《湖广通志》。后主讲于江汉书院。乾隆元年(1736)举鸿博,十二年举经学,皆固辞不就。年六十五无疾而终。他是清代中期著名的文学家、史学家与理学家。其学务在穷理,随事体验,以求自得。著有《易说》二卷、《四书札记》二卷、《菜根堂札记》十二卷、《古文》四卷、《菜根精舍诗集》十卷、《杜诗增注》二十卷、《读杜笔记》一卷等。其《读杜笔记》是与《杜诗增注》相辅相成之作,与《菜根堂论文》合订刊行,又收入夏力恕《溰农遗书》第七。生平事迹见《(光绪)孝感县志·人物志·理学传》、程大中撰《夏先生力恕传》(《碑传集》卷四八)。

一二四　夏力恕《读杜笔记》

夏力恕《自识》

古人语言行事,苟非择而学之,未得其长,先堕其短矣。虚心别白,期于揣其本而不掩其真,岂无呵护苦衷,僭踰之罪,则又奚逃!顷年有《读杜笔记》若干卷,姑检二十馀则,书付儿辈。风尘偃息之暇,略悉梗概,斯亦穷理论世之一助云尔。甲戌立夏前五日,菜根老人识。

【版本】

清乾隆十九年(1754)《溰农遗书》本《读杜笔记》。

一二五　江浩然《杜诗集说》

冯浩《序》

诗藉说而明者也,惟说杜诗者注释、论述,传本纷繁,阐发固无馀蕴,而未免纯疵错出之议。囿于一知半解者,浅也;堕入旁门错径者,僻也;拘牵文义、逞其臆见者，舛也；影附时事、强合史传者，凿也。其或纠正诸失，兼或发明诗指矣，而专行散见，各自成书，未获荟萃于一。学者墨守一篇，既苦考证无自，即博观参伍，而昧于折衷，亦难奉为依据，此吾乡江孟亭先生所以有《杜诗集说》之著也。先生枕经胙籍，手不停披。论诗宗仰杜公，往往独具见解，发前人所未发，而旁搜遍采，参订尤勤。尝历举以示人曰："杜公某诗某说为是、某说为非、某诗诸说皆非，应作如是解。"凿凿焉，娓娓焉，一似合古今说杜诗之人叙列一堂，而咸听其稽核进退然者。奋笔纂录，裒然成帙。惜乎徒珍箧衍，勿克流播艺林，然揭往古之真诠，启后贤之茫昧，精华所聚，不容泯灭。吾有以决其必传于后，无疑也。先生既久归道山，哲嗣声先，谨奉手泽，果授梓以行世。是书也，搜罗富而抉择精，谬误悉除，义蕴毕备，从此进求作者之源流指趋，当有心领神会于诠解之外者，其嘉惠来学，岂浅鲜与！语有之："莫为之后，虽盛而无传。"声先客游岭海，砚耕粒积，以传先业，可谓能继志矣。乾隆戊戌长至，桐乡冯浩书。

江壎《例言》

杜诗笺解注释，宋元以来，代有成书，详略各殊，醇疵错出。或自矜创获，无当指归；或聚讼纷纭，互相诘驳。兹编合众论以参稽，期去非而存是，偶或附以己见，用备取资，标题"集说"，示不敢掠美前人云尔。

杜诗构字、选言，俱有成处，兹编荟萃群言，务在阐明大意，而训诂之学，亦所不遗，凡各集所已载者，参酌而存之，未及者补之。至若方言、土物、逸事、僻书，注家强作解人，未免凭臆附会，宁为阙如，另俟考证。

读杜诗之法，异于他诗，作者以诗为史，读者以史证诗，要惟信而有徵，庶足参稽时事，尚论古人，凡篇中所徵引，一以记传共见者为准。稍涉穿凿影射者，置之。至各家所注，人名或时代悬殊，地名或疆域迥判，亦未踵讹滥列，勿以疏漏为嫌。

流传刻本，字句多有异同，兹于每字每句下，注明一作某字，一作某句，某人某书定为某字某句，良以无碍并存，姑仍其旧。若其点金成铁，以鲁为鱼，徒沿谬讹，概为芟节。

每篇于字疏句释之后，即继以各家论说，分载逐段之下，俾全诗首尾贯彻，脉络分明。其总论全诗大旨者，则统列各诗之后，差觉了如指掌，取便披吟。

朱氏《辑注》、仇氏《详注》二书先后行世，操觚家圭臬奉之。兹编卷帙次第,一依朱注定本,而采取则仇注较夥,合之宋元以降百家。披沙见宝,不啻先得我心;集腋成裘,用以昭示来许。学者绎绪论而会心,须筌蹄之可弃,谓是编之导夫先路也可。

先君子绩学种文,尤耽吟咏,平生寝食少陵,奉为衣钵。于近人,则酷嗜曝书亭诗,尝手自笺注,壎既梓以行世矣。兹集则博采宋元以来各家论说,参伍错综,以归一是,旧说间有未修,则附以新裁。抉奥钩元,悟酸咸于味外;提纲挈领,昭模楷于来兹。口不绝吟,手不停披者,凡屡易寒暑,至戊辰岁始脱稿。庚午易箦之夕,壎适馆东鲁,未能侍侧。先君子方喘息奄奄,且命家人扶腋起坐,取是书留连省视,复什袭藏之,嘱曰:"儿归,可慎付之,毋负吾一片心血也。"壎痛承遗命,镂诸心曲,自此北辙南舟,携以自随。时欲公诸同好,以光先志,顾以卷帙颇繁,剞劂靡易。蓬窗旅舍,每一展览,未尝不泫然流涕也。岁戊戌,始得次第付梓。悉遵原稿,详细校雠,累寸积铢,乃克蒇事,庶先君子著述苦心,稍慰于万一与?乾隆戊戌四月,男壎谨识。

【版本】

清乾隆四十三年(1778)嘉兴江氏惇裕堂刻本《杜诗集说》。

【作者简介】

冯浩,字养吾,号孟亭,浙江桐城人。乾隆十三年(1748)进士,由编修官至御史。著有《孟亭诗文集》、《玉溪生诗评注》、《樊南文集详注》等。

江壎,江浩然之子,生平事迹不详。

一二六　蒋大成《集杜诗》

赵青藜《展亭集杜诗序》

虎林蒋先生寄示《集杜诗》一册,盖丙寅别我于都门,而出入蜀道之始末也。考集句古无有,有之,自宋初。论者谓至石曼卿人物开敏,以文为戏,然后大著。夫人物开敏,是信然矣。戏之云者,毋乃犹疑于集之之非乎?何竟不闻铸古语若己出之,固自有人也。且人即能诗,孰有过于工部哉?工部之圣于诗,岂不在草堂、夔府诸咏哉?乃其自言曰:"晚节渐于诗律细",所谓"得失寸心知"者,此矣。故人而不入蜀则已,入蜀而不留咏则已,人而入蜀,入蜀而留咏,断非集杜不可。盖蜀中山水,为巨灵鬼斧,特辟一奇,而工部身老于其中,摹写之妙,直与造化参。与其剿窃以为得,则剿袭可羞,即欲扫除以为工,则崔颢题诗何说？曷若明摘其成句,而铸以新意,写吾性情,复不失推服古人之为愈也。况今日读杜,固绝不知蜀中山水作何景状,犹能于讽诵想见之,则以身历而耳遇而目遇,郁积于中而已,不能以无言,而工部早一一如我所欲言。夫不如所欲言,即工部之诗,不得称圣。以其如所欲言也,而遂无言,将江山不能助人,而我性我情,不且钝拙而弗灵也哉！抑人之尊杜者,叹为诗史。披兹册竟,凡蜀中物土民情、先生之行踪往反,历历如侍左右,固以快然其为诗史,不知为工部句也,抑何疑于集乎？吾且执此以作饾饤、獭祭者之针砭耳矣。

翟蔼评曰：集句到天然处,往往胜于出处。斯集诚善,自当为序而传之。

【原文出处】

赵青藜《漱芳居文钞二集》卷三,《清代诗文集汇编》第306册,第605—606页。

【作者简介】

赵青藜,字然一,号星阁,私谥文毅,安徽泾县人。乾隆元年(1736)举会试第一,选庶常,授编修,改江西道监察御史,补山东道。两典浙江、一典湖南乡试。居台谏五年间,有直声。曾受古文义法于方苞。著有《漱芳居文集》十二卷、《漱芳居诗集》三十二卷等。

一二七　郑方坤《杜诗宣和谱》

郑方坤《自序》

少日读杜诗皆能上口,忆曾侍先大夫花间杂咏,酒以次行。客有举《宣和谱》徵令者,随所遇牌色,拈唐人诗一句。余时所阄得者为《五巧合谱》云："油瓶盖"者,漫应声曰："一片花飞减却春。"继得"断幺",则曰："南海明珠久寂寥。"最后得"大四对",则曰："天下朋友皆胶漆。"于是客座皆称善。客冬久滞历亭,适编纂杜笺竟,偶案头有此谱,因仿前例,每一名色,各缀五七言诗一句,大抵吏散庭空,灯下酒边之所作。昔李翱著《五木经》,房千里序《骰子选格》,色飞眉舞,有味乎其言之馀,今者更邀浣草诗老于三十二扇、二百二十七点中,参伍错综,断章取义,一以寄闲情,一以理旧业,消兹膏晷,代彼萱苏,准古较今,不尤愈乎?

【版本】

已佚。

【原文出处】

《民国建瓯县志·艺文志》。

【作者简介】

郑方坤(1693—?),字则厚,号荔乡,侯官(今福建福州)人,寄籍建安(今福建南平)。雍正元年(1723)进士,历任邯郸知县、景州、河间同知、登州、沂州、武定、兖州知府,权充沂曹济道等官职。著有《经稗》六卷、《蔗尾诗集》十五卷、《文集》二卷、《五代诗话》十卷、《全闽诗话》十二卷、《注杜诗》、《杜诗宣和谱》等。生平事迹见《清史列传·文苑传二》、《清史稿·文苑一·丁炜传》附传。

一二八　纪容舒《杜律详解》

纪昀《题识》

乾隆辛未,先大夫出守姚安,水陆万里,不能携卷帙,山郡僻陋,又无自得书,仅从诸生王明家借得顾宸《杜诗解》一部。先大夫喜谈杜诗,而病顾宸解多穿凿,因就其本点窜之。在官三载馀,丹黄殆遍,王生录之成帙,私题曰《杜律详解》。先大夫取阅之,以为体近于疏,命吏别缮净本,改题《杜律疏》。会敕修《续文献通考》,昀遂以净本送吴侍读省钦,著录于《经籍考》中。后书馆移皇城内,其本遂佚,今所存者,初本耳,故仍题曰《杜诗详解》。其与《续通考》所载不同,实一书也。恐滋将来之疑,故敬述本末,俾后人有考焉。壬辰人日男昀识。

【版本】

北京图书馆分馆藏清钞本《杜律详解》,齐鲁书社1999年《四库全书存目丛书》影印本。

一二九　张雝敬《杜诗评点》

张雝敬《识语》

右一卷之八卷,选古诗一百三十首。诗之有靖节、子美,犹四子之有《孔丛》、《家语》;《尚书》、《春秋》之有《左》、《国》、《公》、《穀》,非他书之比。故于文体,亦须校正,兹特改其尤甚者,其馀俗字、破体,可推此而正之。古体原稿,圈点详备,复用朱者,盖参之鄙见。近体因原稿所无而补之,未审其有合否也。简斋张雝敬识。

【版本】
成都杜甫草堂博物馆藏清雍正十二年(1734)杨岐昌钞本《杜诗评点》。

【作者简介】
张雝敬,初名珩,字珩珮,号简庵,秀水(今浙江嘉兴)人。世居新塍白鹤滩,筑有灵鹊轩,以布衣读书、著述终身。与梅文鼎、王寅旭友善。博学多才,诗风豪俊,有《闲留集》、《环愁草》等诗集。尤精天文历算,著有《定历玉衡》、《盖天算法》、《闲道编》、《恒星考》、《春秋长历考》、《西术推步法》、《弦矢立成》等。关于经学的著作有《书经参注》、《左传平》、《春秋义》等。尚著有《三分案》、《千秋恨》、《再生缘》、《昭君怨》、《碧桃花》、《尘寰梦》、《仙筵投李》、《贾郎续梦》八种杂剧,及传奇《祝英台》、《醉高歌》、《十二奇踪记》,还有《鸡冠花谱》一卷等,只有《醉高歌》尚存,馀皆佚。生平见《碑传集》卷一三二《梅文鼎传》附、《国朝书画家笔录》卷二、《国朝画识》卷五。

一三〇　邓献璋《艺兰书屋精选杜诗评注》

邓献璋《自序》

世间最是一部《史记》奇,变化灭没,续处忽断,断处忽续。年来四过洞庭,风波汹涌,水声拍天,旅行孤泊,啸虎啼猿,灌耳憧心。及帆随湘转,望衡九面,遥青未了,紫盖芙蓉,如削笋,如淡墨,云日映射,如绣彩,如垂朵,始悟得一部《史记》。嗟乎！人生寒暑，鲜得百龄，岳有五湖匹之，身无绿羽，两眶横瞪，积卷连天，蠹鱼化脉望，知复几时检得少陵诗一本，以游湖岳兴读之，以读《史记》法解之，得断续变化之妙，多于四十字中，用为镌梨噶矢。嗟乎！是某甲寅后南蓬北辙，愁霖汗暍，搔首河界，摩娑石鼓之热血也。南洲夏中，叙而行之。

华麓邓献璋砚堂题。

邓献璋《艺兰书屋精选杜诗评注凡例》

一、杜诗向无选者，兹刻极知挂漏。然波斯入海，惟拾七尺珊瑚；慧眼通禅，早证六丈果位。裁汰颇费深心，君子或无讥焉。

一、五言犹为近古，近有名家，专攻此体。杜老以忠君爱国之思，抒挢天架海之才，浑灏流转于四十字中，最为奇杰。余尝谓读杜五律一首，胜读一篇长《史记》文字，故兹刻以五律起。

一、杜诗号为"诗史"，无容赘赞，惟是气体高妙，曲折变化，尺幅而近，常觉万里为遥。其咏物诸作，意在言先，景标象外，骨飞肉腾，超凡入化。自注家支离附会，转生芜蔓。鄙意但取其格法之深稳，意匠之结契，略以数语条剔之，使其精神自现，读者已自栩栩神往。

一、是刻标举大旨，原以采掇风雅，烂熟故事，不及徵引。每章评点，归于精切。若夫编年纪月，知人论世，佳刻颇多，总可参观。

一、杜诗各体并选，外有《三经解》、《左传》、《史记》、《韩文》、《楚辞》、《南华》、《汉书》及《唐宋八大家选评》、《明文今文定本》。又有《古今人鉴》、《古今明贤遗韵》、《艺兰书屋诗古文时艺》、《华麓堂杂著》，以无副本，概俟续刻。

一、是书缘吾门胡子山瑶友以，精于小楷，录成副本。又得尹子登龙方李、李子学虞绍舜、廖子万华含藻，解囊共勷，刻资有藉，俾得请教四方君子。斑管之劳，青蚨之赠，均不可没。

一、刻书刻文，荆川谓为无耻之一节。余敢蒙耻献丑，乃阮裴园夫子谓是解质而不俚，简而能该，不穿凿附会，能出前诸家圈圆，浣花老人精神欲活，又别有读古神味，力为奖成，然终自谦孟浪也。

念堂自识于竹香阁。

【版本】

成都杜甫草堂博物馆藏清乾嘉间兴立堂刻本《艺兰书屋精选杜诗评

注》。

【作者简介】

邓献璋,字方侯,一字砚堂、念堂,祁阳(今属湖南)人。博览群书,为文峭拔有奇气,以廪生由湖南巡抚钟保荐举,应乾隆元年(1736)博学鸿词试,报罢,留京师,后直武英殿。后授四川渠县令。著有《藕花书屋稿》、《三经解》、《古今人鉴》、《古今名贤遗韵》、《艺兰书屋诗古文时艺》、《华麓堂杂著》、《艺兰书屋精选杜诗评注》等。生平见李富孙《鹤征后录》卷十一。

一三一　何化南、朱煜合编《杜诗选读》

何化南《弁言》

陶开虞先生有云:"读诗不读杜,犹恋三家村而舍两京,拜一卷石而失五岳也。"旨哉斯言！其尊杜欤？抑尊诗也已。夫诗自《三百篇》而骚、而汉魏、而六朝,以至于三唐,前人之述备矣。其大要以扶奖人伦、维持风教为本务,而其发源于性情,根柢于学问,和平于声律之间者,胥是道也。是故可以动天地,感鬼神,入人之心而生其慨慕,外此则非正义焉。少陵之为诗也,腹五常,精心万象,灵由本来,善造天然,工其所作。大而朝廷,小而物类,繁则百韵,简则数言,一皆忠爱之至性,扶理翊法,茹古含今而出。而生其后者,诵其词,考其志,未尝不叹其才,悲其遇,穆然向往乎其人。论者谓其功不在《三百篇》下,此其所以尊也。今诗学昌明之会,有志之士莫不留心讽咏移情茂制。然而月露风云之什,无关至情;蛇神牛鬼之章,有伤大雅。而欲厚其根基,深其蕴蓄,老其气格,高其声华,于以正人心而励风俗,诚莫有善于杜者矣。先是,予与友人朱志韬尝取杜诗录之,拔其尤若干首,编辑成帙,颜曰"选读",用自揣摩,并为家课计。而同学辈指为简尽详明,当授诸梓,予因有鉴于陶开虞之说,而知此之不可不读也,遂如其命。若云选政是操,予何敢！予何敢！

憩亭何化南识。

朱煜《凡例》

一、杜诗千四百馀首,兹集仅登十之二三,盖简之又简,以为揣摩之资,学者熟习之,尝鼎一脔足矣,又多乎哉?

一、是集原本仇注沧柱先生,其取裁于钱《笺》牧斋先生、王《臆》嗣奭先生、胡《薮》元瑞先生、黄《说》白山先生诸家,间有删略,并不著某云,从简便也。至议论高卓,动观体要者,仍于本注下另标"某氏曰",以示胥钞之意。

一、杜诗号千家注,字句之间,颇有异同,旧例互载本文下,兹集悉依进呈善本,不复□□者详之。

一、杜诗类有编年,用考生平履历,诸本殊多错误,仇公辨之详矣。是集虽未编年,每题如其所叙,次为时为地,按词求之,自约略可见。

一、杜诗有关一生大节者,如《咏怀》、《北征》等篇;有关一时政治者,如前、后《出塞》、三吏、三别之类。虽长章叠咏,莫不具载,亦权衡轻重之道宜尔也。

一、是集虽篇章寡少,而各体悉备,其间有酬答唱和,如严郑公、贾舍人之类,必附录之以昭准则。并有名作,或同时异世,可资睹记者,一一依类附载注中,庶学者别有引伸焉。

一、杜诗典故,每融化而出之,并兼事而使之,且彼此而异之,详注太繁,不详注太简,斟酌繁简之间,颇费工夫,毋易视之可也。

一、杜诗段落,天然节奏,短章易明,长章难辨,兹集每遇长篇,即于注首剖分段句,及各段又重宣之,非烦也,欲读者了然于心目而已。

一、昔人云:陶诗、杜诗,无可着圈点处,谓句句好也。但书无圈点,作者之精爽不出,读者之精神不生,兹所圈一以沈《选》为宗归愚先生,盖不敢以用铅甲乙自是云。

省斋朱煜识。

【版本】
清乾隆二十四年(1759)逸园刻本《杜诗选读》。

【作者简介】
何化南,字念棠,一作念堂,号憩亭。建城(今江西高安)人。约为雍、乾时人。邑诸生,工制艺及诗,晚好方外游,年九十余卒。著有《憩亭制艺》、《憩亭诗抄》、《唐诗话》等。

朱煜,字志韬,号省斋。建城(今江西高安)人。约为雍、乾时人。

一三二　杭世骏《杜工部集》

叶德辉《跋》

　　此旧钞本《杜工部诗集》诗十八卷,文二卷未钞,乃杭堇圃先生世骏手录王士禛、屈复两家评点本。前有先生手书二行云:"壬戌腊月呵冻,悉仿新城王渔洋原本,评点于金台客社,并附蒲城金粟老人评。"旁钤"堇浦"二字朱文篆书方印,"杭世骏印"四字白文篆书方印。卷之一下钤有"大宗"二字朱文篆书方印,以下各卷前后皆钤有"杭世骏印"、"大宗"、"堇浦"等印,又有钤"道古堂书画印"六字白文篆书长方印者。王渔洋评,已刻入张宗楠辑《带经堂诗话》卷末。道光甲午,涿州卢坤刻五色套印本《五家评杜诗》亦刻之。两刻均在此后,今检校,一一与此符合。金粟老人,为蒲城屈复别号。郑方坤《国朝诗抄小传》:"屈复,字悔翁,晚号金粟道人。自其少时,即弃帖括,只身走万里,寓沂、郯间最久。垂老乃之京师,以诗学教授弟子,名公卿多从之游。武陵冢宰杨公奇其才,以鸿博荐,三徵不起。寓僧庐,日坐卧土床中。诸贵人以问奇至者趾相错。年七十馀,重至郯邑,寓其乡人王大令署中。时余为沂州守,见余诗,便欲与订千秋之业,以诗集及所注楚词、义山诗笺相寄。适余有历城之役,不及晤。比还辕,翁已先期归里。念与余有一日知己之言,为删其全集,得若干首,付钞胥云。"杭世骏《词科掌录》:"蒲城屈复见心,号悔翁,布衣。刑部右侍郎、武陵杨公所荐,不与试。乙巳、丙午之间来游西湖,居紫阳山道观,以所注《渔洋秋柳诗》遍谒名流,刻《江东瑞草集》。古诗单阑少力,惟律调近熟。晚游京师,弓刀侍卫之徒皆从受业,颇有诗声,遂自尊侈。论诗则诋诃老杜,注骚则掎摭紫阳,每为士夫所鄙。其流传之诗,有不必为之题,如其中'乾蝴蝶'、'水中雁',字多至数十首;有不可通之句,金坛史公度曾举其《杨花诗》,予其可通者。"李富孙《鹤徵后录》:"屈复,字见心,号悔翁,陕西蒲城人,布衣,由刑部侍郎杨超曾荐举,著有《楚词新注》、《李义山诗意》、《江东瑞草集》。悔翁性迂僻,工于诗,兀傲自喜。所注楚词,采合旧注,自以新意疏解之,有得骚人言外之旨。《义山诗意》惟在就诗论诗,亦有心得,如《锦瑟》、《碧城》、《无题》诸篇,前人穿凿附会之解一举而洗之。"袁枚《随园诗话》四:"丙辰以布衣荐鸿词者四人,一江西赵宁静,一河南车文,一陕西屈复,一嘉禾张庚。车之著作,余未之见。张善画,长于五古,人亦朴诚。独屈复傲岸,自号悔翁,出必高杖,四童扶持,在京师见客,南面坐,公侯学诗者入拜床下,专改少陵,訾诋太白,以自夸身分,耳食者抵死奉若神明。山左顾懋伦心不平,独往求见,坐定即问曰:'足下诗有《书中乾蝴蝶》二十首,此委巷小家子题目,李、杜集中可曾有否?'屈默然惭,人以为快。"又四云:"方望溪删改八家文,屈悔翁改杜诗,人以为妄。余以为八家、少陵复生,必有低首俯心而遵其改者,必有反复辨论不遵其改者,要之,抉摘于字句间,虽六经颇有可议处,固无劳二公之舍其田而芸人之田也。"据此则随园虽甚不满于悔翁,而于其改削杜诗亦未尝全以为非是。今董浦先生亦不满于悔翁者,而手录其评点杜诗,至与渔洋并举,足见前辈虚心下气,不以门户意见没其是非之公。悔翁于杜诗用功至深,故能指摘其疵类,所谓"不入虎穴,不得虎子"也。他处别无刻者,本留此传抄秘迹以饷来学,于五家外又添一家,岂不多增一番眼界乎?然于杭、袁二先生平日持论之异同,又适成为一重翻案也。岁在丙寅中秋郋园叶德辉识,时年六十有三。

叶启发《跋》

旧抄本《杜工部集》十八卷,护页有"卷一选十九首,二选十五首,三选三十六首,四选十首"墨笔题记四行。又"壬戌腊月呵冻,悉仿新城王渔洋原本,评点于金台客舍,并附蒲城金粟老人评"墨字二行。下钤"董浦"二字朱文、"杭世骏印"四字白文对方印。卷中有"大宗"二字朱文方印、"杭世骏印"白文方印、"董浦"二字朱文方印、"道古堂书画印"白文方印。先世父据郑方坤《国朝诗钞小传》、杭世骏《词科掌录》、袁枚《随园诗话》所载屈复事迹,考定"金粟老人"为屈复之别号。知是本为仁和杭董浦太史世骏手录王、屈两家评本也。杜诗注本传世者无虑数百家,评者亦夥。道光甲午,卢坤刻《五家评本杜工部诗》,王氏所评,即在五家之中。唯屈评颇罕见,盖流传甚希之故尔。李富孙《鹤徵后录》一:"杭世骏,字大宗,又字董浦,浙江仁和人。雍正甲辰举人,由浙江总督程元章荐举,授编修,寻罢职放归。著有《礼记集说》、《金史补》、《史汉北齐疏证》、《前后汉书蒙拾》、《文选课虚》、《续方言》、《词科掌录》、《榕城》、《桂堂》等诗话、《道古堂诗文集》。"王昶《蒲褐山房诗话》云:"董浦先生书拥百城,胸罗四库,入翰林未久,即以言事罢归。既归,益肆力于诗古文词。两浙文人自黄梨洲先生后,全谢山庶常及先生而已"云云。可见太史之邃于诗学,斤斤不倦。而杜集为诗家之圭臬,故于王、屈两家评本,手录以备参稽也。钱竹汀大昕《疑年录》四:"杭大宗,七十八,世骏。康熙三十五年丙子生,乾隆三十八年癸巳卒。"壬戌为乾隆七年,太史年四十七岁。此本前题"壬戌腊月",即其时所录者矣。至屈氏论诗诋诃老杜,《随园诗话》讥其舍己芸人,盖又门户之见,而非是非之公也。甲戌孟冬月,东明叶启发。

【版本】

湖南省图书馆藏清杭世骏抄本《杜工部集》十八卷,并录清王士禛、屈复批。叶德辉《跋》又见其《郋园读书志》卷七,湖南图书馆编《湖南近现代藏书家题跋选》第一册,岳麓书社2011年版,第368页。叶启发《跋》又见其《华鄂堂读书小识》卷四,上海古籍出版社2014年版《二叶书录》,第288—289页。

【作者简介】

叶启发(1905—?),谱名永发,字东明,叶德炯幼子,叶德辉之侄,叶启勋胞弟,湖南长沙人。早年毕业于湖南私立修业旧制中学,美国雅体大学肄业后,在长沙任教中小学二十馀年。著有《华鄂堂读书小识》四卷。

一三三 孙人龙《杜工部诗选初学读本》

《御制杜子美诗序》

夫自上古,康衢有《击壤》之歌,虞廷有《卿云》之咏。帝与皋陶、禹、益诸臣,敕命赓歌、拜手飏言于一堂。歌咏之兴,有自来矣。爰逮姬周,公旦、公奭,调宫协徵,律其节族,春容乎大篇,堂皇乎雅辞,化自二《南》,达于列国,上自公卿,下至黎庶。至于变风变雅,亦莫非忠臣义士,摅其忠悃,发为歌辞,好色而不淫,怨悱而不乱。皆可以劝惩当时,为教后世。《诗》三百篇,一言以蔽之,曰"思无邪"。孰谓诗仅缘情绮靡,而无关于学识哉!然《三百篇》之诗,不拘格律,而音响中度,所谓大羹不和而有至味也。汉变四言为五言,亦间有七言之体。至魏晋而音韵愈盛,入唐而格律益精。盐梅之设,大羹之害也;七窍之凿,浑沌之贼也。于诗教之温柔敦厚,不大相刺谬乎?是以言诗者,必以杜氏子美为准的。子美之诗,所谓道性情而有劝惩之实者也。抒中悃之心,抱刚正之气,虽拘于音韵格律,而言之愈畅,择之益精,语之弥详。其于忠君爱国,如饥之食、渴之饮,须臾离而不能。故虽短什偶吟,莫不睠顾唐祚,系心明皇。蜀中诸作,尤致意焉。屈原放逐,《离骚》是作,后代尊之为经。子美之诗,亦因其颠沛流离,抱忠秉义,不究其用,垂于诗以自见,故后世宗之,参之于《三百篇》之列。若夫较一字之长,争一韵之巧,摘华藻于篇章,夸博赡以耀众者,艺也,非所以求子美也。

孙人龙《自记》

唐元微之谓:读诗至子美,而知大小之有所总萃焉。始尧舜时,君臣以赓歌相和。是后,诗人继作,历夏、殷、周千馀年。仲尼辑拾选练,取其干预教化之尤者三百篇,其馀无闻焉。骚人作,而怨愤之态繁,然犹去风雅日近,尚相比拟。秦汉已还,采诗之官既废,天下妖谣民讴、歌颂讽赋、曲度嬉戏之词,亦随时间作。至汉武帝赋《柏梁诗》,而七言之体兴。苏子卿、李少卿之徒,尤工为五言。虽句读文律各异,雅郑之音亦杂。而词意简远,指事言情,自非有为而为,则文不妄作。建安之后,天下文士遭罹兵战,曹氏父子鞍马间为文,往往横槊赋诗,其遒壮抑扬、冤哀悲离之作,尤极于古。晋世风概稍存,宋、齐之间,教失根本,士子以简慢歇习舒徐相尚,文章以风容色泽放旷精清为高。盖吟写性灵、流连光景之文也。意义格力,固无取焉。陵迟至于梁、陈,淫艳刻饰,佻巧小碎之词剧,又宋、齐之所不取也。唐兴,官学大振,历世之文,能者互出。而又沈、宋之流,研练精切,稳顺声势,谓之为律诗。由是而后,文变之体极焉。然而好古者遗近,务华者去实。效齐梁则不逮于魏晋,工乐府则力屈于五言。律切则骨格不存,闲暇则纤浓莫备。至于子美,盖所谓上薄风雅,下该沈、宋,言夺苏、李,气吞曹、刘,掩颜、谢之孤高,杂徐、庾之流丽,尽得古今之体势,而兼人人之所独专矣。使仲尼锻其旨要,尚不知贵其多乎哉!苟以其能所不能,无可无不可,则诗人以来,未有如子美者。呜呼!论洵确矣。又谓是时山东人李白,亦以奇文见称。试观其壮浪纵恣,摆去拘束,摹写物象及乐府歌诗,诚亦差肩于子美。若铺陈终始,排比声韵,大或千言,次犹数百,词气豪迈而风调清深,属对律切而脱去凡近,则李尚不能历其藩翰,况堂奥乎?金元遗山尝讥之,有诗云:"少陵自有连城璧,争奈微之识碔砆。"盖以上所论,不免于偏也。余幼读工部诗,窃见向来评注几数百家,手自纂辑,不啻数四。然引证猥杂,扬抑纷繁。窃谓随其所见,均不如密咏恬吟,熟读深思,而自得其旨趣。厥后得长洲何义门先生所手批,简当精切,尝携置行箧中,以便展玩。兹试事既竣,乃于公馀,复理旧业,特加选择,以为读本。季弟文龙、儿子元礼遂编校付梓,盖谓有裨于初学云。时乾隆丁卯百花生日壬申,苕上孙人龙记于端溪试院。

孙人龙《又记》(卷六目次前)

工部诗合计诸本,凡一千四百四十七首,既从义门先生所选古今体五百有馀首,定为读本矣。顾有全篇未完美,而瑜与瑕不相掩者,向所诵法,不能割爱。且辑录评注,亦可使初学知所别择,故为续编如左。端午日甲午端人又记。

【版本】
清乾隆十二年(1747)五华书屋刻本《杜工部诗选初学读本》。
【作者简介】
孙人龙,字端人,号约亭,一说字约亭,号端人,又号颐斋,乌程(今浙江湖州)人。雍正八年(1730)进士,明年,奉使西陲,授编修。十三年视学滇中,任云南学政,凡六载,以振兴文教为己任。乾隆九年(1744)视学粤中,任肇高学政,秩满入都,充《文献通考》纂修官、甲辰会试同考官,所取皆知名士,二十二年乞归。曾参与编纂《唐宋诗醇》。著有《四书遵注讲义》、《约亭未定稿》、《颐斋未定稿》、《杜工部诗选初学读本》、《陶公诗评注初学读本》等。生平事迹见《(同治)湖州府志·人物传·文学三》。

一三四　边连宝《杜律启蒙》

戈涛《杜律启蒙叙》

随园先生以所著《杜律启蒙》若干卷,属余为叙。余读之,不毗故说,不倚己见,一以惬当为归。其折中之旨,疏解之法,于凡例十六详哉言之矣,余又何以叙之？余尝与先生论制举义,先生曰:"有明以古文为时文者,归、金二家为最。归极其正,金极其变。金之变在于起伏、转换、伸缩、掩抑间,几几不可方物,而未尝尺寸轶于规矩之外。故正希自谓掺正、嘉以前矩矱不诬也。国朝作者能得其遗意,惟望溪一人。虽其气体醇穆于归为近,而变化错综一以金法行之。"先生论制举义如是。诗律之有杜也,犹制举义之有正希也。自有律,律与古分;自有杜律,律与古合。律与古分者,声耳,貌耳。遗其貌,略其声,寓比托兴于四十、五十六言之中,纵横跳荡,绝不为格韵偶比之所棘阏,则又乌辨其孰为古、孰为律,而强为之低昂哉！且夫律之为义,取诸乐。乐律主变,不变不能为律；变而失其正,亦不得为律。律至于五声、七均、八十四调、十七万七千一百四十有之分数,而实归本于九寸之一管。杜之律,起伏、转换、屈伸、掩抑,几于不可方物,而切而求之,尺寸不失。呜呼！此其所以为杜律也。杜不云乎"晚节渐于诗律细"？杜之律一惟其细,则读者又乌可轻心掉之？先生是编,爬剔栉梳,非惟勤于杜也,即杜以申律,即律以反古,是在善会之矣。虽然,先生之诗,力追乎杜,于文梯方以跂金,而诗不见收于鸿词之科,棘闱十上十见摈。夫子美不能以之取进士,又况其效之者哉！今时场屋,所用之诗,不过如唐试帖,犹时文之闱墨耳。韩子所目为俳优者之词。而先生顾举是以为津梁。吾恐执圆机、袭活套者之犹犹然窃笑其后也。

献陵戈涛拜手书。

边连宝《杜律启蒙凡例》计十六则

注例有二:注事,笺也；注意,解也。事意相须,两难偏废,而轻重判焉。兹编注事从略,注意从详。注时事稍详,注古事倍略。盖历代以来,事迹之搜罗已悉,而纵心一往志意,以紃绎弥新。不得其意,而徒事掊撦,纵极博洽,于神理殊无当也。

仇注先意而后事,于鄙意殊觉不合。盖不观其事迹之粗,其精者固无由窥也。故兹特反之。然亦有于注事稍见其意者,于注意附见其事者,各从文势之便,非自乱其体例也。

总注在前,详注在后；先挈纲领,后疏脉络,其大较也。详注之中,有顺解者,有断解者,有先顺后断、先断后顺、参错而成者,有但为总注而不必更详者,有但为详注而无事复总者。易解则不为词费,难解则不厌文繁,总以明白洞达为主。识者鉴之。

注意之例,或用某说,必系其姓氏；即申己意而参用旧说,亦必明缀于后,曰中参某氏。注事之例,其诸家从同、并无异说者,则浑之。其所引独异他家而确乎不易者,亦必系以姓氏。总之,一字之美,不敢掠取云尔。

余家藏书不富。兹集所据,仅得数种：一千家注,一赵注,一顾氏辟疆园,一仇氏详注,一浦氏心解。千家杂而舛,赵注浅而略,顾氏琐而凿,浦氏颇费苦心,然好为异说,而不足以自圆。略短撷长,大费披拣,惟仇氏详注；

275

虽所取太博，时或短于抉择，然不可谓非集大成之书也。故集中引用尤多。

心理皆同，古今不易。倘必家树一帜，人置一喙，则古人之文之为天下裂也久矣。故苟异之罪，浮于苟同。然同主一说而见浅见深，无不肖其所积，固可于笔墨间遇之也。

严沧浪以禅喻诗，余深不取。至谓不堕理障，不落言诠，盖惩于宋人之迂腐，欲鉴噎而废食也，其为风雅之祸尤烈。夫老杜之所以独有千古、远绍《三百》者，正以其精于理耳。于理既精，故言皆可求其所据。所谓如山东父老说农事，言言着实者，乐天乌足以当之？当此者惟我杜公而已。乃俗人耳食，动谓诗以不可解为妙，不知妙诗无不可解，渠自不解耳。若溺于沧浪之说，而务为刘安鸡犬归存无定之言，其不陷于野狐窠臼者几稀矣。

斯编之作，一字一句皆经称停而出，而于《收京》、《有感》、《洞房》以下八章，以及《诸将》、《秋兴》诸大篇，尤不敢掉以轻心。以此为公精神命脉所结聚处也。其间有诸家聚讼者，必不惜馀力以扶其是而排其非；有专用己见者，亦不惜馀力以斥群非而伸独是。其扶之也，非党枯；其排之也，非雠朽；其斥而伸之也，亦非私敝帚而享以千金。盖恐大处一错，其馀纵有一知半解，都无足观耳。

古人文字，字里行间都折叠着许多情事，许多道理。至其折叠之多少，视其所造之深浅以为差。方望溪先生谓《周礼》精处，全在空曲交会之中。所谓空曲交会者，即其折叠处也。注疏家但能于其所折叠者一一舒展得开，便是好注疏耳。诗家折叠处惟杜为多，元、白以下，平铺直叙，并无折叠，不烦舒展矣。读是编者，当于舒展其折叠处一一着眼，所谓"细意熨贴平"也。

杜诗气脉深稳，于一气贯穿之中，自藏千曲百折之妙。其间有辟有合，有伏有应，有缨带，有穿插，有线索，有关锁。兹特一一抉剔而出，批郤导窾，节解骨张，而仍不失其一气浑成之妙，并少全牛，仍还成竹，此等处煞费苦心。倘目以讲章俗体，则作者之心戚矣。

律有二义：一曰音律，言其叶也；一曰法律，言其严也。然律欲严而不欲拘，若为律所缚，寸步不能自展，局促如辕下驹，又奚贵焉？惟杜律变化神明，不可方物。动以古文散行之法，运于排比声偶之中。所谓杜甫似司马迁者，不独《八哀》篇为然，亦不独古诗为然也。若但以起承转合之死法求之，岂不失之远甚？各著于篇，兹不枚举。

杜诗中不无拙句、俚句、晦句、粗质句、堆累填凑句，然自不害其为大家。若如近世诗人，字字甘滑，言言工美，了无真意行乎其间，则亦诗中之乡愿而已,何大家之有?故遇此等句,必明加指摘,不敢摸棱附会,自误误人,而兼以误杜。然必再四思维,至径绝路塞之后,敢下一字之贬。非如杨亿、王慎中、郑继之辈,不自量度力,作蚍蜉之撼也。

新、旧《唐书》本传,事迹舛错,多与诗集不合。诸家既录之,又引诗以驳之,殊滋纷扰,故俱不载。惟严武钩帘之事,所关至大,已于诗中辩之矣。至公以饫而死,犹之乎饿死耳,牛炙白酒,夫亦何损于公而必沾沾聚讼?所谓无益费精神也。

年谱之作,昉自宋人,由来旧矣。近者,仇本但载履历而不及时事,顾本兼之。窃谓时事与诗相关,虽已注于各章之下,而不如年谱之详,故不可废。兹从顾本,时事与履历并录,而履历则稍参仇本。又顾本于一年之事,皆蝉联而下,易致混淆。兹于一事既毕,特空一格,以为界划,庶为醒目。

杜诗编年纪月,某诗必系某年,某诗必系某地,非如他家可以任意倒置。盖即其时其地,可以论世知人,非仅流连光景、陶写性灵之作也。然亦秦州诗不入成都,成都诗不入夔州,今年诗不混去年,明年诗不入今年,足矣。注家过于求精,东屯、瀼西,咫尺必分,暮春、孟夏,晷刻必辨,则亦前人所讥为愚者矣。兹集次序,悉依顾本。其甚舛者,但注于下曰:此当入某年,顾误入某年,应改正而已。馀则悉从其旧,不事屑屑勘校也。

诗文之有圈点钩勒,所以发作者之精神,醒观者之心目,乃必不可废者,何得概以时文陋例目之?但律与古不同,故无事钩勒。然遇格法之奇变者,亦或间一用之。至或圈或点,或尖或圆,统观数章,其例自明,不须更赘。

任邱后学边连宝肇畛氏谨识。

【版本】

清乾隆四十二年(1777)初刻本《杜律启蒙》。

【作者简介】

戈涛(1725—1784),字芥舟,号遵园,直隶献县人。乾隆十六年(1751)成进士,改翰林院庶吉士。屡迁刑科给事中,历充福建乡试正考官。与纪晓岚、刘炳等并称为"瀛州七子"。著有《坳堂诗集》十卷等。

边连宝(1700—1773),字赵珍,后改字肇畛,号随园,晚号茗禅居士,任丘(今属河北)人。康熙五十八年(1719)补博士弟子员,雍正十三年(1735)贡成均,廷试第一。乾隆元年(1736)荐试博学鸿词科,不中。十四年复荐经学,辞不赴。遂绝意进取,益肆力于古学。与纪晓岚、刘炳、戈岱、李中简、边继祖、戈涛并称为"瀛州七子",又与袁枚并称"南北两随园"。著有《随园诗草》八卷、《古文》四卷、《古文病馀草》八卷、《三字无双谱乐府》一卷、《评注管子脞》二卷、《五言正味集》六卷、《考订苏诗施注》十卷、《禅家公案》一卷、《长语》等。生平事迹见《清史稿·文苑传一》、《清史列传·文苑传一》、《国朝诗人徵略》卷二七。

一三五　乔亿《杜诗义法》

乔亿《书元稹李杜优劣论后》

　　李、杜诗,自元稹之论出,古今谭艺之士,先杜后李者,莫不然矣。以韩退之于二公辄并举,不小为轩轾,虽不敢议,乃终弗于从。盖由子美学博而正,其所为诗,大则有关名教,小亦曲尽事情,加以诗之法度,至杜乃大备。太白神游八表,学兼内典,见之于诗,多荒忽不适世用之语,又才为天纵,往往笔落如疾雷之破山,去来无迹,将法于何执之?后之从事于斯者,但随其分之浅深、功之小大,皆于杜有获也,诸体可兼致其力。而太白历千馀年,所云问津者,率皆短制,或一二韵之飘洒,其庶几焉。至于大篇,入笔驱辞,能得其山奔海立之势,而音韵自若者谁与?五岳名山,九州之胜概也;蓬瀛、方丈,海上之仙踪也。以言乎游历,一身无遍及要荒,而五岳之真形,八方之异气,怪禽幽兽,山鬼跳梁,可惊可愕于丛薄深箐中,世每不绝于传闻,以高僧畸士,独往之徒,各流播人间也。彼三山五城十二楼,太史公述之,而谁其一至与?故未蹑蓬瀛、方丈,谓高于五岳,非也。知有五岳,谓尊于蓬瀛、方丈,亦非也。李、杜之诗,固若是焉已矣。以是知杜可宗,李不可轻拟。可不可,于李、杜云何先后哉?昔陈无己评太白诗,因及友人黄介尝读是论,谓"论文正不当如此",陈以为知言。(《山谷集》亦载此说)然犹不免低昂之见宅于心也。善乎子瞻之言,曰诗文之学,至于韩退之,天下之能事毕矣。然则善评李、杜者,亦莫如韩,韩其得意于二公兴象之外云尔乎。余学诗垂五十年,固习复于杜而涉猎于李者,今诵韩诗,有会心焉,故书之。若欧阳永叔,贵韩及李,而不喜杜,则有贡父诸人论说在已。

　　本文引自《剑溪文略》。

　　乔亿,字慕韩,号剑溪,康熙时人。为人美须髯,善谈论,以国学生应棘闱试,不售,辄弃去,专肆力于诗,五言宗汉魏,其近体亦不屑作大历后语。时沈归愚宗伯主东南坛坫,海宁查氏群从,以诗鸣浙西,亿与之游,能自树一帜,卒年八十七。

曹锡宝《寄怀乔剑溪》诗:"天涯有知己,高卧射湖滨。消息经年断,心情两地亲。耽诗怜我共,苦调与谁邻。一夕思嘉会,愁看月色明。"

邱谨《答乔慕韩》诗:"三年春草梦悠悠,望远伤离可自由。共道嵇康偏嗜懒,应知沈约本工愁。西风落叶芳时晚,细雨寒灯独夜秋。多病年来觞味阙,劳徵新句若为酬。"

【版本】

山东大学儒学高等研究院藏清抄本《杜诗义法》。

【作者简介】

乔亿(1702—1788),字慕韩,号剑溪,别署实亶居士,宝应(今属江苏)人。莱孙,崇修子。少以诗名江淮间,与沈起元、方观承、沈德潜交善。乾隆中以国学生再试不售,辄弃置仕进,专肆力于诗。乾隆二十九年(1764)客游山西太原,为猗氏书院山长。著有《小独秀斋诗》二卷、《小独秀斋近草》一卷、《素履堂稿》一卷、《窥园吟稿》二卷、《三晋游草》一卷、《夕秀轩遗草》一卷、《惜馀存稿》一卷、《剑溪说诗》三卷、《剑溪文略》二卷、《燕石碎编》一卷、《大历诗略》六卷、《古诗略》、《艺林杂录》、《元祐党籍传略》、《兰言集》等。生平事迹见《清史列传·文苑传一》、《重修宝应县志·文苑传》、朱彬《乔剑溪先生墓表》、《广陵诗事》。

曹锡宝(?—1792),字鸿书,一字剑亭,上海(南汇)人。乾隆二十二年中进士,历任内阁中书、军机处章京、刑部主事、刑部郎中、监察御史等职。生性坦率、刚正不阿,曾弹劾和珅,被革职留任。生平事迹见《清史稿》卷三二九。

邱谨,字庸谨,号浩亭,山阳(今江苏淮安)人。雍正元年(1723)拔贡,官六合教谕。生平见《淮安府志》。

一三六　齐召南《集杜诗》

齐毓川《案语》

案,天下山水,东南称天台,西南则推巴蜀。文字与江山相触发,故老杜自秦州入蜀后,诗益奇。今观其《青阳峡》、《铁堂峡》、《龙门阁》、《石龛》、《剑门》、《万丈潭》诸作,峭削雄奇,险仄荒幻,无所不备。非胸有造化者,不能得其仿佛。然西蜀山险而水危,天台山明而水秀,若使少陵状蜀道之状转状天台,又不知其若何奇妙也。公以此老雄奇之句,写天台灵秀之山,虽面目不同,而各擅其胜。譬之杜则五丁力士,初辟蚕丛,公则因之钩天梯而连石栈矣。读是录者,奚啻置身于万八丈峰头也。兹集及李中咏台诸作,皆补邑志所未备。邑之人士,亦鲜有知者。毓川是用略加注释,参考綦慎,不敢妄有傅会。自公诗出,与公而后赋台山者,又添一部掌故矣。

临海黄进士河清云:宗伯尝序其徒太平戚学标《集杜编》,以为此衰老无聊者之所谓。生既笃好杜诗,则于杜云"读书破万卷,下笔如有神"者,生其勉乎哉!观此可以知宗伯之深矣,谅哉言乎。

【原文出处】

齐召南《宝纶堂外集》卷八末,《清代诗文集汇编》第300册,第512页。

【作者简介】

齐毓川,字渭占,浙江天台人,齐召南从孙。

一三七　申居郧《杜诗指掌》

李逢光《杜诗指掌序》

申君西岩,洺州端愍公曾孙,凫盟先生之从孙也。申氏本以诗世其家,西岩笔力,有法有度,不愧先人。先著有《杜诗指掌》一编,评点笺释,别具手眼,一扫蓁芜,绝无穿凿附会之失。匪惟神契少陵,深得诗家三昧,而其词微,其旨显,真如布帛菽粟,无人不可复而习之、餍而饫之也。以是津梁后学,其有功于诗教,岂浅鲜哉!

【版本】

已佚。

【原文出处】

徐世昌《大清畿辅书徵》卷三一。

【作者简介】

李逢光,字方近,梅城(今广东梅州)金山人。乾隆六年举人,乾隆三十四年任南乐(今属河南)知县,乾隆四十三年任河北卢龙知县。亦曾任广宗(今属河北)知县。

一三八　查岐昌《陶杜诗选》

黄丕烈《跋》

余平生酷爱陶诗,既收得两宋本,藏诸一室,名曰陶陶室,后辍赠人,又收得一宋本,改颜曰陶复斋。此册查药师手写陶诗,后附杜诗者,余绝爱其笔迹,因收之,而重为装池并记。庚辰秋,复翁。

嘉庆庚辰春,书坊收得海宁许氏散出之书,大抵皆零星小帙,而索直颇昂。余因以家刻书易得几种。此钞录陶靖节诗选,杜文贞律诗选其一也。其标题"后学查岐昌药师编辑"者为陶诗,卷端序云:于崇明县斋读公诗。其标题"后学查岐昌偶钞"者为杜诗,卷端叙云:先太史授以杜律。是为海宁查氏之裔,特不知"太史"为何人,而崇明县斋是其治所否也。后晤沈九子逸,方悉药师乃初白之孙,以孝廉而为县令者,且书法亦甚佳。持以质之,果药师手录本,因著其世系行迹如此。复翁。

近日书直昂贵,苟有旧本出,无论刻钞,每册动以番饼论价。此一册亦索直半饼,余故以书相易。及付装池,又费青蚨二百馀文。此书几七折,制钱一金矣,后人勿轻视之。余得时有座客斥为故纸者,因书此解嘲云尔。复翁。

装成展读,因脑头狭小,殊不耐观,复命工易纸,覆衬接脑,始可开展。又费青蚨二星,前客嘲笑,当益甚矣。复翁。

此余案头展玩之书也。百宋一廛,堆积如山,每遇岁除,命儿孙辈整理一次,乱者始整齐之。及余索此不得,问长孙秉刚,知已什袭而藏之矣。盖见余重为药师手迹,重为装潢,且屡跋不一跋焉,故重之也,其识见胜于前客多矣。道光壬午中秋重展,荛夫记。

咸丰八年六月朔日,得之滂喜园黄氏。

【版本】

未见。

【原文出处】

黄丕烈《荛圃藏书题识》卷十,《国家图书馆藏古籍题跋丛刊》第八册,北京图书馆出版社2002年版,第275—277页。又见余鸣鸿、占旭东点校《黄丕烈藏书题跋集》,上海古籍出版社2013年版,第629—630页。按,黄氏最后一跋,不见上述二书,唯见于《国立中央图书馆特藏编《标点善本题跋集录》下册,中央图书馆1992年版,第680页。

一三九　吴峻《杜律启蒙》

吴峻《自序》

诗家最难者七律,言其大概有三:有字、有句、有局。从意有字,字曰眼。拙者过涩,巧者过滑;从字有句,句曰调。直者过浮,曲者过重。从句有局,局曰格。低者过软,高者过硬。若夫意、字、句、局皆得,而又宫商相间,风水相遭,微子美,其谁与归?集中如《秋兴八首》,直接变风;《诸将》五章,并近变雅,故以之压卷。其馀去其拗体,择其谐音,共得五十首,以类相次。评解既讫,题曰《启蒙》。其文心之阴阳捭阖,有顺句法,有倒句法;有顺字法,有倒字法;有顺意法,有倒意法。所望学者弃俗套而出心裁,不以廓落为大,不以纤僻为高,庶可窥其万一云。乾隆戊辰仲夏望日,吴峻书于敬和堂。

吴峻《跋》

杜律有注,不下万本,自吾乡修远先生出,而诸家遂废。近又得虞山湘灵先生批本,觉有披沙拣金之功。是编取两先生之长,而益以己意,标明笔法,庶于初学有补云。一峰又书。

【版本】

安徽省博物馆藏清乾隆戊辰(1748)稿本。

【作者简介】

吴峻,字一峰,鼒子,无锡(今属江苏)人。乾隆初副贡,资禀绝人,博通律吕、勾股之学,工诗及书画,诗兼众体,上溯汉魏,迄于三唐,无不窥其堂奥,尤以风格音调擅场。五律近王、孟。尝偕宁远知府入蜀,诗益奇,其友鲍汀辄取其句图之。著有《寄淮草》、《游蜀草》各二卷,《梁豁诗话》四卷、《杜律启蒙》。生平见《(光绪)无锡金匮县志·文苑传》。

一四〇　徐文弼《诗法度针》中集《杜诗》

徐文弼《序》

古今称杜者众矣,而其深切著明,则莫如永嘉黄氏之论,谓其体制悉备,譬若工师之创巨室,其跂立翚飞之势,巍峨壮丽,干云霄,焜日月。乃迢析而观之,轩庑堂寝,各中程度。诚哉知言也! 夫诗有秩然之程度,不明乎此,臆会者或以意新得巧,苟异者且以失体成怪,均之于程度罕见中焉。今为择律体中之著见明显者,各标其体制,先使之循守绳墨,由是而徐攻杂体,庶无偶佪规矩之虞,是亦聊凭粗迹,以便进耳。顾程度虽缘迹求,神明实生内颖,始于摹拟变化,他日技近乎道,而擅哲匠之称,夫非机要之助欤? 超庐居士徐文弼识。

【版本】

清乾隆间聚盛堂刊本《汇纂诗法度针》。按,成都杜甫草堂博物馆藏有徐勷右《杜律蒙求》二册,为清木刻本,正可与《诗法度针》之杜诗部分对照异同,然因寻访未见,故暂录此序充数,且以寄望于来者。

【作者简介】

徐文弼(17107—?),字勷右,号茝山,又号超庐居士,江西丰城人。乾隆六年(1741)举人,历官饶州府学教授,永川、伊阳知县。著有《吏治悬镜》、《萍游近草》。生平见同治《南昌府志》卷四三《文苑传》。

一四一　王缑亭《注杜诗》

裘曰修《王缑亭注杜诗序》

乾隆己丑,余以居忧旋里,晤别驾王君,喜其有儒者气象。既乃知其能诗,间一叩之,则得于过庭之训者有素。又久之,出一编见示,则缑亭先生所注杜诗五律也。注杜诗者多矣,穿凿附会,强为编排,缑亭先生则一扫而空之,所谓以意逆志,斯为得之者也。夫杜诗之妙在一真,人必有真性情,而后有真文章、真事业,读杜者以其私心鄙见,妄窥古人,此安足以知杜哉!

余见绂亭先生《月湖丙舍图》,知其有真性情者,以此测杜,则诚杜之知己也。顾潜德不曜,可见者独文章耳。所谓真事业,则吾望别驾勉之。既已语别驾,遂书于简端。

【原文出处】

裘曰修《裘文达公文集》卷三,《清代诗文集汇编》第332册,第395页。

【作者简介】

裘曰修(1712—1773),字叔度,号漫士,一号诺皋,江西新建人。乾隆四年进士,改庶吉士,授编修,历官侍读学士、詹事、内阁学士、兵、吏、户部侍郎,工部尚书,加太子少傅,卒谥文达。著有《裘文达公文集》六卷、《裘文达公诗集》十二卷。

一四二　张甄陶《杜诗详注集成》

张甄陶《自序》

前人云:"兔脱如飞神鹘见,珠藏无底老龙知。少年莫便轻吟咏,五十方能读杜诗。"若是乎,杜诗之难读也!国朝钜公能读杜诗者,莫如王阮亭先生。其乡人曰:阮亭垂髫受诗学于哲兄西樵,以杜诗为日课,与《学》、《庸》、《论》、《孟》同。后阮亭学既成,复取杜集,自出手眼,挹其精华,朝夕讽诵,阮亭集名《精华录》,意取此也。顾阮亭选汉魏以来诗皆行于世,无评骘圈点,是书独有之,秘不示人。高密宫九叙先生于新城王氏为密戚,购得之,藩宣滇南时,载之行箧。后以事仓皇出塞,是书留其同乡盐井提举汶上郭君处,甄陶时以公事役于井上,手录一通以归。解组后,承制抚苏村、荷泽二公之聘,主五华书院讲席,出是书,并益以平日所纂辑之说,付朋徒为读本。及再承恩旨,移席贵山,值友人贵筑进士戴君芳自京师归,赠以一函,祝之则何义门先生杜诗评语也,安溪李文贞之评亦错见焉。为之狂喜,作而曰:以安溪、义门诸公之批,合以西樵、阮亭之选,此杜诗真如丰城两剑齐会延津,溱洧双环都归韩子,信乎,天下之瑰宝矣!因摩挲双老眼,穷日夜之力,取仇沧柱先生评注,删其繁复,尽录李、何二公及国朝诸名公前辈评论于上方,其圈点、选次、甲乙一依西樵、阮亭二先生之旧,间有不惬,亦时附己见,以听读书人之论定。编次既成,命诸朋徒录为全书,留藏书院,永为学诗者先路之导。於戏!杜文贞公有圣贤立达之心,有豪杰经国之才，蟠屈不展，一发于诗，其义蕴探之无极。皇上拟之为与造物者游无终穷，此岂后学所可莛撞蠡测者！今合诸前辈钜公之手眼心力荟萃为一书，庶乎如登西岳嶙峋者得仙人九节杖，可以由箭栝通天登莲花掌上，俯视洪河如带也；如泛汪洋大海者得万斛楼船，又有指南星盘为之圭臬，可以直诣宝山，恣所携拾，无非火齐、木难、夜光也；又如得大丹灵膴，忽遇异人授以制使服食之法，可以刀圭剂量入咽，得以易毛补髓，驻景延年，斩三彭而迈五龙也。不知诗者，读之皆可知诗；不能诗者，读之皆可能诗矣。此亦数年来席南研北教学相资之一快也，因叙其缘起，列于简端。

乾隆三十八年（1773）岁在癸巳七月望前，福清张甄陶惕庵敬书。

蒋士铨《序》

杜诗，诗中之四子书也。事不出伦纪之间，道不出治平之内，而趣溢于风骚，体兼乎雅颂。诗人性情之厚，议论之醇，无有过于少陵者。惕庵先生既撰《四书翼注论文》，发明正学，惧士之为儒所腐也，乃取《仇注杜诗》略为删订，汇抄西樵、阮亭、厚庵、义门四先生所评骘者，并列卷端，又附盖以平居闻于师友、得之考据者，参互其间，题之曰《杜诗详注集成》，以立风雅之宗。呜呼！成之不易集也，如是编者允矣哉！按宋人王琪、吕微仲始谱杜诗年月，蔡兴宗编次之。注之者始于赵次公，黄伯思从而校其差误，至郭知达集九家注，芟削依托矫诬之说。福清曾噩刻之五羊，最称善本。元人单阳元所订亦佳，若刘辰翁之本，则宋潜溪讥之。黄鹤、鲁訔动援《唐书》，穿凿甚泥。其他徐居仁之门类杜诗，方温曳之类集诗史，皆不免各持一偏之见。近时浦起龙之《读杜心解》，编辑颇有据，而繁冗亦多附会。歙人吴瞻泰之《杜诗提要》，又专以帖括八比之法曲为解说，假使浣花复生，恐未许为知己也。朱子尝欲作《杜诗考异》，卒未能就。厚庵先生谓少陵为人好善，不似退之使气自信太过，然韩诗有知道不足处，杜诗则自叙从幼至老，皆无歉忾。真能尚论古人者。或指杜诗疵累以为口实，昔贤修身立言，大段自不可及，其他字句之病，正不足道。如朱子阐明圣贤义理，道统赖以不坠，若偶有考订疏误，日月之食，人皆见之，西河毛氏谩骂诋毁，几同仇敌。试返身自省，区区一知半解，诚何足为世道人心之系！说杜诗者犹是焉。然后生小子读古人书，茫乎不知其迳窦，瞢然不辨其是非。今得四贤指授，而后肄业有所循依，不致惑于邪说，先生导引之功，何其大也！譬诸九州既判，向往莫从，必有人焉图其疆界，志其道里，列其气候风俗之不同，地方物产之各易,而后跋涉无迷津之叹,先生集成之意,固如是也。夫不以文害词,不以词害意,又在善学者知所折衷。守故而泥,标新而诞,皆未可与言诗也。然则少陵之得为诗史、为荩臣者,又岂外于孔孟之道也欤?

【版本】

中国科学院图书馆藏清抄本《杜诗详注集成》。蒋序亦见蒋士铨《忠雅堂文集》卷二。

【作者简介】

张甄陶(1713—1780),字希周,一字惕庵,福清(今属福建)人。乾隆十年(1745)进士,改庶吉士,散馆授编修,历任广东鹤山、香山、新会、高要、揭阳五县知县,有政声。以丁忧去官,服除,授云南昆明知县,因事罢官,专心著述。曾先后主讲云南五华书院、贵州贵山书院,晚年病归,主讲福建鳌峰书院。著作颇富,有《学实政录》四卷、《四书翼注论文》三十卷、《周易传义拾遗》十五卷、《尚书蔡传拾遗》十二卷、《诗经朱传拾遗》十八卷、《礼记陈氏集说删补》四十七卷、《春秋三传定说》五十卷、《松翠堂文集》三十卷、《惕庵杂录》十六卷、《澳门图说》、《澳门形势论》、《制驭澳夷论》等。生平事迹见《清史稿·循吏传二》、孟超然《张公甄陶墓志铭》(《碑传集》卷一○六)。

蒋士铨(1725—1784),字心馀、苕生,号藏园,又号清容居士,铅山(今属江西)人。乾隆二十二年(1757)进士,官翰林院编修,辞官后曾主持蕺山、崇文、安定三书院讲席。清代著名诗人,与袁枚、赵翼并称"乾隆三大家"。著有《忠雅堂集》。

一四三 梁同书《旧绣集》

陈鸿宝《序》

荆公晚岁为集句诗,世颇称之,而《遯斋闲览》载其集杜句,殊不多见。若元句曲外史、明莆田山人,亦喜为此体,顾不闻以集杜传。本朝竹垞翁而外,唐堂老人《香屑集》后一卷,可谓极能事矣。然徒拾金钗钿合之尘,不将使少陵风骨稍贬邪?山舟工于诗,所著等身。此特游戏之作耳,乃其妙处,则已天穿地巧,鬼运神输,吾无以名之。坡公《答孔毅父》诗:"前身子美只君是,信手拈得俱天成",举赠山舟,读之者定不以为过当也。乾隆丙子腊日,同里陈鸿宝。

【版本】

梁同书《频罗庵遗集》卷四《旧绣集》,《清代诗文集汇编》第353册,第57页。

【作者简介】

陈鸿宝,字玉初,一字宝所,杭州府钱塘县人。乾隆十六年(1751)召试,赐举人,授内阁中书,历官工科,掌印给事中,二十六年南归,与同里旧友汪鸣佩清游吟咏为乐。著有《学福斋诗稿》六卷,曾纂修《渭源县志》。生平事迹见《晚晴簃诗汇·诗话》。

舒位《集句室诗品跋梁山舟学士集杜长卷后》

真取弗羁,俯拾即是。妙造自然,不著式字。书之岁华,冉冉在衣。是有真迹,临之□非。载歌幽人,淡淡如菊。诵之思之,杳霭流玉。孰不有古,与古为新。花时返秋,空潭写春。持之非强,识之愈真。来往千载,庶几斯人。

【原文出处】

舒位《瓶水斋杂组》,《清代诗文集汇编》第479册,第278页。

一四四　郑沄《杜工部集》

郑沄《自序》

杜集椠本,不下数十百家,笺释注解,言人人殊矣。余少嗜杜诗,手钞口诵,恒以一编自随。中年汩没簿书,有此事遂废之感。武林为山水胜地,量移来此,因病得闲,稍理故业,取旧本之善者,刊为袖珍版。劳人仆仆舟舆,便行箧也。笺注概从删削,以少陵一生不为钩章棘句,以意逆志,论世知人,聚讼纷如,盖无取焉。

乾隆四十九年(1784)秋八月既望,真州郑沄书于有美堂。

【版本】

清乾隆五十年(1785)玉勾草堂刊本《杜工部集》。

【作者简介】

郑沄,字晴波,号枫人,歙县(今属安徽)长龄桥人,真州(今江苏仪徵)

籍。元勋玄孙。乾隆二十七年(1762)举人,召试赐内阁中书,官至浙江督粮道。著有《玉勾草堂诗集》二十卷、《梦馀集》一卷、《鸥盦集》一卷、《玉勾草堂词》一卷,续修邵晋涵《杭州府志》。生平见《全清词抄》卷一一、阮元《淮海英灵集》丁四、《(民国)歙县志·人物志·诗林》。

沈曾植《题杜工部集》

题下原按:此为致一斋校刊玉句草堂本。

檍庵行箧阅本,三载以来,不离左右。而生情触思,日异月殊。《语》所谓文生情耶? 情生文耶? 秋日满庭,老泪濡肛。

沈曾植《书杜诗遗王静安跋》(辛酉)

晚岁读草堂蜀中诸诗,弥益亲切。其善通人意中事,寄情于景,写实于虚,正使元、白、张、姚尽其笔力,不能当此老一二诸助词也。质之高明,以为何如?

【文献出处】

钱仲联《沈曾植海日楼文钞佚跋(七)》,《文献》1993年第1期,第148页。

【作者简介】

沈曾植(1850—1922),字子培,号乙庵,又号寐叟,浙江嘉兴人。光绪六年进士,官至安徽布政使。晚清同光体主要作家。著有《海日楼诗集》、《海日楼札丛》等。

一四五　周春《杜诗双声叠韵谱括略》

周春《序》

《杜诗双声叠韵谱括略》之成,于今六年矣,始谋付诸剞劂,复序于简端曰:杜集之编,自樊润州始也;杜之有注,自赵次公始也;杜之有评,自刘须溪始也;杜诗之编年,自鲁泠斋始也;杜诗之分类,自陈浩然始也;杜之有年谱,自吕汲公始也;而以杜诗之双声叠韵创为一书,则自此始。盖少陵之于诗所谓圣,而不可知之,谓神,而后世之学少陵者,亦复皆有圣人之一体,由才力实能牢笼古今,无所不有,即如双声叠韵,不过其诗之一斑耳,而已至巧至密若此,况进求诸章句作法之全乎？第以双声叠韵观少陵,殆犹以四十九表观孔子,虽湖目海口,初无关于盛德之至,而识者谓其形貌容体,便觉不凡。则杜诗之双声叠韵亦若是而已矣。今距少陵之没将十有七庚戌,而一千二十年来,其诗日读而愈新,其义日出而无尽,唐人并称李、杜,而杜诗、韩笔宋人每并重之。窃论杜之微妙精深,有非李、韩两家所可及,览是谱者,当益信斯言。乾隆五十有四年,岁次屠维作噩圉涂月,周春黍谷书。

周春《小记》

此书凡五易稿,因太繁芜,改创《括略》,复两易稿,阅二十有五年而成书。体例秩然,厘为八卷。窃谓古来读杜,无虑千百家,然徒未有论及此者。余非敢自附少陵功臣,而探赜索隐,能窥见诗律之细,亦其一斑焉。乾隆甲辰七夕前三日,松霭周春记。

周春《自序》

余辑《杜诗双声叠韵谱》成,客或见而讶之,曰:"子之论诗,得无失之固？子之论杜,不几近于凿乎？"曰:"此非仆一人之臆见,而杜之正格也。抑非杜所独创,乃相传作诗之古法也。"客曰:"信如子言,诗必将若是耶？"曰:"否。不然是何言也？千古善学杜者,无过涪翁,于此法不复墨守,而苍古秀劲,神髓逼真浣老,要自不可磨灭。然则合者固尽美而又尽善,不合者亦岂害其为佳诗哉？且客不观天画乎？自唐以前人物、山水、花鸟之类,咸设色尚精细,迨后世日趋简便,古法寖微。然龙眠之白描,何逊于顾、陆、张、吴也！云林之写意,何逊于王、李、荆、关也！石田之水墨,何逊于徐、黄、边、赵也！两途者并行而不悖,盖由时代风会为之,倘必优此而劣彼,诚拘墟之见矣。但使龙眠议顾、陆、张、吴为形似,云林笑王、李、荆、关为俗笔,石田诋徐、黄、边、赵为脂粉,则又不可也。画体虽殊,同推妙绘；诗体虽异,并属名家。余特存古法于久坠之馀,初未尝强吟诗者而尽出乎此也。"客退,遂书以为序。乾隆癸未冬日,松霭周春纂。

【版本】

《丛书集成初编》据《艺海珠尘》本影印《杜诗双声叠韵谱括略》。

【作者简介】

周春(1729—1815),字芚兮,号松霭,晚号黍谷居士,海宁(今属浙江)人。乾隆十九年(1754)进士,官广西岑溪知县,颇有惠政,丁父忧,后去官。周氏平生博学好古,治学谨严,撰述甚多,尤工考证、文字、音韵之学。阮元抚浙时延为安澜书院院长。著有《十三经音略》十三卷、《佛尔雅》八卷、《尔雅补注》二卷、《小学馀论》二卷、《中文考经》一卷、《代北姓谱》二卷、《辽金元姓谱》一卷、《西夏书》十卷、《辽诗话》一卷、《南京古迹考》二卷、《选材录》一卷、《松霭诗抄》、《古文尚书冤词补正》、《海昌胜览》等多种。生平事迹见《清史稿·文苑传一》、《清史列传·儒林传下一》。

钱大昕《杜诗双声叠韵谱序》

自书契肇兴,而声音寓焉。同类相召,本于天籁,而人声应之。轩辕、栗陆以纪号,皋陶、庞降以命名;《股肱》、《丛脞》,虞廷之赓歌也;昆仑、沧浪,禹贡之敷土也;《童蒙》、《盘桓》,文王之演《易》也。瞻天象则有蝃蝀、辟历,辨土性则有瓯娄、汙邪。宣尼删《诗》,存三百五篇,而斯礼弥显:伊威、蟏蛸、町疃、熠燿,则数句相联;崔嵬、虺隤、高冈、玄黄,则隔章遥对。倘有好古知音者,类而列之,牙舌唇齿喉,犁然各当于心矣。天下之口相似,古今之口亦相似也。岂古昔圣贤犹昧于兹,直待梵夹西来,方启千古之长夜哉!魏世儒者创为反切,六朝人士好言双声叠韵,故其诗文铿锵流美,异于伧楚之音。

唐之杜子美,圣于诗者也,其自言曰:"老去渐于诗律细。"盖诗家皆祖述风骚,唯子美性与天合,不徒得《三百篇》之性情,并《三百篇》之声韵而毕肖之。组织缠绵,自然成章,良工之用心通于天籁,此之谓律细也。自宋以来,注杜者毋虑千百家,于训诂事实,讨索靡遗,至以双声叠韵求杜,则自吾友周君松霭始。

或谓子美诗上薄风骚,下该沈、宋,贯穿今古,尽美尽善,讵必区区于声韵之末求之?予曰:否!否!黄钟大吕之奏,可以降天神、出地祇,要未有侈弇薄厚之不适而可载诸簨簴者。《诗》三百篇,声韵之至善者也,唯子美善学之。后之诗家皆自言学杜,然自香山、东坡二公而外,精于声韵者盖寥寥矣。儿童学语,乡曲常谈,有时而阔合;学士大夫,日从事于讴吟,而终身昧昧,翻谓小技不足道,何颜之厚与!读松霭之《谱》,将见操觚者晓然于声韵之非细事,由是进求之《三百篇》、群经、诸子,而知牙舌唇齿喉之别,自昔已然。其于《周官》大行人"谕书名,听声音"之教,岂曰小补已哉!

【原文出处】

钱大昕《潜研堂集》卷二十五《序三》,上海古籍出版社1989年版吕友仁校点本,第427—428页。

卢文弨《杜诗双声叠韵谱序》

双声,天籁也。童儿妇女,生无石师,而矢口成音,无不暗合者。古人制物之名、制事之名,与夫形容仿佛之辞,罔或不由于是,盖一本于自然而非强也。若其声之同部连用者,谓之叠韵,则又显而易明者矣。《虞书》曰:"诗言志,歌永言,声依永,律和声。"《诗序》云:"情发乎声,声成文谓之音。声者,宫、商、角、徵、羽也。"郑氏谓:"宫商,上下相应,单出为声,杂比为音。"今取唐虞之诗考之,举未有不然者。本自抒其情志,而律自随之耳。《三百》首篇"窈窕"为叠韵,"参差"为双声,其他不胜枚举。后人始以字母求之,而作诗者初未尝劳劳于是也。唐杜少陵固所称细于律者,故能不失乎和声成文之遗意,后人习其读,而置其律之严于不问,乌在其深于杜也?海昌周君苕今于是有《杜诗双声叠韵谱》之作,举非余肄业之所尝留意也。盖自童年就塾以来,音沿乡俗,迨长,即不能变其所习。尝见何屺瞻先生之评李义山诗,凡句中双声,皆一一标举之,并有隔一字两字而遥应者。友人中如戴东原震、段懋堂玉裁、吴槎客骞、钱学源塘、献之址兄弟、钱广伯馥,咸所通晓。余虽浸淫涵濡,而卒无暇取古人之诗一一辨其离合也。今周君之为是谱也,浣花之外,又傍及诸家,其勤勤如是,盖欲明乎诗之本旨,由少陵而溯《三百》,以示后人之所当宗庶乎?志和音雅,而举合于律,将见诗教之益盛。或曰:"诗以言志达情尔,如必拘拘于是,得毋舍本而专治其末乎?"余曰:不然。彼不能诗而强为诗者,即逐字以求其孰平孰侧也尚难,而能诗者,初未闻其如是也。彼诗人之以双声与双声若叠韵之相为配偶也,亦如谐平侧之一出于自然而已,非强探力索而始得之也,又何害乎性情哉!盖上古人人皆明之,故不必言,至六朝乃始有明言双声者,南人若刘勰,北人若杨衒之,其书可考也。今人苟不知此,亦为阙事矣。周君此书已有王光禄、钱詹事为之序矣,余又徇其请而为之,将使人谓余强不知以为知也,其又奚辞。

【原文出处】

卢文弨《抱经堂文集》卷六《序五》,《四部丛刊》本。

【作者简介】

卢文弨(1717—1795),字召弓,号矶渔,又号檠斋,晚更号弓父,人称抱经先生。乾隆戊午,举顺天乡试。壬午,考内阁中书。壬申,以一甲第三名,成进士,授编修。丁丑,入直南书房,由中允荐升侍读学士。乙酉,典广东乡试,旋提督湖南学政。戊子,以学政言州县吏不应杖辱生员,左迁。明年,以继母年高,乞养归。乾隆乙卯卒于常州龙城书院。著有《文集》三十四卷、《仪礼注疏详校》十六卷、《钟山札记》四卷、《龙城札记》三卷、《广雅注》二卷等。

秦瀛《杜诗双声叠韵谱括略序》

古无韵,天籁而已。有籁即有声,有声即有韵,他经皆有之,不独诗也。然卜氏有言:"诗者,志之所之也。在心为志,发言为诗。"又曰:"情发于声,声成文谓之音。"盖言者,心之声,而诗尤声之最精者。故《诗三百》实为风骚之祖。魏晋以降,声韵之学益兴,于是有双声叠韵之目。如谢庄之答王元谟,以悬弧为双声,碌碍为叠韵,此见于《南史》者也。魏收之答崔岩,有"颜岩腥瘦,是谁所生?羊颐狗颊,头团鼻平。饭房笒笼,看孔嘲玎"之语,此见于《北史》者也。梁武、沈约,其说滋繁。洎乎唐初,雅尚律诗,而少陵杜氏,尤以诗雄。且少陵之诗,发宣鸿郁,嘘吸众窍,神明变化,而卒归于研炼稳顺,宫商间作,金石并鸣,殆又诗之最精者已。海宁周松蔼先生喜读杜,荟萃搜抉,钩觚贯穿,于诸家笺注外,别成《杜诗双声叠韵谱括略》一书,积数年而成,问叙于余。余尝见近人通韵学者如顾宁人、毛西河、邵子湘,皆有著述,而于杜诗未有为之谱者。今先生既深于声韵之学,其于杜尤学之久而习之熟,故其言能精且粹如是。"括略"云者,盖本西河《古今通韵》体例。而是书初本甚繁,删并之,仅存八卷,他家之诗,亦间以附见云。先生尝令粤西之岑溪,归田后,杜门著书,所著尚有《尔雅补注》三十卷、《十三经音略》十卷、《读经题跋》二卷、《类说》十五卷、《增订辽诗话》三卷、《悉昙奥论》三卷、《佛尔雅》八卷,俱未刻,余故序是谱而并著之。

【原文出处】

秦瀛《小岘山人文集》卷三,《续修四库全书》第1456册,第136页。

【作者简介】

秦瀛(1743—1821),字凌沧,一字小岘,号遂庵,江苏无锡人。乾隆三十九年(1774)举人,官刑部侍郎。以诗古文名当世,工行、楷,有董其昌意,兼善隶书。著有《小岘山人诗集》、《文集》、《遂庵日知录》。

一四六　许宝善《杜诗注释》

许宝善《自序》

　　杜工部为诗家典型，元微之云："上薄风雅，下该沈、宋，言夺苏、李，气吞曹、刘，掩颜、谢之孤高，杂徐、庾之流利，尽得古今之体势，而兼人人之所独专。"其言信矣！然人人知尊杜诗，而人人不甚诵习之者，则以中多难解之处，且故事出处，或有未详，读之如堕云雾故耳。则杜诗之注释，曷可少哉！自来笺释杜诗者，不下千家。合者固多，但其间或妄为徵引，或强为附会，或私意臆测，或时地乖谬，是欲以释诗而诗意转晦者不少矣。余潜心数十年，妄欲注释之，久而诶能也。晚得张迩可先生《杜诗会稡》及浦二田先生《读杜心解》，考其年谱，详其时地，纪其隐显，分其段落，其故事出处，一一引证精确，洵为工部功臣。然其中所引，或尚有两可者，解释或间有未的者。盖以卷帙繁多，百密岂无一疏之处？不揣固陋，爱取而订正之。纪年、叙次悉照浦本，其分类出则并之；段落悉照张本，其遗漏处则补之。采两先生之所长，而略参鄙意，由是一目了然，无所窒碍而难解矣。至某人释注，则各标姓氏于上，不敢掠美也。若参订雠校，则诸同人之力居多，故并著之，以记其缘起云。

　　嘉庆七年(1802)岁在壬戌小春月，许宝善撰。

钱大昕《杜诗注释序》

　　注杜诗者多矣！宋南渡时，已有"千家"之目，金元以来名家者，又不可枚数也。黄山谷不注杜，尝谓"今人读杜诗，至谓草木虫鱼，皆有比兴，如世间商度隐语然者，此最学者之病"。元遗山则注杜矣，其序云："谓杜诗无一字无来处可也，谓不从古人中来亦可也。"两公皆深于诗，故能得其意趣于文字之外，而不专于寻章摘句之陋。故尝谓注诗者必深于诗，未达乎诗教之源，未究乎诗律之细，未讨论乎诗人出处本末、性情旨趣之所属，虽日从事于铅板，犹无当也。穆堂侍御，阅览博物，无所不通，而尤肆力于诗，高山景行，心向往者，惟老杜一人。始焉傍其墙垣，继焉登其堂奥，久之得其

293

肺腑，其嗜之也笃，其信之也真，直若游神于万里桥边、百花潭上，而俯仰揖让于左右也。又若置身于李邕、王翰、太白、达夫之辈，相与上下其议论也。暇日阅近时张、浦两家注本，虽号详赡，而尚或有捍格窒碍、强为附会者，穆堂皆一一疏通而证明之，闻其说者靡不涣然冰释，而欣然颐解。是非寝食于杜数十年，安能臻斯诣哉！予于诗所得甚浅，向来吟诵，往往不求甚解，今老而自悔，已无及矣，庶藉是编以为指南之车焉。

嘉庆七年(1802)壬戌十月望日，竹汀愚弟钱大昕拜序。

许宝善《凡例》

辑杜诗者，以编年为主，盖工部之诗，虽一时之作，而元、肃、代三朝之时事系焉。至身之所历，或隐或显，亦宜考订明白。如乱离之局，前则安史，后则吐蕃及藩镇。至如蜀之徐知道、段子璋、崔旰，湖南之臧玠辈，又错扰其间。若东西混淆，则头绪不清，诗亦费解矣。二田先生费十馀年，苦心考订审确，故是刻之篇章叙次，悉照其本。至各体分列，似与阅者不便，所以照原籍并之。

长篇必分段落，庶几眉目清楚，张远可先生俱为分楚，此刻仍之，其有失于注者，则以鄙意补之。

一诗自有一诗的解，若故翻驳，使诗意反晦，此亦不贤者之过。兹刻务求其当，其另有立新解之处，妄为订正，而以愚意附焉。

解诗须会其通章意旨之所在，若摘其一字数句，辨论不休，殊乱人意，反于正旨抛荒。即如俳体诗中之"乌鬼"，《咏怀古迹》中之"一羽毛"等，类引诸说，盈篇累纸，卒之仍复无定。且诗之佳否，又不系于此，何苦而为之耶？兹刻故皆删去。

杜诗格律之变化，不必拘泥之，一气浑成而已。若其联章诗，通各首为大片段，其融贯处不在字句，而在神理。其起手结束，固极周密，二田所评极当，故仍之。

长古长律，变化更极，不同他手。如《送王砅》诗中"右持腰间刀，左牵紫游韁，飞走使我高"，绝不版。五排如《送张山人》诗中"草书何太古"以下六句，一意抽作三联。《白帝城放船出瞿塘峡》诗中如"玉女峰娟妙"二句，下联即承此联之类。盖熟极生巧，其变化伸缩之妙，自有不期而然者，非可意测也。

题下篇中，时载原注，公自注也。坊本任意删去，转或令此诗意晦，故存之。

杜集有同人唱和诗,悉载原诗之下,但低一格以别之。

采集徵引各书,各标书名。其某人注解者,亦标清名字。其参以鄙意者,则单标一"案"字以别之。卷中徵引各书,亦迩可、二田两先生者为多,不敢掠美也。

世既崇尚韩、柳八家,古调之文不弹久矣。杜公诸赋,直追汉魏,古人云:赋者,古诗之流也。故依迩可先生之例载之。

唐宋以来题咏及诗话多矣,兹只录新、旧《唐书》本传,而元微之撰《工部墓系铭》列诸卷首。

穆堂许宝善识。

【版本】

清嘉庆八年(1803)自怡轩刻本《杜诗注释》。

【作者简介】

许宝善(1731—1803),字敩愚,号穆堂,青浦(今属上海)人。乾隆二十五年(1760)进士,累官监察御史。丁忧归,不复出,以诗文自娱,尤工词曲。著有《自怡轩乐府》四卷、《自怡轩词谱》六卷、《自怡轩诗》十二卷、《诗经揭要》四卷、《自怡轩古文选》十卷、《自怡轩诗续集》四卷、《和阮诗》一卷、《和陶诗》一卷、《春秋三传揭要》六卷。辑有《自怡轩词选》八卷。生平事迹见《全清词抄》卷十、张慧剑《明清江苏文人年表》。

一四七　张广文《杜诗选粹》

朱琦《杜诗选粹序》

诗至杜少陵极矣,后人百端腾跃,莫能轶范围。历来笺释,积千馀家,可谓赅备。然学之多,袭貌而遗神。明七子句摹字仿,徒具匡郭,致贻世讥。而解者又因宋儒"诗史"之称,凡状景抒情,动援时事相比附,未免穿凿支离。是则学杜与解杜皆弊也。即选本过繁则芜,过简则漏,而杜之真面目终亦不出。我邑张龢斋广文,少有神童名,自县试以诗赋受知学使者,按临辄居高等,惟频踏省闱不获遇。晚乃司铎吴江数岁,遽告归,日键户,把卷弗辍。平生服膺杜诗,爱手定《选粹》一编,时年已七十馀。蝇头细书,绝无昏眊象。全集共千四百有奇,君所钞约五之二。闳辞杰制,精要略尽于此。旁辑评注,间参己意,悉矜慎不苟。其目录依年分厕,例盖起于黄伯思、鲁訔,而黄希原暨子鹤递加推阐。但鹤本或偶牴牾,如《赠李白》一首,鹤系之开元二十四年游齐鲁时,君从朱长孺以为当在天宝三四载。白由供奉被放后,与公相遇于东都。仇沧柱并引顾震(应作"宸")说,据公《寄白二十二韵》诗云:"乞归优诏许,遇我宿心亲"为证,最确,可订鹤之误也。又《遣兴》诗:"赫赫萧京兆",鹤以为萧至忠,长孺则言至忠未为京兆尹,诗当指萧炅,君亦从之。至《高都护骢马行》,鹤以为天宝七载作,今《四库提要》谓:高仙芝既平小勃律,天宝八载方入朝,非七载。而君不及作诗之岁,故只言仙芝于天宝六载讨小勃律,揆诸《唐书》,所纪正符合。此类虽因仍旧义,顾择宗主,辨歧淆,颇徵明识。噫!论古之难也。凭虚臆测,往往傺傿,稍犹豫复恐为异议所夺。且大家集内,亦有不甚经意之章,胡应麟谓杜诗利钝杂陈,若崇奉失当,篇篇曲谀,转愍区别。特胸无卓见,岂易披榛而采兰?君寝馈其间,屡易稿始就。搜抉苦心,固堪自信。学者诚得是编熟习研究,含英咀华,于诗道殆亦思过半矣乎!君既没,孙某来苏持索序,余夙闻君嗜学之肫笃,故为考核以畀之。

【版本】

已佚。

【原文出处】

朱珔《小万卷斋文稿》卷九,《清代诗文集汇编》第 494 册,第 161—162 页。

【作者简介】

朱珔(1769—1850),字玉存,号兰坡,安徽泾县人。嘉庆七年(1802)进士,授编修。官至赞善,迁侍讲。前后主讲钟山、正谊、紫阳书院二十五年。著有《小万卷斋诗文集》、《说文假借义正》等。

一四八　翁方纲辑《渔洋杜诗话》

翁方纲《序》

古今论杜翔矣,顾意指逢逢相左者,岂以识定则不惑,心平则不争,繇斯道者或尠与?新城王阮亭先生扶树雅道,为诗人师百馀年矣。近日操觚家或颇肆议,要其平心卓识,以雅以南,故当坐让其江河万古耳。所评点杜集,秋毫神妙,期于亲见古人。而是书无刻本,学人转相过录,或赝焉,抑未尝坐立带经信古之侧,取一二绪论为之质也。方纲之生既晚,加又愚惑贫困,不足以私淑于先生,况敢抗追先生之学杜哉!顾事亦有所逮甚博,而中人以下,亦得僭闻者。爰读先生遗书,次其谈杜者,得百四十馀条,录而志之。昔吾邑宫詹黄先生尝刻《渔洋诗话》三卷,方纲亦欲博取先生言诗之语,汇为诗话一编以继之,方逐逐衣食,日不给兹,盖尚未之暇也。乾隆二十二年十二月廿一日,大兴后学翁方纲述。

初自总论摘论古今体暨杂论,次论学人及评家,而殿以语资。

翁方纲《跋》

右凡一百四十七条,丁丑冬,在蠡县所辑。此外尚有应补收者,心计稍暇,当重订之。尔时自跋云尔,至今十年矣。偶捡绎先生所评杜本,而各种书未在案头,辄取此稿付劂,以资印证。丁亥秋日,石洲草堂识。

【版本】

清乾隆三十二年(1767)大兴翁氏刻本。

【作者简介】

翁方纲(1733—1818),字正三,号覃溪,晚号苏斋,大兴(今属北京)人。乾隆十七年(1752)中进士,选庶吉士。累官编修、文渊阁校理官、国子监司业、内阁学士。历典江西、湖北、江南、顺天乡试。先后督广东、江西、山东学政。著有《复初斋诗集》七十卷、《复初斋文集》三十五卷、《论语附记》二卷、《孟子附记》三卷、《石洲诗话》八卷、《苏轼诗补注》八卷、《米元年谱》二卷、《小石帆亭著录》六卷、《兰亭考》六卷、《粤东金石略》十二卷、《两汉金石记》二十二卷、《经义考补正》十二卷等。生平事迹见《清史稿·文苑传二》、《清史列传·儒林传下一》、《晚晴簃诗汇》卷三四。

一四九 翁方纲《渔洋评杜摘记》

翁方纲《序》

曩辑《渔洋杜诗话》一卷,不尽评骘语也。而外间所传渔洋评本,又多杂以伪作,今就海盐张氏刻本摘记。

翁方纲《跋》

方纲自束发诵诗，所见杜诗古今注本已三十馀种。手录前人诸家之评，及自附评语，丹黄涂乙，亦三十三遍矣。大约注家于事实或有资以备考，于诗理则概未之有闻。评家本不易言，在杜公地分，既非后来学者所能仰窥，其谬误擅笔者，固不必言矣。即或出于诗家，偶有所见，而就其稍近者，亦有二端：一则或出于初诵读时，偶有未定之论；一则或为学徒指点，有所为而借发。此皆不足以言杜评也。即以近日王渔洋标举神韵，于古作家，实有会心。然诗至于杜，则微之《系》说，尚不满于遗山，后人更何从而措语乎？况渔洋于三唐，虽通彻妙悟，而其精诣，实专在右丞、龙标间，若于杜则尚未敢以瓣香妄拟也。惟是诗理，古今无二，既知诗，岂有不知杜者？是以渔洋评杜之本，于诗理确亦得所津逮，非他家轻易下笔者比矣。愚幼而游吾里黄崑圃之门，得遍识渔洋手定之说。既而于朋辈借阅，所称渔洋评本者，大约非西樵之评本，则渔洋早年述西樵之评本。其后于同里赵香祖斋得渔洋评本，尝以渔洋平日论杜语逐条细较，实是其亲笔无疑。昔在山东学使廨，刻拙作《小石帆亭著录》六卷，已载此本于"王氏遗书"目矣。海盐张氏刻有《带经堂诗话》一编，于渔洋论次古今诗，具得其概，学者颇皆问诗学于此书。而其末附有《评杜》一卷，细审之，则真赝混淆，有不得不辨析者，故因张刻此卷为略记如右。若夫读杜之法，愚自有《附记》二十卷，非可以评语尽之也。

【原文出处】

翁方纲《石洲诗话》卷六，郭绍虞《清诗话续编》本，上海古籍出版社1983年版，第1474、1492—1493页。

一五〇　翁方纲《杜诗附记》

翁方纲《杜诗附记自序》

杜诗继《三百篇》而兴者也，毛传、郑笺尚不能划一，况杜诗乎？余幼而从事焉，始则涉鲁訔、黄鹤以来诸家所谓注释者，味之无所得也。继而读所谓千家注、九家注，益不省其所以然。于是求近时诸前辈手评本，又自以小字钞入诸家注语，又自为诠释，盖三十馀遍矣。乾隆丁丑、戊寅，馆于蠡县，搁笔不为诗者三年。始于诸家评语慎择之，惟新城王渔洋之语最发深秘，乃遍摭其三十六种书，手钞一编，题曰"杜诗话"，自以为有得矣。然而渔洋之言诗，得诗昧矣，深绎而熟思之，此特渔洋之诗耳，非尽可以概杜诗也。一日读山谷《大雅堂记》，而有会焉，曰：诸先生之论说，皆胜语耳。于是手写杜诗全本而咀咏之，束诸家评注不观，乃渐有所得。如此又岁馀，而后徐徐附以手记，此所手记者，又涂乙删改，由散碎纸条积渐写于一处。甲申、乙酉以后，按试粤江，舟中稍暇，录成一帙。后乃见吴下有专刻杜诗全文无注释之本，便于携阅。庚戌以后，内阁听事，每于待票签未下时，当午无事，则以此本覆核，如此者又十年。其中用事，人所共知者，不复写入也。其事所系，其语所出，苟非实有关于此篇笋缝节族者，概弗录也。且吾所欲读杜者何为也哉？非欲考史也，非欲缀辑词藻也，唯欲知诗之所以为诗而已。苟非上窥《三百篇》，中历汉魏六朝，下逮宋金元明，彻原委而共甘辛，敢辄于此举笔赞一词乎？是以敢与诸经条件同题曰"附记"，以备自省自择焉尔。

言者心之声，心之声则人之全体具见焉。岂有以迷离倘恍见真者乎？岂有以奇特超悟见真者乎？奇特超悟，偶一见之，则称善者有之，未有时时处处以奇见者也。倘恍迷离，亦偶一见之，未有时时处处以变眩为主者也。故曰：民之质矣，日用饮食，神吊多福，神听和平，胥于此。读杜诗则句句见真，步步皆实地也。由此可以理学业，可以定人品。即以诗言，可以加膏沃，可以养笔力才藻，即所谓羚羊挂角，三昧之旨，亦必从此得之，此乃八面莹澈之真境也。苏诗之酣放，本极精微，然已不能如此矣。是故专学韩，则每有意于造奇；学白，每有意于闲旷平直；学李太白，每有意于超纵；学李义山，每在意趋藻饰；即使专主王、韦三昧，亦每在意存冲淡。凡专立一路者，其路非不正也，然而意有专趋则易于渐滋流弊，未有若杜之得正得真者。杜牧之云："杜诗韩笔愁来读，似倩麻姑痒处搔。"然吾谓此尚是偏著一边言之，必如李义山云："李杜操持事略齐，三才万象共端倪。"此方是善言李杜者。李太白则读者更不知此义耳。

从来说杜诗者多矣，约有二焉：一则举其诗中事实典故以注之，一则举其篇章段落分合意旨以说之，二者皆是也。然而注事实典故者，有与自注唐注相比附者则可也，其支蔓称引者则不必袭之也。其注篇法句法者，在宋元以前或泥于句义，或拙于解诂，犹孟子云"以文害辞"者耳。在后则明朝以后，渐多以八比时文之用意例之，更非诗理矣。以愚见居今日士皆知通经学古，则读是集者，谅非童蒙目不识经传史籍者，则事实典故之注，转可以无庸多述也。篇章段落，自当随其本篇而自得之，有必不可不疏析者，乃证明之可也。愚则有二义焉：一则古本之编次，如宋版某本下略有次第可见者，如句字以诸本参合者，更宜精其剖择也。再则篇中情境虚实之乘承笋缝，上下之消纳，是乃杜公所以超出中、晚、宋后诸前百家独至之诣，凡有足以窥见下笔之深秘者，苟可以意言传之，则岂有灭尽针线迹者哉！元遗山云："古雅难将子美亲，精微全失义山真。"知义山所以似杜，则可以论杜矣。又曰："少陵自有连城璧"，知遗山所云"连城"，则可以论杜矣。然而遗山必以排比铺陈为碱砆之外见，则吾不敢以高谈薄之；遗山必以不度金针为鸳绣之独秘，则吾亦不敢以为然也。

梁章钜《跋》

读诗难，读杜诗尤难。世之注杜者，非失之散碎，即失之穿凿，惟新城论诗专求"神韵"，先生则阐发"肌理"，研精覃思，前后凡三十年始成此册。嗣后意有所得，随时点定，又三十余年，至晚岁重加装池，章钜曾借读一过，其中为先生手写者十之八，他人续写者十之二。初时有圈识标记，重装时拟作样本，付梓命工剔去，会事未果，今距先生殁已五年矣，纸墨如新，哲人其萎，展阅是册，犹忆苏斋谈艺时也。

道光三年癸未秋日门人梁章钜识。

夏勤邦《跋》

合肥李氏藏有覃溪先生手写《杜诗附记》廿册，勤邦曾敬录副本，以便展阅。兹又摘钞《附记》为单行之本，仍列诗目，俾存厓略。卷中其一其二等字，系写时私为识别，非原册所有也。

宣统元年九月既望夏勤邦谨记。

【版本】

清宣统元年夏勤邦抄本《杜诗附记》。

【作者简介】

梁章钜（1775—1849），字茝中、闳中，号茝邻，晚号退庵，祖籍福建长乐。嘉庆七年（1802）进士，历官军机章京、制仪司员外郎、荆州知府、淮河兵备道员、江苏按察使、山东按察使、江苏布政使、江苏巡抚、甘肃布政使、广西巡抚、江苏巡抚、两江总督等职。为翁方纲最后一位有成就的入室弟子。著有《枢垣纪略》《退庵随笔》《浪迹丛谈》等。

夏勤邦(1844—1917),字彦保,号鞠录主人,江阴(今属江苏)人。精通经学、小学,善鉴别书画古董,又从傅兰雅习算术、天文、舆地之学。屡困场屋,遂游幕燕赵齐越。平生善抄书,历五十馀年,抄书千卷,与缪荃孙友善。

伦明《题识》

《杜诗附记》二十卷,附文未刻,其稿本归徐星伯,嗣归胡铁盦(曾官府丞),后又归李芝陵,余见之天津培远书庄,索价二千元。余从借其评语,彼有而此缺者,迻录之。然亦有彼缺而此有者,盖札记之成在先也。覃溪评杜之语,至是尽为我有矣。

丁卯中秋后一日,哲如记于天津寓舍。

【原文出处】

国家图书馆藏清康熙叶永茹刻本朱鹤龄《杜工部诗集辑注》卷一朱笔旁批。

【作者简介】

伦明(1875—1944),字哲如,广东东莞人。近代藏书家、版本目录学家。著有《续书楼读书记》《渔洋山人著述考》等。

罗振常《杜诗附记》提要

《杜诗附记》,稿本,题大兴翁方纲学。所见为第十六卷,有苏斋(朱长方)、覃溪(朱方)二印。真楷似覃溪,或谓其子某所书也。每诗句下注各本异同,后低一格为评语,眉上时有评,则草书,确为覃溪笔也。前有识语:麻姑之爪可搔痒,陈琳之檄可以愈风,丙子六月二十一日,左足跌,患不能伸动,诵此册偶记。翁方纲(朱方)。

【原文出处】

罗振常遗著、周子美编订《善本书所见录》卷四,商务印书馆1958年版,第138页。

【作者简介】

罗振常(1875—1942),字子经、子敬,号心井、邈园,浙江上虞人,侨居淮安,为罗振玉季弟,亦为著名藏书家,有《善本书所见录》。

一五一　翁方纲《翁批杜诗》

胡义质《题记》

翁覃谿先生手评本,共拾贰册。

另纸粘篇评语,凡翁笔俱有骑缝图书,其无骑缝图书者,为徐星伯手笔。

辛亥夏六月初五日,铁盦胡义质记。

陈时利《题识》

退庵笔记尊师说,读杜书成力果醇。芝老有灵今可慰,我来发愤企通人。

庚午中伏日,时利题。

《浪迹丛谈》载苏斋师《说杜诗》一则,有"吾师于杜诗工力最深,自言手批《杜集》凡三十三过,最后始成《读杜附记》之定本,凡字句之异同,皆详列句下"云云。

李在铦《题识》

先生有诸经附记共十二种,《家事略》中载有其目,余曾得见原本,系自录,极精。以价印手乏,竟未能购,未知为谁氏所得,至今念念不忘,特记于此,以俟博雅君子留意物色焉。芝陔识,时己亥,年八十又二。

是本旧为胡铁盦府丞所藏,后转归于余。其评语之的当,考据之详确,向来俗解,一扫而空。即每册面上,随笔所书,有自评语,有自戒语,前辈好学深思,使人读之,良用自愧。至通体字画之精好妙,乃其馀事,亦极可贵。此书宜付之梨枣,以永其传。余老矣,姑俟之通人可耳。芝陔识,时光绪丁酉三月。

【版本】

台湾师范大学图书馆藏翁方纲《翁批杜诗》。

【原文出处】

赖贵三校释,国立编译馆主编《翁方纲〈翁批杜诗〉稿本校释》,里仁书局2011年版,第68—72页。

【作者简介】

胡义质,号铁盦,河南光山县人,仁颐子。咸丰六年(1856)进士,官兵部主事,累官至顺天府丞。著有《铁盦诗钞》。

陈时利(1879—?),字剑秋,四川合江人。清监生出身,任兵部主事,四川赈捐总局会巡警总厅总务处参事,民政部参事,工巡捐局局长兼署外城巡警总厅厅丞,自治局督办等职。入民国后,任内政部警政司司长,土木司司长。1920年兼任管理特种财产事务局评议员。

李在铦,字芝陔,河北涿州人。晚清收藏家,与翁同龢、宝熙交善。与李恩庆、李东、李佐贤有"四李"之目(见崇彝《道咸以来朝野杂记》)。

一五二　刘肇虞《杜工部五言排律诗句解》

张有泌《序》

我朝重熙累洽,文运日新,一时彬雅之儒,指不胜屈。丁丑岁(1757),天子以文章明道,诗言志,文与诗兼用取士,爰诏乡、会试五言八韵,岁科试五言六韵。以故四子家传户诵,日夕揣摹,风雅咀徵含宫,激浃钟而发蕤实,无不肆力于诗。究之诗之道,微矣。求之经史,以裕其原;求之汉魏古乐府,以厚其质;求之六朝、三唐以丰其华。至于包涵万有,浑沦变化,诗之大成,莫如杜。然杜诗云:"意惬关飞动,篇终接混茫。"又云:"毫发无遗憾,波澜独老成。"则知五言排律最难,尤莫长如杜。今三尺童子诵诗,习闻师说,佥知推崇老杜,而证据莫考,笺释未明。及齿危发秃,白首谈诗,姑无论运意之渊深,用思之曲折,鲜窥涯涘,一句读间有转辗而茫如者。噫,谬矣!宜邑刘子肇虞,好学深思,制艺之暇,苦心韵事。作诗远追工部,每每钩贯其段落,疏通其格律,贯穿其掌故,考核其时地,绅绎乎意旨之所归,寻味乎神理之所出,积数年之力,旁蒐博览,纂《杜诗五言排律句解》,将付梨枣,公之同人,乞序于余。余性嗜杜,握卷吟哦,亦欲究根底、入藩篱,后通仕籍,未逮也。兹阅刘子之纂注,条分缕晰,使读者恍然于心,瞭然于目,刘子诚可谓不懈而涉于古者与!语曰:取法乎上,仅得乎中。学杜者虽未必遽臻乎杜，然得其解而积累之，神而明之，存乎其人。余嘉其有功于杜，并有功于学杜者，因不辞荒陋而为之序。

时乾隆己卯（1759）季夏上澣晋水筍亭氏张有泌书。

刘肇虞《自序》

《三百》以降，杜诗继之。昔之尊杜者，代不一人。自元微之及秦少游辈推尊之至，曰：杜圣于诗，又曰：杜集大成。夫圣而大成，是犹论道德而至孔子，不可以一端名也。则虽捧其全诗朝夕诵习，譬则游东海者，苦无涯涘。今于全诗中摘取近体，于近体中取五言排律一体而读之，遽欲撤藩窥室，夫岂可哉？虽然，杜诗不以一体胜，而即一体以求其至焉者，要非杜不至也。排律始于应制，制惟五言六韵耳，杜公独作为大篇，短者数百言，长者千言。夫律家之难，束缚规矩。声韵于四韵之外，增其二韵，求之风檐寸晷中，遂足困人才力。故三唐试帖，克栋盈篋，而其卓然足垂不朽，如钱湘灵之"曲终人不见，江上数峰青"云者，真寥寥也！杜公则不然，本其一饭不能忘君之衷，网罗乎典故，铺陈乎始终，浑沦浩瀚，错综变化，沉郁顿挫，行乎其所不得不行，止乎其所不得不止，不烦绳削，动中尺度，所谓无意而意已至。读之者若听钧天广乐于洞庭之野，一宫一商，类非人间所有。诗至此，蔑以加矣！国家文运日启，近制取士，八比外，兼试以诗。乡会试五言八韵，科岁试五言六韵，嗣后士子不能终身不涉目于诗者，其势然也。则必即兹一体中求其至焉者，心摹力追，为转磐石于千仞之举，而岂可于试帖中求区区升斗之活耶？将舍杜奚从也？又况由是推而广之，备搜各体，神明厥旨，则吾乡如黄、陈诸公，直接杜陵一脉，擅美于前者，后之人踵其事而光大之，复使江西一派洋洋乎波澜壮阔，不且为斯道厚幸欤！余比年掌教义学，授徒以诗，于杜悉有句解。或谓既为之解，须疏意旨，详脉络，不当徒以句为。曰杜注昔号千家，无解不具，兹则汇合参考，准诸钱笺，去支删繁，纂而约之于句。句既解，实无所不解，抑亦合旧注共为一解，中而别为一书也夫。

时乾隆二十四年己卯岁孟秋月上澣日宜黄后学刘肇虞谨书于凤冈书院。

【版本】

清乾隆二十四年（1759）刻本《杜工部五言排律诗句解》。

【作者简介】

张有泌，字邺卿，号筍亭，福建晋江人。雍正十年（1732）举人，乾隆七年(1742)登明通榜,授政和教谕。十四年(1749)移凤山,权台湾府教谕,士咸庆得师。秩满,除宜黄知县,卒于官,年五十有九。

刘肇虞,字唐德,号诚斋,宜黄(今属江西)人。乾隆二十四年(1759)前后执教于凤冈书院,馀不详。撰有《刘广文集》十九卷、《杜工部五言排律诗句解》二卷。据《(同治)宜黄县志》载,肇虞尚辑有《宋十家文钞》。

一五三　沈寅、朱崑《杜诗直解》

朱筠《杜诗直解序》

诗文犹经史也。三代之史即经,至汉则别经于史,汉魏之诗皆文,至唐乃别诗于文。按孔逭《文苑》、萧氏《文选》,其中诸体咸备。故子山、孝穆以前,诗皆附于文集。自唐人有别集,而诗与文始分为二矣。若夫诗之有注,何昉乎？说者以为昉于颜延年之注《咏怀》,李善之注《文选》,不知其源出于毛苌《小序》也。风诗多比兴语,往往有联章累句,无一语及作诗之意,而《序》乃曰:此为某事,俾读者一目了然,故为马氏端临亟称之。且其释《鸱鸮》以《金縢》,释《北山》、《烝民》以《孟子》,释《硕人》诸诗以《左传》,释《由庚》六篇以《仪礼》,夫《诗》与《书》、《礼》、《孟子》、《左传》并列十三经,未闻分《书》、《礼》、《孟子》、《左传》为文,而别《诗》为诗也。故唐人之别诗于文者,非也。诗之有李、杜,犹史之有迁、固乎？迁、固拟经以作史,李、杜约文而为诗。昔人有谓韩昌黎文笔之妙,从太白、少陵诗中得来。今观昌黎诗,直称之曰"李杜文章",此可悟诗文一贯之旨矣。后之注李、杜者,知其诗也,而不知其文也,往往穿凿附会,而失其本意。夫文有宗旨,有起伏,有层折,有纵横驰骋,李、杜之诗,何莫不然！沈孝廉名寅者,宛泾好古士也。戊戌(乾隆四十三年,1778)春来京应礼闱试,谒余,因出《李杜直解》问序于余。余阅之,中无注诗人名字,询之,云得之于市肆废簏中者。余喟然者久之,叹曰:烛斗之光,司空不之睹;焦尾之音,中郎不之闻。谁其能拔之于狱窟之中,而夺之于爨妇之手也哉？往余奉简命视学安徽,病学者不明文字本所由生,先举许氏《说文》旧本重刻周布,俾学者知为文自识字始。又取《十三经注疏》而与诸生谆谆言之,俾各由一经以通全经。至于诗,则以善本难购,未遑与诸生讲求。然为士者诚能识字通经,出其所以为文者为诗,斯嘲风弄月,不足尚矣。今取是编绅绎之,其训诂则法之毛苌,而笺释则彷乎孔、郑。每出一解，必先提其宗旨，而其起伏层折、纵横驰骋之妙，无不毕见。使学者可由诗以通乎文，由诗文以通乎经史，或不辜负余曩者识字通经之雅望也夫。余深惜注诗者之姓氏不传，而又深幸此书之赖沈君以传也，是为序。

前翰林院侍读学士、协办内阁批本事务、提督安徽等处学政、大兴朱筠撰并书。

沈寅《序》

"李杜文章在，光焰万丈长"，古人而知之矣。传之者非一代，注之者不一家，然或失则浅，不过猎其皮毛；或失则深，大半近于穿凿。盖善本往往难之。余以公车，留滞京师，授读郑藩府中，十有馀年，与清修主人稽古之馀，论诗必宗李、杜。偶游市上，于废书堆中翻得此本，原系缮稿，中多残缺，兼以虫侵鼠啮，字迹已多模糊。余携归邸舍，细心绎之，虽间有残缺，尚可以意补之。见其援据之精，持论之正，真为善本。拟其手笔，大抵国初钜公所作，有明以来诸名手不及也，而卷首不著姓名，亦心折古人之不矜己长，有如是已。昔大兴朱太史竹均先生以视学安徽，复命回京，因持以相质，先生极口称善，目为枕中鸿秘，嘱余缮本付梓，而为之叙。以客中力绵，未果。归里后，同窗朱子源一见而悦之，与余同志，补其残缺，增所未备，日夕校雠，谋所以嘉惠来学者。余曰：古人既不矜己长，余又可以没人善乎哉！遂仍旧本，亟付开雕。兹编也，虽未尽李、杜之全，而从此以窥全豹，不惟升堂，当可入室。世有发炎君子，其必有以余为知言者。

时乾隆元默摄提格（壬寅，乾隆四十七年，1782）竹秋上澣之吉，泾上后学笠阳沈寅芝珊氏书于存泽轩中。

沈昙《序》

注书难，注诗尤难。盖诗人之徵材博而寄兴微，往往有事关君父，义难显言，而怀古以伤今，咏物以见志，登临凭吊，曲写其羁愁怨叹之思。而后之读者时代既遥，参稽无自，徒凭其思之所能及，以探其心之所难言。盖得之者十一，而失之者十九。此李、杜之诗，注释者不下数十家，而卒未得为善本也。余尝读太白《蜀道难》，解之者谓危房、杜，固与年代不合。即谓为明皇幸蜀而作，而《唐书》、《摭言》载白始自西蜀至京，以所业谒贺知章，读

《蜀道难》一篇曰："子谪仙人也。"以此考之,迄无定论。至于注杜,而纰缪踳驳,尤难缕言。渔洋有云:"前惟山谷后钱卢",而山谷解《春日忆李白》诗,蒙叟早比之以老书生之见,其他又何论焉！余尝欲合两家诗注,汰其芜秽,摘其精当,手自录之,存诸箧笥,以备遗忘。而自憾学识短浅,诚有如颜之推所云"观天下书未遍,不得妄下雌黄"者。舍侄芝珊归自京,忽出《李杜直解》以示同好,云得之于市肆故书堆中,而简端不题年月名氏,意必好古之士所手定为读本,故于两家诗集,未及其全。要其训诂笺释,博而能当,简而能明,亦既殚数十年苦心于此矣。爰与友人朱子源一及芝珊,补其遗亡,校其舛讹,而付诸梓。岂惟不没前人之善,亦半生之所有志未逮者,用存是编,以为朝夕之观玩云。

后学沈昌谨识。

朱崑《序》

李、杜之诗,脍炙人口久矣,而要旨皆以忠君爱国之心,发为讴吟。观其浪迹于江湖,娱情于花鸟,一有所触,遂有恋恋于君民之忧,可以知其至性之流露,此固正而贞也。奈诵其诗者,或就诗言诗,而未曲探其旨;甚者以其流荡抆失,谓有怨诽唐廷之意,毋亦厚诬古人与？沈君支三得是解于长安市肆废簏中,携以示余。读其注,则引经据史;读其释,则本诸毛氏,发挥其诗中之旨,次第缕析。间有感唐廷之时事,亦必明引喻之深文,俾作者忠爱之意,了然于卷端。而读者忠爱之思,固亦油然于心口,则是诗之有助于名教也大矣！而注释之有补于李、杜也,亦复不少。而独惜乎不克传注释之姓氏也,而又惜乎年远蚀剥,篇章间有断缺,字迹每多残失也。捧读之下,爰与沈君意为补辑,而以就正于竹均夫子。将以藏诸家塾。竹均夫子曰:注释之姓氏不可传,而注释之苦心不可没。是宜剞劂,以公仝好。因不自揣补解之陋,授之梓人,庶脍炙李、杜之诗者,亦脍炙李、杜之忠爱也夫。

时乾隆乙未年(四十年,1775)西崖后学朱崑谨识。

【版本】
清乾隆四十七年(1782)凤楼巾箱本《杜诗直解》。

【作者简介】
朱筠(1729—1781),字竹君,一字美叔,学者称笥河先生。原籍浙江萧山,后迁居顺天大兴。乾隆十九年(1754)进士,改庶吉士,散馆授编修,充方略馆纂修官。丁父忧,服阕后,授赞善,旋擢翰林院侍读学士,充日讲起居注官。三十五年,典试福建,俄奉命督学安徽。充《日下旧闻》总纂官。四十四年,再提督福建学政,回京后病卒于家。著有《笥河诗文集》二十卷。

沈寅,字芝珊,一作支三,泾上(今安徽泾县)人。孝廉,馀不详。《杜集书录》误为明人,《杜集书目提要》称其"约生活于清康熙时期",二说均误。当为乾隆时人,与朱崑同窗,二人补辑《李诗直解》六卷、《杜诗直解》六卷,合称《李杜直解》。

朱崑,字源一,泾上(今安徽泾县)人。生平事迹不详。乾隆时人,与沈寅同窗。

沈昙,泾上(今安徽泾县)人。生平事迹不详,沈寅族叔。

一五四　孙南星《杜诗约编》

孙南星《自序》

杜诗题咏赠答,皆由至性而发,为正声。最足感人性情,拓人心志。兹就全集选三百一十首,名曰《约编》。善学者玩索而有得,固不在乎诗之多也。

【版本】
已佚。

【原文出处】
民国《寿光县志·艺文志上》。

【作者简介】
孙南星,字眉仙,寿光(今属山东)人。乾隆时诸生。《(民国)寿光县志·艺文志上》著录其《杜诗约编》,又有《杜诗编年目谱》一卷。已佚。生平见《(民国)寿光县志·人物志》。

一五五　饶春田《卧南斋西行集杜》

林志仁《序》

余友心耕三丈喜为诗,每相见辄娓娓谈诗不倦,盖于此道,用功专矣。

凡诗学少陵,或过于硬;学香山,或过于浅。心耕之诗,不必负气仗力,自有一种圆秀之致,惬人心脾,殆从事于杜、白二家而能以己见为去就者欤?平昔才高,不肯贬格为举场文字。壮岁尝入蜀,镌五七言集杂二卷。兹又哀其在蜀所作、并往来吴越荆楚间、及前后家居诗若干首。科名何足论?惟著作传诸无穷耳。至于旅况闺情,声酸调苦,固其所遇然也,心耕岂得已哉!

孺庭林志仁。

孟超然《序》

诗以道性情,辞必己出,固已然。春秋时贤大夫赋诗见志,不必其辞皆所自撰著也。若集古人句为诗,能使诵者忘其为古人之词;即知为古人之词,而皆如吾意所欲出。如焚百和之香,如饰百宝之装,如鬼输神运,不可以意计测也。是则极文人之能事,即以为自己出之,亦奚不可?集句昉于唐韦蟾,至宋王介甫、孔毅父,为之益富而工。元则张雨集太白诗,见赏于铁厓。明则孙仲衍、李西涯、周行之、夏仲宏、朱元素、黄才伯诸公,皆附见于集。而吾乡先辈若莆田陈山人言、闽县陈文学圳,尤其卓卓者也。本朝朱竹垞先生所著《蕃锦集》最奇,而华亭唐堂黄公《香屑集》、近日临川李公《侯鲭集》,皆多至千首。吾乡则莆田郑慎人宦蜀日,亦以集杜闻于时。丙申三月,吾友卢霁渔太史以饶君心畊《西行集杜诗》见示,盖往来蜀道所为者。余读而欵曰:是其与慎人异曲同工者乎!集句最宜于杜,集杜尤最宜于入蜀。盖诗之美富,无过于杜;而杜诗之美富,尤无过于夔、巫、巴、阆间也。余昔使蜀,尝欲集杜,寻见慎人集,遂辍,不复为之。观饶君为之,清辞丽句,若自己出,与慎人所纂旗鼓相当。既服君之能,又自笑其怯懦,驰驱蜀道三年中,不能为少陵之诗,复不能集少陵之诗以为诗也,是为序。丙申四月既望,同里学弟孟超然拜撰。

黄守僎《序》

凡人一生所独擅著名,出于天性者,盖十八九,人工特辅而成之。自书法画品以及诸奇能异巧,莫不皆然;而声律一道,尤有其不可强者。饶子春田,号心畊,颖悟绝人,酷喜声律,尝从余游,每与诸同人角艺文坛,落笔辄超越流辈。昔王右丞诗画复绝,人称其诗中有画,画中有诗。饶子尤喜声律，即时文所发，亦皆逸气飘飘，脱尽寻常窠臼。读者咸谓文中有诗，盖其天性然也。近岁访亲入蜀，蜀为杜少陵羁留之地，谭诗家率奉杜为宗主。饶子寝馈杜集，沈酣已久。及入蜀，躬亲其地，触绪兴怀，藉杜句以抒写己言，汇成《西行集杜诗》若干首，归以示余。余叹其用工之精，而实则一气浑成，自然流出，无丝毫牵缀痕迹。然甘天性素，优能若是乎？其才之所擅，名即随之，饶子学业成就，□不专以此著名，而此亦足以见饶子一生大忱。则由此推扩其才，其岂可量也哉！岁丙申余月，云石黄守儴书于闽山草堂。

卢遂《序》

古来学杜者多矣，得其一体，便足以豪，而况综举精粹，运以杼柚，其精神魄力，直与相际是非，仅得其一体已也。余友心畊有奇才，壮岁游湖海，学诗以杜为宗，下视诸作家，泊如也。今年自蜀归，出《西行集杜》一本示予。予谓学杜难，集杜尤难。盖集诗者割狐众腋，都为一裘，其色纯，其制备，其音节沈雄顿挫，其气脉首尾关生，浑为一片。此亦如良工缝合诸腋，针痕线脚，无迹可寻，只见其美，而不能指其所自出，斯为妙矣。予观是集，未尝不叹其用心之密，结构之工。合杜以成章，而忘其出于杜，视世之规规于杜，仅得其皮相，相去远矣。剞劂有日，因还其集，而弁以数言。

乾隆丙申夏五，霁渔卢遂拜撰。

朱仕琇《叙》

诗列六艺，其本出于性情，温柔敦厚，故以为教。骚人稍变其体，而志洁行廉所自出者，不可诬也。汉季至离析字画以为诗，其事几于射覆。六代回文之体兴，则侮弄笔墨尤甚矣。故朱文公比于戏剧，良有以也。集诗昉于唐季，至宋尤盛。其始盖亦戏剧之一事，而其后转相仿效，能者往往随事变化，浑然天成，或胜于其自运，斯亦奇矣。饶子春田，少读杜诗，既而客蜀，感甫旧游之迹，集其诗，得若干首，归以示余。余不习诗，未知其于古能者，工拙相去何如也。意谓非久寝馈于杜诗，必不能更互离合驱遣如意若是，殆杨子云所谓习伏众神者非耶？夫习之为效，自虫鸟知能之微，以及圣学，无不由之，饶子亦善推其所为已矣，因题其首如此。丙申余月既望，鳌峰学人朱仕琇序。

曹元俊《序》

诗以写性情,亦即以验阅历者也。心畊饶君,质性和雅,而聪颖特绝。少时鼓箧,凡经史子传,靡不倾古人之橐。稍长,即受知于学使者纪公,自是学益力。其于音律一道,尤所嗜好,盖欲拔骚坛之帜者。余知君十馀年,有相见恨晚之叹。而其集杜,则近日始就读。为集句始于唐季,盛于有宋,工于元明。本朝能手,非止一家,而吾闽则荔轩郑先生曾以集杜擅名,于前人若无所让。饶君近以探亲入蜀,其车辙马迹,即少陵旧游地也。平日拈韵,以杜为宗。既心写其诗,而又身历其地,日集杜句,以抒所衷,一气呵成,如自己出,方之荔轩先生,盖前后相伯仲。是其质学与寄托之才思,夫亦可见一斑矣。《记》有之:"粤无镈,燕无函,秦无庐,胡无弓车。"盖炉冶在心,锤凿在手,政不必以专门名家也。然则斯集出,闽中以后即无集句可矣。吾乡诸先生击节之甚,因勉付梓,余亦不揣固陋,赠数言以为弁。

乾隆丙申余月望后,榕城同学弟惕三曹元俊拜手。

饶春田《序》

盖闻江湖兴远,不辞跋涉之劳;风月情多,遂欠推敲之债。敢说少年学杜,偶因壮岁入川。临水乘舟,乐而忘返;登山着屐,久不知疲。细听方言,熟看地志。浔阳江畔,识白傅之遗踪;黄鹤楼中,得司勋之旧迹。绕篱种菊,陶元亮之清节堪传;载酒登楼,庾子山之风流不再。吊屈原于楚水,哭贾谊于长沙。云梦潇湘,一天烟霭;洞庭青草,万顷波澜。赤壁山高,挑孤灯而黯黯;白盐路险,卧古驿以萧萧。哀猿与箛鼓争鸣,急峡共星河并动。巫峰神女,浪传云雨之欢;绝塞明妃,长抱琵琶之恨。念功名之有数,公孙故垒奚存;慨人世之递更,诸葛遗祠尚在。红粉每嗟薄命,英雄辄叹穷途。宋玉能来,此地还堪作赋;方平已去,谁人更得升天。巴曲情长,黄牛夜短;渝歌韵渺,白帝更残。板桥人迹初过,茅店鸡声乍起。眉州因寻苏老,符县若遇谪仙。卓女临邛,借问酒垆何处;校书锦水,试看笺纸如新。不揣空疏,妄加题咏。援古人以寄意,难言组织精工;藉成语以传情,窃恐陶镕矫强。百花潭上,羞见先生;万里桥边,嗟予小子。制就游草,用集杜诗。初拟采花,幸蜜房之可割;讵知作枳,愧橘树之移栽。聊镌旅客之西征,尚望骚人之南指云尔。

心畊饶春田识。

高曰珽《跋》

余与心畊居比邻,通家往来者四十矣,知心畊最早。心畊少颖异,甫能言,授以诗歌,辄朗朗成诵,惊其座上人。稍长,乃肆力于诗古文词,尤寝食杜集,性所近也。岁癸未,其伯父名芳公与其尊人茂芳公延余课其同堂诸弟,时心畊雅未从游,然每一篇成,必谆谆丐余商可否,余深喜其能受业也。壮岁游蜀归,以《西行集杜》一卷相示,其组织之工,剪裁之巧,吾乡诸先达序之精且悉矣,余何赘为?特念少陵一生,于故人谊甚笃,其诗淳然可诵。今以闽中、川左,远隔天涯,而集中有怀余之什,惓惓弗置,情见乎词,盖万里行,不啻比邻居也,此谊与少陵复何愧!余安能益心畊哉,而心耕无弗益矣,故喜而为之跋。

周牧《序》

戊午秋分,校士于闽,闱得卷首,荐于主司,以溢额置,徹棘,知为饶心畊,固积学者也。庚申七月,因公至榕城,心畊来谒,为竟日谈。其根柢渊邃,工诗及古文,索所著作,出《卧南斋小品》三卷、《诗集》二卷、《集杜》二卷,皆规模唐宋,渊源汉魏,卓然可观。盖制艺,文之一端耳。闱中得心畊卷,已若拱璧;今复观其撰述,纯粹不嚣,心畊洵积学者矣。夫文之售,命为之也;文之传,非命为之也。心畊素清癯,屏绝声色,闭关注书不养,与学深乎。实至者名归,属望于心畊,固无已耳,是为序。

瀨阳周牧撰。

饶春田《识》

事无无师之智,况学问乎!梅崖朱夫子主席鳌峰,从游者皆有一体,田则最钝,无所成,归自西川,谬以集杜见许于夫子。至古文一道,所见许者无几。后欲肆力于兹,夫子则返驾建溪,未由就正矣,可胜惜哉!兹将夫子所鉴定者数篇,列为一卷,馀则分为两卷。虽师承无自,而集益多方。前得友人霁渔卢编修、霁林杨观察细加修饰;近得友人孝廉官志斋、林孺庭、明经卓韶亭、程寿愚大为剪裁,庶几裘以腋成、铁经金点,名师益友,不可负也。因而付梓,用志不忘。

嘉庆癸亥年,心畊饶春田识。

【版本】

福建师范大学图书馆藏嘉庆刻本《卧南斋集》,索书号:131878。

【作者简介】

林志仁,字首端,号孺庭,闽县(今福州)人。祖浚没于沙县,尝代某戚任宿,遘殁后债家毕集,志仁乃卖屋偿之。乾隆丙午举于乡,丁未会试后,至山东海丰省叔芳春,芳春欲留掌希贤书院讲席,以母老辞。及归,母病,侍奉汤药,恒彻夜不寝。乙卯大挑,以葬母事未营,不果行。弟霁周,贾不利避去,为恤其家。从弟衡端没,为营葬,抚其孤。中表蓝干庄素任侠,为豪家所窘,脱之。凡为亲友排难解纷,必尽其心。平生不妄与人交,不作应酬文字,不喜言贫,束修外一介不取,每事必籍记之。有《写意斋诗草》一卷、《赋草》一卷、《试帖》一卷。生平事迹见民国《闽侯县志》卷七十七《儒行四(上)》。

孟超然(1731—1797),字朝举,号瓶庵,闽县人。乾隆二十五年(1760)进士,改庶吉士,授吏部文选司郎中。三十年,充广西乡试主考。三十四年,任四川学政。三十七年归里,主鳌峰书院十馀年,著有《亦园亭全集》,生平事迹见《清史稿·儒林传》。

黄守儛,名一作守舞,字云石,闽县人。乾隆六年举人,七年中进士,官杭州府馀杭知县。

卢遂,字易良,号霁渔,福建侯官人。十三即能诗,一年成一集,得诗四万馀,篇什之富,一时无两。乾隆四十年(1775)进士,改庶吉士,授翰林院编修。有《四留堂诗集》。

朱仕琇(1715—1780),字裴瞻,号梅崖,福建建宁人。乾隆十三年进士,改庶吉士。十六年散馆,选为山东夏津知县,缘足疾改福宁府教授,后归主鳌峰讲席者十年。著有《梅崖文集》三十卷、外集八卷。生平事迹见《清史列传》卷七十二。

曹元俊,字惕三,榕城(今福州)人。生平事迹不详。

饶春田,字心畊,侯官(今福建福州)人。乾隆间诸生,著有《卧南斋集》三卷。

高曰琏,侯官人,生平事迹不详。

周牧,溧阳(今属江苏)人,生平事迹不详。

一五六　王鉴《杜律三百首》

王鉴《杜律三百首序》

　　注杜诗者，昔号千家；评杜诗者，亦不下数十百家。宋方惟道兄弟纂录唐宋以来评杜者，号曰《诸家老杜诗评》，藏书家间有此书，世俗已不多见。而方氏兄弟所未录，今不可得而见者，不可胜计矣。刘须溪之《诗纯》、方虚谷之《律髓》，亦予家旧藏，较二书所得，虚谷为优，近日诗流，犹病其执己拘方甚矣。评诗之难也，况评杜少陵诗乎！韩昌黎并称"李杜文章在，光焰万丈长"，则二公之诗，不可以优劣论。自元微之欲尊少陵，谓李不能历其藩翰，不知铺陈终始、排比声韵，青莲但不肯为耳。岂逸才天纵，不能大或千言，次犹数百，属对律切而脱弃凡近耶？宋人苦乏卓识，遂以微之所言，奉为山斗，故诸家论说，往往抑李推杜，至附会穿凿，纷然殽乱，蚍蜉撼大树，正昌黎所笑为愚不自量者也。宋末严仪卿谓李、杜不当优劣，其见卓矣。但云"子美妙处，太白不能作"，则犹未然。陈后山云："学诗当以子美为师，有规矩，故可学。"舍李言杜，其意似偏。而规矩之说，则指示学杜诗者最为著明。山谷于子美诗，尝欲随欣然会意处笺以数语。则于有唐诸家之外，别取杜诗为一编，亦无不可。故于纂辑之馀，偶抄杜律三百首，随有体悟，即著于篇。前人评论，有当于怀者存之，纰缪者黜之。此益师心所得，不忍弃捐，聊存箧中，以备遗忘耳。至于学诗之工夫、次第、规模、准的，则愚别有论述，岂专诵习此编遂足以尽诗也哉！岁在重光单阏（1771）如月，阳湖王鉴序。

【原文出处】

王鉴《醉经草堂文集》，《清代诗文集汇编》第487册，第500—501页。

【作者简介】

　　王鉴，字子仕，金匮（今江苏无锡）人。生平事迹不详。著有《醉经草堂文集》一卷。

一五七　郁长裕《钞辑杜诗》

郁长裕《钞辑杜诗序》

杜子美之诗，司马子长之文，可谓千古极境，虽至愚无不知，虽大贤不敢议也。余行笥中珍此二集，实未能读，亦窃附于虽愚亦知之例耳。按，杜诗在唐时，樊晃为润州刺史，曾序其集，刊行于江左，此外未有他本。至宋王洙、王琪、胡宗愈、吴若、王安石、李纲、郭知达、蔡梦弼始先后序而梓之。顾欧阳修、宋祁、苏轼、黄庭坚、陈无己、张文潜、蔡襄、晁无咎均称善本。惟宋次道、崔德符、鲍钦止、王禹玉、王深父、薛梦符、薛苍舒、蔡天起、蔡致远、蔡伯世、徐居仁、谢任伯、吕祖谦、高元之、赵子栎、赵次公、杜修可、杜立之、师古、师民瞻各为训解，词义纷歧，转迷真相，下此更无论矣。闲窗岑寂，手录一通，随笔释其易知者，第愚人读书，每上同于陶公之不求甚解，殊不足为外人道也。设吾家孙子有能读先人之书，庶几见余托钵天涯，犹不肯或自废弃如是，藉知警勉乎哉！乾隆五十年乙巳春三月上旬，书于黔南之龙泉署斋。

【原文出处】

郁长裕《雨堂杂著·红蕉山房文集》卷四，《清代诗文集汇编》第380册，第824页。

【作者简介】

郁长裕（1733—?），字益川，号雨堂，江宁（今南京）人，郁瑞孙。著有《雨堂诗文集》二十六卷。

一五八　齐翀《杜诗本义》

齐翀《自序》

今之注杜诗者，纷纷聚讼，几如议礼矣。吾尝谓议礼之家，欲以数千百年后之心思，证据数千百年以前之制度，此必不得之数也。夫节文度数，其因革损益，与时通变者，即今昨异观，况数千百年之远乎？孔子曰："殷因于夏礼，所损益可知也；周因于殷礼，所损益可知也；其或继周者，虽百世可知也。"夫不求之于所不可知，而求之于所可知，则天理民彝之昭然于天地间者，虽千万世如一日，此亦可以息议礼家之争矣。维诗亦然，夫诗者，志之所之也，在心为志，发言为诗。孟子曰："善说诗者，不以文害辞，不以辞害志。以意逆志，是为得之。"此千古读诗不易之法也。而注杜者乃欲考之事与迹，以求合于其诗，其有不合，则旁引曲证，穿凿附会以通之，其说愈精，愈支离而畔于道，诚以文辞可以思而得，事迹不可以强而推也。然则善读杜诗者，亦惟即文与辞，而反复紃绎之，以求其所可知，而姑阙其所不知焉，其亦庶乎可矣。

乾隆四十七年（1782）壬寅秋七月癸卯，婺源齐翀书。

【版本】

清乾隆四十七年（1782）双溪草堂刻本《杜诗本义》。

【作者简介】

齐翀，字雨峰，室名思补斋，婺源（今属江西）人。乾隆二十八年（1763）进士。曾主讲山西晋阳书院。三十七年后历任广东始兴、电白、高要知县。四十七年升任潮州府南澳同知，署嘉应州知州。工诗，同年进士李调元序其集，以为"专主丽情"。著有《杜诗本义》二卷、《三晋见闻录》一卷、《思补斋日录》一卷、《南澳志》、《雨峰全集》等。生平见《清诗纪事》乾隆朝卷。

一五九　周作渊《杜诗约选五律串解》

许亦鲁《杜诗约选五律串解序》

黄河九曲，发源于星宿；华岳万仞，胎脉于昆仑。凡物莫不有所宗主矣。故学为文者，先读左、迁；学为书者，先临钟、王；学为诗者，先究李、杜。昔人谓青莲、少陵为两华二室，各造其妙。诗仙、诗圣，千古并驱。顾青莲天才放逸，不可拘之以格律；求少陵则格律精严，无一字一句非法。盖仙固不可求，而圣则可学也。虽然，学之而不得真解，则日读杜而去杜日远。尝见解杜诸家，矜博奥者务掊撦，喜新奇者主穿凿，即写景赋物，亦必牵涉讽刺、附会忠孝，而杜诗之天趣泯矣。其矫此弊者，则如黄鲁直所云："余于杜诗，欲随欣然会意处，笺以数语。"元裕之言，读杜诗"当如九方皋相马，得天机于存亡灭没间"。二公之说，可为神明于杜者言，而未可为学杜者法。求其折衷允当,繁简得宜,堪为后学梁津者几希。岁丁未,余就中州周潜斋明府之聘,教读吉原署中凡三载。见公所为诗,浑劲朴厚,格律精严,入少陵之室。每于公馀,剪烛夜话,酣酒论文,予两人上下千古,罔弗怡然涣然,相悦以解,实为文章性命交。其诸子平时所读诗,乃公昔年所注杜诗五律也。余曰:"公之解,良善矣,则何不取全杜诗而注释之以传世?独解五律者何?"公曰:"诗固不始五律,亦不止五律,而今之学者为诗,必自五律始。我朝乡、会闱,增五言排律题以试士,故子弟束发就傅,制艺而外,皆从事唐人锁院试帖。乃或法律未娴,即将效温李之新声、西昆之绮丽,是犹作文不问左、迁,猥仿六朝;作书不识钟、王,漫摹苏、米,鲜有不靡曼杂乱,割裂破坏者。惟读杜律,而诸家之律可废;读杜五律,而诸体之律可推,且诸体之非律者亦可悟。予之解此,将以为家课本,使子弟学诗得所从入而宗主之,非欲传世也。"余既读公之诗,聆公之言,潜玩公之注释,其解融会仇氏《详注》,兼采众说,而于每篇加以串解,俾学者批阅了然,毫无疑窦。所谓折衷允当,繁简得宜,于是乎在。如游河者见星宿,游山者见昆仑,而诗圣之真面目,庶几赖以不亡焉。其有功举业,嘉惠后学,更非浅尠,欲不传世,胡可得耶?同人咸劝公付梓,予忝通家世好,爰述其交情,并申其说于简端。

时乾隆五十四年岁次屠维作噩月在南吕越朔之十有六日,毗陵津里山年通家眷教弟省斋许亦鲁顿首拜撰于吉原官署之宁静轩。

周作渊《自序》

诗家元气沆瀣,如化工之随物付形者,厥惟少陵,不独有唐一代莫与比肩,即《三百篇》后,亦堪称嗣响。故子瞻苏氏曰:"龙门之文、鲁公之书、子美之诗,皆集大成者也。"又曰:"学杜不成,不失为工。"此读诗者不可不以杜为宗主也。顾杜诗号千家注,笺释之间,颇有异同。近世仇、王、胡、黄诸先生,各抒己见,胥克发前人所未发,而意义周至者,无如仇氏《详注》。昔颜、嵇注《汉书》,号为功臣,《详注》其即少陵之功臣矣乎!余少服师训,于韵语多所扞格。洎长,从伯兄读杜,虽略识其气味之深厚,究莫喻夫脉络之贯通。越数年,与友人论诗,授以《详注》,反覆潜玩,渐有悟机,未敢谓涣然冰释,觉向之结轖莫喻者,亦稍稍胸有引伸矣。欣逢国朝诗学昌明,己卯、庚辰间校士,增以五律。习举子业者,固争自濯磨,而塾师引进初学,每以试帖为秘钥。夫试帖非不典丽工雅,乃诵法者或致袭貌而骨格弗存,求工而脉理紊乱。是欲厚其根柢,端其趋向,终莫善于杜律也。岁甲申长夏,余手录杜律五言百三十三首，仍登诸前辈之笺释，用自揣摩，兼为家课计，而初学辈于通章之融贯处，究弗能燎若指掌。不揣固陋，默会《详注》，参以众说，要就每章之起讫，著为串解。俾后生易就省释，而卒不敢自信其所解之悉当。辛卯冬，余司铎鸣鹿，诸生中阅是稿者，辄分携抄录。适阳城张君树佳主书院讲席，与余诗酒过从，索阅是稿，以为有裨后学，当授诸梓，余未克如其命。己亥，迁任建平，梓里戚族来署者，咸谓是稿诚益馆课。丁未岁，延毗陵，许省斋孝廉在署教读，见斯解，称善不置，欣然为序，嘱付枣梨，均符张君言。爰藉公暇，重加更正，务除穿凿，惟冀不失《详注》之本旨，庶不背少陵元气浑穆之精义也。若以斯解为斯诗之真谛，则余何敢。乾隆己酉秋九月朔日，洢水周作渊潜斋氏识于郎川官署之慎独轩。

戴名驹《跋》

夫子由鹿邑学博迁宰建平，阅今一纪矣。无何，擢移粤东，借寇无路，而沐浴膏泽之深者，祖饯期迫，能毋依依怅惘于怀耶？驹自庚子春荷观风阁邑，叨赏识于夫子。旋讲课书院，亲临批阅，尤邀青睐。嗣后，公隙招至署，委写卷轴匾额，更得时炙光仪。知簿书鞅掌之馀，不少班香宋艳之制。其诸昔之谢宣州、韦苏州者乎？夫政事文章，悉徵学术。兹十年来，经画兴除，一邑称治。而最昭昭人耳目间者，莫如拯灾赈恤，禁留客米，全活万人诸大端。迄今茕茕之氓，食德不忘，犹津津感颂不衰。天人相感，故瑞献双岐，空虚囹圄。且得越秩超迁，都人士虽不克卧辙攀留，而永矢弗谖，沐膏泽者，非第一家一族。古所谓文吏与良吏，夫子不以一身兼之耶！是选之刻，自叙为家课初学计，其不欲持此问世可知，顾瓣香不即在是与？驹于持身之子羽，无能为役，第栽培寒素，振兴士习，驹得以菲薄厕其间。爰于录弁言时，赘数语附卷末，以志铭感。弗觑缕陈者拘于格，抑慎挂漏也，且自有别刻之存稿在。

治门生戴名驹谨跋。

【版本】

清乾隆五十五年（1790）文鸟堂刻本《杜诗约选五律串解》。

【作者简介】

许亦鲁，字省与，江苏武进人，居太湖马迹山。例得补知县而不愿就，翻然归隐，历主各书院讲席，崇实黜华，力矫时弊，一时成风。所著有《领云全集》《不寐录》。

周作渊,字潜斋,涡水(今属安徽太和)人。周祖培祖父。乾隆三十六年(1771)为鹿邑学博,擢建平县令,有政绩,后移官粤东,为广东惠州府海防同知。著有《杜诗约选五律串解》二卷。

一六〇　杨伦《杜诗镜铨》

毕沅《序》

杜拾遗集诗学大成,其诗不可注,亦不必注,何也? 公原本忠孝,根柢经史,沉酣于百家六艺之书,穷天地民物古今之变,历山川兵火、治乱兴衰之迹。一官废黜,万里饥驱,平生感愤愁苦之况,一一托之歌诗,以涵泳其性情,发挥其才智。后人未读公所读之书,未历公所历之境,徒事管窥蠡测,穿凿附会,刺刺不休,自矜援引浩博,真同痴人说梦,于古人以意逆志之义,毫无当也。此公诗之不可注也。公崛起盛唐,绍承家学,其诗发源于《三百篇》及楚骚、汉魏乐府,吸群书之芳润,撷百代之精英,抒写胸臆,熔铸伟辞,以鸿博绝丽之学,自成一家言。气格超绝处,全在寄托遥深,酝酿醇厚,其味渊然以长,其光油然以深,言在此而意在彼,欲令后之读者,深思而自得之。此公诗之不必注也。是公之诗卷流传天地间,原自光景常新,无注而公诗自显,有注而公诗反晦矣。宋、元、明以来笺注者,不下数十家,其尘羹土饭,蝉聒蝇鸣,知识迂缪,章句割裂,将公平生心迹与古人事迹牵连而比附之,而公诗之真面目、真精神尽埋没于垒罋垢秽之中,此公诗之厄也! 注杜而杜诗之本旨晦,而公诗转不可无注矣。阳湖杨进士西和,少游名场,即工声韵之学,宗仰少陵,能笃信谨守,涉其藩篱,窥其堂奥。搜罗古集,考核遗文,片言只字有关于杜诗者,节取而录存之,岁月既久,积成卷帙,爰制《杜诗镜铨》一书,以质于余。余自束发授诗,与吴下诸子,结为吟社,每讨论源流,必以工部为宗。有友人株守明人笺注一册,珍为枕中秘本,谓能笺释新、旧《唐书》时事,确当详赡,此读杜之金针也。余应之曰:如此何不竟读《唐书》? 友人废然而去。今阅杨君是书,非注杜也,将各家注杜之说,勘削纰缪,荡涤芜秽,俾杜老之真面目、真精神洗发呈露,如镜之不疲于照,而无丝毫之障翳也。是由前之说,杜诗之不可注,不必注,窃冀当代宗工,扶轮大雅,抉草堂之精髓,求神骨于语言文字之外,而弃初得之筌蹄也;由后之说,近日杜诗之不可无注,又以风雅复绝,迷途未远,探浣花之门户，俾端趋向而识指归，为后学示以津逮也。则杨君是书，安得谓非词坛之正的、少陵之功臣也哉！

乾隆壬子孟春下浣，镇洋毕沅书于武昌节署之丛桂轩。

朱珪《序》

余夙闻杨子西河名，来皖出示所著《杜诗镜铨》二十卷，首言用力几二十年；排纂成帙，又阅五年，其于杜可谓勤矣！昔之治《三百篇》者曰：正得失，动天地，感鬼神，莫近于诗。传注家以《诗》为最古，《诗传》犹未能尽应《尔雅》，笺则多以《礼》注诗，论者谓其特长于礼，此注之难也。今言诗率举陶、杜，为独得《三百篇》遗意。陶诗自梁昭明太子、北齐阳休之编次外，注者绝鲜。宋时注杜已有王洙、宋祁、王安石、黄庭坚、薛梦符、杜田、鲍彪、师尹、赵彦材等九家，原书不传，尚见于郭知达之所采集。杜之奥博，有非诂训不显。治乱之迹，与国史相证，近于变风雅之义。注家徵实，病其支虚则凿，章比句栉则固，治杜之倍难于诸家也。是编裁择各本，草薙沙汰，以归简约，使读者开卷了然。至其疏通证明，往往出前贤寻味之外。又博采诸名家评骘，附列简端，如元高楚芳采刘辰翁之例，而后杜诗之学，阐发始无遗憾。虽其沉着独绝，殷殷乎正得失、动天地、感鬼神者，仍必待其人自领之。要之学者得此为津筏，厥功为不朽矣！

乾隆辛亥嘉平月，大兴朱珪序。

周樽《序》

乙巳岁，余任湖北粮储道，值杨君西和掌教江汉书院，爱其品粹学醇，还往无间。今岁来访余皖江藩署，出所著《杜诗镜铨》见示，并索序于余。余读竟作而叹曰：少陵诗兼综众体，冠绝古今，昔人称之为诗史，为诗圣，复何容赘一辞？然子美非仅以诗见也。子美以一小臣，旋遭罢黜，乃流离困踬，每饭不忘朝廷，忠义自出于天性。至其才与识，则亦有过人者：在安史之乱方剧，扼寇芦关，斩鲸辽海，论事切中机宜，多与李、郭诸公相合；以及回纥、吐蕃之蹂躏，强藩分镇之不恭，宦竖典兵之为害，皆有以见于几先，而忧深虑远；美王相国则思复屯营之制，嘉元道州则深哀徵敛之苛，迨勖修德以致时和，法斗魁而求元辅，于本原之地，尤三致意焉。使得行其志，所谓治君尧舜，再使俗淳者，良非虚语。乃宋祁无识，辄云公"好论天下大事，高而不切",亦犹陈寿作史,谓将略非武候所长。观公蜀中怀古诗云:"伯仲之间见伊吕,指挥若定失萧曹",非徒咏古,盖亦借以自况也。顾公诗包罗宏富,含蓄深远,其文约,其词微,称名小而指极大,举类迩而见义远,亦有如太史公之称屈原者。苟不得其解,往往视忠爱为刺讥,等忧危于讦激,诗义晦,而公之所为自比稷契者,其志亦将以不明于天下。杨子研精二十馀年,乃尽得其要领,章疏节解,珠联绳贯,于异说如猬,一一爬罗剔抉之,以求其至是,如镜烛形,一经磨莹而其光愈显,使凡读公诗者,有以知公之志,悄然兴悲,肃然起敬,信足动天地而感鬼神。他如"栖屑"之出《北史》,"扶持"之出《汉书》,《寄韩谏议》诗"枫香"之当引《十洲记》,《江楼夜宴》诗"海查"之当引《拾遗记》,皆旧注搜索所未及。其馀订正舛讹,不一而足。又《昔游》诗"商山"、"吕尚",当指汾阳、邠侯;《瞿唐出峡》诗"伊吕"、"韩彭",断指杜相、崔旰。考证详确,尤能发前人所未发。然后叹其用心勤而为学博,有功于子美之多也!昔松陵朱鹤龄氏著《杜诗辑注》,一时盛行于世,至鸡林贾人,亦争购其书。是编出,吾知其不胫而走,必有以先睹为快者,其为嘉惠来学,岂浅鲜哉!爰不辞而为之序。

乾隆岁次辛亥长至后二日,滇南同学弟周樽撰。

杨伦《自序》

自昔称诗者,无不服膺少陵,以其原本忠孝,有志士仁人之大节,而又千汇万状,茹古涵今,无有端涯;视他人寻章摘句为工者,真不啻岱华之于部娄,江海之于潢辽也。顾其学极博,体极备,用意极深远,自非反复沉潜,未易谡然已解。宋以下注杜者名有千家,迩来论列者,亦不下数十家,然繁简失中,卒少善本。余自束发后,即好诵少陵诗,二十年来,凡见有单词只字关于杜诗者,靡不采录,于旧说多所折衷。年来主讲武昌,闲居无事,重加排纂,义有抵滞,乂忘寝食,不觉豁然开明,若有神相之者,凡阅五寒暑,始获成书。窃谓昔之杜诗,乱于伪注;今之杜诗,汩于谬解。多有诗义本明,因解而晦,所谓万丈光焰化作百重云雾者,自非摧陷廓清,不见庐山真面。惟设身处地,因诗以得其人,因人以论其世,虽一登临感兴之暂,述事咏物之微,皆指归有在,不为徒作。计公生平,惟为拾遗侍从半载,安居草堂仅及年馀,此外皆饥饿穷山,流离道路,乃短咏长吟,激昂顿挫,蒿目者民生,系怀者君国,所遇之困厄,曾不少芥蒂于其胸中。自古诗人,固穷砥节,不陨其志,上下千年,惟渊明可以抗行,然后叹子美真天人也。公之为诗,多出于所自道。其曰："毫发无遗憾，波澜独老成"，又"意惬关飞动，篇终接混茫"，皆非公不足当此语。至于"妙取筌蹄弃，高宜百万层"，知诗外自有事在，而但索之于语言文字间，犹其浅也。今也年经月纬，句栉字比，以求合乎作者之意，殆尚所云"镜象未离铨"者。然一切楦酿丛脞之说，剪薙无馀，使浅学皆晓然易见，则亦庶几刮膜之金篦也夫。

乾隆岁在重光大渊献中秋前五日，阳湖杨伦题于武昌江汉书院之见山楼。

杨伦《杜诗镜铨凡例》

一、诗以编年为善，可以考年力之老壮，交游之聚散，世道之兴衰。诸本编次，互有不同，是本详加校勘，使编次得则诗意易明。如《重题郑氏东亭》定为乱后作，《有感五首》当编广德二年春之类，皆特为更正。

一、自山谷谓杜诗无一字无来历，注家繁称远引，惟取务博矜奇，如"天棘"、"乌鬼"之类，本无关诗义，遂致聚讼纷纭。至近时仇注，月露风云，一一俱烦疏解，尤为可笑。兹所采各注，或典故必须疏证，或足发明言外之意，否则俱从芟汰。其易晓者，亦不复赘词。然微词奥义，亦已阐发无馀矣。

一、杜公一生忧国，故其诗多及时事。朱注于新、旧《唐书》及《通鉴》等考证最详，其间有漏略处，更为增入。

一、孟子说诗，贵于以意逆志，但通前后数十卷参观，自能见作者立言之意。浦解好为异说，故多穿凿支离。拙解不为苟同，亦不喜立异，平心静气，惟期语语求其着落，庶少陵于千载之上犹如晤语也。

一、杜诗笺注纷拏，是非异同，多所抵牾，使阅者靡所适从。兹择其善者定归一解，搜讨实费苦心，其义可参用者，亦从附载。至旧解或俱未惬意，则间以鄙见附焉。

一、诗教主于温柔敦厚，况杜公一饭不忘，忠诚出于天性。后人好以臆度，遂乃动涉刺讥，深文周内，几陷子美为轻薄人，于诗教大有关系，如是者概从刊削。

一、朱子谓"杜诗佳处，有在用事造意之外者，惟虚心讽咏，乃能见之"。元遗山谓"读杜诗当如九方皋相马，得天机于灭没存亡之间"。原不须屑屑分疏，然公自言："法自儒家有，心从弱岁疲。"又云："晚节渐于诗律细。"又杜集凡连章诗，必通各首为章法，最属整齐完密，此体千古独严。兹于转接照应脉络贯通处,一一指出,聊为学诗者示以绳墨彀率。大雅君子,幸勿哂兔园习气。

一、古律长篇,固有段落,然亦何必拘拘句数,如今帖括之为。仇本分段处,最多割裂难通。兹于长篇界画,悉顺其文势之自然,其句数有限者,不复强为分截。

一、长律特诗之一体,杜公却好为之。元微之所谓"大则千言,次犹数百"者。兼之忽远忽近,奇正出没,并铺陈排比足以尽之。学者每苦其汗漫难读,是本振裘挈领,使读者展卷了如,洵属快事。

一、唐子西谓"作文当学龙门,作诗当学少陵",则趋向正而可以进退百家矣。故非尽读古今之诗,不足以读杜诗,兹于渊源所出,派别所开,均特为标举,洵为诗学津梁,得以尽穷正变。

一、宋人一代之诗,多讲性情,而不合于体格,是委巷之歌谣也。明人一代之诗,专讲体格,而不能自达其性情,是优孟之衣冠也。试观少陵诗,宪章汉魏,取材六朝,正无一语不自真性情流出;无论义笃君臣,不忘忠爱,凡关及兄弟夫妇朋友诸作,无不切挚动人,所以能继迹风雅,知此方可与读杜诗。

一、杜评始刘须溪,宋潜溪讥其如醉翁呓语,不甚可晓。然于诸本中为最古,其可采者悉录之。前辈如卢德水、王右仲、申凫盟、黄白山、张上若、沈确士等,皆多所发明。近得王西樵、阮亭兄弟、李子德、邵子湘、蒋弱六、何义门、俞犀月、张惕庵诸公评本,未经刊布者,悉行载入,庶足为学者度尽金针。

一、建安蔡氏有《草堂诗话》二卷,诸本所采亦夥。馀如《东坡志林》、《容斋随笔》、《困学纪闻》、王楙《野客丛书》、张戒《岁寒堂诗话》之类,凡前人未经采录者,今并补入,以广见闻。

一、诗贵不著圈点,取其浅深高下,随人自领。然画龙点睛,正使精神愈出,不必以前人所无而废之。

一、杜诗宋元诸刻,传写字样,互有不同。今择其义可两存者,仍夹注本文之下,以备参考。其无当者,则竟从删,以免混目。

一、字有一字数音者,每致混读,兹随四声圈出,使得一览了然。如《青阳峡》"殷"字之当读平声,不当读上声;《驿次草堂》之"强"字当读上声,不当读去声,皆旧本误读,今改正。

一、蔡傅卿《草堂诗笺》另列《逸诗》一卷,庶古本犹可考见。今姑从近本,依年次编入,以便省览,仍注明见某某本以别之。

一、杜集诸人酬唱诗附载集中者,向与本文平列,未免主客不辨,今改用低一格写。

一、少陵诗昔人比之周、孔制作,后世莫能拟议。乃好为攻杜者,章掎句摘,俨然师资,是亦妄人也已矣。然间有拙句累句,不害其为大家,偶然指出,惟恐误学者之祈向耳。

一、采辑众说,惟取简明,意在掇诸家之长而弃其短,于原文间有增损,识者谅诸。

【版本】

清乾隆五十七年(1792)阳湖杨氏九柏山房刻本《杜诗镜铨》。

【作者简介】

毕沅(1730—1797),字纕蘅,号秋帆,又号灵岩山人,镇洋(今江苏太仓)人。乾隆二十五年(1760)进士,殿试钦点为状元。官至湖广总督。好著书,经史、小学、金石、地理之学无不贯通。著有《灵岩山人诗集》、《灵岩山人文集》等。

朱珪(1731—1806),字石君,号南崖,晚号盘陀老人,谥文正,大兴(今属北京)人。与兄朱筠,时称"二朱"。乾隆十三年成进士,选庶吉士,散馆授编修,历任侍读学士、福州知府、福建按察使、礼部侍郎、兵部尚书、户部尚书、吏部尚书、《四库全书》馆总阅。著有《知足斋文集》、《知足斋进呈文稿》等。

周樽,字寿南,号眉亭,云南昆明人。乾隆六十年(1795)举人,由知县历官安徽布政使,以廉慎著称。所至必培养士气,修建书院,筹备膏火。增刻《十一经旁训》,士林称之。

杨伦(1747—1803),字敦五,一字西河(一作西禾),号罗峰,阳湖(今江苏常州)人。乾隆四十六年(1781)进士,官广西荔浦知县,创正谊书院。与当时同里学人洪亮吉、孙星衍、赵怀玉、黄景仁、吕星垣、徐书受等人号为"毗陵七子"。晚年主讲武昌江汉书院七年之久,亦尝主江西白鹿洞书院讲席。在广西三为同考试官,所拔皆知名士。著有《杜诗镜铨》二十卷、《九柏山房集》等。生平事迹见《清史稿·文苑传二》、张惟骧《清代毗陵名人小传稿》卷五。

洪颐煊《书杜工部年谱后》

客有遗以《杜诗镜铨》者,其前有所撰《工部年谱》,因略为考证。《谱》

云:开元十九年,公年二十,游吴越。颐煊案:《送许八拾遗归江宁觐省》诗序:"甫昔时尝客游此县,于许生处乞瓦棺寺维摩图样。"甫游金陵,亦当在此时,《壮游》诗不载。《谱》云:开元二十五年,公游齐赵。颐煊案:《壮游》诗:"放荡齐赵间,裘马颇清狂。春歌丛台上,冬猎青邱旁。"甫当先游赵而后游齐。《谱》云:天宝元年,公在东都。颐煊案:《赠李白》诗:"二年客东都",似天宝二年作。下云:"亦有梁宋游,方期拾瑶草。"《昔游》诗:"昔者与高李,晚登单父台。"《遣怀》诗:"昔我游宋中,惟梁孝王都""忆与高李辈,论交入酒垆。"甫在东都,先游梁宋,后游齐州。《与李白寻范十隐居》诗:"余亦东蒙客,怜君如弟兄。"《昔游》诗:"东蒙赴旧隐,尚忆同志乐。"亦自梁宋赴齐州途中作。《谱》云:乾元元年,任左拾遗。六月,出为华州司功。冬晚,离官,间至东都。颐煊案:《至日遣兴奉寄北省旧阁老两院故人》诗时犹在华州,冬末,以事之东都。《湖城东遇孟云卿》诗:"照室红炉簇曙光,萦窗素月垂文练。"甫之东都,亦当在十二月望后矣。《谱》云:大历二年,公在夔州。春,迁居赤甲。三月,迁瀼西。秋,迁东屯。未几,复自东屯归瀼西。颐煊案:《行官张望补稻畦水归》诗:"东屯大江北,百顷平若案。六月青稻多,千畦碧泉乱。"甫夏间已迁东屯。《阻雨不得归瀼西甘林》诗:"三伏适已过,骄阳化为霖。欲归瀼西宅,阻此江浦深。"又云:"安得辍雨足,杖藜出岖嵚。"甫之归瀼西,当在秋初。又有《自瀼西荆扉且移居东屯茅屋》诗:"东屯复瀼西,一种住清溪。来往兼茅屋,淹留为稻畦。"又云:"烟霜凄野日,秔稻熟天风。"《东屯月夜》诗:"青女霜枫重,黄牛峡水喧。"又《从驿次草堂复至东屯茅屋》诗:"山险风烟僻,天寒橘柚垂。"《暂往白帝复还东屯》诗:"筑场怜穴蚁,拾穗许村童。"甫九、十月又在东屯,盖东屯为甫稻田所在,数往来其间,不必定以时也。嘉庆己巳五月十七日。

【原文出处】

洪颐煊《筠轩文抄》卷七,《清代诗文集汇编》第479册,第473页。

【作者简介】

洪颐煊(1770—1833),字旌贤,号筠轩,晚号倦舫老人,浙江临海人。少力学,与兄坤煊、弟震煊读书僧寮,时称"三洪"。嘉庆六年拔贡生,以捐赀入为直隶州州判,署广东新兴县事。阮元督粤,曾延其入幕。著有《筠轩文抄》八卷、《筠轩诗抄》四卷等。生平事迹见《清史稿》卷四八六《文苑三》。

一六一　戚学标《鹤泉集杜》

蔡之定《序》

  吾浙太平戚鹤泉先生绩学能文，著述甚夥，以名进士宰豫之涉县，时余就彰德画锦书院之聘，得纳交焉。鹤泉出所著《集杜》一册见示，其间游眺、赠答、宴会、行旅、咏怀诸什，一于杜乎句之。或兴之，或比之，或正之，或反之。实者虚之，虚者实之，堂堂正正，亦复怪之奇之。按之原本，如冰蚕火鼠之不相假也。至其蕴藉风流之致，沉郁顿挫之神，开阖抟挽之法，罔不悉备。如金之就镕方员，惟其所器也；如丝之就染赤黄，惟其所色也；如风水之相遭，诡波谲浪，亿态千形，不可方物，而自然成文也。自两韵四韵，至数十百韵，古诗近体，为篇八百有奇，于诗境中别开世界，洋洋乎大观哉！或曰：戚子演书，车倾千斗，独不能自出心裁，别成词阵，而乃假古人之眉眼，饰自己之面首，得毋优孟衣冠乎？余曰：唯唯否否，客不见夫蜾蠃之与笛师乎？蜾蠃之遇青蜓也，负之累累，呪之嘤嘤，类我类我，七日而变为蟠蟠蠕蠕者，翅而足矣。若夫笛师林餐叶嗅，雨掇风衔，花无完蕊，煦之以气，和之以沫，百二十日而变卉体焉，此亦造化之奇也。鹤泉之集杜，亦若是而已矣。或又曰：古人戒剿说雷同，集句以擅场，吾未之前闻也。余曰：客何见之不广也！客宁不知六书之起，引伸触类，增之又增，字不过数万而止，而书籍之广，至于盈仓累库，横古塞今，其为字也，乃至算数譬喻所弗能竟，其实不出此数万字，非有能自造一字于其间者，然则虽圣经贤传，不过集字变文而已，集句之与集字，又何以异？奈何集字则相与安之，集句则不免于訾謷，是不律而非隃糜，不已慎乎？且夫集古人之难，以其强为比附，而与其人不相联属也。若鹤泉之诗所值之时、所处之境、所接之人，及姓氏地理历历焉，殆不啻自其口出，句虽杜句，诗故鹤泉之诗也，子又何尤焉？客嘿无以应，爰草之以当序，且以质世之知言者。

  嘉庆元年岁在丙辰五月朔日，同省弟棘人蔡之定拜序。

戚学标《自序》

  集杜古今体诗七百六十篇，皆戚子令涉时所为，其全不系涉者，亦自涉追成之。盖涉处万山之中,土瘠且陋,戚子郁郁无所试,思藉诗自遣,心烦虑乱,迄不能句。平生好杜诗,出入不离,久而熟之,冲口而出,皆少陵语也。因之意有所触,即借其句为诗,既用自适,而又藉掩其不能成句之耻,故积久而诗遂多焉。夫少陵艰一第,戚子幸猎科名;少陵遭离乱之秋,而戚子生圣世;少陵弃官奔走,而戚子居然膺民社之责。其时与地皆不同,固宜诗之无一似,然其为穷一耳。且涉之山水险怪,极类秦蜀,又疑少陵之句之适为今日设,其取之便,而成之易,戚子殆有昕,甚乐乎此,而忘其为穷也。至其诗之竟类杜,与不类杜,夫戚子则乌由自知之。嘉庆元年丙辰正月,河南涉县知县浙太平戚学标鹤泉自识。

崇士锦《题戚鹤泉明府文稿效集杜句》

读书破万卷,会心真罕俦。屈迹县邑小,日夕仍讨求。示我百卷文,文采珊瑚钩。雷电走精锐,劈石摧林邱。议论有馀地,老气横九州。建标天地阔,下愧东逝流。腐儒谬通籍,斯文去矣休。诗书遂墙壁,吾道长悠悠。

读书东岳中用稿中自注语,洞彻有深识。文章落上台,风流散金石。

不废江河万古流,似君须向古人求。即今耆旧无新语,轻薄为文哂未休。

崇士锦《题戚明府集杜卷仍效作》

不薄今人爱古人,论心何必先同调。我有新诗何处吟,浣花溪里花饶笑。山鸟山花共友于,阆风元圃与蓬壶。吏情更觉沧洲远,物色分留与老夫。

词人取佳句,敏捷诗千首。怀抱罄所宣,寸心亦何有。

即事非今亦非古,数篇今见古人诗。最传秀句寰区满,转益多师是我师。

宗匠集精选,台州信始传。低昂各有意,惬当久忘筌。江海由来合,云泥相望悬。赋诗分气象,有迹负前贤。

老去诗篇浑漫兴,名家莫出杜陵人。忍能对面为盗贼,但觉高歌有鬼神。寸地尺天皆入贡,清词丽句必为邻。旁人错比杨雄宅,河内还宜借寇恂。

天长崇士锦尺遗。

郑大漠《和戚鹤泉明府集杜》

海内知名士,文章实致身。听歌惊白鬓,鼓枻视青旻。时议归前列,传经固绝伦。声华当健笔,号尔谪仙人。

政化平如水,馀波德照邻。前途犹准的,风俗尽还淳。羹煮秋莼滑,杯凝露菊新。洒然遇知己,意气死生亲。

渐惜容颜老,君当拔擢新。郎官未为冗,诗兴不无神。江阁嫌津柳,花溪得钓纶。风骚共推激,佳句莫辞频。

吾生信放诞,况乃久风尘。天意高难问,交情老更亲。范云堪结友,王翰愿为邻。苦被微官缚,驱驰丧我真。

闽县郑大漠青墅。

【版本】

国家图书馆藏清乾隆六十年(1795)刻本,参校华中师范大学图书馆藏清嘉庆元年(1796)刻本。

【作者简介】

蔡之定(1748—1834),字麟昭,号生甫,晚号积谷山人,浙江德清人。乾隆五十八年进士,嘉庆元年授编修,继任高宗实录馆总纂,嗣升国子监司业、侍讲学士。历任顺天乡试同考官、会试同考官、河南正主考。嘉庆十九年,因建言以纸币代银,被降为鸿胪寺少卿。晚年主讲钟山、蕺山两书院,以阐扬理学著称。擅书法,与翁方纲、刘墉、铁保号称四大书家。生平事迹见吴荣光《石云山人文集》卷四。

戚学标(1742—1825),字翰芳,号鹤泉,别号南墅居士,太平(今浙江温岭)人。乾隆四十六年(1781)进士,历官河南涉县、林县知县,以忤上官罢。后改宁波府学教授,不久辞归,著述以终。治学长于考证,于《说文》、《毛诗》研究有成。著有《毛诗证读》、《诗声辨定阴阳谱》四卷、《四书偶谈内外编》、《鹤泉文钞》二卷、《鹤泉文钞续选》八卷、《景文堂诗集》十二卷、《三春日咏》、《绿香楼长律》、《溪西集》、《集杜正续集》五卷、《集李诗》二卷、《集唐初编》一卷、《续编》三卷、《百美集苏》一卷、《集句丛钞》四卷、《三台诗话》二卷、《风雅遗闻》四卷、《风雅逸音》四卷、《溪山讲授》二卷。生平事迹见《清史稿·儒林传二》、《清史列传·儒林传下一》、缪荃孙《戚学标传》、朱一新《佩弦斋杂存》卷二。

崇士锦,字尺遗,安徽天长人。乾隆二十五年(1760)进士,知清溪县,二十八年调署贵筑知县,二十九年十二月署仁怀同知。三十五年署大定知州,四十三年署镇雄知州。

郑大漠,字青墅,闽县人。乾隆戊申(1788)举人,庚戌(1790)进士,官河南永城知县。林则徐岳丈。著有《青墅诗钞》。

赵希璜《戚鹤泉集杜诗序》

余齐年生戚鹤泉大令集杜诗若干卷,出以眎余,余非知诗者,曷能言诗?又曷能序鹤泉之诗?然窃谓诗之为教,温柔敦厚,自有葩经,则汉魏以降,皆糟粕也。自有唐律,则宋元以降,皆糟粕也。自有少陵,集诗人之大成者也。自有集杜,弃少陵之糟粕、取少陵之精液者也。夫组织精工,衣冠优孟,以文害辞,以辞害意,而诗不可说矣。鹤泉曰:余非知诗者,以古人之诗为诗耳。以古人之诗为诗,非寝食于古人、浸淫于声律,曷能运少陵之句为鹤泉之诗?如聚米,如划沙,如雪痕,如鸿爪,一片化工,所谓"天下几人学杜甫,谁得其皮与其骨",读鹤泉诗,可以开拓心胸,推倒豪杰,不必饤饾为奇、艰涩为古矣。或曰:诗以穷而后工。余有鹤泉之穷,而无鹤泉诗之工,行将窃比于鹤泉,寝食少陵,浸淫声律,亦以古人之诗为诗耳。

【原文出处】
赵希璜《砚栀斋文集》卷一,《清代诗文集汇编》第413册,第202页。

【作者简介】
赵希璜(1746—1806),字子璞,一字渭川,长宁(今广东新丰)人。乾隆四十四年(1779)举人,官河南安阳县知县。著有《四百三十二峰草堂诗钞》、《砚栀斋文集》、《淇泉摹古录》等。

一六二 耿沄《集杜诗》

汪星源《集杜诗序》

余友耿晴湘幼攻制艺,后弃去,喜韩、柳、欧、苏诸大家,好吟诗,唐宋元明,凡大家无所不好,而独嗜杜,每遇抒怀赠答,多肖焉。余曰:"果杜也。"晴湘曰:"君看破耶?倘他人熟杜,谓予摩仿,不则疑予剿袭矣,何若随事命题,即用全杜集之,以免饶舌?"余谓:"谈何容易!"及验之,果然。渐成帙,犹未已。因思集句起于荆公、曼卿，称为绝唱。又见戴天锡维寿所著《群珠摘翠》，皆集唐宋元人诗句为律，对偶亲切，浑然天成。犹忆戴《题诸葛像集句》云："铁马云骓久绝尘，称吴称魏已纷纷。平生艰苦思兴汉，一段清真尽属君。自愿勤劳甘百战，莫将成败论三分。晴窗写罢出师表，目断西南日暮云。"诗绝佳，乃温飞卿、曾南丰等句，独无杜句。《秋闺》云："久病情怀偶自如，挑灯细读寄来书。苍茫岭海三年别，仿佛尘埃数字馀。月堕帘牙人睡了，风生荷叶酒初醒。分明更想残宵梦，梦里频频却见予。"绝佳，乃王中、范德机等句，亦无杜句。乃见仁和郎瑛嗜杜，喜集句，有《赠李宪长崧祥因巡山西，四年之寇，一日擒灭，朝廷有金帛之赐》五律云："飞檄仁文雄，登坛拜总戎。犒兵随拒后，诸将指挥中。玉帐初鸣鼓，天山早挂弓。击辕歌治世，天地荷成功。""文武成功后，崇恩降紫宸。荣光披锦绣，赐予出金银。安石名高晋，廉颇出将频。无由觇雄略，聊尔一呻吟。"惟前首第六，次首四五六七是杜句，馀则间以杨炯、岑参等句。又《赠顾都宪璘寄命集句四首》云："帝念深分阃，殷忧遣使臣。白云常满目，落日恐行人。上疏乞骸骨，高堂有老亲。终能成大孝，用意殆如神。""达人轻禄位，际遇复熙朝。贝锦无停织，寒松竟后凋。本心如日月，来往任风潮。应笑灵均恨，何须强问鸮。""相望东桥别，苍茫岁暮天。酒阑更鼓起，夜久烛花偏。别路前馀里，从今又一年。虎头金粟影，怀德自潸然。"亦惟前首起五、结句是杜，次首三、四、六是杜，三首四、七句是杜，馀则间以李嘉祐、皇甫冉等句。内有一首云："海内文章伯，如公有几人。直辞才不世，爽气见殊伦。处士祢衡俊，居官召伯邻。高名前后事，直取性情真。"通首几杜矣，而独第六乃杨大年句。呜呼！何全杜之难也。而晴湘则果随事命题，一气呵成，如出己手。摩仿乎？剽袭乎？嗜杜也，熟杜也。予每戏曰："君少陵后身耶？不则前世与之至契耶？抑或浣花老人以全幅精神暗中默佑，俾君得以诗显耶？惜乎与余俱老矣，噫！"

岁在乾隆壬子秋八月，云樵汪星源拜题。

耿沄《凡例》

一、杜诗一千四百五十七首，包含广大，无美不备，今所集不过如鹪鹩之巢、偃鼠之饮而已。每首于一首中止用一句，照浦二田《读杜心解》本略注某题，以便查对。用过者不再用，只有某字一作某某字，而字义迥别者互用三条。

一、集句诗能以己意驱遣成语，更见活动。如"鸟雀聚枝深"，本言暝，可通于雨；"旧挹金波爽"，本言月，可通于酒之类。集中每多若此，非敢侮少陵句也。

一、杜诗五律除拗律外，间有全用仄者，如"致此自僻远"，起句也；"草木岁月晚"，联句也。集中间或用此，皆仿而为之，非敢扯古人律。

一、杜诗诸刻，传写字样，互有不同，今遵浦本择用之，不复另注。

一、杜诗原注，少陵自注也；某注，先儒注也。今以己意用成语，须注解者，加自注以附之。

一、集句必须一气浑成，对仗工稳，律诗不重字方妙。若勉强补凑，扭捏支离，则可以不必矣。乙卯夏月，偶见南楚车怀园先生集杜诗四百首，而绝句居半焉。余深幸拙集无一联句同者，亦无起结句同者，因并记之。

雪村自记。

周崇勋《集杜诗跋》

今使屈、宋衙官，邹、枚陪辇，吐扬雄之凤，雕刘勰之龙，花生郭璞之毫，彩割丘迟之锦，量陈王之八斗，争裴相之三缣，则追魂蹑魄，何妨直作古人，而学步效颦，究竟都非。今我虽然造车者自归一辙，审乐者必叶八音，才调或殊，性情不异，词华各判，瘖瘶可通。李供奉低首宣城，遥遥千载；韦左司脱胎彭泽，脉脉一源。而且瑟鼓湘灵，江上续青峰之句；楼观沧海，月中联丹桂之吟。亦可谓两美必合，同气之相求矣。从未有集老杜子美之句如耿子晴湘之诗者也。夫彭衙夜走，剪纸招魂；羌村生还，秉烛如梦。感事而悲诸将，怀人以赋八哀。一家寥落干戈里之弟妹谁存，万里间关涕泪中之朝廷安在？空成诗史，不免穷愁。若吾姻兄值圣世之太平，为学宫之耆宿。煮字则书含三味，不赋冷淘；饮醇而酒具五经，未题白小。乡里见称，宁叹飘零于猿鸟；田园自乐，讵愁得失于鸡虫？乃浣花溪上，更话前因；饭颗山头，重开生面。酒杯夺于他人，自浇磊块；衣冠袭夫优孟，别具精神。寸截兼金，纷纷作句；双雕美玉，一一成联。沙暖鸳鸯妙并，竹高翡翠色侵书帻工同，阴益食单。将缣比素，新与故岂不相如？惟青出蓝，古与今实堪作对。彼夫卢杞奸邪，魏徵妩媚，苏长公之采摭诚奇；国家科第，天下英雄，陆放翁之剪裁尤当。推之临邛道士，可配锦里先生；闾阖排云，用对明光奏赋。今之梓人，必将使后来居上；用参原本，何不可愧在其前。余学惭山谷，评效辰翁。小径旁门，步一步，趋一趋，未登道岸；一知半解，尔为尔，我

331

为我，仅落言诠。乍觌新诗，如温故业。炼石成云，文心顿幻；锦上添花，巧样翻新。合今古为奇观，得未曾有；备述作于一手，诚不可无。爰题骈语于篇末，幸挂名字于集中。前人其复作矣，吾愿为之执鞭；孺子倘可教乎，敢不因而进履。

时乾隆五十九年中秋上浣姻愚弟周崇勋顿首谨跋。

一六三　耿沄《集杜词》

李秉锐《集杜词叙》

昔杜茶村论浣花诗无美不具，上自汉魏六朝，下逮中晚宋元，奄有其体，此所以集大成而称诗圣也。顾诗家以李、杜并称，青莲有《菩萨蛮》词，《清平调》三章亦词也。浣花于词，则未之及。岂残膏剩馥，沾丐后人，而词独厌馀不为耶？然终以是为浣花之阙。晴湘先生笃嗜杜，殚精研思，几于肝肠改易矣。前集杜为诗、周子花之已序跋而刻之。今又集杜为词，携来示余，余甚喜，挑灯细读，清新俊逸，亦复浑涵汪茫，其辞情兼称，有裁云缝月之妙，洵射雕手也。可见杜诗中自具词之一体，晴湘于千载后发其覆。倘遇楚江巫峡，清簟疏帘，白日放歌，晴窗检点，于以刻羽引商，弹筝抚缶，悲壮苍凉，曲应天上，试以词论，讵出青莲下哉！晴湘为浣花独开生面，能使浣花无词而有词，浣花得晴湘可谓无馀憾矣。更千载后，即以是编补浣花之阙，亦无不可。余嘉晴湘之意，因识数言于简末。

时嘉庆丁巳季秋中浣灵璧教弟李秉锐顿首拜撰。

耿沄《集杜词凡例》

一、余集杜诗之暇，戏集为词，亦闲居无事，聊以自遣耳。若云比朱竹垞先生《全唐蓄锦集》，则吾岂敢。

一、词调中《生查子》除专用仄平外，与两首五言绝无异。《竹枝》第二体、《柳枝》第一体、《清平调》、《八拍蛮》、《阿那曲》则一首七言绝。《玉楼春》、《采莲子》则两首七言绝。故一概未集。

一、诗有通转韵，词则更宽，然杜诗惟仄声间用通转，平声未尝轻用。今以诗集词，仍遵其例，宁拘谨无泛滥也。

一、杜诗中四言六言极少,且不合词调,三言止取合调者用之,不敢妄集也。

一、集词仍照集诗之例,即前诗中已用者亦不再用,惟某字亦作某字,而文义各别者间用之。

雪村再记。

【版本】

南京图书馆藏清乾隆六十年(1795)至嘉庆六年(1801)成志堂刻本《雪村诗草》,索书号:88991。

【作者简介】

耿沄,字晴湘,号雪村,沭阳(今属江苏)人。乾隆时人,与同邑汪星源、吕昌龄、海州周崇勋、山阳金悔馀号"松窗五友",著有《雪村诗草》。

汪星源,字云樵,沭阳(今属江苏)人。生平事迹不详。

周崇勋,字启东,海州(今属连云港)人。岁贡生,束发工诗。家故贫,居杨柳庄,与沭阳诗人汪海峰、耿晴湘唱和,著有《磊石山人集》四卷。

李秉锐,灵璧(今属河南)人,生平事迹不详。

一六四　和宁《杜律精华》

和宁《自序》

乾坤至易简也,少陵诗律亦然。盖文辞,艺也。诗乃之一端,律乃诗之一体。尝读文言"修辞立其诚",周子"文所以载道",而知少陵之于诗,根至诚之心,发见道之言。是以哀乐忧愉,得性情之正;温柔敦厚,合风雅之遗。其理至易,其法至简,洵文词之正鹄也。彼弄月嘲风、獭陈渔猎,乌能望其涯涘耶?顾注解家博引旁搜、穿凿附会,遂失易简之真,宜乎抵牾纷纭、对面千里也。任邱边随园先生著《杜律启蒙》十二卷,其注简明本要,其解平易近人,所谓"诵其诗,论其世,知其人"者,盖庶几焉。余少奉是编,若昏衢之得巨烛,吟抽默绎,越三十年,未敢视为寻常帖括。兹复慎加披拣,比依事类,列门十有六,得二百馀首,题曰《杜律精华》,为草堂秘玩云尔。

【版本】

清华大学图书馆藏清抄本《杜律精华》。

【作者简介】

和宁,即和瑛(？—1821),原名和宁,避清宣宗讳改。字润平,号太庵,额勒德特氏,蒙古镶黄旗人。乾隆三十六年(1771)进士,授户部主事,历员外郎。出为安徽太平知府,调颍州。五十二年,擢庐凤道,历四川按察使,安徽、四川、陕西布政使。五十八年,予副都统衔,充西藏办事大臣。寻授内阁学士,仍留藏办事。嘉庆五年(1800),召为理籓院侍郎,历工部、户部,出为山东巡抚。十一年,召还京,为吏部侍郎,调仓场。未几,复出为乌鲁木齐都统。十四年,授陕甘总督。坐前在仓场失察盗米,降大理寺少卿。十六年,迁盛京刑部侍郎。二十一年,授工部尚书。二十二年,调兵部,加太子少保,历礼部、兵部。二十三年,授军机大臣、领侍卫内大臣,充上书房总谙达、文颖馆总裁。逾一岁,调刑部,罢内直。道光元年卒,赠太子太保,谥简勤。著有《读易拟言内外篇》、《经史汇参上下编》、《杜律》等。生平事迹见《清史稿·列传一百四十》。

一六五　许鸿磐《六观楼杜诗抄》

许鸿磐《杜诗抄小序》

夫诗何为而作乎？其义起于君臣、父子、夫妇、昆弟、朋友之间,而其情发乎离合忻戚之际。处其常者,则多悦愉之词;罹其变者,则多穷愁之语。然悦愉者难工,而穷愁者易好也。少陵之诗,根乎恺恻笃挚之至性,更触发于颠沛流离、饥寒戎马之境,故其诣独绝。余弱冠即喜读杜诗,向曾倩善书者钞于都门,计诗五百首。南北奔驰,未尝去诸手者且四十年。今老矣,而遇益蹇。甲申春,自中州归,漫游江左,无所合,秋抄旋里门,谢绝俗客,抱影于新僦草庐中,惟日与少陵相晤对,犹嫌曩钞之未慊于怀也。更检全集,约取而手录之,得诗三百一十八首,厘为上下二卷,以为破郁遣愁之借。呜呼！少陵穷者也,而余之穷尤剧,既爱少陵诗关乎伦纪风教之大,复以同病相怜,故嗜之倍笃,公诗不云乎:"怅望千秋一洒泪",吾请移弁是钞。

道光五年岁次乙酉春二月初七日任城许鸿磐盥手谨识。

许鸿磐《识语》

右钞杜诗五古七十首,七古六十首,五律一百七首,七律五十四首,五排十首,绝句十七首,共三百一十八首,是为六观楼读本。余宦游三十馀年,甲申自中州归,检旧存书,十亡六七。所存杜集,止刘须溪《千家注》、仇沧柱《详注》、浦二田《心解》、余同年杨伦《镜铨》而已,故钞中注及评语,多采自四种,间有补注及臆测者,亦附见于编,屏去武断、穿凿之见,潜吟密咏,惟求义之所安而止,余岂敢谓得作者之意,幸赖诸家之有以牖予,或不至大相剌谬也。

乙酉春二月花朝前三日鸿磐又识。

【版本】

清道光五年(1825)许鸿磐手抄本《六观楼杜诗抄》。

【作者简介】

许鸿磐,字渐逵,号云峤,别号雪帆、六观楼主人,任城(今山东济宁)人。乾隆四十六年(1781)进士,补授江苏安东县知县,擢西城兵马司正指挥,迁安徽颍州府同知,改泗州知州,所至有循声,缘事落职。嘉庆二十一年(1816)捐复知州,补河南禹州知州。少负才名,博涉群籍,尤致力于舆地,凌廷堪以为"海内舆地之学,以鸿磐为第一专家"。亦能散文、戏曲。著有《六观楼遗文》二卷、《雪帆杂著》一卷、《尚书札记》四卷、《方舆考证》一百二十卷、《六观楼北曲六种》等。又有稿本《六观楼文集》、《许云峤文集》一卷、《许云峤先生诗文稿》一卷。生平见《清史列传·文苑传三》、《(道光)济宁直隶州志·人物志》。

一六六　石间居士《藏云山房杜律详解》

石间居士《藏云山房杜律详解序》

天下之奇男子,必不外于忠孝;千古之大文章,必有关于世教。杜子美身际乱离,每饭不忘君,可谓忠矣;继美家学,独冠三唐,为万古不磨之人,可谓孝矣。后之学者,仰慕其人,诵读其诗,忠孝之心,每油然而生。浇薄感为忠厚,浮华变为朴诚,其有关于世教者,莫此为甚焉。余总角即喜读其诗,壮岁更深研其旨趣,寝食于斯者,历有年所,颇亦有愚者一得。欲将其诗详解,就正有道,以为课弟子法程,奈卷帙浩繁,未敢轻易从事。迨通籍后,黾勉从公,驰驱王事,皇于翰墨,几三十年。今解组闲居,惟藉观览以为消遣,而于仇沧柱《杜诗详注》一集,尤为反覆把玩不置。一日,过一正主人藏云山房,适值二三友人同坐闲谈,一友人谓杜诗虽好,多有不可解者。一正子曰:君谓杜诗多有不可解者,然则他家之诗,皆可解乎?友人曰:然。一正子笑而不言,一友人请直示之,余亦再三迫之,一正子曰:难言也。独不思杜诗云:"文章千古事,得失寸心知。"又云:"百年歌自苦,未见有知音。"是杜诗之多有不可解者,杜公早自知之。以鄙见推测,非杜诗真有不可解者,乃人未得其心传,错会诗意,故觉其多有不可解之处,此杜公所以叹终身未遇知音,以俟诸千古也。然自唐宋元明以来,作家何止千百,人以为俱属易解,故曰可解,惟杜诗独觉难解,故曰不可解。殊不知易解、可解者,人人多解之,原不必另为之解。难解、不可解者,人人多不解之,是必须独为之解,但诸公未见真能解杜之善本,是以惑于常俗之论也。佥曰:听君此言,必有独得之善本,何不出之,以破千古疑团,不亦为艺林中第一快事耶?一正子仍微笑不语,诸友人索之愈力,一正子曰:予曾有之,今不知置于何所,俟异日寻获,再呈阅耳。众皆疑信参半而散。阅数月后,余偶独过藏云山房,见一正子收书于架上,余取而观之,乃钞本《杜律详解》,不书名氏。展看五律第一首《登兖州城楼》诗,读至"浮云连海岱,平野入青徐",解云:"上句是竖说,乃上下之所见,谓浮云下连于海,上连于岱也。下句是横说,乃左右之所见,谓平野左入于青,右入于徐也。"已觉眉目一清,字字皆有著落,真乃善解。又云:"此二句写景之奇,在炼字之妙。盖云气本于海岱,著一'浮'字、'连'字,则鸿濛浩汗,幻成东国奇观。野境原接于青徐,下一'平'字、'入'字,则旷远绵长,显出中原沃壤。"不禁拍案叫绝,曰:"杜公如此大句,得如此大解,奇文之真义始出,千古知音,端在是矣。"又云:"两句中该括上下四方,十字内曲尽阴阳向背,所谓笔端造化者,此也。"余玩味久之,忽然大悟,一句是赞其命意之大,有牢笼宇宙之概;一句是赞其措词之精,有暗合道妙之机。可知千古奇文必有心法,此解真道尽杜公心法,得未曾有。再读至"从来多古意,临眺独踌躇",解云:"末联扩开一步,应首联,收结通章。"余思应首联为收合,固属易见,而云:"扩开一步",其义何居?及卒读,始恍然知其为独得之真解,乃云:此二句是说我从来遇古迹之所在,每多怀古之意。今当此东郡趋庭之暇,南楼游眺,纵观万里,怅望千秋,更独觉踌躇而不能已也。"从来"二字,注家皆不细详,故"多古意"三字内追不出"怀"字之神理来,其弊由于未明杜诗句中藏字、字中藏意之妙。故此二句总无善解,可谓埋没佳文,今阅此解,乃服杜律之收结,尤为据胜,洵不诬也。翻阅七律,见第一首《题张氏隐居》诗,解上下两截,句句分明,字字真切,迥非旧解所能同。其尤要者,是解"不贪夜识金银气,远害朝看麋鹿游"一联云:"上句是说此山上有金银之气,是为宝山,惟君为不贪之高人,故夜间能识其气,而得安身静处之乐。下句是说此林中有麋鹿之游,的系深林,惟君为远害之真隐,故朝来常看其游,而赏心娱目之观。一句是美其居处得所,一句是羡其遨游自在,此张所以称超凡之品,公所以定世外之交也。"此一解,将千百年无人解识之奥义,透彻发明,始知公是诗,真是访隐居之绝唱。乃喜一正子曩曰所谓有解杜之善本,诚非虚语。迨借观其全书,所解五七言律,其七百七十七首,篇篇一律,无一句不得其真命脉,无一字不著其真精神,将杜公忠孝之大文章彻上彻下,宣明于纸上。其有关于世教者,实非浅鲜。盖自有声韵之文以来,未见有杜公如此之至文。亦自有杜诗之注以后,未见有是书如此之真解。艺林得此,不惟消除杜诗不可解释之俗肠,并了悟注家凭空猜度之偏见,真可谓劈破鸿濛、凿开混沌宇宙之大文出,人心之锢弊解,何快如之!余欲刊刻,公诸同好,一正子亦欣然乐从,究以无名氏为憾。一正子曰:"名者,实之宾也。古人务实不务名,是人著是书,不书名氏,殆得其实而辞其名者乎!今索其名而不可得,即以为杜公自作自解,似亦无乎不可。"余闻之,心意豁然,遂加之评点,付剞劂氏开雕,以广其传。缘系一正子家藏,即题为《藏云山房杜律详解》云。

石间居士撰。

一正主人《杜律详解原题》

是书典故,本于仇沧柱《杜诗详注》,但删繁补略而已。其诗次亦依仇本。其间间有改订者,惟注明于本诗题下,并不移易篇章,以便参考仇氏《杜诗详注》,易于翻阅耳。

一正主人 石间居士(印)。

【版本】

清光绪元年(1875)藏云山房刻本《藏云山房杜律详解》。

【作者简介】

石间居士,生平不详。据其《藏云山房杜律详解序》所述,该书为一正主人珍藏,石间居士评点后刊行。序中云:"名者,实之宾也。古人务实不务名,是人著是书,不书名氏。殆得其实,而辞其名者乎?今索其名而不可得,即以为杜公自作自解,似亦无乎不可。"故知其乃有意回避真实姓名。

一六七　李晹《集杜诗草》

邓奇逢《禺山集杜遗稿序言》

予髫年承先君口授少陵五律数百首,时命吟咏,谓学诗者必求曲折变化、沉郁顿挫于四十字中,非少陵不可寻。随宦剑南,过瀼西旧宅,集少陵诗三十首为吊少陵,同人一时传写。既得幕客□参刻本集杜三百篇读之,别出集诗者之性情面目,乃始自焚其稿。夫学诗,患己作不似少陵;集诗,正患少陵不复似己作。吊少陵还用少陵,固知其病也。禺山少工诗,其曲折变化、沉郁顿挫似少陵。顾自随尊甫嵩翁年伯宦鄂渚,及应试归里,卧疾江干,一切流连光景、赠答友朋,亦多集杜。视夫海图波折、旧绣曲移者,直同无缝腴天衣。且每一篇成,如自己出,不复辨为少陵语矣。忆庚子秋,与禺山下第后相晤于潭州试院,各以失意分张,因道吾两人行踪,话名心于蛮触之间,未免如敬夫之见猎犹喜。及式键户读书,不但不逐时趋抑,并目无古人,此意不足为外人道。今禺山亦已下世,无能再证斯言。读斯集者,当得禺山之性情面目于字句之外。盖尔时之热血尚存,而余所以洒千秋之泪者,即在是已。不然,如予昔日粗记杜律,妄以拙集传诸同人,与一己之性情面目不相似者,纵极曲折变化、沉郁顿挫,亦止少陵之所谓四十字也,集者不殊多事哉!然则禺山之集,定可传寸心得失,其亦早自知也夫。

乾隆壬子上巳后三日,湘北旅人稼轩弟邓奇逢书于半篷寓馆。

【版本】

清光绪间刻本李晹《禺山杂著》卷一。

【作者简介】

邓奇逢,字稼轩,湖南祁阳人,邓献璋子。以优贡充正蓝旗官学教习,乾隆五十九年任长沙府学训导,迁江西南城县丞。著有《豳风堂诗集》、《豳风月令诗》,编有《听彝堂试体诗赋选笺注》。生平事迹见《国朝耆献类徵初编》卷二五八《僚佐十》。

一六八　刘濬《杜诗集评》

阮元《序》

　　杜诗为有唐诗史,广博渊奥,不易解,亦不易读。考亭朱氏谓:"惟虚心讽咏,乃能见之。"知言哉!诠释者,宋以前亡虑数百家,其见于蔡梦弼《草堂笺跋》者,樊晃以下,亦三十馀家,纯驳不一。评杜者,自刘辰翁须溪始。辰翁铺陈终始,排比声韵,不事训诂,最得论诗体例。元大德间,高楚芳粹刻须溪评点,附列诸注,世颇称为善本,然已失辰翁本意矣。海宁刘君质文有《杜诗集评》之刻,罗列诸先辈评语凡若干家,不参己见,可谓善述而不徒作,读杜者视为五侯之鲭可乎?
　　嘉庆七年(1802)夏五月,扬州阮元序。

陈鸿寿《序》

　　昔蔡梦弼集宋以前评杜者,号千家注,钩元纂要,抉摘略尽,故敖器之亦谓杜诗如周公制作,不可复议。至矣,尽矣,蔑以加矣!无已,姑亦舍其钜而言其细者可乎?余尝谓读杜之旨有二:其一存乎律。六朝声病之学最盛,婆罗门窃之以为三十六字母,所谓双声隔字而每舛,叠韵杂句而必睽也。而杜之切律也弥精,如《巳上人茅斋》云:"枕簟入林僻,茶瓜留客迟。"则"枕簟"为双声,"茶瓜"为叠韵也。《正月三日归谿上有作简院内诸公》云:"药许邻人劚,书从稚子擎。"则"邻人"为叠韵,"稚子"为叠韵兼双声也。得不谓之吹律胸臆、调钟唇吻乎!其一存乎韵。汉魏用韵,已异《诗》、《易》,迨唐官韵出,而许敬宗一改二百六部之旧,所谓吴楚则时伤轻清,燕赵则时伤重浊也。而杜之用韵也必严,如《义鹘行》以巅、餐、酸、存、烟、宣、天、拳、蜓、穿、年、前、然、贤、传、冠、间、肝为韵,则知今时守才老古韵,而以二十四盐、二十五添通用者,妄矣!如《新安吏》以丁、兵、行、城、傅、声、横、情、平、营、京、轻、明、兄为韵,则知今时守才老古韵,以十六蒸、十七登通用者,又妄矣!得不谓之剖析毫厘、分别黍累乎?此类悉数不能终。竹垞先生尝述关中李天生先生之言:少陵晚年诗律益细,凡律诗一、三、五、七仄句,上、去、入三声必隔用之,莫有叠者,他人不能也。因相与互诵《郑驸马宅宴洞中》及《江村》、《秋兴》诸作,而叹天生为独见。吁,若两先生,岂欺余哉!海宁刘君寓槎与余为兄弟交,别四五年矣,顷自海上归,手一编来索弁言。受而读之,盖取国初诸人评杜者凡十馀家汇而列之,名曰《集评》,其用心之勤,不可谓不至矣。杜诗浑涵汪茫,千汇万状,得此庶足以导示源流,寻求奥窔,不可继梦弼千家注卓然成一家言乎?若余所言,殆竹垞所谓无关轻重者与,亦不贤者识其小者云尔。

嘉庆八年(1803)闰二月望,钱塘弟陈鸿寿拜序。

刘濬《自序》

诗自汉魏而后,至少陵止矣。大含细入,包罗万有,谓之圣,谓之史,前人之论备焉。第浅学未易窥测,譬行远者无指南之车,涉海者无济渡之筏,不能循途而入,沿流以至也。是不可以无评,然非切中肯綮,则又不如无之为愈。国初名辈,若王氏士禄、士正、朱氏彝尊、李氏因笃、吴氏农祥、查氏慎行,以能诗名一世,诸先生皆有杜诗评本,当时不授梓,流传者少。嘉兴许晦堂先生淹博好学,酷爱藏书,乃钩求而尽得之。余于许氏为葭莩亲,因得借归,录而藏之,益以陆氏嘉淑、钱氏燦、宋氏荦、潘氏耒、申氏涵光、俞氏玚、何氏焯、许氏昂霄诸家评语,晦堂所评,亦附载焉。荟萃一编,时时展玩,无支离影响之弊,无穿凿傅会之习,提要钩元,张皇幽渺,使杜诗全旨无扞格不通之处,庶几循途而入,沿流以至,可免歧路望洋之叹矣。且世之所以重杜者,尚不以其诗之夺苏、李,吞曹、刘,掩颜、谢而杂徐、庾,得古人之体势,兼人人所独专,如元相所言已也;尤在一饭不忘君国,虽遭贬谪而无怨诽,温柔敦厚,洵得《三百篇》遗意,所谓上薄风雅者,其在斯乎?诸先生所评,往往触类引伸,揭明此旨,尤具千古只眼,岂世俗评杜者可同日语哉!

嘉庆九年(1804)七月既望,海宁刘濬书。

郭麐《序》

昔元微之为李、杜优劣论,以杜之铺陈终始、排比声律为工。元遗山《论诗》驳之,谓舍连城之璧而取碱砆。余窃尝思之:少陵之诗,宏演博大,无所不贻。如海焉,百川之所归输,而由河、由江、由淮,各有所道;如五都之市,百货之所积聚,而富商大贾,下至百族贩夫,各有所贸易取与。杜之长律,学之似而工者,义山也;学之不似而工者,元、白也。微之学杜而知其不可及，于是别为缠绵婉丽、往复委折之体，其学之也力，其知之也深，则其誉之也独至，然则以铺陈排比为微之连城之璧可也。夫学者必以其性之所好致力焉，而后有所从入，入之而有得，而后其立论也，不必尽惬于人人，而断不为依附影响之说，浮游而无主。宋人诗话，无虑数十家，言杜者加详，其不为依附影响之说者，皆其有得焉者也。吾友刘子质文，以所辑《杜诗集评》示余，皆取近代诸人丹黄甲乙者，荟萃而胪列之，无所去取。其言曰：吾不知诗，又敢知杜？诸所评者，未知其皆能知杜与否，而依附影响之说，知其必无也。读杜诗者，绅绎而寻味之，以己之所得，验其离合向背。譬之欲浮海者，具陈舟楫帆樯之用，道路所经之险易以导之；欲适市者，列龟贝金钱与夫良楛贵贱之异，宜以告知。虽未必皆是，其不至于漂流于断港，眩惑于市侩也审矣。余读而善之曰：子用心勤矣，曷不参会诸家，自著新说，以俟后之论诗者，吾知将有人焉斋戒而请观，奉十五城以就子矣。刘子笑而不应，遂书以序其端。吴江郭麐序。

钱沃臣《序》

前贤评少陵诗，谓之"圣"，谓之"史"，其《咏怀》诗有云："杜陵有布衣，老大意转拙。许身一何愚，窃比稷与契。"其自许本如此。敖器之亦谓杜诗如周公制作，不可复议。夫《三百五篇》之诗，其正言理义者盖无几，而讽咏之间悠然得其性情之正，即所谓理义也。后世之作，虽未可同日而语，然其间寄兴高远，读之使人子君亲臣子之大义勃然而发，其为性情心术之助，反有过于他文者。盖不必颛言性命，而后有关于义理也。是故西山先生定《文章正宗》，于唐诗则首取李、杜，于杜诗则首取《咏怀》、《北征》诸什，正以其为君亲臣子而发，有关义理，足为性情心术之助，可以递上而卫翼《三百篇》者。东坡谓：子美自谓稷与契，人未必许也。然其诗云："舜举十六相，身尊道何高。秦时用商鞅，法令如牛毛。"此是稷、契口中语。诗又云："忧端齐终南，颖洞不可掇。"赵氏谓此与诗人"忧心如焚"何以异？东坡以"十六相"之言，知其不妄自许，然即此一诗，非有稷、契之心不能道也。东坡又云：《北征》诗，识君臣之大体，忠义之气与秋色争高。孙莘老云：《北征》胜韩退之《南山》诗，王平甫以谓《南山》胜《北征》，黄山谷乃曰：若论工巧，则《北征》不及《南山》；若书一代之事，以与《国风》、《雅》、《颂》相为表里，则《北征》不可无，《南山》虽不作未害也。其诗有云："拜辞诣阙下，怵惕久未出。虽乏谏诤姿，恐君有遗失。"其不忍轻去其君而忧君将来之心，以为何如？余童年时读香山诗，至"六军不发"一事，于陈元礼不能无议，后读少陵"奸臣竟葅醢，同恶随荡析。不闻夏殷衰，中自诛褒妲"之句，魏泰云：唐人咏马嵬之事尚矣，世称者，刘禹锡诗："官军诛佞幸，天子舍夭姬"，及乐天"六军不发"二语，乃言明皇出于不得已也，岂特不晓文体，盖亦失事君之礼。老杜则不然，乃言明皇鉴夏殷之败，畏天悔祸而为之，而因以见前贤早见及之矣。宋景文《和贾侍中览〈北征〉诗》有云："莫肯念乱小雅怨，自然流涕袁安愁。"为能道出少陵赋诗之心。少陵之为诗，大率有关君亲臣子之作。至论其格律，元微之以谓：铺陈终始，排声韵，大或千言，次犹数百，词气豪迈而风调清深，属对律切而脱弃凡近，虽李青莲不能历其藩翰，况其他乎！昔蔡梦弼集宋以前评杜者曰"千家注"，既已抉摘略尽矣。海宁刘君寓查又取国初以来诸家评说，会缉之曰《集评》，则更补前人所未道，于理体多所发明，读之豁人心目，开人识见。呜呼！是杜诗也，为诗之圣，为诗之史，为文章之正宗，可以卫翼《三百篇》；是《集评》也，诚大有功于诗教矣。时余客盐官，寓查将付梓，问序于余，则余更何言，因即前贤论杜诗之最有关风教者，以明《集评》之意，仍以质之寓查，未识以为何如？

嘉庆八年（1803）岁在昭阳大渊献如月，象山弟钱沃臣拜序。

巨源《序》

评杜始自刘须溪，自宋迄今，罕有称善者。同里朱友鹤司训有五色笔批本，披阅一二，见评语简当，能达作者意旨，因载"西樵"二字，知为国初名手，究竟莫辨其果出何氏也。甲子夏，海昌刘氏《集评》出，亟购而互证之，始识黄笔为西樵、渔洋，兰笔为初白，墨笔为天生，居十之六。而竹垞评语即错见于查、李中，硃笔惟漫堂十馀条，犀月、蒿庵二三条，他皆无从证合，且评语视诸家为劣，圈点亦然。硃、墨断非一手，不如黄笔、兰笔之前后甲乙，一气铸成。按刘氏序，原书为许晦堂所藏，止有西樵辈数家，余皆为刘氏增入，且于数家中亦多增损。友鹤所过本，或即晦堂所藏本欤？余借录，一仍其旧，未暇别择，以期尽善。始十月初三日，至十一月初八日而毕。

嘉庆乙丑（1805）巨源谨识。

查初揆《序》

自语录作而禅理尽，笺注纷而诗教衰，何则？道在矢橛者，非形象所能胶;趣在咳唾者,非语言所得捃。云衣衬月,而结璘掩其仪;芝房撝流,而荣光黜其曜。故夫韩婴锞炙,不嫌于骈拇;匡鼎斧藻,弥取乎解颐。辨色于秋毫之颠,聆音在孤弦之外,斯诗评为足尚焉。同邑刘君寓槎,游艺以焕其文,媚古以启其突。王寿负书于周途,孙敬凿论于闭户。嘉庆甲子之春,归自定海,出所纂《杜诗集评》,属引其端。予惟近代注杜诗者夥矣,朱鹤龄、仇沧柱之外,《杜说》则标异于黄生,《杜阐》则摭言于卢氏。他如顾亭林、姜西溟类,能独辟谰言,别参颖义。飞廉桂馆,眩万户于堂皇;昆明鲸波,受百川之输灌。至夫评语之作,须溪为详。峻思森厉,羽翼黄河之编;慧解冰涣,疏瀹玉露之旨。以际斯集,何论伯仲。夫钧元不存乎斗靡,涉深讵藉乎耀华。挈领者即可见裘,胶柱者难与抚瑟。是故意极乎幽修,致兼夫赜隐。共割一瓞之甘,而嗜好或异;同赏一花之艳,而品题自殊。譬之尹、邢相见,各极夫妍媸;环、燕并生,不嫌乎肥瘦。抑可谓饭颗山头,供侯鲭之馔;陈芳国里,集狐腋之裘者已。诗凡十五卷,评者十五家:海宁陆辛斋、苏州钱湘灵、新城王西樵、阮亭、商邱宋牧仲、秀水朱竹垞、洪洞李天生、钱塘吴庆百、永年申凫盟、吴江潘稼堂、俞犀月、长洲何义门、海宁家初白先生、许嵩庐、嘉兴许晦堂。

嘉庆九年(1804)六月既望日,弟查初揆拜序。

刘濬《例言》

一、诸先生评语,但冠以某云,盖标其姓,即知其人,不更赘字及号。惟西樵、嵩庐两先生,俱著其号,别于阮亭、晦堂两先生也。间附无名氏评,则以"或云"别之。又集内称朱本、朱注,系长孺先生刊本。朱云,乃竹垞先生也。

一、数人同评一诗,有异同者并存之,正可从此参悟,不复折衷。

一、诸先生论说,有散见于诗话及各集者,业有成书,兹不概载,偶采一二,必其有关系者。

一、初白先生先后评阅杜诗凡五本,濬所见者,不知何年阅本。今海盐张氏已刊行,濬初意凡刊本皆不载,但濬本与张本既多异同,且有张本所无者。又张本有评无诗,披览亦艰,故仍概载。

一、钱圆沙、俞犀月、申凫盟、许嵩庐诸先生所评,各本既已刊行,本在不载之例,第有精要语,不能割爱,仍著于编。

一、诸先生评本原有圈点,因各本不同,难于遍及,概行汰去。杜公粗率之句,阮亭、天生两先生抹出者,仍注明句下。

一、诸先生评本,瀿皆散购于藏书之家,随时借录,但与钞本较对无误而已。若从前钞写,已有陶阴鱼鲁,则非刊本可比,无从覆校,稍涉疑似,不敢妄改,阅者亮之。

一、瀿素不能诗,于杜集尤难于悟入,宁被钞胥之目,未敢妄参一语。

【版本】

清嘉庆九年(1804)海宁刘氏藜照堂刻本《杜诗集评》。

【作者简介】

阮元(1754—1849),字伯元,号云台,江苏仪徵人。乾隆五十四年进士,历官山东、浙江学政,兵、礼、户部侍郎,浙江、江西巡抚,湖广、两广、云贵总督。道光朝拜体仁阁大学士,致仕,加太傅,谥文达。学问渊博,主持文坛数十年,海内尊为学界泰斗。著有《十三经校勘记》、《经籍纂诂》、《皇清经解》、《揅经室集》等。

陈鸿寿(1768—1822),字子恭,号曼生,别号恭寿、曼龚、夹谷亭长等,浙江钱塘(今杭州)人。嘉庆六年拔贡,官溧阳知县、江南海防河务同知。工诗文、书画、篆刻。著有《种榆仙馆诗集》、《桑连理馆集》、《种榆仙馆印谱》等。

刘瀿,字质文,号寓槎,海宁(今属浙江)人。监生,约生活于嘉庆前后。辑有《杜诗集评》十五卷。

郭麐(1767—1831),字祥伯,号频迦、邃庵、复翁,江苏吴江人。少年时有神童之称,游姚鼐之门,尤为阮元所赏识。乾隆四十七年(1782年)补诸生。六十年,应举不第,遂绝意仕途,专力诗古文词及书画。工词章,善篆刻。性兀傲嗜酒,醉后画竹石,别有天趣。著有《灵芬馆诗集》。

钱沃臣,字心溪,浙江象山丹城人。得象山知县华瑞潢赏识,聘为记室。有才名,遍游浙东四十载,人争延之。好学媚古,所著诗、古文词皆可诵,尤工书画篆刻。著有《蓬岛樵歌》。

查初揆(1770—1834),又名揆,字伯揆,号梅史,浙江海宁人。好读书,有大志,少受知于阮元。钱大昕、法式善皆致书于元,望其入京。嘉庆九年中举,后官至顺天蓟州知州。著有《筼谷文集》、《菽原堂集》等。

一六九　吴广霈批校《杜诗集评》

吴广霈《题跋》

此本刊者实无聊赖,然以之作剑叟批读本,省令抄胥费手,亦一快也。戊申(1908)新正人日剑叟书。

夜窗校读工部集,敬题一律,以识神往:

舞勺解吟咏,神驰工部诗。古人留妙笔,夜我振才思。遗冢从何吊,心香幸未迟。一编常在手,风雨夜灯知。剑华吴广霈敬题。

【版本】

湖北省图书馆藏吴广霈批校清嘉庆九年海宁刘氏藜照堂刻本《杜诗集评》。

【作者简介】

吴广霈(1855—1919),字瀚寿,号剑华,安徽泾县人。据《清代官员履历档案全编》:吴广霈,系安徽泾县人,由监生报捐县丞,于光绪五年捐指直隶试用。七年,奉前出使美日秘国大臣郑藻如奏调出洋,充当随员。十年,随郑藻如前赴秘鲁随办创设秘鲁使署,派充驻秘随员。十一年,三年期满,销差回国,经郑藻如奏保,免补县丞,以知县仍留直隶补用,并加同知衔。二十七年,报捐同知,双月选用,旋又捐升知府,分省补用。是年十月,奉出使日本国大臣蔡钧奏保,免补知府,以道员仍分省补用。三十四年四月,捐指江苏,归原班补用。著有《劫后吟》、《南行日记》等。

一七〇　佚名批点《杜子美诗集》

焦循《书杜子美诗集后》

嘉庆甲子初夏,在泰州得此本,书中朱笔抹处甚多,亦妄人也。昔见有以朱笔抹庾子山之文者,至今作恶,不意又见此。程易畴先生《跋董思翁王氏御书楼卷子》云:"运之以神,故笔近率,愈率愈神,出之以真。故貌似陋,愈陋愈真。"是论真得书家三昧,余谓凡诗文皆然。杜诗一首中往往有一二句似率,一卷中往往有数首似陋。味之又味,其率处、陋处,诚不容学。夫作一诗,必字字满意,此人力也,彼伧父乌足以知之!

【版本】

已佚。

【文献出处】

焦循《焦里堂先生轶文》,《清代诗文集汇编》第472册,第276页。又见徐乃昌《鄦斋丛书》,文字全同。

【作者简介】

焦循(1763—1820),字里堂、一作理堂,江苏甘泉(今江都)人。年十七,补诸生,旋补廪膳生。嘉庆六年举于乡。有劝应礼部试者,辞以母病。葺其老屋,曰半九书塾。又构"雕菰楼",读书著述其中,托足疾不入城市者十馀年。博闻强记,邃于经史、历算、声韵、训诂,尤传易学。有《雕菰楼集》二十四卷、《易章句》十二卷、《易通释》二十卷、《孟子正义》三十卷等。生平事迹见《清史稿·儒林传》、《清史列传》卷六九《儒林传下》二。

一七一　李廷扬《注杜诗》

舒位《跋沧州李按察手注杜诗后》

□□调切,要臻于博贯,杜韵称史,尤尚精详。随轩先生,巍科显宦,敭历中外,而怀田之赋早就,中岁仰屋之勤,辄同于寒畯。揽斯手泽,良属心期,愿还一瓻,永言什袭。

【版本】

已佚。

【原文出处】

舒位《瓶水斋杂组》,《清代诗文集汇编》第479册,第276页。

【作者简介】

舒位(1765—1816),字立人,号铁云,小字犀禅,直隶大兴(今属北京)籍,吴县(今江苏苏州)人。幼聪慧好学,十岁下笔成文,乾隆五十三年举人,会试落第,入王朝梧幕。博学,善书画,尤以诗名。法式善《三君咏》以其与王昙、孙原湘并称。著有《瓶水斋诗集》十七卷等。李廷扬,字岩野,号随轩,沧州人。乾隆二十五年进士,官广东按察使,著有《遂初堂诗文集》、

《粤中吟草》、《湘汉粤西滇南纪行》等。

一七二　刘梅岩《集杜诗》

谢金銮《拟代梅岩刘生集杜序》

诗学莫盛于唐,而论唐人诗必推李、杜。李以天分胜,杜则学力深邃。天分不可强为,学力可渐摩而进,故学者多宗工部。乃余谓诗本于性情者也,非雕饰貌袭所可几而致,闾巷男女,歌思哭怀,天籁之鸣,遂绝千古,虽老作家不能及者,根乎性,发乎情,真且挚也。杜公袖三赋草,四十不成名,奔走战场,国家飘散,忠君爱国,思亲忆弟,长歌短吟,发为文章,故论者以为几于《小雅》。向使杜氏亡其家国忠爱之诚,而徒恃其根柢宏富、笔墨锻炼,而欲为一代钜手之冠,或未然也。梅岩刘生早孤,傭于市,以养其母,每钱刀喧息,负其聪慧,与其性情之郁结,取古人书读之,而独于词赋吟咏之间有深合焉,岂以性情相感者为易入与?余教授三山,生踵吾门,陈所好,且愿注籍为乐舞弟子。余嘉其志业,既诺其所请,乃嘻曰:"是又《卫风·硕人》之思也。"生曰:"不敢。"然拱手出所为诗若干首,并集杜句成律者,几二百首,皆成帙。曰:"生所好者如此,惟先生为论定之。"余于生所为集既有题咏,及观其藉杜句以抒性情,各有寄托,而遣用多自然,可谓学焉而熟者,是能深窥古人性情之正者哉!予职学政者也,夫学莫大乎忠于君、孝于亲、和于兄弟妻子,此性情之大者,天壤间大文章,无出乎此。古诗人中,得其意而真且挚者,惟杜草堂为尤。呜呼!是可以告刘生矣。至其体裁之纤钜、比属之工拙,诸家序刘生者,言之能详,余非暇为刘生告也,于是乎书。

【版本】

已佚。

【原文出处】

谢金銮《二勿斋文集》卷四,陈志平主编《台湾文献汇刊》第4辑第13册,厦门大学出版社2004年,第222—224页。

【作者简介】

谢金銮(1757—1814),字巨廷,又字退谷,侯官(今福建福州)人。乾隆五十三年(1788)举人。历任邵武、南靖、安溪、南平等县教谕。嘉庆十年(1805年),调任台湾嘉义县教谕。后回闽南,三任学官,又任安徽教谕。病卒，入祀乡贤祠。著有《大学古本论》《二勿斋文集》《春树暮云篇》《泉漳治法论》等。

一七三　刘凤诰《存悔斋集杜诗》

夏宝全《存悔斋集杜注跋》

始余为童子时，即习闻刘先生之名，尝窃问诸长者，则曰："刘金门先生，今之燕许也，尔童子何知焉！"余闻而慕之，愿询其详，长者又曰："先生之才之学，凌轹当时，超越前古，其于后生之有一材一艺者，则亟加褒许，未尝以其才学之大，稍存高视一切之思，又甚异于平日之酒酣耳热，傲睨公卿者，此其所以能独成其大，而卒以爱才受谤，削秩戍边，凡天下之有才者，无不为先生惜也。"余心志之，弗敢忘。及长，缔姻于娄东，余之外舅即先生之婿。余于外舅，尝受业于其门，而外舅又尝亲承先生教诲，窃喜渊源有自矣。然先生召起翰林，三年而乞假归里，比就养邘江，余已先期入都。邘江当南北往来之冲，冠盖之所经临，舟车之所交会，悉萃于此。方谓他日道经此邦，必可以一识荆州。乃不数年，而先生讣音至都，始终不得见先生，窃为生平憾事焉。先生之全集，吾乡石琢堂先生已为之序，所谓博于古、通于今，炳炳麟麟，龙文虎脊者，岂虚语与！黄右原姻丈董其成，余既受而读之，其瑰奇渊博，初非浅学所能窥见。至如《集杜诗》三卷，以古人之成语，写我之新思，亦文人所常有之事。然或艰于属对，不能专取一家言。否则窘于枯肠，不过漫成数十首。求其洋洋洒洒，集成百馀章者，已不可多见。而先生《北征》一诗，遂成二百十首之多，其次第之井然，词气之浑灏流转，运语之如自己出，虽读至终篇，犹若有不尽之意者然，于是益叹先生之才学不可几及矣。而世之未读杜诗，与夫读之而不全、全之而不能记忆者，且因其诗之弹丸脱手，或疑其未必尽出于少陵之集，此丈之《集杜诗注》所由作也。丈生长华膴，笃学不倦，其天资超迈，已有大过人者，而刻苦自厉，倍于寒儒。经史百家，参互考订，非若世之剽窃绪馀、为猎取科名者比。丈之注是诗也，原原本本，蒐讨无遗，而又为之订误补阙。如原集之《送戴十一往蜀》四首，非集杜而编入集杜，今则删之。《请假归里》三首之"早觉仲容贤"，四首之"耽酒须微禄"，《江村》一首之"清晨向小园"句，原集所缺者，今则补之。又能与作者之意訢合无间，此尤先生之功臣也。故非先生之深于杜不能集之，而非丈之深于杜又孰能注之乎？丈出以示余，余亟怂恿付梓，俾世之读是诗者，得以坚其信而释其疑，其有裨后学，岂浅鲜哉！适余外舅《泾西书屋诗文稿》已剞劂告成，丈将合是编而梓之，使其玉润冰清，后先辉映，尤可见其用心之密，而乐善之殷矣。丈春秋鼎盛，著作如林，异时经世文章，名山事业，必有裒然足观者，此特其记问之一端云尔。

【版本】

《清颂堂丛书》本《存悔斋集杜诗》卷首，亦见黄奭《端绮集》卷十七，《丛书集成续编》第105册，第490—491页，题作《集杜诗注序》。

【作者简介】

夏宝全(？—1862)，字惺元，号榕孙，吴江人。道光八年北闱举人，官国子监学正。丁艰归，同治元年，在太仓包家桥与太平军作战而死，赠助教。《李鸿章全集·奏议(一)》有《优恤夏宝全片》。生平事迹见叶裕仁《归庵文稿》。

一七四　余成教《石园集杜》

余成教《自序》

宾朋赠答、风雨怀思之会，兴趣所到，集句居多。性拙于书，旋得旋弃，久亦不复记忆也。嘉庆己卯，门人数辈撷拾庚午以来集杜一百首、集唐宋各家百馀首，请付诸梓。再三却之，自维拾人牙慧，省己思索，戋戋小技，方家所不取，坡公所以有"退之大笑子美泣，问君久假何时归"之谑也。门人固争之曰："先生富于诗文，不仅以集句见长。然即以是论，已神妙独到。某等既笃好之，愿梓以质诸同好者。"既辞不获已，姑藉以就正风雅，而审其工拙，然已十佚其七八矣，成教识。

【版本】

余成教《石园全集》本，《清代诗文集汇编》第527册，第183页。

【作者简介】

余成教，字道夫，号石园，奉新人，嘉庆戊辰(1808)举人。著有《石园全集》。

一七五　刘□《集李杜诗》

陈寿祺《刘生集李杜诗序》

刘生系环金刀,贫歌玉蕊,幼而画荻,长乃负薪。涸司马于垆头,寄伯鸾于庑下,代双鱼之书札,评六燕之权衡。但遇宾王,便呼博士;何来慧远,亦识遗民。乃犹编柳钞经,截蒲整牒。游王充之肆,必挟缥囊;效阚泽之佣,惟搜缃帙。时或系亭载酒,不辞问字而来;辟诸蜀肆垂帘,惟以著书为事。秋灯帐薄,夏簟杯浓。既拥被寻章,亦当筵染翰。满城风雨,防意败于催租;数卷丹黄,半光偷于凿壁。子虚亡是,俶诡居多;宾戏客嘲,俳谐不少。纵使郢斤未斫,齐瑟徒工,枚少孺间有芜词,扬子云悔其少作。正复谢华启秀,不废碎金;抽秘聘妍,何嫌残锦乎?若乃毛诗纂组,为傅氏之权舆;杜句编联,见俞家之丛说。王半山一篇百韵,文信国四卷单行。合清词丽句以为邻,丐剩馥残膏而各足。君递相祖述,转益多师,匪丧己珠而求若珠,能除卿法而用我法。天吴紫凤,坼旧绣之衣襦;翡翠兰苕,泚馀波之绮丽。靡弗抽黄对白,刻翠裁红。锤炉濯锦江边,俎豆浣花溪上。且夫拾遗旧作,颇学阴、何;供奉奇篇,亦兼庾、鲍。双鸟互鸣于天地,六丁交摄于风雷。如来不现后身,海内谁论长句。君深窥壶奥,论一屏乎元稹;细绎珠玑,制重追乎张雨。琴号百衲,扇名九华。绡夜卖于鲛人,绢晨铺于龙女。猩唇熊白,坐傅娄之鲭;风觜麟胶,迸煮吴明之鼎。此则双环并琢,两剑偕镌。穷作者之苦心,踵才人之能事。乞飞霞于吏部,尚留金薤琳琅;喻明月于坡公,岂病家鸡野鹜也。嗟乎!江淹孤露,陶侃贫寒。王应仲、牛佺之高人,温子昇、马坊之儁士,自古蒿莱追辈,恒甘蓬蔂而行。况乎锦绣为肠,笙簧在手,隐沦城市,肴馔艺文。视彼刘毅床间,惟投黑犊,王戎墓下,但唱黄麖,智拙攸分,妍媸迥别。由此书田稼穑,终陪虎观之儒;笔阵纵横,远播鸡林之贾。一卷如封冢上,或化为土鼓黄桴;十年更鬻车前,争致于瑶篇绣轴。

【版本】

已佚。

【原文出处】

陈寿祺《左海文集乙编》卷一,《清代诗文集汇编》第499册,第468页。

【作者简介】

陈寿祺(1771—1834),字恭甫,一字苇仁,号左海、苇行、梅修、介祥、晚号隐屏山人,闽县(今属福州市)人。嘉庆四年进士,改庶吉士,授编修。历充广东、河南副考官、会试同考官。十四年,奔丧归,不复出仕。主讲鳌峰、清源两书院凡二十一年。著有《左海文集》十卷、《左海骈体文》二卷等,生平事迹见《清史稿》卷四八二《儒林传三》。

一七六　盛大士《选读杜诗》

盛大士《选读杜诗序》

古人诗文,必读全集,无取选本。小山岌,大山峘,峦山隳重,甗隒一卷,不足言也。河出昆仑虚,所渠并千七百,一川一勺,不足言也。著述家有纯有杂,纯者取,杂者弃。庸知吾所取者,未必尽纯;所弃者,未必尽杂?故惟博学,方能详说;惟详说,方能反说约,刻少陵一代诗史,诗可删,诗之通于史者不可删。少陵之诗,本无可删者也。昔夫子示学诗之益,可以兴观群怨,而大旨在事父事君。《三百篇》中忠臣孝子,感怀家国,劳人思妇之长言咏叹,发乎情,止乎礼义者,圣人录之,以垂教万事。《离骚》上嗣风雅,汉魏继之,体格各异,性情则一。齐梁以降,迄于初唐,新声作,古义替。少陵读破万卷,发挥忠孝,接续风雅,使千馀年来圣人兴观群怨、事父事君之教,赖以不坠。窃谓毛传、郑笺,说诗之祖。传先圣之坠绪,厥功甚伟。而少陵阐明诗教,其功实在汉儒以上。盖自屈子而后,一人而已。是故《北征》、《东山》之嗣响也;《诸将》、《出车》之遗意也;《哀江头》、《哀王孙》、《黍离》、《板》、《荡》之忧思也;《垂老别》、《无家别》、《苕华》、《苌楚》之哀怨也。流离寇乱,关河困苦。负薪拾橡,妻子饿殍。拾遗一官,沈沦半世。巫山巫峡,栖栖往来。如幕上之燕,漂摇无定,而忠爱之念,未尝一日忘。呜呼!读少陵诗,悲其所遇,每令人欷歔涕泣,而不能自已。信乎!诗之足以感人也。学者随性所近,各集其益,妄意弃取,其失则陋。是选非以示人,以自课也。置杜集于座右,与选本参校,则杜之用意与余选杜之意并见。若舍全集而守选本,是指一卷一勺为山海也,余何敢。

【版本】

已佚。

【原文出处】

盛大士《蕴愫阁文集》卷二,《清代诗文集汇编》第501册,第260—261页。

【作者简介】

盛大士(1771—1839),字子履,号逸云,又号兰畦道人,镇洋(今江苏太仓)人。嘉庆五年(1800)举人,官山阳教谕。修学好古,为钱大昕高足。善画,山水称娄东正派。著有《蕴愫阁诗集》十二卷、《蕴愫阁诗续集》九卷、《蕴愫阁诗后集》三卷、《蕴愫阁文集》八卷、《蕴愫阁别集》四卷、《琴竹山庄乐府》二卷。

一七七　黄春驷《李杜韩苏诗选句分韵》

林伯桐《李杜韩苏诗选句分韵序》

诗以句积,以韵成。唐宋以来,李之逸、杜之精、韩之重、苏之变化,长篇钜制,广大高深,而脍炙人口者,往往在一句一韵,何也?分别而观,匠心易见,隽永有味,逾时不忘。然则一句一韵,亦斯文得失之林也。吾友春驷黄君论诗有年,以为泛览全集,或境过易忘;偶然会心,则渐入佳境。爰取唐、宋四家,选其句,分以韵,诗列题目,卷详叶数。俾开卷者,既得见一斑,亟欲窥其全豹,其用意也厚矣,其取径也捷矣。昔张氏《主客图》,选句而不分韵;阴氏之《群玉》、凌氏之《韵瑞》,分韵矣,而不专选句,题目篇叶,固多阙如。斯则人略我详,似因实创。如嗜味者体解折节而至美具,如取材者碎金屑玉而至宝昭。童观固可馈贫,宿学亦如指掌。而春驷抑然自少,谓聊备检阅,便取携耳。夫同是一书也,陋者之饾饤,即雅者之讨论。吾乡迩来风气日上,诗学方昌,固可自叶以流根,何至还珠而买椟?吾知是书一出,问津筏者当以为首途,亲风雅者必以为劝学也已。

【版本】

已佚。

【原文出处】

林伯桐《修本堂稿》卷三,《清代诗文集汇编》第525册,第36页。

【作者简介】

林伯桐(1778—1847),字桐君,号月亭,广东番禺人。嘉庆六年(1801)

举人。道光六年(1826)试礼部归,父卒,遂不复上公车,一意奉母,教授生徒百馀人。粤督阮元、邓廷桢皆敬礼之,元延为学海堂学长,廷桢聘课其二子。二十四年,选授德庆州举正。阅三年,卒于官。著有《修本堂稿》四卷、《月亭诗钞》三卷等。

一七八　万俊《杜诗说肤》

万俊《自序》

繄余何人？余何人？何敢妄言诗哉！言诗者必得其性情之正,以端其本,顺天地之和,以审其音,广闻见以玩其辞,廓天机以博其趣,庶使有言者卒归于无言,无言者忽若其有言,使人求于言而言不可得,不求于言而言罔不得。非不言也,不言之言,斯真善言者矣！盖圣贤有法度之言,须字字体会而后得之。若诗亦字字穿凿,则滞而不通矣。惟潜通其意于言外,使人默会其旨于言中,自有不可胜言者存于若远若近之间,始叹其言未尝不至纤且悉有如此者。故曰："说诗者,不以文害辞,不以辞害志。以意逆志,是谓得之。"循是说也,诗果易言乎哉！岁乙卯,余假馆永福禅林,其林僧西来以诗学来请,余却之再三,西来请益坚,不得已,举余曩所读杜,有闻诸前辈,得诸良友及见诸各集之说,约为四则:曰原情,曰式法,曰炼字,曰审音,粗举大略以应其请云尔。夫杜以忠君爱国之心,吐为忠厚和平之响,且读万卷,下笔有神,真所谓羚羊挂角,香象渡河,不与人以思议者。余果何人,敢妄为组织说哉？今所说者,第谓之说肤也可,故名之《杜诗说肤》,聊举以授西来。倘西来由浅而深,由粗而精,以至发乎情者止乎义,出诸口者中其节,而非巴人之曲、高叟之见,则所说将必有过于此者。余乃着芒鞋,携尊酒,并坐于绿草闲房,重与细论,复明以教我,则幸甚！

乾隆乙卯(1795)仲冬月,福村万俊叙。

万俊《凡例》

一、是编为杜诗法律各备一体,非选诗也,故法备而止,馀俱不录。

一、是编为初学津梁,故说皆浅显,语有次第,所说既毕,不复另赘一辞。

一、是编浅之不及平仄,深之不及评论,选本精详,披览而知。且此非评诗也,与评论无涉,故不及。

一、是编率余管见,说皆浅肤,未免挂一漏万,但为初学起见,非敢登之词坛也。海内诸君子幸勿见哂,并祈斧正则幸是。

【版本】

清嘉庆二十四年(1819)瘦竹山房木活字本《杜诗说肤》。

【作者简介】

万俊,字福村,豫章(今江西南昌)竹山人。道光间举荐为乡饮耆宾。著有《秋花外史》二卷、《杜诗说肤》四卷。

一七九　陈沆《杜诗选》

陈沆《自序》

杜诗广大,无所不有,故此选每体中各为分类,而皆以关系时事者为首,则以其诗史上接《三百篇》故也。

【版本】

未刊稿本,据白石山馆钞本过录,未见。

【原文出处】

录自周采泉《杜集书录》内编卷七《选本律注类二》。

【作者简介】

陈沆(1785—1825),原名学濂,字太初,号秋舫,蕲水(今湖北浠水)人。嘉庆二十四年(1819)进士,官翰林院编修。道光初,充乡会试同考官。官终四川道监察御史。能诗善文,与魏源、龚自珍、陶澍相友善。所著有《近思录补注》、《简学斋诗存》、《秋舫诗钞》、《诗比兴笺》等。生平事迹见《清史列传·文苑传四》、周锡恩《陈撰修沆传》。

一八〇　曹培亨《集杜诗》

钱泰吉《跋曹孺岩先生集杜诗册》

自来集杜诗者,文信公最著,盖蒙难抗节,慷慨悲歌,与少陵忠君爱国之心异代同揆,信可谓诗史矣。然惟五言集句二百首,不及他体。近时梁山舟学士,各体皆备,《频罗庵集》脍炙人口,不以书法掩也。乡先哲乾隆戊午孝廉曹孺岩先生,绩学砥行,工韵语,精篆隶,尤喜集杜老诗,惜多散佚。今惟庚辰岁所集五言律五十六首,门人汪慎斋鑰秋、白大经所录仅存。元孙莘艻茂才成熙合先曾祖文端公、张瓜田徵君、诸草庐宫赞、凌保螯广文题赠诗,幅装成跋尾,奉以乞题。先生《松风亭全集》未得请观,今读此集杜诸篇,想见于草堂之诗用力深挚,非偶尔缀辑者可比也。信公少时即力追杜诗,以变南宋凡陋之习。先生身际盛世,与信公所遭不同,而用心则一。倘使梁学士见之,亦当乐步后尘。泰吉与莘艻尊甫希傅翁同为县学生,今见莘艻能继家学,窃喜先世文字之友,于累传后风流未坠,知孺岩先生所蕴积者远矣。

【原文出处】

钱泰吉《甘泉乡人馀稿》卷一,《清代诗文集汇编》第 572 册,320 页。

【作者简介】

钱泰吉(1791—1863),字辅宜,号警石,又号深庐,所居名可读书斋,嘉兴(今属浙江)人。与从兄仪吉(字蔼人,号新梧,又号衎石)齐名,时称"嘉兴二石"。道光元年(1821),秋试,报罢,乃援例以训导候选。五年,秋试举人,又报罢,遂不再试。七年,选授杭州府海宁州学训导,达二十七年。咸丰三年(1853)具文引退,主讲海宁安澜书院。同治二年(1863)卒于安庆旅次。生平好聚书,精赏鉴,其藏书之所曰"冷斋",取"官冷身闲可读书"之句意。泰吉精于校雠之学,丹铅不离手,所著《曝书杂记》三卷、《甘泉乡人稿》二十四卷、《甘泉乡人馀稿》、《甘泉乡人残稿》、《深庐寱言》、《海昌备志》、《清芬世守录》、《海昌学职禾人考》等。

一八一　钱泰吉《杜诗摘句》

钱泰吉《自题》

杜诗不可以句摘也。世之言唐诗者多以写景为上,乃取少陵诗录世人所谓写景而为真唐诗者,以便揣摩。间有不关写景而言唐诗,而不斥为宋调者亦录一二。虽然,论诗而专以写景为工,则山水花鸟、四时气候之变态,杜陵已搜括略尽,后人亦何容措手哉！道光丁未小除夕,甘泉乡人漫稿。

【版本】
上海图书馆藏清道光二十七年(1847)稿本《杜诗摘句》。

一八二　吴璥《杜诗评本》

钱仪吉《跋吴宫保评本杜诗》

吴宫保菘圃先生以奏赋受知高宗,由编修特擢学士,屡持文柄。旋以章佳,文成公荐分巡河南,兼理河务,遂以精练水事称。前后任东南河督,岁奏安澜,未尝有失。而它处溃防,奉命塞决者,罔不如期。底绩晋卿,贰陟纶扉,中外望为重臣。而文章转为政事所掩,即书法之美,往时林少穆尚书在翰林见一二小简,叹其笔意超妙入古,初未尝以书名。前辈蕴蓄宏远,诚不可及也。此杜诗评本旧在予家,予幼时读杜即受此为讲授,亦先学士公所尝批阅也。道光初元,先生以协揆致事归浙,舟行濡滞,欲得佳书遣怀,予因奉之先生,先生大喜,谓如逢五六十年故人,长途话旧,又不啻与足下蓬窗共读妙文也。是岁,先生薨逝,诸子析居,偶问之次平侍御,知范乔之砚,今有所归,中间已失二帙,次平补之。本书未有题识,故属予记于卷中,俾吴氏贤子孙世守无斁。道光己酉冬日。

【版本】
已佚。

【原文出处】
钱仪吉《衎石斋记事续稿》卷七,《清代诗文集汇编》第541册,582页。

【作者简介】

钱仪吉(1783—1850),字蔼人,号新梧,又号衎石,浙江嘉兴人。嘉庆六年(1801)中举,十三年成进士,选庶吉士。次年,散馆,授户部主事。历官云南、山东司主事、贵州司员外郎、云南司郎中、总办八旗现审处会典馆总纂、河南道御史、贵州道御史、刑科给事中、工科给事中。道光十年(1830),因公累罢官。主讲广东学海堂、河南大梁书院。著有《衎石斋记事稿》十卷、《衎石斋记事续稿》十卷等。

一八三　吴梯《读杜诗姑妄》

吴梯《读杜诗姑妄自序》

韩文、杜诗并立天壤,世固无人不读,读杜曷为,以妄名乎?仆自束发学诗,即知杜诗,苦无善本,靡所适从,怀疑滋多,蓄之而已。偶有会意,涉笔录存,亦思就正有道,以为他日成书之地。历数十年,句条字缀,如满屋散钱。仕学相妨,未遑贯穿。逮告病归来,杜门却扫,重理旧学,更取杜集,百遍读之,觉前所识,合反参半,乃澄心凝思,扫除云雾。旧解所有,存是去非;旧解所无,独抒鄙见。但期有当杜旨,不顾世眼惊焉。盖如是者又十馀年,老至耄及,今姑脱稿,而名之曰《读杜姑妄》。昔者朱子晚成《韩文考异》,复欲注杜,如言"风吹苍江树,雨洒石壁来","树"当作"去",略见端倪,而讫不就。仆则何敢谓过前人,不过自忘其陋,又幸天假之年,姑妄言之,姑妄听之云尔。……咸丰四年岁次甲寅,云岭山人秋舫吴梯自识于小沧州园之榕阴书屋,时年八十。

【版本】

清咸丰四年(1854)刊本,未见。

【原文出处】

周采泉《杜集书录》内编卷八《辑评考订类一》,第506页。

【作者简介】

吴梯(1775—1857),字秋舫,一字云川,号岭云山人,顺德(今属广东佛山)黎村人。嘉庆六年(1801)广东乡试解元,由大挑出仕山东蒙阴知县,为政廉能。调任潍县、禹城知县,擢任胶州、济宁知州。后告病还乡,遂倾力注杜,于咸丰四年撰成《读杜诗姑妄》三十六卷。道光间与林联桂、谭敬昭、黄培芳、张维屏、黄玉衡、黄钊并称为"粤东七子"。著有《岱云编》、《岱云续编》、《归云编》、《归云续编》、《巾箱拾羽》等。生平事迹见《顺德县志》卷十七《列传》、《(光绪)广州府志·列传二十二》。

一八四　张燮承《杜诗百篇》

张燮承《自序》

杜诗无可选,昔人论之详矣。顾全集千四百篇,读复不易,尝思随欣然会意处,一编录取,简练以为揣摩,而未之能信。继得浦君二田说云:"杜诗合作古书读,小年子弟,拣百篇,令熟复,性情自然诚悫,气志自然笃厚,胸襟自然阔绰,精神自然鼓舞,正不独在学诗。"然则简练揣摩,犹词人结习,其有益蒙养如是,是乌可以已也。向之志,于以决。壬子,客吴中,暇则举全集孰复。冬十二月,居停主人开戎幕于金陵,相招同往,军书旁午,铅椠乃少馀闲,遂未卒业。今春暂返吴门,金陵寻溃陷,友人多避浙者,因亦泛宅相从,旅寓杜门,而后蒇事。兼刺诸家之说,窃附己意,为之诠解,固未敢穿凿务新奇,亦不欲泛引矜奥博也。余昔游金陵,有"养正一得"之录,以此增益之,或又一得耶?惟兹篇成于金陵被兵之际,忆江上论诗诸友,生未卜存亡何所,茫茫烟水,日暮愁予,又可胜"故国平居"之慨也夫!

咸丰三年癸丑九日师筠书于安昌次舍。

贺际盛《识语》

家弟诗樵,于唐贤诗宗仰老杜。戊午冬,摄篆青浦,延师筠张先生于幕斋,相得甚欢。先生有《杜选》一帙,家弟谓有裨世教,不仅在学诗,亟以付梓。梓成,拟广传送,写闾塾读本。乃梓人迁延,今甫蒇事,去诗樵之殁已两阅月矣。悲夫!诗樵抱用世苦心,年未及髦,仕未及达,区区一官一邑,赍志以终。此刻呫嗟可成,以梓人故,亦复淹滞,何志之难遂,无巨细同一辙哉!己未重九日,汲郡贺际盛率侄福元校勘一过,识于胥江客窗。

【版本】
山东大学儒学高等研究院藏清咸丰九年(1859)刻本《杜诗百篇》。

【作者简介】

张燮承,字师筠,含山(今属安徽)人。咸丰间游幕青浦。著有《张师筠著述》、《小沧浪诗话》四卷、《翻切简可篇》二卷、《写心偶存》三卷、《杜诗百篇》二卷等。生平事迹见雷葆廉《诗寋笔记》卷二、汪苣《茶磨山人诗钞》。

贺际盛,汲郡(今河南汲县)人。生平事迹不详。

一八五　庄咏《杜律浅说》

庄咏《杜律浅说序》

《诗》有三千,孔子删《诗》,只存三百。而兴观群怨,事父事君,以及鸟兽草木之名,莫不于三百中取益焉。此诚学者之宗,扶世立教之标准也。自《国风》降为《离骚》,《离骚》降为汉魏,渊源相接,体制日新。晋宋以还,则推陶、谢;齐梁而下,更有阴、何。其馀风云月露,流连光景,形为咏歌,何可殚述!然而虽有唱酬,无关性灵,奚足以超前而轶后哉?越乎三唐,取士以诗,肆力于词章者,指不胜屈。乃自贞观以至开、宝,后之论诗者必以李、杜为最。李豪放而才由天授,杜混茫而性以学成。元微之之论杜曰:"上薄风骚,下该沈、宋。铺陈终始,排比声韵。词气豪迈而风调清深,属对律切而吐弃凡近。"韩昌黎之论杜曰:屈指诗人,工部全美。笔追清风,心夺造化。"天光晴射洞庭秋,寒玉万顷清光流。"夫二子之言,岂曰无当?特是论他人之诗,可以词句工拙求;而工部之诗,不尽于此也。盖工部之诗,君子不得于时者之所为也。当开元全盛时,工部南游吴越,北抵齐赵,浩然有跨八荒、凌九霄之志,岂尝有意以诗名于后世哉?不欲以诗名而竟以诗名。工部之诗,工部之穷也。非穷于身,穷于名,穷于朝廷之丧乱,民物之凋敝,万万有不得已心者,于是发而为诗。即凡登临游历,以及草木鸟兽之细,纵笔所至,悲愉欣戚,莫不本诸性情,激昂慷慨,使后之读者几忘工部之穷,而窃叹天宝以后之不可为也。故宋人之论诗者,称杜为诗史,谓得其诗可以论世知人也。明人之论诗者,称杜为诗圣,谓其立言忠厚,可以垂教万世也。苟舍是二者而谈杜,是使忠君爱国之悱忱,无异于风云月露之流连也,其亦可谓不知言者矣。顾或者曰:诗以穷而后工,工部之穷,正造物之善成其名也。虽然,使工部而不穷,则陈雅颂于朝庙,用鼓吹乎休明,吾知其必有异乎词人之为也,名何可没没哉!故不遇于时者之所为,君子不乐为之也。不乐为之而既已遭之，而即不得不为之，向令后之学者不能得其心于千百载之上，而有以知其不得不为之故，是买椟而还其珠，君子奚取焉！方今我皇上英年践祚，文教覃敷，幸际昌期，躬逢盛世。朝廷既深作人之雅意，学士宜励稽古之苦心。虽戛玉敲金，不出词人之润色；而卿云复旦，悉关朝堂之颂扬。既列儒林，须游艺苑，庶几知人以论世，无徒小技以雕虫，将见异日九重拜献之资，依然《三百》训诗之义。斯不亦前修无负，而新诗流光也哉？兹因子侄辈疏于诗学，腹笥既空，性灵亦蔽。乃约摘杜律百首，训以浅解，并掇取前人论杜成说，择其要，弁言于首，以为读杜程式。虽桂林千丛，未尽挹其芳郁；而昆山片玉，亦足重人宝玩。专而精之，少许胜多。扩而充之，多且益善。工部诗云："文章千古事，得失寸心知。"是即其自评而已，学者其善领之。

嘉庆伍年岁次庚申四月十八日城阳庄咏赓唐氏自序。

【版本】

清道光二十四年（1844）清和堂刻本《杜律浅说》。

【作者简介】

庄咏，字赓唐，号杏园，城阳（今山东莒县）人。中乾隆五十三年（1788）顺天经魁，嘉庆四年（1799）成进士。十一年，选任县。销除数十年之隐患，上官察其廉明慈惠，调署任邱。十八年春，升任沧州。未几，以亲老解组归里。著有《杜律浅说》二卷、《学庸困知录》。生平见《民国重修莒县志·文献志·人物九》。

一八六　史炳《杜诗琐证》

史炳《自序》

放翁讥今人解杜但寻出处，元不知其所以妙绝古今者何在。然则读公诗，而徒摘疏字句，汩没残膏剩馥间，非惟无当于其忠爱之旨、风雅之原，并其语言之妙而失之矣。虽然，公诗大矣，由唐宋以来至于今，有学杜，有注杜，有评杜，有随手掇拾典故而证杜，虽所得不同，其为有得则一也。余自少习公诗，妄有考订数十百条，皆汎览群书时随录者，是以诗之先后都不诠次。今兹长夏无事，偶取删定之，其目则仍旧贯焉，命曰《杜诗琐证》。行箧少书，舛漏不免，辄以付梓，俟大雅订正云尔。

道光五年(1825)六月初四日,溧阳史炳书于句俭山房。

【版本】

清道光五年(1825)溧阳史氏句俭山房刻本《杜诗琐证》。

【作者简介】

史炳(1763—1830后),字恒斋,溧阳(今属江苏)人。年十四游庠,十六举于乡,乾隆四十二年(1777)举人。后屡试不第,留京师,得朱珪器重,任咸安宫官学教习,期满,于嘉庆五年(1800)选兴化县教谕。十六年至十八年,应溧阳知县陈鸿寿之聘纂修《溧阳县志》十六卷。后改泾县教谕。任校官二十余年,以老乞归。炳精通音韵学,旁通西洋算术,尤工试帖。著作有《大戴礼正义》十六卷、《句俭堂集》四卷、《杜诗琐证》二卷等。

李一氓《清道光本杜诗琐证》

史炳撰。五五年夏,都门旧友以一《杜诗琐证》下卷见遗,拟配上卷,而遍搜厂肆不获。无已,乃托赵斐云先生嘱书手依北京图书馆藏本补钞,俾成完帙。原书乃道光时镌本,而今亦不易得矣。装成,查成都草堂藏杜编目,尚无此书,因寄。

【原文出处】

李一氓著、吴泰昌辑《一氓题跋》,三联书店1981年版,第167页。

一八七　金元恩《碧玉壶纂杜诗钞》

朱右曾《碧玉壶纂杜诗钞序》

帖号金钱,摹右军之墨妙;集名香屑,缀唐代之词华。固极能事于才人,并作奇珍于艺苑。然而寸缣尺楮,联合非易;短句长篇,搜罗尽富。未是五铢之仙帔,任翻六叠于霓裳。若夫爇此心香,不过一瓣;运其意匠,别擅千秋。串牟尼之珠,宝光耀日;补迦叶之衲,异彩成霞,则于补之先生《纂杜诗》见之矣。先生梓里名贤,秬侯华胄,声蜚桂苑,绩懋棠封。洒携两袖之清风,重踏六街之皓月。任嘲饭颗,只爱吟诗;独与少陵,联为眷属。不同耳食,竞说开元天宝之遗音;别具心裁,兼收爱国忧时之钜制。类王融之隶事,居然右有左宜;比傅咸之集经,岂曰截长补短。盖兵甲具藏武库,恃有将才；文章本自天成，所难妙手。况乎夔铄哉翁，神明之宰。子美曾许身稷、契，先生亦媲绩龚、黄。偶值回风，暂栖逸翮；长镵为命，下笔有神。剩馥残膏，香谱别名苏合；仙工鬼父，檀台即是荣椽。辟之释氏神通，折芦作筏；略似仙人狡狯，掷米成沙。漫诧雕龙，群夸南国九能之士；伫看调鹤，更采东京五绔之谣。

道光横艾摄提格之岁冬十月，嘉定朱右曾拜书。

金元恩《自序》纂杜文

杜子曰："自七岁所缀诗笔，向四十载矣，约千馀篇。虽不足以鼓吹六经，先鸣诸子，至于沉郁顿挫，随时敏捷，而扬雄、枚皋之流，庶可企跂及也。"大哉铄乎，议论雅正，词句动人，杜子得之矣。自唐兴以来，颂德叙怀，斐然之作，亦时有其人。言足以厚人伦、化风俗，若此时哲，无与比者，得正始故也。蒙实不敏，四十无位，晚得微禄，辙轷不进，经术浅陋。考诸词学，开卷而音义皆达，适与我神会，悠然垂思曰：嗟乎！维山有麓，维水有源，美玉多出于昆山，明珠必传于江海。自黄帝以下，纯朴既散，淳风不返，真伪百端，波澜一揆。不意复见比兴体制，微婉顿挫之词，不觉手足舞蹈，形于篇章。漱吮甘液，游泳和气，声韵寖广，卷轴斯存，抑亦古诗之流，希乎述者之意。不揆芜浅，竟以短篇只字，感而为诗。验是非于往事，且快意而惊新，爱而不见，情见乎词。乃不知兴之所至，默以渔樵之乐自遣而已。或曰：杜子其先，系统于伊祁，分姓于唐杜。既早习于家风，配史籍以永久，故天下学士，到于今而师之。而先生藐然若往，颓然而止，遣词工于猛健放荡，似不能安排者。静而思之，多为后辈所袭，子有说否？曰：噫！今愚之粗徵，贵切时务而已。忆其涌思雷出，落笔雄才，金石照地，蛟龙下天，古有之矣，余何有也！曾是不敢以露才扬已，卑以自牧而已。顷者，子贶某多矣。虽然，探其深意，近似之矣。杜氏之老，以我为益友而已。嗟乎！冠带之窟，名利卒卒，吾党恶乎无述，请诵诗可矣。

道光二十有二年，岁在壬寅重阳前三日，宝山金元恩书于都门客舍。

《题赠》随到随录，不拘爵齿

世称杜子美为诗史，今读感旧诸作，微显阐幽，得其微旨，亦诗史也。其他，鳞爪耳。嘉兴冯瀛。

借前人之辞藻,写自己之胸襟,别具炉锤,天然工巧,使杜老见之,亦应俛首。古越唐晋镔。

古称杜诗无一字无来历,余谓句法亦有来历,如《江边小阁》云:"薄云岩际宿,孤月浪中翻",实用何逊诗,特不全用耳。今全用成句,亦此遗意,难其连篇累牍,了无獭髓痕耳。山阴邵懋勋。

少陵诗,多忧愁困苦之作,今用之于欢欣鼓舞之场,亦复应弦合节,灿然改观,益叹此老才力之大,无所不有,即作者之匠心可知矣。沪渎徐巨川。

斝舟先生,余丈人行也,从先君子游,故又为总角交。先生八岁有咏雪诗云:"人间银作海,天上玉为堂",见者识为伟器。嗜学不倦,著作等身,辑杜二卷,止馀事耳。其工力悉敌,气势流转,论者备矣,余不复赘。古瀛施庄临。

会借古语,用申今情,其配合之工,直如天衣之无缝。昔人云:肘下疑有工部鬼,读《碧玉壶纂杜诗钞》可以移赠矣。金匮安诗。

运用成语,一如己出,非读破此老全集,那得有此精妙!夏邑彭煐。

少陵老人不可作,文采风流空寂寞。万古留贻一卷诗,欲传衣钵谁与托?斝舟先生风雅宗,骨相清奇神矍铄。作宰中州十六年,宦声籍甚宦囊薄。迩来需次滞京华,示我新编耐寻索。编中句句是老杜,收拾菁英弃糟粕。因难见巧出文心,化腐为奇露词锷。今人情事古人辞,别开气局转宽博。语陈能使意格新,篇富不虞才力弱。同此忧时吊古怀,吟成独自为丘壑。譬如良工制美衣,碎锦纷纶任裁度。又如大匠作新宫,百材罗列供挥霍。雄豪音节留盛唐,宋元馀子徒束缚。鲰生愿诵千万遍,助我狂歌对清酌。生平酷嗜杜公诗,得此宝爱逾珍错。醉来欲和不成章,聊缀芜言博一噱。娄东顾份。

廿载文章伯,重逢未白头。清风留一鹤,嘉绩纪中州。朗抱天心月,新诗狐腋裘。壮怀吾亦尔,击楫向中流。娄江陆希湜。

笑拈苦句与翻新,一线珠穿笔有神。历代诗翁齐下拜,浣花魂魄替伊身。唐堂集艳自成奇,君也宏多更过之。各自江河流万古。却愁欲废少陵诗。嘉定王步瀛。

金曰瀛《跋》

右纂杜诗凡三百七十二首,吾斝舟叔父所著也。昔高伯祖梧冈公有

363

《杜律补注》之刻,叔自束发受书,即喜诵之。行年四十,绘《采兰图》,因纂四章以见志。逮己丑冬,读礼里门,不作声律,而求叔题咏者足不绝户,固辞不获,遂取于古以应。自是厥后,亦间有作,至今日入都大备。叔尝自叙曰:少陵云:"老去渐于诗律细",又云:"颇学阴何苦用心",今观其诗,纵横驰骤,开拓万古心胸,而括以一"细"字,下以一"苦"字,自得良不易矣,剽窃岂不难哉?故生吞活剥,动多割裂,粗枝大叶,半属欹斜,顾积久成帙,不忍弃也。自叙云:尔叔固不欲问世也,友人固请付梓,爰命瀛与吾弟治同司校对,工既竣,为述叔之言如此。以"纂"名者,避高伯祖讳也。道光壬寅九秋,侄曰瀛拜识。

【版本】

南京图书馆藏清道光二十二年(1842)惇大堂刻本《碧玉壶纂杜诗钞》,索书号:89782。

【作者简介】

金元恩,一名德麟,字芈舟,号补之,宝山(今属上海)人。嘉、道间人。

朱右曾(1799—1858),字尊鲁,一字亮甫,嘉定(今属上海)人。道光戊戌(1838)进士,改庶吉士,授编修,出为安徽徽州府知府,以忧归。服阕,补贵州镇远府,调遵义府。值杨凤倡乱,坚守五月,以失属邑斥罢。及围解,复官,寻卒。精于训诂、舆地之学,著有《周书集训校释》十卷、《汲冢纪年存真》二卷、《诗地理徵》七卷、《春秋左传地徵》二十卷、《服氏解谊》三十卷、《后汉书郡国志校补》、《穆行堂随笔》、《春晖轩古文吟草》等。

冯瀛,嘉兴人,生平事迹不详。

唐晋铼,生平事迹不详。

邵懋勋,山阴(今山西朔州)人,生平事迹不详。

徐巨川,上海人,生平事迹不详。

施庄临,崇明人,举人,官宝应县训导。著有《周易集解》、《书经补注》、《三礼汇参》、《两间书屋文集》、《对绿轩诗抄》、《豫游草》、《寒垣草》、《白田诗草》。

安诗(1788—1847),字仲依,号博斋,金匮(今无锡)人,道光癸巳(1833)进士,授兵部主事,历官吏科给事中,有《飞香圃诗集》四卷《续编》一卷、《飞香圃文集》四卷、《飞香圃试言》不分卷。生平见《晚晴簃诗汇》卷一百三十七。

彭焞,字文皋,号星舫,夏邑(今属河南商丘)人。嘉庆二十三年(1818)举人,历任四川仁寿、绵竹等县知县,以治最保升浙江台州同知,擢广西左江兵备道,转盐法道,以劳疾告休,《夏邑县志》有传。著有《彭星舫诗集》、《绝命词》。

顾份,字少瑛,江苏太仓人。道光十二年(1832)举人(据《璜泾志稿》卷二),道光二十年(1840)进士,官礼部候补主事,升员外郎。

陆希湜(1807—?),字守初,号毅庵,江苏太仓人。道光十五年乡试中举,官颍州知府。

王步瀛,嘉定外冈人,工诗古文,与张子远、子渊昆弟为诗酒之盟,月必再三止宿静观自得楼,见张启秦《望仙桥乡志稿·人物》。

金曰瀛,金元恩之侄,生平事迹不详。

一八八　范辇云《岁寒堂读杜》

张澍《序》

岁在道光辛卯(1831)四月,澍来袁江谒张芥航河帅,获晤嘉兴范吾山观察。梧,杰人也,以尊甫楞阿先生《读杜》二十卷嘱为复审,澍乃把卷而慨然也。忆当日者,破帽疲驴,荒山奔走,残杯冷炙,到处酸辛。牢落百年,歌哭万古。拜鹃念主,冻雀依人。而衣短镵长,虽多惆怅,人老律细,咸服波澜。蚍蜉群儿,瓦石诸子,真不虚矣。先生读之万遍,研以十年。凿险缒幽,摄魂取魄。喜免酷祸,冠挂帘钩;爱耽苦吟,日留笠影。千秋大雅,骨掩青山;万丈光焰,名争李、杜。夫昌黎知己,巨刃摩天;宗武笑人,利斧断腕。可不谓妙到毫端,神来笔下,注家巧匠,诗史功臣也乎！后之览者,幸毋忽诸。

武威张澍谨序。

吴廷飏《序》

戊戌(1838)仲春,赴姚伯昂侍郎浙江学幕,六月校文毕,遂得游西湖,获交范吾山先生。读其《治河刍言》,诚经世博物君子也。三数晨夕,匆匆返棹。越五年,吾山先生来扬州,出其先公读杜诗评注本见示,曰:"此先大夫手泽,毕生著述仅存此,曾校正于钱梅溪、钱叔美、杨子坚三先生,将登诸版,以垂来叶,吾子为复校一过,幸甚！"廷飏受而读之,叹其钩玄摘要,得未曾有，可谓百龄影徂，千载心在矣。窃谓诗至有唐为极盛，唐人诗又以少陵为极盛。论诗而诋讥杜公者，等诸狂悖。然以诗之全体言之，自汉魏以来，杜公特诗之一家耳。其诗中自道所学，多陈古人，使以其所祖述者较之，未必无不逮处也。既以公之诗自相较，有其至者亦未始不有非其至者也。曩尝与梅蕴生论诗，而以学书喻之，杜诗、颜字，五雀六燕，书至平原，导源篆籀，探本钟、王，书家秘奥，发泄殆尽。善学者由颜而进于南北朝，可合一辙；不善学者，自滋流弊，虽雕书版之体，亦未尝不从颜书开之。诗至少陵，上博风雅，万古斗杓，诗人底蕴，发泄殆尽。善学者由杜而熟精《选》理，追汉魏；不善学者，流为唱说盲词，未尝不从杜诗开之。桓文之霸业，实三王之罪人。蕴生然之。盖运会升降，学力精粗，鉴别不精，趋向无定。昔黄鲁直盛称子美夔州以后诗，而朱子比之扫残毫颖，众人见鲁直说好也说好，直是矮人观场，正谓评诗之不可不当也。且诗本性情，人殊好尚，李九（廷机）我取"一径野花落，孤村春水生"、"渚蒲随地有，村径逐门成"，近王、孟；元裕之云："读杜诗如九方皋相马，得天机于灭没存亡之间。"自荆公以来，或尊之，或议之，见浅见深，要皆无增损于杜公毫末也。注杜者，自荆公称其无一字无来历，而后之注者数十家，务矜详备，则穿凿附会随之，然聚讼既多，折衷斯在，亦读杜者所资也。廷飔不敢辞校字之役，得逐句读之，各本校之，乃知先生之存录旧注旧评之精也，增注增评之当也。凡所增者，皆旧注未有，而知先生史事之熟也，学问之博也；凡所评者，皆旧评所未及，而知先生论诗之严也，说诗之妙也。卷中约旧注而已明者，如《行次昭陵》诗笺、《兵车行》、《杜位宅守岁》、《奉赠鲜于京兆》、《越王楼歌》、《哭王彭州抡》等诗是也；约旧注而剥之者，如《塞芦子》等诗是也；约旧注而校明者，如《寄题江外草堂》、《夔府书怀》等诗是也；正旧解者，如《秦州喜薛璩毕曜迁官》、《八哀·李公邕》诗"论文到崔苏"句是也；引旧注而断其得失者，如《送元二适江左》、《客居》、《杜鹃》诸诗是也；驳旧注之穿凿者，如《诸将》诸篇是也；申旧注而补其未尽者，如《秋兴》诸诗是也；正旧本之误者，如《寄峡州伯华使君》诸诗是也；至于评论之精，随处可见，不可枚举。章梳句栉，独出心裁，不袭旧文，毕彰隐奥，详审精密，斯为极观。先生生平撰著，惜乎不传，然读其评论，亦可以知其于此事三伐毛三洗髓矣。昔彦和著《雕龙》而他文不传，过廷著《书谱》而他书不传，岂终不可见其所诣乎？校字既毕，举其大概如此。愿世之读是书者，先列旧人评注而一一按之，则知此书之足贵矣。吾山先生虽不获亲承庭训，而读书立行，为经济之文，于先人之学，克永其传，无坠先泽，绎刻书之意，则仁人孝子之心油然以生，又非嘉惠艺林之一事已也。

道光二十四年(1844)十月,仪徵后学吴廷飑谨序。

钱泳《跋》

宋元以来读杜者,不一其家,如梁权道、刘辰翁、赵次公、黄鹤、鲁訔、吴若之流,皆有功于工部,故明之许自昌刻本有《集千家注》,国朝则有东涧老人暨滏阳张氏、梁溪浦氏三家笺释最精,实能疏瀹决排诸家之踳驳者。嘉兴范云泉先生手订《岁寒堂读杜》二十卷,采集东涧、滏阳二家之说居多,而间亦参以己意,当为读杜者之津梁。道光庚寅(1830)岁,先生令子吾山观察为校录,聊赘数语于后,梅华溪居士钱泳书。

读杜诗者有编年、编体、编类,三者之中,自当以编年为正,东涧笺本不可从也。所谓读其书想见其为人,不徒以词句之工,格律之妙,当时谓之诗史者,亦此义也。将来倘欲付梓寿世,再当益以浦氏之说,尤为详赡云。

辛卯(1831)四月,泳又书。

范玉琨《跋》

此先大夫读杜手迹原本也。呜呼!玉琨生七岁而孤,追忆音容,昊天罔极,犹记先太恭人泣谕玉琨曰:"汝父品学词翰,为当世推重,惜手泽罕存,无由使汝曹得见。"玉琨谨志之不敢忘。及长,始于书簏中得此本及手书司马温公座右铭小真行一幅,奉若球琳,虽客游从宦,皆珍藏箧笥,未尝一日离左右。岁辛卯罢官后,家居多暇,乃手录副本一册,重加校对,窃见或出自己意,或节录诸家评语,密缀错杂,丹黄重叠,其为数十年旁搜远绍,折衷心得,攻苦而成可知矣。案杜诗历千二百年,或评或注,无代无之,若钱笺、仇注,其最著者也。古人于笺释体例,或自注自评,或汇辑旧注旧评,必归体裁,始成一书。先大夫此本,体裁不一,原非有意著书。惟先人毕生勤苦,手泽是存,且自作诗文又已散失无存,玉琨哀慕垂五十年,仅得此本,不敢没而不彰,谨就正于金匮钱梅溪、武威张介侯、钱塘钱叔美、新城陈乃云、丹徒杨子坚、仪徵吴熙载。不立凡例,不分款类,亟付剞劂,以广其传,俾后之学者知先大夫学问渊博,有以补诸家笺注所未及,于杜诗亦多所发明。书成存之苏州先祠后乐楼,用示子孙,使无忘先德。其名"岁寒堂"者,则仍先文正公读书之堂也。

时道光二十四年(1844)岁在甲辰孟秋,男玉琨谨识。

【版本】

清道光二十四年(1844)苏州范氏后乐堂刊本《岁寒堂读杜》。

【作者简介】

张澍(1781—1847),字时霖,一字百瀹,号介侯,又号介白,甘肃武威人。嘉庆四年进士,选庶吉士,散馆后出任知县,历任贵州玉屏、四川屏山、大足、铜梁、江西永新、泸溪等县县令,署江西临江通判。后主讲兰州,晚岁定居于陕西西安,锐意于著述及辑佚,尤致意于关陇文献。撰著甚丰,著有《养素堂诗集》二六卷、《文集》三六卷、《续黔书》八卷、《蜀典》一二卷、《黔中纪闻》一卷、《西夏姓氏录》一卷等。

吴廷飏(1799—1870),字熙载、山昆,后改字让之,亦作攘之,号让翁、晚学居士、方竹丈人,仪徵(今江苏扬州)人。包世臣弟子,工诗,精考据之学。著名书法篆刻家,为时推重。

钱泳(1759—1844),原名鹤,字立群,号台仙,一号梅溪,江苏金匮(今无锡)人。一生未仕,长期为人作幕僚。能诗善画,工书法,尤擅镌刻碑帖。著有《履园丛话》、《履园谭诗》、《兰林集》、《梅溪诗钞》等。

范玉琨,字吾山,嘉兴人,曾官河道观察,与钱泳友善。著有《治河刍言》。

吴棠《识》

向在清河,购范氏《岁寒堂读杜》本,喜其解释精妙。嗣在川省署中,滇南朱次民观察携有《读书堂读杜详解》,为磁州张上若先生溍所著,与此本无异。吾山少孤,其尊人楞阿手录张注,未填姓氏,吾山误为家集,当时校订诸子所见未广,遂以误刊。特志数语,以示来者。

同治癸酉仲冬盱眙吴棠识。

此本硃笔录何义门先生批,楷书精湛,可珍也,仲宣又识。

【原文出处】

成都杜甫草堂博物馆藏《岁寒堂读杜》。

【作者简介】

吴棠(1813—1876),字仲宣,号棣华,安徽盱眙人。道光二十九年(1849)以举人大挑一等,授淮安府桃园县令(今江苏泗阳县)。咸丰元年(1851)调任淮安府清河县令。十一年,以功擢江宁布政使,历任漕运总督、江苏巡抚、两广总督、闽浙总督、四川总督等职。著有《望三益斋诗文钞》、《望三益斋存稿》。

张澍《范楞阿先生〈岁寒堂读杜诗〉跋》

岁在道光辛卯四月,余来袁江,访芥航河帅,获晤嘉兴范吾山观察。梧,杰人也,以尊甫楞阿先生《岁寒堂读杜》十八卷嘱为更定,余披读再三,乃把卷而慨然也。忆当日者,破帽疲驴,荒山奔走,残杯冷炙,到处酸辛,冻雀依人,西山寇盗,拜鹃念主,北极朝廷。而衣短镵长,时多惆怅,人老律细,作有波澜。今先生读之万遍,研以十年。凿险缒幽,抉髓掐肾。神来笔下,妙到毫端。语乃惊人,句堪已疟。苦吟髭断,破卷笔神。万丈光焰,名雄李白。千秋膏馥,字掩金黄。可谓无义不搜,无庋不发,岂非注家巧匠、诗史功臣也乎!后之览者,未可忽诸。

【文献出处】

张澍《养素堂文集》卷三十四,《清代诗文集汇编》第536册,第692—693页。因与上序颇有异同,故录之备考。

一八九　李黼平《读杜韩笔记》

李云俦《跋》

杜注号千家,韩注号五百家,然纷拏支离,往往而有。绣子公此《记》二卷,独超众说,通其神恉,非惟学绝,抑亦识精也。其推阐诗法,穷其源委,尽其甘苦,学者持此,有馀师矣。原稿闶藏百年未见,光绪《嘉应州志·艺文》著录其目,注云:未见。今忽从故家得知,倘所谓精诚所至,金石为开者邪?重刊公集已竟,因并及之,以慰海内文流之望。中华民国二十三年(1934)秋,从曾孙云俦谨跋。

【版本】

1934年上海中华书局聚珍仿宋印本《读杜韩笔记》。

【作者简介】

李云俦,李黼平从曾孙,生平事迹不详。

一九〇　梁运昌《杜园说杜》

梁运昌《杜园说杜》

不阅此卷已二年，今日取视，凡所解说，自诧其可以必传。但家无藏籍，未稔诸家说有与吾说相同否也？乌乎！家门衰败，儿子不肖，孰与守吾书耶？道光五年五月十一日。

梁运昌《纪读杜诗始末》

乾隆壬子秋七月，余读礼家居，长者参选入都，呼与偕行，屡辞不获已。既应命，则简其行李，勿得携书为重累。途中愁寂不惬，窃于杭州吴山之麓，购杜诗一帙，舟车之隙，时一流览，而长者以为防执役，弗敢纵观也。九月抵都，腊底由都入黔，次年三月达贵阳。居会城五阅月，凡晨夕所晤对，皆浣花一老也。八月初，随赴长寨任所，瘴雨蛮烟之窟，月未终而疟作矣。其地无药无医，无书可借，无识丁字人。"子璋髑髅"之句，乞灵无效。而疟疠终冬春一□，若预为之兆。呻吟错楚中，手一卷于残灯畔，欹枕读之，往往漏鼓将尽始得眠。甲寅四月之杪，拮据资斧，星灵八千里，还乡应秋赋，幸而捷。冬诣公车，自是每有行，必挟以自随。即家居之日，岁亦覆阅一再过，有所得则以数语志之。积二十馀年，眉间填写殆满。嘉庆己卯冬，乃葺而录之，衰然成卷帙。庚辰春，重加芟补，更拟改名曰《杜园说杜》。中秋既尽，再易稿而成书，命曰《杜园说杜》，盖比之虞初九百之论耳。然自加勘校，仅有数处能印证杜老心事，而发前人所未发。载观旧解，或如土木偶人，毫无生气；或如满屋散钱，略少贯串。而余说筋连脉注，精神益彻，于作意作法，时有会心。订正旧说误谬，动中窾窾，倘于草堂，许忝末议耶？以是不忍覆酱瓿，辄自录写，授小儿读之。其《总论》别为一卷，附诸简末端。尚欲为《少陵年谱》，仿顾侠君《韩诗》之式，而家无《唐书》，假贷无所得，兹事尚有待也。是岁中秋八日，叔曼父灯下记。

梁运昌《杜园答问》

客问于杜园主人曰："畴昔诗人之颜其室自号也，有曰谢山者、曰江园者、曰韩园者、曰苏斋者。至陶令之门墙，依附尤众。皆所以景行前哲，沐浴流风耳。子之以杜其园也，取法乎上矣，得无崇乎？"答曰："否，否。固心向往之，而未敢浼我杜陵也。自康乐四子，咸以绝世之姿，致力于篇章，而皆有所偏，而各有所不至。后人笔墨之所流连，踪迹之所依稀，就其性之相近择焉，而得所宗，以是自号，不亦可乎？少陵之诗，其规模手段，夏王经启九道，周公建设六官也。元微之所谓'尽得古今之体势，而兼人人之所独专'，秦少游所谓'拟诸孔子集清任和之大成'者，天下后世，皆将奉为金绳玉律。余虽□杜诗之说，顾曷敢以杜私吾园哉！"客曰："嘻！然则杜子之为言也是矣，吾见子□不交当世矣，又见子杜门不通庆吊矣。近乃闻子杜门自匿，虽亲戚不得见其面矣。处泰平之世，为诗书之裔，身有列于朝，足迹不离城市，而欲为冯敬通之杜门谢客，是奚可哉？"答曰："噫！子之所责，颇实有之，然余岂得已哉！遭家道轗轲，蠖处十载馀，而夫□氏俨然人面自居，族老阳托调停之说，阴行倾陷之计，洩怨毒之私，贪妇孺金钱之雇，凭空架构，与盗贼同事邪？逼余以所不可从，虽倾余家，杀余身，弗遑恤。余是以至此极也，余岂愿绝人以自高哉！冯敬通闭关却扫，以文史自娱，而嗷啕之声日至，卒以殒欢。刘孝标所自论为同之异者，余弗获一焉。外无长须之仆，内无赤脚之婢，使十岁儿应门，而自与小女子躬掺井臼，虽有文史，亦安得而娱之！余之苦况若此，余何慕于敬通而园以杜名。"客曰："然则子之意可知也矣。思美人，怨公子，舍楚词无以矣。"答曰："客自谓得之，而犹未也。三闾大夫系心君国，有不能已于中，而又不可以出诸口者，是用荃芷蘅芜、江离杜若，托物以见志，触景而兴怀，以寄其要眇旷逸之思，故太史公曰：'离骚者，犹离忧也。'余虽悲愤填膺，推原其故，特家庭之琐事耳，奚可以与三闾大夫比耶！"客曰："虽然，子之名园，必有所取尔，可得闻欤？"余乃告之曰："昔刘彦和不云乎：'吟讽者，衔其山川；童蒙者，拾其香草。'谓夫多识名物，足为馈贫之粮也。余说杜诗既以琐议名书，则夫一知半解，自矜创获者，随所在而有。以骚人之兰杜，供后生之采掇，而不至于坊州索杜若焉。余之意若斯而已，而客拟以《离骚》，谬矣！"客曰："杜园之义，既闻命矣，请从子一游于园，以观泉石之位置。"余乃蹙然曰："嗟夫！二顷之田，贫士或不能得，而园其易得也。古人萧闲则灌园，精勤则不窥园，由是有

《小园》之赋。余也荫先人之敝庐，才半间耳。窥取之者，朝夕而聒之，使不可一日安，不得已而一身避之，假人之数弓，置琴书焉。聒之愈甚，又不得已而举家避之，税人之半亩，迁器具焉。遂空向之所谓半间以奉之，乃并所自构之一间，而亦作维鹊之巢，自是而余无尺椽寸土矣，尚何园之可云？余之园乃海旁之蜃气楼台也，子其游于无何有之乡乎！"客闻而轩渠大笑，已乃怃然蹙额以去。客既去，余遂记其问答语，以叙吾《杜园说杜》之书。是月月几望书。

梁运昌《凡例》

诗家重古体而轻近体，诗格尊五言而卑七言，杜老间以七言近体供戏笔，至于五古，则如礼法之士，冠珮端严，笑咥不苟，无疾言急辞，无懈筋怠骨，重厚有古大臣风度，故兹编于五古全录。

七言歌行，早年篇什，渊渊作金石声。太白之豪宕，子美之沉郁，皆是绝唱，其于声调，亦自二公始，然而杜最为绝调，故并论之。其遁作别调者，如畸人逸士，幅巾裹头，行步嵚崎历落，风格在疏野中居然胜流。晚年病懒，往往为短什而不修词，唯此种减十馀篇。

五律纯以意胜，无所谓练字练句者。初至成都夔峡间，往还酬赠绝少，日惟流连景物，排愁遣闷，动至数十篇，连叠观之，意不必高，语不必异，若干首外，以三百六十首为正录，馀二百首为次录，仍合为一编，而别识其甲乙次第。

七律自工部始臻绝境，蔚为大观，无格不具，无篇不佳。

吴体惟老杜独工，至晚唐皮、陆，已不能得其声调体制，徒聱牙耳。此体如毕卓醉后，泥首垆瓮间，识者知其名士。然集中亦不过数篇，后人不加分别，辄谓晚作颓唐，既非今时所尚，删之。

五排生平绝诣，故多用意之作。晚年三五篇，词华稍减，而纪律森然，亦可为后学准的，故此体全录。

五七绝共为一卷，所录不能及半，论详本卷及《杜谭》中。

外集诗，诸家所收，率皆赝鼎，其佳者不过一两首，细按之，亦皆非杜作，故悉不录，而著其说于《杜谭》中。

正集中亦间有伪作，虽前人所不道及者，而愚意有所独见，则直决其非真，诸体各僭删十数首，说见《杜谭》。

兹编有所删削者，非敢唐突前贤，实欲令篇篇精粹，皆作上乘文字。自经删录后,读者如入武库,戈矛剑戟,皆凛凛作霜雪锋铓,无一钝置之器,杜诗乃别开生面矣。若但以多文为富,则自有全集在。

诗之有解,始于廖文炳之释《唐诗鼓吹》。取八句之诗,敷衍其词句,而神理尚有未尽合者。未解则神超于象外,已解则意尽于言中,何如勿解,令读者自得之耶?唯杜诗既经妄解于前,遇有不求甚解者,必曰"应作如是解",则从此索解人不得矣。余兹编所为,不能已于言也,然亦只提阐宗旨、标明段落,使诗义明白而已。若揣影听声,描头画角,仍于词意无少增减,是不可以已乎?又若节外生枝,悬空造说,则非余之所敢出也。惟其会心之处,有可以与诗义相发明者,与前人相质证,此则畅论之。

读杜诗,但涵泳句义,理会真切,诗指既明,史事自来凑合。从前注家,每指定一事,而屈揉杜诗以强合之,故往往穿凿附会,兹编一举而空之,而诗义亦未尝不明。惟于本人事实,间标一二语,要必切实不误,无敢作影响语。

是编始从事于己卯(嘉庆二十四年,1819)夏月,至庚辰(1820)春暮而脱稿。是岁端午,稿凡再易,孤愤盈怀,长年不寐,寒窗漏尽,炉火无温,挑灯作急就章,不觉曙光之射入,斯时殆弗能自罢,虽病体亦忘其劬,一阁笔而呻吟之声作矣。穷愁著书,余姑援此例以自慰焉。编仍分体之旧,胪为五言古诗七卷,七言歌行二卷,五言近体五卷,七言近体二卷,五言排律三卷,七言附焉,五七言绝句共一卷。杜谭百一二卷,叙例、题辞、目录共一卷,附批摘赝诗一卷。总共二十四卷,合录各体诗共一千二百八十首;其未录者,并别去赝作,尚一百一十三首。

嘉庆二十有五年岁次庚辰端阳叔曼父书于秋竹山斋,道光五年乙酉岁六月重录五古、五七律十三卷,颇有更定。是岁中秋续录七古、绝句皆毕,惟排律未录,望日记。重阳前一日录排律竟,于是二十四卷皆备。

梁运昌《题杜工部诗集后十二绝句》

花鸟春愁兴每牵,老来漫与有清篇。今人不省皆吴体,漫道颓唐近暮年。注:在夔州府多此体诗,而在题下各自注一首为例,七言则《愁》诗,五言则《俳谐体》亦是也。

异俗篇宁比兴乖,犹言此体是俳谐。若教长庆编中写,已校巫占病赛佳。注:元微之句:"病赛巫称鬼,巫占瓦代龟",即杜诗所咏"家家养乌鬼"、"瓦卜传神语"二事也。

寻常染翰欲无聊,尚觉高岑去未遥。忧国忧民初郁结,斑斑血泪洒鲛绡。

储王五字擅风流，此老清词竟不侔。史骨骚情庄气脉，雄文何事费雕锼。

漫道流离得好诗，从来忠孝是天资。渔阳鼙鼓无因动，独就溪翁一段奇。注：白乐天《题李杜集后》句云："不得高官职，仍逢苦乱离。"又云："天意君须会，人间要好诗。"韩退之《调张籍》篇亦有此意。

任华双许寿千龄，韩愈同夸索六丁。论定自闻元白语，始知李杜不齐名。注：元微之有李杜优劣论，白乐天云："杜诗贯穿古今，尽美尽善，太白不能及也。"

要取卢王作正风，漫将绝调枉推崇。岂知非古非今语，已与黄初正始同。注：《曲江三首》句云："即事非今亦非古"，盖自言其诗体，即元微之所谓"当时语"也，解者多误。

怜渠语直道当时，元相心源只独知。犹向草堂求韵调，可知断句不相宜。注：元微之(应为遗山)《论诗绝句》："杜甫天才颇绝伦，每逢诗句似情亲。怜渠直道当时语，不著心源傍古人。"大历、贞元以后，如韩退之、元微之、杜牧之所作绝句，皆宗工部体，龙标、供奉之响微矣。

早年曾作白丝行，新句桃枝晚更成。谁信少陵出馀绪，已堪陶铸玉溪生。注：杜四六句，亦在义山之上。

纤秾不契美人心，标向诗题即戏吟。却被东坡知此意，曲终奏雅是元音。注：杜每涉艳语，则题中必著一"戏"字，东坡暗识此意，故其所作艳诗篇末，必以庄语压之，题《芙蓉诗序》云："亦曲终奏雅之义也。"

逸诗真赝识无难，一字吟来每未安。铁石可能充逸少，被他妆点遂成瘢。注：集外逸诗，必有一二字不可解处，详具余《杜谭》中。

包罗自昔诗称史，穿凿如今史解诗。领取古人心印在，骊黄略尽得权奇。注：钱氏《杜诗笺》援引史事，最为穿凿。

嘉庆戊寅正月病中作，江田田父叔曼父脱稿。

【版本】

书目文献出版社1995年影印稿本《杜园说杜》。

【作者简介】

梁运昌(1771—1827)，初名雷，字慎中，一字曼云，又字叔曼，成进士后改名运昌，晚号江田田父，长乐(今属福建)人。为梁章钜堂兄。乾隆五十九年，与兄际昌、从弟章钜同中乡举。嘉庆四年(1799)成进士，入翰林，是年秋开实录馆，座主朱珪领其事，择儒臣二十八人奏为纂修，运昌以新庶常获与兹选。散馆授编修。后归里，旋丁内忧，又因体弱多病，遂不复出，闭门读书,谢绝人事。著有《秋竹斋诗存》、《秋竹斋别集》、《葵外山房縢稿》、《陈氏古音考订》、《读诗考韵新谱》、《四书偶识》、《史汉眉评》、《说文小笺》、《难经发明》、《两汉魏晋宋齐诗式》、《全唐诗随笔》、《唐诗风格集》、《阳春白雪集》、《杜韩诗细》、《苏诗抄》、《劳薪集》等。

陈衍《杜园说杜平议》

秋竹斋主人梁运昌,初名雷,字曼云,又号江田,吾乡长乐茝邻先生之从兄。嘉庆己未科进士,官翰林院编修。著有《杜园说杜》十大册,生平精力,殚于此书。其考订事实,实有见人所未见者。十大册中,五古分为七卷,七古分为二卷,五律分五卷,七律分二卷,五言排律分三卷,七言排律五首附,五七言绝句合一卷,附录《杜谭》上、下二卷,批摘赝诗一卷,附未录诗,年表、叙例、目录、题辞合一卷,共二十四卷,皆手自写定,有自题跋,极其自负。其凡例大略如下(此书未有刻本,亦无副本),衍识。(叶长青案:原书现藏陈弢庵太傅处。)

【原文出处】

钱仲联编校《陈衍诗论合集》,福建人民出版社1999年,第979页。

梁鸿志《跋》

《杜园说杜》二十四卷,先曾伯祖曼云公遗著也。公学问行谊及所著书目,具详退庵公所为传。传言身后著述,藏其婿何胦薖孝廉家。今事阅百年,无可考矣。同县谢枚如先生得其所著《说文小笺》稿本二十篇,尝录《总目提要》于《课馀续录》中。谢先生即世逾三十年,藏书散佚,稿本不知流落何所。此书旧为陈大弥孝廉所藏,大弥以之质钱陈弢庵先生家。先生子儿士持以遗予者也。全稿首尾二十馀万言,皆公手书而自加点勘者,故无一字讹误。老辈著书之苦,用力之勤,可为师法。至于讲解详明,考证精确,有迥非钱牧斋、仇沧柱所能及者。公自谓老杜功臣,殆非夸语矣。共和二十五年丙子春,梁鸿志谨记。

【原文出处】

《艺文杂志》1936年第一卷第二期。

【作者简介】

梁鸿志,梁运昌族孙,生平事迹不详。

一九一　卢坤《杜工部集》（五家评本）

卢坤《自序》

览泰华之胜者,随其所造而咸有所得,无取乎从同也;涉沧溟之远者,恣其所游而皆有所遇,不必其合一也。迁之史,或以为洁,或以为愤,其不祧如故也。长卿之赋,右军之书,流别者代有其人,其波澜莫二也。诗至少陵极矣,然而言人人殊。余藏有五家合评《杜集》二十卷,编次完善,汇五家所评,别以五色笔,炳炳烺烺,列眉可数。譬诸五声异器而皆适于耳,五味异和而各餍于口,自成一家,聚为众妙,公诸艺苑,得非读者一大快欤！昔宋潜溪以刘辰翁评杜为梦语,是数家者,皆海内夙称诗宗,当不及是。而读杜者因五家以求津途,则此中自有指南,无虞目迷五色矣。昌黎云:"学焉而得其性之所近",是集之刻,义取于斯。若夫少陵之墙宇峻深,千门万户,谓五家所评足以尽之也,夫岂其然！

道光甲午季冬,涿州卢坤序。

【版本】

清道光十四年(1834)涿州卢氏芸叶庵刻五色套印本《杜工部集》。

【作者简介】

卢坤(1772—1835),字静之,号厚山,涿州(今属河北)人。嘉庆四年(1799)进士,改翰林院庶吉士。历任广西、陕西、山东、山西、广东、江苏巡抚,升湖广、两广总督。卒谥文肃,赠太子太师、兵部尚书。辑有《杜工部集》二十卷。生平事迹见《清史稿·列传一六六》、《国朝耆献类徵》卷一九八。

一九二　俞玚原评、张学仁参定《杜诗律》

张学仁《凡例》

作诗之旨,当讲求气骨神韵,尤欲先讲诗律。作诗无律,纵极雕琢,亦是有句无篇。惟杜公才力极大,格律复极细,一篇有一篇之律,即数篇、十数篇连作,无不脉络贯通,确凿可指。标之曰"杜诗律",是学诗者第一津梁。

黄山谷曰："喜穿凿者，弃其大旨，取其发兴，以为物物皆有所托，如世间隐语，则诗扫地矣。"谢茂秦曰："诗有可解、不可解、不必解，若水月镜花，勿泥其迹。"予于诸家说诗，必取其实有见解者，至一切牵涉傅会之词，概屏弗录。

古人作诗，最重制题。长题至数十字，诗中必一一醒出。其一二字题，亦必切定题意发挥。如"喜雨"之"喜"字，"重过"之"重"字，务使须眉毕现，断不能移入他首，方信古人制题之妙。

杜诗无字无来历，然自钱笺、朱鹤龄注杜出，考据大备。诗中所用实典，概不笺注。至字之异同、韵之平仄，亦从简略。惟于法律是求，庶几精神毕出，耳目一新。俞犀月注杜本，细心体会，脉络分明，最称善本。其原评冠以"评云"，不敢掠美。至俞注剩义，参以各家可采之说，间出鄙见，妄为论断，冠以"参云"，以示区别。

长篇段落，悉参各家善本，求其至当。圈点则各家多不载，但选本不能无圈点，悉凭鄙见，细为标出。

杜诗共一千四百四十七篇，今选五百七十篇。上乘之作，题首冠以三圈，次二圈，次一圈。诗中主句，另加尖圈，开卷即一览瞭然。

千家注杜后，国朝更名流辈出。钱、朱两家，考据已极详明。其外若卢元昌之《杜阐》、张远之《会粹》、顾宸之《律注》、吴见思之《论文》、黄生之《杜说》、张潜（应作"溍"）之《杜解》、李长祚（应作"祥"）之《评注》、朱瀚之《七律解意》、陈廷敬之《律笺》、洪仲之《律注》、周篆之《新注》、全大镛之《汇解》、卢世㴶之《胥钞》、申涵光之《说杜》、沈德潜之《别裁集》，以及顾炎武、计东、陶开虞、潘鸿、慈水姜氏，各有所长。至仇沧柱《详注》，汇录既详，论诗复细。他若吴瞻泰之《提要》，去取殊未允洽。浦起龙之《心解》，意见不无偏执。要皆讲求法律，可与拙选互相发明。

兹编原本俞注，参以各家，考同证异，两历寒暑，功方告竣。予向年辑《京江耆旧集》，近刻《京江七子诗钞》，要皆一手选录，功无旁贷。今成此书，惟与家弟孝叔学仲参酌，后之览者，知于此中甘苦，未敢掉以轻心。至管窥之见，未尽允洽，尚祈同志诸君子匡其不逮。

张学仁《叙》

世之注杜者，序年谱则详分少壮，辨游迹则博考舆图，徵故实则广搜史册,甚则私心改窜臆测于一字一句之间,惜乎!其未知律也。今夫乐必有律也,而后清浊高下,和之而成声。兵必有律也,而后军旅什伍,运之而不乱。况乎萃一生之精力,用之五七字中,冀其成家,而乃东涂西抹,茫无纪律,其不至游骑无归者盖尠。诗学至唐极盛,然开、宝以前,格律皆严,不独高、岑、王、孟诸家恪守矩矱,即太白天资超妙,肆其才力,几于浩衍汗漫,莫测其端倪,乃取集中名作读之,其中起伏照应,若草蛇灰线,隐隐可寻。大历以后,佳者尚有法律,其次则一诗已分两截。晚唐专讲琢句,八句律诗,打成四橛,诗律废,诗学坏矣。千古集诗学之大成者,专推工部。上承汉魏齐梁之绪,下开宋元明各派,无美不臻,无法不备,而律为尤细。古体、近体,阳开阴阖,脉络分明。甚至长排百韵,其气体浑融,其针线仍细密。正如韩信将兵,多多益善,师旷审乐,能吹律而知南风,后有作者,弗可及已。仁少学诗,止爱绣绘雕琢之文。出从贤豪长者游,始知讲求气骨神韵。五十后,馆扬州包氏家,得俞犀月先生本,不笺故实,专以文律求之,无不脉络贯通,精神焕发,为注杜最善本。数年来钞录两过,入之愈深。今予发已种种矣,奉母家居,长夏无事,爰兼采诸家,参以己意,互为发明,名之曰"杜诗律"。几于千家注杜外,独得要领。工部诗云:"晚节渐于诗律细",然公少壮所作,已极精严,悔予少年之不知诗律也,愿公诸同志,俾后来者知诗律之是求,庶几可与读杜也夫。

道光辛卯十月之望,寄查老人张学仁自叙。

【版本】

成都杜甫草堂博物馆藏清道光十六年(1836)怀风草阁刊本。

【作者简介】

张学仁,字也愚、冶虞,号寄槎(查),丹徒(今属江苏镇江)人。年二十二以词赋受知于沈初学使,旋食饩。尝游天台,拓其诗境。嘉庆十二年(1807)举人,选教谕,以母老告养,馆扬州。积二十馀年之力,搜罗本郡遗稿六百五十七家,选定为《京江耆旧集》十三卷,于嘉庆二十三年刊行。又增订《杜诗律》七卷,为其辑俞玚杜诗评语而成。曾与吴朴庄、应让、鲍文逵、顾鹤庆、钱之鼎、王豫联七子诗社,辑《京江七子诗钞》行世。性纯厚,诗初学中晚唐,既趋博厚,晚年专论法律。母享寿九十馀,服阕,授安徽宣城训导,卒于官。著有《青苔馆集》。生平事迹详《(光绪)丹徒县志·文苑传》。

一九三　何桂清《使粤吟》

张维屏《何根云太仆使粤吟序》

太仆何根云先生典试来粤，撤棘后枉过，出集杜诗三卷见示，屏受而读之，叹为前此集杜者所未有也。集杜以文文山为最著，然文山集杜，有五言无七言，且篇虽二百之多，诗皆两韵而止。自宋迄今为此者，殆未易更仆数，然大都咏怀寓感，虽有题，实无题。题宽则易于取句，事广则易于成篇，若是故集杜不难也。先生之集杜则不然，诗必有题，题必有事，因题选句，句必切题；因事遣辞，辞必切事。是盖平日读杜诗，早与老杜心心相印，故能温故知新，食古而化，左宜右有，资深逢原。觉从前集杜皆易，是编集杜独难；从前集杜皆因，是编集杜若创。且因是编愈见杜诗大无不该，细无不贯。方诸江河，波澜不竭；譬之日月，光景常新。古书皆然，奚独杜集！然则先生每读一书，必能与古人心心相印，皆有温故知新、资深逢原之乐，固可即集杜一端而类推之。

【版本】
有清道光二十四年(1844)刻本，未见。

【原文出处】
张维屏《松心文钞》卷四，《清代诗文集汇编》第533册，第452页。

【作者简介】
张维屏(1780—1859)，字子树，号南山，别号松心子，晚号珠海老渔，广东番禺人。嘉庆九年(1804)中举，二十二年会试大挑一等，选临高县教谕，未就。道光二年(1822)中进士，朝考入选，以知县用。后累官至吉安府通判，南昌府知府。与黄培芳、谭敬昭并称"粤东三子"。著有《听松庐诗钞》十六卷、《松心诗集》二十九卷、《松心文钞》十卷等，辑有《国朝诗人徵略》。

一九四　许瀚《病手集杜》

吴仲怿《许先生病手集杜册书后》

右杜古体诗,共六十三页,五古四十首,七古五十五首,印林师癸子成,病中默书者也。自记云:"五言诗四十首,同治二年秋九月二十一日默写讫。七言诗五十五首,同治二年十月十八日默写讫。"诗后手录吴、钱二家评(以下文字漫漶,不可卒读)。

【版本】
国家图书馆藏许瀚稿本《病手集杜》。

【作者简介】
吴重熹(1838—1918),字仲怡,又作仲饴、仲怿,号蓼舸、石莲,别署石莲老人,海丰(今山东无棣县)人,吴式芬子。举人出身,光绪二十六年(1900)由江安粮道升福建按察使,次年调江宁布政使。后历任仓场侍郎、江西巡抚、邮传部左右侍郎、河南巡抚等职。与其父式芬累代藏书甚富,颇多善本,藏书处名石莲轩。

傅增湘《许印林先生病手集杜一册》

此印林病中默写杜诗。凡五言四十首,同治二年秋九月廿一日默讫;七言五十五首,同治二年十月十八日默讫。诗后录钱、吴二家评语,或兼录他家而后加案语。其"病手集杜"四字,先生所自题也。吴仲怿题记其后。(乙亥)

【原文出处】
傅增湘《藏园群书经眼录》卷十二《集部一·唐五代别集类》,中华书局2009年,第862页。

【作者简介】
傅增湘(1872—1950),字沅叔,号藏园老人,四川江安县人。现当代著名藏书家,著有《藏园群书经眼录》、《藏园群书题记》、《海源阁藏书纪要》等。

一九五　顾淳庆《杜诗注解节钞》

吴士鉴《序》

自徐众、何琦撰《三国志评》，实为史评之滥觞，厥后刘勰有《文心雕龙》之作，则诗文评之总龟也。唐宋以还，以杜文贞为诗家不祧之祖，于是专集始有评注。宋郭志达首编《九家集注杜诗》，徐居仁《集千家注杜诗》，黄鹤复补注之，元高楚芳所编亦曰《集千家注》，皆于考证事实之外，阑入评语，此注家之创例也。至国朝仇沧柱作《杜诗详注》，杨西飪作《杜诗镜铨》，为二百年来最善之本，力辟伪注，芟汰谬评，所采以朱长孺、何义门为精核。于经史训诂、地理职官，亦考订详实，而廓清刊落之切，突过前人，后有继者，莫能及也。越中顾郑乡先生通经嗜古，为阮文达高第弟子，同修《经籍籑诂》，校正宋拓石鼓，乾、嘉经生，允推宏硕。先生于杜陵之诗，致力尤深，手选精钞，蔚成二册。凡国初名家评语，甄综谨严，以阮亭、竹垞、天生、他山、庆百、星岁、子柔诸老为最夥。盖在仇、杨两家之外。别树一帜。是真能集古今之大成者，世之治杜诗者，当奉为埻的焉。先生曾孙鼎梅主政，宝藏墨迹，世守勿替，顷付摄印，公诸斯世。士鉴受而读之，深叹先生之学，以治经治史者，更以专治一家之诗。此毕灵岩所谓风雅夐绝，迷途未远，探浣花之门户，俾端趋向而识指归，为后学示以津逮也。士鉴于先生此书，亦犹是毕公之所云尔。丁卯仲冬朔，吴士鉴拜序。

诸宗元《杜诗注解节钞跋》

鹤巢先生手写《杜诗注解节钞》凡甲、乙二册，所据之书，为张上若先生读书堂本也。吾友顾兄鼎梅，重念祖泽，举付景印，存真不渝，世当宝之。在昔学人，得书不易，其所传习，多出手写，既有版刻，此风寖衰。然劬学之彦，晨钞暝写，未尝以阛市可求，夺其微尚也。先生独嗜杜诗，别为最录，盖其方宦秦中，复值海内俶扰之际，怆时愍乱，故托兴焉。然自先生即世，行且百年，藏椠之书，墨帧如昔。且一编仅存，又值秦中被兵之后，则先生之学泽被于后昆，诚有赖于鼎梅尊守而弗堕也。先生与何蝯叟同时，论交至久，乃其书法不囿于当时之风尚，此可窥先生之学矣。

民国纪元第一丁卯,诸宗元书跋。

【版本】

上海科学仪器馆1927年顾鼎梅影印本《杜诗注解节钞》。

【作者简介】

诸宗元(1875—1932),字贞壮,一字真长,别署迦持,晚号大至,浙江绍兴人。光绪二十九年(1903)举人,官直隶知州、湖北黄州知府等。民国时曾加入同盟会,入"南社"。著名藏书家、书画家。著有《大至阁诗稿》、《病起楼诗》、《吾暇堂类稿》、《篋书别录》等。

一九六　鲁一同《鲁通甫读书记》

段朝端《序》

评杜诗者,无虑数十家。大都尊之过高,索之过深,非固则妄。雍、乾以来,浦氏《读杜心解》风行一时,中多独到之处,而穿凿附会在所不免,且多以时文法律之。通甫先生病其贻误后学也,爰就杜集精选细批,于篇中筋脉、采色、声情、气韵以及章法、句法、字法,大醇小疵,一一指出。或就地生情,或按时立论,或切人著想,以意逆志,务得其命意之所在,一洗浦氏支离拘泥之习。尝谓少陵诗夹叙夹议,直是一则散文;又谓古律、律古二体有别,皆前人所未发,得力尤在熟复深思。董遇云:"读书百遍,其义自见。"先生于沈壮横厉之作,则击节高歌;于精深华妙之作,则慢声徐度。迨至兴会充满,口角流沫,实有鬼神来告之乐。塞者以通,晦者以明,关节尽解,则不知手之舞之,足之蹈之。庄子所谓"指与物化,不以心稽","用志不纷,乃凝于神",非真积日久,未易臻斯境地也。蒙谓不第为读杜诗之法,凡读一切书暨快心之诗若文,俱宜如此。乡里后进,恒假过录潘、吴两家,与先生渊源沆瀣,臧本互有详略。温叟参合各本,仿何氏《读书记》例,撮其评语,别为此编。先生文孙志刚逐写一本,悉心校勘,将以俟好事者之板行。方今世变日烈,如温叟之导扬诗教,志刚之表章祖德,俱可嘉尚,不揣梼昧,僭为弁首,其惭汗为何如耶!

戊午如月,淮安段朝端,时年七十有六。

鲁一同《识》

吾评无定则,意有所得,杂乱书之。其点化筋节处,亦有前人未阐之秘,或加深思,遂开奥窦。但吟讽百过,自有鬼神来贶耳。浦氏读书何尝不细心,只是眭盯太过,如刻舟求剑。庄子曰:"吾以神遇,不以目视。"读杜者不可不知此言。三圈夹圈为上选,单圈为中选,单点为下选。通甫识。

吴浤《跋》

右先丈鲁通甫先生评《读杜心解》若干则,通家子吴浤所编,计家藏浦氏刊本凡两本:一先子手摹,评语稍有删节,末四五卷未竟,他人所补,无删节也。一先兄用晦讳焱手摹,乃足本也。先子摹本,贵池刘君龙慧曾假两本,且夸于桐城马君通伯。余旅都门时,有愿以毕昇板印行者。通伯代假迻写,不敢以先子摹本往,以先兄摹本往。已而不能如约,通伯留用手摹,猝未见还,无以应人之求。适余与兄子其稑有同编潘、鲁、高三先生《读书记》之志,余遂任此。闻淮安潘氏所摹,号称最详,乃假来,与先子摹本对勘,摘录排次,勒为此编。始十月二十二日,讫十一月十七日。既毕,乃书其后曰:此编例视蒋维钧编《何义门读书记》,而以选目散见篇中;视王拯编《归方评点史记合笔》,而逸其句中圈点。盖愚以为通丈之于杜集,去取具有别裁,若遗其目,则丈之旨趣不出矣。所有圈点与评语,每不相应,良以晚年定论,寔惟庚申、辛酉两年。早虽圈点,殆不复涂抹,若漫存之,恐亦非丈之本意也。初拟悉依潘本,继乃从蒋维钧《何记》凡例所云"有前后各殊者,识随年进,故所采从后为多"之说。大略敬遵先子节本,他人所补,间亦有乙去者。惟鲰生浅见,妄事忖度,不审与前哲微旨有万一之偶合否也?潘摹本有廉亭丈评语,与浦氏注、鲁丈评足相发明,谨别录附后。覆审既竟,将命故人书之,以供好学者展转流传。倘有好事者睹此编较全帙轻简,通伯印行之初心,或亦雠耳。颇虑后来不察此编与诸家摹本详略互异之故,爰觑言之,然不暇俟先兄摹本归来互斠矣。廉亭丈,讳亮彝,养一仲子。丁巳十一月十八日,浤敬识于云依斐室。

【版本】

山东大学儒学高等研究院藏清咸丰间抄本《鲁通甫读书记》。

【作者简介】

段朝端(1844—1925)，字笏林，晚号蔗叟，淮安人。十四岁入县学，科试补廪，然乡试辄下第。光绪五年(1879)报捐试用训导，署仪徵教谕、甘泉训导、兴化教谕、海州学正、仪徵训导等。一生课读，从事淮安地方文献资料搜集、整理、研究工作，是《楚州丛书》的主要撰述人和资料提供者。曾应聘《江苏通志》分纂、《淮安府志》分纂、《续纂山阳县志》总纂。著有《椿花阁诗集》八卷、《椿花阁文集》四卷、《椿花阁随笔》四卷、《续笔》四卷、《楚台闻见录》四卷、《淮人书目小传》一卷、《跰蹃馀话》六卷、《跰蹃馀话之馀》四卷、《蹄涔小识》二卷、《凤凰村笔丛》二十卷、《淮著收藏记》、《叶打庵随笔》、《巴人谈》、《半人琐记》等。

鲁一同(1804—1863)，字兰岑，一字通甫，一作"通父"。原籍山阳(今江苏淮安)，至一同始迁清河(今江苏淮阴)。年十七补博士弟子员，次年举副贡生，道光十五年(1835)举人。曾主讲云龙书院。再试不第，虽绝意仕进，益精研文章，博览群书。著有《鲁一同诗文集》十二卷、《右军年谱》二卷、《白耷山人年谱》一卷、《通甫类稿》及《邳州志》、《清河县志》等。事迹详《清史稿·文苑传三》、《清史列传·文苑传四》、方宗诚《鲁通甫传》(《柏堂集续编》卷一二)、吴昆田《鲁通甫传》、汤纪尚《鲁通甫先生传》(《续碑传集》卷七九)。

吴涑(1866—1920)，字温叟，又字白石，号击存，室名抑抑堂，清河(今江苏淮阴)人。昆田子，诸生。师事鲁黄(鲁一同子)、张兆麟等，受古文法，因得备闻鲁一同、孔继镠为文绪论。民国初，为众议院议员。曾至广州，参与护法。著有《抑抑堂集》十五卷。

一九七 徐恕过录鲁一同批点《读杜心解》

徐恕《题识》

从谢研縠借所钞鲁通甫评语，迻录未竟，为索回。研縠殁后，其本不知入何人手，后之人傥见鲁评别写本，补完之，亦一墨汁因缘也。丙申暮春三日彊誃记。

【版本】

湖北省图书馆藏清徐恕过录鲁一同批点《读杜心解》，清雍正二年至三年浦氏宁我斋刻本。

【作者简介】

徐恕(1890—1959),字行可,一字可行,号彊诙、强诙,室号知论物斋、箕志堂、藏棱庵,湖北武昌(今武汉)人,近代藏书家。1907年曾游学日本,归国后绝意仕途,以读书聚书为乐,所藏多至近十万册。

一九八　潘树棠《杜律正蒙》

章倬标《序》

昔岳虎臣谓杜少陵以魁杰之才,摅蕴愤之气,挥斥百代,包举众家。集中七律,谢肤泽而敦骨力,厌排俪而尚矜奇,势取矫历,意主朴真。所以评论杜律者,可谓能得其要。然因其长律之变调,而以为沈著有馀,流逸不足,则大不然。夫少陵之律,复绝古今,不拘拘于法律,亦不越乎法律之外。范元实谓其广集大成,王敬美谓其深雄秀丽,黄白山谓其用意深,取境远,制格奇,出语厚。则知杜律之在集中,犹五岳合泰岱以争高,四渎取江淮以成大,读七律可以悟五律,读律诗可以悟全诗也。宋元以来,注杜律者,更仆难数。其专解七律,如《本义》、《演义》、《意笺》、《虞注》、《解意》等部,类有成书,然详略互见,或未尽少陵之奥蕴。丽州憩南潘先生,余知交也,沈静渊默,博极群书,经学外,兼工诗律。自余备员燕北,出守闽南,蓬勃淄尘,未获借斋头片席询叙寒暄,盖二十五年于兹矣。去秋,次儿德藻登贤书,先生驰函来贺,谆谆以行善不怠相劝勉,并贻诗二首。其辞敦厚和平,流出胸次,自成矩镬,而悉泯其斧凿之痕,殆杜律之嗣音欤?旋索其近作,承寄《杜律正蒙》二卷,则得诸兵燹之馀者也。翻阅再四,见其删芜汰冗,详而不琐,简而能赅,而每首总评中,复分格以挈其纲,释句以疏其意,爬罗搜抉,无楦酿丛脞之病,盖非徒说补扶桑,讹刊赤甲,于谬误多所订正,而显微阐幽,能使少陵意中之言,言外之意,纤悉毕露,不啻亲陪杖履于花溪草阁之间。然则是书一出,较诸岳、范、王、黄诸公,其诠注益赡且明,其评语益精且密,不诚为后学之津梁、发蒙之宝筏乎哉!泥鸿远隔,惜不得先生之稿而尽梓之,特持此编以先付剞劂。吾知读杜律者当争奉为金针之度,而先生之淹雅博恰,亦由是可借窥一斑也。梓成,为书其缘起如此。

时同治八年(1869)岁次己巳瓜月山瀚,金华章倬标序于武荣郡署之随鹤轩。

潘树棠《自序》

　　少陵诗,以大家鸣于时久矣。笺释甚夥,评注甚繁,有谓之集大成者,有谓之如化工者,有谓之发敛抑扬、无施不可者。余提其要,惟曰"诚"。君子修辞立其诚,故能参列天地,昭察民物,兼古今而有之。少陵生于奉天,显于天宝,居官无几,不得有为,其间坎坷备尝,未可殚述,而忠孝本怀、家国大计,以真诚著为咏歌,其亦如《三百篇》圣贤发愤之所为欤!集中所著古体歌行尚矣,如近体,则前明王太史元美所云"少陵诗格变化,极于近体"是也。顾近体变化,词旨精深,比兴寓言,寻绎未易。余乃为之条其格律,校其注释,是者宗之,非者汰之,疑似者参酌而订正之,先约七言长律,惟删《赤甲》一首,名之曰《杜律正蒙》。盖以少陵诗注,非止一家,欲学者知所统汇也。然则学之如何?亦曰"立其诚"而已矣。

　　道光二十有三年(1843)岁在癸卯阳月既望,憩南潘树棠自序于寻乐轩之东窗下。

章德藻《跋》

　　《杜律正蒙》二卷,吾师潘憩南先生所辑注也。师资禀颖异,读书过目不忘,尝从其族祖借《太平御览》归,阅廿馀日送还,族祖疑未卒业,诘之,则背诵无遗,叹曰:"裴士正十行俱下,苏廷硕一览千言,今复见之子矣!"自是俾尽阅家藏书,盖十数万卷云。性尤笃于伦理,事继母以孝闻,家虽贫,非其义一介不取。与家君往来手札,赠贻官箴,无少间。岁庚申,延师课德藻及弟德华读,每日鸡鸣而起,危坐斋中,不苟言笑,见者莫不肃然起敬,而即之又蔼然可亲,讲说经义,娓娓不倦。昔人谓经师易遇,人师难遭,若师者可谓兼之矣。师年十五补博士弟子员,弱冠后饩于庠,每试辄以经解冠一军。其为文高古奥衍,不屑效时世妆,虽屡蹶于秋闱,而处之坦然,毋介意。咸丰辛酉,始受知于学使张星白先生,以选拔生贡于朝,然是时师年已逾艾矣。星白先生每语人曰:"吾于金华得一老名士,此行为不虚耳。"左宫保抚浙,闻师名,以孝廉方正特奏,师辞不获,终亦弗就也。生平纂述甚多,俱毁于兵燹,惟是编独存。德藻久隔程门,未及尽窥秘旨,今得《杜律》一书,庄诵之,不啻趋承绛帐、恭聆提命时矣。兹家君捐廉,为梓是书,爰谨识数语于后,以表高山景行之意云尔。

受业章德藻谨跋。

潘树棠《例言》

一、此编为养蒙起见,故标其格法,俾知此中命意,纵横伸缩,一气相生,至神而明之,不拘成格,是在知者。

一、此编不及五七古,以童蒙学诗,当从律诗入手,故约以七律,而五律皆可从此得其意。

一、此编采茸诸家评注,求其与诗意合者录之,以杜公本忠爱,发而为诗,蔼然有《三百篇》温厚之遗。

一、此编总评,每篇皆附以鄙见,或用"按"字以别之;或鄙见未尽,再用"按"字;其间或参列诸家者,所有鄙见,亦间用"又按"字。

一、此编以杨西禾《镜铨》本为主,此本汇辑甚备,简易的当,小注总评,悉多因之。

一、此编管窥所及,不无纰缪,不的之处,幸祈博识者匡所不逮。

一、此编非敢持以问世,但蒙诸知友许可,谓与杜公诗意并作法有一二合者,姑存此以备愚人之一得云。

【版本】

清同治八年(1869)永康寻乐轩刻本《杜律正蒙》。

【作者简介】

章倬标,字果堂,浙江金华人。道光二十七年进士,咸丰三年九月,由礼部主事入直,后官福建候补道、泉州知府、陕西道监察御史等职。

潘树棠(1813—1891后)字憩南,永康(今属浙江)人。十五岁补博士弟子员。咸丰十一年(1861)拔贡生。同治间,由拔贡举孝廉方正。光绪十四年(1888)特赏内阁中书七品衔。光绪间曾参与修撰《永康县志》。著有《中庸引悟》、《山瓢集》、《杜律正蒙》二卷等。据《(光绪)永康县志》载,尚撰有《节烈吴绛雪别传》、《永宁即永康考辨》等文。

章德藻(1848—?),字迈琼,号端甫,金华人。倬标子,潘树棠门生,以县学生充国史馆誊录,议叙知县。据《明清进士题名碑录》,中同治十三年(1874)甲戌科进士,签分兵部武选司主事。

一九九　席树馨《杜诗培风读本》

吴棠《重刻杜诗镜铨序》

　　《杜诗镜铨》二十卷，杨西禾先生撮各家笺注，爬罗抉剔而得所折衷，俾杜公惓惓忠爱之隐，节解章疏，洗发呈露。秋帆尚书以为少陵功臣，洵非虚语。余诵之，心折久矣。戊辰，奉命承乏两川。公馀之暇，过城南草堂，瞻拜遗像，慨想风流，恍一一于诗遇之。今年春，校刊"四史"蒇事，念东南兵燹以后，公集板毁无存。爰觅善本付梓，并取张上若先生《工部文集注解》二卷附后。读诗者息众说之纷拏，仰光焰之万丈，而杜公真切深厚之旨，盖昭然若揭焉。工既竣，遂以是书藏之草堂，用广流传。并集公"吏情更觉沧洲远"、"诗卷长留天地间"二语为联，悬庑下以志钦企云。

　　同治十一年壬申六月，头品顶戴总制四川使者盱眙吴棠序。

席树馨《杜诗培风序》

　　诗之有注，莫盛于杜，而注之穿凿附会，亦莫甚于杜，前人论之详矣。其尤所当辨者，杜以忠爱君国之心，值迁徙流离之日，目之所见，耳之所闻，身之所履，不能已已，辄于歌咏发之。要之，皆衷赤也。而解者深文曲说，竟等于讪诽刻覆之所为，与夫山水之宴游、友朋之赠答，亦或因诗之一句一字而指为刺某人、讥某事，尤多鄙夷菲薄之意。噫！此岂温柔敦厚旨耶？夫忧危之与愤讦，规箴之与轻诮，相异霄壤冰炭，而相别只在几希。后生末学，鲜所折衷，震其学博望重，或喜其领异标新，转相传述，沦浃肺腑，其关于人心淳浇之界者，正匪浅鲜。馨窃尝疑之，而学识疏短，未敢决其然否。兹蒙制君仲宣先生赐以《杜诗镜铨》全集，因取素所蓄疑者检阅之，其廓清之功甚大。所收者精当妥协，字疏句释，详而不滥，洵杜集第一善本也。惟全集自宜乎编年，而读本则便于分体，乃仿《读杜心解》，按体分编，而前后仍准年谱，十取三四，为初学计，便诵习也。

　　光绪元年桂月望日，妫川席树馨序于羡邑试院之虚白书室。

【版本】

清光绪元年（1875）四川刻本《杜诗培风读本》。

【作者简介】

席树馨，《杜集书目提要》失考，《杜集书录》将著者误作"叶树馨"，称"始末待考"。据考，树馨，字枝山，又字鹤如，怀来（今属河北）人。道光十七年（1837）拔贡，咸丰三年（1853）进士，历任四川长宁知县。在任修书院，设文学，请名师，教士子，人文俱兴，为诸邑之冠。著有《代笺录》、《古文文笔》、《金丹选注》。曾校录《杜解通元》四卷，辑有《杜诗培风读本》。生平事迹见于煤村、王崇玉编《怀来县志译》卷十二《人物》、卷十三《科第》（河北省怀来县档案馆1984年12月内部发行）。

二〇〇　董文涣《杜诗字评》

董文涣《引》

诗以俪事为工，用字为上。少陵诗句，字字有来历，良由书破万卷，取多用宏，故能茹古涵今，千变万汇，非反复沈潜，未易涯涘。宋后注杜，名曰千家。近时评本，传布尤夥。繁称远引，务博矜奇，奥义微词，诸多阐发，而炼字锤句，略焉弗详。尝欲采辑诸家，删繁就简，补虚活字说，匡前人未逮。累年道途奔仆，铅椠作辍，弗遑卒业，心窃憾焉。年来监郡天水，公馀无事，复理旧册，句栉字梳，标新领异，荟萃群说，芟薙杂冗，补短截长，取明诗义，徵事数典，概从阙如，阅两寒暑，始获终帙，名曰《杜诗字评》，盖沿山谷"无一字无来处"之说也。虽管中窥豹，只见一斑，然以此资读杜津梁，或亦初学不废。至其浑涵汪茫，离奇变化，朱子所谓佳在用字造意之外，学者虚心讽咏，乃能见之也。而仅研求格律字句，不亦浅乎？同治十三年立夏前一日，洪洞董文涣识于秦州试院之亦水竹居。

长赟《跋》

《杜诗字评》拾卷，洪洞董岘樵观察所评辑也。先生于列朝名大家诗集，靡不窥其津奥，多所评辑，而平生心力，尤萃于《杜诗字评》一编。忆余同治间初作宰水南，继宰阴平，与先生谭诗契合，邮筒往复无虚月。嗣余擢守镇西，出关行有日矣，先生不远千里，专伻来赠诗，以宠□行，并寄《字评》原稿，属为校勘，此光绪丙子年事也。尔时庭州、轮台一带烽燎告警，军书旁午，虽承先生命，竟不能以时应。越二年戊寅，而先生讣音至矣。痛哲人之云殂，感信言之未复，披览斯编，曷胜西州之痛！俟得生入玉门，必觅梓人，镌以行世。庶先生弗至衔恨于九原，而藉此亦可稍寡吾过焉。爰述崖略，志于简端。光绪六年岁在庚辰立夏前三日，旧属吏长白长赟谨识于迪化直隶州官署。

《凡例》多舛误，想系青衣廖姓誊写人错缪，一一点正，俾昭校实，赟注。

董文涣《凡例》

一、杜诗刻本，分体编年，各有不同。是书依钱氏蒙叟《笺注》编次，于分体之中，寓编年之意，俾读者展卷瞭如，易于翻阅。

一、评杜始于宋代刘须溪，宋潜溪讥其如醉翁谵语，不甚可晓，然开山之功，亦不可废。此外如卢德水、王右仲、申凫盟、张上若、黄白山、沈确士，及近时王西樵、阮亭昆季（王西樵、渔洋昆季，在康熙朝著名海内，沈确士系乾隆间诗人，《凡例》中以为沈先于王，系属错误，特为更正，赟注）、李子德、邵子湘、蒋弱六、何义门、俞犀月、张惕庵、杨西河诸先生评本，皆多所发明，其佳处有裨诗义者，间附一二，以广耳目。

一、古人注诗，必标名者，恐后人互相稗贩，辗转沿讹，无从检对也。兹编所采诸说，皆传钞行世，或前人已采录者，故概省标名，以为简约，非敢掠美也。其附鄙意之处，皆空格加·别之，使不与前贤手迹混淆云尔。

一、采辑众家之说，意在截长弃短，原文间有损益，取其简明易晓，非敢意为增减。

一、钱氏本于字句异同，一以吴若本为主，间用他本参伍。今择其义可两存者，仍夹注本句之下，以备互证；其无当者，概从删削，俾免混目。

一、杜诗古律长构，诸本分段互异，且每多割裂处。兹编长篇界画，悉顺文势自然，其短章句数少者，不复分截。

一、杜诗五言排律一体，尤为戛戛独造，空前绝后，数十韵百韵中，运掉变化，如龙蛇贯穿，往复一线，看似长枪大戟，其实细针密缕，读五言至此，始无馀憾。公诗所谓"晚节渐于诗律细"者，兼指此体言也。微之作少陵墓志，极称此体，可谓巨眼。钱氏于此体转折意绪，不甚了了，颇多谬说。是本提纲挈领，复于前后照应、脉络贯通，一一分晰，俾读者展卷了然，不至苦其汗漫难读。

一、诗不废著圈点者，取初学易于揣摩，如画龙点睛，正使精神愈出。

兹于通篇命意所在,及起结贯合、承接呼应、关键眼目处,更用尖角△、双点:分别标之,以醒麋目,而便循览。若浅深高下,则随人自领,原不必胶执此也。

一、诗法以炼字为第一要诀,亦惟炼字为第一难事,《文心雕龙》所谓易字难于代字,富于万篇,贫于一字也。盖炼字之法,不在实字,而在活字。用之惬当,则矍矍生新,字外出力,全句倍见精神。若勉强凑合,非落平庸,即涉陈腐,不惟本句不振,通体亦觉减色。昔昌黎言:六字常语一字难。又东坡言:作诗当日锻月炼,非欲夸多斗异,要淘汰出合用字来者,即此意也。兹于句中炼字佳者,用双圈○○标记,并系说句下,俾学者触目警心,知所觳率。

一、杜诗中炼字,有屡用者,有不经用者,有实字活用者,有同一字而来历不同者,朘经史诸子之膏,撷骚雅六朝之妍,微之所谓"得古人之体势,兼今人所独专"也。非尽读古今之诗,不足以读杜诗。兹于炼字渊源所出,皆为标识,曰某字从某某句化出或翻出,并类公他句及诸贤诗句证之,曰与某某句同妙,某某句亦善用某某字者。其中晚各家,师承杜者,亦间及焉。盖期诗学津梁,得以尽穷正变,非故为繁重也。

一、诗用实字易,用虚字难。杜老善用虚字,其开合呼唤,悠扬委曲,皆在于此。用之不善,则柔弱缓散,不复可振矣。兹于活字句外,兼标虚字,系说一准前例。

一、杜诗变化开合,出奇无穷,原不以一字为工。至如葛常之谓"飞星过水白,落月动沙虚"是炼中一字,"地坼江帆隐,天清木叶闻"是炼末一字。潘邠老谓七言诗第五字要响,如"返照入江翻石壁,归云拥树失江村""翻"、"失"字;五言诗第三字要响,如"圆荷浮小叶,细麦落轻花""浮"字、"落"字。此直以炼字造句,尽诗人之能事,寻求不已,未有不堕入魔障者。是本标举炼字,欲学者升高自卑,行远自迩,由炼句而炼格、炼骨、炼意,臻于苍坚高浑,以尽诗境之变。非欲其专研《律髓》、《诗眼》,至于病入膏肓也。若徒取已用字模仿用之,偪塞狭陋,尽成死法,又岂作书之本意哉!读者知之。

一、钱氏本诸人酬倡诗附载卷中,且与本文平列,未免主客牵混,今概删削不录。

一、杜集拙句、累句,固属不免,然无害为大家,偶然指出,盖恐误学杜之趋向,欲使分别观之,非敢吹毛求疵,肆意雌黄。

一、杜诗笺注纷纭,是非异同,多所牴牾。朱注于新、旧《唐书》及《通鉴》等考证最详,杨氏西河复增补之,洵称善本。兹编以评杜为主,与笺注异,故于诗之考据及诗之故实,胥不之及。读者取评语观之,即可得其篇章之妙、结构之细、格律字句之高,若欲博稽典故,详徵时事,则诸本俱在,奚俟是为!

一、钱笺分二十卷,末两卷载表赋记说赞述,及策问文状表碑志。是本以说诗为主,故录止十八卷,杂文一概不录。

一、是书采录,始辛未春,迄壬午("壬午"宜作"壬申",盖壬午系光绪八年,先生已归道山五六年矣,何能复采录是集?此不待辩而知其为笔误也。)冬,备兵甘南,间事补辑,年徐粗毕。本意藏诸箧笥,不欲轻以示人,及门黄生西春,请梓行世,且任分校,爰加排纂,付诸剞劂。虽杜诗意义格力,不尽关此,然排比声韵,属对精切,使浅学皆晓然易见,则亦庶几开卷之一助也。

【版本】

国家图书馆据福建省图书馆藏清稿本《杜诗字评》所制缩微胶片。

【作者简介】

董文涣(1833—1877),原名文焕,字尧章,号研秋,一号研樵,亦作岘樵,洪洞(今属山西)人。咸丰六年(1856)进士,改庶吉士。散馆,授检讨,充武英殿、国史馆协修等。同治四年(1865)补甘肃甘凉兵备道。途经陕西,为布政使林寿图奏留委办山西米捐局事。十一年,调甘肃巩秦阶道,主厘金局。遭忌者流言中伤,而勘实廉洁,得保加二品衔。以伤母逝,卒于天水。其《秋怀八首》叹宦海险巇,感喟人生,一时海内外和者甚众。著有《岘樵山房诗集》十二卷、《藐姑射山房诗集》二卷、《孟郊诗评点》二卷、《声调四谱图说》十二卷、《集韵编雅》十卷,辑《秋怀八首和韵》二卷。生平见《岘樵山房诗集》、《声调四谱图说·自序》。

长赟,旗人,曾任水南县令、阴平县令,后擢为镇西抚民直隶同知。《左宗棠全集》有《请以长赟升补镇西抚民直隶同知折》,称其"年壮才明,安详稳练"。

二〇一　孙毓汶《迟庵集杜诗》

徐彦宽《叙》

莱山尚书《集杜诗》一卷,辛亥客鲁,从其族子某君假录。尚书同、光中再柄国政,今功罪匪所敢论,独诵此诗,遒健工整,殊不愧著作之林。又辞隐约有指,实兼国故史料之资,弥足珍视,惜无人壹为作郑笺耳。忆前年春晚在沪,复睹公答旧长姻某残札一叶,乃亲翰,非假自记室手。覈岁月,已在当国时。浅紫笺,正书,楷法峭重,语致恳款。盖方为其人谋作曹邱者,亦终见老辈诚恳笃厚之风,牵连记之。

乙卯夏节,徐彦宽志。

【版本】
《丛书集成续编》第180册《文学类》影印《念劬庐丛刊初编》本《迟庵集杜诗》,第637页。

【作者简介】
徐彦宽(1886—1930),原名泰来,一名士奎,字薇生,号夷吾,又号商隐,室名念劬庐、培风室,江苏无锡人。少时博览群书,二十五岁受聘济南道幕,得读山东图书馆藏书。民国后,曾任黄郛军部书记官。三十岁后,入南京盋山图书馆,搜读孤本,撰为提要。后右胸患疡而卒。著有《清文苑》、《梁溪碑传集》、《梁溪名贤象记》、《夷吾日乘》、《培风室读书题记》、《念劬庐丛刻》等。

二〇二　徐淇《集李杜诗八十四喜笺序目》

徐淇《序》

余尝集苏诗之有喜字者,制为一百八喜笺,曾君和通侯为余刻印章曰"集苏一百八喜斋",后又集涪翁文得一百四十喜,于是颜所居曰"二百四十八喜斋",皆手书序目,详述体例,艺林艳之。近又集李、杜诗,得八十四喜,固合前后所集,改题轩额曰"三百三十二喜斋",凡所集李、杜诗,亦如前例,书为序目一册。此后若暇,再集诸家之诗若文之有"喜"字者,则余所遇之喜,且将自三百三十二,以至于累百千万,山中文字之乐,不又蔚为宇宙一大观乎!

【版本】

国家图书馆藏清光绪元年(1875)稿本。

【作者简介】

徐淇,清人,生平事迹不详。著有《集李杜诗八十四喜笺序目》、《集苏一百八喜笺序目》、《集涪翁文一百四十喜笺序目》等。

二〇三　周天麟《水流云在馆集杜诗存》

周天麟《自序》

晋傅咸集经语为诗,是为集句之权舆,至北宋石曼卿遂大著,嗣是放翁、遗山诸贤皆工此体。盖集句虽薄技,亦必精思诣微,而后能离合得宜、椎拍无迹。不佞自胜衣就傅,即好仿前人集句体。初受业于管朗斋师,师故吾乡绩学士,于同塾中独异视天麟。时先大夫客游中州,主讲上蔡之问津书院,逾年,遽捐馆舍,是岁天麟甫十龄,家愈贫,几不能具脩脯,而朗斋师犹不忍弃去,训迪愈不倦。尝诲天麟曰:"学诗者必根柢少陵,则气骨自异。"天麟时从选本读杜诗,心窃好之,每思一窥全集。偶过肆,于故纸丛杂中得《读杜心解》一编,喜甚,亟购归。日课经讫,夜辄篝灯研究之。朗斋师复乐为指授,深宵师弟吟诵声,恒与寒柝相应。由是工部集千馀篇,略皆上口。又酷爱"水流心不竞,云在意俱迟"一联之隽永也,因颜所居室曰:水流云在馆。不佞之学为诗,盖胚胎于此。壮岁供职户曹,橐笔戎幕,南北棲逐廿馀年。凡有所酬答题咏,虑谫鄙为有识者嗤,则辄集杜句以应之。譬犹婪人子宴嘉客,其尊篚茵帟,一一悉假于富家,匪曰示奢,实掩厥陋。此物此志也,顾随集遂弃,稿多散佚。岁乙酉,来守濩泽,退食馀闲,裒辑旧所为古今体诗,检少日集杜诸作,则十不获二三。今所存者,皆中年后所集者也,以其心力所寄,未能摭舍,别录一帙以存之。乃知交閒传观不辍,而是帙无副本,爰用泰西法石印成书,庶近足以分应宾僚之索观,远足以分邮就正于有道,不佞之意,如斯而已。若比于竹垞之《蕃锦集》、唐堂之《香屑集》,而谓拟得其伦焉,则吾岂敢。时丙戌嘉平月之十二日,水流云在馆主人自序于漷泽郡斋。

张之万《序》

　　昌黎作《荆潭诗序》，谓工诗者恒在羁旅草野，而有官守者，率不暇治诗。因称裴、杨两公，皆官方镇，乃能搜奇抉怪，雕镂文字，其意若难能而可贵者。然则文章、政事之难兼，在唐时已然耶？吾则谓诗之道，固息息与政通。古人之诵《诗三百》，授之以政，缁衣政宽，毳衣政严，皆于诗乎见之，后世界诗与政而为二，无温柔敦厚之性情，又安有除苛解娆之善政？诗之废，政之忧乎？石君太守，循吏也，诗人也。其所为集句诸体，又诚无愧乎昌黎所云"搜奇抉怪、雕镂文字"者也。君守泽州六年矣，提躬艾物，政声播远迩。客恒有自晋来都者，询山右良二千石，辄盛称石君之治行。余不禁妌妌然喜，幸吾党有循吏，且幸夙昔之甄鉴弗爽也。盖曩者，君从游最久，余之抚豫，暨督漕河，尝屈君为幕僚，辅志弼谋，如骖之靳。君无他嗜，惟嗜诗，笺奏馀闲，有所作辄就余商定，吟赏谈宴之乐，历历如昨日事耳。别几廿年，意君诗当日工，迨闻其勤于政，又疑其不暇为诗。今岁春，以集杜、集苏两诗稿寄质于余，发而读之，共六百馀篇，富矣哉！古未有也。诗之丽密，无待称述，独异其椎拍天成，超超然称心而出，力足驭乎古人，意若先乎作者。影随步换之妙，谓之为杜为苏不可，不谓之为杜为苏又不可。譬犹李临淮代将郭子仪军，顿觉壁垒一新，旌旗变色。嘻！其至矣夫。吾始意其诗当日工，今集句之工且若此，则其所自为诗，当何如矣！继疑其不暇为诗，今篇什繁富乃若此，则其从容坐啸之概，又可想见矣。且观其取舍之矜严也，如察吏掴铧之所得也，如惠民偶对而铢两适称也。知其措施之悉当，融贯而和，若穆羽之调也，知其上下之交孚，夫乃信诗与政通之说为不诬，而愈叹当年之龚黄无诗、王孟无政，为可惜已。昔人论少陵诗，自夔州而后，兴象逊前，不无粗率；论东坡诗，谓风趣多而情韵少，故二公暮年皆坎坷。是集能汰粗而萃精，化刚而为柔，遂觉声情顿挫，如往而复，所谓有味外味、弦外音者。使吾诵之而憬然不忍与之离，然则百世后，又谁诵之而忍遽掩卷决舍乎？石君晚景之荣，与斯集之易传，均可必也。梓而行之，为浣花聚腴、为玉局弥憾，奚疑哉？奚让哉？余故举所欲言者备书之，以坚其自信。且趣其先付石印，俾海内快覩者，知石君之所以为诗，即石君之所以为政，而佥然以余言为乘韦之先焉。

　　光绪十有六年，岁次庚寅秋七月，南皮张之万序。

陈启泰《跋》

余友周石君,名家子也,少负远略,驰驱戎马,前后凡十馀年,由京秩改官山西,历著惠政。生平无业不综,善□注,工填词,诗尤清丽。夫人亦咏絮才,其闺房唱和诸作,世颇传诵。甲申三月,余出守大同,邂逅于会城,一见如旧。别后岁时□问,率媵以诗,交谊益笃。一日复寄《集杜诗》二卷见示,自谓囊中稿帙,散佚无存,丛录三百馀篇,皆中年以后之作。展读至再,服其大气鼓□,如自己出。尤妙在章法音节,一一酷似少陵。苏子瞻《答孔毅父》诗云:"前身子美只君是,信手拈得俱天成",移赠石君,允无愧色。谨缀七律十二首以报,仍拈草堂句成之,婢学其人,不值一噱也。因题其集,而系以跋。

长沙伯、学弟陈启泰拜稿。

【版本】

清光绪二十一年(1895)石印本《水流云在馆集杜诗存》,《清代诗文集汇编》第722册,第91—96页。

【作者简介】

周天麟,字石君,别署水流云在馆主人,丹徒(今属江苏镇江)人。历任山西濩泽、平阳知州、知府几三十年。生活于咸丰、同治、光绪年间。善集古人成句为诗词。著有《水流云在馆诗钞》、《倚月楼诗词稿》等。

张之万(1811—1897),张之洞兄。字子青,号銮坡,直隶南皮(今属河北)人。道光二十七年(1847)状元,历任河南巡抚。河道总督、漕运总督、江苏巡抚、闽浙总督、兵部尚书、吏部尚书、东阁大学士。有《张文达公遗集》。

陈启泰(1842—1909),字伯屏、鲁生,号癯庵,长沙人。同治六年(1867)中举,明年成进士。任同治十三年及光绪六年会试同考官,后改任监察御史。出为大同府知府、移官大名、保定等地。光绪二十三年,擢云南迤东道,摄布政使职。遭亲丧归,服满,再任迤东道。后历官安徽、江苏布政使、江苏巡抚。以奏劾蔡乃煌贪渎虐民,未得批准,忧愤成疾。著有《意园诗词钞》。

二〇四 赵星海《杜解传薪》

方潜《序》

同治二年癸亥（1863）上巳后四月，予携尚履、效为两生来诸，获交海阳赵君。君好学士也。夙闻予学《易》，相见如故旧，遽索观《易》说各种，以为交晚也，而出所著《杜解传薪》示予。噫！予何足与言诗？虽然，伏诵君之所解杜者，未及终帙，而不禁叹《易》道之大也，而因以知杜诗之通于《易》，而君之深知杜也。夫一阴一阳之为道，而摩而为八，盪而为六十四，变而为四千九十六，参伍错综，以至于不可穷诘，不可端倪。凡天地之阖辟，日月之往来，鬼神之屈伸，四时之错行，品物之化生，世运之递迁，人事之杂出，以及文字之馀，技艺之末，无不兼综并贯，而弥纶于象辞变占之中。"大哉《易》乎！"孔子之赞之也，曰："与天地准。"曰："以言乎天地之间，则备矣。"曰："不可为典要，惟变所适。"曰："其称名也小，其取类也大。"曰："其旨远，其辞文，其言曲而中，其事肆而隐。"曰："作《易》者，其有忧患乎？"而《系辞上传》则终之曰："神而明之，存乎其人。"《下传》则曰："初率其辞，其揆其方，既有典常，苟非其人，道不虚行。"工部固生当忧患之时，而其感讽时事也，亦有其所谓旨远、辞文、曲而非、肆而隐者乎？其寄意咏物也，亦有其所谓称名小取类大者乎？至其精于律法，而不囿于律法，参之伍之，错之综之，莫可穷诘，莫可端倪，则亦有其所谓不可为典要，惟变所适者乎？窃谓杜之诗，诗而通于《易》者也。然而，非诗之通于《易》，实《易》之包乎诗。且凡文字之馀，技艺之末，苟非有见于《易》，必不能穷神极化，卓然名家以传于世，徒杜之一诗乎哉！故曰"与天地准"，故曰"以言乎天地之间，则备矣"。"大哉《易》乎！"虽然，吾窃有慨焉。《易》也者，造化自然之妙用也，伏羲模画之，文周衍系之，孔子赞翼之，四圣人继出，而《易》乃备。秦汉以来，求象者凿，说理者固，穷数者怪且诞。相沿至今，注《易》奚啻千百家，而周、邵、程、朱四子外，能传以薪者，盖罕矣。则甚矣！神而明之之难乎其人也；则甚矣！苟非其人之能率其辞，而揆其方，而既有典常，而道不虚行也。君生工部千百年之后，注杜者亦奚啻百十家，而独不啻世杜之杜，身杜之身，心杜之心，口杜之口，几使工部复生，惊叹愿不及此，殆庄生所谓万世之后，一遇知其解者，是旦暮遇之者乎，殆亦所谓神而明之者乎，殆亦所谓能率其辞、揆其方、而既有典常者乎？君本庄生薪尽火传之说,而进之曰:"非薪不足以传火。"如君之虚其心,一其意,不以文害辞,辞害志,而善逆古人之志,火之不传者几希。予因君之解而重有慨于世之读古人书者也。君即将入都,恨交晚且暂,取予《系辞传》分章,及观玩随笔录之,意弥殷殷然。君,好学士也。君试于解杜之馀,即杜之律法上而溯之,旁而通之,精而研之,默而会之,密而藏之,将必因诗见《易》,且深乎《易》而化乎诗。恍然于技艺之末,文字之馀,以至人事之杂出,世运之递迁,品物之化生,四时之错行,鬼神之屈伸,日月之往来,天地之阖辟,无非律,无非法,无非诗,而实无非《易》,而不禁乐则生,生则恶可已,而不知足之蹈之,手之舞之也,而不禁自得之,而居之安,资之深,取之左右逢其原也。予之说又何足取哉！明年予亦将偕两生入都,当更就君谈《易》,爰志颠末,以为他日之验。

又后六日,方潜顿首谨序。

赵星海《自序》

庄周曰:"指穷于为薪,火传也,而不知其尽也。"固也！然火得薪而始传,则薪者,实火之舆也,薪绝矣,火将安附？杜诗之在天下盖久矣。夫薪穷于指矣,夫谁赖以传之耶？何言乎薪穷？以天下多有解杜也,故杜诗不传也;以人皆有心解杜也,故杜诗愈不传也。夫不传,以不解也;惟不解,遂不传也。抑非自今日不传,当日即不传矣,如传也,何为曰"得失寸心知"耶？然当日不传,他日终必传也,如不传也,何以曰"文章千古事"耶？顾难乎其为薪焉已耳。余小子窃不敏,敢以吾寸心之薪,续彼千古之火焉。夫有心无心,其心乃见,有解无解,真解始出。少陵之诗,少陵之心也;少陵之诗有异,少陵之心无异也。吾不以吾心解杜诗,而以杜诗证吾心焉。于是乎吾心出,于是乎少陵之心亦出;少陵之心出,而少陵之诗解矣。然则非吾解杜诗,乃杜诗自为其解耳。自为解而有不解者乎？自为解而人复有不解者乎？如不解,则所谓"寸心知"者,是心自欺也;如不解,则所谓"千古事"者,是欺千古也。欺千古,则吾今日不为是解矣;心自欺,则杜当日不为是诗矣。有是诗,有是解,而薪之绝而不传者于是乎传矣。传乎传,不传乎不传,是有数焉于其间。吾聊亦竭吾之寸心,以俟彼千古之薪焉已耳。命曰《杜解传薪》,约为凡例,系于卷首。

时同治壬戌(1862)冬至前一日,昆野山人自序。

赵星海《后序》

诗家之笔,犹兵家之阵,兵无纪律不足以胜敌,诗无纪律不足以动人。杜少陵所以为千古诗人中之集大成也者,岂第以其按切时势。贯穿古今,排比声韵,铺陈终始,赡博莫及耶?要之,或远或近,或正或奇,错综变化,顿挫沉郁,读之语有尽,味之意无穷,尤在用笔之神。故其自论,一则曰"佳句法如何",再则曰"律中鬼神惊",又且曰"渐于诗律细",则知法也、律也,固诗学所宜急讲也。法有定而无定,律无定而有定,知其有定则不为法拘,知其无定则为律缚。法律者,体之在万物,而运之在一心也。天地山川之动定,阴阳寒暑之嬗代,人事世代之盛衰,易传经史之论著,在天在地,在物在人,或常或变,或得或失,何莫非诗中之意笔,而律法之精粗,要归吾一心之裁制焉。少陵之诗,少陵之诗之律法精奥也。或曰少陵之诗,少陵之时也。故论者曰:"不读万卷书,不行万里路,不可以作诗。固也!古今来诗人多矣,岂其所遭皆明良耶?岂其人皆家居耶?岂其所读书皆莫少陵若耶?心气浮而律法疏也。故吾《杜解传薪》特于此尤加意焉。愿天下后世之学杜诗者,读吾兹编而知诗之要,固不徒在词句工拙、篇章富丽之际,则庶乎不至如散兵游骑、庸帅乱军挫败于大敌也哉。复陈此数言,以为杜诗后序,且更序吾《传薪》之微旨云。

【版本】

山东师范大学图书馆清同治间抄本《杜解传薪》。

【作者简介】

赵星海,字月槎,自号昆野山人,莱阳(今属山东)人。诸生。清咸丰中曾游宦吴门,做过县丞一类小官。著有《赵月槎诗》。生平事迹见何家琪《天根文抄》卷一《赵月槎诗序》。

二○五　赵星海《杜解传薪摘抄》

阎敬铭《序》

自来注杜者多矣,虽繁称博引,自谓以意逆志,而附会殊多,精审颇少,于知人论世之义无当也。杜子美一代诗宗,其忠君爱国之心,济世经邦之略,一托于诗。又其生平,大德不踰,亦并无小德出入,悟道甚邃,体道甚纯,洵得志则稷、契、皋、夔,不得志亦颜、曾、冉、闵,仅以诗人目之,浅矣。余幼时见诸家笺注,即意诗圣寄托当不止是,思出心解以订正之,奈何因循未果,旋入宦途,今则封疆重寄,责在藐躬,军书旁午,迄无暇日,益不遑致力于兹矣。莱阳赵生著有《杜解传薪》一书,兹携其《摘抄》一册来谒,云全书繁多,因乏剞劂费,姑刻一册,以为嚆矢。余阅其注,于杜诗命意所在,豁然如披云见日,与诸家之解,不啻扫秕糠而存精华也,即一斑可知全豹。行见乐助之梓者,人有同心,无忧枣梨之不备矣。余姑先为之倡而并为之序,以质海内君子,谓余为阿好否也。

同治乙丑(1865)孟夏,抚东使者阎敬铭序。

萧培元《序》

物无隐而不显,事有晦而必明。奥如蒙庄,郭象深其理解;博推屈、宋,王逸析其词华。自非力抉障尘,识通慧月,鲜能窥古人之真面,牖斯世之灵心,独辟鸿濛,普示鹄正者也。粤自诗格极于盛唐,吟坛擅于老杜,几于家摘其艳,人薰其香。而注释纷纭,意义舛错。小儿强作解事,武断偏多;曲学厚诬先民,文致不少。即故实尽有稽考,作意不无发明。而窥见一斑,终非全豹;泥执近脉,乌识来龙?杜撰之风开,诗圣之意晦矣。然而丰城剑气,必不久埋;浊水珠光,定当终显。读书具眼,前贤畏夫后人;捷悟通神,千载豁于一旦。洵艺园之快事,为杜陵之功臣。莱阳赵君,天水望族,瓣香有在,雅爱浣花。奥旨时研,遂成解杜。门户不倚,蹊径独开。兹携其《摘抄律诗》一本,进质中丞,中丞嘉其疏解的确,脉络贯通,爰为弁言,冠诸篇首。余亦喜其扫尽伪谬,独标真诠。子美有灵,当欣异代之有知己也。是册一出,行见先睹为快者,又以未获全璧为恨矣。幸速以成书,嘉惠斯人,毋久秘青箱为也。

同治乙丑(1865)立夏前五日,滇南萧培元序。

方朔《序》

诗不可以无解。《三百篇》有西河、河间、高密、琅邪、紫阳诸公为之序传笺疏集说,虽不必尽与诗之本意吻合,而不得其解者鲜矣。自汉迄隋,诗体叠变,而能如周公礼乐集千古之大成,则独有盛唐杜少陵一人。少陵殁后，其集或编年、或分体、或别类，不过三种，而论说、注解则不下数十百家。有明以前无论已，近时盛行之本，每推钱牧斋、朱长孺，然穿凿臆度，常多谬妄。欲就少陵之诗，以窥少陵之心，时事如前，运思若见，其惟无锡之浦二田乎！月槎贰尹以莱阳名诸生屈就丞倅，其诗、古文、词颇得其乡先辈姜贞毅、宋玉叔家法，寝馈所在，惟以杜诗一册自随，吟咏之馀，丹黄并下，积有年所，遂成《杜解》一编。暇日至济，访余见示，予为息心一读，见其引解、参解、补解、引参、补参、参辨、旁注、总论，纲领清晰，条理分明，不以人之解粘合己解，不以己之解附和人解，以杜之诗印己之心，以己之心印杜之诗，《读杜心解》而外，仅见此编，谓为《杜解传心》可也。以传杜薪，谓为《传薪》，亦无不可也。独是少陵当开元、天宝之间，方有是作。月槎于咸丰癸丑以后，需次吴门，己未以后，回避保阳，目击时事，慨焉心伤，因亦纂成此编。月槎之诗，秘密不轻示人。读者读此编，固如接少陵起人，然论世知人，又何尝不如接月槎其人？又何尝不如读月槎之诗哉！贞毅、玉叔之后，殊足令人想像徘徊不置云。

同治四年（1865）岁在乙丑夏日，怀宁方朔小东拜书于济南之枕经行馆。

赵星海《杜解传薪摘抄小引》

有唐迄今千有馀岁，无不知杜少陵之圣于诗者，则杜诗固不待余解而始传也。然有唐迄今千有馀岁，鲜有能知杜少陵之诗之所以圣者，则杜诗或有待余解而后传也。然余解虽足传杜诗，杜诗即待传余解，而不借夫剞劂氏之手，则亦终不得传也。昔在吴门，一时名公巨卿、宿儒硕士之见余《杜解》者，咸相称善，争欲助资，劝付梨枣，而时则余稿未成。今成矣，独力既莫及，而旧日诸公，兵火后又率多散亡，不可复问。呜呼！若是则余解杜诗其终不得传乎？传不传，固有数存乎其间，如数宜传，安知不更有名公巨卿、宿儒硕士如昔日之在吴门者？今且于律体中择其律法深细，而于世道人心有关者数十首，勉付雕镌，商诸海内，以观其数。

【版本】

清同治四年（1865）刻本《杜解传薪摘抄》。

【作者简介】

阎敬铭（1816—1892），字丹初，号约庵，陕西朝邑（今大荔县）人。道光二十五年（1845）进士，任户部主事。咸丰九年（1859年），经湖北巡抚胡林翼奏调至湖北，总司粮台，升郎中、四品京堂、湖北按察使。同治元年（1862），又由新任湖北巡抚严树森奏保，升湖北布政使，再署山东盐运使、山东巡抚。三年，实授山东巡抚。六年，因病辞职回籍，聚徒授经，讲学不辍。八年，补工部右侍郎，以疾辞。

萧培元（1816—1872），原名培英，字钟之，号质斋，昆明人。弱冠补县学生，道光十九年（1839）举乡试第一，咸丰二年（1852）进士。同治元年（1862），授山东济南知府，十年治效彰彰。署按察使，襄试武闱，得疾而卒。著有《思过斋诗钞》十二卷。

方朔，字小东，安徽怀宁人。官同知，工篆、隶，能作细书。著有《枕经堂金石书画题跋》。

二〇六　施鸿保《读杜诗说》

施鸿保《自序》

嘉庆甲戌，余年十一，初学作诗，客有以《钱笺杜诗》托伯兄蔚林觅售者，余得留读一过，觉其精深雄厚，异于他人之诗。后数年，又于段秋谷姊丈处，得读朱长孺《杜诗补注》，益知杜诗用事之博，且知自唐以来注杜诗者之多，然皆未能细读也。道光乙巳来闽，始购得康熙时鄞县仇沧柱先生《杜诗详注》二十四卷。初读之，觉援引繁博，考证详晰，胜于前所见钱、朱两家。读之既久，乃觉穿凿附会，冗赘处甚多。且分章画句，务仿朱子注《诗经》之例。裁配虽匀，而浑灏流转之气转致扦格；训释字句，又多儱侗不晰语，诗意并为之晦。间附评论，亦未尽允，甚有若全未解者。盖先生本工时文，殆以说时文之法说杜诗也。因于读时遇有臆见辨正者，辄识页上空处，久而遂多，乃仍元分卷数，录为二十四卷，藏之行箧，今二十余年矣。偶复检视，则蠹蚀已半，末后总说一卷，全因渗水霉烂，窃叹臆见所说，虽未知有当与否，然亦费精耗神，积多时而始成，不忍其归于蠹蚀霉烂也。遂复甄录一过，去其琐屑不足辨正，及显然舛谬不待辨正者，馀存若干条，仍分二十四卷，订为五本，以"读杜诗说"题之。

同治庚午三月朔，可斋施鸿保自识于福建同安县署斋。

【版本】

上海古籍出版社1983年张慧剑点校本《读杜诗说》。

【作者简介】

施鸿保(1804—1871),一作鸿宝,原名英,字榕生,号可斋,钱塘(今浙江杭州)人。年少时,以秀才肄业杭州各书院,得到林则徐等的赏识,并与同郡沈祖懋、邵懿辰、冯培元等人结社西湖。曾先后十四次应乡试,竟不遇。中年遂从事幕府,旅食江西、福建各地,而以游闽时间为最长,首尾凡二十七年。卒客死福州。著有《春秋左传注疏五案》六十卷、《炳烛纪闻》十六卷、《读杜随笔》八卷等。另有《闽杂记》二十六卷、《思悖录》一卷、《可斋诗文集》、《可斋诗钞》二十卷(今残存稿本十六卷),俱未梓。生平详陈寿祺《施可斋先生传》。

二〇七　凌艺斋《杜注约》

凌艺斋《凡例》

少陵之诗,一篇有一篇之心事,一篇有一篇之境地,皆非漫然下笔者也。如《曲江对酒》,时在丧乱之馀,意即在伤今思昔,悲凉感慨,思远情深。如《恨别》在河阳乘胜之时,即有急破幽燕之策,存心家国,熟悉时机。如《野老》则王师未捷,画角生哀。《野望》则人事萧条,伤心极目。至如《闻官军收河南河北》,即惊喜欲狂,而欲放歌白首。诸如此类,皆因境见情,出于至性,非矫揉造作所能。读杜者必当按其境地,原其心事,乃能有得,万不可以常诗忽之。深情至性作之于前,浅见寡闻未必能喻之于后,此杜之所有注也。注杜之家亦复不少,而余之所以心服者,惟《辟疆园》一书。其间旁引曲喻,节解支分,实亦快观。然在少陵,本无是意,而过为推究,穿凿之失,间或有之。故是编虽附录以志所同,又不能不指以表所异,非敢妄任己私,惟求得少陵之真而已。

少陵之诗,恳切笃挚,用情独深,而注家动以用讥用刺为解,如《和贾至之早朝》之"宫殿风微燕雀高",谓其刺朝政之寝微。如《寄常徵君》之"徵君晚节傍风尘",谓其讥徵君之失节。诸如此类,不可枚举。夫讥刺之诗,虽不免于《三百篇》,独是少陵之诗用情又不在于讥刺为事,此注家之愦愦,余则一概不敢妄拟。

少陵为诗家之祖,以其得性情而又有锻炼之工者也。余于小注既明其意义,必更详其局法。盖虽言性情,而锻炼不工,则性情亦晦。故是编不特

403

少陵之性情毕见,而后学锻炼之方,亦略备矣。

少陵之诗,多用典语,而辞意浑化,苟不注明,则读者必至糊模。《辟疆园》一书,详注甚悉,但意见太高。在少陵本非用辞,而曲为之引喻比类,却又甚多。是虽欲炫己之博,则亦失少陵之真矣。故余于其注不能复有所加,又不得不有所损。

凌艺斋谨识。

凌艺斋《自跋》

余尝谓少陵诗可与《离骚》并读,何言之？夫屈平为楚大夫,蔽障于谗,废置放逐,而卒自沉死;杜公历职拾遗,因难弃官,颠沛流离,而卒客死,是其之遭际若相同也。读《离骚》而见其存君兴国欲反复之,一篇之中,三致意焉;读杜诗而知其忠君爱国之念未尝少置,是其用情若符契也。故曰少陵诗可与《离骚》并读也。余生不辰,才疏而遇艰,久客于外,窃喜少陵之诗而慕其用情焉。故注评右《约》一编,非敢云有得,实亦向慕之私云尔。既竣,因作长歌以见意,遂以为跋:

燕山之道伊何宜,满眼飞尘莫透迤。奔驰颠踬岂复疑,叹余离愁如调饥。忆自十四轻别离,行踪漂泊日有思。荒烟衰草亦我诗,牢骚之意喻阿谁。况更云路幔重帷,茸蒙荆棘不可披。凄凄鹓凤两翅垂,欲鸣不果借南枝。仓皇竟岁耽清醨,闲中简册时一窥。昔有杜甫运数奇,生平仡仡在天涯。爱君念国心独危,百花潭水皆涟洏。性情真挚无偏私,我读遗草扬须眉。旷世相感忽在兹,起居坐卧深究推。研硃滴露顿忘疲,隐隐告我以嗟咨。窃叹儒者如梁粢,负学担道贵得时。明良相遇行坦夷,不行亦自安疏篱。无奈中原多豺貚,荡平景直没芜麋。举足杳然迷所随,萍浮却逐东西夷。俯仰郁郁不安居,精光皓魄因有词。屈原放逐文字遗,少陵心事诗传之。古今感遇咸如斯,读之三叹宁独怡。独憾千载灾梨椅,个中心事茫不知。我本孺子尚未髭,安敢切切自献嬾。其如相感在念□,丈夫有志立纲维。不怨不尤真可师,忠爱之念由秉彝。

慕生于感感生悲,特表真性使漫弥,注之评之非我痴。

复吟一律附录:

荒山青草杜陵愁,寥落东西病不瘳。犹幸诗篇传肺腑,何须史册注春秋。独怜千古无知己,可与穷年老白头。还愧少非词赋客,有怀名节姑参求。

【版本】

清残钞本《杜注约》,清华大学图书馆藏本。

【作者简介】

凌艺斋,清人,生平不详。《杜诗注约》二卷钤有"丰华堂书库宝藏印",两代丰华堂主人为杨文莹(1838—1908)及其子杨复(1866—?),都是浙江著名的藏书家,1930年,杨氏丰华堂藏书售给清华大学图书馆,则此抄本为丰华堂旧藏。丰华堂主人为浙江人,所藏稿本多江浙先哲著述,则凌艺斋极有可能是浙江人。因文献无徵,俟后详考。

二○八 毛文翰《杜诗心会》

郭嵩焘《毛西原杜诗心会序》

自古诗人托物起兴,皆意有所郁结,不得发摅,而托之诗歌,以写其缠绵哀怨之旨。唐杜甫氏出,指事类情,推陈始末,天下利病得失,生民之休戚,亲故之离合,身世之荣悴悲忻,言之必达其志,虑之必穷其变,然后诗之蕴乃旁推交通,曲尽而无遗。当时论者以为集诗家之大成,无有异议。顾或以其忠爱之谊,寻章摘句,附会而迁就之。读杜诗者,转累于笺注之烦,茫然莫得其指归。明高氏棅、胡氏应麟、王氏世贞乃专取其律法音节,会其微妙,开示学者。国初新城王文简,以诗学倡天下,考论杜诗,标其新异,摘其繁累,意尤美焉。嗣后《五家评本》出,学者循其说以求杜诗之义,浅者见浅,深者见深,挚然各有以当其意。巴陵毛西原,又稍以意折衷之,简杜诗之善者为四卷。悉采诸家之说,证以己见,而辨论其不合者,命曰《杜诗心会》。夫通其辞而不达其意者有矣,未有求达其意而先不能究其辞者也。自唐以来,诗人推宗杜甫氏,以至今日。而其义例之精,变化之妙,章章而比之,字字而析之,辨之久而其精日出,宜西原所得之深也。往者山阳潘德舆尝述朱子之言,读李诗如士人治本经,不宜有去取。杜诗之原于《风》、《雅》,发于性情之正,读者皆能望其崖略,而其深亦未易引而尽也。西原之于杜诗,未知视彦辅所论何如?要其持论之详,与其辨证诸家得失,最有裨益于学者,为之序其略而广其传焉。是编稿本,得之门人熊秋白农部,秋白又得之吴南屏学博,皆西原至交,因并记之。

【版本】

已佚。

【原文出处】

郭嵩焘《养知书屋文集》卷四，《清代诗文集汇编》第674册，第374页。

【作者简介】

郭嵩焘(1818—1891)，字伯琛，号筠仙，晚号玉池老人，湖南湘阴人。道光二十七年中进士，改翰林院庶吉士，丁忧归里。同治元年，特授苏松粮储道，擢两淮盐运使。二年，署广东巡抚。光绪元年，授福建按察使。次年，任驻英国大臣。两年后，任驻法国大使，补兵部侍郎。归国后，谢病归里，主讲城南书院，病卒。著有《养知书屋诗集》、《养知书屋文集》等。

二〇九　陈廷焯《杜诗选》

陈廷焯《自序》

诗至于杜，集古今之大成，更无与并者矣。……窃以为杜诗大过人处，全在沉郁。笔力透过一层谓之沉，语意藏过数层谓之郁。精微博大，根柢于沉；忠厚和平，本原于郁。明于沉郁之故，而杜之面目可见。而古今作诗之法，举不外此矣。因选杜诗六百六十馀首加以评点，非敢问世也，聊以心得示子侄辈，俾无入歧途而已。时光绪十九年(1893)丹徒陈廷焯。

【版本】

清稿本《杜诗选》，未见。周采泉《杜集书录》称"编者当时向许效庳先生借观"。

【原文出处】

据周采泉《杜集书录》内编卷七《选本律注类二》。

【作者简介】

陈廷焯(1852—1892)，字亦峰，丹徒(今属江苏镇江)人，流寓泰州(今属江苏)。光绪十四年(1888)举人，十五年应礼部试，落榜而归。著有《白雨斋词话》、《白雨斋词存》、《白雨斋诗集》等。生平事迹见《(光绪)丹徒县志摭馀·儒林文苑》、《(民国)续丹徒县志·文苑》。

二一〇　王以敏《檗坞诗存·鲛拾集》

吴庆焘《叙》

梦湘之学深于诗,其诗于唐,深于玉谿,由玉谿而少陵,其大较也。余交梦湘,以戊子之秋,时君客东诸侯幕府,郁郁不得志,然犹幸际法越事后,海内苟安无事,得以其暇,放浪乎明湖之滨,徜徉乎鹊华诸峰之下。眼中所接,足迹所至,大河海岱,率皆奚囊中物。又年方少壮,所与游多老苍才杰,意气甚盛,谫劣如余,亦适与掉鞅其间。每游燕,丝管尊罍,酒酣赋诗,虽沦落天涯,而未尝无友朋文字之乐。未几,余别去,数年相见京师,君已成进士,入翰林,典试甘州,寖贵矣,而不得志如故。世变侵寻,一麾出守,东湖萍水,忽复同舟,中间分张合并之迹,不足深计。独自甲午以来,祸乱相乘,风翻云涌,天地异色,千态万状,不可思议。梦湘与余不幸,实亲眼见,而得闻之,衰白相对,意兴萧然。西山南浦间,触处生愁。时局既非,朋旧日少,欲如曩作诸侯客时,可复得耶?宜君之日以郁郁低回往复于少陵不置也。少陵之诗,尊其名者曰王,综其实者曰史,赞美其大而化者曰圣,而宋景文一言以蔽之曰忠,特著之本传之末。忠无待学,圣则不可学,而可学梦湘以其学玉谿者学之,因而集之,寝馈既久,俯拾即是,身世所遭,宛与冥合,宁自知其为玉谿而少陵也?余所见集唐诗斐然成帙者,如《香屑》钉饾之类,大都缘情绮靡、流连光景之作。以云身世之感,国家盛衰之故,未之闻也。又所集非一时一人,故其旨异于所谓道性情而思无邪者,悖矣!视梦湘此集,虽多亦奚以为!

光绪乙巳仲冬,襄阳吴庆焘叙。

王以敏《自序》

往岁偶集杜成七律,先后约三数十篇,久尘箧衍。甲辰冬,《集玉溪生诗》刊成,乃复集杜诗,数月共得七律二百二十有六首,重篇复句,及已见之联句,均削不录,仍前志也。夫今古诗人学杜者夥矣,时非天宝,官非拾遗,至拟诸无病而呻吟,顾予所遭之身世,与杜奚若哉!天子蒙尘,不见有白头赤子也;胡人高鼻,不闻有髣面雪耻也。新军驻辇,龙武安在?旧箧缄雪,鲛珠已无。书所接者,白衣苍狗之色;夜所梦者,垂老无家之惨。方诸安史乱离,抑又过之。若乃国宾早充,沧江晚卧。避西山而伤寇盗,依北斗而望京华。犹复伶俜栖息,少壮逢迎。趁蒋牙于鵁雏,分竹实于蝼蚁。才虽不逮,遇乃一致。吾不知杜生今世,其病呻吟,又复何如?然则兹之学杜,岂得已而不已乎!惟是画肉画骨,究非天厩之龙;如线如针,未尽蜀江之水。不有少陵之笔,宁知宋玉之悲。兹乃牵萝补茅,刺绣添线。开新合故,仍秀句于浣花;顿足牵衣,宛吞声之野老。乌几鹖冠,时复辍笔,刻画唐突,姑亦任之。杜不云乎:"莫自使眼枯,收汝泪纵横,眼枯即见骨,天地终无情。"呜呼,其先得我心矣!

乙巳六月武陵王以敏梦湘甫识。

《檗坞诗存别集题辞》

长汀 胡钦《集杜五首》

万丈丹梯尚可攀,五溪衣服共云山。却为姻娅过逢地,忆昨逍遥供奉班。南望青松架短壑,东来紫气满函关。太守昔年典试甘肃。为人性僻耽佳句,诗卷长留天地间。

知君苦思缘诗瘦,莫怪频频劝酒杯。此曲只应天上去一作有,殊方又喜故人来。谓易由甫。最传秀句寰区满,恐失佳期后命催。梅熟许同朱老吃,谪官樽俎定常开。

山巅朱凤声嗷嗷,池上如今得凤毛。先生所谈过屈宋一作有才,指挥若定失萧曹。已传童子骑青竹,未使吴兵著白袍。彩笔昔游一作会干气象,劣于汉魏近风骚。

掉拂荷珠碎却圆,点溪荷叶叠青钱。年过半百不称意,老去新诗谁与传。罢酒酣歌拓金戟,挥毫落纸如云烟。南寻禹穴见李白,复忆襄阳孟浩然。

百年世事不胜悲,独立苍茫自咏诗。庾信罗含俱有宅,李陵苏武是吾师。侧身天地更怀古,为政风流今在兹。云近蓬莱常五色,白头吟望苦低垂。

龙阳 易顺豫《集杜二首》

感君郁郁匡时略,隐几萧条带鹖冠。念我能书数字至,强移栖息一枝安。吏情更觉沧洲远,直道无忧行路难。爱日恩光蒙借贷,匣琴流水自须弹。

江亭晚色静年芳,燕子衔泥湿不妨。幸有故人供禄米,愿驱众庶戴君王。沉竿续蔓深莫测,高栋曾轩已自凉。无路从容陪笑语,疏松隔水奏笙簧。

江宁 傅春官《西子妆》

说到开元,知君有分,等是白头宫女。谁教不耐玉皇亲,谪蓬莱、存心莲苦,诗人老去。怎消此、狂才斗许。况西来,梦帝京尘莽,都无头绪。

身何所。天宝当年,情事同今古。杜陵野老莫吞声,把哀歌,替侬重谱,天衣巧补。者花样、全凭泪组。最愁予,肠断淋铃夜雨。

【版本】
国家图书馆藏清光绪十二年(1886)刻本。

【作者简介】
吴庆焘,字文鹿,号宽仲,襄阳人。清末举人,宣统元年(1909),当选为湖北咨议局议长,次年辞职,任江西赣南道台。1911年隐退,在上海以卖字为生,曾为上海中华书局写仿宋体字。1918年11月,襄樊绅耆联络福音堂、天主堂司铎成立红十字会,吴被推举为会长。著有《襄阳四略》(即《襄阳沿革略》、《襄阳兵事略》、《襄阳金石略》、《襄阳艺文略》),校补习凿齿《襄阳耆旧记》。

王以敏(1855—1921),原名以慜,字子捷,号梦湘,武陵(今湖南常德)人。六岁丧父,与其兄以懃同由伯父抚养成人。同治十二年(1873)中举后,伯父及兄长相继辞世。因祖父、伯父、父均曾在山东做官,遂往山东,入河督及山东巡抚幕。光绪十六年(1890)中进士,授翰林院编修。二十年,充甘肃乡试正考官。后任江西南康知府。辛亥革命后回籍,改名文梅,字古伤。为人伉爽任气,好游山水名胜。为诗专主学杜,力诋时人崇尚江西派之弊。词规模白石,务为清邈。一生诗词数千首,仅刊行《檗坞诗存·济上集》一卷、《檗坞诗存别集》二卷。生平事迹见王乃徵《王梦湘墓志铭》(《碑传集三编》卷四一)。

胡钦,号德斋,长汀人,为陈澧东塾学派弟子。

易顺豫(1865—?),字由甫,号叔由,又号伏庵,又作虑庵,湖南龙阳人。光绪二十三年举人,中式第十四名。二十九年进士,官江西临川县知县。有《琴思楼词》一卷。

傅春官，字苕生，室名晦斋，江宁人。历任江西实业学堂总办、江西劝业道尹、浔阳道尹。辛亥革命后，任南昌红十字会会长。著有《江西农工矿纪略》，辑刊《金陵丛刻》三十九卷。

二一一　郑杲《杜诗抄》

徐世昌《序》

郑东父比部选杜诗，分古体诗为己丑第一抄，庚寅第一抄、第二、三抄；近体诗别为一抄，都五百五十二首。己丑，东父馆于盛祭酒家，以杜诗教授之时也。其所抄诗，略仿《诗》小序，标明大旨，又仿训诂传，专言兴而略于比、赋。又掇取诸家旧说，间出己意，以裨前人罅漏，可谓择精语详者矣。庚寅以前抄，所取过尚峻严，复增为庚寅第一抄。风谕之外，甄别及咏怀与夫投赠朋友、刺讥大人之作，其合于温柔敦厚，犹前抄之意也。大抵己丑所抄者，为杜诗之变风；庚寅所增者，为杜诗之变雅，特稍有出入而已。其第二抄，则准以温柔敦厚之义，而称言或不尽合，有宕而离之，激而过之者矣。其第三抄，则后世所侈为名篇巨制者，取其辞气，不复过责其思。东父云：其大半存古貌者三之二，变而不失古意者三之一，其少半则变古而去之愈远者，斯为笃论也。稿本为东父手书，数经羼改，凌杂复重，理董不易。又抄近体诗不及夔州以后之作，予问之柯凤孙学士，凤孙曰：东父以忧去学，徒未卒业也。然东父苦心研究，专在杜之古体；至律诗，体裁既狭，义蕴易明，不复为之疏释，虽缺而不完，无关轻重矣。昔齐、鲁、韩三家诗并立学官，毛诗最晚出，为后世所崇尚，三家寖废。自北宋以后，从事于杜诗者厘至千家，然能得子美之意者盖鲜。东父之治杜诗，其《诗》之毛传乎？予既属凤孙学士悉心校勘，写为定本，又撮举东父著书之义例，识于简端，后世知言之君子，必有乐取乎此者矣。

天津徐世昌。

【版本】

民国间天津徐氏退耕堂铅印本《杜诗抄》。

【作者简介】

徐世昌（1855—1939），字卜五，号菊人，又号弢斋，天津人。光绪间进士，清末曾两次出任军机大臣。辛亥以后，于1918年任北京政府大总统，

1922年被曹锟逼迫下台,隐居津门。著有《退耕堂文集》、《清儒学案》、《大清畿辅先哲传》、《水竹邨人集》等。

二一二 郭曾炘《读杜札记》

叶恭绰《序》

《读杜札记》,侯官郭匏庐先生遗著。先生精于考订校雠之学,博闻强记,谨严不少懈。每读书,辄穷其义蕴。一字之疑,必遍检群书,广集各家评注,参证异同而订正之。居恒蝇头细书,识于书眉卷首,不下数十万言。生平笃嗜吟咏,于杜诗涵咏最深。著有《匏庐诗集》若干卷,已既剞劂行世;其未及刊定者,则有《五臣本〈昭明文选〉注校误》、《施注苏诗订讹》又若干卷,《读杜札记》即其一也。

闽中诗家辈出,夙以祧唐学杜相揭櫫。清嘉、道间,长乐梁曼云运昌著有《杜园说杜》廿四卷,考证史实,疏解句义,粲然大备。曩藏陈伯潜先生所,顾未睹全书为憾。先生此稿,取仇注、钱笺及梁说各书数十种,抉剔爬梳,辩疑订误,不为胶柱鼓瑟之见,骎骎乎集众美而哜其胾矣!

比岁刊行古籍,追崇杜陵为杰出之诗史专家,著论云兴霞蔚。兹编乃于先生殁后四十年,获与明季王嗣奭《杜臆》一书并行著录问世,先后辉映,其为庆幸,又何如也!

某弱冠蒙先生一日之知,奉手请益,数共晨夕。自维谫陋,于诗学虽沈潜涉猎,而无所阐明。今诵斯编,回念老辈治学之勤,记问之博,虚怀之谦抑,耿耿心目,洵足为后生学子之楷模。

先生讳曾炘,字春榆,别号匏庐,光绪丙戌进士,历官礼部侍郎、典礼院掌院学士、实录馆总裁。其在典礼院时,疏请以黄梨洲、顾亭林、王夫之从祀孔庙,有声于时。谨志数语,以详端委云。

叶恭绰谨识,一九六三年。

【版本】

上海古籍出版社1984年版《读杜札记》。

【作者简介】

叶恭绰(1881—1968),字裕甫、玉甫、玉虎、誉虎,自号遐庵、遐翁,广东番禺人。京师大学堂仕学馆毕业,任湖北农业学堂和两湖师范学堂教习。

宣统三年(1911)代理铁路总局局长。入民国后,历任交通部路政司长兼铁路总局局长、交通部代次长、交通部次长兼邮政总局局长、内阁交通总长等职。1929年与朱启钤组织中国营造学社,与龙榆生创办《词学季刊》。1939年在香港发起组织中国文化促进会。1948年移居香港,1950年返回大陆,历任政务院文化教育委员会委员、佛教协会理事、全国文联委员、全国政协委员、中央文史馆副馆长、北京中国画院院长。著有《遐庵汇稿》《遐庵词》《遐庵谈艺录》等。

二一三　虞铭新《杜古四品》

虞铭新《杜古四品序》

七言古诗始于古之《击壤歌》,体具于汉,法备于六朝,至唐而极盛。杜氏子美尤夐绝今古,学者众矣,其谁能步趋者?王阮亭谓"天地玄奥,至杜始发",非过言也。余自中岁来,最爱杜诗,而于七言古诗,尤心悦诚服者。尝悬子美像,焚香跪诵,冀得其蕴。今且二十年,犹逡巡门墙间,未窥室庭。吁,其难也!虽然,诵之久,思之深,觉百体万众罗其中,而综其品则仅四者:曰真、曰神、曰逸、曰工是也。余用是尽取其诗,依品相隶,以朴老真切者入之真,雄浑顿宕者入之神,清逸萧俊者入之逸,工致雅健者入之工,名曰《杜古四品》,学者可以求矣。

【原文出处】

民国二十七年(1938)排印本《和钦全集》之《和钦文初编》卷上。

【作者简介】

虞和钦(1879—1944),字自勋,仕名铭新,因名其居为"莳薰精舍",人称莳薰先生,镇海(今属浙江宁波)人。甲午战后,慨然以革新学术自任,与钟观光等设四明实业社,继而创设灵光造磷厂。曾参加中国教育会,兼任爱国学校与爱国女校教员。后东渡日本,入清华学校及东京帝国大学理科(化学科)。光绪三十四年(1908)毕业归国,应部试,授格致科进士、翰林院检讨,调学部图书局任理科总编纂。1910年举硕学通儒,充资政院候补议员。1912年被教育部聘为讲师,先后为主事、视学、编审员。曾任山西省教育厅厅长六年。1923年任财政部参事上行走,继应冯玉祥邀任合署秘书,并访苏考察,著有《游苏视察记》。后历任热河省教育厅长、西北边防督办公署参议、西北军财务委员、绥远实业厅厅长、京绥铁路货捐局总办兼绥远货捐分局局长等职。渐倦于政,遂于1930年南归上海,设开成造酸公司筹备处,后辞职从事著述。有《和钦全集》十八种。生平事迹见虞和寅《亡兄莳薰先生述》(《民国人物碑传集》卷八)。

二一四　虞铭新《杜韩五言古诗类纂》

虞铭新《杜韩五言古诗类纂序》

诗至杜而极,亦至杜而变,其变之大者,厥惟以诗为文,五言古诗其尤著者也。当时之李,亦能以诗行文者,然不及杜闳深。昌黎韩氏,继杜而作,后之作者,遂纷效焉。举凡为文之用,如立言叙事,记功颂德,赠言传行,诗盖尽有之。为文之体如姚氏《类纂》、曾氏《杂钞》之所列者,诗亦无不备也。盛矣哉,诗之变也!今以杜、韩五言古诗为变诗之宗,略仿姚、曾两氏以类编文例,尽取其诗,以类录之,名曰《杜韩五言古诗类纂》。类凡十一:曰论议,曰传志,曰赠序,曰书牍,曰告令,曰叙志,曰杂记,曰题跋,曰颂赞,曰词赋,曰哀诔。读其目,直文选耳,而编以诗,学诗者可以知所变焉。夫情志动乎中,而发为言,为文为诗,其揆一也。句之整散,韵之有无,何择焉?……后之学者,得文之用,而不失诗之法,斯可矣。

【原文出处】
民国排印本《和钦全集》之《和钦文初编》卷上。

二一五　蒋瑞藻《续杜工部诗话》

胡怀琛《续杜工部诗话序》

古今诗派,推李、杜为正宗。李持天资,杜持工力,两家截然不同;然天资不可学而能,工力可强而至。学诗者无谪仙之才,其宁读杜乎?诸暨蒋子瑞藻孟洁,能诗文,富藏书,于诗学杜,尝辑《续杜工部诗话》,补萍乡刘氏所未备也。余谓更有过之:刘辑多考订,蒋辑多议论,尤能阐杜诗格律之微。蒋子书成,驰书于余,嘱为之序。时余方病咯血,不能秉笔,然思"饭颗山头"之杜甫,曾为作诗而瘦 或谓此诗为好事者所伪托,兹非考订,姑引之,今日一卷杜诗,是当年老杜心血,复有蒋子不辞劳瘁,为辑是编,余辱承雅命,曷惜呕血以报之哉! 三年十月,胡怀琛寄尘序。

蒋瑞藻《记》

　　古今说杜诗者众矣,而勒为专书者不少概见。宋方醇道始辑《老杜诗评》,蔡梦弼集《草堂诗话》,清初泽州陈午亭复撰为《读杜律话》。方、蔡之书今既难得,泽州书亦鲜单行,且限于律体,不及他作,律亦只论七言,不及五言,则亦未为完美也。萍乡刘金门凤诰《存悔斋集》有《工部诗话》五卷,余尝见之,其所评骘,大抵精当,举自来影响傅会之习一扫而空,不可谓无功于少陵,所惜者全书只百五十二条,殊令人有简略之憾尔。余好读杜诗,居尝纂录自宋以来诸家评论,为之汰其繁琐,撷其精要,手自写为一帙,一得之愚有可节取者,间亦附入,都上、下二卷,万六七千言,即名曰《续杜工部诗话》,刊而布之。是编也,补金门之未备,供学者之参徵,自问有一日之长,特不知视方、蔡二家之作果何如也?

　　蒋瑞藻记,时年二十有四,民国三年秋九月。

【原文出处】

据张忠纲《杜甫诗话六种校注》,齐鲁书社2002年,第344—345页。

【作者简介】

胡怀琛(1886—1938),原名有忭,字季仁;后名怀琛,字寄尘,安徽泾县人。清宣统二年(1910)加入南社。曾任民国时期《神州日报》、《太平洋报》、《中华小说界》等报刊的编辑,民国五年(1916),执教沪上大学,兼卖文为生。民国二十一年,被聘为上海市通志馆编纂。著有《中国小说研究》、《中国小说的起源及其演变》、《中国小说概论》、《大江集》、《新诗概说》、《中国文学史概要》、《国学概论》、《南社始末》等。

蒋瑞藻(1891—1929),字孟洁,别号花朝生,又号羼提居士,浙江诸暨紫西乡黄家埠村人。蒋瑞藻成名较早,1915年,时年二十五,即编辑《小说考证》十卷由商务印书馆印行,后又增辑《附录》一卷、《续编》五卷及《拾遗》一卷,1919年由商务印书馆以合订本印行。还著有《小说枝谈》二卷、《新古文辞类纂》六十卷、辑《越缦堂诗话》三卷、《神州异产志》(与胡怀琛合著)等印行传世。尚有《花朝生文稿》、《花朝生笔记》、《羼提斋丛话》等未及梓行。

二一六　王文琦《愿春迟斋杜诗集联》

王秉悌《愿春迟斋杜诗集联序》

伯谦堂侄,与余同庚者也。儿时相嬉戏,即迥异群从。稍长,遂随宦济南,不相见者三十馀年。而其为学,则日深邃。光绪年,余在湖北,伯谦亦常来此相晤,不久仍回鲁。辛亥国变,余避地河南,间道往山东,相聚于淄川者累月。壬子春,余航沪溯鄂回川,即杜门不出,而闻伯谦已为县宰,襄蹉政,蒸蒸然上达矣。丙子年,伯谦因税务事来川,相对皆皤然老叟。而余学殖荒落,事业颓唐,实足自愧。回忆在淄川作别时,余曾有句云:"三十年前别阿戎,乱离同聚在山东。明朝又是江湖隔,得再相逢各老翁。"今竟果然。伯谦出其所集《宋词楹联》,又《愿春迟斋集杜诗楹联》各一册,均属巧思组织,萃古人之佳妙。倘所谓剪裁妙处,非刀尺者欤？伯谦令序,因为述我两人平生离合,以为后日家乘纪事。至斯编之精粹,又何多论焉。华阳王秉悌题。

王文琦《自题·菩萨蛮》集杜诗

裁缝灭尽针线迹,万草千花动凝碧。沙暖睡鸳鸯,风生锦绣香。落霞沈绿绮,且食双鱼美。洒翰银钩连,诗家秀句传。

莲池交响共命鸟,乱插繁花向晴昊。应手著擢钩,溪边春事幽。竹高鸣翡翠,江渚看鸥戏。旌旆尽飞扬,春风花草香。

【版本】

成都杜甫草堂博物馆藏民国二十七年(1938)莲舫纸社石印本。

【作者简介】

王文琦,字伯谦,四川华阳(今属成都)人。画家、篆刻家,室名愿春迟斋。

王秉悌,字楷臣,华阳人。为王文琦堂叔。善书,碑帖鉴赏,尤为独到。

主要参考文献

杜诗执鞭录　清　徐树丕评　清初稿本
钱注杜诗　清　钱谦益笺注　清康熙六年季振宜静思堂刻本
杜工部诗集辑注　清　朱鹤龄撰　清康熙九年金陵叶永茹万卷楼刻本
杜诗编年　清　李长祥、杨大鲲撰　清初梧桐阁刻本
李杜诗法精选　清　游艺撰　日本大阪星文堂文化三年（1806）刻本
杜诗解　清　金圣叹撰　上海古籍出版社1984年排印本
贯华堂评选杜诗　清　金圣叹撰　清乾隆二十四年桐荫书屋刻本
杜诗选　清　林时对选　清稿本
杜律注例　清　张笃行撰　清乾隆二十四年重刻本
杜律五言集　清　沈汉撰　清顺治十八年听秋阁刻本
书巢笺注杜工部七言律诗　清　陈醇儒撰　清康熙元年金陵两衡堂刻本
辟疆园杜诗注解　清　顾宸撰　清康熙二年吴门书林刻本
秋兴八首偶论　清　贾开宗撰　清康熙八年重刊本
杜诗说略　清　卢震撰　清康熙间刻本
杜诗论文　清　吴见思撰　台湾大通书局《杜诗丛刊》本
杜诗七言律解意　清　朱瀚、李燧撰　清康熙十四年刻本
李杜诗纬　清　应时撰　清康熙十七年刻本
问斋杜意　清　陈式撰　清康熙二十一年刊本
杜工部七言律诗注　清　陈之壎撰　清康熙二十二年刻本
苦竹轩杜诗评律　清　洪仲撰　康熙二十四年洪力行重刻本
集杜梅花诗　清　张潮撰　清初诒清堂刻本
树人堂读杜诗　清　汪灏撰　清道光十二年银城麦浪园刻本
复村集杜诗　清　王材任撰　清初刻本
杜工部诗疏解　清　顾施祯撰　清康熙二十五年初刻本
杜还七言律　清　张羽撰　清初刻本
杜诗阐　清　卢元昌撰　清康熙二十五年书林刊本
杜诗会粹　清　张远撰　清康熙二十七年有文堂刻本

怀园集杜诗　清　车万育撰　清康熙二十八年刻本

爱吟轩注杜工部集　清　汪枢撰　清康熙间爱吟轩稿本

睡美楼杜律五言　清　王邻德撰　清稿本

杜诗提要　清　吴瞻泰撰　台湾大通书局《杜诗丛刊》本

杜诗说　清　黄生撰　清康熙三十五年一木堂刻本

读书堂杜工部诗集注解　清　张溍撰　清康熙三十七年张氏读书堂刻本

杜律诗话　清　陈廷敬撰　清康熙间《午亭文编》本

阎斋和杜诗　清　毛彰撰　清康熙四十年刻本

杜工部诗集集解　清　周篆撰　国家图书馆藏清抄本

杜诗笺　清　汤启祚撰　台湾大通书局《杜诗丛刊》本

杜诗详注　清　仇兆鳌撰　中华书局1979年排印本

杜诗言志　清　佚名撰　江苏人民出版社1983年校点本

青城说杜　清　吴冯栻撰　清抄本

读杜管窥　清　张世炜撰　清康熙刻本

杜韩诗句集韵　清　汪文柏撰　清康熙四十五年古香楼刻本

杜律详解　清　纪容舒撰　《四库全书存目丛书》本

鹰青山人集杜　清　李锴撰　清乾隆间石观保刻本

杜诗谱释　清　毛张健撰　清康熙四十九年刻本

杜诗五古选录　清　王澍选　台湾大通书局《杜诗丛刊》本

赵虞选注杜律　清　查弘道、金集补注　清康熙五十六年敦本堂刻本

杜诗顾注辑要五言律　清　龙科宝辑　清康熙六十年王若鳌刻本

读杜心解　清　浦起龙撰　中华书局1961年标点本

杜文贞诗集　清　陈光绪撰　清雍正二年手抄本

杜律通解　清　李文炜撰　清雍正三年刻本

读杜随笔　清　陈訏撰　清雍正十年刻本

红萼轩杜诗汇二种　清　孔传铎撰　清抄本

杜诗评点　清　张雒敬撰　清雍正十二年杨岐昌钞本

杜诗直解　清　范廷谋撰　清雍正间稼石堂刻本

杜诗约编　清　盛元珍编　清乾隆六年刻本

杜诗金针　清　张汝霖撰　清乾隆九年张氏写本

杜诗增注　清　夏力恕撰　清乾隆十四年古泉精舍刻本

读杜笔记　清　夏力恕撰　清乾隆十九年《澴农遗书》本

杜工部诗选初学读本　清　孙人龙编　清乾隆十二年刻本
杜律启蒙　清　吴峻撰　清乾隆十三年稿本
杜诗偶评　清　沈德潜撰　吉川幸次郎《杜诗又丛》本
艺兰书屋精选杜诗评注　清　邓献璋撰　清乾嘉间兴立堂刻本
杜诗选读　清　何化南、朱煜编　清乾隆二十四年逸园刻本
渔洋杜诗话　清　翁方纲辑　清乾隆三十二年大兴翁氏刻本
杜诗附记　清　翁方纲撰　清宣统元年夏勤邦抄本
杜工部五言排律诗句解　清　刘肇虞撰　清乾隆二十四年刻本
杜诗识小　清　朱宗大撰　清乾隆二十五年刻本
杜诗详注集成　清　张甄陶撰　清乾隆三十八年传抄本
杜诗直解　清　沈寅、朱昆补辑　清乾隆四十年凤楼刻本
杜律启蒙　清　边连宝撰　清乾隆四十二年初刻本
杜诗义法　清　乔亿撰　清乾隆间刻本
杜诗集说　清　江浩然辑　清乾隆四十三年刊刻
杜诗本义　清　齐翀撰　清乾隆四十七年双溪草堂刻本
杜工部集　清　郑沄编　清乾隆五十年玉勾草堂刻本
杜诗双声叠韵谱括略　清　周春撰　吉川幸次郎《杜诗又丛》本
杜诗约选五律串解　清　周作渊撰　清乾隆五十五年刻本
杜诗镜铨　清　杨伦撰　上海古籍出版社1980年标点排印本
鹤泉集杜　清　戚学标撰　清乾隆六十年刻本
雪村诗草　清　耿沄撰　清乾隆六十年至嘉庆六年成志堂刻本
卧南斋西行集杜　清　饶春田撰　清嘉庆间刻本
杜诗注释　清　许宝善撰　清嘉庆八年自怡轩初刻本
杜诗集评　清　刘濬辑　台湾大通书局《杜诗丛刊》本
杜诗说肤　清　万俊撰　清嘉庆二十四年瘦竹山房木活字本
朱竹垞先生杜诗评本　清　[托名]朱彝尊评　清道光十一年阳湖庄鲁骃刻本
杜诗律　清　俞玚原评、张学仁参定　清道光十六年怀风草阁刊本
病手集杜　清　许瀚撰　清稿本
杜诗注解节抄　清　顾淳庆抄　上海科学仪器馆1927年影印本
六观楼杜诗抄　清　许鸿磐撰　清道光五年手抄本
杜诗琐证　清　史炳撰　清道光五年溧阳史氏句俭山房刻本
杜工部集　清　卢坤集评　清道光十四年涿州卢氏芸叶庵刻本

杜工部诗话　清　刘凤诰撰　张忠纲辑《杜甫诗话六种校注》本
存悔斋集杜诗　清　刘凤诰撰　《清颂堂丛书》本
岁寒堂读杜　清　范葇云撰　台湾大通书局《杜诗丛刊》本
杜律浅说　清　庄咏撰　清道光二十四年清和堂刊本
读杜韩笔记　清　李黼平撰　上海中华书局1934年聚珍仿宋本
杜园说杜　清　梁运昌撰　书目文献出版社1995年影印本
养一斋李杜诗话　清　潘德舆撰　张忠纲辑《杜甫诗话六种校注》本
鲁通甫读书记　清　鲁一同撰　清咸丰间抄本
碧玉壶纂杜诗钞　清　金元恩撰　清道光二十二年惇大堂刻本
杜诗摘句　清　钱泰吉撰　清道光二十七年稿本
杜诗百篇　清　张燮承注　清咸丰九年刻本
水流云在馆集杜诗存　清　周天麟撰　清光绪二十一年石印本
杜解传薪　清　赵星海撰　清稿本
杜解传薪摘抄　清　赵星海撰　清同治四年刊本
杜律正蒙　清　潘树棠撰　清同治八年永康寻乐轩刻本
读杜诗说　清　施鸿保撰　上海古籍出版社1983年张慧剑点校本
迟庵集杜诗　清　孙毓汶撰　《丛书集成续编》本
藏云山房杜律详解　清　石闾居士评　清光绪元年藏云山房刻本
杜诗培风读本　清　席树馨编　清光绪元年四川刻本
杜诗字评　清　董文涣撰　清稿本
集李杜诗八十四喜笺序目　清　徐淇撰　清光绪元年稿本
愿春迟斋杜诗集联　清　王文琦撰　民国二十七年莲舫纸社石印本
杜注约　清　凌艺斋撰　清残钞本
檗鸤诗存　清　王以敏撰　清光绪十二年刻本
杜诗钞　清　郑杲编　民国间退耕堂刻本
读杜札记　郭曾炘撰　上海古籍出版社1984年排印本
杜诗丛刊　黄永武编　台湾大通书局1974年影印本
旧唐书　五代　刘昫等撰　中华书局1975年版
新唐书　宋　欧阳修、宋祁撰　中华书局1975年版
资治通鉴　宋　司马光撰　中华书局1956年版
清史稿　赵尔巽等撰　中华书局1976年版
清史列传　王锺翰点校　中华书局1987年版
清史艺文志及补编　章钰等编　中华书局1982年版

清史稿艺文志拾遗　王绍曾主编　中华书局2000年版
霜红龛集　清　傅山著　山西人民出版社1985年版
半可集　清　戴廷栻著　民国间石印本
泺函集　清　叶承宗著　《四库禁毁书丛刊》本
青箱堂文集　清　王崇简著　《四库全书存目丛书》本
唐堂集　清　黄之隽著　《四库全书存目丛书》本
赖古堂集　清　周亮工著　上海古籍出版社1979年版
巢民文集　清　冒襄著　《丛书集成三编》本
带经堂诗话　清　王士禛著、张宗柟辑　人民文学出版社1963年版
西河合集　清　毛奇龄著　文渊阁四库全书本
张康侯诗草　清　张晋著、赵逵夫校点　兰州大学出版社1989年版
丁耀亢全集　清　丁耀亢著、张清吉校点　中州古籍出版社1999年版
方孝标文集　清　方孝标著、石钟扬、郭春萍校点　黄山书社2007年版

匡庵文集　清　马世俊著　《清代诗文集汇编》本
呆堂文钞　清　李邺嗣著　《清代诗文集汇编》本
石园全集　清　余成教著　《清代诗文集汇编》本
义门读书记　清　何焯著　光绪六年苕溪吴氏重修本
愿学斋文集　清　黄与坚著　《清代诗文集汇编》本
修本堂稿　清　林伯桐著　《清代诗文集汇编》本
学益堂文稿初编　清　刘佑著　《清代诗文集汇编》本
变雅堂集　清　杜濬著　《四库禁毁书丛刊》本
燕山草堂集　清　陈僖著　《四库未收书辑刊》本
望古斋集　清　李继白著　《四库未收书辑刊》本
逸德轩文集　清　田兰芳著　《四库未收书辑刊》本
说安堂集　清　卢震著　《四库未收书辑刊》本
不碍云山楼稿　清　周纶著　《清代诗文集汇编》本
御赐齐年堂文集　清　王晫著　《四库未收书辑刊》本
豹留集　清　吴庄著　《四库未收书辑刊》本
寻壑外言　清　李绳远　《清代诗文集汇编》本
青门簏稿　清　邵长蘅著　清康熙间刻本
田间文集　清　钱澄之著　《续修四库全书》本
拿山诗钞　清　王霖著　《清代诗文集汇编》本

健松斋集　清　方象瑛著　《清代诗文集汇编》本
陪集　清　方中通著　《清代诗文集汇编》本
络纬吟　清　曹荨真著　《大亭山馆丛书》本
旭华堂文集　清　王奂曾著　《清代诗文集汇编》本
郄啸文集　清　张叔珽著　《清代诗文集汇编》本
恒斋文集　清　李文炤著　《清代诗文集汇编》本
绿萝山庄文集　清　胡浚著　《清代诗文集汇编》本
频罗庵遗集　清　梁同书著　《清代诗文集汇编》本
漱芳居文钞二集　清　赵青藜著　《清代诗文集汇编》本
樊榭山房文集　清　厉鹗著　清乾隆四十三年刻本
宝纶堂外集　清　齐召南著　《清代诗文集汇编》本
澴农遗书　清　夏力恕著　清乾隆十九年刻本
裘文达公文集　清　裘曰修著　《清代诗文集汇编》本
抱经堂文集　清　卢文弨著　《四部丛刊》本
小岘山人文集　清　秦瀛著　《续修四库全书》本
醉经草堂文集　清　王鉴著　《清代诗文集汇编》本
雨堂杂著　清　郁长裕著　《清代诗文集汇编》本
筠轩文抄　清　洪颐煊著　《清代诗文集汇编》本
砚梳斋文集　清　赵希璜著　《清代诗文集汇编》本
潜研堂集　清　钱大昕著　上海古籍出版社1989年校点本
左海文集乙编　清　陈寿祺著　《清代诗文集汇编》本
蕴愫阁文集　清　盛大士著　《清代诗文集汇编》本
小万卷斋文稿　清　朱珔著　清光绪十一年刻本
甘泉乡人馀稿　清　钱泰吉著　《近代史料丛刊》本
禺山杂著　清　李暘著　清光绪间刻本
松心文钞　清　张维屏著　《清代诗文集汇编》本
养素堂文集　清　张澍著　清道光十五年枣华书屋刻本
养知书屋文集　清　郭嵩焘著　清光绪十八年刻本
二勿斋文集　清　谢金銮著　《台湾文献汇刊》本
桐旧集　清　徐璈辑　清咸丰元年刻本
乾隆历城县志　清　胡德林修　清乾隆三十八年刻本
乾隆曲阜县志　清　潘桐纂　清乾隆三十九年刻本
民国建瓯县志　刘达潜修　民国十八年铅印本

大清畿辅书徵　徐世昌编　民国间天津徐氏排印本
贩书偶记续编　清　孙殿起撰　上海古籍出版社1980年排印本
清诗话　丁福保辑　上海古籍出版社1978年版
清诗话续编　郭绍虞编选、富寿荪点校　上海古籍出版社1983年版
清诗话考　蒋寅著　中华书局2005年版
清诗纪事初编　邓之诚撰　上海古籍出版社1984年版
晚晴簃诗汇　徐世昌辑　中国书店1989年影印本
明清进士题名碑录　朱保炯、谢沛霖编著　上海古籍出版社1980年版
明清江苏文人年表　张慧剑撰　上海古籍出版社1986年版
清人室名别号索引　杨廷福、杨同甫编　上海古籍出版社1988年版
杜诗引得　洪业等编　上海古籍出版社1983年版
杜集书录　周采泉著　上海古籍出版社1986年版
杜集书目提要　郑庆笃等编　齐鲁书社1986年版
一氓题跋　李一氓著　三联书店1981年版
双行精舍书跋辑存　王献唐著　齐鲁书社1983年版
海上墨林　杨逸著　上海古籍出版社1989年版
四库全书总目　永瑢等编　上海古籍出版社1965年版
四库全书存目丛书　季羡林主编　齐鲁书社1997年版
四库未收书辑刊　罗琳主编　北京出版社2000年版
续修四库全书　顾廷龙主编　上海古籍出版社2002年版
四库禁毁书丛刊　王锺翰主编　北京出版社2005年版
清代诗文集汇编　国家清史编纂委员会编　上海古籍出版社2011年版
陈衍诗论合集　钱仲联编校　福建人民出版社1999年版
清人文集别录　张舜徽撰　中华书局1980年版
清代目录提要　来新夏主编　齐鲁书社1997年版
清人别集总目　李灵年、杨忠主编　安徽教育出版社2000年版
清人诗文集总目提要　柯愈春著　北京古籍出版社2001年版
杜甫诗话六种校注　张忠纲著　齐鲁书社2002年版
国家图书馆藏古籍题跋丛刊　国家图书馆编　北京图书馆出版社2002年版
韩国诗话中论中国诗资料选粹　邝健行等编　中华书局2002年版
张元济古籍书目序跋汇编　张人凤编　商务印书馆2003年版

历代珍稀版本经眼图录　吴希贤编　中国书店2003年版
清代杜诗学史　孙微著　齐鲁书社2004年版
台湾文献汇刊　陈志平主编　厦门大学出版社2004年版
山东杜诗学文献研究　张忠纲等著　齐鲁书社2004年版
清诗话考　蒋寅著　中华书局2005年版
清代杜诗学文献考　孙微著　凤凰出版社2007年版
杜集叙录　张忠纲等著　齐鲁书社2008年版
地方经籍志汇编　贾贵荣、杜泽逊辑　北京图书馆出版社2008年版
杜甫大辞典　张忠纲主编　山东教育出版社2009年版
藏园群书经眼录　傅增湘撰　中华书局2009年版
翁方纲《翁批杜诗》稿本校释　赖贵三校释　里仁书局2011年版

后记

  对清代杜集序跋的编纂始于2000年我考入山东大学追随张忠纲先生攻读博士学位之时,张先生当时给我定了"清代杜诗学史"的论文选题,为了完成这个题目,首先要翻阅大量的清代杜诗文献。好在山大是国内杜甫研究的重镇,萧涤非先生领导的"杜甫全集校注组"经过多年的寻访,早已积累了海内外的大量杜集,资料相当丰富,故查阅起来非常方便。与此同时,我还从张忠纲师"访古学诗万里行"时所作的笔记中转录出了部分清代杜集序跋,可谓"近水楼台先得月"。博士毕业后,我在编撰《清代杜诗学文献考》、《杜集叙录》、《杜甫大辞典》等书的过程中,又逐渐接触到更多此前未曾经眼的杜诗文献,对清代杜集序跋的纂录也慢慢形成了一定规模。加之《清代诗文集汇编》等大型文献丛刊的影印出版,又为我搜集散佚杜集序跋提供了很大便利,文献的篇幅因而得以大幅增加。2014年,我以此课题申报了"国家社科基金后期资助项目",幸运地获准立项。其后又遵照专家的评审意见,先后前往国家图书馆、成都杜甫草堂博物馆、南京图书馆、上海图书馆等单位查阅了不少珍稀杜集文献,纂录的序跋也越来越多。期间南北驰逐,舟车劳顿,旅店孤灯,耗费了不少心神。

  本书编纂的最后时期,正是我由河北大学调动到山东大学的关键阶段,人事错迕,往往使人焦虑伤神,无可排遣,遂聊借整理文献以转移注意力,穷愁著书,斯之谓欤?然与古人神交既久,渐为无数先贤甘做少陵胥吏之精神所感染和激励,文献发现的喜悦也不断地催促着自己继续迈开疲惫的脚步。在多年漂泊访书的过程中虽然备尝艰苦,却也得到了学界众多朋友的无私帮助。许多师友得知我正纂杜集序跋,都热心地代为查阅复印了不少珍贵文献,蒋寅、张如安、李连生、宋开玉、田小军、张弘韬、曾绍皇、刘晓凤、彭燕、张宏、刘坤、顾冰峰、张学芬、张寒等师友都曾为本书提供了无私帮助,谨此致谢!另外,著名书法家阿宁先生、张学鹏教授及杨清臣、梁春胜博士帮我辨识了许多手书上版的序跋文字,益我良多。人民文学出版社的周绚隆、葛云波、李俊诸位先生为本书的出版付出了大量心力,亦不胜铭感。业师韩成武先生阅读书稿后,欣然赐序,更给我以极大的鼓舞。当然由于一些主客观条件的限制,编者虽已尽了最大努力,尚有不少文献未能经眼纂录,难免有遗珠之憾。考虑到作为一部文献资料汇编,越早提供给学界使用越好,便只能先此交卷了,至于那些漏略未收之文献,则期待着以后能有机缘再行增补。学界同仁师友若藏有秘籍善本、能匡我不逮者,尚请不吝赐告,以便本书之修订完善,先此致谢!

孙微
2016年3月于山东大学